btb

Buch

Bei den traditionellen Festen der Leondouris ist Enda Gastgeberin und Mittelpunkt, sie hält die weitläufige Familie zusammen. In ihrem vornehmen Bostoner Haus erzählt sie an der zum Seder gedeckten Tafel Geschichten aus dem Leben der Vorfahren, die als Familienbesitz in den Jüngeren fortleben sollen. Sie erzählt von ihrem Vater Joseph, der einst von der Levante nach Amerika gelangte, von ihrem Onkel, der stellvertretend für einen Politiker im Gefängnis saß, von der bitteren Armut, in der die Familie jahrzehntelang im jüdischen Viertel von Boston lebte, und von dem märchenhaften Aufstieg, der einigen gelang. Und sie erinnert sich an ihre erste große Liebe, die mit einem tragischen Unglück endete.
Anna Mitgutsch hat einen großen, ein ganzes Jahrhundert umspannenden Familienroman geschrieben, voller schillernder Charaktere und Schicksale vor dem Hintergrund der zur Metropole wachsenden Hafenstadt Boston, mit ihren sich wandelnden Einwanderervierteln, den eleganten Stadtteilen und den Ferienorten an der Atlantikküste.

Autorin

Anna Mitgutsch, 1948 in Linz geboren, unterrichtete Germanistik und amerikanische Literatur an österreichischen und amerikanischen Universitäten, lebte und arbeitete viele Jahre in den USA. Anna Mitgutsch ist eine der bedeutendsten österreichischen Autorinnen und erhielt für ihr Werk zahlreiche Auszeichnungen, u.a. den Solothurner Literaturpreis. Sie übersetzte Lyrik, verfasste Essays und zehn Romane, die in mehrere Sprachen übersetzt wurden.

Anna Mitgutsch bei btb

Zwei Leben und ein Tag. Roman (73844)
Wenn du wiederkommst. Roman (74202)
Die Annährerung. Roman (71591)

Anna Mitgutsch

Familienfest
Roman

btb

Die Arbeit der Autorin am vorliegenden Text wurde vom
Deutschen Literaturfonds e.V. gefördert.

Sollte diese Publikation Links auf Webseiten Dritter enthalten,
so übernehmen wir für deren Inhalte keine Haftung,
da wir uns diese nicht zu eigen machen, sondern lediglich auf
deren Stand zum Zeitpunkt der Erstveröffentlichung verweisen.

Verlagsgruppe Random House FSC® N001967

3. Auflage
Genehmigte Taschenbuchausgabe September 2005
btb Verlag in der Verlagsgruppe Random House GmbH,
Neumarkter Str. 28, 81673 München
Copyright © 2003 Anna Mitgutsch /
Luchterhand Literaturverlag, München
Umschlaggestaltung: Design Team München
Umschlagfoto: Corbis
Satz: Filmsatz Schröter, München
Druck und Einband: CPI books GmbH, Leck
MM · Herstellung: Augustin Wiesbeck
Printed in Germany
ISBN 978-3-442-73349-1

www.btb-verlag.de
www.facebook.com/btbverlag

Für Joe

Genealogie

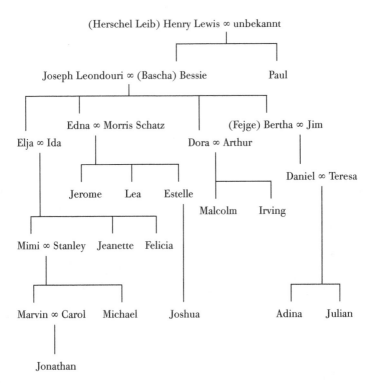

Edna

In den Schlafzimmern waren schon die Kisten für die Übersiedlung gepackt, und dazwischen türmten sich Kartons voller Dinge, die sich trotz Ednas Freude am Wegwerfen angesammelt hatten und die ihr nun am Ende auch überflüssig erschienen: *Hadassa* hatte sie mit ihren flüchtigen, schrägen Schriftzügen daraufgeschrieben, *Heilsarmee, Caritas.* Sie umstanden die Betten wie ungeduldige Gerichtsvollzieher, die zum Aufbruch drängten und die Zimmer noch vor dem Auszug unbewohnbar machten. Der Mangel an Licht hatte Edna schon immer gegen diese Räume aufgebracht. Vor allem das große Schlafzimmer mit dem begehbaren Kleiderschrank, in dem Morris' Anzüge seit fünf Jahren ungelüftet hingen, deprimierte sie. Die Glastüren mit den halbkreisförmigen Balkonen aus schwarzem Schmiedeeisen schienen der gegenüberliegenden Hausmauer so nah – kaum zu glauben, daß eine Straße dazwischen lag.

Am Ende ihres Lebens waren sie und Morris in diesem exklusiven Bezirk Bostons angekommen, hatten die Enklave alter protestantischer Mayflower-Familien infiltriert – in zwei Generationen von Ellis Island nach Beacon Hill, die Erfüllung kühnster Einwandererträume. Aber es hatte ihnen nicht den Triumph gebracht, den sie erwartet hatten. Edna war nie heimisch geworden in den Räumen des zweistöckigen viktorianischen Backsteinhauses in der abschüssigen Pinckney Street, das sich wie ein nicht ganz legitimer Eindringling mit zwei seiner drei Fenster auf die Schmalseite des Louisburg Square drängte. Zwanzig Jahre früher hätte es ihr Genugtuung verschafft, in der vornehmen Stille der Mount Vernon Street ihre Schritte auf dem Kopfsteinpflaster zu hören, als ginge sie durch die hallenden Flure eines alten Hauses. Jetzt im Alter sehnte sie sich nach freien Ausblicken und nach Menschen, die mit ihrem Alltag beschäftigt waren, wenn sie auf die Straße ging; die Stille unter den Ahornbäumen, selbst die Schönheit der in der Dämmerung leuchtenden Schlehdornbüsche, die dunkle Feuchtigkeit all der an den Hauswänden wuchernden Ranken, die im Sommer die Räume vollends verdunkelten, bedrückten sie. Es würde ihr leichtfallen, dieses Haus zu verlassen, es hatte nicht ihnen gehört, ein Enkel ihres Onkels Paul hatte es an sie vermietet, und es hatte noch niemandem in der Familie Glück gebracht. Es war die Gegenleistung für sechs Jahre Gefängnis gewesen, die Paul für einen anderen abgesessen hatte, Teil des Schweigegeldes, mit dem ein Gouverneur von Massachusetts, dessen Vorfahren seit Generationen auf Beacon Hill residierten, sich die Schande, als Betrüger entlarvt zu werden, von Paul hatte abnehmen lassen. Wie einen Fluch hatte er das Haus für alle Zeiten der Familie vermacht, unverkäuflich, an niemanden zu vermieten als an die Mitglieder der Familien Lewis und Leondouri, zur unauslöschlichen Erinnerung an den Preis, den ein Einwanderer aus einem podolischen Stetl zu zahlen hatte, um unter Bostons Brahminen, selbst wenn sie Ganoven waren, leben zu dürfen.

Edna hatte ihren Onkel Paul kaum gekannt, niemand hatte ihn gekannt, er war die graue Eminenz, zu der man ging, wenn man aus eigener Kraft nicht mehr weiterwußte; wenn es galt, einen Sohn vor dem Vietnamkrieg zu bewahren, einen Spitalsplatz für eine Sterbende zu ergattern, dann ging man zu Paul, und man besuchte ihn nicht in seinem Haus auf Beacon Hill, sondern kam in sein Büro und trug über den großen Schreibtisch hinweg sein Anliegen vor. Bei Hochzeiten, Bar

Mitzwahs und bei Begräbnissen stand er unter den Gästen, und in der Erinnerung kam es den Familienmitgliedern vor, als hätte ihn seine Unnahbarkeit wie ein Raum umgeben, in dem die Luft anders war, Gefängnisluft, vergiftet und schwer zu atmen – über diesen Abstand hinweg schien es nur möglich, ihm die Hand zu schütteln, nicht jedoch ihn zu umarmen. Die Jahre im Staatsgefängnis von Walpole hatten seine unnahbar aufrechte Gestalt gezeichnet und ihn der Vorstellungswelt selbst seiner Familie entrückt, ihn zu einem Fremden gemacht, dem man sich mit banger Achtung und mißtrauischer Furcht näherte. Nur Edna und ihre Geschwister kannten sein Geheimnis, die anderen Verwandten mußten annehmen, er sei zu Recht verurteilt worden, schämten sich seiner und schwiegen. Er war der häßliche Fleck auf der Ehre der Leondouris und der mit ihnen Verschwägerten, er verminderte die Respektabilität ihrer heiratsfähigen Töchter, aber er besaß Macht in den höchsten Kreisen, und seine Macht war zur Legende geworden. In Ednas Familie betete man erst dann zu Gott, wenn Onkel Paul nicht mehr helfen konnte. Wie die frommen Juden Zettel mit ihren Bitten in die Ritzen der Westmauer in Jerusalem steckten, wie die Italiener des Bostoner North End, wohin Paul vor dem erstickend vornehmen und schweigsamen Beacon Hill floh, Kerzen vor ihren Heiligenstatuen anzündeten, so kamen die Sorgenbeladenen seiner über die Generationen zu einem Clan angewachsenen Familie zu Paul.

An der Stelle, an der jetzt ihr Bett stand, mußte Paul an einem Apriltag in den sechziger Jahren gestorben sein, so einsam, wie er jahrzehntelang gelebt hatte, und die jungen Blätter der schmiedeeisenumfriedeten Platane mochten in der lastenden Stille so wie jetzt gegen das Fenster gewischt haben. Hier hatte Morris zwei Jahre lang mit dem Tod gekämpft. Edna empfand kein Bedauern angesichts der gepackten Kisten, auch das Geschirr, das für Pessach nicht koscher war, hatte sie schon in Seiden- und Kreppapier gewickelt und die Kartons mit großen Aufklebern als zerbrechlich gekennzeichnet.

In den unteren Räumen war an dem ersten Abend des Pessachfestes von Aufbruchsstimmung noch nichts zu spüren. Der große Kristalluster warf einen matten Glanz aufs Parkett des Eßzimmers, und der Tisch war zu seiner vollen Länge ausgezogen und verstellte den Zugang zum Glasschrank, und Edna stand an der Breitseite der mit weißem Damast gedeckten Tafel und zählte zum zweiten Mal in der letzten halben Stunde die Gedecke, sagte halblaut, mehr zu sich als zu Carol, die in der Türöffnung zur Küche lehnte, die Kinder glänzen wieder durch Abwesenheit, Lea kommt sicher nicht, und Jerome sowieso nicht, mein einziger Enkel Joshua ist in Israel und seine Mutter Estelle auch, womit die Abwesenheitsliste der Familie Schatz vollständig wäre. Irving ist noch in Europa oder sonstwo, nur ihr seid vollzählig. Jonathan setze ich neben dich, und Marvin leitet den Seder, ob er will oder nicht. Da drüben soll Daniel sitzen, neben ihm Adina, auf deiner linken Seite sitzt ihre Mutter, damit du ihnen erklären kannst, was vorgeht. Warum habe ich neun Gedecke? Dann fielen ihr die beiden alleinstehenden Witwen aus dem Altersheim in Revere wieder ein, in das sie selber in zwei Wochen ziehen würde: Sie hatten wegen des schlechten Wetters vor zwei Stunden abgesagt.

Zusammen trugen sie den großen Sederteller aus der Küche herein. Seit Jahren bekam sie von ihren Kindern modernes, praktisches Pessachgeschirr geschenkt, mit hübschen Schalen zum Herumreichen, teures Kunstgewerbe aus den besten Kunstläden zwischen Jerusalem und Brookline, und sie bedankte sich jedesmal dafür, rief, wie schön, wie edel und stellte es zu den Chanukka-Leuchtern in die Vitrine. Aber zu Pessach brachte sie wieder den mit blauen Ornamenten verzierten und viel zu seicht unterteilten Steingutteller, auf dem die strenge Anordnung der Speisen schon beim ersten Anstoß durcheinandergeriet, auf den Tisch.

Eigentlich sind wir fertig, sagte sie mit einem kurzen prüfenden Blick auf die Schwiegertochter ihrer verstorbenen Nichte Mimi. Sie müßte mehr auf ihr Äußeres achten, dachte sie, jetzt wo sie älter wird. Aber Carol trug noch immer ihr längst von grauen Strähnen durchzogenes Haar schulterlang, und ihre weiten Röcke und losen Kleider erinnerten an das Hippiemädchen, das sie in ihrer Jugend gewesen war. Ihre frühere, für Ednas Geschmack ein wenig zu rebellische Unbekümmertheit war in den letzten Jahren einer schweigsamen Entschlossenheit gewichen, und manchmal, wenn sie sich unbeobachtet glaubte, lag ein Anflug enttäuschter Bitterkeit auf ihren Zügen. Das Leben ist nicht gut zu ihr gewesen, dachte Edna und sagte mit nachsichtiger Mißbilligung: Geh ins Bad und richte dich ein wenig her, bevor die Gäste kommen. Es war ein milder Tadel verglichen mit der Ablehnung, die sie lange Zeit für Carol empfunden hatte. Vor fast dreißig Jahren hatte die Verlobung von Mimis Sohn Marvin mit Carol, der Tochter eines Geistlichen der Episkopalkirche, die Familie entzweit. Inzwischen war Carols und Marvins Sohn Jonathan bereits zweiundzwanzig, und seine Mutter war nicht das einzige nichtjüdische Mädchen geblieben, das in die Familie eingeheiratet hatte, aber später hatte es niemanden mehr aufgeregt.

Edna riß sich aus ihren Gedanken. So lagen die Dinge nun einmal, Fremde waren anhänglich geworden wie Töchter, und ihre eigenen Kinder blieben fern. Trotzdem sollte noch einmal Pessach gefeiert werden wie früher, und niemand außer Carol und Marvin sollte wissen, daß oben die gepackten Kisten und Koffer standen. Kurz vor sechs würden draußen die Autotüren schlagen, und die Glocke würde alle paar Minuten klingeln, und Edna würde über zellophanbedeckte Schüsseln hinweg die Wangen ihrer Gäste küssen, sie würde die Schüsseln und Weinflaschen aus ihren Händen entgegennehmen und in anerkennende Bewunderungsrufe ausbrechen, das sonst so stille Haus würde sich ein letztes Mal mit Lärm und Leben füllen, und sie würde für Augenblicke sogar das Fehlen ihrer Kinder vergessen und glücklich sein. Solange sie im Kreis ihrer Gäste saß und ihre Geschichten von früher erzählte, würde es ihr gelingen, nicht daran zu denken, zumindest nicht an diesem Abend, daß die Familie vor ihren Augen unablässig zerfiel und daß die Jüngeren aufgehört hatten, sich als verwandt und über alle Differenzen hinweg einander zugehörig zu betrachten.

Es sollte alles ein letztes Mal so sein wie früher in Dorchester, als sie und ihre drei Geschwister um den Tisch in der Küche mit den beschlagenen Fenstern saßen und Onkel Paul, noch jung und gesellig, der einzige Gast war, weil ihre Eltern und Paul die ersten Einwanderer einer Familie waren, die später diese Stadt und diesen Landstrich bevölkern sollten. Edna hatte außer dem Vater ihrer Mutter Bessie keine anderen Großeltern gekannt, und es war von ihnen auch nur selten die Rede gewesen. Mit ihrer Überfahrt aus Osteuropa hatten Paul und Bessie ihren sturen Willen zu überleben und einen pragmatischen Optimismus bewiesen, der sich ausschließlich auf die Zukunft richtete.

Sie überblickte die Anrichte mit der großen Schüssel Charosset, mach viel davon, hatte sie zu Carol gesagt, davon können die Kinder nie genug bekommen, und Carol hatte sie fragend angesehen: Welche Kinder? Die Hühnersuppe köchelte auf dem Herd, die Mazzaknödel lagen zu einer Pyramide aufgeschichtet auf dem vorgewärmten Teller, und sie stand eingehüllt in die vertrauten Gerüche karamelisierter Karotten und Zwiebeln und weichgekochten Geflügels. Es brauchte nicht viel, um Edna das Gefühl tiefer Zufriedenheit zu geben, solange vertraute Menschen um sie waren. Sie legte die Schürze ab, die eine ihrer Töchter in der Küche zurückgelassen hatte, *was hat ein kluges Mädchen wie ich in der Küche zu suchen*, stand darauf, und Edna trug sie gern, weil die Heiterkeit, die diese Schürze jedesmal auslöste, sie amüsierte. Seit zwanzig Jahren erstaunte ihre Jugendlichkeit jeden, der sie kannte, als besäße der natürliche Verfall des Alterns keine Macht über sie. Natürlich wußte sie, daß man hinter ihrem Rücken ihre geistige Frische und ihren guten Geschmack lobte, als erwarte man, daß sie endlich vergeßlich werde, senil, und sich gehenließe, aber jedes Jahr saß sie am Tischende, als sei kein weiteres Jahr vergangen, mit ihrem Schmuck und ihrer erlesenen Garderobe und erzählte Familiengeschichten, und niemand wäre auf die Idee gekommen, daß auch ihr zwanghaftes Erzählen einer Verzweiflung entspringen könnte, mit der sie gegen die Auslöschung durch den Tod und das Vergessen anredete, weil sie spürte, wie das Ende sich unaufhaltsam näherte. Bei ihrem Begräbnis, prophezeite sie, würde ihren Nachkommen nichts Besseres einfallen, als ihre Jugendlichkeit zu rühmen. Über ihr tatsächliches Alter hatte sie einen verwirrenden Schleier einander widersprechender Geburtsdaten gebreitet, niemand wußte, wie alt sie wirklich war, man konnte es nur mit Hilfe anderer Familienereignisse berechnen: Wenn sie das zweite Kind von Joseph und Bessie war, mutmaßten Kenner der Familiengenealogie, dann mußte sie zwischen 1906 und 1910, zwischen ihrem älteren Bruder Elja und ihrer jüngeren Schwester Dora geboren sein. Bei der Geburt ihrer jüngsten Tochter Estelle in den späten vierziger Jahren konnte sie jedoch nicht älter als um die vierzig gewesen sein – so ließ sich ihr Alter aus Fakten annähernd ableiten.

Seit dem Tod ihres Vaters, der weiter zurücklag, als sich die jüngeren Familienmitglieder erinnern konnten, hatten die meisten Familienfeste in Ednas Haus stattgefunden. Damals waren sie und Morris aus Montana zurückgekehrt, wohlhabender, als die beiden Einwandererfamilien es sich für ihre Kinder jemals erträumt hatten. Morris' Vater war mit Eiern hausieren gegangen, und Ednas Vater Joseph hatte viele Berufe, aber keinen einträglichen, ausgeübt. Morris hatte den Wollhandel an der Quelle studiert, hatte die Qualität des Rohmaterials in den Schafherden von Montana geprüft und war in fünf Jahren zu einem der einflußreichsten Textilgroßhändler der Ostküste aufgestiegen. Aber in Montana hatte es keine jüdischen Gemeinden gegeben, und so waren sie zurückgekommen. Beim langen, traurigen Exodus aus dem jüdischen Dorchester, diesem von ganz Boston am dichtesten besiedelten Stadtteil, waren sie die ersten gewesen, die weggingen, noch lange bevor die Zwangsverkäufe und der Terror der aus der City delogierten Schwarzen begannen. Als sie das Haus in Bradford Terrace kauften, war Brookline noch eine Adresse, die protestantische Exklusivität bedeutete in dieser Stadt, die an eifersüchtiger Abgrenzung gegen Fremde keinem Dorf in Europa nachstand.

Fast fünfzig Jahre lang stand Josephs grüner samtbezogener Lehnstuhl schon an der Schmalseite von Ednas damastgedecktem Tisch, zunächst in dem weißen Haus mit dem klassizistischen Portal in Brookline und später in dem ebenerdigen Erkerzimmer in Beacon Hill, und die Mitglieder der verwandten und verschwägerten Familien saßen dicht gedrängt vor den vielen kleinen Schalen voll Speisen, die für den Seder vorgeschrieben waren, tauchten die Petersilie in Salzwasser, häuften Charosset und Meerrettich zwischen Mazzastückchen, und der jeweils Jüngste stellte die vier Fragen – so auch Ednas Kinder, eines nach dem anderen, und in den

Jahren dazwischen die Kinder ihrer Geschwister, dann deren Kinder. Es fehlte nicht an Kleinen bis in die sechziger Jahre, bis die Jugendlichen, die in Ermanglung Jüngerer sich genierten, mit ihren in den Stimmbruch kippenden Stimmen schon wieder oder noch immer dieselben Fragen zu singen, Ausreden erfanden und fernblieben.

Jahrzehntelang war Morris in Josephs Lehnstuhl gesessen, zurückgelehnt wie ein zum erstenmal seit der Knechtschaft freier Mann, und später, als Morris, von der Krankheit geschwächt, schweigsam und mürrisch wurde, ihr Sohn Jerome oder ihr Neffe Irving, der jüngere Sohn ihrer Schwester Dora. Irving besaß als einziger der jüngeren Generation genügend Hebräischkenntnisse und einen wachen, widerspenstigen Verstand, der auch die weniger Gebildeten zur Diskussion anregte, stets stachelte sein Widerspruch und seine Ironie die Altersgenossen zu Wortgefechten an, denen die Älteren mit Genugtuung und Stolz auf ihre Kinder lauschten.

Wer wird diesmal den Seder leiten, wenn Jerome nicht kommt? fragte Carol.

Marvin natürlich, entgegnete Edna, und aus dem leicht herausfordernden und kaum merklich verächtlichen Tonfall waren noch viele andere Sätze herauszuhören, die alle unausgesprochen blieben, wie etwa, warum sollte er nicht, es ist schließlich auch seine Religion und, ich weiß schon, er hat für Traditionen nichts übrig, und seine Eltern haben es versäumt, ihm eine ordentliche religiöse Erziehung angedeihen zu lassen, er wird sich eben bemühen müssen. Mit Rücksicht auf Carol behielt sie diese Sätze für sich, die auch den Tadel mit eingeschlossen hätten, daß Marvin, wenn er auf Tradition etwas gäbe, sie, Carol, nie geheiratet hätte.

Und wer wird heute die vier Fragen stellen? fragte Carol. Und als Edna schwieg, wußten sie, daß sie beide dasselbe dachten und im gleichen Augenblick eine ähnliche bittere Trauer um ihre Kinder empfanden. Der Seder war ein Drama, ein Schauspiel, in dem die symbolischen Speisen und Handlungen die Requisiten darstellten, die Hagada das Skript und die Familienmitglieder die Schauspieler. Doch wie konnte man sich an einem Schauspiel erfreuen, bei dem die Hauptrollen unbesetzt blieben und das Publikum fehlte?

Edna würde einen Anlaß finden, ihre Geschichten zu erzählen, und wenn sie selber die vier Fragen stellen mußte: *Ma nishtana halaila haze mikol haleilot?* Warum ist diese Nacht anders als alle anderen Nächte? Und anstatt sich an den Text der Hagada zu halten, würde sie, als hätte sie ein ganzes Jahr nur darauf gewartet, in dem belehrenden Erzählton fortfahren, den alle, denen sie je Gute-Nacht-Geschichten erzählt hatte, von ihr kannten und von dem sie wußten, daß man sie jetzt nicht unterbrechen durfte: So begännen alle Geschichten, alles, was je erzählt worden sei, nehme mit dieser Frage seinen Anfang, mit dieser Frage seien die alten Rabbiner in ihrer Weisheit dem Geschichtenerzählen auf den Grund gegangen. Mit den Jahren teilten sich die Zuhörer von Ednas eigenmächtiger Auslegung der Pessach-Erzählung in zwei Fraktionen, die darum stritten, ob man ihr das Wort verbieten solle, damit der Fortgang des Seder-Rituals nicht unterbrochen und die Mahlzeit nicht noch mehr hinausgezögert würde, und den anderen, die fanden, das Lesen der Hagada dauere ohnehin schon viel zu lang und man solle sie ruhig gewähren lassen, schließlich seien auch Familiengeschichten eine Art Hagada, und die Emigration nach Amerika ein Auszug aus der Alten Welt der Knechtschaft. Jeder dürfe fragen und jeder erzählen, so stünde es in den Kommentaren. Hieß es nicht: *Frage die Greise, daß sie es dir erzählen?*

Als letzte Zeugin der ersten Generation war Edna nicht zu bremsen, die Familiengeschichte war zu einem mächtigen

Strom angewachsen, der das dünn gewordene Rinnsal der Tradition leicht hinwegspülte, und die Geschichte des aus der Sklaverei befreiten jüdischen Volkes verlor sich in den Berichten von Josephs und Bessies Abenteuern diesseits und jenseits des Atlantiks. *In jeder Generation soll der Mensch sich betrachten, als sei er selber aus Ägypten gezogen,* lasen sie jedes Jahr beim Pessach-Seder in der Hagada, *uns hat er von dort herausgeführt, um uns hierherzubringen,* und Edna forderte, daß ihre Zuhörer sich ebenso bedingungslos mit den Figuren ihrer Erzählungen identifizierten, als nähmen sie an den Abenteuern ihres Vaters Joseph Leondouri in der Levante teil oder als warteten sie mit ihrer Mutter Bessie in den überfüllten Sälen von Ellis Island auf die Einwanderungspapiere: *Erinnern sollt ihr euch, als sei es euch geschehen.* Morris und ihr Bruder Elja hatten den Seder noch mit der Autorität von Jeschiwa-Gelehrten geleitet, und damals war Edna jung und die Kinder am Tisch waren zahlreich gewesen. Keines der Kinder hatte öfter als zweimal das Privileg gehabt, die vier Fragen stellen zu dürfen, dann war schon das nächstjüngste an der Reihe, und Edna war zwischen Küche und Tisch hin und her gelaufen und hatte ihre Augen überall und keine Zeit zum Reden gehabt. Aber später, als Morris und Elja unter ihren Grabsteinen im Sharon Memorial Park ruhten und Ednas Tisch zu verwaisen begann, als der Tod die zweite und dritte Generation lichtete und der Rest der Familie sich bei den selten gewordenen Familienfesten der vorsichtigen Herzlichkeit befleißigte, die abnehmende Vertrautheit mit sich bringt, hörten die Nachkommen von Joseph Leondouri gespannt zu, wenn Edna mitten in der Erzählung vom Auszug aus Ägypten begann: Und wißt ihr, daß damit alles Geschichtenerzählen überhaupt erst anfängt?

In dem Jahr, in dem sie Vermutungen zufolge achtzig wurde, hatte Daniel, der Sohn ihrer jüngsten Schwester, eine Videokamera mitgebracht, der sie keine Beachtung schenkte. Auch Daniel, das einzige, spätgeborene Kind der einst so tollkühnen, glücklosen Bertha, war damals schon über dreißig und mit seinem aus der Stirn gekämmten dichten dunklen Haar und dem schmalen Gesicht unverkennbar ein Leondouri. In seinen Augen glomm der gleiche verwegene, halb geniale, halb verrückte Funke, der seiner Mutter das Leben ruiniert hatte. Er hielt die Kamera die ganze Zeit, während sie erzählte, in Schulterhöhe auf Edna gerichtet, sie saß mit geradem Rücken neben dem damals bereits ergrauten und behäbig gewordenen Irving, der den Seder leitete, und war zweifellos die eleganteste Frau im Raum, ihre gepflegte Rechte spielte mit der langen Perlenkette, und ihre lackierten Nägel waren auf die Bordeauxfarbe ihrer Seidenbluse abgestimmt, nichts außer ihrer Schwerhörigkeit und ihrem Doppelkinn, das ihr eine entfernte Ähnlichkeit mit einem Pelikan verlieh, ließ auf ihr Alter schließen. Diesmal erzählte sie, wie es schien, nur für Daniels Tochter Adina, als wolle sie ihr, der zwölfjährigen Enkelin ihrer jüngsten Schwester Bertha, jedes Wort einschärfen, als gäbe sie ihr Amt, das Gedächtnis der Familie zu bewahren, wie ein Vermächtnis an das Mädchen weiter, das im Augenblick noch so gut wie nichts von dieser Familie und ihren Traditionen wußte. Ihr schwarzes glattes Haar, ihr Gesicht von der Form eines ovalen Medaillons und die schwarzen, ein wenig asiatischen Augen wiesen sie jedoch als eine Urenkelin Joseph Leondouris aus, keines seiner Kinder und Enkel hatte Edna jemals so stark an den liebenswürdigen Lebemann, der ihr Vater gewesen war, erinnert wie Adina. Dieses Kind mußte ihr wie eine neue Lebensaufgabe erscheinen, ein junges bereitwilliges Gedächtnis, dem sie die Geschichten, die alle anderen schon kannten, noch einmal neu erzählen konnte, denn solange diese ungeschriebene Geschichte einer jüdischen Einwandererfamilie im Bewußtsein eines Familienmitglieds, und sei es des jüngsten, weiterlebte und weitererzählt wurde, blieben ihre Eltern, Joseph und Bessie, und das jüdische Dorchester, das längst nicht mehr existierte, lebendig. Wenn diese Zwölfjährige die hohe Lebenserwartung einer Leondouri hatte, dann gab es eine Chance, daß Ednas Geschichten noch achtzig Jahre weiterlebten, eine Saat, die auch auf neuem Boden aufgehen und die Vergangenheit um ein weiteres Jahrhundert vor dem Vergessen bewahren konnte. Adina hielt Ednas Blick stand, ein wenig überrascht, die Aufmerksamkeit der ihr fremden Großtante auf sich zu ziehen. Das Mädchen kannte die jüdische Seite der Familie kaum, und Edna konnte sich nicht satt sehen an dieser Skurrilität genetischer Irrwege, dieser Ironie des Schicksals, daß die Enkelin ihrer Schwester Bertha und eines dahergelaufenen irischen Säufers, um dessentwillen sie Jahrzehnte lang Ednas Haus nicht betreten durfte, daß ausgerechnet diese Adina McLaughlin, die Tochter ihres der Familie entfremdeten Neffen Daniel und seiner katholischen Frau Teresa, eine echte Leondouri war.

Der Seder vor acht Jahren war Daniels erster Besuch in Ednas Haus gewesen, das erste Mal, daß er mit Frau und Kind an Ednas Tisch saß, und nun, da Morris tot und sein Haß auf Bertha und deren Sohn mit ihm begraben war, hielt Edna den Zeitpunkt für gekommen, die fast dreißigjährige Fehde zwischen den beiden Familien zu beenden. Ich will nicht ins Familiengrab, hatte Bertha ihrer Schwiegertochter Teresa, auf deren kämpferische Sturheit sie vertraute, eingeschärft, hörst du, ich will, daß du mir das versprichst, daß ich nicht neben Morris liegen muß, wir sind uns achtundzwanzig Jahre aus dem Weg gegangen, ich will nicht neben ihm begraben sein. Bei ihrem letzten Besuch im Spital habe Bertha ihr dieses Versprechen abgenommen, sie könne heute noch ihre Finger spüren, sagte Teresa und schloß schützend die Finger um ihr Handgelenk, als fühle sie von Neuem den Griff der Sterbenden. Legt mich um Gottes willen nicht neben Morris, das war das letzte, was sie zu mir gesagt hat! Teresas runde, bernsteinfarbene Augen starrten beschwörend aus ihrem sommersprossigen Gesicht. Teresa war unverkennbar ein Kind der irisch-katholischen Arbeiterviertel South Bostons, praktisch veranlagt und bereit zuzupacken, wo Hausverstand und Muskelkraft vonnöten waren, aber skeptisch allem Bücherwissen gegenüber. Nach ihrem Tod hatte man Bertha ihrem Wunsch gemäß verbrannt, denn lieber brach sie das jüdische Gesetz, als ihre lebenslange Feindschaft aufzugeben, und Teresas posthumer Kampf für den letzten Willen ihrer exzentrischen Schwiegermutter stieß in dieser Familie voll eigenwilliger Frauen auf Bewunderung.

Ein paar verliert man, ein paar gewinnt man, sagte Edna mit einem schalkhaften Lächeln, als Daniel zum erstenmal mit seiner Familie in ihrem Haus erschien. Weißt du, die Leondouri-Männer sind alle gleich, klärte sie Teresa noch bei der Begrüßung auf, gutgläubig, sentimental, ein bißchen Filous, aber unfähig, sich aus der Affäre zu ziehen, wenn sie einer Sache nicht gewachsen sind. Sie brauchen starke Frauen.

Ich weiß, gab Teresa ohne Lächeln zurück.

Während Daniels Kamera lief und Edna sich vielleicht daran erinnerte, daß sie in ihrer Jugend Sängerin hatte werden wollen und die Leondouris überhaupt eine ausgeprägte Begabung für Schauspielerei besaßen, breitete sie wieder einmal Dichtung und Wahrheit ihres Clans diesmal vor neuem Publikum aus. Lady Edna, aufrecht vor dem Erkerfenster neben dem Delfter Porzellan, so würde sie lange nach ihrem Tod dank eines Home-Videos noch auf dem Bildschirm erscheinen und ohne Stocken, ohne ein einziges Mal nach dem richtigen Wort zu suchen, erzählen, als läse sie aus einem Buch vor, wie eine Radiosprecherin, in klaren schnörkellosen Sätzen, die so erlesen waren wie ihre Erscheinung.

Sie begann mit Herschel Leib, ihrem Großvater, der die lange Reise von Rußland nach Hamburg und die Überfahrt auf dem Zwischendeck nur wenige Jahre überlebt hatte, lang genug, um auf seine alten Tage den neuen Namen Henry Lewis zu bekommen und von seinen beiden ältesten Enkelkindern Seyde, dem jiddischen Wort für Großvater, genannt zu werden. Seit vierundsiebzig Jahren war er tot. Sie erinnerte sich an seine mageren, fleischlosen Altmännerknie, auf denen er sie gewiegt hatte, er war der einzige gewesen, der mit ihr Hebräisch gelesen und jeden Abend mit ihr und Elja das *Schma Yisroel* gebetet hatte. Am Schabbat war er am schmalen Ende des Küchentisches gesessen und hatte den Kindern erklärt, warum er aus einem silbernen, ziselierten Kidduschkelch trank. Randvoll muß er sein, daß er fast überfließt, hatte er gesagt, so wie euer Glück einmal überfließen soll, dann sang er den Kiddusch, *es war Abend und es war Morgen, der sechste Tag, da waren vollendet Himmel und Erde und ihr ganzes Heer*, und Elja durfte den Segen singen, *der Du die Frucht des Weinstocks erschaffen hast.* Am Schabbatausgang machte er jeden Samstagabend, wenn er sich vergewissert hatte, daß mindestens drei Sterne am Himmel waren, mit demselben Kidduschkelch Hawdala, denn es gebe das Heilige, das sei der Schabbat, und das Gewöhnliche, das sei der Rest der Woche, überhaupt sei es wichtig, zu unterscheiden, nur so könne man die Welt zusammenfügen und ihr Gleichgewicht erhalten, sonst würde man leben wie ein Tier. Mit dem Wein löschte er die Flamme der dreifach geflochtenen Hawdala-Kerze und wünschte ihnen allen eine gute Woche. Die Frömmigkeit und das tätige Leben – in diesem Wechsel verliefen seine Wochen, seine Jahre, sein Leben, und daran änderte sich nichts zwischen Podolien und Amerika. Sein damals schon kränkelnder Körper mochte die weite Reise über den Ozean und von Ellis Island nach Boston geschafft haben, aber sein Denken und seine Art, das Leben zu betrachten, waren tief in der anderen Welt verwurzelt. Er hatte nicht mehr versucht, Englisch zu lernen, das hatte er in Dorchester auch nicht gebraucht. Er war von einem Stetl in ein anderes übersiedelt und hatte bis zu seinem Tod in einer Buchbinderei gearbeitet. Kein schlechter Job für einen, der Wissen schätzte. In der Alten Welt hatte er mit Getreide gehandelt und war wohlhabend gewesen, aber für die Einwanderung der ganzen Familie hatte das Geld nicht ausgereicht. Wie viele Verwandte er in dem podolischen Dorf zurückgelassen hatte, davon war selten die Rede gewesen, gewiß gab es dort noch eine Frau und ältere, vielleicht bereits erwachsene Kinder, ins Land der Freien waren jedenfalls nur er und seine beiden jüngsten Kinder, Bascha und Paul, eingezogen. In ihren Erzählungen spielte dieser Teil der Vorgeschichte nur eine Nebenrolle, jede Familie in Dorchester hatte vergleichbare Geschichten, sie waren für Edna nichts Besonderes. Einer war vorausgereist, hatte gearbeitet und gespart und Frau, Kinder, Eltern, die noch drüben im Stetl lebten, nachkommen lassen, damit sie gemeinsam arbeiteten und sparten und ihre Kinder auf höhere Schulen schicken und sich nach zwei, drei Generationen den amerikanischen Traum leisten konnten. Nein, Baschas Vorgeschichte war nicht erwähnenswert, sie war mit fünfzehn, um die Jahrhundertwende, ins Land gekommen und hatte den Namen Bessie Lewis angenommen, damals wohl schon ein resolutes Mädchen, mit einem scharfen, praktischen Verstand, das rasch lernte, was es brauchte, um durchzukommen, aber auch nicht mehr. Eine echte *balabuste*, sagte Edna anerkennend, eine jüdische Hausfrau, von klein auf, lange bevor sie heiratete. Und hier, in Amerika, in Chelsea bei einer Hochzeit, erzählte Edna und schöpfte tief Atem, als strebe sie nun dem bedeutsamen Höhepunkt der Geschichte zu, lernte die zwanzigjährige Bessie Lewis den Helden unserer Geschichte, Joseph Leondouri, kennen.

Um Joseph Leondouri gerecht zu werden, genügte es nicht, mit seinen Eltern zu beginnen, denn seine Spuren ließen sich bis zur Vertreibung der Sephardim aus Spanien zurückverfolgen, ja noch weiter, bis zu dem Kabbalisten Moses de León, der im dreizehnten Jahrhundert in Kastilien gelebt hatte und den *Sefer ha-Sohar*, das Buch des Glanzes, geschrieben haben soll. Vor dem Krieg, in den ersten Jahren meiner Ehe, erzählte Edna, war ich an allen diesen Orten, in Spanien, Italien und Griechenland, ich war in Guadalajara, wo Moses Schemtov de León gelebt hat, in Avila, wo er sich aufgehalten haben soll und wo er vielleicht gestorben ist.

Und dann konnte es vorkommen, daß jemand einwarf, wie kannst du in den dreißiger Jahren in Spanien gewesen sein, da war doch noch Bürgerkrieg. Dann war ich eben vorher dort, antwortete sie. Ihr Interesse war immer eng auf die Familie beschränkt, Politik war nicht ihre Sache. Sie hatte nicht studiert, nicht einmal die High School abgeschlossen, gern wäre sie Vaudeville-Sängerin geworden, statt dessen hatte sie geheiratet. Die europäische Geschichte hatte sie als eine Geschichte der Verfolgung wahrgenommen und war darüber nicht verwundert, denn schon ihr Seyde hatte ihr erzählt, wie die Kosaken von Zeit zu Zeit mordend und brennend in die Dörfer der Juden eingefallen waren. Aber von Moses de León wußte sie wegen ihres ähnlich klingenden Mädchennamens, und woher sie über ihn erfahren hatte, gab sie nicht preis. Er war ihr Vorfahr, dessen war sie gewiß, und alle anderen Kabbalisten und jüdischen Gelehrten der maurisch-sephardischen Blütezeit interessierten sie nicht. Ihr Neffe Irving, der respektlose Skeptiker und Tüftler, der über Ausbildung und Wissen verfügte, das ihr fehlte, hatte den Sohar, oder was davon erhalten war, zu lesen versucht und war den Quellen nachgegangen. Anstatt nach Spanien zu fahren, hatte er sich mit dem *En Sof* und seinen Emanationen befaßt. Wie das Spiel der Sonnenstrahlen, so zeige sich das göttliche Verborgene in der Schöpfung, zitierte er, und die Armen seien Gottes zerbrochene Gefäße. Der Verfasser des Sohar schreibe dunkel und schwer verständlich, behauptete er bei Tisch, Gerschom Scholem nenne ihn einen Schönredner. Na, siehst du, rief Edna erfreut, als sei damit der Beweis dafür erbracht, daß er ein echter Leondouri gewesen war. Und wenn es mehrere, vielleicht zahllose Leóns gegeben hat, später vielleicht, Jahrhunderte nach der Vertreibung aus Spanien? spottete Irving. Alles könne so oder so gewesen sein, gab sie gekränkt zurück, dann könne sie ja gleich aufhören zu erzählen, wenn man ihr nicht glaube. Doch auch *der* Satz stünde im *Sefer ha-Sohar*: *Das Wort ›Ende‹ bezeichnet jenen Ort, wo das Gedächtnis nicht mehr ist.*

Die Nachkommen des Moses de León, erzählte sie unbeirrt auch beim nächsten Mal, seien über Italien und Griechenland nach Osten gewandert und hätten unterwegs auf dem nordöstlichen Peloponnes das Dorf Leondarion gegründet, das sie ebenfalls in den dreißiger Jahren besucht habe, es sei in einer gebirgigen Landschaft gelegen, mit kahlen Bergrücken und Olivenhainen, viel felsigem Geröll und schlechten Straßen, und die blauen Bergketten am Horizont versperrten jede Sicht aufs Meer. Das Dorf ziehe sich einen Berghang hinauf, berichtete sie, schmiege sich an den Felsen, mit steilen Gassen und Steinhäusern, flachen Ziegeldächern und weiß getünchten Stuben. Jeden Abend sei sie auf dem Dachgarten ihrer Herberge gesessen und habe über die Bergkämme des Erymanthos hinweg die Sonne sinken und die Täler dunkel werden sehen, und nachts seien die Zypressen wie schwarze Säulen vor ihrem Fenster gestanden. Aber sie war auch damals wohl nicht in einem griechischen Dorf der dreißiger Jahre, sondern im fünfzehnten Jahrhundert, als einer der Leons, den sie für sich als Vorfahr in Anspruch nahm, dieses Dorf gegründet hatte, denn auf griechisch hieße es Geschenk des León, und weil nie jemand an ihrem Tisch anwesend war, der Griechisch konnte, wurde diese Version fester Bestandteil der Familienmythologie zusammen mit der Geschichte vom ausgedehnten Großgrundbesitz der Leondouris in jenem Teil der Türkei, der im russisch-türkischen Krieg an Rußland gefallen war. Sie blieben und wurden wohlhabend, erzählte Edna, und niemand wußte, daß sie Juden waren, was manche Pedanten an der religiösen Gesetzestreue ihrer Vorfahren zweifeln ließ. Bis ihre Söhne in die Armee des Zaren eingezogen werden sollten, lebten sie angenehm und unerkannt. Aber der Patriarch der Familie war türkischer Untertan und wurde des Landes verwiesen, die Ländereien wurden konfisziert. Aus unerfindlichen Gründen ließ er seine zahlreiche Familie, Frau und Kinder, zurück und floh mit seinem sechsjährigen Sohn Joseph über die Grenze ins Osmanische Reich. Über sein Ende hatte Edna im Lauf der Jahre verschiedene Versionen verbreitet. Früher erzählte sie stets, er sei unterwegs ermordet worden. Der älteren Generation hatte sich das düstere Bild eines nächtlichen Zugabteils eingeprägt, einer Gleisstrecke in einer öden Steppe, im Niemandsland zwischen Rußland und dem türkischen Reich, und immer war es Nacht und winterlich, wo sonst sollte es grimmig kalt sein, wenn nicht in Rußland. Und auf dem Gleis neben seinem toten Vater ein sechsjähriges Kind, das einmal ihr Großvater werden sollte, es genaugenommen damals schon war, ohne es noch zu ahnen, daß sich ein ganzer Clan in seinen schlummernden Lenden verborgen hielt. Aber wußte der Sechsjährige, daß sein Erzeuger tot war, und wie drang die Erkenntnis, verwaist und in der Fremde nun ganz allein zu sein, in sein kindliches Bewußtsein und wurde zur Gewißheit? Wie hatte man den Alten umgebracht, und wie alt war er überhaupt, vielleicht erst um die vierzig oder jünger? Hatte man ihn erstochen, erschlagen, erschossen, und wer hatte ihn umgebracht? Es gab so vieles, was die Kinder, die in die Märchenwelt von Joseph Leondouris Abenteuer eingetaucht waren, genauer hätten wissen wollen, aber Edna folgte unerbittlich ihrer eigenen Erzählspur und beließ alles, was ihr nebensächlich schien, im dunkeln. Während die neugierigen Nachkommen überlegten, ob die Bahnstrecke in Moldawien oder Bessarabien gelegen sei, ob man sich an den Grenzverlauf vor oder nach dem Frieden von San Stefano halten mußte, schwieg Edna gleichgültig, denn die Magie, die für die anderen von Namen wie Braila, Galati, Izmail, Tulcea ausging, Ortschaften zwischen den ehemaligen Großreichen des Zaren und des Sultans, diese Magie lag für Edna allein in diesem einen Kind, mit dessen Schicksal ihr eigenes Leben verwoben war. Was waren Orte verglichen mit der Lebensgeschichte ihres Vaters und den Geschichten der anderen Zuginsassen, Flüchtlinge vielleicht auch sie, selbst wenn einer unter ihnen der Mörder ihres Großvaters war. Auch er hatte Kinder und Enkelkinder, die nicht wußten, daß sie die Nachkommen eines Mörders waren, denn das erstaunte Edna stets von neuem, wie unvorhersehbar und unergründlich die Lebensläufe der Menschen sich ineinander verstrickten und daß sie alle mit der Besonderheit dieser oder jener Nacht, irgendeines schicksalhaften Augenblicks begannen, der es wert war, erinnert und erzählt zu werden, weil er sich unterschied und seinen Schatten auf alle späteren Ereignisse vorauswarf. Wenn man die Geschichten aller Menschen erzählen würde, die einem im Lauf eines langen Lebens begegnet sind, gab Edna ihren Zuhörern zu bedenken, das, was man von ihnen weiß, und auch das, was im dunkeln liegt, was man nur daraus erahnen kann, wie sie geworden sind, könnt ihr euch vorstellen, welche gewaltige Geschichte das ergäbe? Und zwischen welcher unendlichen Zahl von Möglichkeiten der Ewige eine einzige auswählt, die auf alle späteren Generationen weiterwirkt? Denn wäre Joseph damals in jener Nacht der Flucht nicht, verloren und allein, neben seinem toten Vater gesessen, wären wir jetzt vielleicht nicht hier, sondern irgendwo in Europa durch Hitlers Einsatztruppen umgekommen. *Hätte der Ewige unsere Väter nicht aus Ägypten geführt, wären wir und unsere Kinder und unsere Kindeskinder Sklaven des Pharao geblieben.* So verband Edna leichthin Knechtschaft und Errettung. Wie leicht hätte es sein können, daß wir in einer anderen Sprache denken und träumen, daß andere Menschen uns nahe wären.

Sie hatten alle eine ebenso deutliche Vorstellung von dem sechsjährigen Joseph Leondouri wie von ihrer eigenen frühen Kindheit, dabei kannten sie die Sprache nicht, in der er damals erfuhr, daß sein Vater tot war. Und trotzdem erschütterten Josephs Gedanken und Gefühle Ednas junge Zuhörer stärker als ihre eigenen, die sie noch niemals formuliert hatten. Später, als sie auf die Phantasie der Kinder mehr Rücksicht nehmen mußte, weil eine neue Generation von Müttern Mordgeschichten für psychologisch unzumutbar hielt, erfand Edna eine harmlosere Version, angeregt durch die seit vielen Jahren häufigste, offenbar erbliche Todesursache in der Familie. Josephs Vater war demnach in einer türkischen Herberge unerwartet an Herzversagen gestorben. Damit konnten die Kleinen das eine oder andere Begräbnis der letzten Zeit verbinden, aber die Älteren fühlten sich betrogen, ein langweiliger Tod mitten in der Wildnis des alten Transsylvaniens mit seinen Werwölfen und Vampiren, eine prosaische Enttäuschung für eine ganze nachwachsende Generation.

Daran, daß Joseph nun verwaist umherirrte, änderte Edna

im Lauf der Jahre nichts, und auch die erbauliche Geschichte von dem alten, kinderlosen Juden, der Joseph adoptierte, um einen gottesfürchtigen Jüngling aus ihm zu machen, der Kaddisch für ihn sagen und Jahrzeitkerzen für ihn anzünden würde, blieb in unverändertem Wortlaut von Seder zu Seder gleich. Nicht zufällig trug Edna die Erzählung von der Errettung Josephs zu Pessach vor, wo man nicht nur der Errettung aus der Knechtschaft, sondern auch des Wunders gedachte, daß jede Prüfung die Tradition bereicherte und die Gesetzestreue festigte. Statt zu erben wurde Joseph nach dem Tod des alten Mannes allerdings aus dem Haus geworfen und um sein Erbe betrogen.

Es folgte eine Zeit, die Edna je nach Publikum mit Haremsgeschichten ausschmückte oder diskret mit dem Hinweis überging, daß der junge Joseph in Istanbul Sprachen lernte und seine Lust auf Erkenntnis und Wissen stillte. Aus irgendwelchen unbekannten Gründen wanderte Joseph dann nach Syrien und Palästina weiter. In Damaskus, erzählte sie, war er Berater eines Scheichs, er sei ein frühreifer, kluger junger Mann gewesen. Er hat es mir selbst erzählt, verteidigte sie sich, wenn jemand spöttisch lächelte.

Sie war Josephs Liebling gewesen, anschmiegsam und neugierig, nicht jähzornig und eigenwillig wie ihre Geschwister, die der Mutter nachgerieten, aber sie hatte diese leicht entflammbare Phantasie, und in ihren Geschichten aus Tausendundeiner Nacht war er der Held, der Prinz, der Draufgänger. Hattest du ein Pferd, als du in Damaskus beim Scheich lebtest? fragte sie ihn, und natürlich hatte er eines, und nicht nur eines, einen ganzen Stall voll Araberhengste. Und wo hast du gewohnt? Wenn er mit dem Scheich in der Wüste unterwegs war, hatte er selbstverständlich ein Zelt für sich allein gehabt, größer als dieses Wohnzimmer und voller Teppiche und bestickter Ottomanen und Silbergefäße. Seine Gemächer stellte sie sich ein bißchen wie Mishkan Tefila, die große Synagoge an der Seaver Street, vor. Aber warum er aus all dem Luxus stets wieder aufbrechen mußte und seine ehrenvollen Ämter anderen überließ, danach hatte sie nie gefragt, wußte sie doch, daß es dann keine Fortsetzung der Abenteuergeschichten gegeben hätte.

Ihre Zuhörer betrachteten sie gebannt und versuchten sich vorzustellen, wie diese alte Frau als kleines Mädchen auf dem Schoß des Mannes gesessen sein mochte, von dem es nur das nachgedunkelte Ölbild eines Sonntagsmalers gab, aus dem er mit schwarzen, ein wenig tatarischen Augen amüsiert auf den Betrachter blickte, als sei er ein Schwindler und Scharlatan, der ihn fürs erste recht gut unterhalte. Auch von Edna gab es Kindheitsfotos, aber keines, auf dem sie mit ihrem Vater abgebildet war, sie war ein unauffälliges kleines Mädchen gewesen, weder schön noch häßlich, ganz und gar ohne herausragende Merkmale. Meine Besonderheiten waren unsichtbar, pflegte sie zu sagen, sie lagen in meiner Phantasie und in meiner Stimme.

Und als ich in den dreißiger Jahren in Palästina und später dann in Israel war, erzählte Edna, war es, als ginge mein Vater neben mir durch die Altstadt von Jerusalem, da waren die Gerüche, der Duft von Cardamom und Zimt, wie er sie mir beschrieben hatte, der Suk, das orientalische Leben, nach dem er sich bis zu seinem Tod gesehnt hat, die arabische Sprache. Sogar die mächtigen Steine der Stadtmauer und wie sie in der Abendsonne leuchteten, kamen ihr durch seine Erzählungen vertraut vor. Und natürlich, wie konnte es bei diesem Namen anders sein, war Joseph auch längere Zeit in Ägypten gewesen und hatte Steine geschleppt wie die Hebräer in Mitzrajim, und ein jüdischer Reporter, Zeitungsleute gab es damals auch schon, hatte ihn auf der Leiter einer Baustelle entdeckt und ihn von dort heruntergeholt, dieses Prachtstück von einem jungen Mann, der so offensichtlich kein Ägypter war. Weißt du, was heute für ein Tag ist, fragte der Reporter, dessen Nationalität in Ednas Erzählungen lange unentschieden blieb. Joseph wußte nicht, daß Jom Kippur war, denn seine religiöse Erziehung als Kaddisch eines wortbrüchigen alten Mannes war schon lange verblaßt. Ich mußte mir meinen Unterhalt verdienen, gab Edna die Ausflüchte ihres Vaters wieder, sonst hätte ich nichts zu essen gehabt, für mich war jeder Tag ein Jom Kippur. Der Journalist fand, daß ein derart miserables Leben als *Schlepper* und Bauarbeiter einem jungen Mann wie ihm nicht anstand, verpaßte ihm einen Bauchladen mit Bürsten und anderem Kleinkram und beförderte ihn zum Straßenhändler. Dort, in Kairo, lernte Joseph Arabisch, auch in Italien soll er eine Weile gelebt und seither fließend Italienisch gesprochen haben. Die Länder und Sprachen seiner Jugend blieben ihm als Horizont seiner lebenslangen Sehnsucht. Später dann ging er jeden Samstag ins alte North End zu den Griechen und Italienern, um in das levantinische Leben einzutauchen, das einem anderen Zeitgefühl gehorchte als die aufgekratzte Hektik Amerikas, um mit Menschen zusammenzusein, deren Temperament er sich verwandt fühlte, die Sprachen zu hören, die ihm vertraut waren, denn Englisch sprach er zeitlebens mit italienischem Akzent. Abends brachte er Oliven mit nach Hause, Halvah, gefüllte Weinblätter. Er mochte Bessies jüdisch-polnische Küche nicht. Bessie führte ein strenges Regiment, und die Kinder lernten von ihr, daß ihr levantinischer Vater genußsüchtig und nicht ernst zu nehmen sei, aber Edna verehrte ihn.

Und wie kam Joseph Leondouri am Ende nach Boston? fragte Edna ihr Publikum. Irgendwann hatte er wohl angefangen, sich über seine Herkunft Gedanken zu machen und nach seiner Familie zu fahnden, und er war fündig geworden. Immerhin hatte er noch Erinnerungen an sein kurzes Leben in einer richtigen Familie, er wußte, wie viele Geschwister er hatte und daß die rechte Hand seiner Schwester Rosa von einem Unfall verkrüppelt war. Eine Familienzusammenführung war geplant, sie sollten sich bei einem Verwandten in Deutschland treffen und zusammen nach Amerika auswandern. Joseph bekam die Adresse dieses Verwandten in Deutschland heraus, aber als er dort ankam, wußte man nichts von seiner Familie. Es hieß, sie sei schon mit dem Schiff weitergereist. Aber irgend etwas anderes muß ihn in Deutschland noch festgehalten haben, denn er konnte sich nicht entschließen, die Überfahrt nach Amerika, zu der man ihm verhelfen wollte, anzutreten. Er nahm das Geld einer jüdischen Hilfsorganisation, ließ sich eine Schiffskarte schenken und verschwand damit, meldete sich erst wieder, als das Geld verbraucht war. Es muß wohl um eine Frau gegangen sein, Edna machte Andeutungen, daß Joseph dort eine große Liebe widerfahren sei, aber über die Frau sei nichts bekannt, außer daß sie älter gewesen sei als er, daß es eine leidenschaftliche und verbotene Liebe war und daß ihr Vater, ein Geschäftsmann, die Geduld mit diesem mittellosen Fremden auf der Durchreise verloren und ihn gezwungen hatte, seine Schiffskarte endlich zu benutzen. Er soll Joseph selber an Bord gebracht haben, um sicherzugehen, daß er das Land ein für allemal verließ.

Nach dem Ersten Weltkrieg kehrte Joseph noch einmal nach Europa zurück, als Tourist nunmehr, und fuhr geradewegs nach Koblenz, setzte sich dort auf eine Parkbank, als sei er verabredet, und wartete, kein verliebter Jüngling mehr, sondern ein Mann von fünfzig Jahren, verheiratet und Vater von vier Kindern, saß da in seinem hellen Sommeranzug, in dem er hinreißend elegant aussah, wie Edna sich erinnerte, und wartete, vielleicht Stunden, einen halben Tag, vielleicht jeden Tag mehrere Stunden, aber worauf? Auf das Mädchen, das in seiner Phantasie um keinen Tag gealtert war, auf eine fast sechzigjährige Frau, auf die Wiederholung einer unmöglichen Liebe oder daß die Erinnerung an diese Liebe wieder lebendig würde? Vielleicht schaute er an einer Hausfront empor, spähte nach einem Fenster, stand vor einem Portal, wer weiß? Er stellte keine Nachforschungen an, saß nur im Park, und bevor die Dämmerung in die Nacht überging, wird er wohl aufgestanden und zu seiner Herberge zurückgegangen sein, und irgendwann wird der Zeitpunkt gekommen sein, an dem ihm die Sinnlosigkeit dieser Reise deutlich vor Augen stand und er die Flucht vor seiner eigenen Torheit ergriff. Zu Hause erzählte er nur, er sei in Koblenz gewesen, in keiner anderen deutschen Stadt. Dann reiste er nach Italien und Palästina, dort fühlte er sich wohl, dort kannte er die Sprachen, aber von Deutschland hatte er nur Koblenz wiedersehen wollen, und niemandem außer seiner damals vierzehn Jahre alten Tochter Edna verriet er, warum. Wenn es um die Liebesgeschichten ihres Vaters ging, war Edna diskret und nachsichtiger als ihre Mutter Bessie, nur peinlich berührt wie Töchter eben, wenn sie gezwungen sind, sich ihre Väter als Liebhaber fremder Frauen vorzustellen.

Josephs Wanderschaft war jedoch schon zwei Jahrzehnte früher zu Ende gegangen, als er das Einwandererschiff im Hafen von New York verließ, angeblich ohne einen Penny in irgendeiner Währung in der Tasche, und nach dem obligaten Zwangsaufenthalt auf Ellis Island nach Boston weiterreiste, wo er vergeblich nach seiner Mutter und seinen Geschwistern suchte. Für den Rest des Lebens holte er sich einmal in der Woche den Geschmack der Freiheit seiner Jugend zurück. Mit knapp dreißig war er am Ende seiner Reise angekommen, und es blieb ihm, um seine Bestimmung zu erfüllen, nur mehr, die um zehn Jahre jüngere Bascha aus dem podolischen Dorf zu heiraten, zu seinen vier Sprachen noch Englisch und Jiddisch hinzuzulernen sowie drei Töchter und einen Sohn zu zeugen.

Elja war der Älteste, der einzige Sohn. Er war den Frauen zugetan, sagte Edna verschmitzt.

Du meinst, er war ein Weiberheld, erwiderte Eljas Enkel Marvin.

Er war ein schwacher Mann, räumte Edna ein, der keiner Frau widerstehen konnte. So sind unsere Männer eben, charmant aus Schwäche, weil sie nur unter dem bewundernden Blick einer Frau aufblühen, und eine, die noch nicht erobert ist, zählt doppelt. Er konnte so verständnisvoll zuhören, und die Tränen saßen ihm locker, alles konnte ihn zu Tränen rühren, ein sensibler Mann.

Meine Großmutter ist da anderer Meinung gewesen, meinte Marvin.

Einmal, erzählte Edna, kam mein Schwager Sandor, der noch in Montana lebte, auf Besuch, und Elja fragte: Hast du schon eine Unterkunft? Er war ja so bemüht, es allen recht zu machen, und deshalb zog er beflissen einen Schlüssel aus der Hosentasche und nannte Sandor eine Adresse. Aber als Sandor die Wohnungstür aufsperrte, fand er dort eine Frau, die schrie, als sei er der Würger von Boston. Sie ließ sich auch von Sandors Erklärung, er habe den Schlüssel von seinem Verwandten Elja, nicht beruhigen. Die Geschichte brachte Elja viel Ärger ein, erinnerte sich Edna, denn seine Geliebte verklagte Sandor wegen Hausfriedensbruchs, die ganze Familie wurde in diesen Fall hineingezogen. Eljas Frau Ida war damals schwanger, und wäre die Sache mit dem Schlüssel nicht passiert, hätte sie dieses vierte Kind bestimmt bekommen, es wäre vielleicht ein Sohn gewesen, der lang ersehnte Sohn nach drei Töchtern, und du hättest einen Onkel, sagte sie zu Marvin. Das hat sie Elja wohl nie verziehen. So freimütig war Edna, wenn sie von ihrem älteren Bruder sprach.

Deine Großmutter Bertha war die Jüngste und unserem Vater am ähnlichsten, im Aussehen und auch in ihrem Wesen, sagte Edna über den langen Tisch hinweg zu Adina, aber sie kam mit unserem Vater nicht gut aus, sie war ihm zu wild. Die Mittlere war Dora, sie war die Fromme, Bessie sagte, sie gerate unserem Seyde nach, im Äußeren und auch in ihrer stillen Art, aber nach ihrer Krankheit war sie nicht mehr dieselbe wie früher, sie hatte mit sechsunddreißig Meningitis, und danach wurde sie eigen. Aber das sagte Edna nur in Abwesenheit ihres Sohnes Irving. Wenn er am Tisch saß, sagte sie etwas nichtssagend Freundliches, wie daß sie eine seelengute Frau gewesen sei.

Edna jedoch war Josephs Lieblingstochter, und sie hatte ihn verehrt wie einen fremden Prinzen, der von weit her kam und wie ein Gast bei ihnen wohnte und der von seinen Streifzügen jenseits des vertrauten Stadtteils Oliven, reisgefüllte Weinblätter und aufregende Geschichten von Ganoven und Spirituosenschmugglern mitbrachte. Sein Gesicht sei bis ins Alter glatt und gebräunt gewesen, und er habe eine Unbekümmertheit zur Schau getragen, die in einem fast anstößigen Kontrast zu den anderen abgearbeiteten Familienvätern von Dorchester gestanden sei, so als bestünde er durch seine bloße Erscheinung darauf, daß das Leben ein Vergnügen und sie allesamt Narren seien, weil sie es sich nicht angenehmer gestalteten. Sein Haar sei frühzeitig weiß geworden, Edna erinnerte sich, daß sich bereits in ihrer Kindheit sein dichtes, graumeliertes Haar von der dunklen Stirn abgehoben habe. Er war selten zu Hause, er langweilte sich zu Hause, und unter den ostjüdischen Einwanderern blieb er ein Fremder. Lieber hielt er sich im Hafenviertel auf, schaute zu, wie die großen Ozeandampfer hereinkamen, saß auf der Mole oder in *Mother Anna's* im North End, redete mit den Levantinern in Sprachen, die im Dorchester seiner Frau niemand verstand, rauchte Papyrossi, die er zu Hause nicht rauchen durfte, denn Bessie war sparsam und streng und betrachtete ihn als das nutzloseste Kind im Haus. In Ednas Augen dagegen war er der eleganteste Mann, den man je auf Blue Hill Avenue, der Geschäftsstraße Dorchesters, zu Gesicht bekommen hatte, ein Herr, ein Dandy, mit zweifarbigen, spitzen Schuhen, gestärkten Hemden und Flanellanzügen, der fand, das Leben sei zu schade, um es mit harter Arbeit zu vergeuden. Das leuchtete einem Kind ein, das sich zu Außenseitern hingezogen fühlte und alles Glamouröse liebte. Es ging etwas Geheimnisvolles von Joseph aus. Dorchester mit seinen fliegenden Läden, den Fässern voll gepökelter Heringe, den koscheren Fleischmärkten und chinesischen Wäschereien, den dreistöckigen Holzhäusern, deren graue und weiße Schindeln von der Sommerhitze gewellt und aufgezogen waren, den Fliederbüschen an den Eingangstreppen, das amerikanische Stetl der eingewanderten Ostjuden, die Jiddisch sprachen und ihren Alltag dem Leben anglichen, das sie von drüben kannten, das alles war ihr vertraut und barg kein Geheimnis. Sie hatte schon als Kind gewußt, daß das jüdische Ghetto mitten in Boston nur der Ausgangspunkt ihres Lebens sein konnte und nicht das Ziel, auch wenn sie das Ziel nicht hätte benennen können, nur daß es jenseits des Vertrauten lag, dort, von woher Joseph gekommen war, wo er sich aufhielt, wenn er fern von Zuhause war, und etwas, das er mitbrachte als einen anrüchigen Hauch von Luxus und Eleganz.

Diesen Hang zum Luxus und seinen unfehlbaren Sinn für Schönes hatte Joseph allen seinen Töchtern vererbt, aber nur Edna hatte ihn sich später auch leisten können. Noch mit achtzig ließ sie sich ihre Kleider in der Newbury Street anfertigen, die immer schon Laufsteg und Modestraße Bostons gewesen war und blätterte dort sachkundig die Hefte der Haute Couture nach maßvoll Elegantem durch. Gerade im

Alter ist es wichtig, sich nicht gehenzulassen, hatte Joseph in späteren Jahren gesagt, mit einem Blick auf Bessie, die es irgendwann aufgegeben hatte, sich in ihre guten Kleider zu zwängen, sie für immer weghängte, ohne sie je wieder eines Blickes zu würdigen, und sich mit den schäbigen Stoffen der Kaufhausketten begnügte, es war ihr egal, Äußerlichkeiten waren ihr immer gleichgültig gewesen. Früher, als Bessie noch eine schlanke junge Frau war und Joseph bereits ein ergrauter Mann, hatte er ihr auffallende Kleider gekauft, eine Spitzenstola, an die Edna sich erinnerte, und am Anfang ihrer Ehe, als jede Anschaffung ein Fest gewesen war, hatte sie manchmal gehofft, ihre Mutter würde sie fragen, ob sie eines dieser kaum getragenen Stücke haben wolle, aber Bessie, die nur für die Familie lebte und sonst so großzügig war, kam nie auf die Idee, ihren Töchtern ein Stück aus ihrer abgelegten Garderobe zu schenken, sie bedeutete ihr nichts. Sie merkte es nicht einmal, wenn Fejge, ihre Jüngste, sich ihre zu eng gewordenen Kleider auslieh, um in ihnen tanzen zu gehen. Nach ihrem Tod, als Edna bereits in Wohlstand lebte und Bessies Jugendgarderobe längst aus der Mode war, gingen die Töchter Stück für Stück ihres Kleiderschrankes durch. Die Sachen strömten einen abgestandenen, beißenden Geruch nach Staub und altem Schweiß aus, und als Edna die Stola, das schönste Stück ihrer Kindheitserinnerung, ans Licht hielt, war sie von Mottenlöchern zersiebt.

An Sonntagen, erzählte Edna, führte Joseph seine Familie zu *Mother Anna's* zum Essen aus. Das Restaurant stand am unteren Ende der Fulton Street im North End, einer Straße, die sich in keiner Weise von einer Gasse Neapels unterschied, die gleichen schmalbrüstigen Sandsteinhäuser mit ihren finsteren und ein wenig modrigen Treppenaufgängen, die eisernen Balkone und bunt behangenen Wäscheleinen, die über den Abgrund der Straße gespannt waren, und wenn man um die

Ecke in die leicht abschüssige Hauptstraße einbog, der ferne Blick aufs Meer und auf den Hafen. Dort unten entlang der Hafenstraße, erinnerte sich Edna, stand weißgekalkt und fensterlos die Bestattungsanstalt, von der aus sich der Zug zu Vanzettis Begräbnis formiert hatte, nachdem das Gericht seine Leiche freigegeben hatte. Das ganze North End trauerte um Sacco und Vanzetti, die beiden nach einem Indizienprozeß mit bestochenen Zeugen und gefälschten Beweisen hingerichteten Anarchisten, die für den Haß der Eingesessenen auf die Proletarier der Einwandererviertel büßen mußten. Den Richtern mochte der Anarchismus der Angeklagten als Grund für die Verurteilung genügen, im North End dagegen las man die Verteidigungsschriften Vanzettis, und die ungebildeten Einwanderer richteten ihr Selbstbewußtsein an der Rhetorik des in der Todeszelle zum Intellektuellen gewordenen italienischen Fischhändlers auf.

Mother Anna's hatte eine für ihre Gäste aus Bostons Unterwelt strategische Lage an der Straßenkreuzung Fulton Street und Salem Road, und wir parkten, wo eben Platz war, erzählte Edna, vor einem Hydranten, im Parkverbot, das machte nichts, im North End kannten die Polizisten die Autos von *Mother Anna's* Gästen.

Niemand in der Familie hatte je Genaueres über Josephs Stellung unter den Paten des italienischen North End erfahren, auch Edna nicht, oder sie redete nicht darüber. Wir gehörten nicht zur *famiglia*, sagte sie, außer Paul in seiner Jugend, später brauchte er keine Mafia-Kontakte mehr, er hatte seine Fürsprecher an höchster Stelle, aber seit ich mich erinnere, konnte jeder von uns mit seiner Hilfe rechnen, im Grund war er ein Familienmensch. Das weißt du doch von Stanley, deinem Vater, sagte sie zu Marvin, der mit einem beschämten Grinsen nickte. Ausgerechnet seinen Vater, der sich geweigert hatte, dem Großonkel seiner Frau Mimi nach seiner

Entlassung aus Walpole Geld zu borgen, weil er ihn wie alle anderen auch für einen verurteilten Mafiapaten und Verbrecher hielt, hatten die Umstände gezwungen, Pauls Hilfe anzunehmen. Nachdem ihn seine tödliche Krankheit, mit der er fast zwei Jahrzehnte leben mußte, arbeitsunfähig gemacht hatte, verschaffte Paul ihm eine Existenz als Buchmacher – das war seine subtile Rache für Stanleys Überheblichkeit. Marvin und die jüngere Generation kannten Paul nur mehr als *den Paten*, als sei sein Verwandtschaftsverhältnis zu ihnen durch diesen Makel getilgt, aber sie sprachen von ihm mit vor Ehrfurcht gesenkter Stimme, als sprächen sie von einer unheimlichen Erscheinung aus einer anderen Welt, die wundermächtig war.

Wochentags war *Mother Anna's* eine Gruft, ebenerdig, düster und leer. Aber am Sonntag knisterte die Spannung wie Elektrizität in der Luft, wenn die Bosse mit ihren aufgedonnerten Frauen und frisch gewaschenen Sprößlingen sich an den gedeckten Tischen niederließen. Es war auch klar, daß wir nicht zu den prominenten Gästen in *Mother Anna's* gehörten, erinnerte sich Edna, vielleicht waren wir nur geduldet. Wenn Geraldo Angiuli mit seiner Großfamilie das Restaurant betrat, wurde er ganz anders als wir empfangen. Es konnte vorkommen, daß der Kellner in panischer Hast den Gästen, die zufällig an Geraldos Stammtisch saßen, einfach das Tischtuch mitsamt ihren halbvollen Tellern vom Tisch riß und sie an einen anderen Tisch scheuchte, und Anna persönlich aus der Küche kam, um mit weißem Damast und Silber frisch aufzudecken. An Annas Seite schritt Angiuli zu seinem Platz wie ein Fürst, und sie bediente ihn, als empfinge sie ihn in ihrem eigenen Wohnzimmer. Angiuli war der einzige, von dem alle Gäste in *Mother Anna's* wußten, daß er einer der Paten von Bostons italienischer Mafia war. Er wurde schließlich zu einer Gefängnisstrafe verurteilt, und Edna war erstaunt, seinen

Namen in der Zeitung zu lesen. Wußten die Journalisten denn nicht, daß man die Namen der bekannten Mafiosi nicht in den Mund nahm und noch weniger zu Papier brachte? Es gab ein Gerücht, daß er die Gefängnisstrafe nicht abgesessen hatte, weil er vorher ermordet worden war.

Von jüdischen Paten wollte Edna nichts wissen, obwohl sie gelegentlich von einem Mr. Barney erzählte, der mit Hundertdollarscheinen zu bezahlen pflegte. Behalt den Rest, sagte er dann zum Kellner, und der Rest war nicht selten das Dreifache der Zeche. Dafür war die Bedienung schnell und zuvorkommend. Man fühlte sich wohl, man war unter sich, die ehrbare Gesellschaft der Schattenwirtschaft in heimlicher, zäher Konkurrenz mit der Regierung. Geschäftsverbindungen, sagte Edna, reine Geschäftsverbindungen, nichts wirklich Illegales, Vater hatte eine Familie zu ernähren, und was sollte Unrechtes daran sein, Wetten auf Hunde- und Pferderennen und auf Baseballspiele anzunehmen. Man traf sich in den Suffolk Downs bei den Pferderennen und im North End, dort war Joseph in seinem Element, das Schwindelgefühl des Abenteuers, das ihm zu Kopf stieg wie anderen der Alkohol, das erhöhte Lebensgefühl, dieses Prickeln der Gefahr, wie hätte er auf einmal darauf verzichten sollen, wenn er seit seinem siebten Lebensjahr nichts anderes kannte. Er hatte mehr Erfahrung in seine ersten dreißig Jahre gedrängt, als andere in ihrem ganzen Leben machten, wie sollte er das alles vergessen und Handschuhe zuschneiden, Anzüge zusammennähen oder von Tür zu Tür mit irgendeiner Ware hausieren gehen?

Es gab eine ehrbare und eine kriminelle Mafia, belehrte Edna ihre an dieser Stelle besonders aufmerksamen Zuhörer, und wenn es um Geldgeschäfte und ums Heiraten ging, blieben die Juden und die Italiener unter sich. Bugsy Siegel, Lepke Buchalter und Zip der Hitman, der groß, massig und mit einer schwarzen Borstenfrisur über der niedrigen Stirn wie eine finstere Heiligenfigur bei *Mother Anna's* im Herrgottswinkel saß, das war die kriminelle Unterwelt. Louis Rothstein und Meyer Lanski dagegen waren ehrbare Geschäftsleute, deren Geschäfte der Staat aus Profitgier als illegal gebrandmarkt hatte, und seit im Jahr 1918 der Alkohol verboten wurde, kam er auf Lastwagen über die kanadische Grenze und auf Schiffen aus Europa, und der Hafen war der Umschlagplatz.

Mein Vater spielte nicht, er wettete nicht, und er trank nicht, beteuerte Edna, aber er konnte die Willkür der Regierung nicht anerkennen.

Und die Loyalität, auf der die Überlebensregeln der Schattenwirtschaft gründeten, schmiedete starke Freundschaften, die sich auf Söhne und Enkel übertrugen.

Man hatte Verbindungen zur Polizei, sagte Edna. Sie sagte nicht *wir* oder *Paul* oder *mein Vater*, sondern sie sagte, *man* hatte Hintermänner, *man* hatte Verbindungen, anders konnte *man* nicht überleben. Und diese Verbindungen schützten sogar Verkehrssünder vor der Strafverfolgung. Jahrzehnte, nachdem der Staat endgültig das Monopol des Glücksspiels und der Wettbüros an sich gerissen hatte, funktionierten die alten Beziehungen noch, und Strafmandate ließen sich mit einem Handschlag annullieren. Deshalb konnten die Gäste von *Mother Anna's* parken, wo sie wollten. Wenn einer aufflog, berief er sich auf den Fünften Zusatzartikel zur Verfassung, den man ihm bei seiner Verhaftung vorlas: *Kein Staatsbürger soll genötigt werden, Zeugnis gegen sich selber abzulegen, Sie haben das Recht zu schweigen*. Und so schwieg er, auch wenn sie ihn bloß nach seinem Namen fragten. Nie ging man zur Polizei, um seine Rechte gegen die eigenen Leute einzuklagen. Wer mit der Polizei drohte, war so gut wie tot, und man zahlte bar, auch große Summen, man hinterließ keine Spuren, die man zurückverfolgen konnte. Aber nie würde Edna zugeben, daß die italienischen Paten, die sie als Kind gekannt hatte, eines Unrechts verdächtig waren, in ihren Augen waren sie Ehrenmänner, auf deren Wort man zählen konnte, Familienväter, die ihre Kinder liebten, Einwanderer wie ihre Eltern.

Es war ihr bis ins hohe Alter unerträglich, sich vorzustellen, ihr Vater habe irgend etwas Unehrenhaftes getan, um seine Familie zu ernähren. Daß er es trotz seiner Verbindungen zur Unterwelt zu nichts gebracht hatte, erklärte sie sich mit seiner Gutgläubigkeit Geschäftspartnern gegenüber, die ihn übervorteilten. Er beherrschte Sprachen, er war intelligent, aber er hatte keine Menschenkenntnis, erzählte sie den Frauen, die sie bemitleidete, Leondouri-Männer geheiratet zu haben. Er war zu gutgläubig, zu großzügig, er liebte den Genuß, er ließ sich immer wieder hereinlegen und zahlte drauf, er hatte Ideen, und andere führten sie aus und wurden reich. Richie, sein langjähriger Freund etwa, dem er die Idee zu einem Restaurant nach Yankee-Geschmack eingeflüstert hatte, ein Wirtshaus wie ein Bierzelt, mit langen rohen Tischen, ohne jede Intimität, wo man neben Fremden saß und aus dickwandigen Gläsern trank, aber die besten und größten Steaks und Rippenstücke der ganzen Stadt bekam. Vielleicht glaubte er nicht daran, daß ein Wirtshaus, das seinem aristokratischen Geschmack so sehr widersprach, erfolgreich sein konnte, aber er hatte die Yankees richtig eingeschätzt, und seine Erfindung von *Richie's Rib Roast* brachte dem Freund und seinen Nachkommen ein Vermögen ein. Joseph kostete es eine langjährige Freundschaft.

Von der Faszination, die das North End auf ihre jugendliche Phantasie ausübte, erzählte Edna oft, von den Prozessionen an katholischen Feiertagen, den in weiße Spitze gehüllten Madonnen, dem verstaubten Brokat, den Flittergirlanden quer über die Straßen, den bunten Lichtern und den Spruchbändern auf italienisch. Sie erzählte davon, als wäre das North End, keine zwanzig Minuten von Dorchester entfernt, für sie stets ein fernes Land gewesen, als wären ihre Reisen nach Italien, die sie später unternahm, nur ein Versuch gewesen, die Bilder ihrer frühen Sehnsüchte in fremden Städten wiederzufinden, so wie man ein Foto mit der Erinnerung an ein Gesicht vergleicht und doch nie weiß, welches von beiden das echte ist. Einmal sei sie mit der Straßenbahn zur Mitternachtsmesse ins North End gefahren, erinnerte sie sich, um hinten an der Kirchentür, wo die Schneeluft hereinstrich, den fremden Bräuchen zuzusehen. Aber einer der Kellner von *Mother Anna's* hatte sie erspäht und sie nach Hause gebracht. Das sei er ihrem Vater schuldig, sie vor schädlicher Neugier und Fehltritten zu bewahren.

Das North End, *Little Italy*, wie man es in Boston nannte, war das Amerika der italienischen Einwanderer, von dem sie als Erwachsene Spuren in Florenz und Rom entdeckte, einzelne Straßen, enge Gassen zwischen Steinhäusern, dunkle Stiegenhäuser, vertraut und ihr zeitlebens doch fremd. Vielleicht erzählte sie von ihren Eindrücken in Italien auch, um den Verdacht von Daniels Frau Teresa, sie sei als Katholikin italienischer Herkunft in Ednas Haus unwillkommen, zu zerstreuen. Sie gab sich Mühe, Teresa mit demselben Respekt zu behandeln, den Joseph und seine Freunde füreinander empfunden haben mußten.

Das Meer hatte Edna ihr ganzes Leben lang angezogen, auch darin war sie ihrem Vater ähnlich. Als folge er der Nadel eines Kompasses, hatte Joseph nach seiner Ankunft in Boston das Meer gefunden, nicht seine Familie, die verschollen blieb, und nicht den Verwandten, dessen Adresse er in Deutschland bekommen hatte, einen jüdischen Friseur im West End, sondern den Hafen hatte er gesucht und sich sein ganzes Leben dort am liebsten aufgehalten, wo es nur mehr Planken und Schuppen mit glitschigen Betonböden und Bottiche voller Hummer, Langusten, Austern und Fische gab, wo Schienen über schmale eiserne Brücken liefen und abrupt am Hafenbecken endeten, am öligen schwarzen Wasser, wo das Meer niemals lieblich war und die salzige Brise nach Fischkadavern stank, wo die silbrigen Leiber von Flundern, Schollen und Teufelsfischen im Morgenlicht gegen die Bootswände schlugen, ihre milchigen Augen im Todeskampf rund und ausdruckslos, und Krabben von der Farbe der rosafarbenen Federwolken im Schein der aufgehenden Sonne sich an die Maschen der Netze klammerten. Dort draußen, am Ende der langen betonierten Pier, war er Stammgast im *Victoria Station*, einem engen, meist überhitzten Lokal, das wie ein altes Eisenbahnabteil aussah, ein wenig rauchig und verrußt, obwohl die Türen und Lampen aus rot lackiertem Metall wie frisch geputzt glänzten, eine Kreuzung von Schiff und Eisenbahn mit engen Sitznischen aus rotem Leder. Dort wärmte er sich nach der Kälte des rauhen nördlichen Klimas, an das er sich erst gewöhnen mußte, und später, als alter Mann, ging er mit seinen Enkeln nach einem sonntäglichen Besuch der Delphinschau im großen Aquarium dorthin essen.

Jeden Sommer war er mit seiner wachsenden Familie an den Strand gefahren, nach Lynn oder Revere Beach, wohin zweimal in der Stunde eine elektrische Straßenbahn fuhr, aber manchmal auch weiter mit der Lokalbahn nach Marblehead oder Newburyport. An die großen Picknickkörbe und die Aufregung des Aufbruchs erinnerte sich Edna gut, und an die hohe Gischt bei Egg Rock, an das Donnern der Brandung durch das offene Zugfenster, wie sie mit ihren Schwestern wetteiferte, indem sie einander zeigten, in welchen der alten Villen entlang der Küste sie wohnen würden, wenn sie erst einmal verheiratet waren. Am Abend fuhren sie bis auf die Knochen durchsonnt und müde zurück nach Dorchester, warfen einen letzten Blick auf das weite Oval der Hafenbucht, bevor der Zug über die Chelsea-Brücke donnerte, und stiegen an der Haymarket Station in die Hochbahn um.

Wenn Fejge, die Jüngste, die Träume ihrer Schwestern von Luxus und einem sorgenfreien Leben wörtlich genommen hatte, dann habe sie auch allen Grund dazu gehabt in einer Zeit, wo Schönheit und glamouröses Auftreten einer mittellosen Tochter jüdischer Einwanderer die besten Chancen für gesellschaftlichen Aufstieg boten. Sie sei auch stets von zahllosen Verehrern belagert gewesen, von Burschen aus der Nachbarschaft, die später einmal eine Bäckerei, eine der vielen kleinen Drugstores an der Blue Hill Avenue oder ein kleines Unternehmen mit zwei Dutzend Angestellten erben würden, Gleichaltrige, die sie von klein auf kannte, Einwandererkinder wie sie. Aber von denen sei keiner gut genug gewesen, wer wollte schon in Dorchester einheiraten, hinausheiraten wollte sie, die Festungen der WASP-Burgen in den vornehmen Vorstadtvierteln stürmen, in einem zweistöckigen Holzhaus wohnen, das weit von einer alleebestandenen Straße zurückgebaut zwischen den Bäumen weiß hervorleuchtete. Auch in Dorchester gab es solche Häuser, von den Protestanten zurückgelassen, die den Stadtteil freigaben, als die unerwünschten Einwanderer mit ihrem übertriebenen Ehrgeiz nachdrängten, aber in diesen Häusern lebten nun mehrere Mietparteien, und Großfamilien hatten die alten Herrschaftshäuser ihren Bedürfnissen anverwandelt.

Man hätte ihr vielleicht nicht ständig sagen sollen, wie schön sie sei, wie ihr, und ihr allein, die Welt zu Füßen liegen werde, man hätte ihr Leben nicht durch die unerschütterliche Überzeugung vergiften sollen, daß sie kein anderes Kapital besaß als diese Schönheit, die ihr am Ende nur Bitterkeit und Zorn auf die Ungerechtigkeit der Welt einbrachte. Zwar schienen alle ihre Hoffnungen wahr zu werden, als sie mit dreiundzwanzig den Erben einer der viktorianischen Villen an der Küste von Marblehead heiratete, eine Hochzeit, die nur deshalb verschämt und ohne großen Pomp in der Town Hall von Salem stattfand, weil die Braut nur schön, jedoch weder standesgemäß noch protestantisch war, eine peinliche Angelegenheit für beide Familien. Aber nach zweijähriger Ehe, so hieß es, hätten sie sich mit Messern und Geschirr beworfen, und die Scheidung sei für beide eine Erleichterung gewesen. Nun hieß Fejge Bertha, und mit dem Namen einer alten Mayflower-Dynastie zog sie zurück in die Wohnung ihrer Eltern. Ihr unberechenbares Temperament habe immer wieder alles zerstört, was sie erreicht hatte, sagte Edna. Später, als sie von der Sozialfürsorge lebte und ihren Daniel allein großzog, fuhr sie mit dem Kind an Sommertagen in ihrem alten Ford nach Marblehead. Wenn sie im Schrittempo am Familiensitz ihres ersten geschiedenen Ehemannes vorbeifuhr, wenn der kühle Sprühregen der Rasensprenger sie streifte und der Anblick der Villa über der Steilküste sie ärgerte, wünschte sie Gottes Zorn auf ihn herab und hielt nach Anzeichen Ausschau, ob die Gerechtigkeit ihn endlich ereilt hätte. Wie zum Trotz suchte sie ausgerechnet dort in Marblehead jeden Sommer nach einem abgeschiedenen Sandstrand, an dem sie mit dem Kind ihre Ferientage verbrachte, und diese Sommertage am Strand gehörten zu Daniels schönsten Erinnerungen. Als er selber eine Familie gründete, setzte er alles daran, in Marblehead ein Haus zu kaufen.

In manchen Jahren fuhren Bessie und Joseph mit den Kindern noch ein Stück weiter an der Bahnstrecke Boston Newburyport bis nach Gloucester, saßen vor dem Eiskiosk an der

Strandpromenade und sahen zu, wie das Meer zu einem Spiegel von kältestem, fernstem Blau wurde und wie am nördlichen Rand der Bucht, den die letzten Sonnenstrahlen schon verlassen hatten, die schwarzen Schatten der heranbrandenden Wellen immer wieder von leuchtenden Schaumkronen überströmt wurden. Und Ednas Zuhörer an ihrem damastgedeckten Mahagonitisch, auf dem nur noch der große Kristallkelch für das unwahrscheinliche, späte Erscheinen des Propheten Elijahu unberührt geblieben war, stellten sich die vier Kinder und ihre Eltern wie auf einem braunstichigen Foto vor, in altmodischen wadenlangen Kleidern, an denen die nach Sonnenuntergang heftiger werdende Abendbrise zerrte, mit unter dem Kinn festgebundenen Strohhüten, die Gesichter dem fernen grau verschwimmenden Horizont zugewandt, und die unausgesprochene Frage, ob sie glücklich gewesen waren, hing im Raum. Liebten Joseph und Bessie einander noch in jenen Jahren, nachdem das letzte Kind geboren und das älteste bereits Bar Mitzwah war, ertrug Bessie den leichtfertigen Paradiesvogel an ihrer Seite mit resignierter Zärtlichkeit oder mit zorniger Verbitterung? Sie konnten sich jedes Jahr mindestens eine Ferienwoche in einem gemieteten Häuschen am Meer leisten, für einen halben Dollar pro Person mit einer Ermäßigung für Kinder fuhren sie von Mai bis Labour Day an heißen Strandtagen nach Revere Beach, arm konnten sie nicht gewesen sein, aber Bessie verstand es auch, das Geld zusammenzuhalten. Bevor sie einen Nickel ausgebe, soll Joseph zahllose Male vor seinen Enkelkindern gesagt haben, müsse der Büffel auf der Rückseite der Münze erst einen kleinen Tanz für sie vollführen. Bessie blickte auf dem dunklen Ölbild, das neben Josephs über der Kommode in Berthas überfülltem Wohnzimmer hing, mit strengen Augen auf den Betrachter, und ihr entschlossenes Gesicht mit dem kräftigen Kinn ließ keinen Zweifel darüber, daß sie das Oberhaupt der Familie war.

Nach dem Unabhängigkeitstag am vierten Juli, an dem sie in der dichtgedrängten Menge am Hafen standen und zusahen, wie die bunten Garben des Feuerwerks auf das schwarze Wasser niedergingen, fuhren sie in die Ferien nach Cape Ann und mieteten auf einer weit ins Meer reichenden Landzunge ein kleines Haus direkt an einem Bootssteg. Es war kein geeigneter Ort zum Baden, denn es gab keinen Sandstrand, nur große Felsbrocken, auf denen man weit hinausbalancieren konnte. Aber in der Bucht lag ein kleiner Fischerhafen, und Joseph zeigte ihnen, wie die Hummer mit ihren großen Scheren schwerfällig in ihren Fallen nach einem Ausweg tasteten und wo man am frühen Morgen, wenn die Boote bei Ebbe im funkelnden Wasser schaukelten, Miesmuscheln sammelte. Sie hingen in schwarzen Trauben an den schlüpfrigen Wänden salzwasserunterspülter Höhlen, ihre blau schillernden Schalen atmeten kaum merklich im Rhythmus der Brandung, und man hörte den feinen Klang des Wassers, das zwischen den glatten Muschelrändern in ihr Inneres strömte. Für Joseph war das Meer nicht Ausflugsziel und schon gar nicht ein Badestrand, an dem man reglos in der Sonne lag, nicht einmal ein Ort zum Schwimmen, sondern Lebensraum wie für die Fischer in den Küstenorten, mit denen er den Fang der letzten Nacht besprach, Hummerfallen aussetzte, herumsaß, Sonnenblumenkerne in der hohlen Hand, deren Schalen er in weitem Bogen ausspuckte, den Blick aufs Wasser gerichtet. Dort war er glücklich: Er brauchte die salzige Luft und die schattenlose glitzernde Weite zum Leben, zum Atmen, so wie andere, die meisten Einwohner von Dorchester, auf ihren Balkonen und Hausstufen saßen, sich unterhielten, *kibbitzten* und ihre von dreistöckigen Miethäusern mit Erkern und winzigen Vorgärten gesäumten Straßen für den einzigen angemessenen Lebensraum hielten.

Dort begriff ich, erzählte Edna, worin der Unterschied zwischen meinem Vater und meiner Mutter lag. Bessie verlangte, daß man das Leben in einem einzigen heroischen Anlauf meistern müsse, während für meinen Vater jeder Morgen ein ganz neuer Anfang war: Die Sonne hebt sich aus dem Wasser, als würde sie zum erstenmal die dunkle Linie der Küste erblicken, und die Wellen schwappen leise, fast vertraulich an die Mole, die Luft ist kühl und frisch, als ströme sie aus verdunkelten Schlafzimmern, und die Stimmen der Fischer sind gedämpft, der nächtliche Fang eingeholt, die Boote längst vertäut, und jeder Morgen gewährt in seiner frisch erwachten Unschuld die Hoffnung auf einen Neuanfang. Es ist fast ein wenig wie zu Rosch ha-Schanah, wenn ihr wißt, was ich meine, versuchte Edna zu erklären, diese Gewißheit, daß man nur neu beginnen muß und es wird schon gelingen. Genaugenommen kann man viermal im Jahr einen neuen Anlauf nehmen und sich vom schlecht Gelungenen abwenden, mit dem Rest der Welt zum Jahreswechsel, für sich allein am Geburtstag, zu Rosh ha-Schanah und heute, zu Pessach.

Sie und Elja, die beiden Ältesten, durften auch mit den Motorbooten der Fischer hinausfahren, an den Bojen vorbei, die auf der Wasseroberfläche auf und ab hüpften, und um den Felsen mit dem Kegel des gleißend weißen Leuchtturms herum ins offene Meer. Dort draußen holten die Fischer nach Sonnenuntergang die Hummerfallen ein, und ihre Bordlichter tanzten über dem Wasser wie Sternschnuppen, die langsam dem Horizont zutrieben und verlöschten. Aber nachts fuhr nur Joseph hinaus aufs Meer, nachts waren die Kinder der Herrschaft ihrer Mutter unterworfen, und Bessie konnte niemand ins Wasser locken, weder zum Schwimmen noch auf ein Boot. Wenn Gott gewollt hätte, daß wir schwimmen, sagte sie, hätte er uns Flossen gegeben. Sie mißtraute auch Brücken. Wenn sie über die Essex Bridge nördlich von Marblehead fuhren, schloß sie die Augen. Schaut nicht hinunter, befahl sie ihren Kindern und steigerte durch ihre Angst noch das Abenteuer – der Anblick der sich dem grauen Horizont entgegenstreckenden Bucht, die kleinen Ferienhäuser hoch über den Klippen, die tauchenden Möwen über dem weißen Strand, die Föhrenwälder bis nah ans Ufer, und weiter draußen die steilen Eisenwände der Ozeandampfer.

Von jenen Sommerferien am Meer gab es Fotos, kleine Schwarzweißbilder mit weißen Rändern, auf denen manchmal im Hintergrund ein Bootssteg sichtbar wird, ein Stück heller Strand, die Treppe einer Mole, auf der Bertha wie eine Diva posiert, mit schwarzen Locken, weißem Badeanzug und einem Lächeln, als nehme sie stehende Ovationen eines zahlreichen Publikums entgegen. Neben Bertha und ihren theatralischen Darbietungen wirkten die beiden älteren Schwestern hausbacken, Dora rundlich, mit glattem schulterlangen Haar und sich peinlich ihrer nackten Arme und Schenkel bewußt, und Edna auch auf den Schwarzweißfotos ein burschikoser, lebenslustiger Krauskopf mit dem hellen Teint der Rothaarigen. Bertha beanspruchte den Schauplatz der meisten Fotos allerdings für sich allein, legte höchstens ihren Arm um die mageren Schultern eines Jünglings, dessen Identität Edna nicht mehr mit Sicherheit feststellen konnte, doch nahm sie an, daß es Pauls Sohn Eddie war, der später ein erfolgreicher Anwalt wurde, ehrgeizig wie sein Vater, aber im Unterschied zu seinem Vater gab er sich nicht mit den im Grunde ehrlichen Gaunern des North End ab, sondern ging in die Politik, wurde Präsident oder Vorstandsmitglied eines halben Dutzends bedeutender Organisationen. Aber er hatte nicht Pauls Familienloyalität, beklagte sich Edna, nie hat er sich für irgend jemanden von seinen Verwandten eingesetzt. Er ging in den fünfziger Jahren nach Florida und brach jeden Kontakt ab. Es war auch wohl nicht leicht, Pauls Sohn zu sein, auf jeden Fall sei er nun auch schon ein alter Mann oder längst gestorben. So viele Tote, denen sie es schuldig war, sie im Gedächtnis der Familie lebendig zu erhalten. Je älter Edna wurde, desto wichtiger war ihr diese Aufgabe geworden, Bessies eiserner Lebenswille, Josephs Optimismus, Berthas Energie, wie konnte sie zulassen, daß sie verblaßten, vergessen wurden, als hätte es sie nie gegeben.

Im Lauf der Zeit hatten auch die Ferien an der North Shore ihren Glanz verloren, die glücklichsten Tage der Kindheit wurden durch die Gewöhnung ärmer, die Wirtschaftskrise dezimierte den ohnehin bescheidenen Lebensstandard der Familie. Sechzehn Jahre nachdem das erste Ford T-Modell vom Fließband gerollt war, kaufte Joseph den alten Ford seines Schwagers Paul für dreihundertfünfzig Dollar. Die Autostraße, die Route 1 nach Norden, ersetzte ihnen nun die alte Küstenlinie der Bahn, und die Fahrt nach Gloucester dauerte nur mehr eine Stunde, und auch das Abenteuer war mit der abnehmenden Distanz geschrumpft. Das kleine Fischerdorf auf Cape Ann wurde nach dem Ausbau der Straßen ein Touristendorf, in dem alte Harpunen und rostige Anker an holzgetäfelten Wänden von Fischrestaurants hingen, Hummer an den Wänden großer Glasbehälter mit ihren unförmigen Scheren abrutschten und Ausflügler in Shorts durch Souvenirläden schlenderten, die einmal die Wohnzimmer von Fischern gewesen waren. Nur Ednas Schwester Bertha blieb ihr ganzes Leben den Ferienorten ihrer Kindheit treu, die anderen folgten den Strömungen der Zeit nach Süden, nach Cape Cod.

In Berthas Papieren stand zeitlebens Freeda, und zu Hause hatte man sie Fejgele gerufen, aber sie mochte beide Namen nicht und nannte sich in ihrer Jugend Faye, aber als sie zum erstenmal heiratete, beschloß sie, ihre Identität von Grund auf zu erneuern, und bestand darauf, von nun an Bertha genannt zu werden. Bei so vielen Wandlungen konnte sie nicht aus einem Stück sein wie irgendeine katholische Mary oder eine protestantische Susan. Schon als kleines Kind fürchtete man ihren Jähzorn, alles tat sie im Übermaß, sie liebte im Übermaß und haßte mit der ganzen Heftigkeit ihres maßlosen Temperaments, und der Scharfsinn, mit dem sie Menschen durchschaute und Situationen einschätzen konnte, wurde immer wieder von ihrer Neigung zu Extremen untergraben. Etwas Verrücktes, sagte Edna, das in ihr rumorte und jederzeit ausbrechen konnte. Und angeblich hatte ihre Enkelin Adina etwas von der Exzentrik und den bizarren Launen der Großmutter geerbt.

Als Bertha, das letzte Kind von Joseph und Bessie, zehn Jahre alt war, brachte ihr neunzehnjähriger Bruder Elja seine Frau und seine kleine Tochter Mimi in sein Elternhaus, eine geräumige, ebenerdige Wohnung in Dorchester, in der von der Eingangsdiele so viele Türen in separate Zimmer führten, daß es schien, als biete das Haus für stets neue Bewohner Platz. Die Töchter heirateten, die Schwiegersöhne zogen ein, es war immer für alle genügend Raum, und Bessie, das Oberhaupt der Familie, residierte im größten Zimmer. Elja war als Sechzehnjähriger nach New York gegangen, warum wußte Edna nach so langer Zeit nicht mehr, und stand drei Jahre später mit einem blonden Mädchen in der Tür, das ein kleines Kind im Arm hielt, von der Größe einer lebendigen Porzellanpuppe, wie Fejge sie sich schon lange gewünscht hatte, große blaue Augen und goldblond geringeltes Haar. Das ist Ida, meine Frau, stellte Elja sie seinen Eltern verlegen vor und schob sie ins Wohnzimmer, wo er sie stehenließ, um hinter einer der Türen zu verschwinden. Bessie stellte nicht viele Fragen, sie faßte Ida am Ellbogen und sagte, willkommen, du mußt erschöpft sein nach der langen Reise. Sie nahm ihr das Kind ab und führte sie in die Küche.

Wie heißt das Baby, fragte Fejge, und das Kind antwortete, Mimi, ich heiße Mimi, und starrte sie mit seinen blauen Murmelaugen an. So kam Mimi ins Haus, und weil es keine Papiere gab, nicht einmal einen Trauschein und auch keine Geburtsurkunde, ließen Bessie und Joseph das Kind ihres Sohnes als ihr eigenes registrieren, so war es einfacher. Nicht ein einziges Mal wurden Mutmaßungen angestellt, wie es kam, daß Mimi die einzige Blonde in der Familie war und mit ihren nachgeborenen Schwestern so wenig Ähnlichkeiten hatte. Wer in Bessies Familie Aufnahme fand, gehörte dazu, ohne daß viel gefragt wurde, es gab keine Wartezeiten und keine Aufnahmebedingungen.

Von da an war Mimi Berthas Baby, und es gab kaum ein Foto, auf dem die beiden nicht ihre Unzertrennlichkeit demonstrierten, als Kinder und später als Erwachsene. Am Ende ihres Lebens, als Mimi nach einem Schlaganfall ohne Gedächtnis und Verstand erst im Rollstuhl und dann im Bett vegetierte, kümmerte Bertha sich um sie wie eine Mutter, so als wäre sie wieder ihre hübsche Puppe Mimi, frisierte sie, wusch sie, schnitt ihr die Haare und zupfte ihr mit der Pinzette einzelne weiße Bartstoppeln von Kinn und Oberlippe. Sie erzählte ihr von draußen, berichtete über das Wetter und die Jahreszeiten, die strahlenden Herbsttage, den Schnee und die Weihnachtsbeleuchtung in den Straßen, die sie von Jugend auf gekannt hatten.

Elf Jahre lang fuhr sie in eine Gegend von Dorchester, die nun ein Slum war, in dem sich seit Jahren kein Weißer mehr blicken ließ, um sie im Jewish Memorial Hospital, einem vergessenen Überrest des ehemals jüdischen Viertels, zu besuchen. Jeden Samstagmorgen zog sie Mimi zum Ausgehen an und fuhr sie durch die trostlosen Straßen des schwarzen Dorchester, vorbei an ausgeweideten, mit Sperrholz vernagelten Geschäften, den Häusern, die in ihrer Kindheit das Zentrum jüdischen Lebens gewesen waren und die nun zu Holzskeletten eines ausgedehnten Slums verkamen, fuhr die Blue Hill Avenue hinauf, die ein halbes Jahrhundert lang die Hauptarterie des Stadtteils gewesen war, an einem Waschsalon vorbei, an dessen Stelle einmal das *G&G Delicatessen* gestanden sein mußte, jahrzehntelang der Mittelpunkt von Dorchester, wo Neuigkeiten ausgetauscht und Politik gemacht wurde, wo hinter einer Theke aus Glas Lachs, Hering, in Essig eingelegtes Gemüse, koscherer Aufschnitt und Kartoffel-Latkes lagen, die Gäste sich von Tisch zu Tisch in der nötigen Lautstärke verständigten und die Kellner sich ins Gespräch mischten. Das *G&G* war Marktplatz, Börse und Club zugleich, das Gegenstück zu den Clubs von Downtown Boston, wo Juden keinen Zutritt hatten und man sich flüsternd über die Schulter von Geschäftspartnern beugte, die im *Boston Globe* lasen. Die vielen Drugstores, wo die Männer in den Jahren des Alkoholverbots auf Drehstühlen am Ausschank saßen und diskret einen Schuß Whiskey in ihre Coca Cola leerten, wo Jugendliche sich mit ihrem beim Zeitungsaustragen verdienten Geld Eisfrappés und *Icecream Sundaes* kauften, waren ebenso verschwunden wie die Betstuben der Frommen. Bertha war nicht mehr sicher, in welchen Häusern befreundete Familien gewohnt hatten, die Gegend hatte sich zu sehr verändert. Die Straßen ihrer Jugend waren heruntergekommen und teilweise abgebrannt, die Synagogen ihrer Insignien beraubt, schwarze arbeitslose Männer saßen auf den Stufen der Hauseingänge, wo früher an Sommerabenden ihre Väter gesessen waren, Zigaretten in den herabhängenden Händen.

Erinnerst du dich, Mimi, fragte Bertha unermüdlich und erzählte ihrer Nichte jedesmal von Neuem von ihrer gemeinsamen Kindheit, von Happy the Hippo im Franklin Park Zoo, wo es Natur im Überfluß gegeben hatte, Eichen, Hickorybäume, frei grasende Antilopen und ein Elefantenhaus, wo man am Eingang unter dem steinernen Torbogen Luftballons und Plastiktiere kaufen konnte und wo es abgeschiedene Lichtungen und überhängende Büsche gab, in deren Schutz sie sich als Teenager zum erstenmal küssen ließen. Aber Mimi blickte starr vor sich hin und drängte ungeduldig, sie wolle endlich in Berthas winziger Sozialhilfewohnung in Forest Hills ankommen.

Sie erinnert sich an nichts, die Glückliche, sagte Bertha zu Mimis Kindern Michael und Marvin, die den Zustand ihrer Mutter mit weniger Gelassenheit ertrugen. Bertha nahm den Verfall ihrer fast gleichaltrigen Nichte kommentarlos hin, ging über ihn hinweg, als existiere er für sie einfach nicht. Behutsam hob sie den von Arthritis gekrümmten Körper aus ihrem Auto, half Mimi in den Rollstuhl, fütterte sie an ihrem Küchentisch mit Hühnersuppe und blies jedesmal auf den Löffel, bevor sie ihn ihr an den Mund führte, und Mimi spitzte die Lippen wie ein Kind und schaute konzentriert auf jeden Löffel, der den Weg zu ihrem Mund antrat. Später saßen sie vor dem Fernseher, und Bertha war die einzige, die Mimis unartikulierte Laute verstand und ihr antwortete. Manchmal, zu besonderen Anlässen, zu Geburtstagen, wenn Mimis Kinder und Enkel kamen, die sie von einem zum anderen Mal nicht wiedererkannte, machte Bertha sie sorgfältig zurecht, zog den Kamm durch das dünne graue Haar, spannte es auf Lockenwickler, besprühte es mit Taft und hielt ihr den Spiegel hin, schau, wie schön du bist.

Bertha hatte sich spät in ihrem Leben als Kosmetikerin und Friseuse ausbilden lassen, sie besuchte die Kundinnen in ihren Häusern, ein diskreter Nebenverdienst, wenn der Sozialhilfescheck nicht ausreichte. Sie war zu stolz, um ihre Armut einzugestehen, sie wollte diejenige sein, die Geschenke machte, edle und unpraktische Dinge, eine gedrechselte Sanduhr für die Verlobte ihres Sohnes, einen silbernen Trinkbecher für einen neugeborenen Neffen. Es war ihr ein Anliegen, daß jede Frau sich schön fühlte. Schauen Sie, wie schön Sie sind, sagte sie zu ihren Kundinnen und hielt ihnen den Spiegel hin, niemand hat einen Grund, sich gehenzulassen, schon gar nicht, wenn man älter wird. Sie schminkte die Frauen noch immer nach dem Ideal der Vorkriegszeit, herzförmige Lippen, zu hohen Bögen ausgezupfte Augenbrauen, Marlene Dietrich war und blieb das Vorbild ihrer Kunst. Gehen Sie aus, amüsieren Sie sich, Sie müssen Ihrem Mann nichts davon erzählen, nehmen Sie sich einen Liebhaber, redete sie unglücklichen Hausfrauen zu. Wenn sie mit ihrem aufmunternden Lächeln erschien, demselben Lächeln, mit dem sie Mimi das Festessen löffelweise in den Mund schob, als hätte sie diesmal etwas besonders Schönes mitgebracht, hätte niemand geahnt, daß sie sich selber nichts Schönes leisten konnte. Erst nach ihrem Tod fand Teresa die Lebensmittelcoupons in ihrer Kommode, niemand hatte je erfahren, daß sie von den Lebensmittelkarten der Sozialhilfe lebte. Jahrelang hatte sie mit Hilfe von Pauls Einfluß für ihre chronisch kranke Nichte ein Spitalsbett durchgesetzt und ihr dort gegen alle Widerstände der Behörden den hohen Standard einer Spitalspflege erhalten. Nach Pauls Tod wurde Mimi in ein Hospiz verlegt, und Bertha war machtlos. Mimi starb wenige Jahre später.

Dreißig Jahre nachdem Edna schweigend zugesehen hatte, wie Morris nach einem Streit ihre jüngste Schwester Bertha mitsamt dem Baby und ihrem Ehemann aus dem Haus geworfen hatte, saß sie nun deren Enkelin Adina gegenüber, die zu spät geboren war, um ihrer Großmutter noch einmal die Erfüllung des Bedürfnisses zu gönnen, ein Kind mit ihrer Mutterliebe zu überhäufen. Und wenn Edna sich ihrer Feigheit schämte, wenn sie sich schuldig fühlte, daß sie die eigene

Schwester verleugnet hatte, ließ sie es sich nicht anmerken. Vielleicht hatte sie auch nicht gewußt, hatte nicht wissen wollen, wie Bertha gelebt hatte und wie sie gestorben war, und Daniel, ihr Sohn, betrachtete Edna nun durch das Auge der Videokamera, vielleicht damit sich ihre Blicke nicht im Ungeschützten begegneten.

Das Schauspielern liegt uns im Blut, sagte Edna und blickte gerade in die Kamera, dein Videorecorder bringt mich ganz und gar nicht aus der Fassung.

Wir, sagte Edna und meinte ihre Geschwister, ihre Generation, wir spürten so viele Fähigkeiten in uns, aber wir mußten den Kampf unserer Eltern ums Fortkommen weiterführen. Sie waren Juden, wenn sie unter sich waren, weil sie miteinander Jiddisch sprachen und so lebten, wie ihre Eltern und Großeltern es seit hundert und mehr Jahren getan hatten. Sie hatten alle noch im Cheder den *Chummasch* studiert, die Männer jedenfalls, und lasen am Wochenende den jiddischen *Forward*. Aber die Religion bedeutete ihnen nicht mehr Frömmigkeit, sie war nur noch Teil der Tradition. Dafür waren sie in jüdischen Gewerkschaften und Landsmannschaften organisiert, in zionistischen Vereinen, sie gingen ins jiddische Theater. Dorchester war ihr Zuhause, aber das alles wollten sie nicht an uns weitergeben, an uns gaben sie den Ehrgeiz weiter, uns die amerikanische Kultur, die ihnen fremd blieb, anzueignen. Wir sollten Amerikaner werden, nur an uns probierten sie ihr Englisch aus mit ihrem starken osteuropäischen Akzent, das sie sonst nie sprachen und dessen wir uns schämten. Sie glaubten, sie wären es uns schuldig, uns daran zu hindern, daß auch wir mit unseren Kindern jiddisch redeten und bei den Ämtern an unserem jüdischen Akzent als Bürger zweiter Klasse zu erkennen waren.

Ihren Söhnen gaben die Einwanderer protestantische Namen, Marvin, Sidney, Irving und Malcolm und machten sie dadurch erst recht zu jüdischen Namen. Die hebräischen Namen, die sie bei der Beschneidung bekamen, blieben Geheimcodes, mit denen sie zur Tora-Lesung aufgerufen wurden, vor dem jüdischen Gesetz wurde Irving wieder zu Yitzchak, Malcolm zu Mosche und Marvin zu Menachem. Ganz allmählich bewegten sie sich von der Religion und den Traditionen fort, denn das war die alte Welt, das waren die *Betstibel* und die Armut, die sie mit aller Kraft von ihren Kindern fernzuhalten suchten. Die Kinder der Einwanderer sprachen Englisch ohne Akzent, sie waren im Land geboren und in gute Schulen gegangen, aber es waren Schulen mit jüdischen Lehrern, die jüdische Kinder unterrichteten, alles war jüdisch in Dorchester. Amerika lag vor der Tür, aber sie lebten nicht in Amerika, sie lebten im Stetl, und ihre Freizeit verbrachten die Kinder in jüdischen Jugendvereinen, und wenn sie ins Sommerlager fuhren, waren es die Catskills, wo im Sommer ganze Dörfer von Juden aus Dorchester gemietet wurden. Schwer zu verheiratende Töchter brachte man für einen Sommermonat in *Grossinger's* Hotel unter und schickte sie Abend für Abend zum Dinner in den Speisesaal, wie für einen Ball herausgeputzt, damit ein schüchterner Junggeselle oder ein Witwer sie bemerke. Wir fahren aufs Land, hieß es, als gäbe es auf dem ganzen Kontinent, zwischen Florida und Maine nur diese Feriendörfer in den Catskills. Sie fuhren mit ihren Kindern in die Catskills, bis sie erwachsen waren. Nur Joseph Leondouri hatte kein Interesse am Landleben, er wollte ans Meer und wie die Fischer leben. Später schickten auch Edna und ihre Geschwister ihre Kinder in jüdische Sommerlager, dort lernten sie alles, was ihre Eltern ihnen nicht vermitteln konnten, Schwimmen und Hebräisch und israelischen Patriotismus, sie wollten ja, daß ihre Kinder Juden blieben, aber moderne Juden, aufgeklärt und assimiliert und von den Protestanten nicht zu unterscheiden, nicht fromme Greenhorns wie ihre Eltern.

Unsere Eltern haben uns amerikanischen Patriotismus gelehrt, für sie war Amerika die *goldene medinah*, sagte Edna, wir waren die erste Generation und stolz darauf, die Worte unserer Eltern ein Leben lang im Ohr, man müsse niederknien und die Erde küssen, deren freie Bürger wir sein durften, ohne daß man uns die Häuser über den Köpfen anzündete, unsere Wohnungen verwüstete und unsere Männer in den Armeedienst zwang. Natürlich hatten wir nicht im Sinn, die Erde Amerikas zu küssen, das uns aus ihren Schulen, ihren feinen Wohngegenden und ihren Clubs ausschloß, wir waren nicht dankbar, wir waren ehrgeizig.

Aber aus dieser ersten Generation war es nur Morris gelungen, den Ehrgeiz zu befriedigen, der sie antrieb. Die anderen, Edna, ihr Bruder Elja und ihre Schwestern hatten die Begabungen, die sie in ihrer Jugend mit solcher Sehnsucht erfüllt hatten, durch Warten und Vertrösten auf bessere Zeiten abgetötet. Aber bei ihren eigenen Kindern, der zweiten Generation in diesem Land, wollten sie alles, was sie sich versagen mußten, zur Entfaltung bringen. Als Jerome sieben war, ging Edna mit ihm zum WBOS, der größten Rundfunkgesellschaft von Boston, um ihn dort vorsingen und Theatermonologe deklamieren zu lassen, weil sie selber Sängerin hatte werden wollen und weil ihr Vater dieses Talent zur Selbstdarstellung, diesen Hang zum Theatralischen, gehabt hatte, wenn er steifbeinig und gemessen mit weißem breitrandigen Strohhut zwischen den Aristokraten Bostons und ihren schmuckbehangenen Gattinnen und Mätressen durch die Zuschauerränge der Pferderennbahn geschritten war und die Pferde mit derselben Kennermiene goutiert hatte wie die Frauen. Schauspieler hätte er werden sollen, sagte seine Frau und meinte es nicht als Kompliment, dann könnte er sich auf der Bühne produzieren und für den Rest der Zeit wie ein normaler Mensch benehmen. Show, alles nur Show, erklärte Bessie wegwerfend, wenn er zerknirscht und galant Geschenke vor ihr ausbreitete. Aber Edna war davon geblendet und sah die Fähigkeit, sich zu verwandeln auch bei ihrer Schwester Fejge und bei ihren Kindern Jerome und Estelle. Sie wollte nicht die Andeutung einer Begabung ungenützt verkümmern lassen, und Jerome hatte eindeutig ein Talent als Komiker und Aufschneider.

Als Achtzehnjährige, erzählte Edna, spürte ich diese Leichtigkeit, diese Gewißheit, genau das zu tun, wozu ich bestimmt war, und in ihren Augen war noch immer jene Begeisterung, die sie damals im jiddischen Theater beflügelt hatte, wenn sie auf der Bühne stand und sang. Mit ihrer jüngsten Tochter Estelle hatte sie sich schließlich ihren Traum erfüllen können, und Edna hatte seither auch keine einzige Aufführung versäumt, in der Estelle auf der Bühne gestanden war oder Regie geführt hatte. Wäre ich meine Tochter gewesen anstatt Bessies Tochter, behauptete Edna, wäre ich Sängerin geworden. Aber der Leitspruch meiner Mutter war: Stöcke und Steine brechen uns die Beine, doch Worte bedeuten uns nichts.

Aber du bist vor keinem Pogrom geflohen, warf ihr Neffe Irving ein, und nichts läßt sich auf die nächste Generation übertragen. Deine Eltern hatten keine Ahnung von den Dingen, die wir in der Schule lernten, erklärte Irving in dem gereizten, schulmeisterlichen Ton, in den er leicht verfiel, und sie hätten das alles auch nicht verstanden, den Bürgerkrieg, die vielen Schlachten und Generäle, diese Südstaaten-Gojim, die lieber als Gentlemen starben, als recht und schlecht zu leben. Aber sie kannten die Kämpfe der Gewerkschaften auf den Straßen von Dorchester gegen die Streikbrecher, die kannten sie aus eigener Erfahrung, und die Schlägereien in South Boston, wenn ihnen die irischen Einwandererkinder *Jid* nachriefen und sie verprügelten. Sie hatten nicht den Luxus gehabt, von Idealen zu träumen, Gerechtigkeit war eine viel konkretere Sache, sie bedeutete eine Fünfzig-Stunden-Woche, Krankenstand, Rente, alle diese banalen Dinge, vor allem genug Lohn, um eine Familie zu ernähren.

Irving, der jüngere Sohn ihrer Schwester Dora, war der Rebell der Familie, der Sozialist und Bilderstürmer, der sich schließlich auch voll Verachtung von der Familie abwandte. Aber damals, als Daniel mit seiner Videokamera erschien, leitete Irving noch den Seder, denn er war der Einzige in der Familie, der aus einem frommen Haushalt kam, und seine Eltern hatten ihn auf eine Jeschiwa geschickt und vielleicht gehofft, daß er Rabbiner werde. Damals waren auch Ednas Töchter anwesend und Joshua, ihr einziger Enkel, Mimis Söhne Marvin und Michael sowie deren Frauen und Kinder, und deshalb konnte Edna sagen, hier sind wir wieder einmal fast vollzählig versammelt, dennoch wollen wir uns an alle erinnern, die nicht mehr da sind, und auch jene nicht vergessen, die wie Jerome nicht kommen konnten. In diesem Augenblick traf sie Daniels Blick, in dem die unversöhnliche Verletztheit eines Menschen lag, der sich weigert, Unrecht zu vergessen.

Sie wandte den Blick von Daniel ab und richtete die unvermittelte Frage an Adina: Erinnerst du dich an deine Großmutter?

Das Mädchen schüttelte den Kopf. Die Großmutter war für sie zunächst Daniels verzückte Mutter auf dem Lieblingsfoto ihres Vaters, das auf dem Kaminsims den prominentesten Platz einnahm. Daniel, ein linkischer Sechzehnjähriger, Beatlesfrisur bis zu den Augen, mit mädchenhaft weichen Zügen und verträumtem Blick, ein kleiner verwöhnter Prinz, und neben ihm Bertha, schön und modisch gekleidet wie eine Dreißigjährige, lockiges rotblond gefärbtes Haar, aber sie schaut nicht in die Kamera, sie erhebt ihren begeisterten Blick zu ihrem Sohn, als könne sie sich nicht satt sehen an diesem Kind, ihrem einzigen gelungenen Lebenswerk. Auf diesem Foto war Bertha sechsundfünfzig, das wußte Adina, und das erstaunte sie an ihrer Großmutter am meisten, daß es kein Foto gab, auf dem sie alt aussah.

Sie war sehr schön, erwiderte Adina, unsicher, ob es das war, was die alte Dame hören wollte.

Wo immer sie erschien, beim Tanzen, auf jedem Fest, bei jedem Ausflug, war sie die schönste Frau, stellte Edna mit Bestimmtheit fest. Sie hätte jeden Mann heiraten können, trotz ihrer Wildheit, auch mit vierzig war sie noch eine Schönheit. Warum bestand Edna nur sosehr auf Berthas Aussehen, als wollte sie damit alle anderen Eigenschaften ihrer Schwester auslöschen?

Mit vierzig hatte Bertha Daniels Vater, Jimmy, kennengelernt, einen irischen Hafenarbeiter, halb so alt wie sie, und war bald schwanger geworden. Als sie darauf bestand, das Kind zur Welt zu bringen, war die Familie entsetzt. Edna riet ihr, es abzutreiben, Bessie versuchte sie zu überreden, ihr das Kind zu überlassen, damit sie es aufzöge, so wie sie Mimi adoptiert hatte, obwohl sie nun schon über siebzig und gebrechlich war. Alle wollten verhindern, daß Bertha diesen jugendlichen Rowdy heiratete. Aber Bertha wollte ein Kind, egal von wem. Wie oft, glaubst du, kann ich noch schwanger werden, fragte sie ihre Mutter. Also heiratete sie den Proleten heimlich auf dem Standesamt, und niemand, außer Mimi und ihrem Mann, kam zur Hochzeit. Es gab keine Chuppa und keinen Rabbiner, der Bräutigam zertrat kein Glas zum Zeichen der Trauer um den zweiten Tempel, Bertha trug kein Brautkleid und keinen Schleier, und keine fröhliche Verwandtschaft tanzte nach dem Hochzeitsmahl, sie kannte nicht einmal den Trauzeugen ihres Mannes.

Edna würde den Abend nie vergessen, an dem Bertha mit

ihrer Familie zum letztenmal an ihrem Tisch zu Gast gewesen war. Damals hatten sie noch in dem Haus in Bradford Terrace mit der großen Veranda und dem Ahornbaum im Küchengarten gewohnt. Es war Dezember gewesen, und nach dem Essen saßen sie alle vor dem Kamin. Den ganzen Abend war immer wieder Streit zwischen Jimmy und Morris aufgeflammt: Berthas jugendlicher Ehemann hatte getrunken und gestichelt, Edna hatte geschwiegen und ängstlich zugesehen, wie Morris' Kopf vor Wut rot wurde und seine Schläfenader pochte. Es war um Weihnachten gegangen, das bevorstand, und darum, ob er von Bertha erwarten konnte, daß sie seine katholischen Feste feierte. Dann hatte sich der Streit ausgeweitet, und Jimmy hatte seine Meinung über Juden kundgetan, die er nicht ausstehen konnte, und schließlich begannen er und Bertha über die zukünftige Erziehung ihres sieben Monate alten Sohnes zu streiten. Morris ließ das Feuer im Kamin herunterbrennen, um seinen Gästen einen Wink zu geben, daß es Zeit zum Aufbruch war, aber Jimmy schenkte sich noch ein Glas Cognac ein und sagte mit schwerer Zunge, he Morris, wirf doch noch ein paar Juden ins Feuer, mir ist kalt.

Morris stand wortlos auf und öffnete die Haustür, die scharfe Zugluft fachte die glosenden Kohlenreste an. Hinaus, sagte er leise, alle drei, hinaus, in seiner Stimme war ein Ton, dem Jim gehorchte wie ein geschlagener Hund. Und bring mir diesen Mann und dieses Kind nie mehr ins Haus, sagte er mit demselben gefährlichen Unterton in der Stimme zu Bertha und nannte sie eine gottverdammte alte Hure.

Zwei Jahre später war Jim aus Berthas Leben verschwunden, und Daniel waren von seinem Vater nur ein paar Fotos geblieben – wie er ihn lachend mit ausgestreckten Armen über seinem Kopf in der Luft auffängt, wie er mit ihm unter einem Christbaum Geschenke auspackt. Bertha konnte die geringfügige Summe, die ihr als Alimente zustand, nicht eintreiben, denn der geschiedene Mann verschwand, ohne eine Adresse zu hinterlassen. Damals kam sie noch manchmal an Nachmittagen heimlich zu Edna auf Besuch, dann saßen sie auf der rückwärtigen Veranda und tranken Limonade, und Daniel untersuchte den Hohlraum unter der Verandatreppe und spielte im Gras unter den Bäumen. Aber wenn Morris heimkam und Bertha noch vorfand, wies er ihr in sturer Unversöhnlichkeit die Tür. Nie wieder lud er sie ein, zum Abendessen zu bleiben, nie durfte Edna sie und das Kind zu irgendeinem Fest einladen, weder zu Thanksgiving noch zu Pessach.

Vielleicht schämte Edna sich, aber sie hatte sich nie bei ihrer Schwester entschuldigt, nie eine Erklärung abgegeben, sie hatte sich dem Befehl ihres Mannes gebeugt und ihre jüngste Schwester aus der Familie ausgeschlossen. Auch Morris hatte wohl seine Gründe für seine Härte. Er hatte seit der Besetzung Polens durch die Deutschen von seiner Schwester kein Lebenszeichen mehr bekommen, und seine Tochter Lea hatte Jahre später ihren und ihrer Kinder Namen in den Totenlisten von Yad Vashem gefunden. Ein paar Juden ins Feuer, sagte er, ich will niemanden sehen, der mich daran erinnert. Der Haß zwischen Morris und Bertha war unüberwindlich und unbarmherzig. In ihrer Sturheit waren sie einander ebenbürtig.

Wenn sie in der Hagada zu der Stelle kamen, an der es hieß, *Sklaven waren wir in Ägypten, da führte uns der Ewige von dort heraus, mit starker Hand und ausgestrecktem Arm. Dieses Jahr sind wir Sklaven – nächstes Jahr freie Menschen,* hielt Edna eine Unterbrechung für angebracht, um von dem Auszug aus

Dorchester zu berichten, denn manchmal, sagte sie, erscheine eine Errettung wie eine Vertreibung. Wer klug war und modern dachte, behauptete sie und meinte damit, wer Glück gehabt hatte und es sich leisten konnte, war schon in den dreißiger, spätestens in den vierziger Jahren in die Vorstädte im Westen Bostons gezogen, als sie durch den Anschluß ans öffentliche Verkehrsnetz an Exklusivität verloren und die begüterten Protestanten sich in ländlichere Vororte absetzten. Als sie von Montana zurückkamen, erzählte Edna, wollte Morris' Auftraggeber verhindern, daß ihn sein Stareinkäufer und Tophändler mit einer so offensichtlich jüdischen Adresse wie Dorchester auf seiner Visitenkarte kompromittierte. Damals war Brookline noch eine exklusive WASP-Gegend, aber schon bald ließen die Aufsteiger der zweiten Generation die großen Synagogen der Reformgemeinden in Brookline bauen, die sie außer an den Hohen Feiertagen nie besuchten, und im Lauf der Jahre kamen auch die wohlhabenderen Einwohner von Dorchester nach.

Die Einwanderer und die Unterschicht blieben in Dorchester, auch Joseph Leondouri und Bessie, Bertha, Dora mit Mann und Kindern, Elja mit seiner Familie. Doras Ehemann Arthur hatte ein gutgehendes Eiscremegeschäft und schickte seine Söhne im Sommer mit bunt bemalten, fahrbaren Eiscremeständen durch die Straßen bis hinauf nach South Boston. Der Verachtung und Überlegenheit der assimilierten Juden von Newton und Brookline begegneten die Einwohner von Dorchester mit derselben Verachtung für jene, die so weit vom Glauben und der Lebensweise ihrer Vorfahren abgerückt waren, daß sie sich schämten, sich offen als Juden zu bekennen. Das ging so weit, berichtete Edna, daß selbst jüdische Jugendliche der Vorstädte es vermieden, mit Gleichaltrigen aus Dorchester auszugehen, es war eine neue Klassenschranke. Als ein Geschäftspartner von Morris die jüngste

Tochter seines Schwagers Elja am Ende einer Verabredung nach Hause fahren wollte, fragte er sie, wo er sie absetzen solle. Abbot Street, Dorchester, sagte sie. Ah, dort wo die Jidden wohnen, sagte er. Bist du nicht selbst einer, fragte sie erstaunt. Ja, aber keiner von euch, ich bin aus Newton. Sie gingen kein zweites Mal mehr miteinander aus.

Wirklich schlimm wurde es nach den Rassenunruhen in den sechziger Jahren, erzählte Edna. Vorher hatten die Stadtplaner begonnen, die Innenstadt zu sanieren und das schwarze Proletariat aus der City hinauszuwerfen. Und dann gab es auf einmal diese Organisationen, diese Rehabilitationsprogramme, Wohnraumbeschaffungsagenturen und Wohnbauförderungen, das wäre ja alles lobenswert gewesen, aber man gab nur gewisse Wohngegenden für das obdachlose schwarze Proletariat frei, und das waren zufällig die Wohngegenden, in denen die Juden wohnten.

Eines Tages erschien ein Makler an Bessies Haustür, er habe gehört, ihr Stockwerk sei zu vermieten.

Nein, sagte Bessie, wir haben nicht die geringste Absicht auszuziehen.

Haben Sie nicht gesehen, daß gegenüber eine ganze Sippe Schwarzer eingezogen ist? Und oben an der Gemeindegrenze zu Roxbury sind schon ganze Straßenzüge von Schwarzen bewohnt.

Das störe sie nicht, antwortete Bessie.

Auch nicht, wenn Ihre Töchter vergewaltigt werden und Sie kleine Mulattenkinder großziehen müssen? fragte er.

Sie warf ihn hinaus. Aber man redete darüber, und im *Stop & Shop*-Supermarkt an der Columbia Road bildeten sich zu jeder Tageszeit spontan kleine Gruppen von Hausfrauen beim Einkaufen: Dieses oder jenes Haus sei verkauft worden, erzählte man sich. In einer einzigen Woche seien drei jüdische Familien ausgezogen, fast in jeder Straße sei es in den letzten Monaten zu Panikverkäufen gekommen. Nachts kämen die Möbelwagen, die Leute schämten sich, weil sie ihre Nachbarschaft im Stich ließen, am Morgen seien sie verschwunden, ohne sich verabschiedet zu haben, und ein paar Tage später zog eine schwarze Familie ein.

Bessie fand daran nichts Alarmierendes. Warum sollen sie nicht hier wohnen? fragte sie. Als in der Chanukka-Woche eine schwarze Großfamilie im Nebenhaus einzog, brachte sie den neuen Nachbarn Latkes und Krapfen. Eine richtige schwarze *balabuste* und drei Töchter und ein Haufen Kinder, genau wie bei uns hier, berichtete sie.

Sie hätte leicht reden, sie seien nicht die Hausbesitzer, klagten die Frauen, die sie am Freitag morgen beim Fleischhauer traf, die Grundstückpreise fielen in den Keller, und die Büros der Grundstückmakler schossen entlang der Blue Hill Avenue aus dem Boden wie Pilze nach einem warmen Regen.

Dieser Mann will Ihr Haus kaufen, sagten die Makler und brachten einen schwarzen Interessenten mit. Seine Verwandten sind gerade auf der gegenüberliegenden Straßenseite eingezogen, und er will mit seiner Familie in ihrer Nähe wohnen.

Die Makler und die Banken waren die Gewinner, sagte Edna, sie kauften billig und verkauften um das Doppelte an Schwarze, die keinen Dollar anzahlen mußten und fünf Jahre später dreimal so viele Schulden hatten, als das Haus in Wirklichkeit wert war. Fünf Jahre später war Dorchester ein Slum, zehn Jahre nachdem der Spuk begonnen hatte, waren die letzten Juden ausgezogen, und die Leondouris gehörten zu den letzten.

Mir befiehlt niemand etwas, hatte Bessie ihr Leben lang gesagt, wir lassen uns nicht von ein paar Erpressern vertreiben. Wohin hätten sie auch gehen sollen? Sie war nicht fromm, aber die Tora war ihr eine Fundgrube von Lebensweisheiten in allen Lebenslagen. Achtet den Fremden unter euch, hieß es in der Tora, denn ihr wart Fremde in Ägypten. Also blieben die Leondouris in ihrer großen ebenerdigen Wohnung in der Abbot Street.

Es gab keine Integration in Dorchester, sagte Edna, die Juden wurden vertrieben, der Terror war überall, man war nicht mehr sicher auf den Straßen. Schwarze Jugendliche schütteten einem Rabbiner Säure ins Gesicht und hinterließen einen Zettel in seinem Postkasten: Führ Deine jüdischen Rassisten aus Dorchester raus! Das erschreckte sogar Bessie. Dann wurde in der Chevra Shas Synagoge mitten in der Nacht im Toraschrein ein Feuer gelegt. Die Zeiger der zertrümmerten Uhr an der rückwärtigen Wand zeigten zwanzig nach zwölf. In der selben Nacht brannte es auch in der nicht weit entfernten Agudat Israel Synagoge. Die verkohlte Pergamentrolle mußte begraben werden wie eine Tote, die verängstigte, entsetzte Gemeinde folgte dem hellen Fichtensarg, in dem kein Toter, sondern die verbrannte Torarolle lag. Es war eine traurige Prozession, nun wußten auch die Optimisten, daß sie mit der Tora ihre eigene Gemeinde zu Grabe trugen. Seht unsere eingeschlagenen Fenster, sagte der Rabbiner am offenen Grab, schaut unsere alten Leute an, die ausgeraubt und fast zu Tode geprügelt wurden. Und wofür? Sie wollten nur in Ruhe leben und in ihrer Synagoge beten. Diese Synagogen waren früher bis auf den letzten Platz besetzt. Jetzt bekommen wir an Wochentagen keinen Minjan mehr zusammen.

Wir haben ein Recht auf Freiheit, rief ein Anhänger der Jewish Defense League, man läßt uns nicht mehr als freie Bürger leben in Dorchester.

An einem Freitagnachmittag im Dezember wurde auch Bessie von schwarzen Halbwüchsigen überfallen. Es war noch hell, aber sie war in Eile, es gab vor Schabbateingang noch viel zu tun. Sie hatte bei einem koscheren Fleischhauer an der Washington Street einen Truthahn ausgesucht und mit der jungen Farbigen neben ihr ein paar anerkennende Worte gewechselt, mein Glückwunsch zum Kauf dieses exquisiten Rippenstücks, hatte sie gesagt, *mazel tov*. Sie mochte junge Frauen, die einen Haushalt noch mit Autorität und Sachverstand zu führen wußten. Als die Gruppe Halbwüchsiger sie plötzlich umringte und ihr die Einkaufstasche zu entreißen versuchte, wehrte sie sich mit Leibeskräften, schlug ihnen den Truthahn um die Ohren, stach mit dem Regenschirm auf sie ein, aber sie ließen sie auf der Straße liegen und nahmen ihr den Truthahn, das Geld und die übrigen Lebensmittel ab. Diesen Schabbat verbrachte sie im Bett. Aber bald war sie wieder auf den Beinen, behauptete, nichts könne sie unterkriegen, schon gar nicht ein paar schwarze Straßenjungen.

Im Januar hörte Bertha eines Nachts Geräusche in der Diele und ging nachsehen, in ihrer Unerschrockenheit stand sie Bessie nicht nach. Ich hab ihn, schrie sie plötzlich, ich hab einen Einbrecher gefangen, holt die Polizei. Sie hatte eine Decke über den Mann geworfen und stand nun in einer grotesken Umarmung mit dem verhüllten Besucher da, entschlossen, ihn festzuhalten, bis die Polizei kam. Aber er riß sich los, gerade in dem Augenblick, als Bessie erschien, eine kleine, zähe Endsiebzigerin im weißen Nachthemd, die sich noch nie vor irgendwem gefürchtet hatte. Sie hatte keine Zeit, sich ihm in den Weg zu stellen, er schleuderte sie wie ein zerbrechliches Möbelstück gegen die Wand, und von diesem Sturz erholte sie sich nicht mehr. Am nächsten Morgen stand sie nicht auf, man brachte sie ins Krankenhaus, die Prellungen und die gebrochene Hand verheilten, aber fünf Monate später starb sie, und ihre Töchter sagten, sie sei an gebrochenem Herzen gestorben. Ihr Ehemann Joseph lebte damals längst nicht mehr, er war in den vierziger Jahren wie alle Männer seiner Familie einem Herzinfarkt erlegen. Aber Bertha und Elja mit seiner Familie zogen nach der Trauerwoche aus, Eljas Schwiegersohn Stanley kaufte ein Haus in Newton, einem westlichen Vorort von Boston, in dem sich die jüdische Mittelschicht anzusiedeln begann, Bertha bevorzugte dichter besiedelte Straßen in Stadtnähe und ging nach Forest Hills. Bessies Tod war das endgültige Ende des Familienhaushalts in der Abbot Street, sagte Edna, plötzlich war das Zentrum und Herz der Familie verschwunden.

Als Bessies Töchter ihre Kleider und den Hausrat aussortierten, die schwarzen Müllsäcke an den Straßenrand schleppten und das Brauchbare in Kartons verpackten, die Bilder von den Wänden nahmen und die Küchenladen leerten, fiel ihnen auf, daß es außer dem zerlesenen Siddur ihres Großvaters nichts gab in diesem Haus, das älter war als sie selber, keinen Gegenstand, der in eine Vergangenheit verwies, von der sie nicht Teil gewesen wären und die ihnen ein Gefühl von Dauer und Geschichte hätte vermitteln können. Alles hatte eine kunstlose, praktische Einfachheit, auch wenn es irgendwann als Schmuck ins Haus gekommen war, billige Souvenirs von Orten, wo sie Ferien verbracht hatten, Erinnerungsstücke an glückliche Augenblicke, in denen man sich in leichtsinnigem Überschwang etwas leistete, um diesem Augenblick Dauer und Gewicht zu verleihen, *tschatschkes*, wie Bessie überflüssige Gegenstände nannte, die keine praktische Verwendung hatten, muschelbesetzte Kästchen, ein Ölbild mit Meer und Fischerbooten, ein Messingteller mit der Davidszitadelle von Jerusalem im Relief, eine rot lackierte Kutsche mit zwei vorgespannten Pferden, eine Petit point-Stickerei unter der runden Glasplatte des Wohnzimmertisches, die Edna so vornehm erschienen war damals, als Joseph sie ihrer Mutter zu einem Hochzeitstag gekauft hatte. Jetzt, wo sie beide tot waren und der Ort, an dem sie mehr als sechzig Jahre lang gelebt hatten, aufhörte zu existieren, erschienen diese Dinge so lächerlich in ihrer Nutzlosigkeit. Bertha nahm schließlich die meisten Andenken an ihre Eltern mit, auch die beiden nachgedunkelten Porträts, dann ließen sie die Tür mit dem Messingklopfer ins Schloß fallen und fuhren mit ihren beladenen Autos in verschiedene Richtungen davon.

Auch Dora und Arthur verließen Dorchester erst, nachdem ihr Eiscremeladen demoliert und geplündert worden war. Dabei haben sie auch ihr Vermögen verloren, erzählte Edna. Sie erinnere sich noch lebhaft an den Vormittag im März, weil die hellgrünen Triebe der Platanen noch einen ganz hohen, frühlingshaft blauen Himmel durchließen und sie sich gedacht hatte, welch ein Verrat der Natur an einem für sie so schwarzen Tag. Zufällig habe sie Dora an diesem Vormittag besucht und ihr einen Teller Brownies mitgebracht, aus einem Überschwang heraus, vielleicht weil das Wetter sie so festlich stimmte. Und da erschien Arthur plötzlich in der Tür, erzählte sie, mitten am Tag, das Gesicht weiß wie ein Leintuch und Augen, als habe er gerade eine Geistererscheinung gehabt. Sie haben den Hund erschossen, sagte er, und alle Fenster im Lager eingeschlagen, auch die im ersten Stock, und den Laden vorne an der Straße haben sie verwüstet. Sie fuhren in die Washington Street, um sich den Schaden anzusehen. Bisher hatten sie als Geschäftsinhaber noch keine nennenswerten Feindseligkeiten verspürt, schwarze Kinder legten klebrige Dimes und Quarters auf die Theke und wollten Pistazien- oder Haselnußeis genauso wie die jüdischen Kinder der Nachbarschaft, und an Sonntagen kamen schwarze, an Freitagen jüdische Frauen und kauften Eiscremetorten. Aber als sie vor dem Geschäft gestanden seien, erzählte Edna, hätten sie alle an die Kosakenpogrome denken müssen, von denen Bessie ihnen berichtet hatte, das war nicht einfach Vandalismus, nicht bloß ein schlimmer Bubenstreich, dahinter lag eine Botschaft für jene, die es noch immer nicht begreifen wollten. Ihr seid die nächsten, stand auf dem Zettel, den die Einbrecher neben der leeren Kasse zurückgelassen hatten, und hinter der Eisentür der Lagerräume lag der Schäferhund, der mit seinem Gebell Fremde hätte vertreiben sollen. Sie hatten ihm durch den Briefschlitz hindurch zwischen die Augen geschossen. Damals übersiedelten die letzten jüdischen Geschäfte in die südlichen Vorstädte, Dora und Arthur kauften vom Erlös ihres demolierten Eiscremegeschäfts ein kleines Haus in Sharon, und Ida zog nach Eljas Tod zu ihrer unverheirateten Tochter Jeanette in ein Reihenhaus in Stoughton. Aber das wißt ihr ja, rief Edna, als wäre sie über ihre Vergeßlichkeit erstaunt und darüber, wie unvermutet die Gegenwart sie eingeholt hatte, da wart ihr ja alle schon dabei.

Nur Paul hatte den Exodus aus Dorchester nicht mitgemacht, Paul hatte von Anfang an das North End vorgezogen, und als ein großer politischer Skandal zu einer kleinen schmutzigen Mafia-Affäre umgelogen wurde und der Schuldige skrupellos die Hand auf die Bibel legte und seine Unschuld beteuerte, hatte Paul die Schuld auf sich genommen. Nachdem er dann für sechs Jahre im Gefängnis von Walpole verschwunden war und als ein Fremder zurückkam, war er wieder bei einem seiner alten Freunde im North End untergekommen, bevor er bald darauf nach Beacon Hill zog. Jedes Jahr an ihrem Todestag ging er zu Bessies Grab, und es schien ihn nicht im Geringsten zu stören, daß der Friedhof nun in den Slums lag, die sich langsam von Roxbury aus nach Dorchester und weiter nach Süden fraßen, als wollten sie ihre ehemaligen Bewohner einholen. Der Friedhof gehörte zur ehemaligen großen Synagoge Mishkan Tefila am Rand des Franklin Parks, sie ragte noch immer hoch über der Seaver Street mit ihren breiten Granitstufen und den klassizistischen Kalksteinsäulen, den hohen, jetzt leeren Fensterbögen und dem Vordach aus leuchtendem Terra Cotta. *Nicht durch Macht noch durch Stärke, sondern durch mein Wort allein, spricht der Herr,* stand in den Seitenfries gemeißelt. Um Bessies Grab zu besuchen, mußte man in eine Gegend, die zu betreten lebensgefährlich geworden war. Seit Jahren war niemand von der Familie mehr dort gewesen, denn die Lebenden haben Vorrang vor den Toten. Die Kinder hielten ihre Eltern vor einem Ausflug nach Dorchester zurück, und die Eltern verboten es ihren Kindern. Aber im Vergleich zu dem Ort, wo Paul gewesen war, erschien der Slum von Dorchester wohl harmlos, und er brauchte auf niemanden mehr Rücksicht zu nehmen, der Sohn lebte in Florida, und seine Frau hatte ihn vor langer Zeit verlassen, er hatte keine Freunde mehr, er war gezeichnet und isoliert, und seine Verachtung war grenzenlos. In den Jahren der Schmach hatte er sich unerreichbare Einsamkeit erworben und zugleich eine Macht, die seinem Ehrgeiz alle Türen hätte öffnen können, hätte er ihn noch besessen. Der Gouverneur stand mit seinem Leben und seinem Amt in Pauls Schuld. Man war bereit, jeden Preis für sein lebenslanges Schweigen zu bezahlen, aber es waren ihm zu wenige Wünsche übriggeblieben, um seine Macht zu nützen, die Karriere seines Sohnes, das Wohlergehen seines Clans, die WASP-Festung, das Haus auf Beacon Hill, wo Autos auf dem hundert Jahre alten Kopfsteinpflaster im Schrittempo fuhren und Glyzinien sich an den Hausfassaden rankten, am Rand des Rasenvierecks von Louisburg Square mit seinen eingefriedeten Bäumen und Lorbeersträuchern, ein Bloomsbury der Neuen Welt, wo in verborgenen Gärten flammend rote Rhododendren glühten.

Seine jüngste Nichte Bertha war die einzige, die er auf Beacon Hill empfing, sie war seine Vertraute, die ihm näher stand als alle anderen. So begannen diejenigen, die sich Morris' Bannfluch nicht beugen mußten, Bertha vorzuschicken.

Doch Paul ließ sie oft warten, und sie warteten ergeben. Man ging nicht zu ihm, wenn man befördert werden wollte oder sein Auge auf einen bestimmten Job geworfen hatte, den Ruf seiner Unbestechlichkeit setzte er nicht wegen einer Lappalie aufs Spiel, man wandte sich nur in höchster Bedrängnis an ihn und schickte Bertha vor, damit sie ein gutes Wort einlege. So wertete er Berthas Stellung in der Familie auf, indem er ihr etwas von seiner Macht abgab. Und wenn er ausrichten ließ, er könne nichts tun, und das bedeutete stets, er hielt die Bitte nicht für wichtig genug um einzuschreiten, nahm man auch diese Absage demütig hin. Niemand außer Bertha und Daniel hatte zu seinen Lebzeiten je sein Haus betreten. Deshalb hatte Daniel sich auch mit einem Blick des Wiedererkennens umgesehen, die Räumlichkeiten waren ihm vertraut, und er wandte sich geradewegs zum Eßzimmer. Er hatte schon als Kind auf diesen Teppichen gespielt, als für alle anderen das Haus auf Beacon Hill noch eine Legende war. Die hohen Räume mit den Stuckpaneelen und den Mahagonileisten, die die Wände unterteilten, der Messingkandelaber, den ein raumhoher Spiegel über dem Kamin im Wohnzimmer reflektierte, das Ölbild von John Singer Sargent mit seinen impressionistischen Sommerfarben zwischen den schmalen hohen Fenstern, hinter deren dichten Spitzenvorhängen man den Louisburg Square in Umrissen erahnen konnte, die viktorianischen Samtsessel um einen schweren, runden Tisch und die geschnitzte Türfüllung der Schiebetür, die Wohnzimmer und Speisezimmer verband. Wie hatte Daniel als Kind den Kontrast zwischen diesem grandiosen Prunk und der armseligen Zweizimmerwohnung in Forest Hills, in der er aufwuchs, verbinden können, wie hatte er sich den Unterschied erklärt?

Hast du denn Paul noch gekannt? hatte Edna erstaunt gefragt.

Er starb, als ich vier Jahre alt war, sagte Daniel. Ich kann mich noch an ihn erinnern. Dann schwieg er und sah sie an, als erwarte er eine Reaktion.

Es war etwas Bedrücktes an dem jungen Mann, so als müsse er ständig eine Verzweiflung niederringen, die in ihm tobte. Wenn in der Familie von ihm gesprochen wurde, hieß es anerkennend, wie gut sich Danny entwickelt habe, wenn man die Umstände bedenke, als habe im Grund niemand erwartet, daß aus Daniel ein vernünftiger Erwachsener mit Familiensinn werden könne, als fänden sie es noch immer höchst erstaunlich, daß er jeden Morgen zur Arbeit ging und das verdiente Geld nach Hause brachte. Er hatte nie mit derselben Selbstverständlichkeit zur Familie gehört wie seine Cousinen und Cousins, die er nur selten zu Gesicht bekommen hatte. Seine Mutter war gefürchtet wegen ihrer scharfen Zunge, ihrer Zornausbrüche, ihrer unberechenbaren Launen, mit denen sie mehr als einmal eine Grillparty im Garten ihrer Verwandten in eine Arena für Schreiduelle verwandelt hatte. Ein Blick des Einverständnisses über ihren Kopf hinweg, ein falsches Wort konnten genügen, und die exaltiert überschwengliche Bertha schleuderte Verwünschungen gegen ihre Gastgeber, schrie ihnen Wahrheiten ins Gesicht, die sich ihnen jahrelang unauslöschlich ins Gedächtnis brannten und eine Ahnung ihrer Verbitterung und Verachtung aufblitzen ließen, des Grolls, der an ihr fraß. Estelle, schrie sie, diese Theaterhure, die schläft doch mit jedem, der ihr eine Rolle in irgendeinem lausigen Stück verspricht. Zu welchem Gespräch konnte die Gastgeberin nach einem solchen Satz noch überleiten, wie konnte man einen entspannten geselligen Nachmittag genießen, wenn zu erwarten war, daß Bertha noch mehr solcher Mitteilungen auf Lager hatte? Denk mit deinem Kopf, sagte sie zu Irving, als er sich scheiden ließ, nicht mit deinem Schwanz. Aus deinen scheußlichen Hanfsäcken, die du da am

Leib trägst, kannst du dir Polsterüberzüge nähen, schlug sie Carol mit maliziösem Lächeln vor. An niemandem ließ sie ein gutes Haar, und dabei schien sie sich zu amüsieren, und ihre Wahrheiten waren nicht weniger gefürchtet als ihre offensichtlichen Verleumdungen.

Was, dachten die Verwandten, konnte man von einem Sohn erwarten, in dem sich die Erbanlagen eines gewalttätigen Säufers und einer unberechenbaren Verrückten mischten? Daniel sei lernschwach, hieß es, Daniel sei Legastheniker, jede neue Modeströmung psychischer Abweichung hängten ihm seine Verwandten an, er sei borderline, er sei hyperaktiv, Daniel sei aus seiner Sprengelschule geflogen, Daniel werde in einem katholischen Konvent von strengen Nonnen zurechtgebogen, und all die Jahre bekamen sie Daniel kaum jemals zu sehen. Als Daniel aufs College ging, staunten sie zum erstenmal, sie hatten erwartet, daß er in einer Anstalt für psychisch abnorme Rechtsbrecher verschwände. Und wer sich tatsächlich die Mühe nahm und den Mut aufbrachte, mit dem halbwüchsigen Sohn der verrückten Bertha ein Gespräch zu führen, stellte erstaunt fest, daß er charmant war und denselben schwarzen, sarkastischen Humor besaß, auf den sich alle Leondouris soviel zugute hielten. Ein netter Junge, sagten sie, er ist das einzige, was Bertha gelungen ist. Aber wenn eine Verwandte gönnerhaft sagte, *mazel tov* zu deinem wohlgeratenen Sohn, brauchte sie nicht mit Berthas Wohlwollen zu rechnen, höchstens mit einer boshaften Bemerkung über ihre eigenen Kinder.

Wie sie gelebt hatten, in der winzigen Gemeindewohnung in Forest Hills, einem integrierten Arbeiterviertel, wo die Straßen nächtelang von ohrenbetäubender Rockmusik widerhallten, Jugendliche bis in die tiefe Nacht Lederbälle gegen Hauswände knallten und Dialoge aus mangelndem Sprachvermögen mit Fäusten ausgetragen wurden – unter welchen Opfern seine Mutter ihn in eine der besten katholischen Privatschulen geschickt hatte, darüber hatte weder Bertha noch er selber je gesprochen. Sie hätte ihn taufen lassen, flüsterte man schockiert bei Familientreffen, er wisse gar nicht, daß er Jude sei, von Nonnen lasse sie ihn erziehen. Bertha schrie ihnen ihre skandalösen Anschuldigungen ins Gesicht, sie aber rächten sich hinter ihrem Rücken.

Glaub ihnen nicht, sie belügen und hintergehen dich, sagte sie zu ihrem Sohn. Das gab sie ihm als wichtigste Lebensregel mit: Jeder ist darauf aus, dich zu betrügen, du mußt nur schlauer sein als sie. Sie war eine harte, mißtrauische Frau, sagte jemand bei ihrem Begräbnis. Da vergaß Berthas netter, wohlerzogener Sohn in einem kurzen Wutanfall seine Manieren aus der Klosterschule, und sein schöpferischer Umgang mit Schimpfwörtern, den er bei Straßenschlachten in seinem heruntergekommenen Wohnviertel gelernt hatte, versetzte die Familienmitglieder aus den Vierteln mit gepflegten Einfamilienhäusern in sprachloses Entsetzen. Aber auch dieses Ereignis lag schon einige Zeit zurück.

Das ist also das Kind, das Bertha nicht abgetrieben hat, dachte Edna, als Daniel und seine Familie ihr gegenübersaßen, höflich und ein wenig eingeschüchtert. Als ihre Enkelin geboren wurde, lag Bertha im Koma, und als sie erwachte, ähnelte sie ihrer Nichte Mimi nach deren Schlaganfall, nur war sie weniger geduldig und weniger liebenswürdig. Sie hatte sich so sehr auf dieses Kind gefreut und ihre Schwiegertochter während der Schwangerschaft verwöhnt und bedient, ihr jeden Wunsch erfüllt und mit unbrauchbaren Ratschlägen ihre Geduld strapaziert, und nun erkannte sie Teresa, die ihr so ähnlich war, als wäre sie ihre leibliche Tochter, nicht mehr. Wer ist das, fragte sie, als die junge Mutter ihr das Neugeborene darbrachte wie eine Opfergabe. Ich bin doch Teresa, deine Schwiegertochter. Ach ja, erinnerte sich Bertha, Dannys

Schickse aus Chelsea. Kurz vor ihrem Tod wurde ihr in einem lichten Moment klar, daß nur diese junge unerschrockene Frau sie vor der Niederlage bewahren konnte, mit ihrem Schwager Morris die Ewigkeit in einem Grab teilen zu müssen.

Teresa hatte ihrer Schwiegermutter schon lange vor der Geburt versprechen müssen, das Kind nicht taufen zu lassen. Aber was sollen wir denn sonst tun? fragte Teresa.

Eine Namensgebungszeremonie, schlug Bertha vor, in der Hoffnung, daß das Kind kein Knabe sein würde.

Vielleicht ein bißchen taufen und ein bißchen jüdisch, schmeichelte Teresa, einen Priester und einen Rabbi und jeder soll seine Sache machen und seinen Segen geben.

Aber Bertha blieb unnachgiebig: Kein bißchen taufen. Und dabei blieb es, Teresa hielt ihr Wort. Aber sie stellte schon Mitte Dezember einen Weihnachtsbaum ins Wohnzimmer, dekorierte die Sträucher vor dem Haus mit bunten Lichtgirlanden, kaufte über die Jahre illuminierte Weihnachtsmänner, Rentiere mit Schlitten, eine Krippe mit einer heiligen Familie aus buntem, PVC-beschichtetem Pappkarton und einen Stern von Bethlehem, der von der Schierlingstanne über der beleuchteten Krippe hing. Mit jedem Jahr wuchs die weihnachtliche Bevölkerung auf dem Rasenstück vor dem Haus, Engel knieten da, und Santa Claus bekam eine Gefährtin. Teresa wollte ihrer Familie alles bieten, was sie in ihrer eigenen Kindheit glücklich gemacht hatte, Weihnachtsdekorationen vor dem Haus, einen Christbaum, Geschenke und eine Weihnachtsgans. Und während sie mit Hingabe ihre Bräuche pflegte, wurde Daniel immer verzweifelter jüdisch, trug ein großes goldenes *Chaj* an einer Kette um den Hals und nahm Hebräischunterricht. Und wenn er zu einem Seder eingeladen wurde, war er jedesmal unsicher, voll heimlichen Grolls gegen die Verwandtschaft, die ihn nicht aufnahm wie ihresgleichen, unglücklich über seine tiefen Minderwertigkeitsgefühle und seine Unwissenheit, derer er sich ebenso schämte wie der selbstbewußten Ignoranz seiner Frau.

Edna versuchte, über das Schweigen rasch und leicht hinwegzugehen. Die vielen Jahre, in denen sie so getan hatte, als gäbe es Bertha und ihr Kind nicht mehr, während sie gleichzeitig so verbissen darum gekämpft hatte, den Rest der Familie zusammenzuhalten – sie wollte sich jetzt nicht daran erinnern und stürzte sich überschwenglich auf Teresa und das Mädchen.

Vielleicht, dachte sie später, habe sie deshalb nicht auf die Tortenschachtel geachtet, die Teresa ihr bei der Begrüßung übergab, und wie zu allen anderen bloß in ihrer übertrieben herzlichen Gastgeberinnenpose etwas Freundliches gesagt, wie reizend oder wie lieb von dir, irgend etwas, um ihre eigene Verlegenheit zu überspielen, daß der Sohn und die Schwiegertochter ihrer verstorbenen Schwester wie Fremde in ihrem Flur standen. Sie hatte Teresas Schokoladentorte in die Küche getragen und auf den freien Platz neben die Mazza-Kartons gestellt und sich noch immer nichts dabei gedacht, ja nicht einmal nachgesehen, was in der Schachtel war, bis sie den entsetzten Aufschrei ihrer Tochter Lea gehört hatte und in die Küche gelaufen war, um nachzuschauen, und da stand Lea vor der geöffneten Schachtel und starrte auf die Torte, als böte sich ihr ein furchtbarer, ekelhafter Anblick.

Was ist das? fragte Lea anklagend.

Das siehst du doch, Teresa hat sie gebracht.

Und ihr nennt euch Juden, sagte Lea.

Sie kann doch nichts dafür, wandte Edna ein, sie weiß das doch nicht.

Aber darum ging es ihrer Tochter nicht, es ging ihr vielleicht auch nicht in erster Linie darum, daß Gesäuertes in ein für Pessach koscheres Haus getragen worden war, es ging um all die Gründe, warum Lea ihr vorwarf, als Mutter alles falsch gemacht zu haben. Seit sie als Achtzehnjährige von Zuhause ausgezogen war, hatte sie ihren Eltern stets immer wieder dieselben Vorwürfe gemacht und gegen das assimilierte Establishment der wohlhabenden jüdischen Vorstädte aufgebrachte Reden gehalten. Sie seien so assimiliert, wie sie werden konnten, ohne überhaupt aufzuhören, Juden zu sein, hatte sie ihnen vorgeworfen, und im Stillen gab ihr Edna recht, nur der Ton verletzte sie. Ihr wollt, daß wir ein bißchen jüdisch bleiben, sagte sie, jüdisch genug, um unsere Kinder jüdisch zu erziehen, aber die Wärme einer jüdischen Familie, die wirkliche Bedeutung der Feiertage, wie ihr sie noch gekannt habt, das habt ihr uns vorenthalten. Auch darin mochte sie recht haben, dachte Edna. In Ednas Kindheit sank an einem Freitagabend die Dämmerung über Dorchester anders als an jedem anderen Ort, selbst wenn man nicht in die Synagoge ging.

Aber wir haben doch selber erst in Amerika ankommen müssen, hatte Edna sich verteidigt, wir sind in Dorchester aufgewachsen.

Ich wette, in Dorchester wußtet ihr, wer ihr wart.

Im Dorchester ihrer Kindheit hatte Edna immer mit einer kleinen Differenz zur Wirklichkeit gelebt, von der niemand wußte und die sie in ihrem Vater verkörpert sah. Sie machte es ihr möglich, sich nicht wie alle anderen jüdischen Mädchen ihres Viertels zu fühlen, sondern wie eine levantinische Prinzessin aus Leondarion im fernen Griechenland, die sich durch ihr Wissen, daß sie nicht ganz dazu gehörte, von ihren Geschwistern unterschied.

Und du, fragte Edna, weißt du denn nicht, wer du bist?

Jetzt schon, erklärte ihre Tochter, seit ich meinen eigenen Weg gefunden habe.

Sie sei ohne intellektuelle Anreize, ohne schöpferische Impulse, ohne religiöse Begeisterung aufgewachsen, warf Lea ihr vor, mit nichts als der ausgehöhlten Form einer sinnentleerten Tradition, und daß Edna gedankenlos Teresas Torte neben den koscheren Speisen stehenließ, erschien ihr als weiteres Indiz für die religiöse Gleichgültigkeit ihrer Mutter.

Wir hatten jedes Jahr einen Seder, rechtfertigte sich Edna, zu den Hohen Feiertagen haben wir euch in den Tempel Beit Shalom an der Beacon Street mitgenommen, und zu Chanukka haben wir die Chanukkia ins Fenster gestellt, und es gab Geschenke, und eine Sammelbüchse für den jüdischen Nationalfonds haben wir auch gehabt.

Ein minimales Kulturprogramm, meinte Lea.

Und an die aufwendigen Purim-Parties, zu denen wir deine Freundinnen aus allen Stadtteilen herangekarrt haben, erinnerst du dich nicht? fragte Edna. Und daß ich dich jahrelang herumkutschiert habe, zum Tennisspielen, zum Eislaufen, zum Theaterspielen, zu den Einladungen deiner Klassenkameraden und dann geduldig im Auto auf dich gewartet habe, davon will ich gar nicht reden. Woran erinnert ihr euch eigentlich, fragte sie, wenn ihr an eure Kindheit denkt?

Woran erinnert sie sich denn wirklich? grübelte Edna nach dieser Auseinandersetzung. An Dinge, die ich längst vergessen habe, die ich vergessen wollte, weil die Erinnerung daran schmerzhaft und peinlich ist und man hofft, auch sie hätte vergessen, aber man weiß nicht, was im Gedächtnis der Kinder haften geblieben ist, und auch nicht, ob ihre Kindheit schön oder schrecklich für sie war, nicht einmal, welches Bild sie von mir hat und was sie erzählt, wenn sie und ihre Freundinnen von ihren Müttern reden, nichts davon weiß ich mit Gewißheit. Wir haben, so gut es uns gelang, miteinander gelebt, aber wie soll ich wissen, ob meine Anstrengungen für sie gut genug waren?

Sie hatten sich versöhnt, es schien, als bestünde ihr ganzes Leben, jedes Zusammentreffen nur aus Anschuldigungen und anschließenden Versöhnungen. Seit vielen Jahren verbrachte Lea nun schon die Feiertage in ihrer Chavurah, wo sie ihre Spiritualität wiederentdeckt hatte, wo sie singen und tanzen konnte, wo Challahzöpfe gebacken und Schabbatkerzen eigenhändig gegossen wurden.

Was ist eine Chavurah? hatte Edna anfangs alarmiert gefragt.

Ein Erneuerungsversuch jüdischer Spiritualität, kam es zurück.

Dann ist es ja gut, hatte Edna erleichtert gesagt.

Später hatte sie ihre Tochter einmal zu einem Erev Schabbat-Gottesdienst begleitet und sich gefragt, darf man denn das, ist das noch Gottesdienst oder schon Gotteslästerung? Sie hatten auf englisch gebetet und neue Gebete hinzuerfunden, sie waren im Halbkreis um einen Tisch gestanden und hatten Melodien zu Gitarrenbegleitung gesungen, und viele Melodien hatte Edna noch nie gehört, und eine junge Frau aus ihrer Runde hatte vorgebetet. Nichts war ihr bekannt erschienen, und sie hatte sich in dieser Gruppe begeisterter junger Leute steif und fehl am Platz gefühlt. Steh nicht bloß da, tu ein wenig mit, hatte Lea ihr zugeflüstert, und Edna hatte die Lippen bewegt und war sich lächerlich vorgekommen. Sie hatte nie Hebräisch gelernt, aber einem Gottesdienst, wie sie ihn gewohnt war, hätte sie folgen können, nur wollte sie dabei allein gelassen werden, sie wollte schweigend zuhören und sich von einer Stimmung tragen lassen, die sich in ihr sammelte und ihr allein gehörte. Die religiöse Inbrunst ihrer Tochter und ihrer Freunde war ihr zu bemüht.

Hat's dir gefallen? fragte Lea auf dem Weg zu ihrer Wohnung, wo das Essen schon bereit stand.

Doch, ja, sagte Edna, ein bißchen ungewohnt.

Sie sind bessere Juden, als wir es waren, verteidigte Edna sie, wenn jemand die Abwesenheit ihrer Töchter kritisierte.

Am Vormittag, bevor Carol eingetroffen war, um bei den Vorbereitungen zum Seder zu helfen, hatte Edna die Fotoalben und Andenken auf Morris' Bett ausgebreitet, sie einzeln in die Hand genommen und betrachtet, bevor sie alles in den aufgeklappten Koffer legte: Kinderzeichnungen, Schnappschüsse, die vielen Babyfotos, verblaßt mit aufgerollten Ecken, Lea und Jerome, zwei fröhliche Kinder in heller Sommerkleidung, lachend und winkend in einem Schwanenboot in den Public Gardens und im Hintergrund die blaugraue Silhouette des Hancock Gebäudes von Downtown Boston, Estelle, die Prinzessin auf dem Eis des Frog Pond im winterlichen Boston Common, mit weißen Strumpfhosen und weißen, hoch geschnürten Eislaufschuhen, die Arme über dem Kopf erhoben, ein Bein angewinkelt in einer stolzen Pirouette, die ganze Familie dick vermummt im blauen Abendfrost nach irgendeinem Ausflug, an den sie sich nicht erinnerte, Jerome mit dem Dackel Hedi auf dem Schoß, den er sich zu seinem achten Geburtstag gewünscht hatte und der dann aus unerfindlichen Gründen so neurotisch geworden war, daß sie mit ihm zum Tierpsychiater gingen, darunter ein viel älteres, braunes Foto eines übergewichtigen dunkelhaarigen Mädchens, das ernst aus einem Schwanenboot zum Ufer in die Kamera blickte; konnte das Dora sein, hatte es damals die direkt aus einer Inszenierung von *Lohengrin* übernommenen Vergnügungsboote mit dem weißen Schwan hinter den Sitzen schon gegeben?

Und dann die vielen Fotos von Nantasket Beach und Cape

Cod, jedes Jahr hatten sie die Sommerferien auf Nantasket Beach verbracht. Ihr Haus stand leuchtend weiß auf einem harten Sommerrasen, der unvermittelt an das reglose Blau der Bucht stieß. Das konnte man auf den Fotos sehen: das strahlende Weiß und die verschiedenen Schattierungen von Grau. Es war ein großes Haus, acht Räume und eine breite Veranda rund um das Haus, und die Straße lief in einem weiten Bogen um die Bucht. In der Erinnerung erschien es ihr, als sei die ganze Halbinsel von Mai bis spät in den September voller Rosen gewesen, Rosenbüschen, die über weiße Holzzäune hingen, Kletterrosen an den Holzschindeln der Einfamilienhäuser, wilden Rosen, die sich an Steinmauern klammerten. Strawberry Hill hatte die Ferienkolonie geheißen, wo wochentags die Mütter mit ganzen Rudeln Kindern zum Strand aufbrachen und Freitag abend vor Sonnenuntergang die Männer direkt von der Arbeit kamen, um das Wochenende mit ihren Familien zu verbringen. Und weil sie ohnehin nicht mehr ins Wasser gehen konnte, nicht einmal mehr einen Badeanzug besaß, und den Blicken in ihrem Rücken, die sie spürte, als griffen sie nach ihr, ausweichen wollte, den Vermutungen, ob die Scheu, ihre Beine zu entblößen, mit ihrem Hinken zu tun haben könnte, verbrachte sie diese Tage einsamer als während des Jahres allein auf der Veranda mit dem Blick auf die Bucht, nicht aufs offene Meer, wo die anderen badeten. Und vielleicht war es die Einsamkeit, die sich in der Erinnerung wie ein durchscheinender blauer Schleier über diese wolkenlosen Sommertage legte, die ihr die Fata Morgana einer unmöglichen Liebe vorspiegelte. Ein einziges Foto war ihr davon geblieben, das sie in der tiefstehenden Sonne von den Verandastufen aus aufgenommen hatte, weiter hätte sie sich nicht hinaus gewagt, damit niemand auf den Gedanken gekommen wäre, sie fotografiere etwas anderes als ihren Sohn, der dem Eiscremewagen hinterherlief, dem sich entfernenden Geklimper seines Glockenspiels und den mit Luftballons und Eistüten dekorierten Seitenwänden. Auf dem Foto erkannte man nur das kleine Gefährt mit seiner in ihrer Erinnerung leuchtend roten Markise und Jeromes braune Beine, die auf der sandigen Straße Staub aufwirbelten, die Telegrafendrähte, die in der untergehenden Sonne wie Silberdrähte blitzten, die Veranden im Schlagschatten und die gleißenden weißen Holzwände der Ferienhäuser, eine ausgestorbene Straße im Abendlicht. Wer hätte sich vorstellen können, daß in einem dieser Häuser eine vierzigjährige Frau, die aus einem Grund, den sie verheimlichte, sich nie am Strand und nie im Badeanzug zeigte, den ganzen Tag sehnsüchtig auf das Klimpern des Eiscremewagens wartete, der eine fast unkenntliche Version des Schlagers *Over the rainbow* spielte, und hoffte, die Begegnung und der Blickwechsel mit dem jungen Eiscremeverkäufer würden sich wiederholen, vielleicht ein Lachen des Einverständnisses, vielleicht ein paar unverfängliche Worte, die soviel mehr meinten, als sie sagten, was es denn heute sein dürfe oder über die Hitze, den Wellengang, es war gleichgültig, denn immer hörte sie es atemlos und mit schwindelndem Kopf auf der Suche nach einer Antwort. Spätabends, wenn die Kinder zu Bett gegangen waren, saß sie dann in einem Korbstuhl und wiegte ihr Geheimnis wie ein Kind, schaute zu, wie sich Gewitterwolken vom Meer her auftürmten ohne sich jemals über der Küste zu entladen und wie der Himmel unter den schwarzen Wolkenbänken wie Perlmutter glänzte, sie ließ es zu, daß die Brise ihre Schenkel entblößte, und sehnte sich, ganz und gar gegen jegliche Vernunft. Am Ende des Sommers, nach Labour Day, verschwand der Wagen samt dem jungen Eisverkäufer, einem Studenten, dessen Namen und Adresse sie mit viel Vorsicht in Erfahrung gebracht hatte. Der Fischmarkt dem Strand gegenüber wurde bis zum nächsten Sommer zugesperrt, und die Vergnügungslokale entlang der Pier ließen ihre Rolläden herunter, die Saison war zu Ende, und nur mehr vereinzelte Tagesausflügler würden ihre Autos auf den verlassenen Parkplätzen abstellen und, den stürmischen Herbstwind im Rücken, bei Ebbe über den nassen Sandstrand gehen. Edna war überzeugt, sie sei nicht einer bloßen Illusion aufgesessen. Sie hatte mit dem Studenten, dessen Namen sie nicht auszusprechen wagte, um sich nicht zu verraten, geflirtet und gelacht und sich unter seinen Blicken jünger und lebendiger gefühlt als seit langer Zeit. Im nächsten Sommer wartete sie vergeblich.

Viele Jahre später, als auch Estelle, ihre jüngste Tochter schon nicht mehr zu Hause wohnte, fragte eine ihrer alten Bekannten aus der Zeit der Ferienkolonie auf Strawberry Hill: Erinnerst du dich noch an den jungen Eisverkäufer damals?

Edna bejahte und bemühte sich, unbeteiligt dreinzuschauen.

Der hat sich umgebracht, erzählte die Frau. Er war eine Zeitlang Einkäufer in einer Filiale von *Macy's*, dann hat er sich umgebracht.

Edna wollte mehr erfahren, aber sie wußte nicht recht, wie sie mehr aus der Frau herausbekommen sollte. Wann war das geschehen, fragte sie vorsichtig, war er verheiratet gewesen, hatte er Kinder, warum und wie hat er sich umgebracht? Sie suchte einen Schlüssel zu seinem Leben, jetzt wo es zu Ende war. Aber die Bekannte wiederholte nur gleichmütig, er hat sich umgebracht, und konnte nicht verstehen, was Edna darüber hinaus noch erfahren wollte und warum sie so verstört war.

Welch eine Verschwendung, seufzte Edna.

Trotzdem war sie in jenen Wochen, in denen sie so angestrengt nach innen gehorcht hatte, auch noch für andere Dinge hellhörig geworden. Was machten die Männer während der Woche in den leeren Wohnungen und Häusern? hatte sie sich gefragt, und woher kam diese Sehnsucht, als sei ohne ihr Wissen ihr Hunger nach Liebe ins Unermeßliche gewachsen. Sie erinnerte sich an Blicke, die Morris ihr manchmal zugeworfen hatte, die sie zum Weinen brachten. Nerven, hatte sie zu sich gesagt, die Kinder, der Haushalt, nervöse Zustände, sonst nichts. Sie hatte keinen Grund, an der Zuneigung ihres Ehemanns zu zweifeln, auch nicht an seiner Treue.

Es war an einem Vormittag im Frühsommer, die kostbaren Stunden zwischen Morris' Aufbruch ins Büro gegen neun Uhr und die Rückkehr ihrer Jüngsten von der Schule um drei Uhr nachmittag, wenn das Sonnenlicht wie eine sehr klare Flüssigkeit durch die Spitzenvorhänge sickerte und in Pfützen auf den Holzdielen stehenblieb und diese tiefe, befreiende Stille sich im ganzen Haus verbreitete, bevor sie eine Schallplatte auf den Plattenspieler legte, die Wäsche in den Freizeitraum im Keller trug oder zum Supermarkt fuhr, als die Türklingel sie aufschreckte. Und noch bevor sie öffnen konnte, hatte sie einen Moment lang die Vorahnung, als würde, sobald das über sie hereingebrochen war, was die Haustür, die ihr plötzlich zerbrechlich und dünn erschien, eben noch von ihr abhielt, nichts mehr so sein können wie früher.

Eine junge Frau stand auf den Verandastufen.

Sie sind Mrs. Schatz? fragte sie. Es war eher eine Feststellung als eine Frage, und Edna las eine Drohung in diesen grün gesprenkelten Augen, die sie kühl und ohne eine Spur Freundlichkeit anblickten.

Was kann ich für Sie tun? fragte Edna unsicher und lächelte freundlich. Treten Sie näher.

Das Mädchen stand wie angewurzelt. Ich wollte nur einmal sehen, wo er wohnt, sagte sie in einem aufsässigen Ton, er ist mein Vater.

Morris? fragte Edna verständnislos. Wie meinen Sie das?

Ich bin seine Tochter, sagte sie mit einer Stimme, als hole

sie zu einem Schlag aus, und ihre grün gesprenkelten Augen waren wie aus Glas. Sie beobachtete Edna und lächelte zufrieden, dann ging sie langsam und sehr aufrecht die Verandastufen hinunter, den Kiesweg entlang und stieg in einen weißen Buick. Bevor sie die Tür zuschlug, warf sie noch einen triumphierenden Blick zu Edna hinauf, die stumm und verblüfft im Türrahmen stand. Edna wünschte, sie hätte die junge Frau genauer betrachtet, sie nach ihrem Namen gefragt, herausgefunden, wie alt sie war, wann Morris sie betrogen haben könnte. Sie versuchte, sich ihr Gesicht zu vergegenwärtigen, es in Gedanken mit den Gesichtern ihrer Kinder zu vergleichen, die Nase, die Stirn, die Gesichtsform. Aber sie hatte sich nur die grün gesprenkelten Augen eingeprägt und den schmalen, entschlossenen Mund. Die Augen ihrer Kinder waren braun, aber wer kannte schon die Regeln der Vererbung? Als sie in das Wohnzimmer zurückkehrte, das eben noch so morgendlich festlich gestrahlt hatte, war das Licht staubig und die Sonne erloschen.

Edna hatte Morris später davon erzählt, als sie darüber reden konnte, als wäre es eine Anekdote, und Morris sagte, ja, sie ist auch zu mir ins Büro gekommen, aber wie sollte ich wissen, ob sie die Wahrheit sagte?

Kanntest du ihre Mutter?

Ja, gab er zu, vor langer Zeit, und Edna merkte, daß ihm das Gespräch plötzlich lästig war. Warum vertraust du mir nicht? fragte er ungeduldig. War ich kein guter Ehemann? Hat es dir jemals an etwas gefehlt?

Sie wollte nicht streiten, sie wollte keinen Ärger. Morris kränkelte damals schon, er war zuckerkrank und hatte Atembeschwerden, wozu ihn aufregen, es lag ja wirklich schon alles weit zurück, achtzehn, zwanzig Jahre. Und hatte es nicht genug Dankbarkeit und Zuneigung zwischen ihnen gegeben, um am Ende ihrer Ehe großzügig zu sein?

Sie wollte mich erpressen, sagte er. Ich sagte, es stehe ihr frei, einen Prozeß gegen mich anzustrengen, aber sie kam nicht wieder.

Und ihre Mutter? fragte Edna.

Er hob die Schulter, machte eine abwehrende Handbewegung: Sie hat sich nicht gemeldet.

Vielleicht sind sie ja beim Begräbnis unter den Trauernden gestanden, dachte Edna jetzt und klappte den Koffer auf seinem Bett zu. Seit fünf Jahren stand es frisch überzogen und leer neben dem ihren.

Als Morris starb, sagten alle, er habe ein erfülltes Leben gehabt. Aber Edna war es vorgekommen, als wäre ihre Ehe erst vor kurzer Zeit in eine neue Phase eingetreten, als hätte gerade etwas begonnen, worauf sie ihr ganzes Leben gewartet hatte. Es waren nicht nur die Pläne, die sie gemacht hatten, so vieles, das sie zu lange hinausgeschoben hatten, Reisen, ein Konzertabonnement, eine Wohnung in Florida. Nein, das war es nicht, warum sie mit dem Gefühl zurückblieb, als sei sie um etwas betrogen worden. Sie hatte so viele Jahre gebraucht, um diese Liebe, die sie am Ende für ihn empfand, in sich reif werden zu lassen. Es war ja nicht Liebe auf den ersten Blick gewesen, sie hatte erst einen anderen heiraten müssen, sie hatte erst das Unglück überstehen müssen, von dem nur Morris und ihre Kinder wußten, und ganz von vorne beginnen müssen, immer noch benommen von ihrem Erstaunen, daß sie überhaupt am Leben war. Anfangs hatte sie ihn aus Dankbarkeit geliebt, später aus der Gewohnheit des Zusammenlebens und schließlich in der Gewißheit, ihn in seinem Wesenskern erkannt zu haben, mit seinen Schwächen und Unzulänglichkeiten, und auch in seiner tröstlichen Unerschütterbarkeit und seiner Größe. Erst als das Begehren und ihre Angst davor, nicht zu genügen, erloschen war, als der Vergleich mit Frauen ohne jeden körperlichen Makel seinen Schrecken verloren hatte und ihre ungestillten Sehnsüchte in diese letzte bedürfnislose Zuneigung eingingen, konnte sie ihn lieben wie eine Freundin, eine Mutter und eine Tochter zugleich, so wie sie teuer gewordene Gewohnheiten und neue Erfahrungen liebte, wie Wunder, die ein ganzes Leben schon unbemerkt vor ihren Augen gelegen waren. Sie war erstaunt, wie ähnlich sie einander geworden waren, obwohl sie so lange Zeit nichts anderes hatte wahrnehmen können als Gegensätze, ihren Sinn für Schönheit, seine Blindheit für ästhetische Reize, außer wenn es sich um Frauen handelte, seine laute, polternde und doch liebenswürdige Art, mit Menschen umzugehen, und ihre Zurückhaltung – schier endlos hätte sie die Gegensatzpaare aufzählen können, auf wie viele Weisen sie sich unterschieden, aber allmählich hatte die Vertrautheit alle Gegensätze aufgehoben. Und jedesmal die Freude, wenn sie einander auch nach kurzen Unterbrechungen wiedersahen, ja, es war Freude, die sie fühlte, wenn er mit seinen kleinen festen Schritten auf sie zukam. In ihrem Alter, unter den Augen erwachsener Kinder, lief man nicht mehr in die Arme des geliebten Menschen, fand sie, aber sein Erscheinen erfüllte sie in diesen letzten Jahren mit der Erleichterung, die einen beim Nachhausekommen durchströmt.

Nach seinem Tod hörte sie oft seine Stimme im Nebenzimmer rufen, am Anfang, den ganzen Winter über, als es im Haus so unvorstellbar still war, daß das Schweigen in ihren ertaubenden Ohren dröhnte, Edna, rief er aus dem Nebenzimmer, und einige Male ging sie tatsächlich nachschauen, obwohl sie wußte, daß er dort nicht sein konnte. Nach einem halben Jahr verschwand seine Stimme aus ihrem Ohr, und sie fragte sich, ob es außer ihr noch irgend jemanden gab, der ihn hatte rufen hören.

Morris hatte nie irgend etwas weggeworfen, und seine

Schreibtischladen, jedes Möbelstück, das er eine Weile benützte, quoll über von Papier und überflüssigen Dingen. Nach seinem Tod hatten sie und die Kinder wochenlang Papiere, Korrespondenz, Rechnungen und Quittungen sortiert. Sie hatten die Spitalsrechnungen von den Geburten der Kinder gefunden, die Briefe, die ihm seine Mutter in den dreißiger Jahren nach Montana geschrieben hatte, und auch Spuren einer heimlichen Beziehung, vielleicht waren es sogar mehrere, wie sollte sie das wissen? Ein stark retuschiertes Foto, das sie schon früher einmal am Grund einer Lade gesehen hatte, als sie nach etwas anderem suchte. Sie hatte ihm wenig Beachtung geschenkt, weil es aussah, als gehörte es einer sehr fernen Zeit an, und gedacht, es handle sich um eine Schauspielerin, die er vielleicht in seiner Jugend verehrt hatte. Er hatte eine sehr altmodische Vorstellung von Frauen gehabt. Sein höchstes Lob war, *she is a lovely woman*, Liebreiz, das war es, was er schätzte, milchweiße Arme und ein holdes Lächeln, nachgiebige Frauen, die sich damit zufriedengaben, daß er ihnen den materiellen Luxus bot, den er mit Fleiß und Umsicht verdient hatte. Und nun nach seinem Tod entdeckte sie im Passepartout die Karte mit vier Cartoons, auf der eine Comicfigur immer von neuem *I love you* schreibt, das Geschriebene durchstreicht und von vorn beginnt. *M* stand auf der Rückseite, kein Absender, kein Wort, das ihre Identität verraten würde, eine verlassene Frau, die mit verzweifeltem Humor einen letzten Vorstoß wagt, bevor sie aufgibt. Hatte sie einmal die Leidenschaft in ihm entfacht, die es zwischen ihm und Edna nie gegeben hatte? Die Erwartung einer großen Leidenschaft war immer wieder in ihr aufgeflammt, warum sollte sie dann in ihm vor lauter häuslicher Zufriedenheit erloschen sein? Sie hatten diese Sehnsucht voreinander geheimgehalten. Edna, weil sie wußte, wie verheerend sie sein konnte, und weil ihr das Selbstvertrauen fehlte, noch einmal alles, was sie besaß, aufs Spiel zu setzen.

Als sie ihn kennenlernte, war ihr sein beharrliches Werben nur lästig gefallen. Sie hatte mit sechzehn eine Stelle bei *Filene's* als Verkäuferin bekommen, zuerst in der Abteilung für Accessoires im Erdgeschoß, wo sie falschen Schmuck und Handtaschen verkaufte, und später in der Haushaltsabteilung im dritten Stock. *Filene's* lag im Zentrum, ja es erschien Edna, als sei das Kaufhaus selber das Zentrum der Stadt, zwei Häuserblocks lang zwischen Washington und Summer Street, mit eleganten Schaufenstern und rot gestreiften Markisen, und vom vierten Stock aus überblickte man Scollay Square und die Dächer des alten Stadtkerns mit dem Gerichtsgebäude und der City Hall. Den Großteil des Lohns und auch die Werbegeschenke, die sie gelegentlich von den Firmen bekam, hatte sie Bessie übergeben, aber sie behielt sich Taschengeld, um ihre Gesangsstunden zu bezahlen. Das Singen betrachtete sie als ihre Berufung, aber Bessie fand, nur Töchter reicher Leute könnten es sich leisten, brotlose Berufe auszuüben, und singen könne sie am Abend im Jiddischen Theater. Sie hatte damals mit ihrer ungeschulten Altstimme und dem sinnlichen Timbre, dem sie eine Spur frecher Verwegenheit, einen Schuß Vulgarität beimischen konnte, alles gesungen, was ihr zu Ohren kam, Jiddisches und die Schlager, die sie aus den *Automatic Entertainer Boxes* aufgeschnappt hatte, Nummern aus den *Zigfeld Follies*, *Alexander's Ragtime Band*, aber auch Bluegrass und irische Folksongs, aber am besten kamen in Dorchester die jiddischen Lieder an.

An einem frühen Abend kurz vor Ladenschluß verwickelte sie ein vierschrötiger Mann mit einem starken jiddischen Akzent in ein Gespräch über die handlichen Haartrockner, die erst seit zwei, drei Jahren auf dem Markt und noch sehr teuer waren, aber sie merkte gleich, daß er keine Absicht hatte, einen zu kaufen. Als er einige Tage später wiederkam, zeigte sie ihm die kalte Schulter, diesmal wollte er Näheres über Stehlampen wissen und kaufte nach langem Hin und Her die billigste und häßlichste. Er hinterließ bei ihr den Eindruck eines anständigen, geradlinigen und vollkommen phantasielosen Menschen. Sie schnappte auf, daß er in Mattapan wohnte, einer vorwiegend jüdischen Vorstadt, die südlich von Dorchester lag und um eine Spur weniger proletarisch als ihr Wohnviertel war, aber er gefiel ihr nicht, weder seine kompakte, muskulöse Gestalt noch sein kantiges Gesicht mit den pomadisierten Locken und schon gar nicht, daß er offensichtlich so wenig Sinn für Schönheit hatte. Ein paarmal ging sie mit ihm aus, aß im *Essex Delicatessen* ein Pastrami-Sandwich mit Essiggurken und hörte sich an, daß diese Downtown Lokale nicht mit dem *G&G Delicatessen* auf Blue Hill Avenue zu vergleichen seien. Es erzürnte sie, daß es ihm entweder gleichgültig war oder er es gar nicht bemerkte, wie schäbig das Lokal und wie anrüchig diese Gegend am Rand von Chinatown war. Allerdings war er nicht im Land geboren, er war erst vor einigen Jahren als Moische Schitz aus Polen eingewandert, ein untragbarer Name in Amerika, den er schon in den ersten Wochen nach seiner Ankunft in Morris Schatz umändern ließ.

Wieviel verdienen Sie in der Woche? fragte sie.

Er fertigte Schulterpolster in einer Fabrik, die Mäntel und Anzüge herstellte.

Warum interessiert Sie das? erkundigte er sich.

Wie soll ich sonst wissen, ob es sich lohnt, mit Ihnen auszugehen?

Als er fünf Jahre später ein zweites Mal um ihre Hand anhielt, zeigte er ihr ungefragt seinen Gehaltsscheck. Es wird bald viel mehr sein, versprach er. Damals arbeitete er bei Brooks Brothers an der Newbury Street und hatte eben das

Angebot bekommen, als Einkäufer in den Wollhandel einzusteigen, zunächst in Montana, und ob sie mit ihm dorthin gehen wolle. Sie sagte ohne zu zögern ja, sie hatte nichts zu verlieren, und einen halben Kontinent zwischen sich und diese Stadt zu legen war ihr nicht zuviel.

Aber beim erstenmal, als sie sich in der Abteilung *Heim und Dekor* kennenlernten, hatte Morris nicht die geringste Chance gehabt, denn Edna war in einen anderen Mann verliebt, und es war ihr gleichgültig, wieviel Hal, der sie bei ihren Gesangsauftritten auf Dorchesters bekanntester Vaudeville-Bühne auf dem Klavier begleitete, in seinem Job als Bühnenarbeiter im *Colonial Theater* verdiente, solange er ihr eine Eintrittskarte zu einem Gershwin-Konzert verschaffen konnte und sie in die ersten Tonfilme einlud. Später erzählte sie ihren Kindern, wie sie *The Jazz Singer* in den zwanziger Jahren im *Modern Theater*-Kino in der Washington Street gesehen habe und völlig verblüfft gewesen sei, als aus Al Jolsons Mund plötzlich Laute hervorgekommen seien. Erst als jemand im Zuschauerraum rief, er redet ja, war ihr klargeworden, daß sie soeben den ersten gesprochenen Dialog der Filmgeschichte miterlebt hatte, und kaum habe sie sich darauf eingestellt, war der Dialog schon wieder zu Ende, es waren nur wenige Sätze gewesen. Die meisten Abende ihres neunzehnten Lebensjahres verbrachte sie mit Hal in den Nachtclubs zwischen Columbus Avenue und Scollay Square, wo man bis in die Morgenstunden tanzen konnte, und im *Hi Hat Club* im South End, wohin die Jazz-Solisten nach ihren großen Auftritten in den Konzerthallen gingen und bis zum Morgengrauen Improvisationen spielten.

Ein Foto hatte den Furor ihrer Erbitterung und Wut überstanden, mit dem sie später die Spangenschuhe, die Rudolph Valentino-Kostüme, die losen, wadenlangen Flapper-Kleider und eng um den Kopf anliegenden Hüte, sogar die Kino- und

Eintrittskarten, alles was sie an diese Zeit erinnerte, weggeworfen hatte. Sie hatte das Foto gefunden, als der Haß auf ihren ersten Mann längst abgekühlt war, und konnte es nun ganz ohne Schmerz betrachten, so als wäre das verliebte Mädchen, das sich an einen jungen Mann mit einem, aus fünfzig Jahren Abstand betrachtet, vielleicht etwas zu glatten Gesicht schmiegte, gar nicht sie selbst. Wäre das Unglück, das ihre kurze Ehe mit Hal beendet hatte, nicht geschehen, hätten ihrer beider Kinder, die nie geboren worden waren, gesagt: Sie waren ein schönes Paar – Edna mit einer hellen Schleife im zerzausten, hochgetürmten Haarschopf und einem weichen Pelzkragen, der ihre Wange halb verdeckte, und seine Arme fest um ihren Rücken gelegt, als müsse er sie wärmen, und beide lächelten sie in die Kamera, Hal mit dem zufriedenen Ausdruck, der sagte, sie gehört mir, und Edna mit einem trunkenen Leuchten in den Augen, als dächte sie, ich werde gleich verrückt vor Glück, und hinter ihren Rücken war die rohe Ziegelmauer des *Coconut Grove Club* in Downtown Boston zu erkennen. Mit solcher Selbstvergessenheit war sie nie wieder verliebt gewesen, als hätte sie sich an sich selbst entzündet und Hal nur mitgerissen in einem Taumel, der damals die ganze Stadt erfaßt hatte mit Jazz und Charleston und dieser aufgepeitschten Stimmung, die nüchternere Generationen dann die Roaring Twenties nannten. Aber auf dem Foto hätte sie es schon damals sehen können, wie kühl er war, der kühle Kern in dem Feuer, das sie für ihn entfacht hatte und der nicht schmelzen wollte, sondern sich noch härter zusammenzog und dunkler wurde in all dem Licht, mit dem sie ihn umstrahlte. Als sie beim Kofferpacken das Foto betrachtete, wahrscheinlich zum letztenmal, dachte sie, ich hatte einmal sehr viel Liebe zu geben, ich wollte, es wäre mehr davon übriggeblieben.

Edna sah Hal Greenstein, dessen Namen sie drei Jahre lang

getragen hatte, später noch einige Male, als sie schon Mrs. Morris Schatz hieß. Es waren zufällige Begegnungen, und jedesmal erfüllte sein Altern sie mit Genugtuung, die sich vergrößernde Glatze, die dünnen grauen Haare, die ihm um den Kopf wehten, und in den Hüften war er breit geworden. Sie sah ihm nach, doch kurz bevor er ihren Blick fühlen und sich umdrehen konnte, ging sie in eine andere Richtung davon oder machte sich hinter dem Rücken eines Passanten unsichtbar, und sie beobachtete sich genau, ob sie etwas spürte, vielleicht ein sinkendes Gefühl von Verlust, den Wunsch, etwas aus seinem Leben zu erfahren, wie er sein Geld verdiente, ob er nach der Scheidung wieder geheiratet hatte, aber sie war erleichtert, wie gleichgültig ihr dieser Mensch geworden war, der in ihr Leben eingegriffen hatte wie niemand sonst.

In jenem Jahr, in dem sie im jiddischen Theater sang und an den Wochenenden in den Nachtlokalen von Downtown Boston tanzte, war das behütete jüdische Mädchen aus dem provinziellen Dorchester zu einem Großstadtmenschen geworden, sie war mit einem verwegenen Sprung im *Schmelztiegel* Amerika gelandet, in dem niemand nach der Herkunft zu fragen schien. Gewiß, es war die Halbwelt der Nachtclubs, in denen man für einen Dollar fünfzig zur regulären Vorstellung auch noch ein Abendessen serviert bekam, wo man bis zum Morgengrauen tanzte und wo sich auch eine Verkäuferin bei *Filene's* wie eine Diva fühlen konnte, aber wenn sie mit der Straßenbahn nach Downtown Boston fuhr, erschien es ihr nicht mehr als ein Ausflug in eine fremde Welt. Die Columbus Avenue, die sich wie eine gerade Schneise vom Herzen der Innenstadt durch das dicht besiedelte South End bis in die jüdischen Vorstädte schnitt, war das Einfallstor ihres Triumphzugs in die Neue Welt, zu der ihre Mutter nie einen Zugang gefunden hatte, und Scollay Square mit seinen schrillen Reklametransparenten, die dreistöckige Hausfassaden bedecken konnten, eine kleine Vergnügungsinsel mitten in der Stadt mit Pfandleihern, Schießbuden, Kinosälen und Varietés, war die Achse, um die jugendliche Nachtschwärmer in den zwanziger Jahren schwirrten. Dort gingen sie mehrmals in der Woche ins *Old Howard*, Vaudeville-Theater und Nachtclub in einem, wo die Matrosen aus dem Hafenviertel neben Harvard Studenten saßen und den gefeierten Tänzerinnen Sally Rand und Ann Corio zujubelten. Die Stadt gehörte ihnen, und sie waren jung genug, die Grenzen zu ignorieren, die nur in der nächtlichen Welt der Jazz Bands und Nachtclubs offen standen.

Auch als der *Coconut Grove* Nachtclub Anfang der vierziger Jahre ausbrannte, war Edna noch eine junge Frau. Doch es berührte sie wie eine traurige Nachricht aus einer fernen Zeit, die das Ende einer Welt besiegelte, aus der sie so abrupt verstoßen worden war. Mit dem *Coconut Grove Club* hatte sie alle Erinnerungen verbunden, deren Schmerz noch frisch genug war, daß sie ihn nur durch Wegsehen ertragen konnte, an durchtanzte Nächte, an Hal, die große Liebe, an die Gewißheit, als Sängerin berühmt zu werden, und an die Unbekümmertheit einer Zwanzigjährigen, die Selbstverständlichkeit, mit der unversehrte Menschen ihrem Körper vertrauen können, und die nun rauchgeschwärzte Hausmauer war der Hintergrund des einzigen Fotos, das von ihrem schönsten Jahr erhalten geblieben war. Die vierziger Jahre waren Berthas Zeit, das Nachtleben und die flüchtige Liebe zu genießen, in Europa war Krieg, Amerika stand kurz davor. Der Brand, den eine weggeworfene Zigarette in der Palmendekoration entfacht hatte und den nur wenige überlebten, war wie ein Gottesurteil, daß es genug sei, auch für die anderen, genug des Feierns und des Vergnügens. Sie hörte, daß man unter den verkohlten Überresten die Noten des Bandleaders Micky Alpert gefunden habe. *Just as though you were there*, hieß der Song, den sie gerade gespielt hatten, *fast so, als wärst du dort gewesen*, Micky war ein jüdischer Junge aus der Nachbarschaft in Dorchester gewesen. Er war im *Coconut Grove Club* verbrannt. Sie trauerte um ihn, als sei er ein naher Verwandter gewesen, als trauerte sie um sich selber.

Einmal saß sie im *Fiftyseven* im Radisson Hotel, das in den sechziger Jahren eines der vornehmsten angelsächsischen Lokale in Downtown Boston war, als Hal den Raum betrat, nicht wie ein Gast, der am Eingang wartet, um zu seinem Tisch geführt zu werden, sondern eilig, zielstrebig, als käme er zu einer Geschäftsverabredung. Sie saß mit Morris im Zwielicht der kolonialen Dekadenz an der bis zur Decke verspiegelten Wand aus Teakholz, die den Glanz der großen Kristalluster aufsog wie Bienenwachs. Wie jedesmal, wenn sie hier speisten, saßen sie einander an einem runden weiß gedeckten Tisch gegenüber und verzehrten schweigend, was sie hier immer aßen, Tornedo Rossini mit gebackenen, in Folie gewickelten Kartoffeln. Edna aß weiter, als sei nichts geschehen, während ihr erster Ehemann sich den Drehstuhl vor dem Flügel zurechtschob, den Klavierdeckel hochhob und mit seinen langen knochigen Fingern, die ihr einmal so vertraut gewesen waren, zu spielen begann. Die grün beleuchtete Wasserfontäne mitten im Saal, die den Raum wie ein Orchestergraben teilte und ihm eine intime Atmosphäre gab, dämpfte sein Spiel, es klang, dort wo sie saßen, nur mehr wie das nebensächliche Geklimper eines Kaffeehauspianisten. So weit hat er es also gebracht, dachte sie nicht ohne Schadenfreude. Er war der Stolz seiner Familie gewesen, einen Steinway Flügel hatte ihm sein Vater, ein Kartonagenfabrikant, gekauft, er war ein Wunderkind und hatte angeblich das absolute Gehör. Seine Eltern waren einfache Menschen gewesen, Einwanderer, die hart arbeiteten, um es zu moderatem Wohlstand zu bringen, und trotzdem Kunst und Bildung schätzten. Und auch Hal hatte die Musik geliebt, das mußte sie ihm zugestehen. Sie waren ein gutes Team gewesen, ernsthaft und ehrgeizig in ihren hochfliegenden Plänen. Er glaubte, daß einer, der sich etwas mit aller Kraft wünschte, es auch bekäme, es sei die geistige Energie, die alle Dinge in Bewegung setze. Und das ist aus uns Wunderkindern geworden, dachte sie, und unsere jugendlichen Wünsche und Energien haben uns nichts gebracht, jedenfalls nicht das Erträumte.

Kurz vor Carols Eintreffen am späten Nachmittag war Edna vor das Haus getreten, auf die oberste Stufe der Steintreppe, die ihr früher nicht so steil erschienen war wie in letzter Zeit, und hatte durch den leichten Regen hindurch die Straße hinauf und hinunter geschaut, hatte gesehen, wie die kleinen weißen Blüten der zu einem Spalier aufgezogenen Schlehdornsträucher an den nassen dunkelroten Ziegelmauern leuchteten. Es herrschte das trüb glänzende Zwielicht von Regennachmittagen, jede Vertiefung im Straßenpflaster war ein kleiner, schmutziger See. Die Magnolien waren in der Kälte und dem Dauerregen dieses Frühlings rasch verblüht und von den eisigen Windböen, die den ganzen März vom Meer her durch die Straßen fegten, entblättert worden, und auch die Narzissen und Tulpen drüben in den Public Gardens hatte sie in diesem Jahr nicht genießen können, kaum jemand hatte sie gesehen in diesem rohen nördlichen Vorfrühling, kurzlebig wie sie waren. Am Morgen hatte es geschneit, dann war der Schnee in schweren, fast flockigen Regen übergegangen. Aber mitten auf dem Rasen des Louisburg Square stand ein kleiner zierlicher Baum, übersät von weißen Blüten, er war vollkommen in seinem ebenmäßigen Wuchs, wie ein trotziger Triumph in der regendurchweichten Düsternis. Sie fror bis ins Mark, auch als sie ins Haus zurückgegangen war und die Heizung höher eingestellt hatte. Sie hatte trotz allem Optimismus, den sie ohne große Mühe zur Schau trug, schon seit längerem begonnen, das Leben am überwältigenden Bewußtsein ihrer Sterblichkeit zu messen, am Verschleiß der Zeit, und vor jeder Kraftanstrengung fragte sie sich, steht es noch dafür. Der Tod lag wie eine Larve eingerollt in der Zeit, deren unerbittliches Voranschreiten nichts anderes war als der sich langsam entfaltende Tod, und der Verfall, der längst von ihrem Körper Besitz ergriffen hatte, war nicht mehr aufzuhalten, auch wenn sie dankbar war, wie diskret er sich verbarg. Sie nahm es als Entschädigung dafür, daß sie in ihrem zweiundzwanzigsten Lebensjahr die Robustheit der Jugend mit einem Schlag verloren hatte und sich ihr ganzes Leben nie wirklich daran hatte gewöhnen können. Jetzt in der Stille des Nachmittags, der Stille abgelegter, überlebter Gegenstände, erschien es ihr, als ginge sie gefaßt mit jedem Schritt nicht nur von diesen Dingen und Räumen, die sie bald verlassen würde, sondern vom Leben fort. *Eure Lenden gegürtet, eure Schuhe an euren Füßen.* Sie war bereit.

Ob sie über den Tod reden wolle, hatte ihre fürsorgliche älteste Tochter im letzten Winter gefragt, als sich eine schwere Grippe in eine Lungenentzündung ausgewachsen hatte und sie zwei Wochen im Beth Israel Hospital verbringen mußte. Und als Edna nicht reagierte, hatte Lea erklärt, daß es feige sei, in ihrem Alter nicht über den Tod reden zu wollen. Sie war mit einer Miene an ihrem Bett gesessen wie in ihrer Schulzeit, wenn sie mit ihren Unterlagen aus ihrem Zimmer aufgetaucht war, bereit für die bevorstehende Prüfung abgefragt zu werden, und hatte ihr Angebot, mit ihrer greisen Mutter über den Tod zu reden, wiederholt. Sie erzählte Edna, daß sie beim letzten Besuch mit dem Gefühl des Ungenügens von ihr fortgegangen sei, weil sie so optimistisch Pläne geschmiedet hätten, was sie nach Ednas Genesung alles unternehmen würden, aber über den Tod hätten sie aus Feigheit wieder nicht geredet.

Wessen Tod? hatte Edna gefragt.

Lea war verlegen geworden, hatte sie belehrt, daß für alle Menschen einmal die Stunde käme und so fort, und Edna hatte sie wie aus großer Entfernung betrachtet und sich gefragt, ob diese Gabe, mit ernstem, eifrigem Gesicht und salbungsvoller Stimme den Mund mit Erfahrungen voll zu nehmen, von denen sie noch nicht die leiseste Ahnung haben konnte, vielleicht aus demselben Fundus käme wie die Redegewandtheit und die Phantasie, die Freude daran, Geschichten zu erzählen, die ein Kennzeichen fast aller Leondouris waren. In diesem Augenblick wurde ihr diese Tochter fremder als irgendeine Unbekannte auf der Straße.

Das einzige Mittel gegen den Tod, hatte sie zu Lea gesagt, ist eure Erinnerung an mich. Die Jahrzeitkerze, die ihr zu meinem Todestag anzünden werdet, vierundzwanzig Stunden lang, damit ihr euch zumindest einmal im Jahr einen ganzen Tag erinnert, das Kaddisch, wenn ihr es auch nur in Gedanken sagt, die Erinnerung an eure Mutter an euren eigenen Geburtstagen und wenn ihr euren Kindern von mir und eurer eigenen Kindheit erzählt, die Geschichten, die ihr von mir bekommen habt. Mehr kann man gegen den Tod nicht ausrichten.

Aber der Tod selber? hatte Lea verständnislos gefragt. Man muß doch vorbereitet sein.

Edna hatte sich immer über den Satz gewundert, wenn es hieß, jemand bereite sich auf das Sterben vor, und sich gefragt, wie macht man das?

Wozu? fragte Edna. Er ist das Unvermeidliche, wozu Worte darüber verlieren?

Und nun in dieser Nachmittagsstunde, unter dem eigentümlichen Licht, das durch den Regen drang, als fiele es in ein Aquarium, fühlte sie sich Augenblicke lang vom Tod umzingelt wie nie zuvor, es war, als säße er plötzlich mitten in ihr. Die Entdeckung, die für die meisten erst im fortgeschrittenen Alter kam, daß man sterblich war, hatte Edna schon früher machen müssen, und sie hatte das abrupte Ende ihrer Jugend bedeutet. Seit jenem Unfall bei ihrer Hochzeitsreise, der sie mitten aus ihrer Unversehrtheit hinausgeschleudert hatte, lebte sie mit dem Bewußtsein, wie wenig sie sich auf das Glück verlassen konnte.

Sie und Hal hatten nach Rosch ha-Schanah geheiratet, und es war ein glückliches Fest gewesen. Am Arm ihres Vaters war sie Hal entgegen zur Chuppa geschritten, und beide Familien hatten sich um ihre begabten Kinder mit der Gewißheit geschart, daß sie eine glänzende Zukunft haben würden, und auch Edna hatte sich nicht vorstellen können, daß das Leben von nun an anderes bereithalten würde als eine Aneinanderreihung aufregender Erlebnisse, so als sei gerade der Morgen eines Ferientags am Strand angebrochen, beinah ein wenig zu heiter und schwerelos, denn sie wollte ja keine *Musical Comedy,* sondern einen bedeutenden Roman erleben, kein leeres Leben, lieber ein schweres, wenn sie wählen mußte. Wie unvorsichtig, dachte sie später – so wie es kam, hatte sie es nicht gemeint.

Sechzig Jahre später gab es keine Spuren mehr von dieser Hochzeit, kein brüchig und zu eng gewordenes Brautkleid, weder Fotos noch Geschenke, nur noch ein paar von allen Gefühlen ausgeblutete Erinnerungen, die sie beiseite schob, wenn sie ungebeten durch ihr Gedächtnis glitten. Von ihrem Schwiegervater hatten sie einen neuen Buick bekommen, weiß, mit einem langen eleganten Heck. Neu eingekleidet, todschick, wie ihre kleine Schwester Fejge anerkennend feststellte, waren sie auf Hochzeitsreise in die Berkshires an einen kleinen See gefahren, dessen Namen sie vergessen hatte. Wenn es nach ihr gegangen wäre, hätten sie diese letzten warmen Herbstwochen auf Cape Cod verbracht, aber für Hal war von klein auf das Blockhaus mitten in einem Pinienwald am Seeufer der Inbegriff von Abenteuer gewesen, nachts in vollständiger Dunkelheit auf der Veranda zu sitzen, die über die Uferböschung ragte, und zuzuhören, wie kleine Wellen regelmäßig gegen den Strand klatschten und die Zikaden in den Pinien zirpten, quer durch den Wald zu streifen auf der Suche nach imaginären Fährten, den halben See zu umwandern, um wie ein Trapper in einem Laden, in dem Gewehre neben Gartengerät hingen, Fischköder zu kaufen, das machte ihn glücklich. Sie waren ganz aufeinander angewiesen, die Sommergäste hatten wie überall nach Labour Day ihre Häuser winterfest gemacht und waren abgefahren. Edna waren einzelne, unzusammenhängende Bilder geblieben, die niedrigen Räume mit rohen hellen Möbeln, die Bretterböden und der Herd, in dem sie kein Feuer in Gang zu bringen vermochte. Sie hatte keine Lust, sich ohne Not für ein Pionierleben zu begeistern und in dem Tümpel hinter dem Haus, der ein See sein sollte, wo Aale und Flußkrebse den schlammigen Grund aufwühlten, herumzuschwimmen. Ja, in der Erinnerung war ihr dieses Gefühl von Bedrückung ein Leben lang geblieben, es hatte sie später immer wieder, an jedem See, befallen, dieses dumpfe Unbehagen angesichts von Pinienwäldern, nadelbedeckten Waldböden und flachen Seeufern.

Es hatte schöne Tage gegeben, Herbsttage von gläserner, leuchtender Reglosigkeit, an denen die Sonne die Waldpfade wärmte und Mücken über dem Wasser tanzten, als hingen sie an unsichtbaren Fäden. Weil ihr das Einheizen auf dem primitiven Herd und das Kochen zu beschwerlich war, fuhren sie abends meist in die umliegenden Orte, Hal kannte die Gegend aus seiner Kindheit, wußte, wo man gut aß, in Restaurants an einsamen Straßen mit kleinen Fenstern und blumigen Tapeten, als würde man betagte Damen aus Rip van Winkles Verwandtschaft besuchen, so putzig und heimelig waren diese Stuben, und auch das Essen war mollig, mit dicken Saucen, sehr gojisch, dachte Edna, salz- und gewürzlos und sehr fremd. Es hatte auch Augenblicke tiefer Zufriedenheit gegeben, wenn sie von einer Radtour durch die leicht hügelige Landschaft mit abgeernteten Feldern von der Farbe gebleichten Strohs und den blauen Bergen am Horizont nach Hause gekommen waren, müde und im Einklang miteinander, wenn sie Fische über der Feuerstelle am Seeufer brieten. *Eine* Erinnerung hatte sie wie ein Bild bewahrt, die altmodische Kommode, die hohen Betten und die große Waschschüssel aus weißem Emaille, in der sie sich die Haare wusch, wie sie sich Wasser mit einem Krug über den Kopf gegossen hatte und es ihr über das Gesicht geronnen war, und Hal lag auf dem Bett, die Arme im Nacken verschränkt, und betrachtete sie, und in seinen Augen fühlte sie sich schön und geliebt, und sie erinnerte sich, wie sehnlich sie in diesem Augenblick gehofft hatte, schwanger zu sein.

Auf ihrer Rückfahrt regnete es in peitschenden Wasserströmen, die die graue Landschaft schraffierten und auf alles, Wiesen und matschiges Laub, niedergingen, der erste Herbstregen, der dem langen Sommer ein Ende bereitete. Der Zauber, der so lange die späte Jahreszeit in Schwebe gehalten hatte, war gebrochen. Sie kamen schlecht voran, die Scheibenwischer fuhren in gravitätischem Rhythmus ohne Eile über die Windschutzscheiben. Vielleicht war Hal zu schnell gefahren, vielleicht hatte er aus irgendeinem Grund zu abrupt gebremst oder eine Kurve hatte ihn überrascht, plötzlich schleuderte sie eine gewaltige Kraft gegen die berstende Windschutzscheibe, alles passierte so schnell und gleichzeitig so unendlich langsam, ein krachendes Geräusch und eine Druckwelle, die sie erfaßte, und sie wollte Hal zurufen, etwas sei mit dem Auto nicht in Ordnung, sie dachte noch, vielleicht hat sich ein Rad gelockert, sie dachte es ohne Worte und ohne Sätze, denn zum Denken oder Rufen blieb keine Zeit.

Ihr erster Gedanke, als sie zu Bewußtsein kam, war Hal und die Angst, er könne tot sein. Die Nachrichten, daß er am Leben war und daß man ihr den Fuß amputieren mußte, kamen gleichzeitig, und die Erleichterung überwog. Wenn er nur am Leben ist, sagte sie. Für die andere Erfahrung brauchte sie Zeit, sie war zu schwierig zu verstehen im Vergleich zu dem Wunder, daß sie beide am Leben waren.

Ein Fuß, nicht das Bein, betonten die Ärzte, das Bein konnten wir retten, nur der Knöchel und der Rest des Fußes.

Was bedeutet das? fragte sie betäubt.

Sie werden mit einer Prothese gehen lernen. Sie werden damit leben lernen.

Alles, was es von da an zu lernen gab, hing mit dem amputierten Fuß zusammen, und lernen bedeutete von nun an Schmerz. Sie mußte lernen, daß sie manche Räume des Lebens, die anderen offenstanden, nie betreten würde. Und daß sie mit einem Schlag um zehn Jahre gealtert war. Ihr rotes Haar erlosch lange bevor es weiß wurde, nach einem Jahr im Spital und einem weiteren, in dem sie gehen lernte, hatte ihre Haut die Farbe einer hellen, leicht gesprenkelten Paste angenommen, die sie nicht mehr im Spiegel sehen wollte. Manchmal kam es ihr vor, als sei alle Schönheit, die sie als junges Mädchen besessen hatte, in die Fächer ihrer Kommoden und Schatullen gewandert. Von dieser Vorstellung konnte sie sich nie mehr befreien, aber sie lernte ihre Verkleidungen und den

Aufwand, den sie mit ihrem Aussehen trieb, genießen. Mit jedem neuen Lebensabschnitt gab es für sie und nur für sie eine zusätzliche Lektion zu lernen.

Die härteste Lektion brachte Hal ihr bei. Während sie im Spital war, ließ sie die Tür nie aus dem Auge, sie hoffte jeden Tag vom Aufwachen bis zum Einschlafen, daß er käme. Bei seinem ersten Besuch trug er den rechten Arm eingegipst in einer Schlinge und hatte Mühe beim Atmen wegen der gebrochenen Rippen. Er machte sich Sorgen um die Gelenkigkeit seiner gebrochenen Hand, und er war schlecht gelaunt. Das Auto ist ein Schrotthaufen, erzählte er. Dann meinte er, sie könnten ja nun darüber streiten, wer an dem Unfall schuld war. Edna war nicht zum Streiten aufgelegt, sie war nur glücklich darüber, wie gesund er war. Die beiden Familien kamen sie besuchen, ihre Geschwister kamen, seine Brüder, am Anfang auch die Freunde vom Theater, aber auf jeden Besuch von Hal kamen ein halbes Dutzend anderer Leute. Am Arm ihres Schwiegervaters machte sie die ersten Schritte, ihr Vater fuhr sie schließlich nach New Hampshire in das Sanatorium, in dem sie ein weiteres Jahr verbrachte. Dort kam Hal sie nicht besuchen, er wolle nicht mehr fahren nach diesem Schock, ließ er ihr ausrichten. Das konnte sie verstehen. Aber niemals war es für sie in diesem Jahr nur hier und jetzt, jeder Augenblick, jeder Sonnenstand, die Schatten der Bäume auf dem Rasen, das morgendliche Glitzern der jungen Sonne, die einzelnen Schritte ihrer Genesung, alles war wie mit Fäden an einem Früher festgemacht, und sie war zu jung, die Enden dieser Fäden loszulassen und zuzusehen, wie sie aufstiegen und zur Bedeutungslosigkeit schrumpften.

In diesem zweiten Jahr mußte sie lernen, sich die fremde Gliedmaße anzueignen, den formlos gewordenen Stumpf dieses ehemals wohlgeformten Beins in den Schaft der Prothese einzuführen und mit den Riemen, die beim Knie begannen und in das Kunststoffbein übergingen, festzubinden. Mit Krücken, mit Stock, und hinkend, angespornt vom Lob der Ärzte, Krankenschwestern und der Verwandten, in deren Augen sie Entsetzen las. Und mit den Schmerzen leben lernen. Nachts mit dem Schmerz der Nervenenden, die ihr das Vorhandensein ihres linken Fußes so lebensecht vortäuschten, daß sie hinunterlangte, um ihn zu berühren, und beim Gehen mit dem schmerzhaften Druck des Schafts auf ihr eigenes Fleisch. Lernen, daß sie sich auch auf dieses Bein aus Kunststoff nicht verlassen konnte, weil sich der Beinstumpf oft entzündete, weil die Schraube brach, die Schaft und Fuß verband. Es passierte immer seltener, daß sie noch mit beiden Beinen aus dem Bett zu steigen versuchte, bald schon tastete sie nach der Prothese neben ihrem Bett, wie sie früher nach den Hausschuhen geangelt hatte. Sie mußte lernen, bei Tanzmusik nicht in Tränen auszubrechen. Lernen zu überleben, weil der Verlust eines Beins ein annehmbarer Preis war für das Geschenk des Lebens. Stöcke und Steine brechen die Beine, sagte Bessie und verstummte. Ihr Leitsatz war unbrauchbar geworden.

Die schwerste Lektion kam zum Schluß. Im Sommer, fast zwei Jahre nach ihrer Hochzeit, kehrte sie unter die Lebenden zurück. Im klaren blauen Licht eines Augustmorgens fuhr Joseph sie die vertraute Route 1 nach Süden. Er hatte, ohne sie zu fragen, diesen Umweg gewählt, damit sie sich nach so langer Zeit am Meer erfreuen könne. An der Strandpromenade von Gloucester half er ihr aus dem Auto und kaufte ihr eine Tüte Eis wie in ihrer Kindheit. Die Wellen des Meeres bei Ebbe rollten sich glatt wie Seide auf, und unter dem tiefen Blau schimmerte das Wasser geheimnisvoll türkis. Die unendliche Tiefe des blauen Himmels verschlang weiße Federwolken.

Der Anfang wird schwierig werden, sagte ihr Vater.

Sie schwieg und sah zu, wie eine weiße Wolke sich langsam auflöste.

Du wirst geduldig sein müssen mit Hal, sagte ihr Vater, und mit dir selber auch.

Sie wagte keine Frage zu stellen, nicht, was genau er damit meinte noch ob er einen konkreten Grund für seine Warnung hätte.

Hast du schon darüber nachgedacht? fragte er.

Ja, log sie. Unzählige Male hatte sie sich gefragt, ob Hal ihr in diesen zwei Jahren treu geblieben war, welche schlimme Überraschung sie bei ihrer Rückkehr erwartete und wie sie eine neue Erschütterung ihres Lebens überstehen sollte. Aber sie fürchtete sich vor der Wahrheit.

Es ist kühl, sagte sie, gehen wir, und Joseph half ihr wortlos wieder in den Beifahrersitz.

Sie fuhren nach Süden, der frische Salzgeruch wehte herein wie die Essenz aller Sommermorgen, zu ihrer Linken die klare Rundung der Bucht, und an ihrem Ende hob sich die Stadt aus weißen Morgennebeln, Boston, unverändert, nur sie und Hal waren nicht mehr dasselbe frischvermählte Paar, das vor zwei Jahren mit weißen, wehenden Bändern am nagelneuen Auto aufgebrochen war. Wie jedesmal, wenn sie etwas wußte, von dem sie noch kein Bewußtsein hatte, erfaßte sie Angst. Es war, als ob plötzlich eine Hand nach ihrem Magen griffe und ihn umdrehte: Hal würde sie verlassen. Schon als sie sich der Stadt näherten, stand dieses Wissen in seiner ganzen Nüchternheit, unverhüllt und überdeutlich vor ihr.

Aber es gab keine Abkürzungen, alles mußte Stunde für Stunde seinen Lauf nehmen und durchgestanden werden. Plötzlich, nachdem sie sich seit fünf Jahren kannten, war die Entfernung zwischen ihnen unüberbrückbar. Bei der steifen Begrüßung und wie er sie beim Auspacken ihres Koffers beobachtete, als wäre sie ein Eindringling, der sich in seiner Wohnung breitmachte, wie er in der Badezimmertür lehnte und sie betrachtete, im Spiegel fing sie seinen Blick auf, ein Krüppel, sagte dieser Blick. Wie er ihr linkisch behilflich war, ins Bett zu steigen. Sie wußte nicht, ob sie die Prothese abnehmen sollte, fürchtete den fremden Gegenstand im Bett und ebensosehr sein Entsetzen beim Anblick ihres Beinstumpfs, aber er schaltete das Licht aus, als habe er ihre Angst gespürt. Der Mond schien zum Fenster herein, ein weißes Viereck auf der Kommode, er ließ das Bett im Dunkeln. Hal berührte sie, als habe sie keinen Unterleib, und doch wußte sie, daß er ebenso wie sie an nichts anderes denken konnte als an den Beinstumpf unter der Decke, mit dem er nicht in Berührung kommen wollte und der ihn hypnotisierte. Er mühte sich beflissen ab, um in seiner Erregung zu vergessen, was ihn hemmte, und vergaß tatsächlich für einen Augenblick, berührte ihre Schenkel und zog seine Hand zurück, hielt inne. Sie versuchte nicht, im Dunkeln sein Gesicht zu erkennen. Sie wartete mit angehaltenem Atem, voll Angst und Scham.

Verzeih, sagte er, ich muß mich erst wieder an dich gewöhnen. Er drehte ihr den Rücken zu, schlaf gut, Liebling, sagte er, willkommen zu Hause.

Aber er gewöhnte sich nicht daran. *Kinky*, sagte er, obszön, ausgefallen, um sich Mut zu machen, aber mit einem Seufzer gab er auf. Und wenn es ihm gelang, dann waren sie beide so sehr auf den reibungslosen Ablauf konzentriert, daß sie vergaßen, wozu sie eigentlich miteinander schliefen. Als habe man ihr alles amputiert, was Sex und Begehren ausmachte. Sie versuchte ja, sein Dilemma mit seinen Augen zu betrachten, aber wie konnte sie verstehen, daß er plötzlich ihr Feind geworden war, obwohl sie keine Schuld traf. Daß sie das größte Malheur seines Lebens geworden war, die Fußangel, die ihn ohne Bosheit zu Fall brachte, wie sollte sie das verstehen, ohne sich umzubringen? Wenn sie leben wollte, durfte sie ihn nicht verstehen.

Sie begann die Menschen einzuteilen in jene, denen etwas zugestoßen war, und jene, die ahnungslos waren, und sie beschloß, nur jenen das Recht zu geben, ein Urteil über sie zu fällen, die das Wissen hatten, das sie sich durch ihren Makel erworben hatte, ein Wissen um die Verletzbarkeit des Menschen und seine Würde, die angesichts seiner Hinfälligkeit und Zerbrechlichkeit um jeden Preis zu schützen war. Jedesmal, wenn sie jemanden in ihr Geheimnis einweihte, bereute sie es, und immer öfter widerstand sie dem Geständniszwang, Fremden von ihrer Behinderung zu erzählen. Sie mochten denken, was sie wollten, sie würde sich ihr Mitleid nicht erzwingen, indem sie über ihr Gebrechen sprach, sie wollte gar kein Mitleid. Wenn sie erfuhren, daß sie nicht hinkte, weil sie eine Blase an der Ferse oder einen verstauchten Knöchel hatte, sondern daß der linke Fuß fehlte, daß in diesem Schuh eine Prothese und die vernarbte Wade im Schaft eines unter den Röcken verborgenen Stiefels steckte, war sie ein Krüppel, ein Mensch, der aus nichts anderem bestand als aus dem, was fehlte. Danach konnte sie im besten Fall mit Rücksicht rechnen, denn das Unbehagen, das Edna in ihren Augen lesen konnte, war ihnen nicht einmal bewußt, sie würden es leugnen, wenn sie die Rede darauf brächte, aber sie spürte ihr unmerkliches Abrücken wie einen kalten Luftzug, der durch den freigewordenen Zwischenraum hindurchstrich. Dann fühlte sie sich, als stünde sie auf einer Eisscholle, die vom Festland forttrieb.

Jeder Weg, und sei er auch nur quer durch einen Speisesaal zur Toilette, wurde zu einer Niederlage. Sie las das Mitleid in den Gesichtern: Schade um eine so junge Frau, was ihr wohl passiert ist, vielleicht Kinderlähmung? Sie fühlte sich umzingelt von der bedrückenden Mehrheit der Normalen, Makellosen, dem Phantom der Norm. Von nun an war sie die Abweichung, der Kontrast, der Sündenfall, weder jung noch talentiert, weder schön noch anziehend, sie war behindert, amputiert, das stand auf ihrem Preisschild, beschädigte, aussortierte, reduzierte Ware. In einer guten, gerechten Welt durfte es kein unverdientes, nie wieder umkehrbares Unglück geben. Das Unheil war durch ihr Gebrechen in die Welt und ins Leben ihres Mannes gekommen, und für ihn gab es offenbar keinen anderen Weg, um seine Welt wieder in Ordnung zu bringen, als sie, das personifizierte Unheil, zu verbannen. Als Hal ihr sagte, er könne so nicht mit ihr leben, schwieg sie. Es kam ihr vor, als sei die Tür zu allem, was in ihrem bisherigen Leben Glück bedeutet hatte, hinter ihr ins Schloß gefallen. Aber sie hatte es erwartet.

Wie später ihre Schwester Bertha kehrte sie nach der Scheidung in die Abbot Street zurück. Du hast weniger als ein halbes Jahr mit ihm gelebt, sagte Bessie einmal, und jetzt vergeudest du schon zwei Jahre deine Energie damit, ihn zu hassen. Denkst du nicht, es wäre an der Zeit, ihn zu vergessen?

Ich bin erst vierundzwanzig, sagte sie.

Für ihre Freunde in Scollay Square, in den Tanzbars und Cafés war sie so gut wie tot. Sie mied die Gegenden, die zwei Jahre lang ihr Leben bedeutet hatten. Niemand wartete dort auf sie, und vielleicht wäre sie Hal in den Armen einer neuen Frau begegnet. Es war ihr unerträglich, sich vorzustellen, wie er mit einer anderen tanzte, sie war besessen von der Vorstellung zweier schlanker Beine, die über den Boden eines Tanzsaals schwebten. Sie trug nun bodenlange weite Röcke, die ihr Hinken verdeckten, und nahm einen Job bei einer jüdischen Hilfsorganisation in Dorchester an, wo sie an einem Schreibtisch sitzen konnte und nur zwei Stationen mit der Straßenbahn fahren mußte. Sie hatte sich mit der Vorstellung, eine geschiedene Frau zu bleiben und zeitlebens bei ihrer Familie zu leben, abgefunden, als unerwartet Morris in ihr Leben zurückkehrte, unaufgefordert und ohne Entsetzen oder Schadenfreude über das Unglück, das ihr in der Zwischenzeit zugestoßen war. Für sie war ihr Makel der Test seiner Menschlichkeit. Mir fehlt jetzt nur ein Fuß, sagte sie mit ungeduldiger Härte, sonst bin ich ganz, alles andere an mir ist intakt.

Er wohnte noch immer in einem zweistöckigen dunklen Holzhaus in Mattapan und hatte einen eigenen Eingang zu seiner kleinen Wohnung im ersten Stock über eine steile Außentreppe, die Edna eines Freitagnachmittags mit großer Schwierigkeit erklomm und hoffte, niemand beobachte sie dabei. Er erwartete sie erst zwei Stunden später, da wollte er das Schabbatessen für sie schon fertig haben. Bereits auf halber Höhe empfing sie der Geruch der ganzen Knoblauchzwiebel, die er in die Fülle des Schabbathuhns geschnitten hatte. Meine Mutter nimmt höchstens eine Zehe, tadelte sie ihn lachend. Der Tisch war festlich gedeckt, mit versilberten Kerzenleuchtern und zwei bedeckten Challah-Broten, das Tischtuch war so neu, daß es noch das Preisschild trug. Auch sie hatte zwei Challah-Zöpfe mitgebracht, und Morris meinte, sie müßten aufhören, jeder für sich allein zu denken. Edna zündete die Kerzen an und hob ihre Hände vor die Augen, um die Bracha, den Segensspruch zu sagen, und bevor sie die Hände vom Gesicht nahm, dachte sie, gib mir eine zweite Chance. Dann nahm er den Kiddusckkelch und sang mit seiner rauhen, unmusikalischen Stimme den Kiddusch, sie segnete die Challah, und es kam ihr vor, als schaue sie wie durch ein Teleskop aus einer fernen Zukunft auf diesen Augenblick zurück.

Die Hochzeit mit Morris, im Jahr 1935, war weniger aufwendig und weniger lärmend, aber die Glückwünsche wurden mit mehr Wärme ausgesprochen, und die Familie versammelte sich um sie, als müsse sie etwas Kostbares und leicht Zerbrechliches beschützen. Als Morris das in ein Taschentuch gewickelte Glas zertrat, aus dem sie den Wein getrunken hatten, erschien es Edna, als zerberste das Gewicht der letzten Jahre in tausend Splitter. Wie neu geboren trat sie unter der Chuppa hervor. Und ein Jahr später kam Jerome zur Welt. Sie mochte nie wieder so außer sich vor Leidenschaft gewesen sein wie mit Hal, aber die Ehe mit Morris befreite sie von der Besessenheit ihres Hasses auf ihren ersten Mann. Edna wäre nicht Bessies Tochter gewesen, wenn sie sich hätte unterkriegen lassen, sagten jene, die eingeweiht waren, und sie besäße nicht umsonst den Optimismus und die Energie der ersten im Land geborenen Generation, hieß es.

Es wäre auch keinem der Gäste, die Edna nun an diesem Pessach-Abend im März empfing, eingefallen, an ihre Behinderung zu denken, auch wenn sie hinkte, die leichte Drehbewegung der linken Hüfte, wenn sie den Fuß aufsetzte, war Teil von ihr, dem niemand mehr Beachtung schenkte.

Das Schlagen der Autotüren hatte begonnen, und es läutete in kurzen Abständen an der Tür. Die Gäste kamen mit hochgezogenen Schultern aus dem Regen, Marvin schüttelte sich wie ein Hund, umarmte und drückte sie, die Flasche Wein wie eine wertvolle Trophäe weit weggestreckt, um jede Berührung mit dieser Kostbarkeit zu verhindern. Er war sicherlich den ganzen Nachmittag vor seinen Weinregalen gesessen, und die Bedeutung seiner Wahl würde ihr verborgen bleiben, wenn er sie nicht aufklärte, was er sogleich bereitwillig tat: ein Château Petrus 1967, verkündete er, das war das Jahr, in dem ihr das Haus auf Cape Cod gekauft habt und Joshua geboren ist und in dem ich Carol zum erstenmal zu euch mitbrachte und die Familie schockierte, und jenen ganzen Sommer hingen diese Trauben in Südfrankreich in einem Weinberg und wurden reif.

Marvin, der Enkel ihres Bruders Elja, Mimis Sohn, war ein altkluges Kind gewesen, und seit er reden konnte, hatte er bei jeder unpassenden Gelegenheit wichtigtuerisch die Gesellschaft der Erwachsenen gestört, mit eifrigen Informationen aus Lexika und Quizsendungen hatte er früh seine Stellung als das klügste Kind in der Familie gefestigt, von seiner jungen Mutter bewundert und angestachelt sich zu produzieren. Aber statt der Rolle als Wunderkind gerecht zu werden, hatte er sich schon bald den Ruf erworben, ein wenig sonderbar zu sein, gravitätisch und pummelig, ein Professor, der er dann auch wurde, mit verschrobenen, unnützen Ideen, wie man die Welt verbessern könne.

Sein Sohn Jonathan drängte hinter ihm durch die Tür, dicht auf seinen Fersen, er mochte keine Umarmungen, höchstens einen vorsichtigen Kuß auf eine Wange, aber er grüßte alle Anwesenden sehr laut und förmlich, mit einem hohen, überschwenglichen und irgendwie unpersönlichen *Wie geht es dir?*, antwortete höflich auf die Gegenfrage, *Danke gut* und verschwand ohne ein Gespräch abzuwarten in die Küche, wo er seine Mutter Carol vermutete.

Edna erinnerte sich noch gut an jenen Sommer '67, ihren ersten Sommer in dem neuen Haus in Buzzard Bay, vielleicht der schönste Sommer seit ihrer Kindheit. Sie war in jenem Frühsommer Großmutter geworden, und mit dem Neugeborenen, das ihr Estelle gern überließ, fühlte sie sich wie eine junge Mutter. Sie hatten dieses Haus gekauft, weil sie dachten, nun würde die Familie sich rasch vergrößern und das Haus im Sommer mit Enkelkindern bevölkern. Lea war verlobt, und Jerome hatte eine glamouröse Freundin, nicht ihr Geschmack, aber er schien glücklich. Er hatte bereits eine

Ehe mit einer labilen, zum Spiritismus neigenden jungen Frau, die schließlich in eine Sekte abgedriftet war, hinter sich, und nun war es dieses Starlet mit einer Fülle blonder Locken, die ihr über den gebräunten Rücken fielen, und dem Körper eines Models, den sie endlos pflegte. Er würde sie heiraten, und sie würde ihn, wie Edna prophezeite, betrügen, aber das wußte er noch nicht.

Ausgerechnet Estelle, der Wildfang, ihre Jüngste, war im vorangegangenen Herbst aus dem Greyhoundbus gestiegen und hatte, noch während der Fahrer ihr Gepäck aus dem Bauch des Busses holte, verkündet, große Neuigkeit, du wirst Großmutter. Wenn sie eines ihrer Kinder bevorzugt hatte, dann Estelle, weil sie eine so offensichtliche Leondouri war in ihrer aparten Erscheinung und mit ihrem Schauspieltalent, und auch weil sie sich mit solcher Freude ins Leben stürzte, mit einer Ungeduld, als müsse sie alles, wofür sich andere ein ganzes Leben Zeit nehmen, in ein paar Monaten unterbringen. Als knapp Achtzehnjährige war sie nach New York aufgebrochen, um Schauspiel zu studieren. Alles wollte sie werden, alles auf einmal, Schauspielerin und Regisseurin, Mutter und femme fatale, und als sie für sich die Religion entdeckte, obendrein noch Rabbinerin. Mit beinah verzweifelter Gier verleibte sie sich alles ein, was sie haben konnte, Bücher, Bekanntschaften, Liebschaften, Reisen, Abenteuer, da probieren, dort auswählen, rastlos weiterhetzen, um nichts zu versäumen, und nun war sie schwanger und rief ihrer Mutter atemlos die Neuigkeit entgegen, ohne daran zu zweifeln, daß Edna auch diese abenteuerliche Wendung in ihrem Leben gutheißen würde.

Wer ist der Vater? fragte Edna mißtrauisch.

Ach, der weiß es noch gar nicht, lachte Estelle.

Der Bräutigam war neben Estelle ein farbloser junger Mann, sympathisch, aus gutem jüdischen Haus, Student, und selbst wenn er Temperament gehabt hätte, neben seiner Braut hätte er steif und konventionell gewirkt. Für den Tag nach der Hochzeit hatte sie sich mit einem ihrer früheren Freunde verabredet, weil sie so selten nach Boston käme und ihre alten Bekanntschaften aus der High School nicht einschlafen lassen wolle, erklärte sie, als Edna sie zur Rede stellte. Als der junge Mann anrief, schlief Estelle noch. Nein, sagte Edna, die den Anruf entgegennahm, Estelle kann heute nicht mit Ihnen ausgehen, sie hat gestern geheiratet. Verzeihung, sagte der Unbekannte, das wußte ich nicht. Estelle war empört, daß ihre Mutter ohne Erlaubnis ihre Verabredungen absagte. Du bist jetzt eine verheiratete Frau, sagte Edna, und beiden erschien die Vorstellung so komisch, daß sie lachen mußten.

Auch in jenem Sommer '67 hatte Estelle wenig Zeit, gleich werde sie das Kind nehmen, versprach sie eifrig, sie wolle nur noch kurz ins Wasser, Edna möge es inzwischen wickeln. Dann saß sie in ihrem blauen Frotteemantel beim Frühstück und stillte das Baby und bot ein Bild wie Aphrodite auf einer kurzen Rast am Rand der Muschel, bevor sie wieder abstoßen würde, und niemand konnte sich ihr in den Weg stellen, sie würde es nicht dulden, sie hatte keine Zeit zu verlieren, sie hatte noch zuviel vor. Vielleicht, sagte Morris nachdenklich, ist ihr kein allzu langes Leben beschieden, und Edna murmelte beschwörend etwas gegen *ajin ha ra*, den bösen Blick. Als Joshua vier Jahre alt war, nahm sie ihn nach Frankreich mit und lebte fünf Jahre in Paris, dann sechs Jahre in Jerusalem, und als sie zurückkamen, war Ednas Enkel ein weltläufiger Halbwüchsiger, charmant und nachdenklich, der drei Sprachen beherrschte, und seine rastlose Mutter war bereit, an die Universität zurückzukehren und ihr Studium zu beenden.

Aber in jenem heißen Sommer '67, aus dem Marvins Wein stammte, war Edna jeden Nachmittag auf der offenen Veranda ihres neuen Hauses direkt am Meer gesessen, dort blieb es auch in den drückenden Stunden des Tages kühl. Die Sykomore am Hang flüsterte und raschelte und rieb ihre Äste am Nachbarzaun, und vom Meer herauf drang das regelmäßige Rauschen der Brandung. An der Ecke des Hauses kreuzten sich die Winde, die vom Land her kamen und die vom Meer, die an manchen Abenden Wolken und Gewitter brachten. Dann flogen die Vögel tief, und die Libellen schwirrten und tauchten, aber es blieb schwül. Und wenn die Wolken aufrissen, glänzten sie wie Fischbäuche, lösten sich auf wie Rauch aus einer Pfeife in der Dämmerung und entließen Lichtgeschwader, die sich über die Sykomore und Strandkiefern ergossen und sie zu einem düsteren abendlichen Leuchten brachten, während über dem bleigrauen Meer die Blitze durch die Schwärze zuckten.

Das Kind nahm ihre Zeit in Anspruch, und die Tage erschienen ihr kurz, es war ein Sommer, so glücklich und vollkommen, daß sie sich wünschte, er möge nie enden. Es schien ihr, als sei dieses Kind, mehr als ihre eigenen, ihr geschenkt worden, damit sie erfuhr, wie leicht und einfach alles wurde, wenn sie sich mitten in dem Spalt zwischen vorher und nachher, der ihr das Leben heillos entzweigerissen hatte, ansiedelte und ihn als reine, unberührbare Gegenwart in Anspruch nahm, ohne zu fragen, ob sie dem Moment gewachsen war, ob sie das Richtige tat und wie das Leben weitergehen würde. Mit dem Kind im Arm machte es ihr nichts mehr aus, in langen Röcken im Liegestuhl unter den Badenden zu sitzen und zuzusehen, wie die Wellen über den Strand gelaufen kamen, mit erschöpften Zungen über den Sand leckten und weit draußen mit weißen Gischtkronen einen neuen Anlauf nahmen, im gleichförmigen Rhythmus des Ein- und Ausatmens, Tage, an denen sie sich von der Brandung und den Gezeiten in wunschlose Zufriedenheit wiegen ließ.

Ja, sagte sie zu Marvin, das war ein schöner Sommer damals im siebenundsechziger Jahr. Und alles ist gut ausgegangen, dachte sie, das Baby ist ein erfolgreicher Mann geworden und lebt als Arzt in Tel Aviv mit einer liebenswerten jungen Frau, und sieben Stunden früher als wir haben sie und Estelle in ihrer Küche, mit dem Blick über die flachen Dächer von Jaffa, angefangen, das Huhn zu tranchieren, Zwiebeln und Karotten zu schneiden, Wasser aufzustellen, Mazzateig zu kneten, Leber zu rösten und zu hacken, Eier hart zu kochen und den Fisch zu faschieren, all das, was Carol und ich den ganzen Nachmittag getan haben. Und als sie die Kerzen anzündeten, haben sie beim Segensspruch gewiß an uns gedacht.

Mit Carol und Marvin, die damals noch Studenten waren, besessen von ihren unduldsamen Vorstellungen von einer vollkommenen Menschheit, hatte das Schicksal wenig Freundliches im Sinn gehabt, sie hatte die beiden auch gewarnt, allerdings vor ganz anderen Gefahren, ob Carol nämlich ohne die Bräuche ihrer Kindheit leben könne, wenn sie Jüdin würde, ob die unterschiedliche Herkunft beider nicht Quelle ununterbrochener Mißverständnisse sein werde und ob sie für die Dauer eines langen Lebens so viele Juden in ihrer Umgebung ertragen könne, wo sie doch ohne Juden zu kennen aufgewachsen sei, und ob sie bedacht habe, daß dann auch ihre Kinder Juden wären. Lea, Ednas Älteste, die Carol nicht leiden konnte, hatte den beiden ein beispielloses Familiendebakel vorausgesagt, die bittersten, unversöhnlichsten Scheidungen passierten in solchen Ehen, hatte sie prophezeit, und übrig blieben ein paar Antisemiten mehr. Edna erinnerte sich an ein Gespräch mit Carol eines Morgens, als Carol allein vom Strand heraufkam.

Habt ihr gestritten? fragte Edna.

Ein bißchen, gab Carol zu.

Worüber? fragte Edna und dachte, es war ja zu erwarten, nur gut, daß es jetzt herauskommt, wo sie sich noch ohne Groll trennen und ihresgleichen finden können.

Er meint, Jeromes Freundin sei so umwerfend, daß er mit mir nicht mehr, sie biß sich auf die Unterlippe und sah zu Boden. Na ja, es läuft nichts mehr.

Edna sah den Zeitpunkt für eine Grundsatzdiskussion gekommen. Vielleicht paßt ihr in mehr als dieser Hinsicht nicht zueinander, gab sie zu bedenken.

Sie meinen, weil ich nicht Jüdin bin, sagte Carol herausfordernd.

So würde ich es nicht formulieren, wir haben nichts gegen dich, aber du hast einen ganz anderen Familienhintergrund.

Ich will ja Jüdin werden, erklärte Carol trotzig.

Hältst du das denn für eine gute Idee? fragte Edna. Ich habe da schwere Bedenken.

Sie haben schwere Bedenken? fragte Carol zurück, und Edna konnte hören, wie sie sich bemühte, ihre kippende Stimme zu kontrollieren. Wäre es Ihnen lieber, wenn Marvins Kinder getauft würden und zum Abendmahl gingen? Was ist an meinem Willen, Jüdin zu werden, so bedenklich? Ich trete auch nicht über, das kann ich schon nicht mehr hören, ich wüßte nicht, wovon ich austreten sollte, ich bin nirgends dabei, um von dorther zu euch herüberzutreten.

Aber dein Vater ist doch protestantischer Geistlicher, sagte Edna.

Die Episkopalkirche ist nicht protestantisch, berichtigte Carol sie.

Ich kenne die Unterschiede nicht, meinte Edna. Das ist doch Wortklauberei.

Ich hatte kein Mitspracherecht bei meiner Taufe und auch

nicht bei meiner Erziehung und schon gar nicht bei der Wahl meiner Eltern.

Es gibt doch genug nette junge christliche Männer, schlug Edna versöhnlich vor, dann könntest du dir das alles ersparen.

Und es gibt genug nette jüdische Mädchen, sagte Carol feindselig, warum muß es ausgerechnet diese Pastorentochter sein, meinen Sie?

Edna schwieg. Das Gespräch begann ihr auf die Nerven zu gehen, schließlich war Marvin nicht ihr Sohn und dieses aufmüpfige Mädchen nicht ihre zukünftige Schwiegertochter.

Er hat sich nun einmal für mich entschieden, trumpfte Carol auf und hatte offenbar den frühmorgendlichen Streit am Strand vergessen, und ich kann nicht mehr tun, als dafür zu sorgen, daß er und unsere Kinder Juden bleiben, und im übrigen, auch wenn Sie es sich nicht vorstellen können, ich tue es gern.

Nach diesem Gespräch war Carols anfängliche Zutraulichkeit, mit der sie ihr beim Abräumen nach dem Essen in die Küche gefolgt war und sich angeboten hatte zu helfen, wie weggewischt, es schien Edna, als ginge sie ihr aus dem Weg, zumindest hatte sie aufgehört, ihre Nähe zu suchen. Edna erfuhr erst später von ihrer Nichte Mimi, daß Carol früh ihre Mutter verloren hatte. Sie hat Zuwendung dringend nötig, sagte Mimi, sie ist so ausgehungert nach Liebe.

Da bist du natürlich in deinem Element, hatte Edna scherzhaft gemeint.

Die Beziehung zwischen Mimi und ihrer Schwiegertochter war ungewöhnlich eng gewesen, und nie hatte es zwischen den beiden die Rivalitäten und Empfindlichkeiten gegeben, die Mütter und Töchter oft entzweiten. Es bestand, sagte Edna manchmal, wenn von den beiden die Rede war, einfach eine Freundschaft zwischen einer älteren Frau mit viel Geduld und Klugheit, die zu lenken verstand, ohne daß es auffiel, und einer Jüngeren, die zwar impulsiv und eigensinnig sein konnte, aber sich im Grund mehr nach Mutterliebe sehnte als nach der Liebe eines Ehemannes. Manchmal hatte Stanley seine Schwiegertochter geneckt, daß sie wahrscheinlich nicht Marvin zuliebe übergetreten sei, sondern um mit ihrer Schwiegermutter über Speisevorschriften und Weibersachen, wie er es nannte, die Köpfe zusammenstecken zu können, und Carol hatte trotzig zurückgegeben, daß sie sich nun einmal mit Frauen gut verstünde.

Mimi hatte die Verlobte ihres Sohnes ein Jahr lang jede Woche in den Konversionsunterricht begleitet, und als Carol mit nassen Haaren aus der Mikwe kam, hatte Mimi im Ankleideraum auf sie gewartet und sie umarmt, als hätten sie zusammen ein großes Ziel erreicht, und anschließend waren sie zusammen zu *Joseph's* in der Newbury Street gegangen, Mimis Lieblingsrestaurant, wo sie alle großen Familienereignisse gefeiert hatte, wo man sie kannte und mit überschwenglichem Zuvorkommen bediente. Wenn es über Eljas Vaterschaft jemals Zweifel gegeben hatte, verstummten sie spätestens, als Mimi ihren extravaganten Geschmack entfaltete, angefangen bei Speisen über Möbel und Kleidung bis zu Restaurants. *Joseph's* war der richtige Schauplatz für Inszenierungen, wie Mimi sie liebte, man stieg vier festliche Stufen zum Speisesaal mit hellen gestreiften Tapeten hinauf, als diniere man auf einer Bühne, und saß dann, wie in einem Séparée, an runden damastgedeckten Tischen. Als Jean, der Besitzer, der eigentlich John hieß und keinen Grund für den französischen Akzent hatte, den er kultivierte, herbeieilte, um den Stammgast zu begrüßen, soll Mimi gesagt haben, das ist meine Tochter Ruth, und Jean hatte verwundert gefragt, Sie haben drei Kinder, Madame?, was sie ohne weitere Erklärung bejahte.

Carol hatte zwar von allen verlangt, sie nach dem Übertritt Ruth zu nennen, das sei nun ihr Name, aber niemand tat ihr den Gefallen, sie blieb Carol, und sie wurde in den Augen der

Verwandtschaft auch keine Jüdin, obwohl sie aufhörte, eine Schickse zu sein, sie war etwas Undefinierbares dazwischen und im übrigen von Jahr zu Jahr mehr Mitglied der Familie. Als Carol ihre Schwiegermutter am meisten gebraucht hätte, als Jonathan mit fünf Jahren von einem Auto überfahren wurde, war Mimi bereits im Jewish Memorial Hospital, und wenn sie später Jonathan mitbrachte, mußte sie ihr jedesmal von neuem erklären, wer dieses Kind war.

Manchen stießen Katastrophen zu, dachte Edna, als sie Marvin ins Speisezimmer führte, für andere war das ganze Leben eine einzige Katastrophe, und bei Marvin wartete man schon darauf, was ihm als nächstes passieren würde. Edna wußte, daß sie selber trotz allem ein gutes Leben gehabt hatte, nachdem der Preis dafür bezahlt war. Es schien, als müsse diese Familie sich in jeder Generation durch ein Unglück vom Schicksal loskaufen. Manchmal dachte sie an die Familienkatastrophen, als müsse sie sich von Zeit zu Zeit die *kappura*, wie sie es nannte, die Sühneopfer unter Josephs Nachkommen ins Gedächtnis rufen, Bertha, Mimi und Jonathan – und angefangen hatte es mit Paul. In abergläubischen Augenblicken erschien es ihr, als habe sie durch ihr Gebrechen das Schicksal dazu gebracht, ihre eigenen Kinder zu verschonen.

Sie hörte Carol mit Jonathan in der Küche reden. Sie war ein so rebellisches, lebhaftes Mädchen gewesen, ungewöhnlich und apart, aber Angst und Unsicherheit hatten ihren Charme aufgezehrt, sie saßen in ihren Augen und gaben ihr einen gehetzten Ausdruck. Sie war zu ängstlich bemüht, anderen zu gefallen, auch Menschen, die sie nicht mochte, nur weil sie meinte, sie könne sich keine Feinde leisten. Die ganze Zeit über, erinnerte sich Edna, die Marvin und Carol damals in Buzzard Bay verbracht hatten, waren sie am Strand gewesen, sie hatten auch am Strand in ihren Schlafsäcken geschlafen und waren am Morgen mit Sand zwischen den Zehen und im Haar auf die Veranda gekommen, um zu frühstücken, zwei junge Wilde voll ungezügelter Energie. Immer wenn Edna vormittags mit Joshua am Strand gesessen war, hatten die beiden Ball gespielt. Am Morgen, bei Ebbe, herrschte meist Windstille, und sie tanzten wie schwarze Silhouetten vor den glitzernden Wellen, als wären sie durch diesen in der blendenden Sonne unsichtbaren Ball miteinander verbunden, und am Abend bis spät in die Nacht hatten die beiden und Estelle mit ein paar anderen jungen Leuten zusammen am Strand Marihuana geraucht, worüber sie ganz offen und arglos sprachen. Bis in den Schlaf hinein hatte Edna in den minutenlangen Pausen zwischen dem Donnern der Brandung ihre Gitarren und ihr Singen hören können.

Schließlich hatte Marvin mit Morris Streit gehabt, und die beiden waren für eine Weile aus Ednas Leben verschwunden. Marvin war damals nur in seinem Element, wenn von Politik die Rede war, Vietnam, die Bürgerrechtsbewegung. Darüber gab es dann die erste Verärgerung an dem langen Tisch beim Thanksgiving-Dinner, als Morris seinen Großneffen anschrie, warum er nur sehe, was man an den Schwarzen in Alabama verbrochen hatte, und nicht, was man den Juden in Dorchester antat, und dann warfen sie einander eine Weile mit wachsender Lautstärke jüdischen Selbsthaß und Rassismus vor. Später kam unvermittelt die Rede auf Roosevelt, der für Morris der Held seiner Jugend gewesen war, Erfinder des New Deal, Retter einer ganzen Generation, die ohne ihn keine Perspektiven gehabt hätte, und das sei eben zufällig *seine* Generation gewesen, und FDR sei überhaupt der erste Demokrat seit Jefferson gewesen, und alle seien ihm zu Dank verpflichtet, auch die junge Generation, erklärte Morris mit einer Miene, von der Edna und ihre Kinder wußten, daß es jetzt nicht klug war, zu widersprechen.

Roosevelt, sagte Marvin verächtlich, der sechs Millionen Juden in Europa auf dem Gewissen hat.

Nach diesem Vorfall redete Morris lange Zeit nicht mehr mit Marvin und auch nicht mit Stanley, seinem Vater, der wie immer den Sohn in Schutz nahm und behauptete, Marvin hätte recht. Stanley war der einzige am Tisch, der als Soldat im Zweiten Weltkrieg in Europa gekämpft hatte und sich das Ausmaß der Vernichtung vorstellen konnte. Für die anderen war Europa weit weg, und es fiel ihnen schwer, zu den Berichten, die in ihrer Welt undenkbar waren und ihnen deshalb wie Übertreibungen erscheinen mußten, eigene, innere Bilder wachzurufen. Erst als Morris im *Jewish Advocate*, dem er mehr vertraute als dem jungen Wirrkopf, las, daß FDR mehr über die Vernichtungslager gewußt hätte als angenommen, und trotzdem nicht gehandelt habe, weil es ihn Wählerstimmen gekostet hätte, rief er Marvin an, um sich zu entschuldigen. Entschuldige dich bei meinem Vater, sagte Marvin, aber Stanley war damals schon seit einem halben Jahr unter der Erde. Morris brachte den Artikel im *Jewish Advocate* zu Stanleys Grabsteinenthüllung mit, aber wem hätte er ihn zeigen sollen, für die Jüngeren war er keine Neuigkeit, nur Morris war um seinen Glauben und seinen Helden gebracht worden. Danach hatte der Satz *In jeder Generation stehen sie auf, uns zu vernichten*, wenn er beim Seder die Mazza mit dem weißen gestärkten Tuch bedeckte und den Weinkelch hob, für ihn einen neuen Klang, den bittern Beigeschmack von Verrat und Selbstbetrug.

Als Daniel mit Teresa, ihrem Sohn Julian und der fast erwachsenen Adina aus der Dunkelheit hereinkam, war schon alles auf dem Tisch verteilt, die kleinen Schalen mit Salzwasser, die Schüsseln mit Charosset, der geriebene Kren, die Petersilie, die Mazzot unter dem weißen Tuch, auf das mit blauem Seidengarn *Pessach* aufgestickt war, der geröstete Knochen lag auf Ednas klobiger Steingutschüssel, die noch aus Bessies Haushalt stammte, und Edna hatte Marvin gerade noch daran hindern können, seinen Château Petrus 1967 zu entkorken, denn wenigstens zum Pessach-Seder, erklärte sie mit Bestimmtheit, wolle sie einen koscheren Festtagstisch haben. Marvin saß in Josephs grünem Sessel, eines der wenigen Möbelstücke, die sie in ihre kleine Zweizimmerwohnung mitnehmen wollte, er mühte sich mit dem Hebräisch, das er längst vergessen hatte, und Carol sagte ihm den Kiddusch-Segen ein.

Edna betrachtete Adina, die ihr wie vor sechs Jahren gegenübersaß, nun schon eine junge Frau, distanzierter als damals, weniger neugierig, wie Edna schien, ein wenig hochmütig, aber vielleicht versuchte sie auch nur ihre Unsicherheit hinter dieser Nonchalance zu verbergen, als beobachte sie etwas ihr Unverständliches und Fremdes, mit dem sie nichts zu tun hatte. Widerstrebend nahm sie den Krug aus der Hand ihres Vaters in Empfang, goß sich ein paar Tropfen Wasser über die linke Hand und hob dabei die Schulter an, als vollführe sie eine schwierige Zeremonie, während Daniel mit feierlicher Miene einen tiefen Teller unter ihre Hände hielt.

Oft war Edna in der letzten Zeit versucht gewesen, Berthas Enkelin anzurufen und sie einzuladen, ins Restaurant oder zu sich nach Hause, ihr einen Ausflug vorzuschlagen oder daß sie zusammen einen Nachmittag am Strand verbrächten, aber dann überlegte sie jedesmal, worüber sie wohl miteinander reden könnten und ob Adina sich fragen würde, was will die alte Frau von mir, mich für die Familientradition rekrutieren, jetzt, da die Familie auseinanderfällt und sie nicht einmal ihre eigenen Kinder allzuoft zu Gesicht bekommt? Nach solchen Überlegungen hatte sie es jedesmal sein lassen, was konnte eine Achtzehnjährige schon mit ihr anfangen, sie würde höflich und betreten sein und sich womöglich ihrer schämen, wenn einer ihrer Freunde sie mit dieser alten Frau sähe. Zu oft war Edna in der Vergangenheit auf ihre eigene Überflüssigkeit gestoßen worden, auch von ihren Kindern. Sie waren ungeduldig, als wäre das Leben, das sie führten, ein unaufschiebbares Geschäft, manchmal kam es ihr vor, als dächten sie, ihre Mutter verstünde nichts mehr vom Leben, weil sie alt war. Als wäre es undenkbar, daß sie je mit einer anderen als mit selbstloser Mutterliebe geliebt hatte, und als empfänden sie herablassendes Mitleid mit ihrer Behinderung, weil sie sich nicht vorstellen konnten, daß es keine Vorbedingung zum Glück war, alle Glieder in den vorgeschriebenen Maßen zu besitzen. Es schien ihr, als wären jüngere Bekannte erstaunt und ein wenig unwillig, daß sie überhaupt noch lebte, Mimi und Stanley waren doch auch schon tot, Morris, Dora und Arthur, Elja und Ida und Bertha, niemanden gab es mehr, der sie als junge Frau gekannt hatte, und für die Kinder der nächsten Generation waren sie auch mit vierzig schon alt gewesen. Sie hält den Todesengel zum Narren – Edna wußte, daß sie das hinter ihrem Rücken sagten, und jetzt würde sie noch einmal neu beginnen, während manchen Jüngeren nicht einmal der erste Beginn geglückt war, und nur die wenigsten wußten von ihrem ersten mißglückten Versuch im Leben.

Wenn man jung ist, dachte sie, versteht man die Alten nicht, und wenn man alt ist, werden einem die Jungen zum Rätsel.

Nachdem Edna ihrem Großneffen Julian Wort für Wort die vier Fragen vorgesagt und er sie mit zögernder, erstaunter Kinderstimme nachgesprochen hatte, hielt sie die Zeit für gekommen, an der Geschichte der Leondouris weiterzuerzählen, und es stellte sich heraus, daß Edna noch immer neue Details auf Lager hatte. Da war die Geschichte, wie ihr Vater Joseph beinahe einem Fememord zum Opfer gefallen war. Paul war in einer zweiten kinderlosen Ehe, die kein Jahr gedauert hatte, mit der verwöhnten Tochter eines der reichsten Männer des North End verheiratet gewesen. John Strucciero hatte sein Vermögen durch den illegalen Abriß von Miethäusern angehäuft, aus den freigewordenen Grundstücken machte er Parkplätze, kein Hochhaus war so lukrativ wie Parkplätze.

Wir nannten seine Tochter die Königin der Parkplätze, erzählte Edna lachend, sie war sechsundzwanzig, um mehr als die Hälfte jünger als Paul, und trotz des riesigen Vermögens ihres Vaters hatte sie keine Ausbildung und auch keine Absicht, jemals irgendeiner Beschäftigung nachzugehen, aber sie war ausgehungert nach Unterhaltung, Bewunderung und Zärtlichkeit, davon konnte sie nie genug bekommen, sie muß Paul sehr rasch auf die Nerven gegangen sein, so wie sie ihn auf Trab hielt. Als nach einem Jahr die Scheidung anstand, zahlte ihr der Vater den teuersten Anwalt, sie sollte aus dieser Ehe aussteigen wie aus einer mißlungenen Geschäftstransaktion. Es war ein zermürbendes Jahr für Paul. Manchmal erschien der ganze Strucciero-Clan zur Verhandlung, und es wurde erbittert um Abfindungen und Anteile gekämpft. Zweifellos hatte auch Paul einen guten Anwalt, bemerkte Edna nebenbei.

Du gottverdammte, billige Hure, schrie Joseph Chiara an, als er sie in einer Ecke des Verhandlungssaals von ihrer *famiglia* abgedrängt hatte, ich verfluche den Tag, an dem wir dich in unsere Familie aufgenommen haben, obwohl doch damals schon jeder wußte, was für ein nichtsnutziges Luder du bist – eine Beleidigung der kollektiven Ehre aller Struccieros, die nach Rache rief und nicht im Gerichtssaal reingewaschen werden konnte. Zwei Hitmen wurden gedungen, Joseph vor dem türkischen Bad am Freitag nachmittag aufzulauern, die *schvitzbud* vor Schabbateingang gehörte zu den Einrichtungen, die Joseph mit religiösem Eifer und verläßlicher Regelmäßigkeit besuchte. Am Donnerstag abend, erzählte Edna, läutete zu Hause das Telefon, Bessie möge um alles in der Welt darauf bestehen, daß ihr Mann am Freitag nachmittag zu Hause bleibe. Der Anrufer war Specs der Hitman, ein Freund des Paten Adolfo Maffi, der wiederum mit Syd dem Hitman befreundet war, und Syd kannte Paul, und so blieb Joseph an diesem einzigen Freitag dem türkischen Bad im North End fern. Er entschuldigte sich bei Chiara, und damit war die Sache vom Tisch. Aber es hätte anders ausgehen können, sagte Edna, Vater war damals kaum von einer Rückenoperation genesen, und wir hätten nie erfahren, warum er vor dem türkischen Bad erschlagen liegengelassen worden wäre.

Mein Schwager Arthur, erzählte Edna, hatte keine gute Hand im Geschäft, am besten ging noch das Eisgeschäft in Dorchester, aus dem man ihn dann vertrieben hat, aber die Jahre, in denen er jung war und auf die Beine hätte kommen sollen, fielen in die Wirtschaftskrise, und sein Vater, selber ein Einwanderer, konnte ihm nichts mitgeben, kein Geld und keine Ausbildung, und so versuchte er dies und das, vielleicht war er auch nicht ehrgeizig genug. Er war ein richtiger Jeschiwe Bocher, mit einem guten Kopf für abstrakte Dinge und fürs Studieren, das Praktische lag ihm dagegen weniger, für schwere Arbeit war er auch nicht gebaut, und schon gar nicht taugte er für die Landwirtschaft, er wurde nie braun, bekam sofort einen Sonnenbrand. Jedenfalls kaufte er mitten im Zweiten Weltkrieg eine Hühnerfarm in Tyngsboro in New Hampshire, und daß das nicht gutgehen würde, wußte die ganze Familie außer ihm, die fromme Dora als Farmersfrau, das war ungefähr das letzte, was wir uns vorstellen konnten. Trotzdem fuhr die ganze Familie an den Wochenenden oft hinaus, um sie zu besuchen und zum Schabbat zu bleiben, es gab ja dort weit und breit keine Juden.

New Hampshire sei damals noch nicht zersiedelt gewesen. Zwar hätten Städte wie Nashua am Anfang des Jahrhunderts noch von den Textilfabriken gelebt, aber die Fabriken seien damals schon aufgegeben worden, die Städte erschienen heruntergekommen und verlassen. Auf dem Land hätte es dort nichts außer einzelnen, viele Meilen voneinander entfernten Farmhäusern gegeben, keine Shopping Malls und keine Supermärkte, weder Siedlungen mit Einfamilienhäusern noch Tankstellen, man sei durch Farmland gefahren, zwischen Schafhürden, Steinmauern und Hecken. Es gab nur die alte Straße von Connecticut nach Maine, wo die Raststationen noch an die Zeit der Postkutschen und Pferdegespanne erinnerten, und hinter den verwilderten Weißdornhecken und Vogelbeersträuchern seien die zweihundert Jahre alten Häuser gestanden, große, weitläufige Häuser mit Giebeln, Türmchen und ausladenden Veranden, oder noch ältere Häuser aus der Kolonialzeit, ernst, puritanisch, abweisend in ihrer strengen Pracht, mit dunklen Schindeln und ohne Fensterläden, ohne einen einzigen, noch so kargen Schmuck, wie presbyterianische Pastoren, sagte Edna mit einem schalkhaften Blick auf Carol. Sie erinnerte sich an die Fahrten im letzten Kriegswinter, als Benzin rationiert war und man nie wußte, ob man es schaffen würde, mit einem fast leeren Tank zumindest bis zur letzten Station der Pendlerbusse in Allston oder Lexington zu kommen, die Fahrten durch das eigenartig melancholische Licht langer Winterdämmerungen, wenn es schien, als hinge die Landschaft an unsichtbaren Seilen ein Stück über der Erde, dem durchscheinenden Himmel eine Spur näher als sonst, und man war so verzaubert, daß man darüber vergaß, daß das Auto jederzeit seinen letzten Tropfen Benzin verbraucht haben und stehenbleiben konnte.

Im Herbst waren sie stets mit Eiern, Maiskolben und Kürbissen im Kofferraum zurückgekommen. Die Eier waren von Arthurs Hühnern, aber die Kürbisse und Maiskolben kauften sie bei den umliegenden Farmen, wo hinter großen Schuppen, die so weinrot leuchteten, als hätten sie am gelb glühenden Herbstlaub der Ahornbäume Feuer gefangen, gut zehn Pfund schwere Kürbisse von zitronengelb bis orange auf blauen Planen ausgelegt waren, es war so friedlich dort auf dem Land, daß man sich nicht einmal vorstellen konnte, was das Wort Krieg bedeutete, denn ihr dürft nicht vergessen, sagte Edna, daß Eier, Milchprodukte und Fleisch und noch ein Dutzend oder mehr anderer Lebensmittel damals rationiert waren. Deine Mutter Mimi, sagte sie zu Marvin, der neben ihr auf dem grünen Samtstuhl saß, holte sich schon doppelte Essensmarken für werdende Mütter, als sie erst einen Monat mit dir schwanger war, die Leute bei der Markenausgabe glaubten, sie schwindle ihnen etwas vor, denn sie sah wie sechzehn aus und war ja auch erst zwanzig. Aber sie war die einzige, deren Ehemann bald nach der Geburt des Kindes einberufen wurde, und die ständige Angst um ihn, erklärte Edna ihrem Neffen, hat dich zu einem furchtsamen Kind gemacht und war die Wurzel ihrer späteren Neigung, sich übermäßig um ihre Familie zu sorgen.

Dort oben in New Hampshire gingen sie dann an Samstagen in Stadtanzügen und Hüten über die Felder, schließlich war Schabbat, und redeten über alles mögliche, über die Ernte, über Politik und Rohstoffpreise, und waren erstaunt, als eines Nachmittags zwei FBI-Beamte vor dem Haus aus dem Auto stiegen, um Arthur zu verhören. Einer der Nachbarn hatte die Juden, denen die Farmer ohnehin das Schlimmste zutrauten, eine fremde Sprache, vermutlich Deutsch, sprechen hören und hatte sie wegen verschwörerischer Umtriebe angezeigt, sie seien über die Felder gegangen, an der Landwirtschaft desinteressierte Städter, eine bekannte Methode, ohne Zeugen zu konspirieren. Arthur beteuerte erschrocken, er verstehe kein Wort Deutsch, er sei ein amerikanischer Patriot und hasse die *Krauts* ebenso wie jeder andere anständige

Amerikaner. Daß er Jude war, verschwieg er vorsichtshalber, mußte dann aber doch damit herausrücken, als die FBI-Beamten nach der Geheimsprache fragten, in der er sich mit seinen Besuchern unterhielt. Ja, das sei Jiddisch, gab er zu. Die Beamten bedauerten die Störung und verabschiedeten sich höflich, aber Arthur verkaufte bald darauf die Hühnerfarm, er fühlte sich beobachtet, und seine Nachbarn wichen ihm aus, denn ob Jude oder Deutscher, einer von ihnen war er jedenfalls nicht.

Und dann erzählte sie noch, wie Eljas drei Töchter, Mimi, Jeanette und Felicia, in der Prohibitionszeit in der Badewanne mit ihren bloßen Kinderfüßen Trauben gestampft hatten, damit Bessie den süßen Rosinenwein habe herstellen können, ohne den man am Schabbat keinen Kiddusch machen konnte, Alkoholverbot hin oder her, aber Edna, das spürten alle an diesem Tisch, war heute nicht so begeistert bei der Sache wie sonst. Tatsächlich fühlte sie sich plötzlich müde und erschöpft, so als handle es sich nicht um einen besonderen Tag, sondern um einen unter vielen, deren Mühsalen zu bestehen waren. Es erschreckte sie, daß ihr das Erzählen keine so große Freude mehr bereitete, und sie dachte, daß diese Lustlosigkeit vielleicht mit den gepackten Koffern oben im ersten Stock zu tun habe, mit der Anstrengung des Aussortierens und Zurücklassens.

Blut, Frösche, Ungeziefer, wilde Tiere, rief Jonathan begeistert, als sie zu den zehn Plagen kamen, und verspritzte Wein mit dem Zeigefinger, mit dem er bei jeder Plage tief in sein Weinglas langte, es war seine Lieblingsstelle, seit er zu alt für die vier Fragen war, *Pest, Aussatz, Hagel, Heuschrecken, Finsternis, das Erschlagen der Erstgeborenen.* Wäre er ein Kind gewesen, hätten sich alle an seinem Eifer erfreut, aber auf Carols Gesicht lag ein schmerzliches Lächeln, das ganz langsam zu einer Maske erstarrte, und Marvin schaute seinem Sohn nachdenklich zu, wie er die tödlichen Strafen aufzählte, die die Ägypter befallen hatten.

Man behauptet, das Glück sei blind, dachte Edna, aber das Unglück zielt sehr genau, auch wenn man nicht dahinterkommt, wie es auswählt. Es schlägt nicht wahllos zu, so wie der Blitz in einem Wald wahrscheinlich auch nur jeweils den Baum trifft, der vielleicht eine besondere Anziehung für seine Elektrizität besitzt, die sich entladen muß. Warum mußten sie und Hal ausgerechnet an einem Herbsttag zurückfahren, an dem es in Strömen regnete, und warum mußte Jonathan zwischen zwei geparkten Autos hervorspringen, um dem Ball nachzulaufen, den ein anderer Sechsjähriger auf die Straße geschossen hatte, gerade in ein fahrendes Auto hinein? Wenn die heil Davongekommenen sich nicht damit beschwichtigen würden, daß Hal eben zu schnell gefahren sei und Carol besser auf ihr Kind hätte aufpassen müssen, würden sie begreifen, daß es jeden treffen konnte, nicht nur die Unvorsichtigen und die Leichtsinnigen, die selber schuld waren. Das Unglück, dachte Edna, bahnt sich an, lange bevor man davon die geringste Ahnung hat, es liegt ruhig da, mitten auf dem Weg wie eine eingerollte Schlange, und wartet lautlos, während man sich sicher fühlt, und wenn man glaubt, am glücklichsten zu sein, schlägt es zu, und später ist es ein Schatten, den man aus den Augenwinkeln mitlaufen sieht, und dieser Schatten wird so vertraut, daß man ihn für den eigenen hält, und erst im nachhinein erkennt man seine schwarzen, ein bißchen härteren Konturen in dem Licht, in dem man in der Fülle seines unverwundbaren Lebens zu gehen glaubte. Edna mußte an das Foto denken, das sie am Vormittag betrachtet hatte, dieses Strahlen in den Armen ihrer ersten Liebe. Und wenn das Unglück sich wie ein Räuber aus einer Häusernische, in der es einem auflauert, plötzlich löst und zuschlägt, ist man zwar betäubt, aber nicht eigentlich erstaunt, denn etwas in einem selber erkennt es wieder als dem eigenen Leben zugehörig. Auch die Katastrophen bekamen eine Art Logik und eine ihren Opfern unverständliche Folgerichtigkeit.

In diesem Augenblick hörte sie Marvin sagen, *we are in rat's alley, where the dead men lost their bones*, wir sind in der Rattengasse, wo die Toten vergeblich ihre Knochen suchen, und als Daniel ihn fragend anblickte, erklärte er, ich habe nur T. S. Eliot zitiert, es fiel mir gerade so ein. Edna wußte, daß es ihm nicht jetzt erst eingefallen war, sondern daß er immer zu Zitaten wie diesen Zuflucht suchte, wenn er verzweifelt war und seine Verzweiflung nicht beherrschen konnte.

Sie erinnerte sich an den Sommer vor sieben Jahren, kurz vor Morris' Tod, als sie Jonathan eingeladen hatten, zusammen mit ihnen die großen, zweihundert Jahre alten Fregatten in den Hafen von Boston einlaufen zu sehen, die dann mit ihren geflickten, im Wind geblähten Segeln und ihren hölzernen, eisenbeschlagenen Rümpfen eine Woche lang still im schwarzen Wasser lagen, während das ganze North End von Touristen wimmelte und Ausflugschiffe, für die Morris durch einen alten Freund Freikarten bekommen hatte, im Halbstundentakt mit immer neuen schnatternden und einander überschreienden Gruppen ablegten, ganze Familien mit Eltern, Großeltern, Kindern und Hunden, Babybuggies wurden aufgeklappt, Kinder thronten auf den Schultern ihrer Väter hoch über den Köpfen, die Arme und Beine fest um deren Hälse geschlungen. Sie saßen in der U-Bahn mit dem fünfzehnjährigen Jonathan zwischen ihnen, und Morris hatte noch den Verband um den Kopf nach seinem Sturz einige Tage zuvor, der ein Vorbote seines Endes war, aber wie hätten sie das ahnen können. Abgesehen von der Platzwunde an seinem Hinterkopf fühlte er sich besser als seit langer Zeit. Jonathan überragte sie beide um Kopfeslänge, aber er klammerte sich an Ednas Hand wie ein Kind, und sie sah aus den verstohlenen Blicken der jungen Frau, die ihnen gegenübersaß, daß er in seinem Schweigen so auffällig und unbeholfen wirkte wie mit seinen lauten, unpassenden Sätzen. Sie schaute der jungen Frau herausfordernd direkt in die Augen, um sie zu zwingen wegzusehen, aber ihr Gegenüber erwiderte ihren Blick mit einem Lächeln, in dem das Wissen lag, das Edna seit ihrem Unfall bei allen Menschen suchte, eine Mitwisserschaft, die aus Erfahrung kommt. Einen Augenblick sah sie sich von außen, wie sie da saßen, der alte Mann mit seinem weißen Kopfverband, der offensichtlich behinderte Jugendliche, mit seiner breiten, hellen Narbe über Stirn und Wange, und sie, die einzige, die gesund schien, solange sie nicht laufen mußte.

Sie sah Jonathan zu, wie er mit Nachdruck die roten Weintropfen auf seinen Teller spritzte, einen für jede Plage, und sie wußte, daß er glücklich und ganz bei der Sache war, daß er sich in seiner ganzen Kindlichkeit ohne jede Einschränkung freuen konnte, obwohl sie ihn nie gefragt hatte, worüber er sich freute und wovor er sich fürchtete, aber sie hatte sich ihm immer nahe gefühlt in ihrem Wissen, daß es ihm ähnlich erging wie ihr, wenn sie mit der Selbstverständlichkeit von mehr als sechzig Jahren Routine am Morgen nach der Prothese griff und geübt mit dem fußlosen Bein in den Schaft fuhr, die Riemchen zuzog wie eine Ballerina, und wegen ihres halben Beines sollte ihr kein Mensch nachsagen können, sie habe weniger gelebt. Das Bein war nicht die Wunde. Die körperlichen Wunden verheilen, und wir lernen mit ihnen zu leben, dachte sie. Was blieb und sich verwandelte, ging nach innen und lief wie eine starke Farbe aus, färbte alles ein, so daß man am Ende die ursprüngliche Farbe nicht mehr erkennen konnte und nicht wußte, ob sie die bessere gewesen wäre. Ohne die Wunde hätte sie Morris vielleicht nicht geheiratet oder ihn verlassen, wenn die Sehnsucht nach Leidenschaft übermächtig geworden wäre und sie sich gefragt hätte, ob dieses ereignislose Leben wirklich alles war, sie hätte es nicht schweigend hingenommen, als das Mädchen an der Tür stand und behauptete, sie wäre Morris' viertes Kind. Edna war überzeugt, daß die Ohnmacht und diese Sehnsucht nach einem anderen Leben, die Daniel und Marvin schmerzten, schlimmer waren als das, was sie und Jonathan erlitten hatten.

Sie betrachtete die beiden Familien an ihrem Tisch, Marvin mit Carol und Jonathan, Daniel mit Teresa, Julian und Adina, mehr Familienmitglieder waren ihr nicht geblieben, die anderen lebten über die Kontinente verstreut, und sie waren nicht *zahlreich wie das Gras des Feldes*, sie waren weniger an Zahl als die Kinder, die sie und ihre drei Geschwister großgezogen hatten. Wie sehr der Satz, den Marvin eben vorlas, für sie alle zutraf, dachte sie: *Wissen sollst Du, daß Deine Nachkommen Fremde sein werden in einem Land, das ihnen nicht gehört.* Alle sechs, mit der Ausnahme von Teresa, waren sie Enteignete. Daniel, dem durch die Unversöhnlichkeit der Erwachsenen sein Erbe fremd geworden war, und seine Tochter, die nichts mehr davon wußte. Eine Zeitlang, als Adina jünger war, hatte er jeden Samstagnachmittag den Wochenabschnitt im Pentateuch und den Kommentar dazu gelesen, er hatte in heiligem Zorn Teresas Weihnachtsbäume aus dem Haus geworfen und sich mit dem Gedanken an eine Scheidung getragen, aber er war noch nie ausdauernd bei einer Sache geblieben, und Edna wußte auch warum, er war einer dieser liebenswerten, flatterhaften Leondouri-Männer, und auch das Studieren war ihm nicht leichtgefallen. Ein zweites Kind wurde geboren, und Daniel mußte Überstunden machen und kaufte ein heruntergekommenes Miethaus, das er renovierte, um mit dem zusätzlichen Verdienst seine wachsende Familie zu ernähren. Die Taufe seines Sohnes konnte er nicht verhindern, er hatte nicht die Kraft, an allen Fronten gleichzeitig zu kämpfen, für die Familie und gegen sie und auch gegen die eigene Niedergeschlagenheit und Reizbarkeit, die nur mehr mit Hilfe von Antidepressiva in Zaum zu halten waren.

Alle litten sie an dieser unstillbaren Sehnsucht nach etwas, das sie nicht haben konnten, Daniel nach einem jüdischen Familienleben, Carol nach einem gesunden Kind, Marvin nach mehr Abenteuer und mehr Freiheit, und wer wußte, wonach Adina sich sehnte?

Man muß sich nicht alle Träume erfüllen, um glücklich zu werden, sagte Edna in dem Versuch, den Refrain des *Dajenu* auszulegen, den alle nach anfänglichem Zögern laut mitgesungen hatten, *es wäre genug gewesen*, fünfzehn Wohltaten, von denen jede einzelne ausgereicht hätte, um dankbar zu sein. Viele Sehnsüchte vergingen mit der Zeit, und aus der zeitlichen Distanz erschienen sie später unbedeutend.

Edna wollte etwas über die Lächerlichkeit der Anstrengungen sagen angesichts dessen, was am Ende dabei herauskam, aber sie ließ es sein. Im vergangenen Jahr waren einige ihrer letzten, ältesten Freunde gestorben, und auch die waren jünger als sie gewesen, ihre Freundin Hanna, die einzige unter ihren Freundinnen, die studiert hatte, Selwyn Cane, der früher Salomon Cohen geheißen hatte, ein alter Freund und Nachbar aus der Zeit in Brookline, und alles, was sie gedacht und erlebt hatten, war vom Erdboden getilgt, alles, was sie zusammen unternommen hatten, war durch ihren Tod ein wenig weiter in die Ferne gerückt. Sie erinnerte sich, daß Selwyn sie immer beschuldigt hatte, den Ehebruch seiner Frau gedeckt zu haben, einmal hatte er sie einen doppelzüngigen

Krüppel genannt, was sie ihm nie verziehen hatte, als ob das angesichts seines Todes jetzt noch zählte, es mußte die Kränkung gewesen sein, nicht seine Meinung über sie, die Edna über seinen Tod hinaus nicht in Ruhe ließ, eine Anschuldigung, die sein Tod nicht hatte tilgen können.

Marvin warf ihr einen mitleidigen Blick zu, der sagte, du philosophierst schon wieder über Dinge, von denen du nichts verstehst.

Ihr glaubt, nur ihr habt unerfüllte Wünsche, sagte Edna leichthin.

Aber sie sagte nicht, daß auch sie sich sehnte, mehr als früher, nur war ihre Sehnsucht in die Vergangenheit gerichtet, nach Morris, nach dem Leben, als die Kinder noch zu Hause waren. In dem September, als Estelle nach New York gezogen war, als sie das Bücherregal auf dem Dach ihres Lincoln Continental festgeknotet hatten, die Koffer und die Bettdecke so hoch auf dem Rücksitz aufgetürmt, daß Morris sich beklagte, er hätte keine Sicht durch das Heckfenster mehr, und Estelle immer noch mehr ihrer Habseligkeiten zum Auto heraus schleppte, noch bevor Edna ihre jüngste Tochter umarmte und ihr nachwinkte, solange sie einander sehen konnten, wußte sie, daß nun wieder eines ihrer Leben zu Ende ging. Die Kinder würden periodisch nach Hause kommen, und ihre Zimmer würden für sie bereit stehen, aber sie würden nicht mehr mit ihr leben, und wenn der Besuch langsam zu Ende ging, würden sie sagen, es ist Zeit heimzufahren und einen anderen Ort meinen, an dem ihre Mutter nur zu Gast sein würde. Damals hätte sie alles gegeben für einen Aufschub, wenn Estelle noch ein paar Monate länger geblieben wäre, und als Estelle mit dem Baby Joshua heimgekommen war, hatte Edna gehofft, jetzt würde ihr der Aufschub gewährt werden. Doch dann war dieser einzige Enkel auch verschwunden, und die vier Jahre, die sie mit ihm verbracht hatte, während er gehen und sprechen lernte, waren ihr viel zu schnell vergangen. Jedesmal hieß es nach einer flüchtigen Umarmung, paß auf dich auf, Mom, ich ruf an, sobald ich kann, und sie blieb zurück, beraubt, mit leeren Händen, und schaute zu, wie zwanzig, dreißig Jahre ihres Lebens um die Straßenecke verschwanden.

Sie erinnerte sich an einen Nachmittag im Februar, kurz bevor Estelle mit ihrem Sohn nach Paris übersiedelt war, als sie mit ihm bei *Frank's*, einer Fastfood-Pizzeria an einem schmalen Resopaltisch neben dem Fenster saß, das die ganze straßenseitige Wand einnahm. Es war gewiß keine elegante Art, die letzte gemeinsame Mahlzeit zu verzehren, auf Papptellern mit Plastikbesteck und winzigen, durchsichtigen Papierservietten, die man aus einem sauceverschmierten Spender ziehen konnte, gleich neben der Jukebox an der Theke, aber *Frank's* war nun einmal Joshuas Lieblingslokal, und sie hatte ihn den Ort ihres Abschiedsessens wählen lassen. Sie sah ihm zu, wie er in den Genuß versunken seine Pizza aß, und dann begann es draußen zu schneien. Sie schaute in die tanzenden Flocken in der frühen Dämmerung, große Flocken, die lange herumwirbelten, bevor sie sich senkten, sie glaubte mit ihrem Körper zu spüren, wie die Zeit sich weiterdrehte und sie ihrer Idylle, die sie sich mit dem Kind geschaffen hatte, entriß mit einer Unerbittlichkeit, gegen die sie machtlos war.

Joshua war ihr einziges Enkelkind geblieben, denn Jerome hatte zwar viermal geheiratet, aber keine Kinder gezeugt, und nun war er sechzig, und seine Frau, die er so gut wie nie mitbrachte, weil sie und Edna einander nicht mochten, ging auch schon an die fünfzig und hatte eine erwachsene Tochter aus erster Ehe, die sie mit Jerome gemeinsam großgezogen hatte. In Jerome hatte der Sinn der Leondouris für ästhetische Vollkommenheit und Schönheit eine verhängnisvolle

Steigerung erfahren, er hatte ihm die Wahl seiner Frauen diktiert, um ihretwillen hatte er sich in Ednas Augen zum Sklaven unwürdiger Reklameschönheiten gemacht, die er durch eine Heirat um kurze Zeit länger an sich binden konnte, als sie beabsichtigt hatten zu bleiben. Schon als Jugendlicher hatte er alles Erlesene und Kostspielige geliebt, und nie hatte das Taschengeld ausgereicht, denn sein Verlangen nach Schönheit und ästhetischer Harmonie hatte eine Hörigkeit für materielle Dinge in ihm erzeugt, die Morris unmoralisch fand und ihn seinem einzigen Sohn entfremdete. Jerome brauchte zwar Geld, um sich das Leben, das zu den Frauen paßte, die er begehrte, leisten zu können, aber er verachtete die kleinbürgerliche Knauserei, die er seinem Vater vorwarf, er war ein Verschwender aus Prinzip, ein Verächter bürgerlicher Werte, auch ein Verschwender seiner Begabungen. Einmal fand Edna sein Curriculum Vitae in einer Mappe, die er bei ihr vergessen hatte, es rief ihr schmerzhaft die Hoffnungen in Erinnerung, die sie in dieses Kind gesetzt hatten, den High School Abschluß hatte er mit Auszeichnung geschafft, an der Yale Universität war er mit einem Begabtenstipendium aufgenommen worden, auch seinen B. A. hatte er mit Auszeichnung bestanden, Doktoratsstudium in Drama und englischer Literatur, stand da, Regieausbildung bei Arthur Cantor, Artikel in Fachzeitschriften, und dann am Ende wie ein Epitaph der Satz: Gab alles auf, um zu schreiben. Aber er schrieb dann doch nicht, und wenn er schrieb, erreichte er damit nicht viel. Er brachte sich durch, er war begabt genug, sich sogar recht gut durchzubringen, aber er schien ein Leben als Bohemien als seine Berufung zu betrachten und jeden Beruf, den er ausgeübt hatte, nur als einen Job, durch den er seine Berufung finanzieren konnte. Dabei wäre er für so vieles begabt gewesen, seine Augen sahen Proportionen und Zusammenhänge, wo andere noch nichts erkennen konnten, nur unter die oberflächliche Erscheinung der Menschen und Dinge sah er nie. Mit welcher Leichtigkeit und Perfektion er Wohnungen restauriert hatte, ganz nebenbei, zum Spaß und um einen kleinen Nebenverdienst. Aber etwas hielt ihn zurück. Es war auch sichtbar in der Art, wie er sich bewegte, in einem Zögern bei jedem Schritt, fast widerstrebend, und dann kam jedesmal, nach jedem hoffnungsvollen Anfang, sobald er die Zusammenhänge vor Augen sah, dieser Umschlag in den Überdruß. Auf diese Weise hatte er in allem, was er anfing, stets zögernd und desinteressiert gewirkt. Immer wieder hatte er versucht, seine Stücke auf Broadway Bühnen aufzuführen, hatte voll Begeisterung einen Produzenten aufgetrieben, die Schauspieler engagiert, und dann war irgend etwas dazwischengekommen, der Zuschauerraum war ihm zu klein, der Regisseur paßte ihm nicht, er fürchtete den Mißerfolg, und als Arthur Cantor, sein alter Lehrer, sich schließlich bereit erklärte, die Sache in die Hand zu nehmen und eines seiner Stücke zu inszenieren, starb dieser einzige Mentor, den er je gehabt hatte, während der Proben. Mit Lou, seiner vierten Frau, hatte er ausgesorgt, sie war die Erbin einer asiatischen Fluglinie, mit ihr konnte er den Lebensstil pflegen, der seinen ästhetischen Vorstellungen entsprach, nur hatte Lou weder für Juden noch für Glatzköpfe besondere Sympathie, und er war beides und lebte in der unausgesetzten Angst, sie könnte ihn verlassen.

Liebst du sie, oder ist es bloß ihr Geld? hatte Edna ihn gefragt, wenn er bedrückt war und andeutete, Lou wolle ihn wieder einmal loswerden.

Nein, er liebte sie, er bewunderte sie, er würde ohne sie nicht leben wollen, sie sei schön und intelligent, während er bloß ein nutzloser Ästhet sei, er beugte sich ihren Entscheidungen, weil sie in jeder Diskussion Grundsätze verteidigte, er dagegen hatte keine unerschütterlichen Meinungen, nur seine Sehnsucht nach Ebenmaß und Schönheit. Er hatte sich in seiner von ihm selbst gestellten Falle verheddert und wußte es, doch das konnte er weder seiner Mutter noch sich selber eingestehen. Er wollte auch nicht zugeben, daß Lou ihm nicht erlaubte, an Familienfesten teilzunehmen, statt dessen erfand er immer neue Ausflüchte, und um sich von den Familienverpflichtungen loszukaufen und sein Gewissen zu beschwichtigen, lud er seine Schwestern und seine Mutter in die teuersten Lokale ein, erst vor einigen Wochen zu *Locke-Ober's*, dem Club der angelsächsischen Oberschicht, der für seine englische Küche und die übertriebenen Preise berüchtigt war, denn wie Paul hatte er stets versucht, über die Zäune derer zu klettern, von denen er sich ausgeschlossen fühlte, und sich in ihren exklusiven Räumen niederzulassen, die Edna so solide und mittelmäßig anmuteten, dunkel getäfelt wie Rittersäle, mit klobigem Schnitzwerk und schweren, glänzenden Messingbeschlägen, das ganze Restaurant eine Manifestation schlechten kolonialen Patriziergeschmacks. Und auch den Gästen, die an locker gruppierten runden Tischen auf hochlehnigen roten Lederstühlen saßen, konnte Edna nichts abgewinnen, sie waren weder elegant gekleidet noch interessante Erscheinungen, sondern protzige Kleinbürger, die es sich leisten konnten. Edna verstand nicht, wie ihr Sohn, der ein so gnadenloses Auge für Ästhetik hatte, das nicht erkannte. Jerome bestellte teuren Burgunder und ließ das Essen stehen, denn Lou fand, er werde dick, und das sei als Draufgabe zur Glatze nun doch zuviel, und wieder redete er von seiner Angst, sie könne ihn verlassen und daß er selber angesichts seiner Abhängigkeit in ständiger Panik lebe, und dann ließ er seiner Mutter einen Strauß roter Rosen an den Tisch bringen. Edna war zornig und zugleich gerührt gewesen, ich liebe dich ja, hatte sie beteuert, ich wollte nur, und dann war sie verstummt, und er hatte nicht gefragt, was es war, das sie wollte, denn sie wußten es beide und auch, daß es längst zu spät war, noch etwas zu ändern.

Ich möchte ja nur, daß du glücklich bist, sagte sie statt dessen.

Jetzt nehmen wir von der untersten Mazza je zwei Stücke, tauchen sie in Charosset und legen Maror dazwischen, sagte Marvin.

Mazza mit Bitterkraut und Charosset, das Brot der Armut, *weil der Teig unserer Väter nicht Zeit hatte zu säuern,* die Bitterkeit der Knechtschaft, der Lehm der Ziegel, *die in Fronarbeit hergestellt wurden,* die Nußpaste aus Äpfeln, Zimt und süßem Rotwein, die wie Mörtel aussah, nach Mimis Rezept zubereitet – und wie gern die Kinder sie gegessen hatten, als sie zu fünft oder mehreren am unteren Ende des Tisches gesessen waren. *Der uns befohlen hat, Bitterkraut zu essen,* las Marvin und nahm von dem geriebenen Kren, legte ihn auf die Mazza. Das Charosset war süß und schmackhaft und erinnerte an die vielen Seder der Vergangenheit, drei Seder weniger, als sie alt war, denn zwei hatte sie im Spital versäumt, den dritten, als Lea geboren wurde.

Am zweiten Pessachtag war sie geboren, und alle waren überzeugt gewesen, daß es keinen glänzenderen Lebensbeginn geben könne. Aber auch Lea war nicht glücklich geworden und hatte ihrer Mutter keine Enkelkinder geschenkt. Sie hatte Pech gehabt, die Männer, die sie geliebt hatte, waren verheiratet gewesen oder hatten sie um anderer Frauen willen verlassen. Sie war einmal ein hübsches Mädchen gewesen, mit braunen Locken, die keine Spangen duldeten, und Bessies eigenwilligem Kinn, ernsthaft und hilfsbereit, auf keinem Gebiet übermäßig begabt, aber sie las und liebte Bücher, sie schrieb als Jugendliche Gedichte, ging auf die Universität, wurde Soziologin und glaubte alle Menschen verstehen zu können und ihnen helfen zu müssen, bereit, ihr Mitleid und ihre Liebe an die ganze Menschheit zu verströmen. Nur von den Männern verstand sie nichts und ließ sich immer wieder ausnützen, bis sie bitter und zornig wurde, weil sie selber dabei leer ausging. Warum habt ihr mir auch nur den Namen Lea gegeben, beschuldigte sie ihre Eltern, Lea, die Ungeliebte, die überreichlich gibt und dennoch nie die Erwählte ist.

Während der wenigen Male, die Edna sie an ihrem Arbeitsplatz im Jewish Community Center von Brookline besucht hatte, war ihr klargeworden, wie sehr ihre Tochter Lea ihrer Großmutter, Bessie, ähnelte, eine richtige *balabuste* mit ihrem Einfallsreichtum, mit dem sie Wohltätigkeitsveranstaltungen, Purim-Parties und Buchwochen veranstaltete, sich bemühte, russische Einwandererfamilien zu integrieren, wie sie an einem naßkalten Dezemberabend durch einen improvisierten Chanukka-Leuchter ein nüchternes Büro in einen festlichen Raum verwandeln konnte, und immer verbarg sich in ihren Schreibtischladen etwas, das sie verschenken konnte, mit solcher Freude, als schenke sie etwas von sich selber mit.

Während des Studiums hatte Lea die Psychologie entdeckt und ihre Mutter für alles Unglück, das ihr widerfuhr, verantwortlich gemacht. Edna ging zur Psychologin ihrer Tochter, weil Lea es wünschte und weil Edna hoffte, sie würde erfahren, was Lea ihr vorwarf. Sie saß vor dem Schreibtisch einer strengen, unzugänglichen Frau, die zu Beginn der Sitzung einen Wecker zwischen sich und ihre Klientin stellte, und jedesmal, wenn sie Edna ansah, glitt ihr Blick anschließend über das Zifferblatt. An ihrem Gesicht konnte Edna die Zeit ablesen. Sie forderte Edna nicht auf, über etwas Bestimmtes zu reden, sie wartete, was geschehen würde, sie ließ keine

Verbindlichkeiten zu, und jedes Lächeln prallte an ihrem ausdruckslosen Gesicht ab. Anfangs lächelte Edna viel, aus Unsicherheit, um die Frau, von der sie nichts wußte, außer daß sie Macht über ihre Tochter hatte und sie, die Mutter, offenbar verdächtigte, an ihren Fehlern und Mißerfolgen schuld zu sein, für sich einzunehmen, aber allmählich gewann sie den Eindruck, sie säße auf einer Anklagebank, und ihre Schuld stünde bereits fest. Aber sie wußte nicht, was gegen sie vorlag, abgesehen von Leas Beschuldigungen, die zum Wochenendritual geworden waren und die Edna nicht verstand. Und sie wußte auch nicht, ob sie sich verteidigen sollte und wogegen eigentlich. Aber vor allem ging für sie ein irritierender Druck von diesem Wecker zwischen ihnen aus, sie spürte die mißtrauische Abneigung der fremden Frau und deren angespannte Geduld, für die Edna am Ende der Stunde mit einem Scheck bezahlen würde. Alles, was sie sagen konnte, würde ihr nur als weiterer Beweis ihrer Schuld ausgelegt werden, gleichgültig, wieviel sie redete, also verstummte sie und hoffte, die Tochter würde auch aus dieser Phase herauswachsen, wie sie aus der vegetarischen Phase herausgewachsen war und aus der Zeit, in der sie nur formlose schwarze Kittel getragen hatte. Deshalb war sie erleichtert, als Lea ihre Chavurah fand, auch wenn es bedeutete, daß sie nun die Familienfeste nicht mehr zu Hause feiern würde.

Mit achtundvierzig sagte Lea im Scherz, eigentlich sei sie jetzt in dem Alter, in dem sie ihrem Sohn, den sie nie gehabt hatte, einen Talles zu seiner Hochzeit schenken würde, aber es war ein bitterer Scherz, und Edna wußte, sie hatte schon früher mitgezählt, als ihre Freundinnen heirateten, eine nach der anderen, und Lea für ihre Kinder Geschenke kaufte, auch wenn sie damals noch voller Hoffnung für sich selber gewesen war. Ein Jahrzehnt später, als sie zu den Bar Mitzwah-Feiern der Söhne ihrer Freundinnen ging, hatte sie bereits den Gesichtsausdruck, an den sich Edna aus der Zeit erinnerte, als Lea ein kleines Mädchen gewesen war, das Gesicht, das sie machte, wenn ihre Freundinnen sie nicht hatten mitspielen lassen, und dieser Ausdruck verschwand jetzt nicht mehr, er setzte sich als bitterer Zug um ihren Mund fest, und sie hatte weder aufgehört ihre Niederlagen mitzuzählen, die im Leben anderer Frauen glückliche Stationen waren, noch zu hoffen, daß sie in der Zukunft einmal für alle Entbehrungen entschädigt werden würde. Aber sie hatte irgendwann begonnen, sich gehenzulassen, als glaube sie selber nicht mehr daran, sie war dick geworden und trug Hippiekleider, die sie auf Flohmärkten zusammengelesen haben mußte, und Edna wußte nicht, wie sie ihr helfen konnte, ohne sie zu kränken.

Edna fühlte sich hilflos in ihrem Schmerz um die Tochter, wenn Lea sie besuchte und bedrückt im Wohnzimmer saß oder in der Küche hantierte. Sie kam in den letzten Jahren regelmäßig drei- bis viermal in der Woche, wie eine bezahlte Pflegerin, wechselte sich mit Carol ab, kaufte ein, denn es war Edna schon längst zu beschwerlich geworden, Lebensmittel von den Geschäften in der Charles Street über den Berg heraufzuschleppen, kochte Mahlzeiten vor, sortierte und bügelte die Wäsche. Edna wußte, daß Lea sich ihrer mit nahezu aufdringlichem Eifer annahm, weil sie sonst niemanden hatte, den sie umsorgen konnte. Du bist die einzige in der Familie, die mir geblieben ist, beteuerte Lea, und Edna ertrug die Launen ihrer Tochter und ihre Herrschaft im Namen der Fürsorglichkeit, um ihr das Gefühl, sie hätte eine Aufgabe im Leben, nicht zu rauben. Aber nun war es genug, Edna fand, es war an der Zeit, die beiden Frauen zu entlasten und ihre Unabhängigkeit zurückzuerlangen.

Was sollte sie zu ihrer Tochter sagen? Sie konnte nicht sagen, alles geht vorüber, sie konnte sie auch nicht vertrösten, daß das Glück nur ein wenig auf sich warten ließe, Lea war in den Augen der Gesellschaft eine alternde Frau. Wie hilflos sie waren, wenn es keinen Trost gab, wie fern sie einander trotz ihrer Liebe erscheinen mußten und wie kalt trotz ihres Mitgefühls, dachte Edna dann, denn auch in ihrer Trauer um Morris hatte sie sich allein und ungetröstet gefühlt. Jedesmal, wenn sie vor Morris' Grabstein stand, starrte sie lange auf die leere Stelle neben seinem Namen, die Stelle, an der sie einmal Ednas Namen eingravieren würden, und es erschien ihr wie ein unglaublicher, schwindelerregender Zufall, daß sie ihn gekannt hatte, daß er so untrennbar mit ihrem Leben verflochten gewesen war und daß es ihn einfach nicht mehr gab. Daß sie so wenig über die Geheimnisse des Lebens und des Todes wußte, erfüllte sie nicht mehr mit Schrecken wie früher, sondern mit fast ehrfürchtiger Verwunderung.

Sie hatte Lea, Jerome und Estelle großgezogen, und sie erinnerte sich, wie sie klein gewesen waren und sie den Schmerz schon in dem Augenblick, während sie hinfielen, in der eigenen Magengrube fühlte, bevor sie noch zu schreien anfingen. Und jetzt fielen ihr keine Worte ein, mit denen sie diese Tochter, die aus Scham über ihren Kummer schwieg, hätte trösten können, so daß sie daraus den Mut schöpfen konnte, weiterzuwarten auf die richtige Berührung, die erlösende Zärtlichkeit, die mit jedem Jahr unwahrscheinlicher wurde, und wenn sie endlich doch noch geschehen sollte, würde Lea vielleicht nicht mehr wissen, was zu tun sei und ihre letzte Hoffnung in die Flucht schlagen, vor lauter Angst, es stünde ihr nicht zu und sei wieder nicht von Dauer.

Carol und Teresa trugen das Essen auf, gefilten Fisch als Vorspeise, dann Hühnersuppe mit Mazzaknödeln, Rinderbrust, Huhn mit Mazzafüllung, Gemüse, jedesmal kochte sie viel zuviel und gab ihren Gästen noch eine weitere Mahlzeit mit auf den Weg, so war es, seit sie die Tradition von Bessie übernommen hatte, immer die Angst, es könnte zuwenig werden, immer die alte, seit Generationen grundlose Angst vor dem Hunger.

Daniel erzählte währenddessen, daß er ein großes Motorboot gekauft habe, ein richtiges kleines Schiff, und nun sei Teresa sauer, sie behaupte, es sei wieder einmal ein Versuch, sie alle in den Bankrott zu treiben, wie die Idee mit dem desolaten Miethaus, aber das müsse man ihm lassen, wenn er schon keine gute Hand für Investitionen hätte, dann ganz gewiß dafür, wie man sich unbeschadet aus einem Konkursverfahren herauslavieren könne. Er lud Marvin und Jonathan ein, im Sommer mit ihm an der Küste entlangzufahren, alles sei vorhanden, Kühlschrank und Schlafkojen, und sie würden Harpunen und Netze kaufen und was man noch alles zum Fischen brauchte und langsam hinauffahren bis Maine, nein, noch weiter bis Nova Scotia, Jonathan war begeistert und bereit, sofort eine Kreuzfahrt anzutreten.

Sie fürchte schon Dannys verrückte Träume, sagte Teresa, sie kämen ohne Vorwarnung, sie merke es nur daran, wenn er diesen abwesenden Blick bekäme, dann wisse sie, er hecke wieder etwas aus.

Aber es käme auch manchmal etwas dabei heraus, erwiderte Daniel, niemand hätte ihm zugetraut, in Marblehead ein Haus zu kaufen, das könne er sich nicht einmal nach einem ganzen Leben voll Arbeiten und Sparen leisten, hätten ihn alle zu entmutigen versucht. Aber seine Mutter Bertha habe immer gesagt, ziel so hoch, wie deine Vorstellung es dir erlaubt, alles andere wird sich finden. Er sagte es mit der überdeutlichen Artikulation seiner Mutter, die ihre Worte immer getrennt betont hatte, als spräche sie zu einem begriffsstutzigen Kind.

Alle am Tisch kannten Daniels Haus, Teresa lud oft Gäste ein, meist zu Weihnachten und Ostern, wenn sie nicht minder aufwendig kochte als Edna zu Pessach. Sie wohnten in einer wohlhabenden Gegend mit stattlichen viktorianischen

Häusern, großen Grundstücken und langen Kiesauffahrten, und ganz in der Nähe lag der Strand, den Bertha sich als ihren Badeplatz angeeignet hatte, entschlossen, ihrem vaterlosen Kind alles zu bieten, was sie sich nicht leisten konnte. Schüchtern war sie nie gewesen, und sie brauchte all ihren Witz und ihren bis zur Unverschämtheit gehenden Mut, ihrem Leben glückliche Augenblicke, sogar Triumphe abzutrotzen.

Darüber würde deine Mutter sich am meisten freuen, stimmte Edna zu.

Sie hat es mir auch immer aufgetragen, sagte Teresa: Kein Miethaus und keine Gegend an den Stadträndern, wo die Grundstückpreise niedrig sind, denn aus denen werden früher oder später Slums.

Menschenkenntnis hat deine Mutter gehabt, das muß man ihr lassen, sagte Edna scherzhaft zu Daniel. Sie hat dir diese patente Frau ausgesucht.

Wie wenig sie einander äußerlich glichen, Teresa und Bertha. Teresa war mit ihren vierzig Jahren schon eine verbrauchte Frau, als hätte sie ihr ganzes Leben schwer gearbeitet, mit einem spitzen, verhärmten Gesicht, das unter dem zerzausten Schopf rotblonden Haares noch kleiner wirkte, und einem intelligenten, scharfen Blick. Und wieviel Energie in ihrem sehnigen Körper mit den breiten Hüften steckte, konnte man nur erahnen, wenn sie über etwas redete, das ihr am Herzen lag. Jonathan war ihr besonders zugetan, sie hatte die herrische Mütterlichkeit einer Matriarchin, die seiner eigenen Mutter fehlte. Übergangslos unterbrach er jetzt das Gespräch über Daniels Pläne und seine fehlgeschlagenen Projekte, die ihn fast den Besitz des Hauses gekostet hatten, und schöpfte aus seinem eigenen Repertoire, den Filmen, die er auf Video besaß und die er nicht müde wurde anzusehen und zu kommentieren. Nun erzählte er die Geschichte von

Pinocchio, dem hölzernen Jungen, der so gern ein richtiger Junge gewesen wäre, und alle ließen ihn erzählen, ohne zu fragen, was diese Geschichte mit Daniels Schiff zu tun hatte.

Wißt ihr, sagte er, Gepetto, der ihn geschnitzt hatte, war so arm, weil er keine richtigen Kinder hatte. Und Pinocchio war auch arm, weil er ein echter Mensch sein wollte. Ein richtiger Mensch, erklärte er, das ist jemand, der denken und etwas spüren kann wie ein richtiger Mensch. Aber Pinocchio ist aus Holz. Der kann nicht spüren wie ein Mensch. Der bewegt sich so, und er machte die Bewegungen eines Roboters wie eine Figur aus Holz, und denken und fühlen kann er auch nicht. Aber weil er sich so sehr wünscht, weil er so gern ein richtiger Junge sein möchte, dann, er starrte Teresa hilfesuchend an, dann gelingt es ihm dann auch.

Die anderen sahen ihm zu, wie er mit Pausen, in denen er nach den richtigen Wörtern suchte, den Inhalt eines Kinderfilms erzählte, der ihn aufgewühlt hatte, und sie versuchten zu vergessen, daß Jonathan zweiundzwanzig Jahre alt war und ihnen eine Kindergeschichte mit der Stimme eines Erwachsenen erzählte, nur Marvin schluchzte plötzlich auf, es klang wie ein Schluckauf, und er fing an zu weinen und verließ den Tisch, als er Adinas prüfenden Blick auf sich ruhen spürte.

Glaubst du, gibt es so etwas auch in Wirklichkeit? fragte Jonathan Teresa.

Und Teresa sagte, bestimmt müsse es das geben, gewiß bekäme man, was man sich sehr wünsche.

Auch Adina wurde gesprächiger, nachdem sie in betont gereizter Langeweile den offiziellen Teil des Seders über sich hatte ergehen lassen. Sie war in der High School *cheerleader* und hatte mehrere Regale voll Trophäen gesammelt, seit ihrem zwölften Lebensjahr nahm sie Tanzunterricht. Jazztanz sei ihre Leidenschaft, erzählte sie. Nach der High School wolle sie sich beim Sarah Lawrence College bewerben, das für sein Tanzstudio bekannt sei, aber daraus würde wohl nichts werden, weil ihr Vater erklärt habe, für ein Privatcollege sei kein Geld vorhanden.

Ihr Notendurchschnitt ist nicht gut genug für die Colleges, an denen sie sich bewerben möchte, erklärte Teresa. Wir hätten uns sogar in Schulden gestürzt, wenn man sie aufnähme.

Aber ihr habt auch gesagt, ich soll mich bei einer Staatsuniversität bewerben, und tanzen sei sowieso eine Freizeitbeschäftigung.

Dasselbe hat meine Mutter gesagt, als ich Sängerin werden wollte, erinnerte sich Edna.

Diesmal war Adina es, die in Tränen ausbrach.

Sie ist immer so schnell beleidigt, seufzte ihre Mutter, man muß jeden Satz auf die Goldwaage legen, sonst heult sie gleich los. Was ist es denn jetzt schon wieder?

Ich hab eben heute mein PMS, gab Adina zurück, und Edna ließ sich aufklären, daß alle jungen Frauen heutzutage ihr PMS hätten, ihr prämenstruelles Syndrom. Das jeden Monat zwei Wochen lang dauert, fügte Teresa mit einem vorsichtigen Blick auf ihre Tochter hinzu.

Was hast du nun vor, wenn du die High School abgeschlossen hast? fragte Edna das Mädchen.

Ich bewerbe mich für ein Stipendium beim Sarah Lawrence College und bei der Juilliard School of Arts, und wenn ich keines bekomme, gehe ich auf die University of Massachusetts, dort hat man mich schon aufgenommen. Aber eigentlich interessiert mich das Lernen nicht mehr, ich will eine Ausbildung als Tänzerin, sonst nichts.

Außerdem hilft sie seit neuestem in *Flynnie's Restaurant* in der Küche aus, weil ihre Eltern sie nicht in der Art und Weise aushalten, die sie für angemessen hält, sagte Teresa sarkastisch.

Adina schneuzte sich und sagte, daß sie sich im *Ocean View* in Gloucester, einem teuren Restaurant mit guten Trinkgeldern, als Hostess beworben habe, um sich eine Ausbildung in einem Privatcollege mit einem guten Programm in Jazztanz zu verdienen, und weil sie den Familienzwist nicht schüren wollte, bemerkte Edna, daß sie in *Flynnie's* schon einmal gegessen habe, vor Jahren, und sich gewünscht hätte, das Essen käme an das Dekor heran. Man hat das Gefühl, man sitzt in einem Pariser Bistro, sagte sie, die dezent gemusterten, hellen Vorhänge vor den Fenstern, und ihre Farben wiederholen sich in den Tapeten und den Tischtüchern, alles hat diese erlesene Leichtigkeit, sogar die Blumen auf den Tischen und die Bilder an den Wänden, und vor den Fenstern das Meer, das den Raum mit zusätzlicher Helligkeit erfüllt, und dann servieren sie dieses Essen ohne Stil und Geschmack.

Das käme daher, erklärte Adina, daß in dem Familienbetrieb Arbeitsteilung herrsche, die Frau sei für die Raumgestaltung und die Blumen zuständig, der Sohn für die Musik, und der Besitzer für die Küche, und sie lachten und meinten, man solle einfach die Rollen neu verteilen.

Warst du denn auch in Paris? fragte Adina ihre Großtante mit sehnsüchtiger Stimme.

Ich war überall, entgegnete Edna leichthin, in ganz Europa, damals fuhr man noch mit dem Schiff über den Atlantik, und dann über Lissabon nach Spanien, Italien, Griechenland …

Wo die Leondouris ein Dorf gegründet haben, ergänzte Daniel ihre Erzählung.

Da möchte ich auch hin, sagte Adina trotzig, als erwarte sie, daß sie sich auch diesen Wunsch, ebenso wie das Tanzen und das teure College, aus dem Kopf schlagen müsse.

Aber Edna meinte, das sei eine großartige Idee, und wenn sie zehn Jahre jünger wäre, würde sie mitfahren. Sie werde in den nächsten Tagen bei ihrem Reisebüro anrufen, so teuer könne eine Europareise doch wohl nicht sein. Und wann sonst sollte Adina reisen, belehrte sie Daniel und Teresa, wenn nicht jetzt.

Wir könnten zusammen hinfahren, schlug Adina vor, was wiederum Edna rührte.

Wir sind eine sentimentale Familie, sagte sie und lachte.

Marvin, der schon als Kind die Gewohnheit gehabt hatte, für längere Zeiten vom Tisch zu verschwinden, kehrte zurück und beanstandete, daß die Rinderbrust zu zäh geraten war. Das hat Mimi dir nicht richtig beigebracht, sagte er zu Carol, die eine wedelnde Handbewegung in seine Richtung machte, als hätten seine Worte die Luft verunreinigt wie Zigarettenrauch. Edna spürte schon seit längerem eine Spannung zwischen den beiden. Dabei sind sie einander so ähnlich, dachte sie, als wären sie nicht ein Paar, sondern Geschwister, beide nehmen das Leben so schwer, daß ihnen schon deshalb nichts gelingen kann, und beide sind sie unzufrieden und fühlen sich betrogen. Marvin wäre jederzeit, ohne zu überlegen, bereit, für seinen Sohn zu sterben, aber mit ihm zu leben und jeden Tag von neuem um seine Hoffnungen betrogen zu werden – das bringt ihn um.

Edna setzte ihre fröhliche Miene auf, mit der sie Morris und den Kindern immer die düsteren Launen vertrieben hatte, und versuchte, Marvin mit Erinnerungen an seine Kindheit abzulenken. Er hatte eine so glückliche Kindheit gehabt, daß er das frühe Siechtum seiner Mutter und den fast gleichzeitigen Tod seines Vaters nie überwunden hatte, und dafür, ebenso wie für den Unfall seines Sohnes und die eigenen beruflichen Mißerfolge, machte er eine Instanz, Gott oder das Schicksal oder irgendwelche grausamen, verborgenen Mächte oder auch Carol mit irrationalem Zorn verantwortlich. Edna fiel plötzlich ein Besuch vor vielen Jahren in Mimis Haus in Newton ein, als Marvin vielleicht vierzehn, fünfzehn gewesen war und ihr stolz einen Schulaufsatz über Melvilles *Billy Budd* gezeigt hatte. Und was sagst du über *Billy Budd*? hatte sie ihn gefragt. Daß er verurteilt wird, weil er furchtlos ist und weil er anders ist als die übrigen Matrosen auf dem Schiff, sagte er. An der Tür hatte er ein Poster des David von Bernini hängen. Der kleine David in der Villa Borghese mit der Steinschleuder und dem verbissenen Gesicht, dieser ewige Kämpfer und Rebell war sein Vorbild und nicht Michelangelos souveräner Sieger. Darüber hatte sie sich damals gewundert.

Weißt du noch, sagte sie, wie ihr eurer Grandma Ida Gin ins Wasser gegossen und behauptet habt, es sei Tonic, und sie glaubte, sie müsse nun sterben, als ihr der Alkohol zu Kopf stieg?

Ja, das war in eurem alten Haus in Brookline, rief Marvin angeregt, als Morris so sehr zugenommen hatte, daß Michael ihn fragte, wo läßt du deine Anzüge nähen, bei Omar, dem Zeltmacher? Und war das nicht auch damals, als Tricia, Jeromes Ehefrau Nummer eins, die Geister, die sie plagten, aus dem Eßzimmer vertreiben wollte? Erinnerst du dich, wie sie rief: Geh! flieg hinaus ins Licht! Und wie sie die Geister zum Fenster hinausscheuchte? Diese Geister, hat sie uns erklärt, seien nicht böse, aber sie klebten an ihr und blockierten sie.

Mit Lorbeerzweigen hat sie die toten Seelen aus dem Eßzimmer vertrieben, denn tote Seelen, hatte sie behauptet, mögen Lorbeer nicht, erinnerte sich Edna, das hatte sie von zwei Sehern, mit deren Hilfe sie Jerome das Geld aus der Tasche zog. Aber nachdem die Geister sie verlassen hatten, fühlte sie sich eine Zeitlang besser, und das war das Geld wert, bis sie selber Heilerin werden wollte und jede neue Stufe ihrer Ausbildung weitere Tausende von Dollars kostete.

Ich erinnere mich, wie sie immer einen Styroporbecher voll Chlorophyll im Auto hatte, weil sie kein Wasser und keine Milch trank und wie einem bei jeder Kurve das Chlorophyll auf die Hose schwappte. Was wohl aus ihr geworden ist? fragte Marvin.

Sie ist zu einer Sekte gegangen, wir waren alle heilfroh, sagte Edna.

Eine Weile erzählten sie einander alte Anekdoten, und Edna horchte den Variationen einer Melodie mit ihren vielen verschiedenen Stimmen nach, die sich in ihr versammelten und einen unverwechselbaren Ton ergaben und die mit ihr untergehen würden, wenn keiner sich mehr erinnerte. In allen Stimmen und Geschichten schwang dieser Grundton mit, der einst stark und selbstbewußt und voller Lebenslust gewesen war und nun nur noch in alten Geschichten nachhallte, er war verklungen wie Ednas Song-Einlagen im jiddischen Theater, Bessies Lebensweisheiten oder das Echo all der anderen Stimmen, das Bravado der Schwarzmarkthändler, mit denen Paul und Joseph gefeilscht hatten, das Flüstern des Buchmachers Stanley am Telefon, wenn ein Rennen in den Suffolk Downs bevorstand.

Die Erwähnung von Jeromes Frauen brachte Edna auf die Frage nach Carols letzter Geschäftsreise, sie habe gehört, sie sei in Connecticut gewesen, um eine Münzensammlung aus einem Nachlaß zu erwerben. Sie wußte, daß Carol einmal eine Affäre mit ihrem Sohn gehabt hatte, und obwohl schon einige Jahre seither vergangen waren, trug sie es ihr noch immer nach. In der Familie gehört sich so etwas nicht, sagte sie empört, wenn die Rede darauf kam, wo unsere Familie doch gefährdet genug ist, aber sie hatte Carol nie direkt darauf angesprochen, sondern sich mit Anspielungen begnügt, die allerdings so anzüglich waren, daß jedesmal alle am Tisch aufhorchten.

Erinnerst du dich an die antiken Möbel, die du für Jeromes Haus in Somerville gekauft hast, fragte sie Carol, den Rokokoschreibtisch, der ihm so gut gefallen hat? Aber Lou hat ihn ohne sein Wissen verkauft, weil sie fand, er sei reine Verschwendung.

Sie sah Carol an, als erwarte sie eine heftige Reaktion, aber Carol sagte nur: Stimmt, er war teuer, aber wenn Lou ihn verkauft, muß er das mit ihr ausmachen.

Sie redet noch immer nicht gern über Jerome, dachte Edna, sie hat die Affäre mit ihm noch nicht überwunden.

Carol war Antiquitätenhändlerin und hatte in den achtziger Jahren eine Marktnische gefunden, Münzen und Silber, und ihr Geschäft in diesem Bereich stetig ausgeweitet, sie fuhr, seit Jonathans Gesundheitszustand sich gebessert hatte, oft zu Kunstmessen, auch nach Europa, ein Streitthema zwischen ihr und Marvin, das sich in fünfzehn Jahren nicht abgenützt hatte.

Ich finde, jetzt bin ich an der Reihe, erklärte Marvin, die nächste Reise in der Familie steht mir zu. Ich fahre im Sommer nach Moskau.

Warum ausgerechnet Moskau? fragte Daniel interessiert.

Vielleicht nicht nur Moskau, wich Marvin aus, auch St. Petersburg, Kiew, Rumänien, Bulgarien, wo unsere Familie eben herkommt. Ich habe von der Welt noch viel zuwenig gesehen, und das möchte ich nachholen, bevor ich alt werde und sterbe.

Marvin, der tragische Held, spottete Carol, dem das Leben immer vorenthält, wonach er sich am meisten sehnt.

Warum solltest nur du etwas vom Leben haben? fragte er.

Ich reise nicht zu meinem Vergnügen, wies Carol ihn zurecht. Du würdest meine Reisen gar nicht aushalten, du brauchst Komfort. Er meint, ich sei eine schlechte Ehefrau, weil ich nicht jeden Abend zu Hause bin, sagte Carol zu Edna, aber Edna wollte sich nicht einmischen und reagierte nicht. Sie ahnte, daß Marvin seine Frau verlassen wollte, zumindest davon träumte, und es wegen Jonathan nicht einmal auszusprechen wagte, und es schien so, als sei ihm jede Veränderung recht, auch wenn sie neue Probleme mit sich brachte. Irgendwo in der Welt, wo er nicht ständig an seinen Kummer erinnert würde, müßte das Glück auf ihn warten, dachte er. Sie sah ihn an, Mimis frühzeitig ergrauten Sohn, wie bei seinem Urgroßvater Joseph hob sich sein lockiger weißer Haarschopf schon seit jungen Jahren von seiner stets gebräunten Stirn ab. Sein Profil erinnerte Edna ebenso wie das Jonathans an ägyptische Wandzeichnungen.

Die Sehnsucht bleibt dir, egal wohin du fährst, sagte sie. Wir sind ein ruheloser Clan.

Außer er verliebt sich in Moskau oder Petersburg oder sonstwo, dann kommt er nicht wieder, entgegnete Teresa, und Carol warf ihr einen beschwörenden Blick zu.

Beruhige dich, das Leben ist eine lange Vorbereitung auf etwas, das nie eintritt, sagte Marvin scherzend, aber mit verärgertem Unterton zu seiner Frau.

Du hast es einfach zu schwer gehabt, sagte Edna versöhnlich.

Ich habe Vertrauen bewahrt, wenn ich auch sage, alle Menschen enttäuschen, zitierte Marvin aus der Hagada.

Ich liebe dich trotzdem, sagte Carol, und sie berührte schnell seine Hand. Edna sah in der flüchtigen, verstohlenen Geste ihre Angst, daß jede Annäherung bereits zu spät sein könnte, und vermutete, daß sie nicht einmal diese flüchtige Berührung gewagt hätte, wenn sie mit Marvin allein gewesen wäre.

Wir sollten alle zusammen nach Griechenland fahren, schlug Adina vor.

Nein danke, sagte Marvin, ich fahre lieber ohne euch.

Nächstes Jahr in Jerusalem, sagte Edna, weil sie müde war und an das Ende des Seders dachte, und Daniel fragte lachend: Bin ich der einzige seßhafte Mensch, der nur an der

Küste auf und ab schippern, Hummer fangen und am Abend fernsehen will?

Du bist von uns allen der größte Träumer, sagte Teresa.

Dich zieht es ja auch wieder ans Meer, sagte Marvin zu Edna.

Ehrlich gesagt, erwiderte Edna, habe ich mich in diesem Haus nie besonders wohl gefühlt, und seit Morris tot ist, kommt es mir manchmal wie ein Sarg vor. Ich möchte in den Monaten oder Jahren, die mir noch bleiben, dem Meer wieder nahe sein, ich will mit der Brandung im Ohr einschlafen und aufwachen. Ich bin zwar schon fast taub, aber mein Körper spürt sie, wenn ich am Meer bin, auch wenn ich nicht mehr so gut höre. Ich weiß noch genau, wie das Wasser bei hohem Wellengang in der Ferne grollt und wie es bei Ebbe träge an die Küste schwappt. Ich möchte die vielen Farben und Stimmungen, die das Meer im Lauf eines Tages annimmt, von meinem Fenster aus beobachten können und nicht erst hinfahren müssen, um es mir einige Stunden lang anzusehen. Das Meer, sagte sie und sah ihre Gäste an, als fehlten ihr plötzlich die Worte ... Hier sind sie angekommen, Bessie und Joseph, in Etappen von Ellis Island herauf, und an den Wochenenden im Frühling und im Herbst, wenn die Strände verlassen waren, fuhren sie mit uns zumindest nach Castle Island, und wir wanderten um die Festung herum. Das haben wir beibehalten, als wir selber Kinder hatten, und an sie weitergegeben, ich wette, deine Eltern sind mit euch auch an manchen Sonntagen nach Castle Island hinausgefahren, sagte sie zu Marvin.

Wir haben auch mit Jonathan die ersten Sonnenstunden im März oft dort verbracht, erzählte Carol. Nur hat mir Marvin nie gesagt, warum es ausgerechnet Castle Island sein mußte, jedesmal mit dem Kinderwagen um die Insel und die Festung herum, mit den anderen Familienrudeln am Meer entlang, und der Wind riß einem alles aus der Hand, Schirme und Zeitungen und Kopftücher, und am Ende waren wir durchgefroren und fühlten uns tapfer und verwegen und waren überzeugt, etwas Elementares für unsere Gesundheit getan zu haben.

Ich weiß, fuhr Edna fort, und dann habt ihr euch jedesmal in Elsies winziges Familienrestaurant gedrängt, das eher einer irischen Wohnküche ähnelte, mit dem Kitsch von verflossenen katholischen Feiertagen auf den sonnenbeschienenen Fenstersimsen und den Fotos von St. Patrick's Day-Feiern an den Wänden und habt Geflügel-Stew und Brathuhn bestellt, um es mit der Gesundheit nicht zu übertreiben.

Edna schlug vor, zum dritten vorgeschriebenen Glas Wein und zum Tischgebet zurückzukommen. Es war spät, Julian war auf dem Schoß seiner Mutter eingeschlafen, und Marvin suchte den *Afikoman*, das Stück Mazza, das Jonathan hinter einem Sofakissen versteckt hatte.

Du darfst dir etwas wünschen, sagte Carol.

Allein in die Stadt fahren, sagte er ohne zu zögern, und mit Kimberly ins Kino gehen.

Wer ist Kimberly, wollte Edna wissen.

Ein Mädchen, das er verehrt, sagte Carol.

Meine Freundin, erklärte Jonathan, sie ist achtzehn. Sie hat mir neulich einen Shrimp von ihrem Teller geschenkt, und ich habe aus ihrem Glas getrunken.

Geh, öffne die Tür, sagte Edna zu Marvin, denn das war nach dem dritten Glas Wein in der Hagada vorgeschrieben.

Du mußt auch die Haustür öffnen, sagte Jonathan.

Warum öffnet man die Tür, wollte Teresa wissen.

Damit die Gojim sehen, daß wir keine Christenkinder schlachten, sagte Marvin anzüglich.

Es ist nur ein alter Brauch, erklärte Edna und warf Marvin einen mißbilligenden Blick zu.

Nach dem vierten Glas Wein begannen sie zu singen, sie

hatten zwar alle schöne Stimmen, aber nicht viele gemeinsame Lieder, und so sangen sie, was ihnen einfiel, Edna das Lied vom Lämmchen, *ein Lämmchen, ein Lämmchen, das Vater für zwei Sus gekauft hat, da kam die Katze und fraß das Lämmchen, da kam ein Hund und biß die Katze, die das Lämmchen gefressen hatte, da kam ein Stock und schlug den Hund, da kam Feuer und verbrannte den Stock, da kam Wasser und löschte das Feuer, da kam ein Ochse und trank das Wasser, da kam der Schächter und schlachtete den Ochsen, da kam der Todesengel und tötete den Schächter, da kam der Heilige, gelobt sei er, und vernichtete den Todesengel,* und alle sangen den Refrain, *ein Lämmchen, ein Lämmchen*. Jonathan sang die israelischen Lieder, die er in den jüdischen Ferienlagern von Camp Ramah gelernt hatte, *Jeruschalaim schel Zahav, Jerusalem aus Gold*, und *be schana ha ba'a be Jeruschalaim, nächstes Jahr in Jerusalem*, er hatte einen schönen Tenor, und Daniel schmachtete mit verstellter Stimme die Schlager der dreißiger und vierziger Jahre, die er von seiner Mutter gehört haben mußte und die zu singen ihm deshalb wohl angebracht erschien, und schließlich ahmte er Elvis Presley nach, *don't be cruel*, strich sich das Haar aus der Stirn und hatte auf einmal tatsächlich eine gewisse Ähnlichkeit mit Elvis. Sie lachten und waren gleichzeitig überrascht von diesem reichen Fundus an schauspielerischen Begabungen. Die Tischgesellschaft begann sich aufzulösen, bevor sie noch bereit waren aufzubrechen, und als sie einander zum letztenmal *Nächstes Jahr in Jerusalem* zuriefen, war es nur mehr der traditionelle Abschluß des Pessach-Seders und nicht mehr, wie früher an diesem Abend, Ausdruck ihrer Sehnsüchte nach einem anderen Ort.

Es war Mitternacht, als sie aufbrachen. Einer nach dem anderen verabschiedete sich von Edna, umarmte und drückte sie, als besiegelten sie ihren letzten Abschied. Schneeregen trieb in wäßrigen Flocken im Licht der Gaslaternen. Über die durchnäßte Erde des Louisburg Square strich ein schneidender Wind. Sie liefen geduckt zu ihren Autos, als sei die Finsternis eine Last, und Edna kehrte in die Stille des leeren Hauses zurück. Nur der bis zum Rand gefüllte Kelch des Propheten Elijahu stand noch auf dem Tisch, alles andere hatten Carol und Teresa abgeräumt, der Geschirrspüler summte in der Küche.

Es blieb nun nichts mehr zu tun als auszuziehen, und es schien ihr, als ob das Haus ihr jetzt schon nicht mehr gehörte. Was sollte mit den Besitztümern, die sie mitnahm, nach ihrem Tod geschehen, fragte sich Edna, mit diesen wenigen letzten Gegenständen, an denen sie hing, weil sie Erinnerungen trugen? Sie wollte beginnen, sie herzuschenken, morgen schon, wenn Lea kam. Sie hatte den Eindruck, die Dinge von ihrem äußersten Rand her zu betrachten. Wie es sich für mein Alter geziemt, dachte sie. Mit dem Rücken zu einer leeren Wand, so ist es am besten. Der Beginn einer großen Ruhe rieselte durch ihren Körper, ein Entspannen, das sich von Faser zu Faser fortpflanzte.

Marvin

Solange Marvin sich erinnern konnte, war der letzte Donnerstag im November ein Tag gewesen, an dem metallische Kälte, die bereits eine Ahnung von Schnee mit sich trug, und die trügerische Mittagswärme der letzten sonnigen Herbsttage einander die Waage hielten. Das Laub hatte sich gelichtet, die leeren Wipfel ließen das kalte Licht des nahenden Winters ein, und der Wind zerrte an den Samenfäden der Ahornbäume. Hie und da raschelte an trockenen Stellen noch braunes Laub unter den Füßen. Aber vor einer Woche war zwei Tage lang wäßriger Schnee gefallen und hatte den Teppich rot und gelb leuchtender Herbstblätter auf den Nebenstraßen in Matsch verwandelt. Nie hatte Marvin die spätherbstliche Stimmung des Thanksgiving-Wochenendes mit Freude oder gar Dankbarkeit erfüllt. Froh war er nur darüber, daß die Studenten schon am Dienstag den Campus verließen. Er war ein Stadtmensch, und die Idee des Erntedankes war ihm fremd, die Frische des geernteten Mais hatte längst ihren Höhepunkt überschritten, es war schwierig, in den Supermärkten noch saftige Kolben zu finden, und das bleierne, tote Licht der frühen Dämmerung war wie der Auftakt zu einem Ende, einem durch die allgemeine Festtagsstimmung um so beklemmenderen Ende eines längst erschöpften Jahres.

An keinem Tag im Jahr war das Alleinsein schmerzlicher als zu Thanksgiving. Wer zu keinem Seder eingeladen war, konnte sich an den Christen orientieren, für die der erste Pessach-Abend sich von keinem anderen Wochentag unterschied, und wer als Christ zu Weihnachten allein blieb, tröstete sich vielleicht mit dem Gedanken, daß nicht für alle der Heilige Abend dämmerte, denn es gab viele, die von der Religion, ganz gleich welcher, Abstand nahmen. Aber zu Thanksgiving, diesem patriotischen Nationalfeiertag, an dem die ersten weißen Siedler Erntedank gefeiert und angeblich mit den indianischen Ureinwohnern zum Zeichen gegenseitigen Friedens Speisen getauscht haben sollen – an diesem Tag, der alle einschloß, mit niemandem Truthahn, Preiselbeerkompott und Süßkartoffeln zu essen, bedeutete, daß man weder Freunde noch eine Familie hatte. Und obwohl Thanksgiving ein durch und durch weltlicher Festtag war, hielt man sich in der Familie Leondouri auch an diesem Tag an das alte jüdische Gebot: *Achtet den Fremden unter euch, denn Fremde wart ihr in Ägypten.* Es war eine Mitzwah, ein religiöses Gebot, die Heimatlosen, Versprengten, Durchreisenden, die an keinem anderen Tisch Aufnahme fanden, einzuladen, besonders an diesem einen Nachmittag. Seit Edna in ihrer betreuten Zweizimmerwohnung in den Sea View Towers von Revere lebte, war es Marvin und Carol zugefallen, an diesem Tag die Mitglieder der Familie, die in der Gegend geblieben waren, in ihrem Speisezimmer in Brockton zu versammeln: Edna, Daniel mit Teresa, Adina und Julian und alle, die keine andere Einladung zu einem Thanksgiving-Dinner bekommen würden.

Carol lebte, als hätte sie keine Erinnerungen an ihre Kindheit, und als bedeutete Thanksgiving für sie nichts anderes als Haushaltspflichten, denen sie sich der Familie zuliebe unterwarf. Sie redete nicht von früher, wie sie als Kind im Haus ihres Vaters, des Reverend John Russell, Thanksgiving oder Weihnachten gefeiert hatte. Niemand konnte wissen, in welche finsteren Ecken ihres Bewußtseins sie diese Erinnerungen verbannt hatte.

Zum Begräbnis ihres Vaters im Oktober vor acht Jahren hatten sie zum letztenmal ihr Elternhaus in Hingham betreten, ein Holzhaus mit weißen Schindeln neben dem schlichten weißen Kirchturm, an einer Gabelung zwischen der Straße nach Cape Cod und dem Zubringer zur Autobahn nach Süden gelegen, ein Haus, das so zufällig und provisorisch in die Landschaft gesetzt war, als sei es von Anfang an als vorübergehender Aufenthalt gedacht gewesen, wie geschaffen für einen Geistlichen, damit er sich nicht allzu häuslich im Leben einrichtete und stets das Jenseits im Blick behielt, auf das der Kirchturm wie ein spitzer, ausgebluteter Finger hinwies. Dabei war Hingham eine wohlhabende Gemeinde, weiß, protestantisch, exklusiv, in der noch immer die Nachkommen der nicht aus England stammenden Einwanderer weniger willkommen und geachtet waren. Die Straßen führten durch eine Parklandschaft mit alten Bäumen, die Häuser standen weit von der Straße zurückgebaut, und es herrschte zu jeder Tageszeit eine Stille, als führe man durch die längst vergangene Zeit eines Romans von Louisa May Alcott. Der Reverend, ein kleiner, schweigsamer Mann, so unnahbar und vornehm, als seien ihm sein Lebtag lang nur aufrechte Gedanken und edle Gefühle in den Sinn gekommen, war Marvin stets ein freundlicher, wenn auch zurückhaltender Schwiegervater gewesen und hatte den Glaubensübertritt seiner einzigen Tochter gelassen hingenommen. Es war wohl kein Zufall, daß John Russell gerade in dieser aristokratischen Gemeinde zwischen Cape Cod und Boston fünfundvierzig Jahre lang sein geistliches Amt versehen und hier auch seinen Lebensabend verbracht hatte. So, wie in seinem Haus kein lautes Wort gesprochen wurde, war es undenkbar, daß Jugendliche mit knatternden Motorrädern und lauter Rockmusik durch die ausgestorbenen Straßen der kleinen Stadt donnerten. Beim Begräbnis des Reverend waren die Honoratioren einer nach dem anderen an das Pult getreten, wo er mehr als vier Jahrzehnte lang jeden Sonntag gepredigt hatte, der Friedensrichter, der Bürgermeister, der Schuldirektor, und hatten Reden gehalten, als sei der Tote ein Kandidat für ein politisches Amt, für das sie ihn wärmstens empfahlen. Anschließend hatten sie mit dünnen Stimmen Choräle gesungen, die Marvin fremd waren. Die ganze Gemeinde war dem Sarg zu dem Friedhof unter den hohen Ulmen und Ahornbäumen gefolgt, und Marvin fragte sich, warum alle protestantischen Friedhöfe auf einer leichten Anhöhe lagen, und er dachte an Hawthorne und an das reiche religiöse und literarische Erbe Neuenglands, das er an der Universität studiert hatte, und empfand sich als Zeuge einer uralten Zeremonie, die ihn in eine Zeit zurückversetzte, als seine Vorfahren noch im podolischen Stetl lebten – und plötzlich beneidete er seine Frau um dieses Erbe. Es war ein so friedlicher Augenblick gewesen, als man den Sarg des Reverend in die Erde senkte, die Sonne leuchtete tief ins gelbe Herbstlaub, und in der Stille hörte man das Flüstern der fallenden Blätter, und es sah aus, als steckten die Splitter des tiefblauen Himmels in dem dickflüssigen Gold der Ahornkronen. Carol und Marvin waren die engsten Verwandten John Russells neben einer greisen Schwester und deren Familie, die von Maine angereist waren. Marvin war schweigend neben seiner Frau gestanden, zum erstenmal Zeuge der Rituale, die ihr einmal vertraut gewesen waren, während Jonathan sich weigerte, das Gesangsbuch aufzuschlagen. Carol hatte die ganze Zeit lautlos geweint. Zu Hause hatte sie dann um ihren Vater getrauert, als wäre er Jude gewesen, und seither zündete sie jedes Jahr im Oktober eine Jahrzeitkerze an und sagte Kaddisch.

Carol hatte ihren Vater geliebt, aber ihre Liebe hatte sich auf eine Weise geäußert, die Marvin aus seinem Elternhaus völlig fremd war. Es war eine Art schweigsamer Achtung gewesen, nachgetragene Liebe, die es nicht wagt, auf Anerkennung zu hoffen. Wie ein kleines Mädchen war sie ihm bei den gemeinsamen Besuchen in ihrem Elternhaus vorgekommen, die brave Tochter, die ihrem Vater beim Nachhausekommen freudig die Pantoffeln vor die Füße stellt. Dabei schien es keinen Grund für diese unterwürfige Haltung zu geben, denn John Russell war kein Tyrann, er gab keine Befehle aus, ja, er begann seine Sätze meist mit einem *es erscheint mir so* oder mit der Frage *könnte es sein, daß*, und er hörte Marvin viel länger zu, als dieser das von anderen Männern kannte, aufmerksam und respektvoll. Wie konnte ein solcher Mann sie dermaßen einschüchtern, hatte er Carol am Anfang ihrer Ehe gefragt. Er schüchtert mich nicht ein, hatte sie geantwortet, ich bin mir nur nie sicher, ob er mich ernst nimmt und ob er mich oder irgend etwas, das ich sage oder tue, gutheißt. Und später hatte sie einmal mit einem resignierten Achselzucken lachend gesagt: Ich glaube, ich war ihm immer ein bißchen unheimlich.

Erst beim Begräbnis seines Schwiegervaters war Marvin bewußt geworden, wie groß Carols Schritt aus dieser schweigsamen, ernsten Welt hinaus und in die redselige, genußfreudige seiner Familie gewesen sein mußte, und nachträglich staunte er, wie leicht, fast unbekümmert sie diesen Schritt als Vierundzwanzigjährige getan hatte – als wäre sie tatsächlich, wie sie stets behauptet hatte, in etwas ihr aus unbekannten Gründen von jeher Vertrautes oder Ersehntes eingetaucht. Als Studentin auf dem Campus, wo er sie kennengelernt hatte, war Carol so ernsthaft und intensiv in allem, was sie sagte und in Angriff nahm, gewesen, so leidenschaftlich in ihren Überzeugungen, daß er sie anfangs manchmal scherzhaft Miss Sturm-und-Drang genannt hatte. Er hatte sie in engen schwarzen Pullovern und Jeans in Erinnerung, schmal, mit langen Gliedmaßen, was die Fotos aus jener Zeit widerlegten, denn darauf trug sie, was junge Frauen damals eben anhatten, Flanellhemden, Bell-bottom-Jeans, bestickte Russenhemden und die weiten, indischen Röcke und wallenden formlosen Säcke der Hippiezeit. Sie war nicht eigentlich schön gewesen, mit ihrer hohen blassen Stirn, die sie hinter dichten, dunklen Stirnfransen verbarg, den ein bißchen zu vollen Lippen, die ihr zusammen mit ihrem herausfordernden Blick einen trotzigen Gesichtsausdruck gaben, aber sie war anziehend. Sie selber hielt sich für wenig attraktiv, sie konnte die flüchtige Schönheit ihrer Gesichtszüge nicht erkennen, denn die sah man nur, wenn ihre lebhafte Aufmerksamkeit auf etwas anderes gerichtet war und Anteilnahme ihr Gesicht belebte. Vor dem Spiegel und mit scharfem Blick auf Einzelheiten betrachtet, zeigten sich nur ihre Mängel. Seiner Mutter hatte die Ernsthaftigkeit und Gründlichkeit gefallen, mit der Carol jede Frage anging, und die Zutraulichkeit, mit der sie ihr überallhin folgte, in die Küche und zurück zum Eßtisch, und immer in ihrer Nähe blieb, damit der Faden der Unterhaltung nicht abriß, während Mimi sich an ein junges ausgesetztes Tier erinnerte, das Wärme suchte. Carol und Mimi hatten sich vom ersten Augenblick an zueinander hingezogen gefühlt, und es war auch von Anfang an klar, daß Carol alles von Mimi annehmen würde: Einstellungen, Vorlieben und ohne Zögern auch die Religion. Unter Mimis Anleitung hatte sie ihre Intensität ein wenig abgelegt und zu einer Leichtigkeit gefunden, die sich bei ihrer Neigung zu Extremen in Überschwenglichkeit verwandeln konnte. Es war ihr nicht schwergefallen, in die Leondouri-Familie hineinzuwachsen.

Aber manchmal, besonders an Tagen wie Thanksgiving, wenn sie Feste vorbereiteten, spürte Marvin etwas von der Atmosphäre des einsamen, karg möblierten Pfarrhauses, in dem sie allein neben dem schweigsamen Vater aufgewachsen war. Es haftete an ihr wie ein Geruch, machte sie streng und manchmal ein wenig selbstgerecht, eine Spur abweisend und eigenbrötlerisch. Wäre sie katholisch gewesen wie Teresa, hätte sie sich vielleicht mit weniger großem Ernst der jüdischen Religion verschrieben und sich mit mehr Freude dem Feiern von Festen hingegeben, aber das Leben nach Regeln schien ihr vertrauter als der Genuß. Die Schmucklosigkeit und Bilderlosigkeit der Synagoge war ihr jedenfalls nicht fremd gewesen und rief kein Heimweh in ihr wach. Am Anfang, als sie sich unter Mimis Anleitung auf ein jüdisches Leben vorbereitete, hatte seine Mutter sie jeden Schabbat in eine andere Synagoge geführt, und wenn sie heimkamen, sagte seine Mutter lachend zu Stanley, wir waren wieder shopping. Sie waren nach Weston hinausgefahren, um am Gottesdienst einer Chavurah teilzunehmen, und hatten die großen Reformsynagogen Temple Shalom in Brookline und Temple Israel am Parkway besucht. Sie hatten verschiedene Betstuben ausprobiert, Chabad Synagogen und konservative Gemeinden, denn Mimi fand, wenn sie schon übertrat, sollte sie es dort tun, wo sie sich wohl fühlen würde. Schließlich fanden sie eine konservative Gemeinde in Newton, dort wollte Carol mit derselben Bestimmtheit und Zielstrebigkeit, mit der sie sich seine Mutter zur Freundin erwählt hatte, bleiben, und dort hatte später auch Jonathan seine Bar Mitzwah.

Aber Carol hatte sich im Lauf der Jahre verändert, als hätte sie das Vertrauen, daß alles gut ausgehen würde, was sie sich vornahm, und daß sie nur lang genug mit ihrem wilden Trotz auf einer Forderung beharren mußte, um sich durchzusetzen, verloren. Erst in den letzten Jahren, als sie zu altern begann, waren Marvin Züge an ihr aufgefallen, die ihm neu waren und die ihn an ihren Vater erinnerten, die geschürzte Oberlippe und die geweiteten Nüstern, wenn sie verärgert war, der ferne Blick, der durch alles, was sie ansah, hindurchging, als habe sie damit längst abgerechnet, eine gewisse Pedanterie und ein starkes Bedürfnis nach Stille. Er fand es erstaunlich, wie lange es bei manchen Menschen dauerte, bis das Naheliegende, ihr

Erbe, ihre Kindheit, das, was sie zuerst und vor allem hätten sein sollen, schließlich zum Vorschein kam, wenn die Spannkraft nachließ oder ihre jugendlichen Selbstentwürfe und Höhenflüge sich als Enttäuschung erwiesen und sie sich dem Boden näherten, der immer schon darauf gewartet hatte, sie wieder aufzunehmen. Und vielleicht gehörte auch das, was Marvin ihr Bartleby-Syndrom nannte dazu, wenn sie bei bestimmten Dingen ruhig erklärte, das tue sie lieber nicht, wie zum Beispiel das Autofahren auf manchen Highway-Routen oder Einkäufe vor Festen in letzter Minute, wenn sich herausstellte, daß etwas Wichtiges vergessen worden war, und man von einem geschlossenen Supermarkt zum nächsten fahren und die Gegend nach kleinen Läden und Seven-Eleven-Stores absuchen mußte, um die unentbehrlichen Zutaten doch noch zu ergattern. Marvin dagegen liebte die Herausforderung, am Weihnachtstag oder zu Thanksgiving neue Lebensmittelmärkte zu entdecken, die sich dem Trend der Öffnungszeiten widersetzten, und deshalb war er auch an diesem Thanksgiving-Morgen bester Laune, als er nach dem Frühstück den Einkaufszettel in seinen Parka steckte, während Carol im Schlafrock am Tisch sitzenblieb und ihre dritte Tasse Kaffee trank.

Er wollte zu *Sadie's Fruit Basket* in Newton fahren, wo seine Mutter immer für die Feiertage eingekauft hatte, als Sadie noch hinter der Delikatessentheke gestanden war und eigenhändig zubereitete gehackte Leber und Rugelach für die jüdischen Feiertage verkauft hatte, und wo man auch jetzt noch besseren gefilten Fisch und eingelegtes Gemüse bekam als anderswo. Sadies Nachkommen hatten die Widersetzlichkeit der Geschäftsgründerin beibehalten, und ihre Kunden wußten, daß sie sich darauf verlassen konnten, auch an Tagen, an denen das christliche Amerika ruhte, nicht vor verschlossenen Türen oder leeren Regalen zu stehen. Dafür achteten sie streng auf das Religionsgesetz an den Hohen Feiertagen und am Schabbat.

Seit langem gehörte das Besorgen von Lebensmitteln zu Marvins Anteil an den Haushaltspflichten, und es war eines seiner kleinen Vergnügen, dem er am liebsten täglich nachgegangen wäre, denn er war im Grund ein häuslicher Mensch und schätzte gutes Essen. Im Supermarkt war das Leben für ihn stets im Lot. Die Regalwände waren gefüllt und bunt, er schlenderte durch die Schneisen der Regale und Kühlboxen, verglich die Preise mit den Sonderangeboten, um das Beste mit dem Billigsten zur Deckung zu bringen, das befriedigte seinen Jagdinstinkt. Und rund herum gab es Frauen in hinreißender Selbstvergessenheit und doch so leicht abzulenken, eine humorvolle Bemerkung über die Berieselungsanlage, die gleichmäßig feine Wasserfontänen über das Gemüse sprühte, aber den Dauerwellen schadete, konnte zu einem ernsthaften Gespräch und dem Austausch von Telefonnummern führen. Er befingerte Tomaten, schob prüfend die grünen Deckblätter und die hellen Fäden beiseite, die Maiskolben wie blondes Engelshaar umwehten, um den Perlschimmer zu finden, der guten Mais auszeichnete, sie müssen schimmern, belehrte er eine junge Frau, die unschlüssig neben ihm stand und einen Maiskolben in der Hand wog, wie Perlen müssen sie schimmern, erklärte er ihr, und in ebenmäßigen Reihen müssen die Körner stehen wie Ihre Zähne, und sie lachte. Sehen Sie, sagte er und hielt ihr die entblößte Spitze eines Maiskolbens unter die Nase, das ist ein perfekter Kolben, nehmen Sie ihn, Sie werden Freude daran haben, und sofort aus dem Wasser heraus, beschwor er sie, drei Minuten kochen, mit einer Prise Zucker und einer guten Prise Salz und dann gleich aus dem Wasser, damit der Zucker sich nicht in Stärke umwandelt, und schon konnte ein Gespräch entstehen, und er erfuhr, ob sie Kinder, einen Ehemann oder Lebensgefährten hatte, welchen Beruf sie ausübte, in welcher Gegend sie wohnte, und die Visitenkarte steckte immer handlich in der Brusttasche. Was sollte daran verwerflich sein, er war ein geselliger Mensch. Dann schob er sein Drahtwägelchen wie einen Zwitter aus Gehhilfe und Rammbock vor sich her, goutierte, ergötzte sich an den Farben und der Vielfalt und stillte seinen Hunger, seine unersättliche Sehnsucht mit den Augen, begutachtete die Farbe der Rinderstücke, öffnete die Eierschachteln und inspizierte jedes einzelne Ei, studierte die Käsevitrine, obwohl er Käse gar nicht besonders mochte, er kalkulierte den Anteil an Monosodiumglutamat in vorgefertigten TV-Dinners und vertiefte sich in die Etiketten der in Gläsern abgefüllten Saucen, ging stoisch an der Tortenvitrine vorbei, Hauptsache, alles war wie im Schlaraffenland in Reichweite, man konnte zulangen, und wenn man es sich versagte, war es keine unwiderrufliche Entscheidung. Statt der üppigen Sarah-Lee-Torte mit der Buttercremeglasur und den grünen und roten Verzierungen fischte er mit der Zange sechs Bagel in einen Plastiksack, dann stellte er sich an der Delikatessentheke an und schäkerte mit den Verkäuferinnen, diesmal warteten schon die vorbestellte gehackte Leber und der Maiskuchen abgewogen und mit seinem Namen versehen auf einem rückwärtigen Regal. Er ließ sich noch eine Scheibe Bologna-Wurst zum Kosten geben oder erkundigte sich nach der Frische des Seelachses, obwohl er Fisch grundsätzlich nur auf dem Fischmarkt und nur mitten in der Woche kaufte, und wanderte schließlich zur Salatbar, um sich eine Olive oder ein Artischockenherz herauszuangeln, wenn niemand hinsah. Während er in der Schlange vor der Kasse wartete, las er die Schlagzeilen der Klatschpresse, erfuhr, daß eine Frau von einem Ufo gekidnappt worden war und wie man seine zur Routine gewordene Ehe durch neue Reize beleben konnte, allerdings waren es Ratschläge für Frauen, weil man noch immer annahm, daß vorwiegend Frauen ihr Leben in Supermärkten zubrachten. Dieser Teil des Einkaufs forderte seine Geduld am meisten, denn es war unvermeidlich, daß vor Feiertagen die Warteschlangen immer länger waren als sonst, er konnte sich darüber aufregen, wie frauenfeindlich die Einstellung doch sei, Hausfrauen hätten alle Zeit der Welt, aber wenn er an die Reihe kam, war er bereits versöhnt, machte einen Witz und brachte die junge Frau, die die Preise eintippte, zum Lachen und ging schließlich frohgemut mit seinem beladenen Einkaufswagen auf den Parkplatz.

Doch an diesem Donnerstagmorgen erfaßte ihn eine Welle des Überdrusses, während er an den stark gelichteten Geflügelregalen entlangging, wo unter grellem Neonlicht die letzten in Plastik eingeschweißten Truthähne, die kaum mehr einen Käufer finden würden, wie hartnäckige Zuschauer in einem leeren Stadion auf den abgeschrägten Rängen der Kühlablage angeordnet waren. Den Truthahn hatte er schon vor Tagen bei Mimis altem Fleischhauer im Newton Center eingekauft, denn bei den wichtigen Dingen wollte er nichts dem Zufall überlassen. Den Überdruß, der ihn wie ein Anfall von angewiderter Ermattung niederdrückte, vergaß er beim Anblick eines sonnengebräunten Rückendekolletés, das in eine so schmale, kindliche Taille überging, daß ihn ein sehnsüchtiger Schmerz über soviel weibliche Verwundbarkeit durchfuhr. Er eilte mit seinem Drahtwägelchen auf diesen berührenden Rücken zu, der sich eben über den Maisbottich beugte, um ihr behilflich zu sein, denn er war ein Meister in der Auswahl von Mais, nie würde er zulassen, daß Carol ohne seine Hilfe Mais oder auch Fisch und Rindfleisch kaufte, für diese Lebensmittel hatte er einen unfehlbaren Blick. Aber bevor er den Maisbottich erreichte, strebte die junge Schöne wie ein wildes Fohlen zu den Tiefkühltruhen, ihr rötlichbraunes schulterlanges Haar schwang wie eine Mähne hin und her, und Marvin spürte den schnelleren Herzschlag des beginnenden Abenteuers, er fühlte sich wie ein Jagdhund auf der Fährte, doch als die junge Frau sich umdrehte, war es Megan, eine seiner Studentinnen, und plötzlich war ihm klar, warum ihr Anblick ihm schicksalhaft erschienen war, es war keine dunkle Ahnung, die in ihm aufstieg, sondern das Wiedererkennen einer Versuchung, die er schon lange aus Gewohnheit unterdrückte. Marvin verlangsamte seinen Schritt und erwiderte ihren Gruß mit der Jovialität des alternden Professors, den sie bestimmt in ihm sah. Er wußte ja, daß diese jungen Frauen ihn mit seinen sechsundfünfzig Jahren schon für einen Greis hielten, der aus unerfindlichen Gründen sich dagegen sträubte, in den Ruhestand zu treten.

Früher, wenn er über den Rasen des Campus geschlendert war, von dem kleinen in die Böschung gebauten weißen Haus, wo im feuchten Souterrain sein mit Büchern überfülltes Büro lag, hinüber zur College-Bibliothek oder den Berg hinunter zu dem häßlichen ebenerdigen Containerbau, in dem die Buchhandlung, die Mensa und die Post untergebracht waren, hatten ihm seine Studenten von weitem zugerufen: He, Marvin, wie geht's? Und er hatte sie mit Namen gekannt, viele, die meisten waren irgendwann in seinem Büro gesessen und hatten ihm ihre Probleme anvertraut, damals in den frühen siebziger Jahren, als eine schlechte Note oder mit einem Joint erwischt zu werden die Einberufung nach Vietnam bedeuten konnte, und er hatte sich als Held gefühlt, möglichst viele Jugendliche vor dieser Erfahrung zu bewahren, denn was bedeuteten Noten im Vergleich zu einem ein für allemal zerstörten Leben? Er war beliebt gewesen, und mit einigen, den besten unter ihnen, hatte er noch viele Jahre Kontakt gepflegt, er hatte den Studentinnen zugelächelt, und sie waren rot und verlegen geworden, er hatte sich auf dem gepflegten Rasen zwischen Bibliothek und Vorlesungsgebäude mit ihnen unterhalten und sich dann manchmal für den Rest des Tages so leicht gefühlt, als läge das Leben und alles, was man sich von ihm wünschen konnte, vor ihm ausgebreitet. Was die Frauen betraf, und damals war es selbstverständlich, daß nur junge Frauen in Frage kamen, so mußte er ja nicht jede, mit der er flirtete und deren hübscher Figur er nachschaute, gleich haben, wenn er nur wußte, daß er sie haben konnte. In den letzten Jahren ging er über dieselben Rasenstücke und Wege, der Campus hatte sich in den fünfundzwanzig Jahren, seit er dort lehrte, kaum verändert, aber die Studenten waren nun Kinder, und sie riefen ihm keinen Gruß mehr zu, es kam ihm manchmal vor, als schliche die Vereinsamung wie ein verschämter Schatten hinter ihm her, als sei er für diese jungen Leute unsichtbar geworden, sie grüßten nicht einmal, schauten einfach weg oder sahen durch ihn hindurch, sie ließen ihn in Ruhe, so konnte er es auch betrachten, ließen ihn in seinen sich im Kreis drehenden Gedanken der bangen Frage nachgehen, ob er auf diesem Campus und unter diesen von Jahrgang zu Jahrgang langweiliger werdenden Studenten seine Laufbahn beschließen würde und wie lange er noch aushalten sollte, bis er in Ruhestand ging, fünf Jahre, zehn? Während der Sprechstunden konnte er andere Dinge erledigen, es klopfte selten jemand an seine Tür und wenn, dann nicht mehr, um Rat zu suchen, sondern um sich über eine Note zu beschweren. Auf selbstvergessene Augenblicke, in denen, wie eben im Gedränge eines Supermarktes, der Anblick einer dieser nach wie vor begehrenswerten Studentinnen und das mit jedem Jahr erstaunlicher erscheinende Wunder jugendlicher Schönheit ihn blendeten, folgte die Einsicht, daß diese junge Frau seine Tochter sein könnte und sie ihn als alten Mann betrachtete, so unausweichlich, daß ihm nur ein wehmütiges freundliches Lächeln blieb. Megan wartete vor den Schränken mit dem Gefriergemüse auf ihn, eine respektvolle Geste ihrem Professor gegenüber, und wünschte ihm ein schönes Fest, sagte, daß auch sie aus Newton stamme, daß schon ihre Mutter hier zur Schule gegangen sei, nannte die Gegend, wo sie aufgewachsen war, und den Mädchennamen ihrer Mutter, und Marvin glaubte sich dunkel an ein Mädchen zwei Klassen unter ihm zu erinnern. Er ließ ihr schöne Grüße ausrichten, und Megan rief in dem exaltierten Ton, den Studentinnen heutzutage aus nichtigem Anlaß anschlugen, meine Mutter wird hingerissen sein, wenn ich ihr das erzähle, und weg war sie mit ihrem tiefen braunen Rückendecolleté, und Marvin dachte besorgt, sie wird sich noch verkühlen.

Während er hinter dem breiten Rücken einer vermutlich Gleichaltrigen, die ihren Oberkörper über die Querstange des Drahtwägelchens lehnte und ihr Hinterteil hinausstreckte, in der Schlange vor der Kasse stand, fragte er sich, ob das Leben wirklich nicht mehr zu bieten hatte, als jeden Morgen aufzustehen, im Bad die Zahnbürsten der ganzen Familie aufgereiht zu sehen, den eigenen abgestandenen Geruch der Nacht in der Nase, sich auf lautlosen Teppichböden zu den verschlafenen Gesichtern in der Küche zu gesellen, die ihn für gegeben hinnahmen wie das Wetter und die tägliche Wiederkehr des Frühstücks, auf das leise, präzise Ping des Mikrowellenherds und das Aufkochen des Kaffees zu warten und einen neuen Tag vor sich herzuschieben, so wie eine Kassiererin im Supermarkt die Ware weiterschob. Manchmal steigerte sich sein Überdruß zu einer blinden Raserei gegen das Leben, das er führte. Die Menschen, selbst jene, die er zu lieben glaubte, die immer gleichen Abläufe des Alltags, die Straßen, durch die er fuhr – alles erschien ihm als verlogenes Spießertum, als Feigheit vor dem Leben. In einer solchen Stimmung wurde ihm die Trostlosigkeit der Vorstädte zum Inbegriff von allem, was ihn am Glücklichsein hinderte, er fuhr im Herbst durch die Siedlungsstraßen und blickte voll Ekel auf die Halloween-Dekorationen in den Vorgärten, die Strohbüschel und Maiskolben, die ausgestopften Fetzenpuppen, die Kürbisse, Fähnchen und Hexenmasken, und dachte, wie unerträglich dieser ganze Kleinbürgerkitsch war, mit dem sie Häuser und Rasen verschandelten, dieses ängstliche Bedürfnis, sich in Traditionen einzubuddeln, im Kitsch des Vertrauten zu ersticken, und er blickte auf alles, was er seit seiner frühesten Kindheit kannte mit kaltem, angewidertem Blick, als wäre es ihm fremd. Dann wollte er nur noch fliehen, so schnell, daß niemand ihn einholen und zur Pflicht rufen konnte, und er zitierte Thoreau, den Lieblingsautor seiner Pubertät, *ich wollte nicht in meiner Todesstunde erfahren, daß ich nicht gelebt, ich wollte nicht ein Leben, das keines war, ich wollte mich nicht ohne Not in Resignation bescheiden, ich wollte des Lebens Überfluß aus seinem Herzen trinken,* und seine Ungeduld erfaßte seinen Verstand wie ein Wirbelsturm, er wußte, daß er die Entscheidung, die in den letzten Monaten klare Konturen angenommen hatte, nicht ewig vor sich herschieben konnte. War nicht das Recht auf Glück sogar in der Unabhängigkeitserklärung der Vereinigten Staaten von Amerika verankert, waren nicht *Leben, Freiheit und das Streben nach Glück unveräußerliche Menschenrechte*? Und hatte er nicht das Recht, zu lieben, wen er wollte? Er konnte an nichts anderes mehr denken, ohne daß die Panik, er werde mit seinem Zögern das Glück vertreiben, ihn überkam. Er hatte ein Recht darauf, und deshalb mußte es eintreten, früher oder später, und manchmal dachte er wie ein trotziges Kind, nicht später, sondern jetzt. Wie ein Taucher, dem der Sauerstoff ausgeht, wollte er auftauchen in einen anderen Morgen, an dem nicht Carol und Jonathan mürrisch beim Frühstück saßen, sondern die Frau, deren unsichtbare Anwesenheit ihm immer häufiger die Gegenwart verdrängte.

Als Marvin auf den Parkplatz hinaustrat, war der graupelige Morgenregen in einen leichten Sprühregen übergegangen, und plötzlich brach die Sonne durch und glänzte auf den nassen Autodächern, alles hatte auf einmal diese frischgewaschene, funkelnde Klarheit wie an einem Sommermorgen. Er fühlte sich plötzlich frei, geradezu fröhlich und unternehmungslustig, als sei es keine abwegige Idee, die ihm da durch den Kopf schoß, mit den großen braunen Einkaufssäcken im Kofferraum die Route 3 in Richtung New Hampshire und Vermont zu nehmen, auf der Interstate 89 weiter nach Kanada zu fahren und abends schon in einem der Restaurants in Montreal zu speisen, die er am Anfang ihrer Ehe oft mit Carol besucht hatte.

Damals, als sie beide für ihr Alter und ihre Bedürfnisse eine Menge Geld verdienten und bei allem, was sie unternahmen, eine fieberhafte Gier nach Abenteuer entwickelten, hatte er sie oft am späten Nachmittag vom Gardner Museum, in dem sie arbeitete, abgeholt, und sie waren zu dem kleinen Fluß hinuntergestiegen, der sich wie ein unregulierter Bach den Fenway entlangschlängelte, mit überhängenden Weiden und Ufergestrüpp, seichten Stellen, in denen Wurzelstöcke verfaulten und Enten mit schillernden Hälsen schwammen, als wäre die Stadt weit entfernt. Sie waren auf feuchten Wegen durch den Park gegangen, der noch früher, in Ednas Kindheit, ein Sumpf gewesen war, mit dem Blick auf die glitzernden Wellen, die Enten und das dichte Laub, das die Straße und die Stadt verbarg, und in der Erinnerung erschien es ihm, als sei immer Herbst oder Frühling gewesen und immer diese funkelnde Sauberkeit in der Natur.

An manchen Freitagnachmittagen, wenn ihre Unternehmungslust angesichts des Wochenendes sich nicht mit kleinen Ausflügen begnügte, waren sie gleich von der Arbeit nach Albany und weiter nach Montreal gefahren, durch viele Meilen ebenen Farmlandes, über flache Hügelwellen, von deren Kämmen man in immer neue Täler blickte, und an einsamen, weinroten Scheunen und Steinhäusern mit breiten Säulenveranden vorbei, durch die Wälder und Berge im kaum besiedelten Vermont, dieser herben, in sich versunkenen Landschaft, durch die der Highway sich schnitt, und über dem grauen Asphalt zitterten Luftspiegelungen wie kleine schimmernde Seen, während sie Musik hörten, im Erraten des Komponisten wetteiferten und redeten, es schien ihm in der Erinnerung, als hätten sie damals nie aufgehört zu reden. Und ausgerechnet Montreal war ihr Ziel gewesen wegen der gefüllten Wachteln im *L'Espalier* und der Spaziergänge durch die nächtlichen Straßen, die sie so südlich und so europäisch anmuteten, die Nächte im Hotel und das Frühstück bei Café au lait in einem kleinen französischen Bistro.

In den letzten Jahren war es nur mehr selten vorgekommen, daß sie beide gleichzeitig den Impuls empfanden, weit wegzufahren, statt dessen stahl Marvin sich oft ein paar Stunden, um allein ans Meer zu fahren, wenn er sicher sein konnte, daß es niemandem auffiel, damit er seinen Phantasien freien Lauf lassen und sich vorstellen konnte, wie er mit ihr, deren Namen er am liebsten wie ein Pubertierender an die Wände öffentlicher Gebäude gekritzelt hätte, in naher Zukunft an dieser Pier stehen würde, im Angesicht der tosenden, unerbittlich heranrollenden und sich immer höher aufbäumenden Brandung, den weißen spritzenden Gischtkämmen, die in der Sonne Funken sprühten und über der glatten grünen Unterseite der Wogen zusammenstürzten und sie in einer flachen, erschöpften Welle unter sich begruben. Wenn er lange an den breiten Mauern der Wellenbrecher stand und aufs Meer hinausblickte, stellte sich ein leichter Rauschzustand ein, als passe sein Herzschlag sich dem Rhythmus der Brandung an und verströme sich mit ihr im Einklang in einer kosmischen Sehnsucht. Manchmal fuhr er nach Süden, nach Newport oder aufs Cape hinaus bis nach Provincetown, hörte den klassischen Musiksender und stieg irgendwo an der Küste aus dem Auto, zu einer Tageszeit, zu der sonst niemand ziellos ans Meer fuhr, um von etwas so Fernem wie dem jenseitigen Atlantikufer zu träumen, und wer ihn beobachtete, wie er zögernd aus dem Auto stieg und sehnsüchtig oder gedankenverloren über die Mauer der Wellenbrecher blickte, bevor er sich wieder hinter das Lenkrad setzte, als habe er einen Irrtum erkannt, hätte vermuten können, daß er ein einsamer, unglücklicher Mensch sei.

Die Sehnsucht nach dem Meer war in der Familie tradiert und längst tief verwurzelt, sie war der Grund, daß Edna mit fünfundachtzig noch einmal umgezogen war, um ihre letzten Jahre aus ihrer Wohnung im zwölften Stock direkt auf die Bucht südlich von Revere Beach hinunterzublicken, daß Marvins Eltern jeden Sommer einige Wochen mit ihm und Michael auf Plum Island verbracht hatten und daß es ihn jetzt, wenn er die Sehnsucht nach einem anderen Leben nicht mehr zu ertragen glaubte, zum Meer hinzog. Denn immer, wenn er im Abendlicht die Küste entlangfuhr, wo die Segelschiffe wie weiße Möwen über die ruhige Wasserfläche glitten und die Tümpel des Marschlands die Röte der untergehenden Sonne spiegelten, wurde ihm wieder bewußt, daß er nirgendwo anders leben wollte als hier. Als er während seines Doktoratsstudiums in North Carolina einige Jahre weitab vom Meer verbracht hatte, war sein Heimweh nach dem weiten Horizont des Atlantiks größer gewesen als nach seinem Elternhaus, und in den ersten Wochen nach dem Schlaganfall seiner Mutter, als sie im Koma lag, war er oft nachts an der Küste hinaufgefahren und den menschenleeren Strand entlanggegangen, um seinem Schmerz freien Lauf zu lassen und gegen das Tosen der Brandung anzuschreien.

In Zeiten, wenn er mit sich und seinem Schicksal etwas

auszufechten hatte, suchte er auch an stürmischen, unwirtlichen Tagen die Strände zwischen Chelsea und Maine auf, Revere Beach, Hampton Beach, Salisbury Beach, Rockport, wo schon sein Urgroßvater Joseph mit seinen Kindern den Sommer verbracht hatte. Nach dem Krieg hatten seine Eltern auf Plum Island ein Ferienhaus gemietet, es war weder eine so exklusive noch so teure Gegend wie Cape Cod, dafür hatte die Insel ihren heruntergekommenen Charme bewahrt mit ihren Staketenzäunen, zwischen denen man über die Dünen stapfte und bis zu den Knöcheln im Sand versank. Später, als seine Großtante Dora angeblich von den Sandflöhen Meningitis bekommen hatte, mied die ganze Familie die Strände mit den Sanddünen, aber die angenehme trockene Wärme des von der Sonne aufgeheizten Sandes und die schläfrige Stimmung der Abende am Meer gehörten zu seinen frühesten Erinnerungen, die er sich jederzeit vergegenwärtigen konnte, und auch das hohe Schilf, der Strandhafer hinter dem Haus, das auf Pfosten so hoch über dem Boden stand, daß er als Sechsjähriger aufrecht darunter herumlaufen konnte. Seine Mutter hatte Michael und ihn in einem viereckigen Spülstein in der Küche vom Sand gereinigt, er hatte nie wieder in einem Haus gewohnt, das von allen Seiten so sehr von Licht und Luft durchflutet war, es schien, als hätten sie in diesen Nachkriegssommern in einem Baumhaus hoch über dem meilenweiten Sandstrand gelebt, der sich sanft zu einer Insel rundete, auf der einen Seite in eine undurchdringliche Wildnis von brackigem Marschland überging, einem Vogelreservat, aus dem von Zeit zu Zeit ein wildes Flügelschlagen und Geschnatter herübertönte und nächtelang ein schriller klagender, geradezu verzweifelter Gesang aus drei Tönen, auf den ein anderer Vogel von fern wie eine Gewehrsalve antwortete und der verstummte, sobald die Tagvögel erwachten. Wenn die Gänse mit vorgereckten Hälsen in Keilformation nach

Süden zogen, standen das Ende des Sommers und der Schulanfang bevor.

Es hatte in diesen Sommermonaten seiner Kindheit keine Regentage und kein Unglück, nicht einmal Verstimmungen gegeben, wenn er von den seltenen Zänkereien mit seinem um drei Jahre jüngeren Bruder Michael absah. Als Michael geboren wurde, hatte Mimi ihre ganze diplomatische Begabung daran gesetzt, daß Marvin den neuen Eindringling nicht als Konkurrenz empfand, er durfte wieder Gerber-Babynahrung essen, besonders das geliebte Apfelmus, und war im übrigen Beschützer des kleinen Bruders, für den Verantwortung zu tragen ein Zeichen von Klugheit und Charakterstärke war, was jenen gravitätischen Ernst zur Entfaltung brachte, den die Familie als ein frühes Zeichen großer Führungsqualitäten mißdeutete. Zu seinem siebten Geburtstag bekam er dann eine Schildkröte, um Michael, den er in seinem Erziehungseifer ein wenig zu sehr schulmeisterte, von Marvins Verantwortungsbereitschaft zu erlösen. Aus Bosheit, deren Anlaß ihm längst entfallen war, hatte der Bruder die Schildkröte ins Klo geworfen und mehrmals nachgespült, so daß Marvin nichts anderes übrigblieb, als auf der Suche nach dem Abflußrohr den Garten umzugraben. Von kleinen geschwisterlichen Scharmützeln abgesehen, war sein Verhältnis zu Michael zeitlebens eines der liebevollen, fast sentimentalen Bevormundung, was dem Jüngeren die Rolle des pragmatischen Zynikers aufzwang, der das Elternhaus als Achtzehnjähriger in freundlichem Einvernehmen und an der Leine täglicher Anrufe verließ.

Was immer das Leben der Erwachsenen getrübt hatte, sie hatten die Kinder davor abgeschirmt, als müßten sie vor der Welt und ihrer Härte bewahrt werden, solange es in der Macht der Eltern stand. Wenn sie von ihren Kindern nicht belauscht werden wollten, redeten Mimi und Stanley jiddisch, aber es war nicht mehr das Jiddisch der Einwanderer von Dorchester, sondern ein amerikanisiertes Jiddisch, das schon die Generation davor mit englischem Einschlag gesprochen hatte, und ins Jiddische eingegangene hebräische Ausdrücke wie *malach ha moves*, der Todesengel, oder *ajin ha ra*, der böse Blick, waren zu *machermoves* und zu *enahora* entstellt worden. In dieser Zwittersprache stritten sie, nie laut, sondern in einem aufgeregten Geflüster, so wurden Todesnachrichten und alles, was man den Kindern ersparen wollte, besprochen, es war ihr Code, und er enthielt den ganzen privaten Teil ihrer eigenen Kindheit. Vielleicht redeten sie auch deshalb über diese Dinge auf jiddisch, weil es ihnen fremd und gestelzt erschienen wäre, über Intimes, das sich auf ihre Welt beschränkte, in der Sprache zu reden, in der sie mit der Außenwelt verkehrten. Vielleicht, dachte Marvin später, bedeutete besonders für seinen Vater Stanley, den Erstgeborenen einer Familie, die kurz vor dem Ersten Weltkrieg aus der Ukraine eingewandert war, englisch zu reden, sich zu Verlautbarungen aufzuschwingen, die keine Zwischentöne zuließen, während die Stoßgebete, die Schwüre und Verwünschungen und alles, was mit Gefühlen zu tun hatte, noch immer dem Jiddischen vorbehalten blieb. *Du mejne ganze Welt*, sang Mimi an den Betten ihrer Kinder, aber Marvin kannte das Wort *Welt* nicht, er konnte sich das Wort nur aus der Zärtlichkeit ihrer Stimme deuten, und auch sie konnte ihm nicht sagen, was es genau bedeutete. Nur wenn sie sagte, *vey iz mir*, klang es, wie es klingen mußte, so daß der Himmel sich dabei verdüsterte, wie es bei Bessie geklungen hatte.

Die Tragödien, die Marvins Kinderleben erschütterten, waren altersgemäß, die Kinderlähmungsepidemie, deretwegen seine Eltern nicht zur Hochzeit eines Onkels fuhren, und der Bootsunfall einer befreundeten Familie, die seine Sommervergnügen am Meer einschränkten, weil Mimi von nun an jeden

Schritt ihrer Kinder mit panischer Ängstlichkeit überwachte. Daß er im Jahr der Wannsee-Konferenz geboren war, erfuhr er erst in der Oberstufe der High School, nachdem er bei einer Schüleraufführung des Tagebuchs der Anne Frank den Albert Dussel gespielt und erschrocken aus dem Zuschauerraum das scharfe Einziehen der Luft vernommen hatte, als er mit dem gelben Stern die Bühne betrat, und er hatte seine Rolle mit einem Ernst gespielt, als trüge er das ganze jüdische Schicksal auf seinen Schultern. Dieser Entsetzenslaut aus dem dunklen Zuschauerraum blieb ihm sein Leben lang in den Ohren. Die Zeit, in der seine Mutter ihn vor Dingen bewahren konnte, die über sein Vorstellungsvermögen gingen und Traumata erzeugten, war damals schon vorbei, und wie sehr sie sich auch bemühte, jeden schädlichen Einfluß von ihm fernzuhalten, das Leben war ihm nicht erspart geblieben. Sie hatte ihn in Verlegenheit gebracht, wenn sie am Vormittag mit seinem vergessenen Lunchpaket oder einer wärmeren Jacke in der Schule aufgetaucht war, sie hatte ihn zum Gespött seiner Mitstudenten gemacht, wenn sie ihm die Überschuhe ins College nachgetragen und ihn beschworen hatte, nicht mit dem Auto wegzufahren, weil der Wetterbericht Schnee gemeldet habe. Wenn du mir das antust, hast du mein Leben auf dem Gewissen, du weißt doch, ich habe ein schwaches Herz, sagte sie, und er ging jede Woche zur Psychologin, um sich gegen ihre Warnungen und ihr Gezeter unempfindlich zu machen, und schließlich schaffte er es tatsächlich, bei dichtem Schneefall zu einer Verabredung mit einem Mädchen zu fahren und an einem Jom Kippur einen lebenden Hummer zum Haus eines Freundes zu transportieren. Als Mimi nach einem Schlaganfall im Koma lag, konnten die vielen teuren Stunden bei der Psychologin nichts gegen seine Schuldgefühle ausrichten. Insgeheim fragte er sich jedoch, wie Mimi ihm auf alle seine Heimlichkeiten gekommen sei. Seine Mutter hatte ihm ein Gewissen mitgegeben, gegen das er sich auflehnen mochte, aber das er nie besiegen konnte, es war stärker als jeder Vorsatz, seinen unlauteren Instinkten und selbstsüchtigen Einflüsterungen zu folgen, und deshalb konnte er jetzt, mit den Lebensmitteln für das Thanksgiving-Dinner im Kofferraum, seinen Anfall von Ausgelassenheit auch nur mit einem kurzen Abstecher nach Quincy feiern, wo die Landzunge mit der alten Puritanersiedlung Merrimount der taubengrauen Silhouette von Downtown Boston gegenüberlag. Das bedeutete, daß er zur Heimfahrt zwei Stunden brauchte statt einer, das konnte er verantworten. Danach wollte er den Alltag wieder auf sich nehmen, der auch zu ertragen war, wenn er auf die Hoffnung nach Veränderung verzichtete und sich glücklich schätzte, daß das Leben für den Augenblick überschaubar und unter Kontrolle war.

Als er an der Strandpromenade aus dem Auto stieg, war die Sonne verschwunden, nur ab und zu brach ihr Licht kurz durch die Wolken, die sich wie ein feines Wurzelwerk, wie ein Netz von Adern und Schlieren über den Himmel breiteten und die Farben zu absorbieren schienen. Das Wasser war von einem stumpfen Blaugrau und schwer wie Öl. Eine Seemöwe kam in weitem Bogen vom Meer hereingesegelt wie ein Flugzeug, das auf eine unsichtbare Landebahn zusteuert. Die Küste lag bleich unter dem erschöpften Novemberhimmel, die Häuserzeile entlang der Bucht, die hellen Umrisse der Stadt in der Ferne, der von der Ebbe bloßgelegte Strand, an dem Hundebesitzer entlanggingen, knapp am Rand des Wassers, und Gegenstände, die man von der Promenade aus nicht erkennen konnte, weit von sich schleuderten. Dann rasten die Hunde mit einem Satz los und trotteten mit der unsichtbaren Beute zu ihren Besitzern zurück. Sie gingen mit ihren Hunden, den Blick vor sich auf den Boden gerichtet, als sei ihnen der Anblick des Wassers so vertraut, daß sie sich seiner nicht vergewissern mußten, am Rand des Meeres entlang, das Kälte ausströmte und mit seiner Brandung jeden anderen Laut ertränkte, in Einsamkeit gehüllt, durch kein Rufen erreichbar, klein und trostbedürftig vor der Unermeßlichkeit des Atlantiks.

Als Jonathan klein war, hatten sie hier viele Sommernachmittage am Strand verbracht und abends auf der offenen Veranda einer Imbißbude Fish&Chips gegessen, aber seit der schweren Kopfverletzung hatte das Kind keine Sonne mehr vertragen, und sie waren nur mehr nach Sonnenuntergang herausgefahren, wenn die Wellenkämme des aufgerauhten, dunkelblauen Meeres wie Schuppen glänzten und man in den Badesachen schnell fror. Vieles war anders geworden nach Jonathans Unfall, die Leichtigkeit, mit der sie vor der Geburt des Kindes gelebt hatten und die sie auch danach noch von Zeit zu Zeit mitgerissen hatte, war zerstört, es schien, als ob Carol sie sich versagte, als fürchte sie, die Strafe für jeden Übermut folge auf den Fuß, und auch Marvin untersagte sie jeden Anflug von Selbstvergessenheit, sie wurde eifersüchtig, mißtrauisch und war ständig auf die nächste Katastrophe gefaßt. Eine Episode fiel ihm wieder ein, die er bis zu diesem Augenblick wohl wegen ihrer Bedeutungslosigkeit vergessen hatte, es war eines der letzten Male, daß sie zu dritt hier an der Strandpromenade entlanggegangen waren, es mußte schon sechs oder sieben Jahre her sein, das Meer war unter der tiefstehenden Sonne ein blinder, metallisch glänzender Spiegel, und vor diesem Hintergrund stand eine Frau an der Mole, die aussah, als käme sie geradewegs aus einem Western Saloon, in kurzen Shorts, einem engen tief ausgeschnittenen T-Shirt, mit braunen Schultern, die blond gefärbten Haare zu einem wilden, strähnigen Pony hochfrisiert.

Was für ein Weib, hatte Marvin zu Carol gesagt, ein wenig bewundernd vielleicht, aber vor allem belustigt über diese Darbietung.

Hast du ihr Gesicht gesehen? fragte Carol.

Nein, hatte er geantwortet, aber was für ein Körper!

Früher hätten sie gelacht. Deshalb verstand er nicht, warum Carol sich losriß und zum Auto lief und für den Rest der Fahrt verbissen schwieg, den ganzen Abend lang nicht mit ihm redete und ihn später jedesmal scharf beobachtete, wenn eine ähnlich aussehende Frau auftauchte. Das Verbot, das sie mit strengem, verletztem Gesicht und verstohlenen Blicken über ihn verhängte, war so aufreizend, daß er tatsächlich begann, sich nach Frauen, deren Körper ihm manchmal wie eine einzige sexuelle Aufforderung erschien, umzudrehen und sie in einer Mischung aus Auflehnung und Lüsternheit zu begehren.

Er fuhr durch den kahlen Laubwald des Naturschutzgebiets am Blue Hill nach Süden, durch eine weitläufige Parklandschaft mit kaum befahrenen, menschenleeren Straßen. Nebelschwaden wanden sich zwischen den kahlen Bäumen dicht am Boden, zwischen dem modrigen Unterholz, das aus dem brackigen Grundwasser ragte. Er liebte diese einsamen Straßen, die ihm die Illusion von Freiheit gaben, als fahre er durch unbesiedeltes Gebiet in einem fernen Land, und alles könne ihm passieren. Er liebte ihr Schweigen im Blau der Winterdämmerung, und ebenso im ersten flirrenden Hellgrün, das im Vorfrühling die Zweige umspielte, ein Versprechen, daß einem davon schwindlig werden konnte, keine fünf Meilen von den öden Kleinstadtzentren der südlichen Vorstädte entfernt und wie in einem anderen Land, an einem fernen Ort.

Zwar kannte er die Langeweile der Vorstädte seit seiner Kindheit, aber Newton war wohlhabender und auch städtischer gewesen, es hatte die besten Schulen und die gepflegtesten Straßen und konnte sich mit den vornehmen Vierteln im Norden und Westen der Stadt messen, und überdies war es lebendiger, denn es war den Kindern der jüdischen Einwanderer gelungen, die Weltläufigkeit und den Phantasiereichtum der Entrepreneurs von Dorchester mit der Exklusivität der alten protestantischen Viertel zu verbinden. Im West Newton Cinema liefen zur gleichen Zeit die Filme, die in den großen Kinos in Boston gespielt wurden, und die Restaurants, die Märkte, selbst das Theater und die Bars konnten sich mit Downtown Boston messen und zogen ebenfalls ein städtisches Publikum an. Und noch heute nahm er die fast einstündige Fahrt in Kauf, wenn er mit Carol und Jonathan essen, ins Kino gehen oder einkaufen wollte.

Die Vorstädte dagegen, durch die er nun auf seinem Weg nach Hause fuhr, waren zu jeder Jahreszeit gleich trostlos, sie schienen seit Jahrzehnten in einem Stadium der Vorläufigkeit erstarrt und welkten mit ihren Geschäftsstraßen, wo sich die ebenerdigen Verschläge der Fischmärkte und Spirituosengeschäfte mit den häßlichen Fassaden der Wettbüros und Bankfilialen abwechselten, ihrem langsamen Verfall entgegen, ohne je eine Zeit der Blüte erreicht zu haben. Wohl standen entlang der Main Street die eleganten Bürgerhäuser des vorigen Jahrhunderts, aber sie waren entrückt, Relikte einer vergangenen Zeit, und daneben breiteten sich die großen Parkplätze der Einkaufszentren aus: Windböen stießen die Einkaufswagen gegen Autos und fegten Plastikhüllen vor sich her, Fast-Food-Restaurants reihten sich aneinander, *Burger King, Wendy's, Pizza Hut, Di Angelo's*, Großkaufhäuser, einander zum Verwechseln ähnlich, in denen schlecht gekleidete, übergewichtige Menschen, in ihre eigene Langeweile versunken, sich durch die Regalschneisen schoben und ihr Gewicht vorsichtig, um nicht umzukippen, durch die automatischen Türen trugen, aus dem gleichmäßigen Neonlicht hinaus zu ihren Autos, in den rauhen, finsteren Novembertag mit seinen regenschweren Wolken und dem Wind, der über die flachen Dächer fegte.

Wirklich nach Hause kommen war seit Jonathans Unfall und der fluchtartigen Übersiedlung nach Brockton zwei Jahre später nur mehr in jenen traumartigen Zuständen zwischen Schlaf und Wachen möglich, wenn es dem übermüdeten Verstand gelang, sich selber hinters Licht zu führen und vorzugeben, man könne das Leben wie einen Film zurückspulen bis zu dem Punkt, von dem aus alles falsch gelaufen war. Er wußte nicht mehr mit der Sicherheit von früher, als Mimi und Stanley noch lebten und sie noch eine Familie waren, was für Carol zu Hause bedeutete, vielleicht doch das kleine Pfarrhaus neben der Kirche von Hingham. Für ihn war es immer das Zweifamilienhaus in Newton gewesen, wo sie in der einen und seine Eltern in der anderen Hälfte wohnten, vernünftig und schlichtend, und sie Kinder hatten bleiben dürfen, bis sie fast dreißig waren. Das Haus in der Pleasant Street stand zwischen Pinien auf einer leichten Anhöhe, eine kleine kompakte Festung, schmucklos, aber mit einer großen rückwärtigen Veranda, über die eine duftende Linde ihre Krone breitete, und an warmen Sommertagen aßen sie am Abend draußen, seine Eltern kamen herüber, meist war es Mimi, die für alle kochte, und wenn Marvin sich seither zurückerinnerte, erschien das Bild eines gedeckten Tisches mit Mimis Porzellantellern mit den blauen Zwiebelmustern und der Zuckerdose aus Kristall, deren geschliffene Kanten wie ein großer Diamant in der Sonne blitzten, alles leuchtete und glänzte und zog das Licht an sich, das dann Schlag auf Schlag erlosch. Jedesmal wenn er an dem Haus vorbeifuhr, und er nahm stets die Pleasant Street, wenn er in Newton war, selbst wenn er einen Umweg machen mußte, sah er zu dem Haus hinauf, als besuche er das Grab eines geliebten Menschen. Es tröstete ihn, dort vorbeizufahren, dann fühlte er sich weniger verzweifelt und verloren, als sei er für Augenblicke, wenn auch nur in seinen Gedanken und Erinnerungen, nach Hause zurückgekehrt. Hatte er sich diesen Traum so glücklich zurechtgeträumt, oder waren diese Jahre tatsächlich so gewesen, so heiter, so leicht, so sorglos?

Diese fünf Jahre, in denen er alles hatte, fast alles, was er sich hätte wünschen können, nachdem er sich damit abgefunden hatte, vorläufig an einem College zu lehren und die Schauspielkarriere auf später zu verschieben, waren seine und Carols beste Zeit gewesen. Sein Vater hatte die Gewohnheit nicht aufgegeben, seinen erwachsenen Söhnen, die inzwischen mehr als er selber verdienten, hie und da aus einer großzügigen Laune einen Hundertdollarschein zuzustecken, ihre Autos zu seinem Freund Sherman zum Service zu fahren oder ihnen Blankoschecks in die Hand zu drücken, wenn sie sich über ihre Ausgaben beklagten. Mimi, die beste aller Mütter und Schwiegermütter, tat alles, um zu verhindern, daß er und Carol durch zu viele Alltagsbeschwerlichkeiten frühzeitig den Überschwang ihrer Verliebtheit verloren. Es fiel ihm schwer, mit dem Wissen, das ihm das Leben seither aufgenötigt hatte, und mit dem Abstand von über zwanzig Jahren zu glauben, daß sie immer glücklich gewesen waren. Von seinem gegenwärtigen Standpunkt aus betrachtet, waren sie glücklich gewesen, weil sie noch keine Ahnung von echten Sorgen gehabt hatten. Aber er erinnerte sich an eine Sylvesterparty, bei der er um Mitternacht die Frau eines Bekannten auf den Mund geküßt hatte, es hatte nichts bedeutet, sie war nur neben ihm gestanden, ein Augenblick des Übermuts, aber Carol war wütend geworden und hatte sich auch von einem Abendessen bei *Locke-Ober's* am Neujahrstag nicht versöhnen lassen, und es hatte ständig Reibereien wegen der unaufgeräumten Zimmer, der Berge ungewaschenen Geschirrs gegeben, und die Frage, wem welches Zimmer und wem wieviel Zeit, sich mit der eigenen Arbeit zurückzuziehen, zustand, war Anlaß zu endlosem Streit gewesen. Wie Kinder waren sie gewesen, dachte er jetzt mit der Illusionslosigkeit seines Blickes fünfundzwanzig Jahre später, verwöhnte Kinder, die sich um Kleinigkeiten stritten, wer zuerst darf und wer das größere Stück bekommt, und sie hatten sich wegen dieser Banalitäten heftige Kämpfe und lang anhaltenden Groll geleistet. Hätten wir gewußt, was uns bevorstand, dann hätten wir uns zumindest bemüht, die Abwesenheit des Unglücks zu genießen, dachte Marvin nun. Es mußte eine Art des Überdrusses geben, der aus einem Überfluß an Liebe und Wohlbefinden entstand, das hatte Mimi nicht bedacht, wenn sie sagte, wir werden ohnehin nicht immer da sein und, das Leben wird ihnen schon noch schwer genug werden.

Michael, dem die Familie schon als Kind wie eine unerträgliche Fesselung erschienen war, zog mit seiner jungen Ehefrau nach Minnesota und schickte hie und da Fotos seiner Kinder. Aber Carols Schwangerschaft und Jonathans Geburt waren ein Fest, das Mimi mit Aufwand und Energie gestaltete, und nie gab sie den Anschein, als opferte sie sich auf, sondern eher, als frönte sie nur ihren eigenen Bedürfnissen. Wozu ist die Familie denn sonst da, entgegnete sie den Vorhaltungen von Freunden, sie solle die jungen Leute nicht verwöhnen und ihnen nicht alle Haushaltslasten abnehmen, wenn sie allein sein wollen, werden sie es schon sagen, Michael ist ja auch gegangen, als er frei sein wollte. Sie betrachtete die Familie als ein lockeres Netz, dem man entschlüpfte, wenn man glaubte, es allein zu schaffen, und in das man zurückkehrte, wenn alle anderen Netze rissen und nichts mehr hielt.

Paßt auf euch auf, sagte sie zu den beiden, wenn sie am Morgen zur Arbeit fuhren, und sie lachten. Machen wir, sagten sie mit spöttischer Ernsthaftigkeit, und du iß nicht zu viele Bonbons, denn das war einer der alten Witze aus Stanleys Repertoire, was machst du schon den ganzen Tag, sagte er scherzhaft zu Mimi, sitzt zu Hause und ißt Bonbons. Stanley liebte Wiederholungen, und wenn sie im Auto fuhren, zählte er seiner Familie immer dieselben Orientierungspunkte auf, da ist die Shell-Tankstelle, und dort ist das Newton Kino und die Kinder fragten, und was ist damit, Dad? Ja, und was ist mit dem Friedhof da, fragte er zurück, wißt ihr, wer hier wohnt, lauter Tote, bei der x-ten Wiederholung war nur noch Stanley davon erheitert. In ihrer Jugend ging ihnen ihr Vater meist auf die Nerven, sie hielten ihn für einfältig und ein wenig verrückt wie ihren Großvater Sam, und Stanleys besorgte Fragen beantwortete Marvin häufig mit einem barschen, das ist meine Angelegenheit, misch dich da nicht ein.

Aber wer soll sich denn sonst einmischen? fragte Stanley, du bist doch mein Sohn.

Die Vorstellung, daß dieses Leben nicht ewig weitergehen konnte, gehörte nicht zu den Dingen, die Marvin sich damals überlegte oder ausmalte. Jahre später, lange nach Stanleys Tod saß er mit seinem Onkel Harry im Auto, als Harry plötzlich alarmiert auf das Armaturenbrett deutete, siehst du denn nicht, daß der Benzintank leer ist?

Fast leer, erwiderte Marvin stoisch, er hatte es tatsächlich nicht bemerkt.

He, Marvin, sagte sein Onkel, was für ein Schmock bist du eigentlich, hast angeblich studiert und kannst deinen Arsch nicht von deinem Ellbogen unterscheiden, willst du, daß wir mitten in der Wildnis ohne Benzin dastehen, willst du mit einem Benzinkanister hausieren gehen, dort ist eine Sunoco-Tankstelle, fahr da rein.

Aber als Marvin zur Tankstelle abbog, rief Harry entsetzt, schau dir die Preise an, du Schlemihl, willst du ständig das Fell über die Ohren gezogen kriegen, verdienen College-Professoren so viel Geld, daß sie nicht auf die Preise achten müssen, hier kann doch kein Mensch mit einem Funken Verstand tanken.

Sie fuhren bis zur nächsten Shell-Tankstelle, wo ihnen keine Wahl mehr blieb, weil während der nächsten zehn Meilen das Auto stehenbleiben würde.

Na, steig schon aus und bedien den Zapfhahn, rief Harry ungeduldig, willst du hier Wurzeln schlagen, oder soll ich den Picknicktisch hier auf dem Rasen aufklappen?

Und dann stellte sich heraus, daß Marvin kein Kleingeld bei sich hatte und der Kreditkartenautomat die ausgefallene Transmediakarte nicht annahm. Harry streckte seine Hand mit einem Fünfzigdollarschein aus dem Autofenster und schimpfte weiter, was haben sie dir auf der Universität eigentlich beigebracht, fragte er ohne eine Antwort abzuwarten, daß du wie Konja Lemmel ohne brauchbares Zahlungsmittel durch die Gegend tourst, als wärst du der Gast Amerikas, was würdest du jetzt tun, wenn ich nicht da wär, reingehen und sagen, Groucho Marx schickt mich? Er schöpfte Atem für eine neue Tirade, doch Marvin legte seinen Kopf auf das Lenkrad und weinte hemmungslos.

Was ist? fragte Harry entsetzt, um Gottes willen, Marvin, was habe ich getan, was hab ich nur gesagt, ich hab's doch nicht so gemeint, mein Junge, verzeih, das wollte ich doch nicht, das war doch bloß so hingesagt. Er zog ein großes weißes Taschentuch heraus und hielt es Marvin hin, begann ihm die Tränen von der ihm zugewandten Wange zu tupfen, Marvins Hemdkragen trockenzuwischen, sagte immer wieder kopfschüttelnd, was hab ich nur angerichtet, legte seinen Arm um den zuckenden Rücken seines Neffen, was Marvin um die letzte Beherrschung brachte.

Nicht was er gesagt habe, versicherte Marvin, als er wieder ruhig wurde, habe ihn aus der Fassung gebracht, er habe ihn nur so sehr an seinen Vater erinnert, und er fehle ihm so sehr, diese Stimme, der kaum hörbare Akzent, die Phantasie, die seine Tiraden antrieb wie ein Motor, der in einem verrückten

Rhythmus arbeitete und immer neue sich überschlagende Kombinationen hervorbrachte, diese ganze wild gewordene Rhetorik eines Vaters, der sich um die Zukunft seines ihm unverständlichen Sohnes sorgt und fürchtet, seine Kinder würden eines Tages die Brutalität der Welt, vor der er sie noch beschützte, so gut es ging, nicht überleben, wenn sie nicht in seine sorgfältig gesetzten Fußstapfen traten.

Es hat mir so wohl getan, Onkel Harry, sagte Marvin, danke, du hast mir meinen Vater für eine Stunde zurückgebracht, und schon stiegen ihm wieder die Tränen in die Augen.

Bist schon in Ordnung, du Nudnik, du zerstreuter Professor, du, sagte Harry und zauste ihm liebevoll das Haar.

Von der Kommode des Schlafzimmers zwischen Ehebett und Fenster sahen Stanley und Mimi auf ihn und Carol herunter, und letztes Jahr hatte Marvin das Alter erreicht, in dem Stanley gestorben war. Es war das Hochzeitsfoto seiner Eltern, das er dort in einem verschnörkelten Silberrahmen aufgestellt hatte, und Carol hatte sich nie daran gestoßen. Die neunzehnjährige Mimi mit einem kleinen schief auf die blonden Locken gesetzten Pillenschachtelhütchen, wie man sie in den vierziger Jahren trug, von dem ein Schleier in weißen Kaskaden sich bis einen halben Meter vor ihre Füße ergoß, die unter dem langen Brautkleid verborgen waren, so daß es aussah, als schwebe sie auf einer weißen Wolke. Wie eine Diva stand sie da, die gerade ihre Arie gesungen hat und nun mit strahlendem Lächeln Huldigungen entgegennimmt, den ersten Rosenstrauß schon an die Brust gepreßt, gewiß, daß noch viele folgen würden, und der einundzwanzigjährige Stanley neben ihr, groß, solide, dunkelhaarig und verschmitzt lächelnd, als fände er die ganze Vorstellung, die er tapfer über sich ergehen ließ, ein bißchen grotesk. Sie hatten um diese Hochzeit kämpfen müssen, denn für Mimi hatte man sich eine bessere Partie ausgerechnet, einen Mann, der nicht von neuem dort beginnen mußte, wo Bessie und Joseph an ihrem Anfang gestanden waren, einen, dessen Eltern entweder religiös oder besser noch weltlich gebildet waren, nicht *proste*, wie man in der Alten Welt sagte, was sich eigentlich mit *gerade, direkt* übersetzen ließ, was jedoch proletarisch bedeutete, um nicht zu sagen, proletenhaft. Und auch Stanley hatte ja keine Ausbildung und keine Bildung, auch wenn er ein rühriger Mensch war und Ideen hatte, ein goldenes Herz, sagte Mimi, ja, ja, antwortete Bessie, ein goldener Geldbeutel wäre mir lieber. Sie schickten Mimi für ein Jahr nach New Hampshire zu Dora und Arthur auf die Farm, damit sie vernünftig werde und sich den jungen Tölpel aus dem Kopf schlage, danach mach, was du willst, sagte Bessie, und als Mimi aus der Verbannung zurückkehrte, heirateten sie. Als sie mit verwirrtem Verstand aus dem Koma erwachte, holte Stanley sie gegen den Rat der Ärzte und den Willen ihrer Verwandten nach Hause. Sie sei ein Pflegefall, warnte man ihn, und er sei selber schwerkrank, aber er wollte von Pflegeheimen nichts wissen, solange ich lebe, sagte er, ist ihr Platz zu Hause. Er pflegte sie bis zu seinem Tod, dann kam sie ins Jewish Memorial Hospital in Dorchester, denn Marvin und Carol hatten ihre eigenen Sorgen, die sie gegen Mimis Leiden stumpf machten. Unsere Leidensfähigkeit ist ausgeschöpft, wies Marvin seine Großtante Bertha zurecht, die ihm mit Schuldzuweisungen zusetzte und erklärte, der Unfall Jonathans sei eine Strafe Gottes dafür, daß Carol so vermessen gewesen war, eine Karriere neben der Mutterschaft anzustreben, die sie nun doch gezwungen war aufzugeben.

Innerhalb eines Jahres waren er und Carol die einzigen Bewohner des Zweifamilienhauses in der Pleasant Street, an denen Krankheit und Tod vorbeigegangen waren, aber wenn sie einander an der Spitalstür, hinter der ihr Kind lag, erschöpft von ihrem Wachdienst ablösten, sagte Marvin oft, Mutter fehlt mir jetzt, und Carol antwortete, sei froh, daß sie das nicht erleben muß.

Auf seiner Fahrt die Route 28 entlang nach Süden kam er an dem klobigen Backsteingebäude des *Trilling*-Hauses vorbei, in dem Gitta, seine Großmutter, die Mutter seines Vaters Stanley, noch viele Jahre nach dem Tod seines Großvaters und seines Vaters allein gelebt hatte. Es war ein Orientierungspunkt für Wegbeschreibungen, die Straßengabelung vor dem *Trilling*-Haus, hieß es oder die Tankstelle eine Meile nach dem *Trilling*-Haus, dieses Gebäude stach heraus in seiner Häßlichkeit und trug die Aura der abergläubischen Furcht, mit der Menschen, die mitten im Leben standen, Altersheime betrachteten, ein wenig wie Deponien, vor denen jeder hoffte, verschont zu bleiben. Gitta bewohnte eine kleine Zweizimmerwohnung mit dem Blick auf einen mit Teerpappe gedeckten Schuppen, an dessen Seitenwänden verrostete Teile ausgeweideter Autowracks in Brennesseln versanken, und auf eine magere Akazienallee, die in ein ländliches Niemandsland führte, an einsamen Häusern vorbei, durch Waldstücke und in einem großen Bogen zurück in die südlichen Vorstädte. Aber Gitta ging nicht spazieren und schon gar nicht auf einsamen Landstraßen. Solange sie noch rüstig war, ging sie die halbe Meile an der Hauptstraße entlang, um in dem kleinen Delicatessen mit dem abstoßenden Namen *Fresser's* einzukaufen, und zu *Zeppi's Bagels* gleich daneben, wo es die besten Challah-Zöpfe der ganzen South Shore gab, auch Marvin kaufte die Schabbat-Challah stets bei *Zeppi's*, und einmal in der Woche fuhren Gittas Söhne und später ihre Enkel sie zum Supermarkt. Donnerstags ging sie dem Kleinbus entgegen, der sie zum Tempel *Beth Shalom* zu ihrem *jour fixe*, ihrem geselligen Nachmittag mit anderen jüdischen Pensionisten der umliegenden Gemeinden brachte, wo sie Bingo spielten, Vorträge hörten und Dekorationen für die jeweils nächsten Feiertage bastelten. Auf dem Rasen vor der Synagoge, die mit ihren dicken Mauern aus weißem Beton an einen Bunker erinnerte, stand eine Tafel mit auswechselbaren Buchstaben, die nicht nur die Gebetszeiten sondern auch die nächste Bingo-Runde angab, weshalb Ketzer wie Marvin den Tempel auch *Beth Bingo* nannten. Als Gitta jung war und mit ihrer Familie in Dorchester lebte, hätte sie sich von niemandem überreden lassen, eine Reformsynagoge wie *Beth Shalom* zu betreten, wo ein langhaariger Typ an einem Schabbat Gitarre spielte, noch dazu mit einem elektrischen Verstärker, und eine enthusiastische junge Frau ihren Talles wie eine kleidsame Stola trug und als Rabbinerin auftrat, aber sie beklagte sich nicht, Dorchester lag so weit in der Vergangenheit und war gleichsam vom Erdboden vertilgt, fast so wie ihr Heimatstetl Kamenez-Podolski, ihre Generation war tot, und niemand sprach mehr Jiddisch, aber sie, Gitta, hatte ihre Familie, ihre Kinder und Enkelkinder, die wunderbare Dinge vollbrachten und in einer Welt erfolgreich waren, von der sie selber nur sehr vage Vorstellungen besaß. Ich habe ja meine *fámili*, sagte sie mit ihrem starken Akzent, und es war nicht klar, welcher Sprache dieses und viele andere ihrer Wörter angehörten, und sie fuhr ihren erwachsenen Enkeln verliebt mit dem blauen Babykamm, mit dem sie schon ihre Kinder frisiert hatte, durch die zerzausten Locken. Nach dem Tod ihres Sohnes Stanley war sie ruckartig um Jahrzehnte gealtert und ließ sich seither ein wenig gehen, zupfte sich den dunklen Damenbart auf ihrer Oberlippe nicht mehr regelmäßig aus und ging auch seltener zu *Zeppi's*, aber zu den Nachmittagen in *Beth Shalom* erschien sie mit religiösem Eifer.

Gitta war als Fünfundzwanzigjährige allein aus Kamenez-Podolski nach New York gekommen und erzählte ihren Enkelkindern oft, wie sie eingeschüchtert und verschreckt jeden Tag nur die Strecke zur Arbeit in einer Textilfabrik gegangen sei und diese Route jeden Tag um einen Häuserblock erweitert habe, bis sie ihren Mann Samuel Drapkin, einen Schneider, kennenlernte und mit ihm nach Boston zog. Sechzig Jahre später war sie noch immer voll Angst vor allem, was ihr außerhalb ihrer vier Wände zustoßen konnte, und nach dem Tod ihres Mannes war sie hilfloser, als ihre Familie erwartet hatte. Sie beklagte sich nie, im Gegenteil, sie war nach sechzig Jahren immer noch beeindruckt, daß man sie in Amerika leben ließ wie einen Menschen – *zu leben wie a mensch*, sagte sie, das sei ein unbezahlbares Gut, die Freiheit und der Respekt, der jedem zustünde in diesem Land, ihre Familie sei von den Kosaken ermordet worden, alle bis auf sie und eine ältere Schwester, darüber kommt man ein ganzes Leben lang nicht hinweg, erklärte sie ihrem Enkel Marvin, wenn sie ihn anrief, mit zitternder, angsterfüllter Stimme, ein Formular von der Behörde sei mit der Post gekommen, und spätestens bis Ende der Woche müsse sie mit Dokumenten auf dem Amt erscheinen, stünde in dem Brief, und er möge bitte sofort kommen und sich das ansehen, sie wisse nicht, was die wollten, sie verstünde nicht, was gemeint sei, und bitte heute noch, morgen sei es zu spät. Und während Marvin schon zu ihr unterwegs war, nicht wegen des Formulars, an dessen Wichtigkeit er zweifelte, sondern um sie zu beruhigen und ihr die Panik zu nehmen, überlegte sie fieberhaft, mit welcher Übertretung sie sich strafbar gemacht habe, warum sie vorgeladen wurde, wie sie zum Ort der Vorladung gelangen sollte, wenn Marvin vielleicht doch nicht käme, sie, eine alte Frau mit Wasser in den Beinen, und wieviel Geld sie bezahlen müsse, denn den Behörden ging es ja immer nur um Geld. Und wenn Marvin dann in der Tür stand, war sie keineswegs erleichtert, sondern sie war bereits an dem Punkt ihrer Überlegungen angelangt, wie man die Sache gütlich beilegen könne, damit sie nicht vor Gericht müsse. Wenn ihre Aufregung sich gelegt und Marvin ihr die Harmlosigkeit des Formulars erklärt hatte und daß sie einen Monat Zeit habe, saß sie erschöpft auf ihrem Sofa und dankte Gott, daß sie eine Familie besaß und Enkel, die ihr zu Hilfe eilten, und sie erzählte ihm, wie er klein gewesen war, wie sein Vater Stanley und sein Onkel Harry Kinder waren, damals in Dorchester, dem besten aller Orte, wo man in der alten Sprache verstanden wurde, wo man unter sich war und genau wußte, mit wem man es zu tun hatte, wo man sogar den Betrügern mehr vertrauen konnte als den ehrlichsten Gojim, die doch immer was anderes sagten, als sie dachten. Marvin hatte den Verdacht, daß seine Großmutter nie Englisch lesen und schreiben gelernt hatte, jedenfalls nicht ausreichend, denn wenn er sagte, aber schau doch auf das Datum, und da steht auch nichts von einer Vorladung, lies doch genau, sah sie nicht hin, und er spürte, wie gedemütigt sie sich fühlte. Wann hätte sie auch lesen und schreiben lernen sollen? Als sie eben eingewandert war, mußte sie sechzehn Stunden am Tag arbeiten, und später zog sie Kinder groß und mußte neben dem eigenen Haushalt auch noch den ihrer Schwiegereltern und ihres Schwagers führen. Marvin erinnerte sich an seinen Großvater väterlicherseits nur als Pa Sammy Boy, er hatte keine Ahnung, wie er zu diesem Namen gekommen war, der, so grotesk er war, doch zu ihm paßte, denn Pa Sammy Boy hatte tatsächlich sein ganzes Leben lang etwas Jungenhaftes, mit seinen knapp einssechzig Körpergröße und den verschmitzten braungrün gesprenkelten Augen, die Marvin und auch Jonathan von ihm geerbt hatten, während Michael die großen blauen Augen der Mutter hatte. Am Ende seines Lebens war sein Großvater, der schon in seinem ukrainischen Stetl und später in Dorchester Schneider gewesen war, ein wenig wunderlich geworden. Jedesmal, wenn seine Kinder und Enkelkinder auf Besuch kamen, maß er ihnen Regenmäntel an, saß nächtelang und nähte, als arbeite er noch immer im Akkord, und schickte die Mäntel, die längst aus der Mode und seit zwanzig Jahren in keinem Geschäft mehr zu kaufen waren, in großen braunen sorgfältig verschnürten Hutschachteln, aber beim nächsten Mal hatte er es vergessen und nahm erneut von allen Maß und nähte wieder wadenlange Regenmäntel mit Ärmeln, zu Chanukka, zu Pessach, zu Rosch ha-Schanah und zu den Geburtstagen.

In Stanleys und Harrys Elternhaus wurde Jiddisch ohne die bei Neueinwanderern übliche Verschämtheit gesprochen, die andere Sprache, Englisch, würden die Kinder früh genug in der Schule lernen. Aber wirklich gemeistert, fand Marvin, hatte sein Vater das Englische nie. Er sprach es, als übersetze er idiomatische Wendungen aus einer anderen, bildmächtigeren und leicht skurrilen Sprache ins Englische. Wenn er seinen Kindern, als sie noch klein waren, Frühstück machte, stellte er ihnen in Aussicht, er werde nun ein Ei zertrümmern, und verstand nicht, warum sie sich vor Lachen krümmten, und wenn er sagen wollte, jemand feiere ein Fest, sprach er davon, daß sie eine große Zeit hätten, seine Tiraden, wenn er wütend war, entstammten einem unübersetzbaren Reichtum an bildhafter Phantasie, Obszönität und Witz. Was willst du dafür, fragte er seine Söhne, wenn sie sich irgendwelcher Leistungen brüsteten, die er für überflüssig hielt, ein pelzverbrämtes *Pischtöppel*? Roll davon wie ein Reifen, pflegte er sie aufzufordern, wenn sie ihm auf die Nerven gingen, und wenn sie aus jugendlicher Überheblichkeit eines seiner ihnen kindisch erscheinenden Angebote ausschlugen, sagte er verächtlich: Du Narr, du. Stanley hatte einen Riecher für Narren und Selbstdarsteller, und er ließ mit ironischem Lächeln und belustigten Blicken auch jeden wissen, was er von ihm hielt, er sah ihn an, als stünde ein Exemplar von zweifelhafter Güte zur Begutachtung dicht vor seiner Nase, und stellte ihm Fragen, die sich wie die Erkundigungen eines Tölpels anhörten, deren unvorsichtige Beantwortung den Angeber jedoch auf subtile Weise bloßstellte, bevor er es bemerkte. Daß er mit dieser Haltung von den Leondouris, die allesamt zur Selbstdarstellung neigten, keine großen Sympathien erwarten konnte, lag auf der Hand, es war ihm auch nicht wichtig, nur seine Frau litt darunter und auch seine Mutter Gitta, die gehofft hatte, daß sie durch die Heirat ihrer Söhne Anschluß an deren Familien bekommen würde.

Gitta hatte sich mit Mimi und ihrer Familie nie gut verstanden, sie hatte es den Leondouris nie verziehen, daß sie sich Mimis Heirat mit ihrem Stanley so sehr widersetzt hatten, und ihren Verdacht, daß sie ihnen nicht gut genug war, sah sie immer wieder bestätigt. Sie sei vielleicht ungebildet, sagte sie trotzig, aber so klug wie Mimis Mutter Ida sei sie allemal. Nach ihrem Tod bedauerte Marvin es, ihr nicht schon als Kind so nah gewesen zu sein wie der Familie seiner Mutter, aber damals hatte ihn die barsche Art, mit der sie ihre Schwiegertochter abkanzelte und weswegen seine Mutter sie den Feldwebel nannte, erschreckt.

Doch schon als Kind hatte Marvin die Kluft gespürt, die zwischen den Leondouris und der Familie seines Vaters lag, er hatte sie als eine unentwirrbare Mischung aus Überlegenheit, Stolz, Verachtung und einem peinlich Berührtsein wahrgenommen, aber am stärksten schien die Angst, das Grauen davor, dorthin zurückzufallen, woraus man sich gerade emporgearbeitet hatte, die Furcht, auch die geringste Abweichung vom schmalen Pfad des Fortschritts auf dem amerikanischen Weg könnte einen tiefen Sturz nach sich ziehen. Die Leondouris waren den Drapkins nur einen kleinen, dafür aber um so eifersüchtiger gehüteten Schritt voraus, sie wollten nicht bloß die Erde küssen, die ihnen ein gutes, wenn auch arbeitsreiches Leben bescherte, sie wollten soviel von dieser Erde besitzen, wie man ihnen erlaubte. Beim Anblick von Gitta Drapkins letztem Aufenthaltsort auf ihrem langen Weg nach Amerika empfand Marvin eine heftige Aufwallung von nachgetragener Liebe zu seiner Großmutter, die nie von ihm erwartet hatte, daß er sich als Quiz-Kid produzierte, für sie war, daß es ihn gab, allein schon ein nicht zu überbietendes Wunder.

Als Marvin vor seinem Lieblingsrestaurant *La Storia* einige geparkte Autos sah, bestätigte sein Blick auf die Uhr, was ihm sein Magen schon seit einer halben Stunde signalisierte, daß es Zeit war, sich über das Mittagessen Gedanken zu machen. Carol würde heute zu Mittag sicherlich nichts Warmes kochen, und das Restaurant war offensichtlich bereits geöffnet, er würde für Carol Linguine, für Jonathan eine Lasagne und für sich Shrimp Tortellini mitbringen.

Tony Costello, der Besitzer von *La Storia*, war der Familie Leondouri aus mehr als einem Grund verbunden, seit zwei Generationen pflegten die beiden Familien freundschaftlichen Verkehr, zuerst im North End, wo Tonys Vater in *Stella's* Restaurant, das Stanley der schlitzohrigen und prätentiösen *Mother Anna's* vorzog, Weinkellner gewesen war, und später hatte es auch geschäftliche Beziehungen gegeben, in die Stanley und Mr. Costello ihre Söhne nicht einweihten, aber Marvin erinnerte sich an das Hinterzimmer in *Stella's*, wo die Buchmacher mit den Mittelsmännern der italienischen Mafia zusammensaßen, und Stanleys Mittelsmann war Tonys Vater, der für Meyer Lanski arbeitete, was für einen Italiener außergewöhnlich war. Als das FBI vom Staat Israel Meyer Lanskis Auslieferung forderte, war Mr. Costello, Stanleys Bericht zufolge, sehr nervös und dachte über ein Asylland nach, aber Meyer Lanski wurde freigesprochen, weil niemand ihm etwas nachweisen konnte, und Tonys Vater ging in Pension. Die

Costellos wohnten noch lange im North End, als die Leondouris schon in die Vorstädte übersiedelt waren, und Marvin erinnerte sich an Telefongespräche seines Vaters mit dem italienischen Buchmacher auf jiddisch, denn für den Fall, daß sie abgehört wurden, nannten sie nie die Summen, die ihnen von ihren Kunden anvertraut worden waren. Sie hatten einen Code entwickelt, in dem sie auf jiddisch von kleinen Fünfzigern und großen Fünfzigern redeten, für Wetten über fünftausend Dollar mußte Stanley über seinen Mittelsmann Costello die Zustimmung des Bosses einholen, bei kleinen Summen war er autonom. Vor großen Baseballspielen und Hunde- oder Pferderennen warfen die Kunden ihre Wettsummen in Kuverts in den Briefschlitz des respektablen Zweifamilienhauses in der Pleasant Street, und dann gab es lange codierte Unterhaltungen zwischen Stanley und Mr. Costello.

Mimi war von ihrer Veranlagung her eine ängstliche Frau, und die illegale Halbwelt, in die sie hineingezogen wurde und die vor ihrer Haustür nicht haltmachte, versetzte sie jahrelang in unausgesetzte Panik, die sie verbergen mußte, denn es ging ja um nichts weniger als den Lebensunterhalt der Familie. Stanley hatte mit achtunddreißig Hodgkin-Syndrom entwickelt und war oft im Spital und anschließend monatelang bettlägerig, es gab keinen Job mehr, den er kontinuierlich hätte ausfüllen können, die Kinder gingen in die Schule und würden später studieren, was wieder Geld kostete, und ihr blieb keine Wahl, als ihre Angst vor nächtlichen Polizeirazzien, Hausdurchsuchungen oder davor, daß ihr Mann vor den Kindern in Handschellen abgeführt würde schweigend zu ertragen. Wie immer versuchte sie die halbwüchsigen Söhne vor dem schändlichen Geheimnis der illegalen Geschäfte ihres Vaters zu bewahren und ihnen auch lange Zeit dessen Erkrankung zu verheimlichen. Vater habe sein Büro nach Hause verlegt, wurde ihnen erklärt, die Telefonleitung müsse frei bleiben, damit Vaters Geschäftspartner anrufen könnten. Als Marvin anfing, mit seinen Freunden in die Suffolk Downs zu den Rennen zu fahren und auf Pferde zu wetten, hätte die Entrüstung und das Entsetzen seiner Mutter nicht größer sein können. Es sei doch nichts dabei, versuchte Marvin sie zu beruhigen, das machten doch alle, er hielt sie für eine ängstliche rückständige Hausfrau, die keine Ahnung hatte und noch das harmloseste Vergnügen für verwerflich hielt, und sie durfte nichts sagen, durfte ihre permanente Angst, daß der seidene Faden reißen könnte, an dem ihrer aller Leben hing, nicht preisgeben.

Zwei Regeln dürft ihr nie vergessen, sagte Stanley kryptisch zu seinen Söhnen: Man kann nicht spielen und zugleich im Geschäft sein, das ist die eine Regel, und wenn man verliert, spielt man nicht weiter, das ist die zweite.

Erst als er schon aufs College ging, erfuhr Marvin, womit sein Vater den Lebensunterhalt verdiente. Er war an einem Freitag nachmittag unerwartet früh nach Hause gekommen, als das Telefon läutete.

Ist Stanley dort, fragte die Stimme am Telefon.

Nein, aber sie müßten jeden Augenblick nach Hause kommen.

Und wer sind Sie, fragte der Unbekannte.

Ich bin sein Sohn Marvin.

Dann sag ihm, er soll Louie anrufen, sobald er heimkommt.

In Ordnung, sagte Marvin und vergaß den Anruf.

Erst später, nach dem Abendessen, als er überlegte, wen er selber anrufen könne, um sich die Zeit zu vertreiben, erinnerte er sich an den Anruf vom Nachmittag. Seine Eltern saßen noch im Wohnzimmer.

Übrigens, Dad, sagte er nebenbei, ein gewisser Louie hat angerufen.

Die Wirkung dieser simplen Mitteilung versetzte ihn in

Staunen, sein Vater wurde weiß, als hätte man ihm eine Todesnachricht überbracht, seine Mutter stieß einen leisen Schrei aus und schlug die Hand vor den Mund.

Wann hat er angerufen, fragte sein Vater mit unnatürlich beherrschter Stimme.

Oh, sagte Marvin verunsichert, früher, ich meine, am Nachmittag, als ich heimkam, so um drei.

Mit solcher Wut und Verachtung hatten die Augen Stanleys seinen Sohn noch nie angesehen. Und das sagst du mir jetzt, schrie er, sechs Stunden später fällt es dir ein, du gottverdammter Idiot, du gedankenloser Egoist, der nichts anderes im Kopf hat ...

Mimi legte ihm die Hand auf den Arm: Stanley, die Kinder wissen doch nicht, wer Louie ist.

Dann wäre es an der Zeit, es ihnen zu sagen, sie sind schließlich alt genug, rief Stanley noch immer aufgebracht.

Am nächsten Morgen, als Marvin in die Küche kam, um sich von seiner Mutter ein großes Kräuteromelett, das er die ganze Woche entbehren mußte, zubereiten zu lassen, sagte Mimi, ich muß dir etwas sagen, mein Sohn. So hatte Marvin mit einundzwanzig Jahren erfahren, daß sein Vater Buchmacher war, daß seine Mutter sich täglich vom Morgen bis zum Abend und bis in ihre Alpträume hinein vor den Behörden und der Polizei ängstigte, daß sein Vater seit fünf Jahren Krebs hatte und alle Kuraufenthalte, bei denen die Kinder ihn nicht besuchen durften, weil er angeblich in den Berkshires weilte, Krebsoperationen und Nachbehandlungen im *Mass General Hospital* gewesen waren. Dann machte sie ihm das Omelett und flehte ihn an, es nicht so schwer zu nehmen.

Mimis Großonkel Paul, den sie den Paten nannten, hatte in Marvins Elternhaus einen zwiespältigen Ruf. Es schien den Kindern, daß dieser mächtige Mann das Leben der Familie in der Hand hatte, im Guten wie im Bösen, daß man jedoch vor ihm auf der Hut sein mußte. Es wäre unvorsichtig gewesen, sich ihm vorbehaltlos anzuvertrauen, man konnte auch nicht sicher sein, wie weit das Wohlergehen seiner Schützlinge ihm am Herzen lag, aber wenn er nur wollte und sich der Sache der Drapkins annähme, wie sie es verdienten, dann hätte man ein für alle Mal ausgesorgt, den Kindern stünden die Tore der Harvard Universität offen, und für die Eltern bräche ein goldenes Zeitalter an. Erst als junger Erwachsener erfuhr Marvin, daß Paul mit ihm verwandt und wie er zu seiner legendären Macht gekommen war und auch, daß sein Vater ihm, den er wie alle Leondouris für einen schlitzohrigen Hochstapler hielt, in einer schwierigen Zeit seine Hilfe verweigert hatte. Aber zu diesem Zeitpunkt hatte Marvin das Bild des Paten so sehr verinnerlicht, daß es mit seiner Gottesvorstellung ununterscheidbar verschmolzen war. Jahrelang erzählte er Carol, sie würden demnächst eine reiche und angesehene Familie werden, denn wenn er auch nicht darüber reden dürfe und es ein strenges Geheimnis sei, könne er ihr jetzt schon soviel versichern, daß ein sehr Mächtiger, einer der Mächtigsten überhaupt seine Hand über sie hielte und eingreifen würde, wenn die Zeit dafür gekommen sei, dann würden jene, die sie nun kaum beachteten, mit Neid und Ehrfurcht auf sie blicken. Wenn mein Schiff einläuft ..., sagte er manchmal mit einem bedeutungsvollen, sehnsüchtigen Blick, und Carol hörte irgendwann auf, ihn ernst zu nehmen. Inzwischen hätte der unbekannte Mächtige genug Gelegenheit gehabt, einzugreifen: Stanley litt unerträgliche Schmerzen, Mimi verlor Gedächtnis und Verstand, Jonathan, ihr einziges Kind, war durch den Unfall für den Rest seines Lebens behindert, sie mußte ihre Karriere als Museumskuratorin aufgeben, um das Kind rund um die Uhr zu betreuen, und die Ehe wankte unter den Schicksalsschlägen, die Marvin von der Familie forttrieben. Worauf wartete der verborgene Wohltäter denn noch? Aber zu diesem

Zeitpunkt war Paul, der Wohltäter, schon seit Jahren tot, und Carol hatte nie Näheres über ihn erfahren, ja sie kannte ihn nicht einmal, war höchstens, ohne ihm jemals vorgestellt zu werden, das eine oder andere Mal bei einer Bar Mitzwah, einer Hochzeit, im selben Raum mit ihm gewesen. In den letzten Jahren seines Leben hatten sich Paul nur mehr die engsten und ältesten Familienmitglieder nähern dürfen, Bertha und ihr Sohn, Dora und ihre Familie, diejenigen, die er gekannt hatte, als sie im Haushalt seiner Schwester Kinder gewesen waren, bei deren Anblick ihm vielleicht der Sprung in eine Vergangenheit zurück gelang, als er zwar keine Macht, dafür aber das unspektakuläre Glück einer Familie besessen hatte. Nach Pauls Tod fühlte Marvin sich betrogen, als habe er zu lange gewartet, daß jemand, in dessen Macht es gelegen wäre, sein Versprechen einlöse, und es kam ihm manchmal vor, als sei auch Gott nur ein großer dicker Kater, der ihm hie und da einen Prankenhieb versetzte und zusah, wie er betäubt seine Orientierung wiederzugewinnen suchte, und katastrophenfreie Zeiten erschienen ihm wie eine Atempause vor dem nächsten Schlag. Dann pflegte er T. S. Eliot zu zitieren, *we are in rat's alley, where the dead men lost their bones.*

Das schwach beleuchtete Restaurant mit Fenstern, die mittelalterlichen Butzenscheiben nachempfunden waren und das spärliche Tageslicht verdüsterten, war leer bis auf Tonys Mutter, die aufrecht mit rabenschwarzem Haar an dem der Küchentür nächstgelegenen Tisch saß und eine Liste durchging. Melinda Costello war zeitlebens der Stolz ihres Mannes gewesen, denn er hatte sie eigens zu dem Zweck, die Mutter seiner zukünftigen Kinder zu werden, aus Sizilien geholt und erzählte gern im Hinterzimmer von *Stella's* Restaurant die Geschichte, wie man in seinem Heimatdorf für ihn, den erfolgreichen Auswanderer auf Brautschau, die hübschesten Mädchen an der Kirchenmauer aufgereiht und er Melinda ausgewählt und nach Amerika mitgebracht hatte. Auch Tony hatte eine Italienerin geheiratet, allerdings hatte er sie im North End gefunden, und nun führte die ganze verbliebene Familie ein Restaurant für jene ehemaligen Kunden und Partner des verstorbenen Antonio Costello im illegalen Wettgeschäft, die aus den Stadtbezirken vertrieben worden waren und sich in den südlichen Vorstädten angesiedelt hatten, an der strategischen Route 28, die wie eine Ausfallsstraße dem Rückzugsmanöver der weniger begüterten Juden aus Dorchester die Richtung wies.

Marvin fand Tony in der Küche, in die Melinda ihn mit Freudenrufen begleitete, einen beleibten, phlegmatischen Mann mit den vollendeten Manieren eines Zeremonienmeisters, der sich sofort daran machte, Marvins Bestellung in Auftrag zu geben, und beteuerte, wie sehr ihn sein Erscheinen ehre. Sie waren sich seit ihrer Jugend nie nähergekommen, obwohl Tony nur um wenige Jahre älter war, und Marvin wußte nicht, ob der Restaurantbesitzer, der jedesmal höchstpersönlich erschien, wenn es galt, ganz besondere Gäste zu begrüßen, ihn über- oder unterschätzte. Tony hatte sein Geschäft zuerst als Kellner, später als Koch in *Stella's* gelernt, während Marvin studiert hatte und Professor geworden war. Andererseits war Tony nun ein reicher Mann, der nicht in einer der südlichen Vorstädte wohnen mußte, sondern ein Haus in Newton besaß. Auch jetzt, während Marvin am Eingang der Küche herumstand wie ein aufdringlicher Gast zur Unzeit, fragte er sich, ob Tony ihn nicht doch für einen eingebildeten Narren und wichtigtuerischen Intellektuellen hielt, der es trotz allem Getöse um seine Fähigkeiten zu nichts gebracht hatte. Er war erleichtert, als er die drei Mahlzeiten in Styroporbehältern verpackt und, von beiden Costellos mit Küssen und guten Feiertagswünschen verabschiedet, zu seinem Auto hinaustrug.

Als er in die Oak Street einbog, sah Marvin die halbwüchsigen Nachbarskinder, die auf seinem Eckgrundstück Ball spielten. Sollte er sie bitten, sein Grundstück zu verlassen, sollte er sie einfach ignorieren, weil sie jetzt im November ohnehin keinen Schaden mehr anrichten konnten, sollte er mit ihren Eltern sprechen, um sie von seinem Grundstück fernzuhalten, sollte er einen höheren Zaun oder eine Tafel mit der Aufschrift *Betreten verboten* aufstellen? Auf dem Gehsteig stand einer dieser großen ovalen Radiorecorder, die böse Zungen Ghettoblaster oder *minority boxes* nannten, und aus dem mit infernalischer Lautstärke Hard Rock oder Techno dröhnte, so genau kannte er sich bei den musikalischen Modeströmungen der Jugend nicht mehr aus. Auch daran merkte er, daß er alt geworden war, er wußte nicht mehr, was diese Kinder interessierte, und es war ihm egal, solange sie ihn damit nicht störten. Jonathan war viel zu lärmempfindlich für die laute Musik, die seine Gleichaltrigen mochten, er hörte überhaupt wenig und meist konventionellere Musik, und auch Carol ertrug kein lautes Geräusch mehr, als hätte sie sich ganz auf die Bedürfnisse ihres Sohnes eingestimmt und sie ins Neurotische verfeinert.

Wenn die Nachbarskinder nicht auf seinem Grundstück herumtollten, weil es die größte freie Fläche in der ganzen Straße und von zwei Seiten zugänglich war, dann versammelten sie sich vor der gegenüberliegenden Garage um einen über dem Garagentor angebrachten Fangkorb, dribbelten mit dem Ball, hüpften, schrieen, sprangen voreinander und aneinander hoch, fluchten, stießen einander weg, landeten Körbe oder ließen den Ball vom Eisentor der Garage mit dumpfem Knall abprallen, tagelang bei fast jedem Wetter und zu jeder Jahreszeit. Eine ganze Generation von Kindern war hier aufgewachsen, seit sie dieses Haus besaßen, sie hatten Bälle auch gegen ihre Hausmauer geworfen und einmal ein Fenster eingeschlagen, waren nachmittags aus den gelben Schulbussen gesprungen, die an der Ecke hielten, und zu Halloween als Gespenster verkleidet von Haus zu Haus gegangen und hatten mit dem Ruf *trick or treat* von den Nachbarn Süßigkeiten eingefordert und in den Taschen ihrer Kostümierungen verstaut, sie hatten Unfug getrieben, im Winter eine Schneeschaufel unter den Hinterrädern von Carols Auto liegengelassen, ihre Radios auf volle Lautstärke gedreht und später, als sie die Autos ihrer Väter bekamen, mitten in der Nacht die Alarmanlagen ausprobiert. Und dann waren sie verschwunden, ihre Eltern waren ausgezogen, und die Nachbarschaft hatte sich allmählich verändert. Jonathan hatte früher die Nähe der Nachbarskinder gesucht, war bei ihren Spielen dabeigestanden, aber er konnte keine Bälle fangen und mit der rechten Hand nicht richtig greifen, und später hatte er die Nachmittage mit Schulfreunden verbracht, war mit ihnen ins Kino oder zu Baseballspielen gegangen, und die Nachbarskinder waren unwichtig geworden.

Sie lebten seit achtzehn Jahren in der Straße, in der es trotz des Namens Oak Street nur eine einzige Eiche gab – sie stand auf der Grundstücksgrenze zwischen ihnen und dem Haus, das in den letzten Jahren am häufigsten den Besitzer gewechselt hatte. Der Stamm der Eiche unterbrach den Staketenzaun zwischen den Grundstücken, auf deren anderer Seite eine Kinderschaukel und eine Rutschbahn standen. Nie war dieser Baum reglos, er flüsterte und raschelte unablässig, und wenn ein Gewitter vom Meer her aufzog, glänzten die Blätter in einem eigenartig metallischen Licht. Das dritte Grundstück, auf das die Eiche hinüberreichte, hatte nie einen Käufer gefunden, oder die Besitzer waren vor Jahren weggezogen, es war verwildert mit Schößlingen und hohem hartem Gras, aus dem sich nachts Waschbären und herrenlose Katzen auf die Veranden schlichen, um in den Mülltonnen zu wühlen, an langen dunklen Winterabenden kamen sie ans Verandafenster, und Carol stellte ihnen Katzenfutter hinaus, und eines Abends erschien ein schwarzer borstiger Kater mit phosphoreszierenden Augen, trommelte mit den Vorderpfoten gegen das Fensterglas wie Hagel auf ein Blechdach und forderte wild und zornig, eingelassen zu werden. Manchmal ließen sie ihn ins Haus, und er erkundete jedes Zimmer, putzte sich auf dem Treppenabsatz, schlief eine Weile eingerollt unter einem Sessel und stolzierte schließlich durch die Vordertür davon. Manchmal tauchten auch Opossums auf, fraßen, was die Katzen übriggelassen hatten, und an kalten sonnigen Wintertagen stießen Krähen in schwarzen Schwärmen von der Eiche und den Zäunen herab und pickten den letzten Rest des in trockene Stückchen gepreßten Hühnerfleisches auf.

Die Häuser waren häßlich und praktisch, schmucklose einstöckige Kästen mit Holzschindeln und großen rückwärtigen Veranden, in den sechziger Jahren rasch gebaut, und die Bulldozer mußten alles Grün vertilgt haben, als die Siedlung im Rekordtempo hochgezogen wurde. Seither waren vereinzelte Bäume gepflanzt worden, um auf Sandhaufen spielenden oder in Swimmingpools badenden Kindern Schatten zu spenden, nur waren die Kinder schneller groß geworden als die Bäume. Sie hatten das Haus erworben, ohne viel darüber nachzudenken oder zu diskutieren, weil Marvins Elternhaus nach Stanleys Tod verkauft und das Erbe aufgeteilt werden mußte und weil Carol es nicht mehr ertrug, Tag und Nacht mit der Unfallstelle vor Augen zu leben, als wäre nichts geschehen, an das Blut zu denken, das von der Straße längst fortgewaschen war, nicht jedoch aus ihrer Erinnerung. Sie waren hierher übersiedelt, um nicht mehr mit dem dumpfen Aufprall und dem Quietschen der Bremsen in den Ohren aufzuwachen, nicht hinauszuschauen und gegen ihre Vernunft zu denken, die Katastrophe läge nicht hinter, sondern noch vor ihnen und sie könnten noch irgend etwas tun sie abzuwenden. Das Haus war die erste mögliche Zuflucht gewesen, die sie sich hatten leisten können, ungeliebt von Anfang an, ein Ort weit weg von einem anderen, der ein Zuhause gewesen und über Nacht unbewohnbar geworden war. Marvin hatte sich an das neue Haus gewöhnt, aber Carol nicht. Er wußte, sie haßte das Haus noch immer, und wenn er auszöge oder stürbe, würde sie es sofort verkaufen. Das war der Unterschied zwischen ihnen, dachte Marvin, er war ein seßhafter Mensch und konnte sich überall niederlassen, wenn man ihn nur in Ruhe ließ, Carol dagegen stellte viel höhere Ansprüche an Schönheit und Komfort, sie brauchte große Fenster, hohe Räume, solide Wände, alles stabil und fest wie für die Ewigkeit gebaut und mit antiken Möbeln eingerichtet, alten, wertvollen *tschatschkes*, wie Bessie es genannt hätte.

Sie hatte an der Rutgers University Kunstgeschichte studiert und immer Freude an angewandter Kunst gehabt, und vielleicht war es der Geschmack ihrer Schwiegermutter gewesen, der ihre Vorlieben und das Thema ihrer Dissertation über Isabella Stewart Gardner und ihren venezianischen Palazzo am Fenway angeregt hatte. So war es auch keine Überraschung gewesen, daß sie den Job als Kuratorin des Gardner Museums bekam, denn es entsprach ihrer Neigung und gehörte zu ihren Fähigkeiten, Kunst mit Interieur und Räumen zu verbinden. Die Jahre nach dem Studium und vor Jonathans Geburt waren wohl die glücklichste Zeit ihres Lebens gewesen, die schwindelerregend rasche Erfüllung aller ihrer Träume gleich am Anfang der Karriere, ein Gipfel ohne die Mühsal und die Rückschläge des Aufstiegs. Ja, damals war sie auf ihrem beruflichen Höhepunkt gewesen, dachte Marvin, selbstgewiß, jung und sicher, mit der Überzeugung der vom Schicksal Bevorzugten, alles, was sie von der Welt begehrte, zu bekommen. Vielleicht dachte sie, wenn sie *zu Hause* sagte, an das Museum, an den Skulpturengarten im Atrium mit den Palmen und üppigen exotischen Gewächsen, den gotischen Säulengängen über dem Innenhof, den Sälen mit dem geschnitzten Chorgestühl, den Kassettendecken und den vielen Kunstgegenständen und Gemälden, die Isabella Stewart Gardner, die New Yorker Großbürgerin, die in der guten Gesellschaft Bostons eine Fremde geblieben war, von ihren Reisen nach Europa mitgebracht hatte, und vielleicht kehrte Carol manchmal zum Fenway Court zurück, so wie er von Zeit zu Zeit in die Pleasant Street fuhr, wenn sie Trost suchte und sich vom Leben mißhandelt fühlte. Einmal erzählte sie ihm die irische Sage von den Feen, die sich für eine besondere Gabe ihren Tribut holten. Es käme ihr vor, sagte sie, als hätte das Leben ihr das eine Glück in den Schoß geworfen, um sie dafür um so grausamer zu berauben.

Nachdem sie beide ihr Zuhause verloren hatten und in der Oak Street eingezogen waren, freundeten sie sich schnell mit den Nachbarn Nick und Sally an, wechselten über die Forsythienhecke und die Autodächer hinweg fast täglich ein paar Sätze, borgten einander Starterkabel und Benzin, Ersatzreifen und Werkzeug und paßten hie und da auch auf das Kind der Nachbarn auf, achtzehn Jahre lang. Jonathan war drei Jahre jünger als Kayle und trug dessen zu klein gewordene Hosen, Sweatshirts und Anoraks auf, manchmal lief Jonathan ohne Ankündigung zu ihnen hinüber, um seine Mathematikaufgaben mit Nick zu machen, der Textaufgaben besser erklären konnte als seine Eltern. Marvin war es nicht aufgefallen, daß Sally über die Jahre dick geworden war, viereckig gewissermaßen, und ihre Haare am Ende Nicks grauer Bürstenfrisur glichen. Kayle war ein junger Mann geworden, hatte mit seinem Radio die ganze Nachbarschaft tyrannisiert, und Marvins verärgertes Erscheinen am Nachbarzaun und seine

Vorhaltungen hatten ihn nicht beeindruckt. Dann schwängerte er ein Mädchen, Nick und Sally wurden Großeltern und beklagten sich über die Eltern der zukünftigen Schwiegertochter. Nick hatte sich über die Jahre kaum verändert, er war nur ein wenig konservativer geworden und fand es alarmierend, daß zu viele Weiße ihre Häuser verkauften und zu viele Schwarze einzogen. Nun hing ein Schild mit dem Namen eines Maklers vor dem Haus. *Verkauft*, stand darauf. Nick und Sally hatten sich vor ein paar Wochen verabschiedet, sie waren beide im Ruhestand und wollten nach Florida übersiedeln. Seither waren ihre beiden Autos verschwunden, und das Haus strahlte die abweisende Trostlosigkeit verlassener Behausungen aus, oder vielleicht kam es Marvin nur so vor. Es war, als wären sie ganz plötzlich gestorben in jener Nacht, als die großen Möbelwagen in ihrer Auffahrt hielten. Er fürchtete sich davor hinüberzuschauen, als hätte die Leere und das Schweigen nebenan achtzehn Jahre ausgelöscht und bedrohe nun sein Leben mit dem lautlosen Tod durch spurloses Verschwinden.

Das Haus, das auf der anderen Seite an seines grenzte, hatte zwei- oder dreimal den Besitzer gewechselt, zuerst hatte ein altes jüdisches Ehepaar mit einer erwachsenen Tochter dort gewohnt, dann Ronda, eine etwas verwahrloste, aber stets hilfsbereite Frau mittleren Alters mit ihrem jungen Liebhaber, dem sie durch Heirat zum Status eines legalen Einwanderers verholfen hatte, und dann war im Lauf der Zeit ein halbes Dutzend seiner brasilianischen Verwandten eingezogen. Sie feierten Partys mit Barbecue und brasilianischer Musik, die Frauen waren jung und sprachen kein Wort Englisch, dann zog Ronda aus, weil eines der Mädchen ihren Mann verführt hatte und weil die Verwandtschaft, die zu Besuch kam, sich in den vier Räumen niederließ und nicht mehr abreiste, immer zahlreicher wurde und einfach blieb. Am Morgen saßen sie auf den Stufen vor der Tür oder räkelten sich in Liegestühlen auf der Veranda und warteten auf das Essen, das Ronda zubereiten mußte, wenn sie von der Arbeit nach Hause kam. Aber nachdem sie und ihr Ehemann ausgezogen waren, wurde das Haus nicht leerer, nur stiller, neue Verwandte zogen ein, Illegale auch sie, und niemand wußte mehr, wer genau dort wohnte und wie viele es waren. Die Frauen verließen das Haus nur selten, sie lebten bei zugezogenen Jalousien, die große Glastür zur Veranda war mit einer undurchsichtigen Plastikfolie verhängt, und als Carol an einem eisigen Wintertag ihren Schlüssel vergessen hatte und bei den Nachbarn läutete, ließen die Frauen, die sich lautlos im Haus versteckt hielten, sie nicht hinein. *No*, sagten sie und drückten die Tür gegen sie zu.

Marvin war vor einem Jahr einmal in dem Haus gewesen, um ihnen beim Ausfüllen von Formularen zu helfen, eines der Kinder war schulpflichtig geworden. Das Haus war aufgeräumt, als lebte nicht ein halbes Dutzend Menschen in ihm, und im Wohnzimmer redeten hoch über ihren Köpfen von dem Ungetüm eines überdimensionalen Fernsehschirms die Schauspieler einer portugiesischen Seifenoper auf die drei Frauen herab, drei Generationen, wie es schien, die um ein niedriges Tischchen herumsaßen, als wären sie nur auf Besuch. Das kleine Mädchen, das im Herbst in die Schule gehen würde, zeigte ihm wortlos ihre Spielsachen, und er benannte alles, was sie ihm hinhielt, auf englisch, und sie sah ihm zutraulich und erstaunt zu. Die Frauen und er lächelten einander hilflos an, sagten *muito obrigado* und *thank you*, und er konnte die bedrückende Atmosphäre und ihre Angst spüren. Sie versteckten sich in diesem Haus vor den Behörden wie auf einer menschenleeren Insel, sprachen kein Englisch und verließen das Haus nur, um in ein Auto zu steigen, das ihre Männer fuhren. Vielleicht hatte der eine oder andere von ihnen sogar eine Aufenthaltsgenehmigung. In ihrer Sprachlosigkeit und Isolation waren sie auf diese vier Zimmer beschränkt, in denen sie unermüdlich putzten und saubermachten. Sie lebten in einem Land, das von ihrer Existenz nichts wissen durfte, unsichtbar, ohne Aufenthaltserlaubnis, ohne Job, in ununterbrochener Angst vor der Entdeckung. Nach den fünf Jahren, in denen sie bereits ihre Nachbarn waren, beherrschten sie noch immer kein Wort der Sprache, die sie umgeben hätte, sobald sie das Haus verließen, aber sie blieben unter sich. Manchmal kamen andere Brasilianer zu Besuch, Mulattinnen in schönen Kleidern, mit eigenen Autos, für junge Frauen war es leichter, jemanden zu finden, der ihnen zu einer *green card* verhalf. Aber einer älteren Frau, wie einer von den dreien im Nachbarhaus, blieb nur das verschwiegene Versteck und das geduldige Ausharren wie in einem Warteraum. Worauf wartet diese Frau, fragte Marvin sich, was denkt sie an den langen Winterabenden, an die sie sich vielleicht nie gewöhnen wird, wenn der Schnee in einem erbarmungslosen Blau leuchtet, die Bäume erstarren und die Welt sich auf die Größe eines Lichtscheins zusammenzieht? Woran erinnert sie sich in diesem fremden Land? Und was würde er tun müssen, um jener anderen Frau, der er täglich sehnsüchtige Liebesbotschaften schrieb, eine Heimat zu ersetzen, die er sich auch dann nicht vorstellen konnte, wenn er in der College-Bibliothek ihr Land in den Reiseführern suchte, die Bilder der weiten Steppen Südsibiriens und ihrer Sonnenblumenfelder betrachtete?

Vor einigen Jahren hatte es manchmal den Anschein gehabt, als ob sich die Geschichte von Dorchester in einigen der südlichen Vorstädte, darunter Brockton, wiederholte, der Zuzug schwarzer Familien hatte die Grundstückspreise gedrückt, Makler hatten den eingesessenen Bewohnern geraten, zu verkaufen, die Preise würden weiter sinken, die Städte würden verkommen, in ein paar Jahren wären die Häuser ihren ursprünglichen Kaufpreis nicht mehr wert. Downtown Brockton, bis in die dreißiger Jahre die Schuhmetropole der USA, war schon seit den siebziger Jahren eine Geisterstadt mit verfallenen Fabrikshallen und heruntergekommenen Häusern, bis auf ein paar *Pizza-Subs* hatten die Restaurants längst zugesperrt, und außer *Montello's*, einem rund um die Uhr offenen Laden, in dem vor allem das Sortiment von Spirituosen beachtlich war und wo stets arbeitslose Jugendliche herumlungerten, gab es keine Geschäfte mehr, die respektablen Firmen hatten selbst die weitläufige Shopping Mall längst verlassen. Es gab nur noch Trödlerläden, Pfandleihen und Drugstores, in denen man Aspirin, Haushaltsartikel und Tinkturen zum Glätten gekrausten Haares kaufen konnte. Downtown Brockton war seit fünfzehn Jahren ein schwarzer Slum, aber die weitläufigen Siedlungen mit Einfamilienhäusern, die sich nach allen Seiten des aufgegebenen Stadtkerns ausbreiteten, waren integrierte Wohngebiete geblieben, und die Grundstückpreise hatten sich nach der ersten Panik stabilisiert, auf diesen Sieg gegen die Fanatiker der Rassentrennung waren ihre Bewohner stolz und schöpften daraus Hoffnungen für eine neue Generation, die miteinander aufwuchs und keine Unterschiede sah.

Viele Geschäfte und Betriebe, die in den sechziger Jahren aus Dorchester abgewandert waren, hatten sich ein wenig weiter südlich wieder angesiedelt, Stanleys alter Freund Sherman hatte seine Mechanikerwerkstatt um einige Meilen die Blue Hill Avenue hinunter verlegt, so daß seine Kunden, die ebenfalls nach Süden ausgewichen waren, ihn nach wie vor erreichen konnten, *Davidson's Hebrew Bookstore* verkaufte an der Main Street von Randolph seine Jahrzeitkerzen, Tallitim, Jarmulkes und was ein jüdischer Haushalt zu Feiertagen und besonderen Anlässen sonst noch brauchte, und das *New York*

Deli am äußersten Ende der Hauptstraße, in die die Blue Hill Avenue schließlich mündete, glich dem *G & G Delicatessen* bis auf das keineswegs zufällige Detail, daß es nicht mehr koscher war, denn Brockton war auch keine jüdische Kleinstadt, wie Dorchester es gewesen war, es war eine Vorstadt, ganz und gar ohne Charakter und besondere Eigenschaften, ein annehmbarer Ort zum Wohnen, mit ein oder zwei Restaurants, in denen man zur Not ein unspektakuläres Abendessen bekam, einem *Dunkin' Donuts* an der Abzweigung zum Highway, einer Wäscherei, der Post, einem Cineplex, in das nur solche Filme kamen, die sie sich ohnehin nicht ansahen und die Marvin jedesmal, wenn sie daran vorbeifuhren, zu sarkastischen Kommentaren hinrissen, besonders wenn Verkehrspolizisten den Schichtwechsel der Kinobesucher regelten. Wie, fragte er sich, waren sie nur in diese Gegend geraten?

Als er die Tür aufsperrte, tönte ihm aus dem Wohnzimmer klassische Musik entgegen, und Carol war damit beschäftigt, das Eßzimmer für die Gäste herzurichten, zusätzliche Sessel aufzustellen, Geschirr aus Mimis großem Schrank zu räumen, Gläser, die sie nie verwendeten, gegen das Licht zu halten. Das Trio von Brahms ausgerechnet, dachte Marvin verwundert, sie mußte in sentimentaler Stimmung sein, und er erinnerte sich an seine Überlegung, was sie wohl vor Augen hatte, wenn sie Zuhause sagte. Sie hatten dieses Stück zum erstenmal zusammen gehört, als ein Herbststurm sich gegen die Fenster seines Studentenzimmers warf, ein Erkerzimmer mit Fenstern nach drei Seiten, und die ganze Nacht tobte der Sturm und riß das letzte Laub von den Bäumen, toste um ihre ausgesetzte Kajüte, und der Regen trommelte und rauschte und tropfte von den undichten Fensterstöcken, die Zweige schlugen wie Ruten gegen das Fenster, und mitten hinein in dieses Toben wogten die Töne von Pablo Casals' Cello. Später, als der Gewittersturm vorbei war und der Regen erschöpft in der Dachrinne plätscherte, schob Carol das Fenster hoch und streckte ihr Gesicht hinaus, um den Regen auf der Haut zu spüren, und als sie den Kopf wieder hereinzog, glänzten ihre langen Haare wie von Tau benetzt. Das war wohl einer der Höhepunkte ihres gemeinsamen Lebens gewesen, einer der Augenblicke, in denen das Glück so heftig war, daß seine Intensität fast unerträglich wurde und für die man später keine Worte fand, bloß eine vage Erinnerung an ein seltsames Außer-sich-Sein, als sei man selber Teil dieses Sturms gewesen, vor Entzücken dem Sterben nah. Als Carol mit dem Baby vom Spital nach Hause gekommen war und sich auf dem Sofa ausruhte, hatte Marvin diese Platte aufgelegt, und später manchmal zur Versöhnung nach einem Streit. Einmal war Mimi zu Besuch gekommen, als sie das Stück hörten, und seine Mutter hatte gesagt, schön, daß ihr beide noch verliebt seid, ich mag dieses Stück auch, besonders wenn es draußen schneit. Seine Mutter besaß geradezu einen sechsten Sinn für Stimmungen und eine gute Menschenkenntnis, aber ihre große Sehnsucht nach Harmonie und Sicherheit vernebelte oft ihren Scharfsinn.

Sie hatten sich in einer fremden Wohnung kennengelernt, in der ein großer, blonder Angeber seines Studienjahrgangs, den Marvin nicht leiden konnte, die Abwesenheit seiner Eltern mit dem Inhalt ihrer Bar, ihres Kühlschranks und mitgebrachtem Marihuana feierte. In einem Spiegel neben der Garderobe hatten sich ihre Blicke zuerst getroffen, und diese ungewöhnliche Art des Kennenlernens hatten sie beide spannend genug gefunden, um einen ganzen Abend lang neben dem Spiegel im Gespräch zu verharren. Anfangs hatte das Fremde, das Unvertraute ihrer Herkunft ihn fasziniert, aber dann hatte er bemerkt, daß er sich zu den Eigenschaften an ihr hingezogen fühlte, die ihm aus einer eigenartig verschobenen Perspektive vertraut waren. Sie mochten beide den Gastgeber nicht und wußten eigentlich nicht, was sie in diesen Bungalow verschlagen hatte, sie waren beide, weil sie an diesem Samstag abend nichts besseres fanden, mit anderen mitgegangen, sie hatten beide das Gefühl, unsäglich an der Ungerechtigkeit der Welt, von der sie wenig wußten, zu leiden, sie waren leidenschaftlich für und gegen dieselben Dinge, gegen Vietnam, gegen Nixon, für die Bürgerrechtsbewegung und die Notleidenden dieser Welt, für klassische Musik, Theater, Kunst und das Meer und empfanden eine überschwengliche diffuse Sehnsucht, die sie einander in immer neuen Anläufen vergeblich zu erläutern suchten und die später auf einem Tennisplatz in einiger Entfernung von den anderen in ihrem ersten ungeübten Kuß Ausdruck fand, während jemand in der Dunkelheit Gitarre spielte, denn es schien Marvin in der Erinnerung, als habe damals immer irgend jemand eine Gitarre dabeigehabt, um die Sehnsucht wachzuhalten.

Vor einigen Jahren waren sie in ein verlassenes Nest in New Hampshire gefahren, um ein Open Air Konzert mit Arlo Guthrie zu hören, sie waren zusammen mit einem Häufchen Endvierziger vor der beleuchteten Bretterbühne auf dem feuchtkühlen Rasen in der Dunkelheit gesessen, während Arlo, ein kleiner gealterter Cowboy, im Scheinwerferlicht mit dem aus ihrer Jugend vertrauten Gitarrenklang die alten Lieder sang und in nostalgischen Geschichten von seinem Vater Woody schwelgte, dem Star der *Blue Grass Music* einer noch älteren Generation, aber mehr als ein bißchen falsche Wehmut konnte der einstige Rebell in seinen Zuhörern nicht mehr aufwühlen, seine Stimme trug nicht mehr und rührte niemanden mehr an, und als er *This land is your land*, das Woody Guthrie berühmt gemacht hatte, wie eine Hymne anstimmte, erntete er

Gelächter. Die Kinder begannen Lärm zu machen, die Zuhörer spürten die Kälte des Bodens in den Knochen, sie schlichen sich in der Dunkelheit davon, und am Ende spielte Arlo wohl vor einem leeren Picknickplatz weitab von Tanglewood, wo seine Karriere begonnen hatte. Aber eine halbe Stunde lang hatte sich Marvin Rücken an Rücken mit der Frau, die er auf einem Tennisplatz zum erstenmal geküßt hatte, während irgend jemand Woodys alten Schlager auf der Gitarre spielte, der Illusion hingeben können, er sei dreiundzwanzig und lehne an dem schmalen Rücken eines zwanzigjährigen Mädchens, das nicht mehr aufregend, sondern vertraut war.

Marvin erinnerte sich genau, wo er Carol zum erstenmal seine Liebe gestanden hatte. Jedesmal, wenn er in Downtown Boston die State Street zum Meer hinunterfuhr und das alte State House vor ihm auftauchte, so klein zwischen den fünfzehnstöckigen Hochhäusern, die den berüchtigten Scolley Square verdrängt hatten, wie ein Relikt aus fernen, puritanischen Zeiten, unschlüssig auf welche Straßenseite es sich retten sollte vor dem ungewohnten Verkehr, der auf beiden Seiten vorbeiflutete, wie ein scheues Nachttier, das in der Dunkelheit weiß leuchtete und hypnotisiert in die heranbrandenden Scheinwerfer starrte – jedesmal dachte er beim Anblick des Old State House daran, daß er an dieser Stelle der zärtlichen Rührung für dieses Mädchen, das er in seiner Vorstellung mit dem alten, fragilen und unzeitgemäßen Gebäude verband, nachgegeben und mit beklommener Feierlichkeit erklärt hatte: Ich möchte, daß du weißt, wie sehr ich dich liebe. Was sie darauf geantwortet hatte, wußte er nicht mehr.

Es gelang ihm nie, sich an die besondere Eigenart von Gefühlen zu erinnern, sein Gedächtnis gab verläßlich Daten wieder, Straßennamen, Ereignisse, sogar Stimmungen, aber die Intensität, mit der er damals alles wahrgenommen hatte, dieses innere Vibrieren, als lägen alle Nerven bloß und er nähme die Dinge in sich auf, als gäbe es keine Grenzen zwischen ihm und der Außenwelt, trunken vor Glück darüber, was ihm geschah, dieses Stück Gefühlsgedächtnis war ihm abhanden gekommen. Er erinnerte sich nur, daß er damals, wie so oft, wenn er wußte, daß ihm etwas Außergewöhnliches widerfuhr, das er sein Leben lang nie wieder vergessen würde, eine heftige Sehnsucht nach diesem Augenblick empfunden hatte, noch während er ihn erlebte, diesen wolkenlosen Sonntagnachmittag im Spätherbst, als sie aus der Buchhandlung am Harvard Square hinaustraten und die Straßenlampen gerade aufflammten, die Studenten trugen überlange Schals wie die Clochards bei Toulouse-Lautrec, alles hatte den schlampigen Charme einer ewigen Boheme, freundlich und verspielt, als ob nie jemand von ihnen erwarten würde, sich ernsthaft mit dem Leben zu beschäftigen. Eine Ahnung von Winter lag in der Luft, und vor dem Harvard Bookstore blätterten sie Seite an Seite mit eifriger, versunkener Neugier in den Kisten voll gebrauchter Bücher, bevor er Stanleys grünen Lincoln Continental, den er sich ausgeborgt hatte, um Carol zu beeindrucken, über die vierspurige Longfellow-Brücke nach Boston fuhr. Die Sonne hatte längst ihre letzte Röte von der Landschaft abgezogen, der Charles River glänzte wie Chrom oder geschliffener Mondstein, und von derselben eisigen Planetenfarbe war auch der vor kurzem fertiggestellte fünfzigstöckige Glaswürfel des Prudential Center. Die Stadt erschien ihm in ihrem Abendlicht und der Klarheit ihrer Silhouetten, die sich in den türkisfarbenen Himmel schnitten, so schön, daß eine schmerzende Sehnsucht nach diesem Augenblick, den er soeben erlebte, sein Inneres zusammenzog. Während sie den Schmiedeeisenzaun der Public Gardens entlang durch die Tremont Street in das Theaterviertel fuhren, wurde es langsam Abend, und die Bäume waren schwarze Scherenschnitte gegen den glasharten Himmel, aber über allem lag ein verwegener Schimmer, als sei dies nicht das nüchterne, behäbige Boston, sondern eine südlichere, unbekannte Stadt. Es schien ihm, als zeigten ihnen die Straßen, die er zu kennen glaubte, eine verborgene jugendliche Seite, die vor ungeahnten Möglichkeiten funkelte, als lägen im verschleierten Blick dieser abendlichen Stadt Versprechen, die, nie eingelöst, von der Flüchtigkeit der Stunde bereits entwertet waren.

Das ist die violette Stunde, von der bei T. S. Eliot die Rede ist, sagte Marvin, in der sogar in unspektakulären Leben große Dinge passieren können.

Ein lavendelfarbener Abend, entgegnete Carol.

Und als sie in die Häuserschlucht von Downtown Boston eintauchten, glaubte er das gespannte Ende eines großen Gefühls nicht länger festhalten und diesen Schmerz eines so flüchtigen Glücks nicht mehr ertragen zu können, wenn er nicht etwas Monumentales sagte oder tat, und da tauchte das alte State House vor ihnen auf, und er warf blindlings sein Lasso aus, um die Erinnerung an etwas Greifbarem zu vertäuen. Später gingen sie durch die erleuchteten Hallen des Quincy Market, bummelten an den Verkaufsständen entlang, kauften sich irgendeinen Imbiß und fanden Schokoladebaisers, die als *chocolat orgasm* angeschrieben waren. So glücklich und ausgelassen waren sie, als könnte ihnen nichts mehr zustoßen, weil sie einander doch liebten.

Damals war er dreiundzwanzig und graduierte im darauffolgenden Sommer, Carol war zwanzig und im zweiten Studienjahr, und weder er noch sie glaubten in ihren nüchterneren Stunden, daß sie dreißig Jahre später noch wissen würden, wo sich der andere gerade aufhielt. Vielleicht hätten sie einander schon längst aus den Augen verloren, wenn Mimi nicht über ihre ersten gemeinsamen Jahre gewacht hätte, wenn die Katastrophe mit Jonathan nicht passiert wäre, aber dann wären sie andere Menschen mit anderen Bedürfnissen und einer anderen Haltung dem Leben gegenüber geworden. Seit jenem Abend hatte er unzählige Male wiederholt, daß er sie liebe, wenn die Dankbarkeit, die Reue, das spontane Glück, die Sentimentalität oder das Mitleid ihn dazu bewegten, wenn sie es hören wollte, wenn ihm nichts Besseres einfiel und es sonst keinen Trost gab und manchmal auch, um sich selber von etwas zu überzeugen, woran er nicht mehr glaubte.

Weil er sicher sein konnte, daß Carol das Essen aufwärmte und die Papiersäcke voll Lebensmittel, die er in der Küche abgestellt hatte, auspackte und sortierte, ging er in sein Arbeitszimmer, wo er schon am Morgen seinen Computer hochgefahren hatte, um seine neuen E-Mail-Botschaften zu öffnen. Denn so begann er seine Tage, und so beendete er sie, und wenn er für ein paar Stunden außer Haus gewesen war, konnte er es kaum erwarten, wieder vor dem Bildschirm zu sitzen und ihren Namen auftauchen zu sehen, Tatjana aus Alma Ata in Kasachstan, sechsunddreißig Jahre alt, Ärztin, geschieden, mit sechzehnjähriger Tochter und der Absicht, einen amerikanischen Akademiker kennenzulernen. Marvin wurde den leisen Verdacht nicht los, daß sie auch ganz anders heißen konnte, aber was machte das schon aus, ein Name war so gut wie jeder andere, auch Carol nannte sich gern Ruth und blieb trotzdem dieselbe alte Carol.

Jedesmal, wenn er Tatjanas Briefe öffnete, erfaßte ihn ein leichter Schwindel, als werde er hochgehoben und in die Luft geschleudert, und genau nach diesem Gefühl hatte er sich so lange schon gesehnt, nach dieser reißenden Strömung, die ihn aufhob und alles, was nichts mit ihr zu tun hatte, einfach hinwegschwemmte, die ihn leichtsinnig und unbekümmert sein ließ, ja auch rücksichtslos, ohne Gewissensbisse, denn noch war nichts passiert. Eine neue heftige Verliebtheit riß ihn mit sich fort, weg von seinem Leben und hin zu einem ihm vorbestimmten Schicksal, denn daß gerade diese Frau auf dem Bildschirm aufgetaucht war, konnte kein Zufall sein, das hatte er im selben Augenblick gewußt, als ihr Bild Segment für Segment sichtbar wurde, diese Frau mußte das sein, was seine Mutter sein *beschert* genannt hätte, die Lebenspartnerin, die ihm bestimmt war. Die dunklen Augen mit diesem versonnenen Blick, der sagte, ich kenne dich, ihr Mund mit den regelmäßigen Zähnen lächelten nur für ihn und für keinen anderen, der unter dem Suchbegriff *loveme.com/women* dieselbe Website geöffnet hatte. Er genoß das Schwindelgefühl vor dieser Unausweichlichkeit, denn mußte sich nicht zwangsläufig ein Abgrund öffnen, wenn ein Idealbild auf seine Gestaltwerdung traf? Es konnte doch nicht sein, daß er verrückt geworden war. Noch war nichts geschehen, noch war diese atemberaubende Geschichte nirgends Wirklichkeit als auf dem Bildschirm und in seinem Kopf, aber sie war der Verwirklichung so nah, wie er nur wollte.

Schon möglich, daß in einem oder in fünf Jahren Carol zu ihren Freunden sagen würde, das Internet hat unsere Familie zerstört, aber genauso wie in herkömmlichen Situationen, wenn die Versuchungen am Arbeitsplatz, auf der Straße, in Bibliotheken lauerten, konnte der Zufall nur solche Leben aus der Bahn werfen, die längst schon der Veränderung sehnsüchtig harrten, und nur Familien auseinandertreiben, die keine Familien mehr waren, sondern eine Gruppe einsamer Menschen, die einander nicht mehr das sein konnten, wonach sie sich sehnten. Marvin fühlte sich in seinem Amoklauf freigesetzter Phantasien wie in einem von der Schwerkraft befreiten Raum. Wenn jahrelang so viele Wünsche unerfüllt blieben, dachte er, dann ist es, als wäre die Sehnsucht ein hungriger Schlund, der alles, was er zu fassen kriegt, in sich hineinwürgt und durch nichts zu sättigen ist. An einem solchen Hunger konnte man verrückt werden, dachte Marvin.

Er öffnete Tatjanas Brief, überflog ihn zuerst, um ihn dann

Wort für Wort aufzunehmen. Welche Sprachbeherrschung, welch geniale Wendungen. Und dahinter stand eine Intelligenz, die in einer ihm unbekannten Sprache und in fremden Schriftzeichen dachte und sie ins Englische übersetzte, er strengte sich an, Spuren dieser unbekannten Welt in ihren Sätzen zu entdecken, und bewunderte ihre Fähigkeit, ihn in seiner Sprache, die nicht die ihre war, so tief zu berühren.

So habe das Schicksal sie also zusammengeführt, schrieb sie, auf seltsamen Wegen.

Er stellte sich vor, wie sie im Wörterbuch suchte, um das Wort *seltsam* zu finden, ausgerechnet dieses Wort, nicht *eigenartig*, nicht *besonders*, nein, *seltsam*, genau das richtige unter vielen Wörtern, sie hatte nicht danebengegriffen, sie griff nie daneben und wenn, dann war auch das Falsche von wunderbarer Originalität.

Und daß es eine unglaubliche Fügung sei, schrieb sie, denn ihre Familie sei während des Krimkriegs aus dem russisch-türkischen Grenzgebiet genauso vertrieben worden wie seine Familie, so hätten sie sich vom selben Ausgangspunkt entfernt, er nach Westen und sie nach Osten, und nun kämen sie wieder zusammen wie zwei Hälften, die man getrennt hatte.

Wie gewöhnlich und geheimnislos erschien ihm auf einmal seine Ehe mit Carol: Wenn man bedenkt, schrieb Tatjana, welch schicksalhafter Zufall uns zusammenbrachte.

Und er schrieb ihr, es sei ein geradezu unheimliches Wiedererkennen gewesen, als er ihr Foto gesehen habe, da war es, als habe eine unbekannte Macht ihm eingeflüstert, diese Frau sei sein anderes Ich und allein für ihn geschaffen worden.

Und Tatjana hatte ihm von Schamanen in Kasachstan berichtet, die sich in Trance versetzten und über vergangene Leben Auskunft gaben, und plötzlich blickte man an sich hinunter und trüge die Sandalen eines römischen Legionärs und das Stechen in der Seite, das einen Menschen quälte, erklärte sich aus einer Wunde, die er in einer vergangenen Inkarnation von einem Speer davongetragen habe. Dieser Schamane habe ihr im Trancezustand Marvins Bild gezeigt, und es sei ihr auf unerklärliche Art vertraut gewesen. Sie glaube, sie seien einander öfter schon begegnet, in jedem ihrer früheren Leben. Doch was geschieht, wenn Menschen, die ein ganzes Leben aufeinander gewartet haben, einander erkennen, fragte sie. Es muß in sie fahren wie ein Blitz, eine Erleuchtung.

Ihm sei es genauso ergangen, hatte Marvin geantwortet.

Und in dem Augenblick, in dem er schrieb, *geliebte Tatjana*, hörte er Carols Schritte auf der Treppe, und ohne anzuklopfen öffnete sie die Tür zu seinem Zimmer und sagte, Essen ist fertig, ich rufe schon mindestens dreimal, und es gelang ihm gerade noch, den Brief zu schließen und eine beliebige Botschaft der College-Post zu öffnen, während sie näher trat und ihm über die Schulter blickte.

Viel Arbeit? fragte sie.

Warum spionierst du mir immer nach? fragte Marvin wütend.

Wieso, ich wollte dich doch nur zum Essen rufen.

Aus ihrer Stimme glaubte er zu erkennen, daß sie noch keinen Verdacht geschöpft hatte, und das beruhigte ihn, denn wenn er sich vorstellte, sie würde in seiner Abwesenheit diese Briefe finden, stieg ihm die Schamröte ins Gesicht.

E-Mail ist schon was Wunderbares, sagte Marvin versöhnlich.

E-Mail ist eine Plage, erklärte Carol kategorisch, seit es E-Mail gibt, geht es den Leuten bei Bestellungen nie schnell genug. Und keiner will mehr telefonieren, ich weiß nicht, was Kunden wollen und was sie denken, wenn ich ihre E-Mails lese, aber ein paar Sätze am Telefon, und ich weiß, woran ich bin. Sie schicken eine E-Mail, und fünf Minuten später wollen sie eine Antwort, sie war nicht bereit, auch nur ein gutes Haar an seinem Datenhighway der Phantasie zu lassen.

Mit dir kann man nicht reden, sagte er auf dem Weg in die Küche.

Fünf Jahre nach Jonathans Unfall, als Carol sich wieder nach Arbeit umsah, schien es, als habe auch im Beruf ihr Glück sie verlassen. Sie arbeitete stundenweise in einem Antiquitätenladen an der Tremont Street, der einer Rumpelkammer glich, in der wertvolle Limoges-Lampen aus dem achtzehnten Jahrhundert, deren Kabel verrottet waren, und Meißner Figurinen neben schadhaftem Schund aus den fünfziger Jahren standen, Lehnstühle ohne Lehnen, blinde Spiegel, klobige Trinkbecher, fleckiges Silber, falscher neben echtem Schmuck, und alles von einer dicken, schmierigen Staubschicht überzogen. Carol versuchte sich im Restaurieren alter Stühle, seither standen fünf *Mission Chairs* in ihrem Speisezimmer, Möbel der Jahrhundertwende, solide in ihrem dunklen Naturglanz und ihren geradlinigen, klaren Formen. Sie bemühte sich, Ordnung in diese Halde angeschwemmten Strandguts zu bringen, und sie wäre auch gern länger dort geblieben, sie hatte für diesen düsteren Laden, in dem bei jedem Schritt die verrußten Dielen knarrten und die Luster und Gläser klirrten, eine Art Besitzerstolz entwickelt und vergessen, daß sie nicht mehr Kuratorin war, keine Konzepte und keine Neuerungen von ihr erwartet wurden, sondern daß sie eine Teilzeitkraft in einem Trödelladen war, den der Besitzer weiterhin nach seinen eigenen Vorstellungen zu führen gedachte. Danach hatte sie sich selbständig gemacht, sich auf den An- und Verkauf von Antiquitäten beschränkt, die keines Geschäftslokals bedurften, und sich über die Jahre den Ruf einer Expertin für Fächer, Silberbesteck und alte Münzen erworben, dazu brauchte sie keine Ausstellungsräume, denn es gab Kataloge, es gab einen eingeweihten Kreis von Münzensammlern, die sie kannte und die so gut wie alle anderen wußten, was im Umlauf war. Manchmal holte sie ihre schönsten Stücke aus dem Safe und zeigte sie Jonathan unter der Lupe, eine Bar Kochba-Münze, eine griechische Münze aus der Zeit Alexanders des Großen, es war kein Beruf mehr, auch wenn sie dabei Geld verdiente, es war eine Liebhaberei, eine Nische, die sie nach einem glanzvollen Aufbruch gefunden hatte.

Im Unterschied zu früher, als Carol jeder Handgriff im Haushalt als Zumutung erschienen war, rückte sie in den letzten Jahren der Küche mit stummer Verbissenheit zu Leibe. Wenn Marvin sich in der Nacht, denn er blieb meistens länger auf als sie, noch einen Imbiß zubereitet hatte, reinigte sie die Küche gründlich von seinen Spuren, und wenn sie mit der schweigsamen Entschlossenheit, mit der sie alles anging, den Tisch deckte, kam er sich manchmal vor wie ein ungebetener Gast. Es konnte passieren, daß sie vergaß, einen Teller oder ein Glas an seinen Platz zu stellen, und es war eine barsche Bestimmtheit in ihren Bewegungen, eine Irritation, die sie leugnete, wenn er sie darauf ansprach, und wenn sie ihn ansah, glaubte er in den Blicken, die ihn aus ihren Augenwinkeln trafen, Ungeduld zu erkennen, ja Verachtung, und dann fragte er sich, ob sie einander wirklich genug liebten, um diese lebenslängliche Fron zu rechtfertigen, und ob Carol genauso sehnlich wie er eine Befreiung herbeiwünschte. Dann hielt er die Ehe für einen unnatürlichen Irrwitz und dachte, er würde ja nicht aufhören, Jonathan und auf eine gewisse Weise auch Carol zu lieben, wenn er nur Raum zum Atmen hätte.

Vor einigen Wochen hatte er sie unter dem Vorwand, er wolle sein Arbeitszimmer neu möblieren, überredet, mit ihm in ein Möbelkaufhaus zu gehen und ein Bett auszusuchen, in dem Tatjanas sechzehnjährige Tochter einmal schlafen würde, ein bequemes Sofabett, hatte er zu Carol gesagt, auf dem ich mich zwischendurch während der Arbeit kurz ausruhen kann. In seiner Phantasie richtete er sein Arbeitszimmer für das unbekannte Mädchen aus Kasachstan ein, denn wenn Carol und Jonathan auszogen, was wahrscheinlich war, wenn es zur Trennung käme, mußte er das Haus so gestalten, daß es für seine neue Familie bewohnbar wurde. Carol würde die *Mission Chairs* mitnehmen, wahrscheinlich auch alle anderen Gegenstände, die sie beide auf ihrer mehr als zwanzigjährigen Suche nach alten Raritäten erworben hatten, die Kommode im Schlafzimmer und den eineinhalb Meter breiten viktorianischen Speiseschrank. Verstohlen hatte er nach Kommoden Ausschau gehalten und Carol nach ihrer Meinung gefragt, denn sie hatte einen unfehlbaren Blick für Qualität und Schönheit, gefällt dir dieses Stück, hatte er gefragt, und als sie durch die Nase geschnaubt und gesagt hatte, was willst du mit diesem Sarkophag, hatte er sich abgewendet und sich vorgestellt, wie Tatjana im Eßzimmer an der Seite zum Kücheneingang saß, das Mädchen mit dem Rücken zur Veranda und er selber dort Platz genommen hatte, wo er immer saß, und eine Hitzewelle war ihm zu Kopf gestiegen. Er nahm sich vor, Tatjana ein Sommerhaus am Meer zu kaufen, denn das war seit vielen Jahren Carols sehnsüchtigster Traum. Seit sie in Brockton lebten, fuhren sie oft am Wochenende die Küstenstraße von Cape Cod nach Hull und nach Cohasset, die Jerusalem Road am Meer entlang, und sie schaute sehnsüchtig abwechselnd auf die blaue Bucht mit den wilden Rosen am felsigen Hang neben der Straße und auf die Villen auf der Anhöhe, die weißen Gartenmöbel auf den Veranden, auch sie von Rosenbüschen umgeben, ausladenden Strauchrosen, übersät mit weißen Blüten, sie redete schon seit langem nicht mehr davon, dort ein Haus zu kaufen, sie wußten, daß eine Immobilie auf Cape Cod sie in unnötige Schulden stürzen würde, aber Marvin spürte, was sie dachte, wenn sie schweigend aus dem Auto blickte. Wäre es möglich, fragte er sich jetzt, Tatjana Carols Sehnsucht zu erfüllen? Er müßte ihr auch ein Auto kaufen, damit sie nicht wie die brasilianischen Nachbarinnen im Haus herumsitzen und auf seine Rückkehr warten mußte, denn zu Fuß würde sie höchstens in das kleine Shopping Center gehen können, und dort gab es außer Lebensmitteln und Kosmetika nichts zu kaufen und auch nichts zu sehen. Und dann dachte er, daß er auch noch ihre medizinische Ausbildung und in ein paar Jahren das College der Tochter bezahlen müsse, die er wohl adoptieren würde, und er ließ diesen Gedankenfaden fallen und begann von neuem mit den Möbeln, die sie brauchen würden, denn Carol langweilte sich schon in diesen riesigen Hallen voller fabrikneuer Möbel, gehen wir, drängte sie, hier gibt es nichts, was ich mir ins Haus stellen würde. Du mußt es dir ja nicht ins Haus stellen, du brauchst mich nur zu beraten, hätte er gern gesagt, aber er schwieg und dachte mit einem kleinen sadistischen Triumph daran, das Souterrain als Spielzimmer für die Kinder, die er noch haben würde, auszubauen, mit grünen flauschigen Teppichböden zu belegen und helle kindgerechte Möbel hineinzustellen, und er zeigte Carol, wie hübsch diese Kinderstockbetten und ein ganz in Rosa gehaltenes Mädchenzimmer waren. Träumst du davon, Großvater zu werden, fragte sie sarkastisch.

Sie saßen bei Tisch, jeder mit seiner heimlichen Sehnsucht, keine einander zugewandte Familie mehr, und heute abend würden ein paar Verwandte und Freunde mehr an diesem Tisch sitzen, aber was Thanksgiving einmal bedeutet hatte, das war mit Mimi und Stanley begraben, weil Marvin und seine Generation irgend etwas unterlassen, sich um irgend etwas zu wenig gekümmert hatten. In dem Maß, in dem die Familie abgebröckelt und verschwunden war, gab es auch niemanden mehr, der ihn mit dem illusionslosen und zugleich liebevollen Blick betrachtete wie seine Eltern, und es war anstrengend, ununterbrochen im unbarmherzigen Licht des Urteils anderer zu stehen, auch Carol urteilte über ihn, und er wußte nicht, wie ihr Verdikt ausgefallen war, aber in ihren Augen las er, daß es längst feststand. Er wollte einmal wieder schwach und bedürftig sein, fordern dürfen, gehalten und gewiegt werden. Das hatte Carol ihm nie gestattet, sie hätte ja ein Kind, sagte sie, geheiratet habe sie einen erwachsenen Mann. Bei mir kannst du dich gehenlassen, hatte die Russin geschrieben, nur hatte ein kleiner grammatischer Fehler die Botschaft zweideutig und um so reizvoller gemacht.

Sie redeten von den Gästen, wieviel sie wohl essen würden, ob Marvin vielleicht doch zuviel eingekauft hatte, es sei ein alter jüdischer Brauch, sagte er, für fünf Personen ein Essen für zehn zu kochen. Wie sein Vater Stanley neigte auch er zu Wiederholungen, und Carol rollte die Augen. Jonathan saß gedankenverloren am schmalen Ende des Küchentisches. Er redete wenig mit Marvin, und es schien, als unterhielte er sich mit seiner Mutter lieber, wenn Marvin nicht dabei war. Manchmal hatte er das Gefühl, sein Sohn mochte ihn nicht besonders, aber dann erinnerte er sich daran, wie überflüssig ihm selber in Jonathans Alter die Existenz seines Vaters erschienen war, und er dachte, so muß es eben in einer ordentlichen Familie sein. Wenn er nicht mit seinen Eltern aß oder bei der Arbeit war, zog Jonathan sich in sein Zimmer zurück, und Marvin hatte es sich abgewöhnt zu fragen, was er dort mache, er hatte stets nur unwirsche Antworten bekommen, ein stereotypes *Laß mich, das geht dich nichts an* und manchmal wiederholte Marvin die Sätze seines eigenen Vaters, ohne es zu merken: Natürlich geht mich das was an, ich bin doch dein Vater. Und wie sein Vater reagierte er mit Schmerz und hilfloser Liebe darauf, daß er nicht mehr wußte, was in seinem Kind vorging, und daß Jonathan offenbar nicht glücklich war. Er hatte Fluglotse werden wollen, und Marvin hatte sich vergeblich bemüht, ihm einen Job in Logan Airport zu verschaffen. Als sie vor einigen Monaten Carol zum Flughafen von Providence brachten, weil sie zu einer Antiquitätenmesse in Toronto flog, ging Jonathan glücklich von Fenster zu Fenster, schaute hoffnungsvoll auf das Flugfeld hinaus, sah zu, wie die Flugzeuge aufstiegen und glaubte von neuem an eine Zukunft als Fluglotse.

Aber Marvin wußte auch, daß Jonathan seinen Vater nicht bloß als lästige Plage empfand, die man ertragen mußte, sondern daß er spürte, wie sehr Marvin litt, ohne es zuzugeben, denn es irgend jemandem einzugestehen, bedeutete, das Kind mit seinem Gebrechen nicht anzunehmen. Vielleicht, dachte Marvin manchmal, nimmt Jonathan es mir übel, daß ich unter seiner Behinderung leide, vielleicht geht er deshalb bei Leuten, die ihm unbefangen entgegenkommen, leichter aus sich heraus. Einmal, bei einer Autofahrt, hatte Jonathan plötzlich ohne Anlaß gesagt, Dad, wenn ich manchmal ekelhaft zu dir bin, dann ist es nicht, weil ich dich nicht mag, sondern weil ich auch so unglücklich bin.

Marvin war so erstaunt, ja ergriffen gewesen, daß er diesen Augenblick durch keine Nachfragen stören wollte, aber er hatte seither oft überlegt, was dieses *auch* bedeutet haben mochte.

Im Sommer, in dem Jonathan fünfzehn geworden war, hatte Marvin an einem Sommerkurs für Akademiker über die Bürgerrechtsbewegung an der Harvard Universität teilgenommen. An der Universität, die ihn weder als College-Studenten noch als Doktoranden aufgenommen hatte, einmal ein- und auszugehen, die Widener-Bibliothek zu benützen, Mitglied der Ivy League-Elite zu sein als was auch immer, hatte er sich schon seit seiner Kindheit gewünscht – mit wachsendem Ressentiment. Er wünschte es sich so sehr, wie sein Großonkel

Paul es sich gewünscht haben mußte, eine der Residenzen der Mandarine von Boston zu besitzen, und wie sein Cousin Jerome davon träumte, mit seinen Stücken die Broadway Bühnen zu erobern. Die Zeit der Bürgerrechtsbewegung hatte er in North Carolina miterlebt, und er hatte keine Demonstration ausgelassen, auch nicht den Marsch auf Washington, deshalb hatte ihn die Vertreibung der Juden aus Dorchester so verwirrt, hatte er doch Seite an Seite mit schwarzen Bürgerrechtlern demonstriert, wie kam es, daß sie plötzlich auf verschiedenen Seiten standen?

Aber in jenem Sommerkurs zwanzig Jahre später fühlte er sich in seine kämpferische Zeit im Süden zurückversetzt, er lernte die Witwe von Malcolm X. kennen und freundete sich mit einem äthiopischen Reverend in weiten afrikanischen Gewändern an, der ihm beim Abendessen im *Addis Red Sea Restaurant* erzählte, er könne Kranke heilen, eine unfruchtbare Frau hätte ein Kind geboren, nachdem er ihr die Hand aufgelegt habe, ja er hätte sogar schon einen Mann auf dem Totenbett ins Leben zurückgeholt. Marvin trug wochenlang sein Anliegen mit sich herum, bevor er den Reverend bat, seinen Sohn zu heilen. Er müsse den Jungen sehen, vorher könne er nichts versprechen, entgegnete der Wunderheiler reserviert und begann Marvin in den Seminarräumen zu meiden, aber Marvin ließ nicht locker, und schließlich fuhren sie hinaus aufs Land an den kleinen See bei Carver, wo Jonathan, wie Marvin und Michael in ihrer Jugend, den Sommer in einem jüdischen Ferienlager verbrachte. Es war ein religiöses Sommerlager, so war es in der Familie seit Generationen Brauch, dort hatten die Leondouri-Kinder ihre jüdische Erziehung bekommen, Hebräisch gelernt, morgens um sechs Uhr vor dem Frühstück *Schachrit* gebetet, dort hatten sie schwimmen und Baseball spielen gelernt, und ihre Eltern hatten gewußt, daß sich die besten Erzieher ihrer annahmen.

Camp Ramah lag mitten in einem Pinienwald, die Zufahrtsstraße endete vor den ersten Blockhäusern, und von da an gingen sie über weiche Sandwege und mußten Wegweisern auf Hebräisch folgen, Stege führten hinaus auf den See, Kanus lagen am flachen Ufer, und überall liefen geschäftige Jugendliche herum, die die beiden Männer erstaunt betrachteten und sich erboten, Jonathan zu suchen. Marvin stellte den Betreuern den Wunderheiler als Freund vor, und der lächelte bescheiden. Auch Jonathan war erstaunt über den unerwarteten Besuch seines Vaters und des Fremden im Buschhemd.

Aber Sie sind ja schwarz, sagte er.

Ich weiß, erwiderte der Reverend, ohne sich an der ungewöhnlichen Begrüßung zu stoßen.

Marvin sah den Heiler erwartungsvoll und ängstlich an. Können Sie es tun, flüsterte er und fürchtete sich ebensosehr vor der abschlägigen Antwort wie davor, daß der Reverend ein geistliches Lied anstimmen, ein Kreuzzeichen schlagen, irgend etwas auffallend Christliches tun könnte, das ihnen und Jonathan, der von nichts wußte, die Vertreibung aus dem orthodoxen Ferienlager einbringen würde, den Hinauswurf als Ketzer, als Meschuggener, als verzweifelter Vater, der sich mit einem Voodoopriester in diese Enklave entschlossener Jiddischkeit eingeschlichen hatte. Aber der Reverend machte eine unauffällige Geste, die nur bei genauem Hinsehen als Kreuzzeichen hätte gedeutet werden können, murmelte etwas Unverständliches, legte dem Objekt seines Zaubers die Hand auf den Kopf und verabschiedete sich freundlich von dem verwirrten Jonathan.

Glauben Sie, es hat gewirkt, fragte Marvin, als sie von dem sandigen Zufahrtsweg auf die befestigte Straße einbogen.

Das kann ich noch nicht sagen, antwortete der Reverend, manchmal dauert es eine Weile. Danach war er Marvin aus dem Weg gegangen.

Marvin hatte nie jemandem davon erzählt, auch Carol nicht, obwohl er wußte, sie würde seine Verzweiflung, die absolut nichts unversucht lassen konnte, weder neue medizinische Methoden noch Therapien und auch kein Zaubermittel, verstehen und vielleicht sogar gutheißen.

Wie darf es das geben, hatte Marvin einmal zu Carol gesagt, daß ein Mensch nie im Erwachsensein ankommt?

Er ist dabei, erwachsen zu werden, widersprach sie, er wendet sich von uns ab, redet lange mit Kimberly am Telefon, sie gehen zusammen ins Kino, in die Shopping Mall oder kegeln wie alle anderen Jugendlichen auch. Und daß er eine Freundin hat und sich nach Liebe sehnt, spricht doch für ihn und ein wenig auch für unsere Anstrengungen.

Aber er wird niemals wirklich selbständig sein, warf Marvin ein, er wird nie allein leben können, nie eine Familie haben, er wird nie wissen, was Glück ist.

Wissen wir es denn noch? fragte sie leise.

Alle die unverwirklichten Träume, die auf Marvin lasteten, schienen Carol nicht zu bedrücken. Was er seinem Sohn alles hatte beibringen wollen, seine eigene Kindheit, diese paradiesische Zeit seines Lebens hatte er durch ihn wiederholen wollen, sogar mit den Fehlern, die er seinem eigenen Vater angekreidet hatte und die ihm jetzt im Rückblick Tränen der Liebe und Sehnsucht in die Augen trieben. Er hatte Jonathan in die Suffolk Downs mitnehmen und ihm zu seinem einundzwanzigsten Geburtstag seinen ersten Drink spendieren wollen, nur er und Jonathan an der Bar des *Rose Bud Diner* in Cambridge, wohin sein Vater ihn an seinem einundzwanzigsten Geburtstag zu einem Drink mitgenommen hatte. Er war bereit, die Überheblichkeit seines Sohnes zu ertragen, wie sein Vater die seine lächelnd hingenommen hatte. Und er würde, wenn Jonathan wieder ein wenig zu sorglos mit seinem Geld umgegangen wäre und verlegen herumdrückte, weil ihm sein Stolz verbot, geradewegs um Geld zu bitten, seine Brieftasche hervorholen und ihm wortlos, mit einer Handbewegung, die sagte, vergiß es, ist schon in Ordnung, einen Hundertdollarschein zustecken oder auch fünfhundert, wenn nötig. Er würde ihn zu den Footballspielen ins Foxboro Stadion mitnehmen, und sie würden zusammen die *New England Patriots* anfeuern und ihnen zujubeln. Und wenn es ein musikalisch begabtes Kind werden sollte, hatte er sich vorgenommen, schon früh, viel früher als seine eigenen ungebildeten Eltern, ein Abonnement für die Zelebritäten-Reihe in der Symphony Hall zu kaufen, damit Jonathan Musiker hören konnte, die mit den Virtuosen von Marvins Jugend, mit Horowitz, Casals und Menuhin, vergleichbar waren. Er war bereit gewesen, jede Begabung ohne Rücksicht auf Kosten und Zeitaufwand zu fördern. Er hatte davon geträumt, als gerührter, stolzer Vater im Zuschauerraum zu sitzen, während sein Sohn auf der Bühne die Leistungen erbrachte, die ihm selber versagt geblieben waren. Er hatte sich vorgestellt, seinem Sohn Tips zu geben, wie man Mädchen verführte und wie man Schwangerschaft verhütete, von Mann zu Mann. Und nun liebte Jonathan zwar diese ebenfalls behinderte Kimberly schon seit vier Jahren, aber er war noch nicht einmal auf die Idee gekommen, sie zu küssen. Marvin mußte die beiden nur jedes Wochenende zum Kino, zum Eislaufplatz, zur Shopping Mall chauffieren, denn daß Jonathan jemals selber fahren lernte, war ausgeschlossen nach allem, was geschehen war. Manchmal fuhr er Jonathan an, hör auf mit dem kindischen Quengeln, sei ein Mann, und der Schmerz nahm ihm bei solchen Sätzen fast den Atem, während sie Jonathan nicht im Geringsten beeindruckten. Carol schien diese Schwierigkeit, die Diskrepanz zwischen Jonathans erwachsenem Männerkörper und seinem kindlichen Verstand nicht anzufechten, sie putzte und zupfte an ihm herum, als schicke sie ihn noch immer in den Kindergarten, und er ließ es sich gefallen, ja er schien es sogar zu genießen.

Während Carol den Tisch abräumte, öffnete Marvin die Verandatür, um herauszufinden, ob es nach Regen aussah, die Plastikplane der Nachbarn knatterte leise, und das braune Laub der Eiche hinter dem Haus raschelte im Wind. Er mochte diesen Ausblick auf die Rückseite der Siedlung, ihre Innenseite, die rundum von den Häusern und Staketenzäunen bewacht wurde, wo im Sommer Kinder in kleinen provisorischen Swimmingpools aus blauen Plastikplanen planschten, wo die Leute abends auf den Veranden saßen und Frauen morgens Wäsche aufhängten, diese Intimität, die eine Siedlung zur Gemeinschaft machte, man wußte über die anderen Bescheid, ihr Leben glich auf beruhigende Weise dem eigenen. Den ganzen Herbst lang hatte die Sonne schon am Morgen ihre Strahlen ins Laub der Eiche getaucht und die Blätter im Innern der Krone aufblitzen und leuchten lassen, als bräche gleich ein Geheimnis hervor. Aber sobald sich das Licht gleichmäßig über Bäume und Rasen verteilte, war dieses Geheimnis verschwunden und nicht einmal mehr vorstellbar, und am Abend griff die untergehende Sonne hier ein gelbes Leuchten, da ein tiefes Rot heraus, um an das nicht eingelöste Versprechen zu erinnern. Die zwei großen Fenster des Erdgeschosses lagen sich symmetrisch gegenüber, das eine, das zur Veranda und zu den hinteren Gärten hinausging, enthielt immer dieses vage Versprechen, als öffne es sich auf das Meer, als läge das Meer direkt hinter den herbstlichen Bäumen, das andere ging auf die Straße, mitten in die Vorstadt, in die Ödnis, den Winter.

Es war noch immer ein kalter Tag mit schneidenden Windböen, und bald würde er nach Revere fahren, um seine Großtante Edna abzuholen, aber vorher wollte er noch mit Carol reden. Er hatte sich oft überlegt, wie er es sagen sollte, er wollte niemandem weh tun, am allerwenigsten Carol und Jonathan, aber er mußte es ihr irgendwann einmal sagen. Die Geschichte mit Tatjana hatte in diesen letzten Monaten einen Siedepunkt erreicht, sie drängte auf eine Entscheidung, er würde es Carol sagen müssen. Wie sollte er die Frau sonst in die USA kommen lassen, ihr ein Affidavit schicken, sie vom Flughafen abholen, und wohin sollte er sie bringen?

Es war nicht bei den täglichen E-Mail-Botschaften geblieben, sie hatten einander Fotos geschickt, Tatjana mit seelenvollen schwarzen Augen und dunklem Haar, Tatjana mit weißem Mantel und Stethoskop, Tatjana im Bikini mit einer Figur, von der Carol nicht einmal mehr träumte, er bewahrte sie im Schreibtisch seines Büros auf, dorthin hatte sie ihm auch die überdimensionalen Hausschuhe als Geburtstagsgeschenk geschickt, vielleicht hatten kasachische Männer solche Riesenfüße, aber er konnte sie ohnehin nicht mit nach Hause nehmen. Er stellte sich Carols Gesicht beim Anblick dieser rotbestickten Filzpantoffeln vor. Auf welchem Flohmarkt hast du denn die gefunden, hast du deine Schuhgröße vergessen, würde sie fragen, und er würde zornig und angewidert ihr vom Lachen verzerrtes Gesicht betrachten, Tränen würde sie lachen und die Hausschuhe einem Anfall von Wahnsinn und Geschmacksverirrung zuschreiben und ihm vorschlagen, sie an die Heilsarmee zu verschenken.

Von seinem Büro aus hatte er Tatjana ein paarmal angerufen, spätabends, nach dem wöchentlichen Literaturkurs im Programm für Erwachsenenbildung, und ihre Stimme war gedämpft durch das Nebengeräusch der Telefonverbindung gekommen, ein Rauschen, als peitsche Regen durch das All, aber sie hatte gleich ihre Tochter geholt, sie sei zu nervös, um zu sprechen, sie bitte vielmals um Entschuldigung, ihre Tochter könne besser Englisch, und dann hatte er sie im Hintergrund Russisch reden hören, und das Mädchen hatte übersetzt, die Mutter lerne Englisch, aber sie sei noch nicht so weit, ihr gehe sehr Kompliziertes durch den Kopf, und diese Gedanken könne sie noch nicht in der fremden Sprache ausdrücken, in Briefen dagegen schon, da habe sie Zeit, nachzudenken. Das verstand er, aber er konnte trotzdem nicht widerstehen und rief sie wieder an, er stand wie unter Strom, als lebe er in einem leichten Rauschzustand, der ihn daran hinderte, sich auf irgend etwas in Ruhe zu konzentrieren, und es hätte ihn nicht verwundert, wenn jemand ihn auf seine Zerfahrenheit angesprochen hätte. Alltägliche Banalitäten irritierten ihn entweder stärker als früher oder sie interessierten ihn nicht im Geringsten. Es war eine Besessenheit, die nur beim Tagträumen angenehm war, im Alltag war sie eine Beeinträchtigung, ein Hindernis.

Er hatte mit einer Variante des Laufens begonnen, die seit neuestem in Mode war, um zumindest untertags im College einen klaren Kopf zu haben. In der Mittagszeit ging er in Turnschuhen mit angewinkelten Armen einmal schnell rund um den Campus, *Power walking* hieß die neue Sportart, ein rasches, ununterbrochenes und kraftvolles Gehen in passender Freizeitkleidung, und ins Schwitzen mußte man kommen. Er müsse auf sein Gewicht achten, sagte er zu Kollegen, die ihn dahintrotten sahen, aber es lenkte ihn nicht ab, er wurde den Gedanken an Tatjana keine Sekunde los, denn während er durch den kleinen Wald hinter dem Studentenwohnhaus, über die Lichtung zum Administrationsgebäude, auf dem Schotterweg zum Präsidentenhaus und am dichten Unterholz entlang zu den Tennisplätzen hastete, redete er ununterbrochen mit ihr, sagte, ein wenig müssen wir uns noch gedulden, ich muß noch meine Angelegenheiten in Ordnung bringen, aber ich bin jeden Augenblick bei dir, ich lebe in meiner Zeit und zugleich in deiner, ich weiß, wann es bei dir Mittag und Abend ist und wann du aufstehst, in jedem wachenden Augenblick sehne ich mich nach unserer gemeinsamen Zukunft, wie sich ein Kind nach dem Leben sehnt, das vor ihm liegt, und dann konnte er sich nicht mehr bremsen und rannte in sein Büro, um sie anzurufen, griff zum Hörer, legte ihn wieder auf, rechnete die Zeitdifferenz nach, riß sich los, war schon auf dem Weg zur Tür, und rief dann doch an, nur um ihre Stimme zu hören, ihr erstauntes *Ah*, das wie ein Seufzer klang, und den aufregenden Akzent ihres *Hallo*, ihr verlegenes Lachen und wie sie nach ihrer Tochter rief und *Moment, Moment* sagte mit der Betonung auf der falschen Silbe. Ihre E-Mails dagegen waren bestimmter und drängender, er mußte zu einer Entscheidung kommen.

Unzählige Male hatte er schon zu seiner Rede angesetzt, und dann hatte er Carol angesehen, sich ihr Gesicht vorgestellt, wenn sie begriff, welche Wende ihr Leben ohne ihr Wissen genommen hatte, ihre verwundeten braunen Augen, diese vorwurfsvollen Dachshundaugen, würde er dann sagen und sie in die Arme nehmen, und alle Vorsätze wären umsonst gewesen. Es war ihm nie gelungen, mit derselben Härte wie sein Bruder seine Vorstellung von Freiheit durchzusetzen, dieses trotzige *I prefer not to*, ich möchte lieber nicht, ein Satz, der ihm zum erstenmal als Vierzehnjährigem bei der Lektüre von Melvilles *Bartleby* ein Tor zur Freiheit aufgestoßen hatte, die Möglichkeit, sich einfach hinzustellen und gelassen *nein* zu sagen, nicht in den kleinen Dingen, die leicht zu ertrotzen waren, sondern bei grundsätzlichen Entscheidungen, die das Leben betrafen. Aber was ihm bei Kollegen und Vorgesetzten meistens nach längerem Abwägen der Vor- und Nachteile seiner Widersetzlichkeit gelang, wurde schon schwieriger unter dem flehenden Insistieren seiner Studenten und vollends unmöglich seiner Mutter oder Carol und Jonathan gegenüber. Er scheiterte nicht an der Autorität, sondern am sanften, unerbittlichen Druck der Liebe und der Verantwortung.

Es gab keinen Kompromiß zwischen den Fesseln, die ja nichts Unmenschliches von ihm verlangten, nur daß er auf die Hoffnung verzichtete und zufrieden war, wenn die Tage ruhig und eintönig verliefen, und seiner Sehnsucht, die diese Frau am anderen Ende der Welt in ihm entfachte. Sie verkörperte die Chance des Neubeginns, bald, bevor das Alter ihn endgültig entmannte. Wie ein Häftling, der heimlich seine Flucht vorbereitet, fühlte er sich, von seiner erzwungenen Bewegungslosigkeit und der Angst gehetzt, nur einen verschwindenden Bruchteil seiner Möglichkeiten gelebt zu haben.

Im vergangenen Juni hatte sich sein Jahrgang zum fünfunddreißigsten Jubiläum seiner *Graduation* in *Callahan's* Bar und Steakhaus versammelt, das seit seiner Studentenzeit für seine Drinks bekannt war, und dort war auch sein früherer Sitznachbar und Freund Arnie aufgetaucht, in ihrer Jugend ein schmaler, durchtriebener Aufschneider, ein Windhund und Aufreißer, der einzige, den er nicht nach Hause mitbringen durfte, weil Mimi seinen schlechten Einfluß fürchtete, einer, dem alle Lehrer eine Karriere als Verbrecher und Betrüger vorausgesagt hatten. Marvin hätte ihn nicht erkannt, als er durch die Schwingtür hereinkam und alle an der Bar sich nach ihm umdrehten und nicht wußten, wen sie zuerst ansehen sollten, den stattlichen Arnie im Maßanzug und mit einer Versace-Krawatte um den Hals, die immer noch dichten schwarzen Haare mit Gel zurückgekämmt wie ein Mafioso, oder die umwerfende blonde Frau an seiner Seite, der eine Kinderfrau mit einem herausgeputzten Kleinkind im Arm folgte. Er stellte das Prachtweib als seine Ehefrau vor, sie spreche noch nicht viel Englisch, sie sei Russin, deshalb bezahle er ihr eine russische Kinderfrau, damit sie sich nicht einsam fühlte. Ich weiß, sie liebt mich nicht, sagte er mit einem ironischen Zwinkern und legte seine Hand besitzergreifend um ihre Taille, aber sie liebt mein Geld, und er brach in schallendes Gelächter aus und erzählte die Erfolgsgeschichte seiner letzten dreißig Jahre. Marvin hätte wetten können, daß jeder dieser Mittfünfziger in der Bar in diesem Augenblick den ehemaligen Klassenstrizzi beneidete, als habe er sich als einziger ihre Sehnsüchte erfüllt, sich einfach genommen, wovon die anderen in ihren ehrbaren Berufen und ihren Vorstadthäuschen mit gleichaltrigen Frauen und Kindern im College-Alter träumten. In diesem Augenblick erschien ihm Arnie als der unbestrittene Star des Jahrgangs 1961 der Newton High School, die Arnie nur mit seiner, Marvins Hilfe überhaupt geschafft hatte, und Marvin fragte sich, ob er auch mit diesem Model herumstolzieren würde, wenn er ihm nicht bei Prüfungen eingesagt und die Projektarbeiten geschrieben hätte. Hatte er weniger Recht auf Glück als dieser Gauner Arnie? Ein einziges Mal, dachte er bei diesem Treffen, während der Aufschneider Arnie seine Geschichten zum besten gab, ein einziges Mal noch wollte er diese Leichtigkeit verspüren, die dieser Mann verkörperte, diese Beschwingtheit, ein einziges Mal noch den Geschmack überschäumender Lebenslust, bevor sich, wie am Ende des Jom Kippur, die Tore schlossen, bevor es zu spät war, und wenn es eine Illusion war, dann hatte man eben einen langen glücklichen Augenblick in einer Illusion gelebt und konnte die Erinnerung an sie mitnehmen in die endgültige Stagnation.

Natürlich wollte er Carol und Jonathan kein Leid zufügen, er liebte sie beide mehr als alles andere in der Welt, er würde alles tun, um ihnen Kummer zu ersparen, sie waren seine Familie, er hatte keine andere außer ihr, denn die Familie, wie sie einmal gewesen war, als seine Eltern lebten, als sich zwanzig, dreißig Familienmitglieder zu Thanksgiving, an einem Sedertisch oder beim Barbecue in einem Garten versammelten, hatte sich längst endgültig aufgelöst, und übrig waren nur noch einige weit voneinander über die Vorstädte verstreute

Paare mit ihren Kindern. Es war auch schwierig, mit den Veränderungen Schritt zu halten, kaum war man zu einer Hochzeit eingeladen gewesen, wurden die Haushalte und Kinder schon wieder aufgeteilt, es war ein fast verstohlenes Kommen und Gehen ohne Zeugen, bei dem man unmöglich auf dem Laufenden bleiben konnte, denn während noch Besitztümer, Hausrat, Familienmitglieder auseinanderstoben, formierten sich schon neue Verbindungen, und das Einladen der Gäste wurde zu einer delikaten Sache, man wußte nicht, wer mit wem nicht reden konnte oder wollte, wer wegen wem mit wem verfeindet war. Auch früher hatte es lebenslange Feindschaften gegeben, Morris und Bertha, Ida und Gitta konnten sich nicht ausstehen, aber diese Fehden waren spektakulär gewesen und nicht zu übersehen.

Als sie vor zwei Wochen die Gästeliste aufstellten, sagte Carol, wenn wir fünfzehn einladen, müssen wir für zwanzig einkaufen, damit reichlich da ist, und dann sagen am Vortag vier und weitere fünf im letzten Augenblick ab, und am Ende sitzen wir mit Essen für zwanzig an einem Tisch mit sechs Leuten und suchen krampfhaft nach Gesprächsthemen. Sie erinnerten sich beide an das aufwendige Gartenfest letzten Sommer, für das sie tagelang eingekauft und gekocht hatten, und dann kam es ihnen vor, als hätten sie die schweigsamsten Menschen, auf die sie verfallen konnten, gegen eine Bekannte Carols antreten lassen, die jeden Auftritt dazu benützte, sich ihrer Vorurteile zu brüsten und im Lauf des Nachmittags eine ganze Tischgesellschaft in die Flucht zu schlagen, und noch bevor er die Veranda mit den Lampions beleuchten konnte, die er für diese Party gekauft und installiert hatte, saßen sie mit der Dauerrednerin allein vor einem Tisch, auf dem die Teller und Schüsseln fast unberührt geblieben waren.

Carol war nicht nur seine Frau seit fast dreißig Jahren, er fühlte sich ihr auch zugehörig, wie er sich nur seinen Eltern, seinem Bruder und seinem Sohn jemals verbunden gefühlt hatte. Ohne zu zögern würde er, wenn Carol erkrankte, die besten Ärzte für sie auftreiben und keine Ausgaben scheuen, er würde jederzeit das Gesetz für sie brechen, und er wußte, auch sie würde im Unglück zu ihm halten, sie war eine verläßliche Partnerin im Unglück, das hatte sie bewiesen, und niemand würde je denselben Schmerz um sein Kind empfinden wie sie, das einte sie, das hatte ihre Ehe zu einer Schicksalsgemeinschaft gemacht. Damals nach Jonathans Unfall hatte ihre beherrschte Ruhe ihnen beiden die Kraft gegeben, monatelang hilflos an seinem Bett zu sitzen, zu warten und zu hoffen und die Unsicherheit zu ertragen, mit der sie weggingen, um ein paar Stunden zu schlafen oder einfach nur in einem Restaurant zu sitzen, mit jedem Wort und jedem Gedanken an das Kind und seither aneinander gefesselt. Ihre Ruhe war ihm unheimlich gewesen, es war eine grimmige Ruhe, die äußerste Anspannung einer verborgenen Kraft, als müsse sie allein durch diese Kraft Jonathans Genesung bewirken, und Marvin fürchtete, daß diese Kraft wie eine überspannte Saite mit einem schrecklichen Mißton reißen könnte, aber Carol hielt durch, es war ein zäher Kampf, der bis zum heutigen Tag fortdauerte, und die Spuren, die dieser Kampf hinterlassen hatte, waren nicht zu übersehen. Sie zeigten sich in den strengen Falten, die ihr Gesicht im Lauf der Jahre gezeichnet hatten, und in einem Blick, in dem stets ein wenig Furcht und Mißtrauen standen, die sich bei geringen Anlässen in Alarmbereitschaft verwandeln konnten, als erwarte sie in jeder Minute ihres Lebens einen vernichtenden Schlag, und diese Erwartung des Schlimmsten setzte sich in ihrer angespannten Körperhaltung fort, in nervösen Ticks, die unvermittelt auftauchten und nach einiger Zeit wieder vergingen, und in ihrer Hellhörigkeit für alles, was vom Gewohnten abwich, denn jede Neuerung konnte der Anfang eines furchtbaren Endes sein. Er liebte sie, zweifellos, und er nahm an, daß auch sie ihn liebte, auf eine ähnlich sture, unverbrüchliche Weise, aber es schien ihm, als besäße die Liebe, die sie füreinander hatten, keine Gegenwart, nur die Vergangenheit ihrer ersten Zeit und die Zukunft des Zusammenhaltens in Krankheit und Not. Vielleicht erschien ihm diese Liebe gerade deshalb so dauerhaft und unverwüstlich trotz der Spannungen und nervenaufreibenden Unentschiedenheit, die am unerträglichsten wurde während der nächtlichen Gespräche, in denen sie versuchten, über sich zu reden und bei denen doch nie irgend etwas direkt zur Sprache kam aus Angst, einander zu verletzen, obwohl alles Ungesagte sich zwischen die Sätze drängte. Es war, als lebten sie noch immer im Ausnahmezustand der Katastrophe und könnten es sich nicht leisten, aufzuatmen und ihren Anteil an Glück zu fordern. Wenn Marvin einen Blick auf die liebevolle Frau erhaschen wollte, die er geheiratet hatte, mußte er sie überraschen, wenn sie mit ihrem Sohn allein war und die beiden über Dinge redeten, die Marvin ungeduldig machten, über Kimberly, über die Kinderfilme, die er sich ansah, und über seinen Vorgesetzten in dem Videogeschäft, in dem Jonathan arbeitete, dessen unfreundliches und schroffes Verhalten ihn kränkte.

Es gab noch Augenblicke großer Nähe, etwa wenn er Carol jene Stellen aus Werken seiner Lieblingsdichter vorlas, die ihren gemeinsamen Kummer um Jonathan berührten, auch wenn diese Dichter von ganz anderen Dingen sprachen. *Und ich wußte,* las er bei James Baldwin, *daß dies nur ein seltener Moment des Glücks war und daß die Welt draußen wartete, hungrig wie ein Tiger, und die Sorgen sich vor uns erstreckten, weiter als das Firmament.* Und bei Thoreau: *Wir müssen uns bereit halten für die unendliche Erwartung der Morgendämmerung.* Dann wurde der Schmerz um das gemeinsame, nur mehr selten erwähnte Schicksal in der Schönheit der Sätze so unerträglich, daß sie ohne einander anzusehen ihn zurückdrängten, um sich nicht von ihrem aufgestauten Elend überwältigen zu lassen. Und gleichzeitig trug die Begeisterung sie fort, die sie als Studenten für die Unnachahmlichkeit solcher Sätze und Bilder empfunden hatten und das Erstaunen, welchen Sturm sie in ihnen entfesseln konnten, qualvoll und schön zugleich, und daß sie noch immer empfänglich dafür waren und wußten, es wartete wie vor fünfundzwanzig, dreißig Jahren auf ihr Entzücken, es war noch immer da, um sie zu trösten. In solchen Momenten fand ihre Liebe einen Ausdruck, auch wenn die Heftigkeit ihrer Gefühle sie zwang, sich voneinander abzuwenden, aus Scham, weil sie kein anderes Ventil für ihre schmerzgeborene Liebe mehr fanden. Also las er ihr vor, und seine Stimme erstickte von Zeit zu Zeit in seinen Tränen, und im Kopf war ihm, als würde er ausgeleert, als zögen die Worte, die er las, ihm die Seele aus dem Leib. Sie war eine Kameradin im Unglück geworden, aber Marvin sehnte sich nach Glück, ja er bestand auf seinem Recht auf Glück, auf Zärtlichkeit, daß eine Frau ihn so selbstvergessen liebte, als gäbe diese Liebe ihnen das Recht, sich über alles hinwegzusetzen, er wollte entschädigt werden für sein Leben, und er wollte den erregten Pulsschlag des Neuen und, wenn es sein mußte, Verbotenen spüren. Selbst wenn sie es gewollt hätte, dafür kam Carol nicht mehr in Frage, das war vorbei. Das Gewicht der Trauer, das auf ihnen lastete, war zu schwer für eine neue Unbeschwertheit. Er konnte sich nicht genau erinnern, wann sie aufgehört hatten, einander zu begehren, vielleicht vor sechs Jahren, als Carol ihre Affäre mit seinem Cousin Jerome hatte, vielleicht erst später. Er liebte noch immer ihren Geruch, früher, wenn sie auf einer Geschäftsreise war, hatte er oft seine Nase in ihrem Nachthemd vergraben und ihren Duft eingeatmet und gehofft, sie würde ihn nie durch Parfüm überdecken, aber auch das war schon viele Jahre her.

Manchmal hatte Marvin den Verdacht, sie würde gar nicht erstaunt sein, wenn er sie rief und sagte, wir müssen reden, bevor ich Edna abhole. Sie hatten seit Monaten nicht mehr miteinander geschlafen, und die unausgesprochenen Spannungen waren oft so unerträglich, daß sie voneinander abgewandt im Bett lagen und beide nicht einschlafen konnten. Und die Ruhe, mit der Carol nach Jonathans Unfall die Familie vor dem Zerbrechen bewahrt hatte, wich immer öfter einer unerwarteten Empfindlichkeit. Erst kürzlich hatte er von einem neuen Roman John A. Williams', des einzigen Schriftstellers, mit dem er befreundet war, gesprochen und gesagt, ein Augenblick, ein einziger Augenblick der Unachtsamkeit genügt, und schon ist ein ganzes Leben kaputt, eine Familie zerstört. Er hatte nicht von Jonathan gesprochen, er hatte nicht einmal an ihn gedacht, aber Carol hatte das Glas, das sie gerade zum Mund führen wollte, hart aufgestellt, so daß das Wasser überschwappte, und war aufgesprungen, Hand vor dem Mund, und ins Schlafzimmer gelaufen, wo sie die halbe Nacht weinte, so laut, daß Marvin wußte, sie wollte, daß er hinaufging und sich entschuldigte, sie tröstete, alles für ein Mißverständnis erklärte, aber er wußte auch, es würde nichts helfen, es würde keine Lösung bringen, es würde sie einander kein Stückchen näher bringen. Also blieb er im Wohnzimmer sitzen, las Johns Roman, öffnete spätabends noch seine Mailbox und las Tatjanas Liebesbotschaft, ließ zu, daß die Fesseln, die ihn an dieses Leben in diesem Haus mit diesen beiden Menschen banden, sich lockerten, daß sich die Möglichkeiten eines neuen Lebens zaghaft entfalteten. Sogar einen Mörder, der lebenslänglich bekommen hatte, ließ man nach fünfundzwanzig Jahren laufen. Alles wurde möglich, plötzlich stand er mitten in einem Drama, fast überlebensgroß, wie auf einer Bühne, etwas geschah ihm, das Schicksal bemächtigte sich seiner und gab ihm eine zweite Chance.

Er hörte Carol in der Küche rumoren, wahrscheinlich war sie wütend, daß er nicht angeboten hatte, ihr zu helfen, sie kochten gern zusammen, sie waren aufeinander eingespielt, und jeder hatte sein Repertoire, er kochte den Mais, briet die Steaks, das Roastbeef, die Lammkoteletts, er machte das Frühstück, alle Eiervarianten, das hatte er bei seiner Mutter gelernt, dafür hätte er niemals den Kaffee auch nur angerührt, das war Carols Stärke und alles, was mit Saucen und Gewürzen zu tun hatte, auch das Gemüse gelang ihr besser, aber dafür waren seine Domäne die Soufflés. Beim Thanksgiving-Dinner war sie für den Truthahn zuständig, die Füllung gelang ihr stets ausgezeichnet, aber er übergoß den Vogel im Backrohr, weil sie hitzeempfindlich war. Squash, Süßkartoffeln und Mais würde er später machen, und Kürbispasteten hatte er im Supermarkt gekauft, und natürlich brauchte er eine halbe Stunde, um den Wein auszuwählen, und währenddessen redeten sie und lachten, an Gesprächsstoff hatte es ihnen nie gefehlt, deshalb war Carol wohl auch seine Veränderung und sein heimliches Doppelleben vor dem Computer nicht aufgefallen.

Bist du mit dem Truthahn fertig, rief er in die Küche und konnte ihre Antwort nicht hören. Sie würde ins Wohnzimmer kommen und fragen, warum oder was ist, und dann würde er sagen, ich muß mit dir über etwas Wichtiges reden. Er war von seiner Rednergabe stets überzeugt gewesen, von klein auf hatten seine Eltern die Fähigkeit zu diskutieren und zu verhandeln bei ihren Söhnen gefördert, was krieg ich, wenn ich das tue, wenn ich dieses Spielzeug bekomme, werde ich dafür jenes tun, alles war Gegenstand von Verhandlungen gewesen, und besonderes Geschick wurde belohnt, dabei hatten sie ihre Taktik ständig verfeinert und versucht, auch ihre Eltern zu manipulieren. Nie hatte es in Marvins Familie Befehle gegeben, über alles ließ sich verhandeln, alles mußte begründet werden. Es war kein Zufall, daß Michael ein erfolgreicher Gewerkschaftsunterhändler geworden war.

Er würde Carol bitten, in ihrem Lieblingssessel Platz zu nehmen, einem abgewetzten Satinstuhl, der einmal in Mimis und Stanleys Wohnzimmer gestanden war, und er würde sich schräg gegenüber in den Lehnstuhl setzen, der sich so gut zum Schlafen eignete, denn oft schlief er sitzend über seinen Vorbereitungen ein und wachte erst Stunden später auf, wenn Carol längst zu Bett gegangen war. Hier hatten sie alle Grundsatzgespräche der letzten fünfzehn Jahre über Jonathans Schulbildung, Reisen, neue medizinische Erkenntnisse und ob sie Jonathan nützen konnten, geführt, denn meistens war es um das Kind gegangen, manchmal auch um Auseinandersetzungen in Marvins College. Er vertraute Carols Urteil, gerade weil sie stets das Schlimmste von den Leuten annahm, hatte sie oft recht. Sie sagte ihm, wann es sich lohnte, auf seinem Recht zu bestehen, und wann er sich geschlagen geben sollte. Sie ließ keine versöhnlichen Ausreden gelten und lehnte es ab, sich selber zu belügen, sie war kompromißlos in ihren Folgerungen, während sie ihm vorwarf, er weigere sich, die Realität wahrzunehmen in der Hoffnung, sie würde sich nach seinen Wünschen richten. Sie sagte, du willst die Wirklichkeit nicht sehen aus Angst, daß sie dir weh tut. Nun war sie an der Reihe, sich auf die Wirklichkeit einzustellen.

Draußen vor dem Panoramafenster warfen die Nachbarskinder unter Flüchen und anfeuernden Rufen immer noch den Ball in den Korb über dem Garagentor, und der Aufprall skandierte den monotonen Beat eines Rappers aus einem tragbaren Radio. Es war wie an jedem Nachmittag am Wochenende. Jonathan saß im verdunkelten Schlafzimmer vor dem Fernsehapparat und schaute sich den Wetterbericht an oder die Nachrichten, vielleicht auch eines seiner Videos, die er laufen ließ, bis er sie auswendig konnte und ganze Konversationen mit Zitaten aus ihnen bestritt. Carol würde sich über den Lärm von der Straße beklagen, sobald sie der Ball spielenden Jugendlichen ansichtig wurde.

Vielleicht sollten wir unser Leben überhaupt ändern, ja, so wollte er anfangen.

Sie würde aufhorchen, freudig gespannt, für eine Veränderung war auch sie zu haben, beide wollten sie aus diesem Leben längst heraus und wußten nicht wie. Auch die Frage, was mit Jonathan geschehen würde, hatten sie viele Male angeschnitten und wieder fallengelassen. Er würde nicht allein leben können, das wußten sie, sie hatten sich betreute Wohnprojekte angesehen, und stets war der erste konkrete Schritt an irgendeinem Hindernis gescheitert, vor allem jedoch daran, daß sie es sich nicht vorstellen konnten, wie Jonathan auszog und dem Leben allein gegenüberstand, ohne den Schutz und die Bequemlichkeit, an die sie ihn gewöhnt hatten, verwundbar und kindlich wie er war.

Vor einem Jahr hatte Jonathan sich mit seinem ehemaligen Schulfreund Peter zum Eislaufen in einer verlassenen Sporthalle am Rand der Kleinstadt Westwood verabredet, und sie hatten ihn hingefahren, um Peter bei seinen Eltern abzuholen, wo er die Wochenenden verbrachte. Peter wohnte schon seit längerem nicht mehr zu Hause, sondern in einem jener betreuten Wohngemeinschaften für behinderte Jugendliche, die man auch ihnen als nächsten Schritt in Jonathans Leben empfohlen hatte. Sie hatten in der Diele auf Peter gewartet, auch Peters Eltern Bruce und Candy waren herumgestanden, und im Stehen hatten sie Soda getrunken, Candy ein wenig betulich und überdreht, Bruce auf eine knabenhafte Art gewinnend, bis schließlich Peter aus seinem Zimmer hervorpolterte wie Kaliban, laut und glücklich darüber, zu Hause zu sein und seinem Freund sein Zimmer zeigen zu können. Plötzlich erschien auch die jüngere Schwester im weißen Bademantel erzürnt und aufgeregt zeternd, die beiden Jungen seien ohne anzuklopfen in ihr Zimmer eingedrungen, die Erwachsenen entschuldigten sich alle gleichzeitig, und die allgemeine Zerknirschtheit erreichte einen Grad der Aufregung und Peinlichkeit, daß Marvin und Carol erschrocken zum Aufbruch drängten, während Candy noch immer ihre Tochter beschwichtigte und Bruce dem Sohn in seiner Verwirrung den falschen Anorak anzuziehen versuchte. So liefen sie in das Glitzern der roten, grünen und gelben Glühbirnen der Weihnachtsdekorationen auf dem Rasen hinaus, die auf den Marmorplatten des Gartenweges glänzten, viel Arbeit sei das gewesen, hatte Candy vorhin gesagt. Es war ein überstürzter Aufbruch, beinah als seien sie hinausgeworfen worden. Der Eislaufplatz war an diesem vorweihnachtlichen Sonntag abend überlaufen, und nach zwei Stunden waren sie mit Peter und Candy wieder auf dem Heimweg, Peters Stunden zu Hause waren bereits gezählt, am Montag morgen würde sein Vater ihn vor der Arbeit zu seiner betreuten Wohngemeinschaft fahren. Bitte Mommy, bettelte er im Auto, laß mich wieder zu Hause wohnen, da ist es nicht so laut wie in der Wohngemeinschaft, ich will heim, flehte er in das betretene Schweigen hinein, kein Wort des Vorwurfs gegen seine Eltern, nur Sehnsucht nach zu Hause, das schönste Haus in der schönsten Gegend, schwärmte er, die Bäume, die Straße, sein Zimmer, alles wolle er tun, immer ganz brav und still sein, seine Schwester nicht mehr ärgern, nur bitte, laßt mich wieder zu Hause wohnen. Die Erwachsenen schwiegen, nur der Motor surrte und die Scheibenwischer strichen gleichmäßig über die Windschutzscheibe, es hatte zu regnen begonnen. Beklommen sahen sie Peter und Candy beim Aussteigen zu, wünschten ihnen alles Gute, riefen, bis bald dann, und blieben noch eine Weile in der Dunkelheit im Auto sitzen. Marvin und Carol wechselten während der ganzen Fahrt nach Hause kein Wort, weil sie vor Jonathan nicht über Peter und seine Eltern reden wollten, aber sie fühlten sich einander sehr nah in einer trotzigen Gewißheit, daß sie zusammengehörten und unter allen Umständen zusammenhalten würden und daß sie ihrem Kind diesen Schmerz ersparen wollten.

Ich denke in erster Linie an dich, würde er zu Carol sagen, wenn sie endlich aus der Küche käme, und dann würde er mit seinem Geständnis herausrücken müssen. Sollte er sagen, ich werde bald bis auf weiteres nicht mehr bei euch wohnen können? Ich werde demnächst verreisen? Verreisen müssen? Ich brauche mehr Zeit für mich allein? Ich möchte noch einmal neu beginnen? Was immer er sagen würde, er sah Carols alarmierten Gesichtsausdruck schon vor sich, den Ausdruck der Augen, den er so gut kannte, der dem Informationsstand, den der Verstand aufnehmen konnte, immer schon ein Stück voraus war, der begriffen hatte, noch bevor das Begreifen in ihr Bewußtsein drang. Immer wieder waren die Gespräche der letzten Monate auf diese Enthüllung hingesteuert, aber sie waren jedesmal abgebrochen worden, er hätte nicht sagen können, von wem und warum sie plötzlich bei einem anderen Thema waren. Es schien, als ob ein genau gezielter Pfeil jedesmal von einer unbekannten Macht abgelenkt würde und danebenginge, wie die Bälle der Nachbarskinder an die Hauswand, auf die Straße statt in den Fangkorb, damit alles beim alten blieb. Er fragte sich manchmal, ob sie vielleicht mehr wußte, als er ahnen konnte, und die bevorstehende Auseinandersetzung mit ihrer unheimlichen Willenskraft, die er aus der Zeit der Krisen kannte, abzuwenden suchte.

Er wußte auch, daß ihre größte Angst, die sie am wenigsten beherrschen konnte, die Angst vor dem Verlassenwerden war. Sie fürchtet mit soviel vorweggenommenem Entsetzen, verlassen zu werden, hatte seine Mutter vor der Heirat oft gesagt, daß sie Trennungen geradezu anzieht. In ihren nächtlichen Diskussionen um ihr gegenseitiges sexuelles Versagen ging es immer darum, daß sie überzeugt war, nicht mehr geliebt, nicht mehr begehrt zu werden, und sich bereits verstoßen und aufgegeben glaubte. Seit jenem Vorfall auf der Promenade in Quincy, als irgendeine Unbekannte eine so heftige Eifersucht bei ihr hervorrief, beschuldigte sie ihn, sie nicht mehr zu begehren, mit dem Gedanken zu spielen, sie zu verlassen, und nicht nur sie, was noch verzeihlich wäre, Jonathan wolle er verlassen, ihn vor die Tür setzen, ein Häufchen Elend, das nicht begreift, womit er es verdient, verstoßen zu werden. Wenn sie sich in ihre Angstvorstellungen verrannte, war sie durch Argumente nicht mehr zu erreichen, sie schmollte, mißtraute ihm, verdächtigte ihn jedes möglichen Verrats, bis er weder ihre stumme, leidende Gefaßtheit noch ihre Tränen mehr ertragen konnte. Und von Tatjana sollte sie keine Ahnung haben? Das Entsetzen darüber, daß sie eingeweiht sein könnte, erzeugte ein Schwindelgefühl in seinem Kopf.

Jeder hat seine eigenen Dämonen, dachte Marvin. Ihr Trauma, das sie ihr ganzes Leben lang bei jedem geringsten Anlaß überwältigte, war das Verlassenwerden des kleinen Mädchens, dem die Mutter zu früh starb und dem der Vater keine Geborgenheit geben konnte. Und daher fürchtete sie dasselbe auch für ihr Kind, während Marvin seinem Sohn den Anblick des toten Vaters ersparen wollte, weil ihn die Vorstellung wie eine fixe Idee quälte, wie Jonathan die Tür aufsperrte und wie jeden Tag laut riefe, hallo, jemand zu Hause, und da stünde er nun über seinem Vater, so wie Marvin eines Nachmittags über Stanley gestanden war und noch bevor er ihn berührte, gewußt hatte, daß er schon kalt war. Diese schreckliche Endgültigkeit, bevor das Bewußtsein einsetzte und das Wort *tot* sich in ihm formte und dennoch kein Verstehen nach sich zog, noch lange nicht, und immer wieder stellte Marvin sich zwanghaft vor, wie Jonathan über seinen toten Körper gebeugt stünde und nicht begriffe, weil es ihn selber schon so viel gekostet hatte zu begreifen. Dann sagte er zu Carol, deren einzige Sorge es war, ob er Jonathan im Stich lassen würde, ich möchte ihn nicht so lange zu Hause behalten, bis er eines Tages über meine Leiche stolpert. Aber das hatte sie nicht erlebt, und deshalb konnte sie es sich nicht vorstellen.

Warum bist du noch immer da? fragte Carol aus der Küche und erschien im Türbogen zum Eßzimmer, du weißt doch, daß Edna es gern hat, vor den anderen Gästen dazusein und ein bißchen Hausfrau zu spielen.

Ich denke, wir sollten vorher noch etwas besprechen, sagte Marvin mit der vorsichtigen Stimme, mit der man Menschen auf Schicksalsschläge vorbereitet.

Das kann warten, erklärte sie obenhin, heute haben wir ohnehin genug zu tun.

Es kann nicht mehr warten, Carol, sagte er und legte eine Dringlichkeit in seine Stimme, die er in diesem Augenblick der bevorstehenden Auseinandersetzung nicht mehr verspürte, es geht um uns. Ich kann mit diesem Geheimnis nicht mehr leben, brach es unüberlegt aus ihm heraus.

Marvin, sagte sie wie eine Lehrerin, die zu einer Strafpredigt ansetzte, wenn du glaubst, daß ich mich jetzt mit einer von deinen Internetmösen auseinandersetze, ausgerechnet heute, wo ich mit deinen Gästen alle Hände voll zu tun habe, ja, richtig, es sind *deine* Gäste, *deine* Familie, *deine* Freunde, für die ich koche, ich steh seit heute morgen in der Küche und soll mir nun auch noch deine Phantasien anhören, die du oben vor dem Computer nächtelang auslebst, das ist doch der Grund, warum ich dir nicht mehr gut genug bin, also wenn du glaubst, ich höre mir jetzt diesen Schwachsinn an, ausgerechnet heute, weil du wieder einmal ganz dringend deine Freiheit brauchst, während ich für deine Gäste koche, damit wir am Abend heile Welt spielen können, dann irrst du dich.

Dann schwiegen sie beide. Sie wußte es also, wie konnte sie es wissen, wenn sie nicht in seinen Computerprogrammen herumspionierte? Was genau wußte sie?

Du schnüffelst in meinen Sachen herum, rief er empört, du dringst in meine Privatsphäre ein, du verletzt das Briefgeheimnis!

Es sei nicht nötig zu spionieren, sagte sie mit dem bitteren Lachen, das er an ihr so haßte, dieses Lachen am Rand der Hysterie. Solange wir denselben Computer benützen, lachte sie, komme ich gar nicht umhin, die Adressen deiner russischen Wichsvorlagen zu finden, sie stehen ja deutlich sichtbar im Verzeichnis, ich brauche nur die Nachrichten im *Boston Globe* herunterzuladen, schon stolpere ich darüber.

Das war nun einmal ein Nachteil seiner Computer-Software, die er sich nicht selber hatte aussuchen können, weil sie vom College installiert worden war, daran hatte er nicht gedacht. Trotzdem war er erleichtert, sie hatte nur die Adresse, nicht die Briefe, sie wußte nicht, was in den Briefen stand. Aber auf einmal erschien es ihm, als habe sie die Briefe besudelt und in den Schmutz gezogen, als könne er nicht über Tatjana reden, wenn Carol soviel Verachtung über sie ausgoß. Dabei ging es um nichts Geringeres als um einen neuen Lebensentwurf, darum, das Leben zu wagen, von dem er seit fast einem Jahr träumte, es ging nicht um eine erhitzte sexuelle Phantasie, da irrte sie.

Diese Frau, sagte er mit gekränkter Würde, ist ein wirklicher Mensch mit Gefühlen und Bedürfnissen, keine Internetmöse, wie du das nennst, du verdinglichst sie, du sprichst ihr die Menschenwürde ab, das ist sexistisch, das kann ich nicht dulden.

Es wäre mir lieber, du hättest eine heimliche Affäre mit einer wirklichen Frau im College oder sonstwo, sagte sie voll beherrschtem Zorn, derer würdest du nach ein paar Monaten müde werden, die würde deine Bequemlichkeit auf die Dauer stören, aber dieses Spiel, das du da auf dem Computer treibst, ist destruktiv, es wird unsere Familie zerstören.

Es ist überhaupt noch nichts passiert, ich wollte nur mit dir darüber reden, warf er ein.

Nichts ist passiert, genau, alles ist unsichtbar, klinisch, sauber, nichts hinterläßt verräterische Spuren, auch der Betrug, der dabei geschieht, bleibt unsichtbar, aber diese Geschichte hat genügend Kraft, die letzten Reste der Liebe zu zerstören, um die wir uns doch noch bemühen, jedenfalls habe ich das geglaubt. Denkst du denn, ich habe überhaupt nichts mitgekriegt die ganze Zeit, sagte sie mit zunehmender Lautstärke, das geht ja nun schon ein halbes Jahr oder vielleicht noch länger, und du läufst in dieser lächerlichen Trance herum, das ist es ja eben, was zum Fürchten ist, mit deiner Phantasie, in die sich keine heilsame Wirklichkeit mischen kann, gelingt es niemandem zu konkurrieren.

Das sind keine Phantasien, diese Frau ist so wirklich wie du, rief er aufgebracht.

Das sage ich ja, schrie sie ihn an, die explosive Kraft der Phantasie, die Chimären zu wirklichen Menschen macht! Weißt du denn, wer sie wirklich ist? Vielleicht verbergen sich dahinter ein paar Jugendliche, die sich einen Spaß mit dir machen, vielleicht ist sie ja tatsächlich eine Frau, die von einer Reise nach Amerika träumt, vielleicht gehört sie der russischen Mafia an?

Sie ist eine Frau, ich habe mit ihr gesprochen, sagte er überlegen. Nun spielte er selber ein paar Trümpfe aus.

Sie schüttelte den Kopf und hob die Hände, wie Stanley es getan hatte, eine Geste, die sagte, ich gebe auf, und die ihr nicht zustand, fand er erbittert, die hatte sie sich bei seinem Vater abgeschaut, darauf hatte sie kein Recht.

Alle Dämonen, die den Status quo nicht ertragen, sagte sie ruhiger, und Marvin beschlich der Verdacht, daß sie ein wenig Theater spielte, daß auch sie eine Rede hielt, die sie sich vorher ausgedacht und viele Male im Stillen geprobt hatte, alle Dibbukim der Verzweiflung am Leben sind offenbar ins Internet abgewandert und treiben sich dort herum wie frei flottierende Keime, infizieren einen, der so anfällig ist wie du, mit ihrer Sehnsucht nach dem, was nicht ist, aber vielleicht sein könnte, wenn er es sich nur heftig genug wünscht. Und je mehr die Sehnsucht wächst, desto weniger können die realen Menschen daneben bestehen, und auf einmal verkehrt sich alles, die Chimären werden wirklich, und die wirklichen Menschen werden zu Chimären. Schau mich an, rief sie und pochte sich heftig mit der Faust aufs Brustbein, ich lebe seit drei Jahrzehnten ganz leibhaftig neben dir, und oben sitzt dein Sohn, auch ganz wirklich, und uns willst du verlassen wegen eines Hirngespinsts?

Marvin hob die Schultern, er fühlte sich von ihrem Redestrom in die Enge getrieben. Darum geht es ja nicht, sagte er lahm. Er wollte nicht darüber reden, wer wirklicher war, Tatjana oder Carol, die Diskussion ging in eine ganz falsche Richtung, darauf wollte er sich nicht einlassen.

Das ist schon immer deine einzigartige Begabung gewesen, dir die Wirklichkeit zurechtzulügen, nicht so genau hinzusehen, setzte sie triumphierend nach, weil er schwieg und sie glaubte, sie habe seinen Widerstand gebrochen. Und dabei eine Erwartung an die Zukunft, rief sie höhnisch, die der Wirklichkeit spottet. Wenn ich bloß daran denke, was wir schon alles an Illusionen hatten, Paul den Wohltäter, die Zukunft als gefeierter Schauspieler, und jetzt das!

Er hätte sich wehren können, er mußte ihre selbstgerechten Tiraden nicht widerspruchslos hinnehmen, als gäbe es dazu nichts zu sagen. Er hätte Jerome erwähnen und sie fragen können, wie sie denn glaube, daß er sich damals gefühlt habe, als er sie mit seinem Cousin an der Bar von *Charlie's* an der Commonwealth Avenue hatte sitzen sehen, Jerome mit seiner komischen gehäkelten Mütze, die er trug, um seinen kahlen Schädel zu verbergen und weil er diese lächerlichen bohemehaften Allüren pflegte und glaubte, als Künstler müsse er am falschen Ort das Falsche anziehen und tun. Wie sie sich zueinander neigten, über ihren Drinks am hellichten Tag, wann hatte Carol jemals zu Mittag einen Drink bestellt, die Köpfe zusammensteckten, diese Innigkeit, dieses einander über den Tisch hinweg beinahe Verschlingen hatte keinen Zweifel zugelassen, das konnte er durch das Fenster sehen, das war kein zufälliges Treffen, und er hatte sich gefragt, wie lange das schon dauerte. Nie wäre ihm zuvor in den Sinn gekommen, daß Carol ihn betrügen könnte, die durch und durch lautere Tochter des heiligmäßigen Reverend Russell, die gehorsame Zieh- und Schwiegertochter seiner Mutter, die doch niemals etwas tun würde, was Mimi nicht guthieße, die aufopfernde Mutter seines Sohnes saß da in *Charlie's* und schnäbelte mit seinem Cousin. Was sie wohl in ihm sah, fragte er sich, warum sie sich nicht wenigstens einen Mann aussuchte, der ihm in irgendeiner Beziehung überlegen war, aber Jerome war ein Versager mit seinen nie aufgeführten Theaterstücken, seinem extravaganten Geschmack, seiner Schuhgröße, die einem Elefanten Ehre gemacht hätte, und seinen großen Handwerkerhänden, er konnte nicht verstehen, was Carol zu diesem eitlen Scharlatan hintrieb. Edna hatte ihm das Geheimnis schließlich ohne Umschweife verraten. Deine Frau schläft mit den Männern anderer Frauen, hatte sie gesagt, und obwohl die Direktheit ihrer Enthüllung ihn wie ein unvorbereiteter Schlag traf, sagte er ruhig, ich weiß.

Weißt du auch, mit wem sie dich betrügt? fragte Edna.
Er nickte: Mit deinem Sohn.

Carol behauptete, Edna habe sie nie besonders gemocht, schon seit jenem Sommer nicht, als sie auf ihrem Privatstrand in Buzzard Bay campierten, aber sie sagte nicht, warum sie das glaubte, und Marvin hatte nie eine Animosität hinter Ednas Herzlichkeit gespürt. Er wiederum konnte ihr nicht sagen, daß Edna ihm von Carols Ehebruch erzählt hatte und daß niemand von Edna, wenn es um die Verunglimpfung der Familienehre ging, Nachsicht erwarten konnte. Das alles hatte er ihr gegenüber nie erwähnt und würde es auch jetzt nicht tun, sie hatten jung geheiratet, und beide hatten sie Affären gehabt, wozu jetzt noch darüber reden, wenn es um Veränderungen ganz anderer Art ging.

Carol wartete ohnehin keine Antwort ab, sie ging wieder in die Küche, wo sie geräuschvoll den Geschirrspüler aus- oder einräumte, und er rief für jeden, der es hören wollte, ich fahr und hole Edna. Während er zum Auto hinausging und noch einmal zum Haus zurückschaute, bevor er einstieg, wünschte er, es gäbe irgendwo eine Rückspultaste, die er drücken konnte, bis zu dem Punkt heute morgen, als er mit einem Gefühl des Wohlbefindens nach Newton einkaufen gefahren war. Er zog die Tür mit einem scharfen Knall zu und ließ den Motor aufheulen, um zunächst zum College zu fahren und in seinem Büro für alle Fälle die Korrespondenz mit Tatjana zu löschen.

Zum zweitenmal an diesem Tag fuhr er auf der Blue Hill Avenue nach Norden, doch diesmal ohne das Behagen, einen ganzen freien Tag mit Geselligkeit am Ende vor sich zu haben, und alle Angst und Bangigkeit stürzten auf ihn ein. Er dachte an den Spitalsbesuch bei seinem Freund David vor einigen Wochen. David war sein ältester und bester Freund seit ihrer College Zeit, sie hatten ein Zimmer miteinander geteilt und zur selben Studentenverbindung gehört, und seine Freundschaft war eine Auszeichnung gewesen, denn David galt als einer der begabtesten Studenten. In einer Nacht konnte er einen philosophischen Essay schreiben, den er dann ohne Korrektur veröffentlichte, dabei war er kein Streber, er war bei jedem Unfug und jeder Sauftour dabei, zu ihrer Graduierung wollte er fünftausend Stück eines satirischen Pamphlets, das alle Skandale und Mißstände des Colleges aufzählte, von einem Helikopter über dem College Gelände abwerfen. Marvins Mutter konnte ihn überzeugen, daß ihn das sein Abschlußdiplom kosten würde, sie fühlte sich für ihn verantwortlich fast wie für einen Sohn, und er verbrachte auch so viel Zeit in Marvins Elternhaus, als gehöre er dazu, was Michael zu eifersüchtigen Boshaftigkeiten veranlaßte, wie an jenem Thanksgiving-Abend, als sie ihre Großmutter Ida mit Gin und Tonic beschwipst gemacht hatten, und Michael, selber nicht mehr ganz nüchtern, David am Kragen packte und ihn mit dem Ruf *Gojim raus* die Treppe hinunterstieß. Später gingen Marvin und David zusammen an die Universität von North Carolina, teilten sich auch dort eine Zweizimmerwohnung, halfen einander bei Seminararbeiten, und Marvin gab seinem Freund Ratschläge in Liebesangelegenheiten, in denen David in einem bei seiner Intelligenz unvorstellbaren Ausmaß unbeholfen war. Als Marvin sich verlobte, war David noch völlig unerfahren, dann heiratete er überstürzt eine Siebzehnjährige, als müsse er mit Marvin gleichziehen, ihn nach drei Jahren mit einer kleinen Tochter sitzenließ. David gab das Studium auf, es fehlte ihm der Ehrgeiz, es langweilte ihn, Seminararbeiten zu schreiben und sich Vorlesungen anzuhören, er kehrte nach Boston zurück, wurde einer der ersten Computerprogrammierer, zog allein seine Tochter groß und führte ein ruhiges Leben, und all die Jahre blieb er Marvins engster Freund. Nun erholte er sich von seiner dritten Krebsoperation, und Marvin ging die langen sonnendurchfluteten Gänge des Beth Israel Hospitals entlang, von draußen leuchtete das Gelb und Rostrot der Baumkronen in ihrer Herbstverfärbung, und er erinnerte sich, wie Jonathan sich als Kleinkind die trockenen Herbstblätter über den Kopf hatte rieseln lassen, weil es so rauschelt, hatte er gesagt, und wie er später teilnahmslos in seinem Buggy gesessen war und sein Blick nichts mehr hatte halten können. Er konnte kein Krankenhaus betreten, ohne an Jonathan zu denken und an die vielen Monate, in denen er täglich diese Gänge entlanggelaufen war, fast schon, als wäre er hier zu Hause, aber nun hatte man das Spital vergrößert und umgebaut, und es war ihm wieder fremd und auf eine vertraute Art unheimlich. Er fragte vorbeieilende Ärzte nach der Urologie, verirrte sich zweimal im Labyrinth des weitläufigen Gebäudes, ungeduldig, voll diffuser Wut, ganz übel wurde ihm in diesen Gängen. Schließlich stand er vor Davids Bett und fragte sich, wie der gleichaltrige Freund plötzlich so alt hatte werden können, ein zerbrechlicher alter Mann mit strohig weißem Haar und einem in seiner Ausgezehrtheit fast durchsichtigen Gesicht, und seine braunen Kinderaugen sahen ängstlich zu ihm auf.

Jetzt hat der Hundefänger es doch geschafft, mich zu kastrieren, sagte David, aber es klang nicht witzig, es klang, als hätte er sich einen Witz ausgedacht und ihn so oft eingeübt, daß er jede Pointe verloren hatte.

Marvin saß eine Weile an Davids Bett, und nachdem er sich die letzten Etappen der Krankengeschichte angehört hatte, redeten sie von früher, von ihren Streichen in der Studentenzeit, wie sie einen jungen Hund eingefangen und mit verdünntem Wein gefüttert hatten, um das Verhalten eines betrunkenen Tieres zu studieren, und wie sie ein Hakenkreuz in den Rasen eines Professors gebrannt hatten, von dem bekannt war, daß er für die Rassentrennung eintrat. Dann kamen sie auf die Bürgerrechtsbewegung zu sprechen und auf die Demonstrationen und die Gewißheit jenseits des geringsten Zweifels, auf der Seite der Gerechtigkeit zu stehen und das Richtige zu tun und wie diese Sicherheit im Lauf der Zeit geschwunden war.

Weißt du noch, wie du mir nächtelang Ratschläge gegeben hast, wie man Mädchen aufreißt, und ich habe alles befolgt, und es hat doch nicht geklappt? fragte David.

Ja, und wie verzweifelt du warst, wenn dich eine versetzt hat? Dann hast du dich jedesmal betrunken.

Ich muß ein schrecklicher Wohnungsgenosse gewesen sein, sagte David.

Im Gegenteil, du warst sehr witzig, du warst überhaupt am brillantesten, wenn du besoffen warst.

Und jetzt ist alles vorbei, die Frauen, die Liebe, der Sex, sagte David niedergeschlagen, und wenn ich Glück habe, bleibt mir noch eine lange geschwächte Rekonvaleszenz. Glaubst du an Gott? fragte er unvermittelt.

Aber darauf hatte Marvin keine klare Antwort. Er schaute über die flachen grauen Dächer und Schornsteine von Brookline, über die Baumwipfel des Back Bay Viertels, aus dem der Hancock Turm aufragte, das Prudential Gebäude, aus dem die Sonne grelle Funken schlug.

Darüber habe ich noch keine Seminararbeit geschrieben, sagte Marvin, aber etwas anderes habe ich mich in der letzten Zeit oft gefragt. Wie kommt es, daß manche dazu geboren scheinen, die ganze Scheiße nur schweigend hinzunehmen, das auszuführen, was ihnen zufällt, nicht immer freudig, nicht ganz ohne Murren, aber ohne wirkliche Gegenwehr, gewissermaßen unfähig, sich zu wehren, unfähig, aufzustehen, ich meine, sich in ihrer ganzen Größe aufzurichten und mit erhobenem Kopf *nein* zu sagen. Warum? Denn es sind keineswegs die Dümmsten, die auf der Strecke bleiben, es sind auch nicht die durch ihre Erziehung Gebrochenen, dafür gibt es keine psychologische Erklärung. Und dann sind da die anderen, die Herrschertypen, diese Herrenmenschen, die sich nur hinzustellen brauchen, und schon verstummt das Volk und blickt zu ihnen auf, als wäre es ganz klar, daß sie das Sagen haben und die anderen gehorchen. Und warum, frage ich mich, stößt denen nie etwas zu, das sie ein bißchen demütiger macht? Auf diese Gesetzmäßigkeit bin ich noch nicht gekommen, sagte Marvin, du vielleicht? Es muß doch auch dafür ein Gesetz geben, ein inneres Regelwerk, so etwas wie die Schwerkraft oder das spezifische Gewicht, nach dessen Regeln manche Stoffe aufsteigen und auf der Oberfläche schwimmen und andere auf den schlammigen Grund hinuntersinken.

Du schmachtest noch in der Hitze des Tages, sagte David. War das nicht ein Zitat von irgendwem, *fear no more the heat of the day*, fürchte nicht mehr die Hitze des Tages?

The heat of the sun, korrigierte Marvin, fürchte nicht mehr der Sonne Glut noch des Wintersturms Gewalten, Shakespeare.

Wenn du weißt, daß dein Leben ein Ablaufdatum trägt, das du nicht lesen kannst, weil das blöde Schicksal es dir auf den Hintern geklebt hat, dann kann sich schon einmal so ein wohliges Knirschen des voraussichtlichen Stillstands einstellen, und wenn man da ankommt, gilt das meiste ohnehin nicht mehr. Dann ist auch niemand mehr nah genug, daß man ihn rufen könnte. Nach meiner zweiten Operation, erzählte David, wenn ich draußen herumgelaufen, mit der U-Bahn gefahren bin und so weiter, eben gelebt und den anderen Leuten bei ihrem alltäglichen Leben zugeschaut habe, da habe ich mich manchmal gefühlt wie ein Dinosaurier, der das bizarre

Verhalten der Affen studiert. Vielleicht haben die Dinosaurier sich in den Freitod geflüchtet, weil sie begriffen, wie wenig sie mit ihren Zeitgenossen, die in der Mehrheit waren, gemeinsam hatten.

Irgendwann war David aufgestanden, um zur Toilette zu gehen, und wie er nach seinen Hausschuhen angelte mit seinen nach innen gekrümmten großen Zehen, die wieder die Erinnerung an den Zwanzigjährigen nach einer durchzechten Nacht in der Studentenbude in Durham wachrief, entfuhr Marvin gegen seinen Willen, ja fast gegen sein Wissen der Satz wie ein Aufschrei: Mein Gott, David, du wirst sterben!

David hielt mitten in der Bewegung inne, verharrte geduckt, als hätte ihn ein Schlag getroffen und er müsse erst behutsam prüfen, ob er noch heil und ganz sei, wenn er sich erhob. Er sah Marvin nicht an. Sie wagten beide eine Weile nicht, einander anzusehen, als seien sie sich trotz aller Freundschaft zu nahe gekommen, und Marvin wußte, es gab von diesem Endpunkt her kein Dementi mehr, kein *Kopf hoch* oder *es wird schon wieder*. Er tätschelte zum Abschied Davids Hand, versprach, bald wiederzukommen, bat ihn, ja flehte in seiner Zerknirschtheit, er möge ihn anrufen, wenn er etwas brauche, aber David sah ihm mit einem bitteren Lächeln nach, als er sich an der Tür noch einmal umwandte. Für David war er nun der Sieger, der erhobenen Hauptes das Spital verließ und draußen tief aufatmen würde, der noch in dieser Welt zu Hause war. Wie konnte er anders als ihn hassen?

Der Campus war wie immer am Thanksgiving-Wochenende verlassen. Marvin fuhr langsam durch die kahle Allee, an den leeren Tennisplätzen vorbei, hinauf auf den Hügel mit der Bibliothek und dem Glockenturm, über dessen weißes Schindeldach die Fahne wie der breite Schwanz eines zornigen Reptils peitschte, der Wind trieb braunes Laub über den leeren Parkplatz. Er hatte hier immer ein Gefühl, wie es der alteingesessene Bewohner eines Landgutes haben mußte, als sei das College zwar nicht sein Besitz, aber als habe er sich durch lange Anwesenheit alle Rechte darauf erworben, bis auf das Recht, es zu veräußern. Es war eine vertraute, in sich geschlossene Welt. Früher hatte er gedacht, man könnte sich in diese Welt zurückziehen und in ihr das Leben auf kleinem Raum studieren, wie es sich draußen verwirrender und unüberschaubarer im Großen vollzog. Wer unter fünfundzwanzig war, mußte ein Student sein, die anderen waren entweder Professoren oder Verwaltungsangestellte und die Gesetze, die ihre Interaktion bestimmten, waren vorhersagbar und durch Konventionen festgelegt. Es war eine künstliche Welt des verordneten guten Willens, der Freundlichkeit und Lernbereitschaft. Die Studenten erschienen in dem Glauben zu den Vorlesungen, daß jene, die sie in ihren Gedankengebäuden herumführten und sie nach einer Stunde unverbindlich daraus entließen, ein überlegenes Wissen besaßen, das es sich lohnte zu erwerben, eine stillschweigende Übereinkunft, die ihn als jungen Professor immer wieder erstaunt hatte. Es war nicht die Elite, die hier studierte, und auch der Lehrkörper war keine Gelehrtenkolonie, aber es waren wohlerzogene Jugendliche, und oft erschreckte es ihn, wie jung sie waren, wenn sie im Sommer barfuß über den Rasen liefen, auf den Stufen zur Bibliothek oder in der Cafeteria zusammenkamen und auseinanderdrifteten, zufällig, leicht, wie Pollenflug im Frühjahr, und wie sie in den Vorlesungen vor sich hin träumten und alles mit diesem gelangweilten Gleichmut über sich ergehen ließen, staatsbildenden Liberalismus, Alfred North Whitehead, Shakespeare, John Stuart Mill, die Verfassung, Gender Studies, die amerikanische Revolution, und dann saßen sie in der Bibliothek, und er fragte sich, was sie dort machten, denn wenn er am Ende ihre Semesterarbeiten las, schien es ihm nicht, als hätten sie allzuviel begriffen, jedenfalls war es ihm schon lange nicht mehr gelungen, seine Begeisterung mitzuteilen ohne sich lächerlich vorzukommen, wenn ihn bei der Lektüre von Shelleys *Ode an den Westwind* oder *An die Lerche* plötzlich diese Bewunderung überwältigte bei der Leichtigkeit, der Schönheit dieser Poesie, wie sie sich in den Himmel hob, als reiner Gesang, aber er blieb allein mit seiner Verehrung der dichterischen Sprache in ihrer unerreichbaren Vollendung, mit seiner Schilderung der strahlenden Unschuld Billy Budds, die vernichtet wird, wie alle Unschuld auf der Welt vernichtet wurde, dafür waren diese Jungen und Mädchen zu jung, die da mit abwesenden Gesichtern vor ihm saßen, schön und voller Erwartung auf das Leben, das sich nicht in diesen Klassenzimmern ereignen würde. Manchmal fühlte er sich sehr allein und unzeitgemäß, geradezu weltfremd mit seiner Begeisterung für die Literatur und die Ideen, die er in ihr fand, das Pochen auf Gerechtigkeit bei Melville, die Sturheit einer Überzeugung bei Hawthorne, es konnte fast scheinen, als sei er derjenige, der sich vom Leben noch immer nicht belehren hatte lassen.

Zwar hielten sich viele Fakultätsmitglieder an diesem College für Dichter, nicht nur die Literaturprofessoren, auch der Dekan schrieb Gedichte, Marvins Erzfeind Bob Mitchell hatte schon ein halbes Dutzend Bücher veröffentlicht, Sachbücher, über den Würger von Boston und die Häftlingsrevolte von Walpole, und einen Lyrikband, es schien, als sei das Produzieren von schöner Literatur die beliebteste Freizeitbeschäftigung dieser Fakultät. Deshalb veranstalteten sie regelmäßig allgemein zugängliche und den Studenten empfohlene Lesungen aus unveröffentlichten Werken, und ein Kollege der Literaturabteilung verkündete jedesmal, wieviel er dem letzten

Writer-in-Residence verdanke, den sich das College geleistet hatte und der immerhin vor vierundzwanzig Jahren eine Kurzgeschichte in *Best Short Stories of the Year* plazieren hatte können. Hie und da lud man auch freundliche alte Damen zu einem Lesabend ein, nette Hausfrauen und Pensionistinnen, die einen Lyrikband im Selbstverlag herausgebracht hatten, und dazu trommelte man den ganzen Lehrkörper zusammen, dessen jüngere Mitglieder dann auch gelangweilt in der dezent renovierten Fakultätslounge saßen und hofften, daß ihre Anwesenheit wahrgenommen und zu ihren Gunsten ausgelegt würde.

Auch Marvin hätte sich einmal fast dazu hinreißen lassen, einen seiner Romananfänge vorzulesen, die er im Lauf der letzten zwanzig Jahre geschrieben hatte, jedesmal, wenn sein Lebensgefühl sich zu einer gewissen Intensität gesteigert und er den Eindruck gehabt hatte, er lebe mitten in einem bedeutenden Roman. Meist war der Auslöser ein Anfall heftiger Verliebtheit gewesen, und weil er die Einsamkeit seiner heimlichen Schreibversuche nicht lange ertrug, nötigte er das angefangene Manuskript irgendwann Carol und seinen Freunden auf. Carol war seine strengste Kritikerin, doch als er sich für diese Lesung vorbereitete, hatte sie zum erstenmal gemeint, das wäre gar nicht schlecht: Wenn du statt diesem Alte-Damen-Geschwätz endlich sagen würdest, was du meinst, also statt *Ich wußte, sie würde mich nicht ihrer Freundschaft für würdig befinden, wenn ich nicht mutig meinen Fuß in den Paternoster setzte*, würde ich sagen, *Ich wußte, ich hatte keine Chance, sie zu vögeln, wenn ich mich schon vor dem Paternoster fürchtete*, und Marvin sah ein, daß er, wollte er tatsächlich ein richtiger Schriftsteller sein, auf seinen Ruf keine Rücksicht nehmen durfte, ja er war sogar stolz auf diesen Satz und sagte am Tag vor der Lesung zu Carol, das sei wahrscheinlich der beste Satz im ganzen Text, denn was zähle, sei allein die poetische

Wahrheit. Aber dann saß er vor versammelter Kollegenschaft und brachte den Satz doch nicht heraus, er fürchtete, danach würde nichts mehr so sein wie früher, jeder würde ihn scheel ansehen und denken, das also geht ihm durch den Kopf, sobald er einer Frau ansichtig wird. Und er las lieber vor gelangweilt einnickenden Köpfen einen Aufsatz über Flannery O'Connor vor, den er in *Modern Fiction Studies* publiziert hatte. Schließlich war er Professor für Literatur und kein angehender Poet in einer Schreibwerkstatt, und wie sollten die Studenten seine Begeisterung für Keats und Shelley ernst nehmen, wenn er die Höhenflüge seiner Literaturbetrachtungen mit eigenen Schreibversuchen untergrub.

Es waren privilegierte Kinder, die hier studierten, keine wie er und Michael, die alle möglichen Jobs annahmen, als Kellner, als Erzieher in Ferienlagern, als Pferdekutscher in Old Sturbridge Village, bei McDonald's, um soviel zu ihrem Studium beizusteuern, wie sie konnten, und die in öffentliche Colleges gegangen waren, weil sie wußten, daß ihre Eltern trotz aller Opfer, zu denen sie bereit waren, das Geld für ein privates College nicht aufbrachten. Diese Jugendlichen gehörten schon in der High School zu den schwächeren Schülern, und ihren Eltern lag wohl mehr als ihnen selber an einem College-Abschluß, dafür waren sie bereit, dreißigtausend Dollar im Jahr für die Ausbildung zu zahlen, und die Studenten fühlten sich als Kunden, sie wollten unterhalten werden, und Marvin tat sein Bestes, es war ihm nie schwergefallen, Leute zu unterhalten, denn das hielt er für seine eigentliche Berufung.

Seit er als Zehnjähriger in einer Quiz-Show aufgetreten war und in allen Schülervorstellungen wichtige Rollen bekommen hatte, ja zum Bühnenstar der Newton High School aufgestiegen war, hatte er sich zum Schauspieler berufen gefühlt. Am College hatte er eine Dramengruppe gegründet, und seine

Laufbahn schien ihm vorgezeichnet und hätte sich auch verwirklicht, davon war er überzeugt, wenn nicht sein Cousin Jerome mit seinen Theaterplänen gescheitert wäre und Ednas Sorgen seinen Eltern drastisch vor Augen geführt hätte, daß die Kunst einen nur ins Unglück stürzen konnte. Studiere erst einmal etwas Handfestes, hatten sie ihm zugeredet, mach ein Doktorat, seiner Mutter gefiel die Idee, einen Professor zum Sohn zu haben, in ihren Augen war Literaturprofessor ein hoch angesehener Beruf, weil sie selber stets ein aufgeschlagenes Buch in Reichweite liegen hatte und halbe Nächte las, sie übte jenen sanften Druck aus, der nicht vieler Worte bedurfte und ihr ganzes stummes Leiden um ihr störrisches Kind in die Waagschale warf, bis er nachgab, in der festen Überzeugung, nichts aufgegeben zu haben, denn Schauspieler konnte er auch nach dem Studium werden, vorerst spielte er in seiner Laiengruppe, dann führte er bei College-Inszenierungen Regie und redete sich ein, er sammle wertvolle Erfahrung für später, wenn die eigentliche Karriere begänne.

Als Jugendlichen hätte ihn fast jedes Studium begeistert, ausgehungert nach Wissen, nach Leben und der Welt, wie nur jemand sein konnte, dessen Großmutter Analphabetin war und dessen Eltern Bildung für das höchste Gut hielten, das ihnen selbst verwehrt geblieben war. Für Mimi war die Universität ein Ort der Sehnsucht, und ihre Bewunderung erfüllte Marvin mit Stolz auf das Privileg, für das er auch zu sparen und Unannehmlichkeiten hinzunehmen bereit war, wie in jenen Ferien, als er zwei Monate lang auf dem Kutschbock hinter einem Pferd saß, das alle paar Schritte den Schweif hob und ihn in eine Welle von Gestank hüllte.

Die Jugendlichen, die er unterrichtete, kamen aus den wohlhabenden Vorstädten Bostons und New Yorks, sie fuhren Autos, die er sich nicht hätte leisten können, auf deren Stoßstangen Vignetten von Golfclubs und exklusiven Yachtclubs auf *Martha's Vineyard* klebten. Das machte es ihm manchmal schwerer, sie zu mögen, diese Bewohner der prunkvollen Ferienvillen von Cohasset, diese *rulers of the world*, wie er ihresgleichen mit der lebenslänglichen Aufsässigkeit der Zukurz-Gekommenen nannte, deshalb hatte er auch einen seiner Studenten daran gehindert, ihm eine Vignette mit dem Code der Auserwählten MV für *Martha's Vineyard* auf die Heckscheibe zu kleben, von dieser Hochburg weißer protestantischer Überheblichkeit wolle er nun wirklich kein Zeichen der Sympathie aufgedrängt bekommen. Nach vierzig Jahren spürte er noch immer einen kleinen Stich der Demütigung, wenn er am herrschaftlichen Clubhaus des Woodland Golfclubs vorbeifuhr, wo er in den Ferien seiner High School-Jahre als Caddie Bälle für jene Angehörigen der weißen angelsächsischen Oberschicht eingesammelt hatte, die bis in die siebziger Jahre Juden die Mitgliedschaft verweigerten.

In den letzten Jahren hatten seine endgültig enttäuschten Hoffnungen, Jonathan würde eines Tages doch noch aufs College gehen, seine uneingeschränkte Zuneigung zu seinen Studenten geschmälert, sie waren um das wenige begabter als sein Sohn, um das sie ihrerseits den Absolventen von Harvard oder Princeton unterlegen waren, so hatte er auch den Traum begraben, Jonathan in irgendeinem Festsaal in der schwarzen Robe eines eben graduierten *Bachelor of Arts* zu beglückwünschen, sein ganzes Leben erschien ihm wie ein einziges Rückzugsgefecht auf allen Linien.

Jonathan kam gern mit ihm ins College, sie gingen oft zu zweit in die Mensa essen, und die Kollegen begrüßten Jonathan und redeten mit ihm ohne Herablassung, es schien ihm fast, als bringe man Marvin eine gewisse Bewunderung dafür entgegen, daß er den Sohn überallhin mitnahm und ihn nie versteckt hatte. Niemand wich ihm aus, wenn Jonathan ihn begleitete, und Marvin wünschte sich, er könnte sich seinem

Sohn genauso unbefangen zuwenden, wie seine Kollegen es taten. Nur selten bemerkte Marvin die Ungeduld, wenn Jonathan nicht mehr zu reden aufhörte und die kleinen Signale des Aufbruchs ignorierte, weil er so gern lange Geschichten ohne Anfang und Ende erzählte, die erst abbrachen, wenn jemand sich abwandte und ihn stehenließ. Einmal hatte er Jonathan zu einem Vortrag über irische Einwanderer mitgenommen, und Jonathan hatte es nicht erwarten können, aufzuzeigen und ausufernd eine irische Sage zu erzählen, das war ihm zu Irland eingefallen, und niemand unterbrach ihn, niemand lachte, keiner drehte sich um oder verzog das Gesicht, es herrschte betretene, beherrschte Stille, bis Marvin ihm zuflüsterte, er müsse jetzt still sein, weil von etwas anderem die Rede sei. Aber außerhalb des College traf Marvin selbst seine Freunde selten, und nie wurden sie in deren Häuser eingeladen. Er hätte gern gewußt, ob auch die anderen so isoliert lebten wie er und Carol und Jonathan.

Auch das Theaterspielen hatte er irgendwann aufgegeben, und mit der Zeit war es zu einem fernen Jugendtraum verblaßt, nur manchmal wachte er nachts noch aus dem Alptraum auf, einen Vorsprechtermin verpaßt oder seine Rolle nicht gelernt zu haben, auf die Bühne zu hetzen und zu bemerken, für seinen Auftritt sei es bereits zu spät, die Chance vertan. Und dann wachte er auf und war erleichtert, es gab keinen Auftritt und keine Rolle, das war vorbei. Vor einigen Jahren hatte er noch einmal die glückliche Erregung gespürt, als Jerome ihn eine Hauptrolle in seinem mittelmäßigen Stück für Arthur Cantor hatte einstudieren lassen, aber dann hatte er hinter seinem Rücken einen professionellen Schauspieler engagiert, und Marvin fand, es sei eine höhere Gerechtigkeit am Werk gewesen, als auch dieses Stück nicht aufgeführt wurde.

In den ersten Jahren als College-Professor hatte er noch jedes Jahr zwei Stücke mit seinen Studenten inszeniert, Ionesco, Albee, O'Neill und vor allem Yeats, und bei dieser Gelegenheit hatte er sich häufig auch in die Hauptdarstellerin verliebt, dabei waren ihm die Grenzen zwischen Leben und Theater verschwommen, bei der Studentin Betty als Deirdre, der schönen entführten Braut, einer irischen Isolde, es schien ihm, als sei diese Liebe ein Drama gewesen, das er unter dem Deckmantel eines Theaterstücks erlebt habe, im Scheinwerferlicht vor aller Augen. Naoise, ihr Partner, war ein unbeholfener Klotz, das hatte sich erst bei den Proben herausgestellt, linkisch und verlegen stand er im Raum, *you've been in love*, kennst du die Liebe, trompetete er hinaus, als erkundige er sich, ob sie die neueste Hamburger-Variante bei McDonald's schon ausprobiert habe. Marvin hatte ihn zur Seite geschoben und Betty an den Händen gefaßt, sie war ein wenig größer als er, eine königliche Erscheinung mit langem, honigfarbenem Haar, eine jener Frauen, die keinen Raum unbemerkt betreten können, er trat nahe an sie heran, hielt sie an den Händen und sah ihr in die Augen, und als er fragte, kennst du die Liebe, war er mit ihr nicht mehr auf der Bühne, und seine Frage war keine Zeile aus einem Stück. Bei der Premierenfeier betrank sie sich und versuchte Marvin vor Carol, vor dem Dekan und Marvins Kollegen und auch vor ihrem Freund mit sich fortzuziehen. Ich gehe jetzt mit Marvin auf mein Zimmer, verkündete sie. Und wie immer tat er das Vernünftige, er rettete seine Ehe und seinen Job und ignorierte ihre Einladung als das schamlose Verhalten einer betrunkenen Studentin, als das sein Freund, der Dekan, es empört bezeichnete. Danach ging sie ihm aus dem Weg, wandte sich ab, wenn sie einander nicht ausweichen konnten. Er wußte nicht, was aus ihr geworden war, nicht einmal, ob sie das College abgeschlossen hatte. Das war vor elf Jahren gewesen. Seither hatte er keine Stücke mehr inszeniert.

Die Tür zu seinem Bürogebäude war unversperrt, Marvin schlich lautlos an den Türen seiner Kollegen vorbei, er wollte keine Gespräche führen, nur die Datei löschen und auf Diskette speichern, deren Code Carol vielleicht längst geknackt hatte, er wollte auch niemandem erklären, was er hier machte. Am Ende des Korridors stand von allen möglichen Türen, an denen er willig stehengeblieben wäre, um einen Blick ins Zimmer dahinter zu werfen und nach einem freundschaftlichen Gruß eine Weile zu plaudern, ausgerechnet die seines Feindes Bob Mitchell offen, dieses doppelzüngigen Schleichers, der ihn seit Jahren mit seinem Haß verfolgte. Dabei waren sie einmal Freunde gewesen, und Marvin verstand bis heute nicht, warum Bob ihm ohne Vorwarnung in den Rücken gefallen war, als es um die Bewertungen eines seiner Kurse durch Studenten ging, die unfair waren – jeder, der sie las, mußte sehen, wie dumm und feindselig sie waren. Aber Bob hatte sie zum Anlaß genommen, Marvin vom Dekan vorladen zu lassen, und seither maßregelte er ihn wegen jeder Kleinigkeit und war inzwischen natürlich, was bei seinem Ehrgeiz nicht verwundern konnte, Koordinator und gewissermaßen sein Vorgesetzter. Je länger die Fehde andauerte, desto überzeugter war Marvin, daß der ehemalige Freund nichts weniger im Sinn hatte als seine Vernichtung. Bob Mitchell, dieser Prototyp des aufrechten WASP, groß, schlank, sportlich, er hatte sogar ein Buch über Sport geschrieben, weshalb Marvin ihn auch mit einem Zitat von Henry James *the publishing scoundrel*, den publizierenden Halunken nannte, ein Athlet, immer sauber, wie frisch geschrubbt, als käme er gerade aus der Gemeinschaftsdusche nach einer Stunde Fitneß-Training oder Squash oder was immer diese jungen Weltenherrscher zu ihrem Modesport erkoren hatten. Nie würde man Bob bei irgend etwas Unangemessenem überraschen, das College konnte sich auf ihn verlassen, und wenn er jemals einen subversiven Gedanken in seinem Kopf gehabt hatte, dann war er vermutlich so scheußlich, daß nicht einmal Marvin ihn dazu für fähig gehalten hätte. Bob hatte vor aller Augen eine Affäre mit einer Studentin gehabt, aber niemand wollte etwas davon mitbekommen, denn Bob Mitchell hatte das doch nicht nötig, er mußte sich seine Geliebten nicht unter diesen jungen Mädchen von mangelhafter Intelligenz aussuchen. Das kleine Miststück Sheila dagegen, erinnerte Marvin sich erbittert, eine Studentin, die wegen einer Abtreibungsgeschichte heulend in sein Büro gekommen war und die er zum Abendessen ausgeführt hatte, nahm sich das Recht, ihn beim Dekan wegen unziemlichen Verhaltens zu verklagen, wie die Ouvertüre zur sexuellen Belästigung nun hieß, weil er ihr Komplimente gemacht und sie zum Abschied auf die Wange geküßt und kumpelhaft an sich gedrückt hatte, und niemand außer seinem Freund Lester hatte für ihn Partei ergriffen, als hielten sie ihn insgeheim schon lange für einen Kinderschänder. Bobs Affären dagegen waren kein Thema und schon gar kein Skandal, und Marvin war überzeugt, es lag daran, daß Bob in diesen phantasielosen Köpfen die Verkörperung amerikanischer Tugendhaftigkeit war, aufrecht und makellos wie einer dieser schlichten weißen Kirchtürme Neuenglands, mit stets mahnend erhobenem Zeigefinger, zuverlässig und echt amerikanisch mit makellosem Stammbaum bis zu den Pilgervätern wie ein hochgezüchteter Windhund, keiner, der im Dunkel und Schmutz des täglichen Überlebenskampfes herumtappte wie Marvin.

Es gab viele Gründe, Bob Mitchell zu hassen, aber der triftigste war, daß er einmal sein Freund gewesen war, daß Marvin ihm viel zuviel von sich erzählt hatte und sie einander durchschauten und daß er diese gegenseitige Vertrautheit auch im Haß nicht mehr abschütteln konnte. Ihre Freundschaft hatte sich wie fehlgeschlagene Liebe in eine Zerstörungswut verwandelt, die vor nichts haltmachte. Er erinnerte sich, wie Bob als Doktorand ans College gekommen war, kaum älter als seine Studenten, wie engagiert er damals gewesen war, wie beseelt von allen möglichen Idealen und inspiriert von Schlagwörtern, die Marvin ihm nachsichtig zugestanden hatte, das Erziehungswesen wollte er erneuern, hatte er verkündet. Er wird sich schon noch mit der Wirklichkeit arrangieren, hatte Marvin gedacht. Es wäre ihm nicht eingefallen, daß Bob sich im Bund mit der Macht ausgerechnet ihn als Opfer aussuchen würde. Was war mit diesem jungen Idealisten passiert, Schritt für unsichtbaren Schritt, über die Jahre, während der sie, ein paar Türen voneinander entfernt, ihre Klassen vorbereiteten und ihre Sprechstunden abhielten, zusammen in der Cafeteria zu Mittag aßen und als Freunde galten? Welches gewaltige Ressentiment, wieviel Haß hatte sich in Bob angestaut, bevor sein Sinneswandel mit einem unerwarteten Schlag sichtbar geworden war?

Wie kam es, daß von allen Kollegen ausgerechnet Bob an diesem Thanksgiving-Nachmittag in seinem Büro war? Konnte das Zufall sein, wußte er, ahnte er, daß Marvin kommen würde, um in aller Eile, ja eigentlich in Panik eine Datei zu löschen, nicht irgendeine Datei, sondern Briefe, mit denen er im letzten halben Jahr die meiste Zeit verbracht hatte. Was sollte er sagen, wenn er an der offenen Tür vorbeiging? Plötzlich fuhr ihm der Gedanke in den Körper wie ein Blitz: Bobs Anwesenheit konnte kein Zufall sein, die Tür war offen, weil er auf ihn gewartet hatte, weil er schon lange darauf wartete, ihn zu überführen, ihn der Lächerlichkeit und der öffentlichen Empörung preiszugeben. Aber wer hatte ihn alarmiert, in wessen Auftrag war er gekommen? Hatte Carol ihn angerufen, als Marvin wegfuhr, weil sie wußte, wohin er fahren würde? Sie kannte ihn besser als irgend jemand sonst, wie oft hatte sie begonnen, von etwas zu reden, woran er selber gerade dachte.

Aber hatte Carol nicht stets seine Partei ergriffen und ihn in seinen Auseinandersetzungen mit den Kollegen unterstützt? Nein, dachte Marvin und war einen Augenblick lang erleichtert, eines solchen Verrats war sie nicht fähig, das war eine paranoide Wahnvorstellung. Oder konnte Bob von sich aus auf die Idee gekommen sein, daß Marvin heute in sein Büro kommen würde in der Hoffnung, allein zu sein? Aber dann mußte er schon etwas wissen, zumindest etwas ahnen. Marvin hatte das Gefühl, er würde gleich einen Herzinfarkt erleiden, sein Puls raste, sein Herz hämmerte gegen seine Rippen, es schien ihm, als sei das ganze Blut in seinen Kopf gestiegen und der Rest seines Körpers fühllos wie anästhesiert, es war ein Gedränge von Gedanken, Ahnungen, Vermutungen, Kombinationen in seinem Hirn, ein Stau wie vor einem Kollaps, er fühlte sich entblößt, als hätte jemand ihn ausgezogen, ohne daß er dahinterkam, was eigentlich vorging. Nur soviel glaubte er mit Sicherheit zu wissen, er war dabei, in ein Komplott zu tappen. Mit dem letzten Rest an Klarheit, den er sammeln konnte, versuchte er zu überlegen, wo er sich eine verräterische Blöße gegeben habe, und es fiel ihm ein, welche Lust es ihm bereitete, in verschlüsselten Andeutungen von Tatjana zu reden, ja es kostete ihn eine bewußte Anstrengung, nicht von ihr zu reden. Am liebsten hätte er Carol und allen seinen Freunden immer wieder von ihr erzählt, und manchmal hatte er gefürchtet, sich zu verraten, schon allein deshalb, weil ihm das Schweigen über sie so unerträglich geworden war. Er wußte, er hatte jede Gelegenheit wahrgenommen, bei seinen Vorlesungen von russischer Literatur zu reden, am *Tod des Ivan Iljitsch* ließ sich das realistische Erzählen des neunzehnten Jahrhunderts darstellen, an Isaac Babel die russisch-jüdische Literatur zur Zeit der russischen Revolution, und wenn er Worte wie *Taiga* verwendete, *Sibirien* oder von der Weite der russischen Steppe redete, wenn auch nur nebenbei, nur als Beispiel für irgend etwas anderes, durchfuhren kleine prickelnde Stromstöße seinen Körper. Dann fühlte er sich wie ein Exhibitionist, der in aller Öffentlichkeit und doch unbemerkt etwas Schockierendes tat und eine beglückende Erleichterung dabei empfand. Aber er hütete sich, dieser Sucht Carol gegenüber nachzugeben, denn er wußte, selbst wenn er in verschlüsselten Sätzen von Tatjana sprach, daß seine Stimme sich veränderte. Hatten andere es auch bemerkt? Vielleicht wußten schon alle davon, vielleicht las jemand, der nur dafür abgestellt war, die Fakultät zu überwachen, jeden Tag seine E-Mails. Er hatte sich schon oft gefragt, wie es möglich war, immer wieder Angestellte von Firmen als Porno-Benutzer zu entlarven. Jedenfalls mußte er nicht jetzt, nicht heute ins offene Messer hinter dieser angelehnten Tür laufen. Lautlos kehrte Marvin um und stahl sich davon.

Es war auch wirklich an der Zeit, den South East Expressway nach Revere zu nehmen, auf dem schnellsten Weg. Bald tauchte das Marschland von Quincy zu seiner Rechten auf, die düsteren Ziegelgebäude des *Boston Herald* und hart am Rand des Wassers der bunt bemalte Gasometer mit dem blauen Profil Ho Chi Minhs, der Spitzbart, die flache Nase und die hohe Stirn waren unschwer zu erkennen. Die University of Massachusetts lag wie eine Festung oder eine Fabrik jenseits der Bucht, der Himmel hatte aufgeklart, das Meer war kabbelig und dunkelblau, ein Flugzeug zog über Quincy seine letzte Schleife vor der Landung, ein anderes stieg auf, und es sah aus, als fahre es direkt ins Meer hinein, bevor es sich am Übergang zwischen Land und Wasser präzise in die Luft hob und über die Häuser von Winthrop einen flüchtigen Schatten warf. In der Ferne ragten blau und schlank die Wahrzeichen der Stadt empor, das Prudential Center, daneben, schmal und glatt wie eine Stahlplatte, das neue Hancock-Gebäude, die Glasfronten des vierzigstöckigen Büroturms an der State Street, das Plaza Hotel und die helle Sandsteinpyramide des alten Hancock Towers. Er fuhr auf die Stadt zu, die ihm seit seiner Kindheit vertraut war und die ihm damals oft undurchdringlich, fast bedrohlich erschienen war, wenn er sich ihr im Auto vom Süden näherte, als seien die Wolkenkratzer eine Festungsmauer, eine Bastei, gegen die man fuhr, ohne ihre Zugänge zu erkennen, bis zu dem Augenblick, in dem die Schatten der Häuserschluchten über einem zusammenschlugen. Mit dieser Stadt verbanden ihn zu jeder Jahreszeit Erinnerungen, an den Eislaufplatz des Frog Pond im Winter, an die Gingko-Bäume der Public Gardens von den Schwanenbooten aus, die im Herbst hinter dem hängenden Grün der Trauerweiden wie Sonnen aufgingen, an den grünen Tunnel der beiden Alleen, die Bostons Prachtstraße in zwei Fahrbahnen teilte und hinter denen die efeuumwucherten Erker und Panoramafenster fast verdeckt lagen, und im Dezember trugen die kahlen Bäume ihre Festgirlanden aus Tausenden weißer Glühbirnen so elegant, wie die Bostoner Damen dieser Patrizierhäuser ihre Brillanten in einer Ballnacht getragen haben mochten. In einem dieser Häuser zu wohnen, hatten er und Carol sich ausgemalt, wenn sie wie zahllose andere verliebte junge Paare die Commonwealth Avenue entlangflaniert waren und an den Hausmauern die Magnolien und Schlehdornsträucher blühten, und warum nicht, andere wohnten auch dort, solche mit denen sie zur Schule und aufs College gegangen waren, warum nicht auch sie? Es hatte sich nicht so ergeben, im Rückblick schien es, als habe es an keinem Punkt die Möglichkeit zu wählen gegeben, es war nie eine Frage der Entscheidung gewesen, stets der Notwendigkeit. Eins hatte ins andere gegriffen, die Vorstadt, in der er aufgewachsen war, das Elternhaus, seine Leistungen im Verlauf der Ausbildung, der Job, der gerade ausgeschrieben war, als er Arbeit suchte, nirgends hatte es eine Lücke gegeben, durch die er zu unvorstellbarer Freiheit oder einer märchenhaften Karriere hätte ausbrechen können, und nun betrachtete er die Stadt wie ein Tourist, nahm ihre Schönheit wahr und wußte, sie war nur zum Ansehen, nicht zum Besitzen. Manchmal fuhr er durch die anrüchigen Gegenden des Theaterdistrikts und des South Ends, die allmählich in die Slums von Roxbury und Dorchester übergingen, und es war ihm bewußt, wie wenig es bedurfte, dort zu enden und nie mehr einen Weg heraus zu finden. Es waren nicht mehr wie in seiner unverwundbaren Jugend nur die anderen, denen unverdientes Unglück zustieß. Manchmal überkam ihn ein Grauen bei dem Gedanken, wie nah der Abgrund war und wie weit entfernt die Sicherheit, es überfiel ihn ohne Anlaß und unerwartet bei einsamen Autofahrten nachts, wenn der Mond mit seinem harten Licht die flache Landschaft überflutete, und nun, als er in den Callahan-Tunnel einfuhr, um unter der Stadt nach Norden durchzutauchen, es dauerte nur eine Sekunde lang, ergriff es ihn wie eine Faust und ließ ihn augenblicklich wieder los, er wußte nicht, war es der Albdruck vergangener Schicksalsschläge oder die Ankündigung zukünftiger.

Während er aus dem Tunnel auftauchte und die Auffahrt zur Tobin Memorial-Brücke nahm, an deren Anfang ein Schild Selbstmördern die Telefonnummer für einen letzten Gedankenaustausch mit einem Seelsorger nahelegte, erschien es ihm, als sei er schon seit Jahren auf einer Achterbahn unterwegs und sehne sich nur mehr danach, daß jemand käme und ihm erlaubte auszusteigen. Tief unter den rumpelnden Schwellen der Brücke lag über dem Meer das eigentümliche bleierne Licht, das einen Sturm oder auch nur einen frühen Winterabend ankündigte. Er nahm die Küstenstraße nach Norden, fuhr eine Weile an der Bucht von Revere entlang, sah aus den Augenwinkeln die Brandung aus einer dunkelgrünen Ferne heranrollen und in hohen Gischtkronen aufschäumen, dann versperrte ihm die Mauer der Wellenbrecher die Sicht.

Edna öffnete ihm die Tür, sie hatte ihn schon seit Stunden erwartet, aber sie beklagte sich nicht, denn Marvin war seit jeher immer und überall zu spät gekommen, doch nie konnte man wissen, wie sehr er sich dieses Mal verspäten würde. Sie war bereit aufzubrechen, aber sie bat ihn einzutreten, er sollte nicht den Eindruck bekommen, sie sei in Eile, zu diesem Thanksgiving-Dinner zu kommen, sie war im Grund gar nicht sonderlich versessen darauf. Während der letzten Monate in ihrem luftigen Hochsitz über dem Meer, wo es ihr trotz der Geselligkeit des Altersheims vorgekommen war, als lebe sie in einer zeitlosen Ruhe, war das Leben zum erstenmal genau da, wo auch sie war. Sie hatte eine weite Reise zurückgelegt, von ihrem früheren Leben fort, und sie hätte es vorgezogen, hier zu verharren. Wenn sie von ihrem Balkon auf die Landzunge hinausblickte, hatte sie immer den Eindruck, die Dinge von ihrem äußersten Rand her und aus großer Höhe zu betrachten, wie es ihrem Alter angemessen war.

Marvin hatte Edna seit dem Sederabend im Frühjahr nicht mehr gesehen, und sie schien ihm geschrumpft, eine kleine Frau mit Vogelknochen, die bläulichen Schläfen, die Kopfhaut wie eine zarte Membran, die zwischen den frisch gewaschenen und dauergewellten weißen Haaren durchschimmerte, erstaunlich, daß dieses zierliche Gefäß achtundachtzig Jahre Erinnerungen enthielt und sie geordnet wie eine Bibliothek nach einem ausgeklügelten und unergründlichen System abgelegt hatte und ununterbrochen abzurufen vermochte, längst vergangene Gerüche, Genüsse und Ereignisse, Höhepunkte ihres Lebens und dazwischen die vielen Jahre, in denen nichts geschehen war, weder Glück noch Unglück, die nur wie eine Schnur die wichtigen Augenblicke ihres Lebens aneinanderreihten und verbanden, ein strapazierter

Faden, der erst im Tod zerreißen würde. Das Leben hatte sie nicht zerbrochen wie Carol und ihn, dachte Marvin, nicht einmal gebeugt. Es hatte sie zum Krüppel gemacht, und ihr trotzdem nichts anhaben können. Wie aufrecht sie sich hielt, wie makellos gekleidet und zurechtgemacht sie war. Sie trug eine gestrickte schwarze Stola und einen langen Wollrock, ihre Seidenbluse war von der beunruhigenden Farbe des Meeres vor einem Sturm, und ihr Schmuck war wie immer wohl dosiert und unauffällig elegant. Im Angesicht des Todes erschien sie ihm genauso gelassen und heiter, wie er sie aus seiner Kindheit in Erinnerung hatte, in dem Sommer nach seinem ersten Schuljahr, als sie alle mehrere Wochen in der Ferienkolonie Strawberry Hill bei Nantasket Beach verbracht hatten, er konnte sich nicht mehr erinnern, warum er damals nicht mit seinen Eltern nach Plum Island gefahren war. Mimi und Stanley hatten die eine Seite eines Hauses gemietet, während Morris und Edna ein eigenes Haus bewohnten, und Edna war in langen Röcken, mit Strohhut und Picknickkorb am frühen Nachmittag zum Strand hinaus gekommen und hatte Sandwiches mit Erdnußbutter und Gelee an die Kinder verteilt. Sie richtete es so ein, daß rechtzeitig zum Nachtisch oben an der Strandpromenade der Eiscremewagen vorbeifuhr, man hörte sein blechernes Glockengeläut schon von weitem, und immer wartete der Eiscrememann auf Edna, die langsamer als die Kinder die Treppe vom Strand heraufkam, und dann bekamen alle unter viel Gelächter ein Eis von ihr spendiert. Nie hatte Marvin sie so jung und ausgelassen erlebt wie damals. Immer wenn er nach Hull kam, machte er den Umweg zum Haus der Lewentals, in dem sie damals gewohnt und mit deren Kindern Barry und Anne sie Sandburgen gebaut und Ball gespielt hatten, er hielt vor der großen Veranda, die um drei Seiten des Hauses lief, und warf seine Visitenkarte in den Postkasten, auf dem noch immer *Lewen-*

tal stand, aber nie hatte Barry oder irgend jemand ihn angerufen oder ihm geschrieben.

Seit neun Jahren lebte Edna nun allein. Woher nahm sie ihre Gelassenheit? Fehlte ihr Morris? Oder brauchten alte Menschen denn keinen Lebensgefährten mehr? Sie hatte nie darüber gesprochen, wenn er sie angerufen hatte, sie hatten ein wenig von früher geplaudert, sie hatte sich die Geschichten und Sorgen frisch aus seinem Leben angehört und sich mit guten Wünschen und manchmal einem Rat, den er nicht befolgte, verabschiedet. Es war, als bezöge sie ihre eigene Kraft aus einer ganz anderen Quelle. Er sah sich in dem Zimmer um, in das sie ihn geführt hatte, ein kleiner, sehr heller Raum mit wenigen Möbelstücken, darunter der abgeschabte grüne Samtstuhl, das Satinsofa mit den geschwungenen Seitenlehnen an der hinteren Wand und davor ein niedriger Kaffeetisch aus schwarz lackiertem Holz. Aber vor allem bestand dieses Zimmer aus einer breiten Glaswand, die eine überwältigende Aussicht bot: über das weite Halbrund der Bucht, nun nicht mehr dunkelgrün mit hohen Gischtkronen wie während der Fahrt, sondern kreidig und verhangen, und die Silhouette von Boston wie eine schimmernde Wand aus feinem blaugetönten Glas vor einem Himmel, den ein wäßriges Abendrot blaßrosa färbte. Der Strand lag verlassen im vollendeten Oval der Bucht von Revere, und an seinem Saum, unten an der Straße, blitzten die ersten Lichter wie Juwelen. Das Zimmer war wie ein Logenplatz für ein Theaterstück ohne Personen, in dem die Ewigkeit inszeniert wurde.

Ich gehe jeden Vormittag da unten eine Stunde spazieren, sagte Edna und trat neben ihn. Zu jeder Tageszeit hat das Wasser eine andere Farbe, vor einem Gewitter leuchtet es wie geschliffener Smaragd, heute morgen lag es farblos wie unter Nebelschleiern, und es hat zum erstenmal ein bißchen geschneit. Am schönsten ist das Meer in seiner völligen Einsamkeit am frühen Morgen. Ich schaue den Möwen zu, wie sie im Tiefflug Muscheln auf den Felsen zerschellen lassen und sich dann auf sie stürzen. Jetzt, wenn die Flut hereinkommt, kann man die Felsen nicht mehr sehen, aber am Morgen liegen die Felsblöcke nackt und schwarz im seichten Wasser, und die Jogger laufen in engen Trainingsanzügen wie Taucher über den nassen Strand. Bei einem Fischhändler an der Kreuzung einen Häuserblock von hier, der auch ein paar Fertiggerichte hat, kaufe ich mir manchmal Fish&Chips, er hat das beste Fischgeschäft nördlich von Boston, aber seit Labour Day hat er geschlossen.

Die ganze Zeile von ebenerdigen Geschäften, Restaurants und Vergnügungshallen, sogar die sonst Tag und Nacht geöffneten Läden waren geschlossen. Die Straßen entlang der Küste waren um diese Jahreszeit unwirtlich. Weit zurück in ihrer Kindheit, erinnerte sich Edna, war der erste Schnee nichts Geringeres als ein Wunder. Später hatte sie dieses Staunen darüber noch ihren Kindern weitergegeben, hatte es ihnen für einige Jahre bewahren können, aber wie ein Karussell, das an Geschwindigkeit gewinnt, hatten sich das Leben und der Ablauf der Jahreszeiten beschleunigt, die atemlose Spanne zwischen Schneeschmelze, Sommerhitze, Indian Summer und erstem Schnee hatte sich, so schien es, von Jahr zu Jahr verkürzt, und in dieser Atemlosigkeit der letzten Lebensjahrzehnte hatten die einstigen Wunder ihr Geheimnis eingebüßt.

Ich wollte diesen letzten Abschnitt meines Lebens ein wenig verlangsamen, sagte Edna, als Marvin von ihrem Logenplatz im Angesicht der Ewigkeit sprach.

Aber du bist doch jung wie eh und je, widersprach er mit geheuchelter Munterkeit.

Niemand ist jung wie eh und je, auch du nicht, Marvin, sagte sie ein wenig ungeduldig. Meine Kinder denken jedesmal, wenn ich mich verkühle, daß nun mein Ende gekommen sei. Als wohnten sie einem Experiment bei, fragen sie sich, ist es diese Grippe oder jener Schwächeanfall, der mir den Garaus macht? Edna lachte leise in sich hinein.

Vor einigen Wochen war sie wegen eines dunklen, sich vergrößernden Pigmentflecks am linken Ellbogen bei der Dermatologin gewesen. Sie hatte die helle sommersprossige Haut der Rothaarigen, nicht den widerstandsfähigen makellosen Teint der meisten Leondouris, den auch die pralle Sonne eines Sommertags am Strand nicht verbrennen konnte, und an Pigmentflecken aller Formen und Schattierungen war sie von Kindheit an gewöhnt, nun aber hatte dieses sich ausbreitende Mal am Ellbogen sie beunruhigt.

Ich werde tief ausschneiden müssen, sagte die Ärztin bei Ednas zweitem Besuch und sah zu ihr auf, und in dem Blick, den sie wechselten, las die Ärztin, daß Edna verstanden hatte, und Edna sah, daß ihre Gelassenheit die junge Frau beruhigte.

Tun Sie, was Sie für nötig halten, sagte sie, selber erstaunt, wie gleichmütig sie die Nachricht aufnahm. Sie dachte nicht, das also ist nun das Todesurteil, sie fürchtete nur ein wenig die Schmerzen der Operation. Sie schaute aus dem Fenster, über die flachen Dächer, die Hochhäuser in der Ferne, die Wolken, die wie wäßrige Tinte auseinanderliefen. So sanft und höflich konnte der Tod sich ankündigen, wenn es denn der Tod war, daß ein Auflehnen ihr gar nicht in den Sinn kam. Fast war es ein feierlicher Augenblick.

Während die Ärztin das Krebsgewebe aus ihrem Fleisch schnitt, das vom Alter mürbe und lose vom Knochen hing, und die Wunde verband, blickte Edna über die Dächer der Stadt, in der sie ihr Leben verbracht hatte, sah das metallisch glänzende Band des Charles River tief unten liegen und überlegte, ob man von hier nicht ebenso wie von Beacon Hill aus bis in die sechziger Jahre ungehindert das Meer hatte sehen können. Und sie dachte, daß sie ein gutes Leben gehabt hatte in dieser Stadt.

Machen Sie sich keine Gedanken, sagte Edna, als sie sich vom Behandlungsstuhl erhob und die Besorgnis in der Miene der Ärztin bemerkte, die ihre Enkelin hätte sein können und die ihren Arm ausgestreckt hatte, als sei sie darauf gefaßt, Edna auffangen zu müssen, ich fühle mich ganz wohl.

Für das Thanksgiving-Dinner hatte sie eine Bluse mit weiten Ärmeln angezogen. Marvin mußte nicht unbedingt erfahren, daß sie darunter einen Verband trug, der ihr das Abwinkeln des Arms erschwerte. Deshalb trat sie auf seine linke Seite, um eine Berührung zu vermeiden.

Wie schön du es hier hast, sagte Marvin. Dieser Ausblick ist so versöhnlich, und zugleich macht er einen traurig. Wie hältst du so viel Melancholie aus?

So sind Abschiede eben, sagte Edna, plötzlich denkt man, so schlimm ist es doch gar nicht gewesen, nichts war so schlimm, daß man es missen möchte, und dann bekommt man doch ein wenig Angst vor dem Ende. Auch meine Kinder beteuern mir immer erst beim Abschied ihre Liebe. Wie geht es mit dir und Carol? fragte sie unvermittelt.

Nicht so gut, antwortete er und war einen Augenblick lang versucht, ihr die Geschichte mit Tatjana bis in die letzten, verschwiegenen Details zu erzählen, sich durch ein umfassendes Geständnis zu erleichtern und auf Vergebung, einen Rat, vielleicht sogar auf Mitgefühl zu hoffen. Er wußte, sie würde Carol nicht von vornherein in Schutz nehmen. Gar nicht gut, wiederholte er, aber er redete nicht weiter. Es wäre ihm wie ein Verrat an seiner Frau erschienen, Edna zu seiner Komplizin zu machen.

Sie wartete ein paar Minuten. Beide schauten sie auf die Bucht hinunter, auf die langen Schatten, die von der Dämmerung verwischt wurden, und den metallischen Schimmer, den das Meer annahm, sobald die Farben sich aus der Landschaft zurückgezogen hatten.

Dann schlüpfte Edna in ihren hellen Kamelhaarmantel, der über dem grünen Lehnstuhl hing, und sie fuhren mit dem Lift in die Halle hinunter. Es war ein exklusives Altersheim mit einem Portier, der Fremde fragte, wen sie besuchen wollten. Der Portier saß in seiner blauen Livree hinter einer Rezeptionstheke und las den *Boston Herald*. Edna schob ihm ein Kuvert über die Theke und wünschte ihm einen schönen Feiertag. Er tippte mit dem Finger an den steifen Rand seiner Uniformmütze und verbeugte sich mit dem Oberkörper. Danke, Ma'am, danke Mrs. Schatz, *happy holiday* auch für Sie. Sie nahm ein längliches Luftpostkuvert aus ihrem Briefkasten. Von Estelle und Joshua, sagte sie erfreut und steckte den Brief ungelesen in ihre Handtasche. Estelle kommt im Dezember zurück und bringt ihre jemenitische Schwiegertochter mit. Darauf freue ich mich schon.

Willst du den Brief nicht erst lesen? fragte Marvin.

Aber nein, lachte Edna. Wenn es was Gutes ist, will ich mir Zeit nehmen und es genießen, und wenn es etwas Schlechtes ist, dann ist jetzt, vorm Thanksgiving-Dinner, der falsche Zeitpunkt, sich damit zu beschäftigen.

Du kannst dich nicht mehr erinnern, wie es früher hier aussah, sagte Edna, als sie auf dem vierspurigen Boulevard nach Süden fuhren. In meiner Jugend gab es Tanzbars und Vergnügungslokale entlang der Straße, wie heute noch in Hampton Beach, man konnte an der Straße entlangflanieren und die besten Jazzbands hören, und überall gab es fliegende Stände, wo man gefrorene Vanillesauce kaufen konnte. Es war ein Feriendorf, wo alle jene hinkamen, die sich sonst keinen Urlaub leisten konnten, *Bluebeard's Castle* war eine ausgedehnte Geisterbahn im Stil einer mittelalterlichen Burg, und der *Cyclone* war die größte Achterbahn in Amerika, größer als die auf Coney Island, und am Ende der Ocean Pier, die eher einer breiten Promenade ähnelte, stand dieser riesige Tanzpavillon, der aussah wie eine europäische Kathedrale mit zwei Türmen und einem Säulenportal, und neben dem Ballsaal für viertausend Menschen gab es noch einen mit Marmor verkleideten Speisesaal. Der vierte Juli war jedes Jahr der Höhepunkt des Sommers, mit Feuerwerk über dem Meer. In meiner Kindheit veranstalteten die *Diving Girls* eine Revue, und abends gingen die Liebespaare Hände haltend am Strand entlang. Es ist eigenartig, sich an diese Dinge zu erinnern, wenn man hier lebt, und festzustellen, wie in Geräuschen und Gerüchen Erinnerungen aufbewahrt bleiben.

Jedesmal wenn ich versucht habe, an alte Orte zurückzugehen, wo ich etwas Schönes erlebt habe, entgegnete Marvin, war ich enttäuscht.

Ja, erwiderte Edna, vielleicht kann man alles nur einmal wirklich genießen, und beim zweiten Mal muß man wegsehen, um sich die Erinnerung nicht zu zerstören. Aber man kann ja auch Erinnerungen nebeneinander stellen wie Fotos aus verschiedenen Zeiten.

Marvin fuhr in die weiträumige Schleife eines Kreisverkehrs. Die Lichter der Hochhäuser von Downtown Boston tauchten auf, als seien sie in das schwarze Papier einer Kinderlaterne gestanzte Löcher. Auf der Fahrt durch die Stadt und über den Highway nach Süden redeten sie über Marvins Bruder Michael und seine beiden Kinder, die erwachsen waren, der Sohn war Journalist, die Tochter Personalchefin eines Großkaufhauses, und beide lebten sie in unglücklichen, kinderlosen Ehen. Seit Michaels zweiter Hochzeit mit einer Lehrerin aus New Jersey, die im Unterschied zu seiner ersten Frau streng religiös war, hatte Marvin seinen Bruder nicht mehr gesehen, und das war nun auch schon drei Jahre her.

Er hat wenig Familiensinn, bedauerte Marvin, den hat er nie gehabt.

Ich erinnere mich, sagte Edna, er mochte schon als Kind keine Nähe. Wenn man ihn an sich drückte, hat er sich immer aus der Umarmung befreit. Aber er war der Ausgeglichenere von euch beiden. Weißt du noch, wie du in einem Wutanfall auf deine Mutter losgegangen bist, weil sie den Kaviar in den Ausguß leerte, den du nach Hause gebracht hattest, vermutlich um ihn nachts, wenn alle im Bett waren, heimlich zu verzehren? Ich weiß nicht, wozu du im Stande gewesen wärst, wenn Michael dich nicht festgehalten hätte, bis du zur Vernunft gekommen bist, jähzornig, wie du als Kind schon immer warst. Er war nicht gleichgültig und auch nicht lieblos, nur eben sehr auf seinen Freiraum bedacht.

Ja, sagte Marvin, er ist ein lieber und höflicher Mensch, nur weiß ich nie recht, wie ich bei ihm dran bin.

Da ist meine Lea anders, sagte Edna, bei ihr weiß man immer, woran man ist, sie hält mit ihrer Meinung nie hinter dem Berg.

Lea hatte im Herbst, nach den Hohen Feiertagen, als sie sich noch zusätzliche Aufgaben in ihrer Chavurah aufgebürdet hatte, einen leichten Herzinfarkt gehabt und erholte sich nun bei ihrer Schwester Estelle in Tel Aviv.

Ich habe immer damit gerechnet, daß meine Kinder mich überleben, sagte Edna, es war ein Schock, als Lea das zustieß, wovon ich annahm, daß ich dafür vorgesehen sei.

Ich wünsche ihr, daß sie in Israel einen Mann findet. Das wäre das beste Mittel für ihre Genesung, sagte Marvin trokken.

Jerome erwähnten sie dagegen mit keinem Wort. Aber Edna wußte den neuesten Tratsch über die Söhne ihrer Schwester Dora, mit denen Marvin keinen Kontakt mehr hatte. Irving habe sich von seiner christlichen Frau getrennt, nur um eine neue katastrophale Beziehung mit einer Russin einzugehen. Dazu schwieg Marvin betreten.

Ich weiß nicht, warum Irving sein ganzes Leben so große Probleme hatte, sich als Jude zu definieren, sagte Edna. Früher hat er sich für nichts anderes interessiert, alles Jüdische faßte er wie eine Bestätigung seiner Identität auf, und dann hat er begonnen, mit allen möglichen Religionen zu experimentieren, Buddhismus, Christentum, Mystik, was weiß ich. Ich erinnere mich, daß er einmal bei einem Seder darüber spekulierte, wie er sich mit einem Namen fühlen würde, der zu einhundert Prozent angelsächsisch und protestantisch sei, niemand könne ihm bei einem solchen Namen etwas anhaben, meinte er, keiner könne daherkommen und fragen, gehörst du überhaupt dazu. Inkognito wäre er dann, hat er gedacht, nicht stigmatisiert mit einem jüdischen Familiennamen und einem Vornamen, der nur den Assimilationswillen seiner Eltern zur Schau trägt. Aber wer wäre er denn in seinem protestantischen Inkognito, fragte Edna, wo ihn sein Judentum doch selbst in der Ablehnung noch definiert? Was bliebe von ihm übrig?

Dann sprachen sie über Mimis Schwestern, von denen nur mehr eine lebte. Jeanette war mit fünfzig Jahren an Krebs gestorben. Felicia dagegen war sehr lebenslustig und schickte Marvin regelmäßig E-Mails aus San Francisco, und sie fuhr oft nach Reno, um Black Jack oder Roulette zu spielen und das Nachtleben zu genießen.

Sie geht auch noch mit Männern aus und hat Affären, stell dir das vor, in ihrem Alter, sagte Marvin, und Edna lachte, Felicia ist nur sechs Jahre älter als du, erinnerte sie ihn.

Und dann kamen sie auf Daniel und Adina zu sprechen, die Edna im vergangenen Sommer ein paarmal zum Essen eingeladen hatte. Einmal, im Sommer, bin ich in dem Restaurant gewesen, in dem sie Kellnerin ist, erzählte Edna. Eigentlich geht sie nur mit einem Brotkorb in der Armbeuge herum wie ein Blumenmädchen der zwanziger Jahre, in so einem unter der Brust gerafften weißen Musselinkleid – man erwartet fast, daß sie statt der Brötchen weiße Rosen aus dem Korb nimmt und auf den Tisch streut. Ich glaube, sie halten sich Adina als Attraktion, als so eine Art jungfräuliche Animierdame. Mir war nicht wohl dabei, sie so zu sehen. Und sie wird ihrer Großmutter immer ähnlicher, auch im Wesen, und natürlich läßt sie sich keinen Rat geben und wird unwirsch, wenn man ein wenig auf sie einwirken möchte.

Marvin erinnerte sich an einen Besuch bei Bertha im Spital nach ihrem Schlaganfall. Da kommt Mimis Augapfel mit seinem schwachsinnigen Sohn, hatte Bertha gesagt, und alle waren vor Schreck erstarrt und hatten nicht gewußt, ob sie davonlaufen, die Bemerkung übergehen oder die alte Frau, die nicht mehr bei Sinnen war, zurechtweisen sollten. Bertha, hatte Marvin gefleht, bitte! Aber Bertha hatte fröhlich nachgesetzt: Ist doch wahr, seit Morris dieses Mädchen, sein eigen Fleisch und Blut, vor die Tür gesetzt hat, hängt über dieser Familie ein Fluch, und immer trifft es die Falschen. Nichts war von der Verwüstung, die das Gerinnsel in ihrem Kopf angerichtet hatte, übriggeblieben als diese seit fünfzig Jahren angestaute Bitterkeit, die nicht einmal mehr den Sohn ihrer geliebten Nichte Mimi ausnahm. Und erst nachdem er die Anekdote fertig erzählt hatte, wurde Marvin seine Indiskretion bewußt, und er schlug sich mit der flachen Hand vor die Stirn: Verzeih Edna, jetzt habe ich wieder einmal nicht nachgedacht.

Die Geschichte mit Morris' möglicherweise viertem Kind kenne ich, sagte Edna ruhig, da erzählst du mir nichts Neues. Sie stand eines schönen Vormittags vor meiner Tür und sagte: Ich bin seine Tochter. Andere Frauen wären daran vielleicht zugrunde gegangen oder, wahrscheinlicher noch, sie hätten alles liegen und stehen gelassen, weil ihnen diese Demütigung unerträglich gewesen wäre. Aber ich hatte eben eine andere Vorgeschichte und war ihm dankbar dafür, daß er trotzdem bei uns geblieben ist. Ich dachte an seinen Verrat an dieser Frau und ihrer Tochter – vielleicht war mir das schon Entschädigung genug. Siehst du, jeder reagiert auf die Katastrophen seines Lebens anders, sagte sie nachdenklich, das hängt mit der Grundstimmung einer Persönlichkeit zusammen, sie ist der Faden, der alles zusammenhält, auch wenn man ihn nicht sieht. Ich stelle sie mir wie ein Motiv in der Musik vor, sie färbt alles ein, und man bleibt in ihrem Bann, sie bestimmt die anderen Entscheidungen, die man trifft. Und Bertha lebte in dieser permanenten Auflehnung gegen die fundamentale Ungerechtigkeit, die ihr das Leben angetan hatte.

Der Tag war endgültig in Nachtschwärze übergegangen. Nur an einer Stelle fuhren sie kurz am Meer entlang, das zur Linken lag und auf dessen Oberfläche sich das Mondlicht brach wie ein Schwarm silberner Fische. Die Straßen der Vorstädte hatten sich geleert.

Vor dem Haus in der Oak Street standen schon zwei Autos, der sportliche Zweisitzer seines Freundes Jeffrey Johnson und der verrostete Volkswagen seines Kollegen Lester Corey, der eigentlich Lajos Karady hieß und als Kind nach der Ungarnrevolution ins Land gekommen war. Nur Daniels großer Combiwagen fehlte noch. Marvin hätte gern auch noch seinen Freund Herbert und dessen Frau Audrey eingeladen, aber Carol hatte gedroht, sie würde in diesem Fall Thanksgiving in einem Hotel verbringen. Es war vor allem Herberts Frau Audrey, die sie nicht ausstehen konnte, in Carols Worten ein alter, verbrauchter Teenager von fünfzig Jahren mit einem weißblonden Jungmädchenhaarschnitt und stets in engen Jeans. Audrey war Künstlerin, sie stellte Kalligraphien her, handgeschriebene Sprüche, die sie wahllos aus Büchern zusammensuchte und in einer skurrilen Variante später Buchkunst unter Glas legte. Alle Kunst sei Gebrauchskunst, und das dekadente Auseinanderklaffen zwischen Kunst und Leben könne sie nicht gutheißen. Deshalb stickte sie auch volkstümliche Motive verschiedener Kulturen auf Tischtücher, bemalte Tarotkarten in psychedelischen Farben mit wirbelnden kosmischen Knäueln und ausgemergelten Frauengestalten, produzierte am laufenden Band Psychokitsch, über den sie zwanghaft reden mußte. Ich arbeite in Serie, sagte sie, um ihren Wiederholungszwang zu legitimieren. Als Marvin seinen Freund Herbert zum erstenmal eingeladen hatte, stellte sich heraus, daß Carol und Audrey einander schon seit ihrer Kindheit kannten. Wir waren schon in der Grundschule enge Freundinnen, hatte Audrey gerufen und sich über den Zufall ihres Zusammentreffens nach so vielen Jahren lange nicht beruhigt.

In Audreys Gegenwart hatte Marvin plötzlich eine Seite von Carol wahrgenommen, die ihm noch niemals aufgefallen war. Sie war Audrey gegenübergesessen, an der alles von den engen Jeans bis zur Haut über den Backenknochen und den schnellen Blicken, die ruhelos im Raum umhersprangen, eine ungeheure Anspannung ausdrückte, und plötzlich wirkte Carol wie eine schlampige Hausfrau, die ratlos in den Überresten eines Lebensentwurfs ausharrte und nicht wußte, warum, auch nicht warum ihr die Lust am Leben vergangen war. Marvin hatte auf einmal ein kleines Mottenloch in Carols grünem Pullover bemerkt und sich über ihr weiches Gesicht mit dem kurzsichtigen Blick gewundert, und sie hatte ihm leid getan, weil er ihre verzweifelte Erschöpfung spürte wie nie zuvor, als hätte sie sich völlig verschwendet und nichts für einen späteren Zeitpunkt aufgespart, so daß ihr nun nur mehr die hilflose Sehnsucht nach einem ganz anderen Leben blieb. Sie war vor diesem gespannten Bogen Audrey gesessen wie ein zerzaustes, kraftloses Tier, das schon erledigt ist, bevor der Pfeil es trifft. Wie schaffte es diese Frau, in wenigen Stunden die starke selbstbewußte Carol, die er kannte, zu demontieren?

Stimmt es denn wirklich, daß ihr Freundinnen wart? hatte Marvin sie später gefragt.

Damals ja. Damals war sie viele Jahre meine beste Freundin gewesen, antwortete Carol, ich habe sehr lang gebraucht, um zu begreifen, daß sie und ihre Familie mich in ein Abhängigkeitsverhältnis verstrickt hatten und mich ziemlich kaltblütig für ihre eigenen Ziele benutzten. Audrey wuchs in einem Haus voller Frauen auf, erzählte sie, Mutter, Großmutter, eine Tante und eine ältere Cousine, da war soviel Wärme und Leben im Unterschied zu meinem Elternhaus, immer war jemand in der Küche, immer hörte einem jemand zu. Bei mir zu Hause war das ganz anders. Mein Vater lebte in seiner Welt und ich in meiner. Wir gingen sehr förmlich und behutsam miteinander um, es war quälend, wie wir einander trotz aller Bemühungen nicht näherkommen konnten. Ich sehe heute noch seinen aufmerksamen, besorgten Blick auf mir ruhen, wenn wir zusammen bei Tisch saßen. Geht es dir gut, ist alles in Ordnung, fragte er, und ich antwortete artig, es geht mir gut, alles ist in Ordnung. Aber nur dort, bei Audrey, fühlte ich mich lebendig. Ich bekam alles, was ich brauchte, Essen, Wärme, Gespräche, Zuneigung, Anregungen. Vielleicht merkte ich deshalb nicht, daß unsere Rollen längst genau festgelegt waren, und vielleicht wußten die Frauen selber nicht, was vor sich ging. Sie zogen in mir eine Gesellschafterin für Audrey heran, die dazu da war, Audreys Selbstbewußtsein zu stärken. Später sagte sie einmal zu mir, ich wäre ihr Gegenstück und Spiegelbild gewesen, in der Auseinandersetzung mit mir habe sie zu ihrer Berufung als Künstlerin gefunden. Ich war beim Malen und Zeichnen viel begabter als sie, aber sie redeten es mir aus, sie ließen es nicht zu. Mir stand nur zu, ihr Talent zu bewundern, auch wenn sie keines hatte. Deshalb mußten sie mich überzeugen, daß ich als Künstlerin versagen würde.

Und Selbstbehauptung kam dir gar nicht in den Sinn? fragte Marvin.

Selbstbehauptung, das spürte ich damals, ohne es wirklich zu begreifen, hätte den Verlust dieser Ersatzfamilie bedeutet.

Aber du warst es, die zuließ, daß sie dich manipulierten, beharrte Marvin.

Als Jugendliche durchschaust du solche Vorgänge doch nicht, widersprach Carol. Die Liebe, die ich dort bekam, oder was ich eben dafür hielt, war soviel wichtiger für mich. Es war auch eine beglückende Erfahrung. Manipuliert fühlte ich mich erst später, als ich mich längst von ihr befreit hatte. Im Gegenteil, ich fühlte mich auserwählt, zu ihnen zu gehören. Sie waren wohlhabend, Audreys Vater war Richter, eine angesehene Familie. Bis ich Audrey dann von einem Tag auf den anderen nicht mehr ertrug, ihre herrische Art, wie sie über mich verfügte und mir vorschrieb, was ich über alles und jedes zu denken hatte. Und plötzlich fiel mir auch auf, wie herablassend ihre Mutter mich behandelte, als wäre ich ein Dienstbote, den man aus Noblesse mit den eigenen Kindern großzog. Erst da wurde mir klar, daß sie mich benutzt hatten, und ich begann Audrey zu hassen, aber auch dann brauchte ich noch ein Jahr, bis ich die Kraft hatte, mich ihr zu entziehen. Am längsten verfolgte mich der Abscheu vor mir selber darüber, daß ich mich für das bißchen Liebe bis zur Selbstaufgabe unterworfen hatte und auch noch dankbar gewesen war. Eines aber konnte ich nicht mehr rückgängig machen, sie wurde Künstlerin, wenn auch eine schlechte, und ich studierte eben nur Kunstgeschichte.

Marvin erinnerte sich, wie Carol als Jugendliche seine Mutter Mimi mit derselben Hingabe und Begeisterung umworben hatte wie Jahre zuvor diese Jugendfreundin Audrey, und er fragte sich, ob es nur eine Frage der Zeit gewesen wäre, bevor sie sich auch von Mimi ausgebeutet gefühlt und sich gegen sie aufgelehnt hätte. Es gab keine Gründe für diesen Verdacht, aber er war nicht mehr sicher, wie gut er die Frau, mit der er dreißig Jahre zusammengelebt hatte, wirklich kannte. Manchmal fragte er sich, wie viele Facetten er noch an ihr entdecken würde, wie etwa diese Schwäche, sich einer Frau, die ihr eine Zeitlang die Mutter ersetzen konnte, mit Haut und Haar auszuliefern und es ihr dann zu verübeln. Daß Carol die Freude an dem Leben verlorengegangen war, das Mimi sie gelehrt hatte, war allerdings weniger Zeichen einer Auflehnung als eine Folge körperlicher und seelischer Erschöpfung, die alle Bereiche ihres Lebens im Lauf der Zeit durchdrungen hatte. Seit sie in Brockton lebten, gehörten sie keiner jüdischen Gemeinde mehr an, Carol hatte nach und nach aufgehört, die Küche koscher zu halten, es war ein schleichender Rückzug, der Marvin nicht aufgefallen war, denn er konnte ohnehin nur religiösen Festen, die am Familientisch gefeiert wurden, etwas abgewinnen. Von Zeit zu Zeit nahm Carol einen neuen Anlauf, machte Marvin Vorhaltungen, wenn er kein Interesse daran zeigte, mit Jonathan in die Synagoge zu gehen, erklärte, diese und jene Lebensmittel kämen ihr nicht ins Haus, aber früher oder später gab sie ihre Vorsätze schuldbewußt wieder auf, was sie nicht daran hinderte, sich dennoch für tugendhafter und religiöser als Marvin zu halten.

Die Gäste saßen im Wohnzimmer und beluden Cracker mit gehackter Leber oder langten nach Käsespießen. Lester, klein, rund und glänzend vor Freundlichkeit und gutem Willen, ein Philosophieprofessor, der bei Studenten und Kollegen gleichermaßen beliebt war, obwohl niemand allzuviel von ihm hielt. Er liebte reichliches Essen und traf sich gern mit Marvin im *Country Buffet* in Brockton, einem Schlaraffenland für einsame Seelen, ein deprimierender Ort in einer Strip Mall, die alle anderen Geschäfte bis auf eine koreanische Wäscherei verlassen hatten, und an dem starke Neonlampen über Stahlwannen, randvoll mit typisch amerikanischen Gerichten von Linsensuppe bis Truthahnbrust in dicker Sauce und Jell-O in giftigen Farben, leuchteten, als wären sie Inkubatoren. Soviel man um zehn Dollar essen konnte, soviel Nachschlag, wie man verschlingen konnte in einem Saal mit Blumentapeten und Resopaltischen, und an den Tischen saßen traurige Gestalten, die es längst aufgegeben hatten, sich im Spiegel eines Kaufhauses zu betrachten, Männer und Frauen in billigen Übergrößen, Hosen mit Gummizug wie Pyjamas und formlosen T-Shirts, und schaufelten mit nach innen gerichtetem Blick das Essen in sich hinein. Ihre runden Schultern fielen nach vorn, als müßten sie ihre Teller vor Zugriffen verteidigen, und von Zeit zu Zeit standen sie ächzend auf, um sich eine neue Portion zu holen. Marvin war gutem Essen durchaus zugetan, aber mit Lester in dieser Endstation resignierter Fast Food-Junkies zu sitzen, die beschlossen hatten, sich im trostlosen grellen Licht dieser Freßhalle zu Tode zu essen, weckte in ihm das hilflose Gefühl angesichts eines todkranken Menschen, den er nicht retten konnte. Trotz seiner Beliebtheit hatte Lester außer seinen beiden Katzen niemanden, mit dem er seine freien Tage und langen Abende verbringen konnte, von Zeit zu Zeit verliebte er sich heftig in unerreichbare Frauen, die von seiner Zuneigung nichts erfuhren, damit er ungestört seinen Phantasien und Träumen nachhängen konnte. Lester war auch der einzige Freund, dem

Marvin von seiner Internetliebe erzählt hatte und der von seiner Sehnsucht nach einem neuen, ganz anderen Leben wußte. Marvin konnte mit seiner Verschwiegenheit rechnen, wenn schon nicht mit einem guten Rat, denn Lester empfand auch eine gewisse Loyalität Carol gegenüber. Marvin lud ihn öfter nach Hause ein, als Carol angenehm war, denn Lester tat ihnen beiden leid, doch nach einer Weile ertrug Marvin seine traurige Gesellschaft und den klagenden Ton seiner Stimme nicht mehr und verschwand für lange Zeiten in seinem Arbeitszimmer, während Carol seinen Freund tapfer unterhielt, und wenn sie sich später beklagte, erklärte Marvin, ihr höfliches Ausharren bei dem Gast sei eine Mitzwah, eine gute Tat und religiöse Pflicht.

Jeffrey Johnson, ein Münzensammler, war Unternehmer. Carol hatte ihn bei einer Auktion kennengelernt. Damals war er noch Junggeselle gewesen, geschieden, mit erwachsenen Kindern, nüchtern und wortkarg, ein Pioniertyp von bulliger Statur wie ein Hafenarbeiter, einer, von dem man annahm, daß er den ganzen Tag seine Muskeln stählte, die unter seinen T-Shirts spielten, und dennoch war es Marvin nie gelungen, diesen undurchsichtigen, widersprüchlichen Menschen einzuordnen. Manchmal ließ Jeffrey durchblicken, daß er in jüngeren Jahren für den Geheimdienst Aufklärungsflüge über China unternommen und lange in Japan gelebt habe, wo ihn das Außenamt als Botschaftsangehörigen geführt hatte. Aber er ließ viel offen, wenn er widerwillig über seine Vergangenheit Andeutungen machte. Es sei wichtig, unauffällig und rasch an Information zu kommen und ebenso schnell wieder zu verschwinden, sagte er und verlegte sich dann aufs Schweigen, sagte höchstens kryptisch, wer auffliegt, hat etwas falsch gemacht, aber Carol und Marvin fanden seine Gesellschaft aufregend und geheimnisvoll, als säßen sie in einem Spionagefilm. Seit sie ihn kannten, hatte er eine kleine Fabrik hinter seinem Haus in der Wildnis New Hampshires, in der er Chips für elektronische Geräte herstellte, und stets war er so gekleidet, als käme er gerade von der Holzarbeit. Bei seiner zweiten Hochzeit mit der um zwanzig Jahre jüngeren Karen war Marvin Trauzeuge gewesen. Die beiden hatten sich einer fundamentalistischen christlichen Kirche zugewandt, dann war Karen gestorben, und Jeffrey hatte erneut eine noch jüngere Frau aus seiner Glaubensgemeinschaft geheiratet, die ebenfalls nach einem Jahr Ehe gestorben war. Inzwischen hatten die Ärzte bei ihm Lungenkrebs diagnostiziert, was ihn nicht daran hinderte, weiterhin zu rauchen und ein viertes Mal zu heiraten, diesmal eine ebenfalls um fünfundzwanzig Jahre jüngere Frau, die in einem Gefängnis in Florida ein religiöses Erweckungserlebnis gehabt hatte und gerettet werden mußte. Diese neue Frau kannte Marvin noch nicht, aber als sie nun alle aufstanden, um ihn und Edna zu begrüßen, fiel sie ihm sofort auf, und es war nicht schwer, sich vorzustellen, daß sie wegen Körperverletzung, Scheckfälschung und Autodiebstahl eingesessen war.

Aus der Küche duftete es schon nach knusprigem Truthahn, und Marvin nahm Carols düstere Stimmung wahr und merkte, daß Jonathan Kummer hatte. Er ging eilig in den Keller, um Wein für das Abendessen auszuwählen, und schloß die Tür hinter sich, er wollte ungestört sein, es war ein langer Tag voller Aufregungen gewesen. Er verbrachte viel Zeit vor seinen Weinregalen, Stunden, in denen er nur dasaß, die Etiketten auf den Weinflaschen las und sich erinnerte. Das Jahr seiner Hochzeit, und das, in dem Carol und seine Eltern nach Durham gekommen waren, um seine Promotion zu feiern, die Feier zur Briss seines Sohnes im Garten hinter dem Haus in der Pleasant Street, ein Fest, das eine ganze Woche gedauert hatte, weil immer wieder Verwandte kamen, um das Neugeborene zu bewundern – alle diese glücklichen Ereignisse las er nach einem komplizierten Code, der sich entweder an den Jahreszahlen der Abfüllung orientierte oder an dem Jahr, in dem er sie gekauft hatte, von den Weinflaschen ab, er erinnerte sich, wo und wann er sie erstanden oder wer sie ihm geschenkt hatte, einige der besten und ältesten hatte sein Vater ihm zu glücklichen Anlässen gegeben, und er hatte es noch nicht über sich gebracht, sie zu öffnen, obwohl sie längst den Höhepunkt ihrer Qualität überschritten haben mußten. Manche Etiketten erinnerten ihn an gesellige Stunden mit Menschen, an die er jahrelang nicht mehr gedacht hatte und nach deren Adressen er anschließend im Internet suchte.

Er fand einen kastilischen Palacio d'Arganza aus León und erwog, ihn wegen Edna und zur Ehre der Leondouris zu servieren. Aber dann sah er den Mouton-Rothschild aus dem Weingut Pauillac im Medoc aus dem Jahr '76 und einen Chambolle-Musigny Jahrgang '92 und erinnerte sich an Augenblicke, in denen er geglaubt hatte, die Zeit hielte inne und werde zu einer Hülle, schützend und verwundbar wie eine Membran, die ihn umschloß, und sei es nur an einem Schabbattisch nach dem Essen, wenn die Kerzen herunterbrannten und die Wärme nicht nur vom Wein, vom Essen und den Kerzenflammen ausstrahlte, sondern von der Nähe der Menschen, mit denen ihn das Leben zusammengebracht hatte, und in solchen Momenten war es ihm, als sei es tatsächlich möglich, einen Stillstand zu erzwingen und in einem unspektakulären Glück zu verweilen, lang genug, daß sich später vielleicht einer von ihnen an diesen Abend zurückerinnern würde, so wie er selber gern an die Zeit zurückdachte, als seine Eltern noch am Leben waren. So konnte er Stunden auf dem Teppichboden vor den Weinregalen im Schneidersitz im fahlen Licht der Neonröhren verbringen, die den fensterlosen Raum gespenstisch erhellten wie in einer Gruft, und über die Freiheit und die Vorläufigkeit seiner gegenwärtigen Situation nachdenken, wo er doch nur ein einziges Leben hatte und schon so viel davon vergegangen war. Hier unten im Weinkeller überließ er sich den vielen einander befehdenden Eingebungen, den verlockenden Angeboten des Aufbruchs in eine neue Liebe und den Versuchungen der Häuslichkeit, der Angst vor dem Unbekannten und der Last eines Lebens, in dem sich bis an sein Ende nichts mehr ändern würde.

Als er von oben die Türglocke und gleich darauf die durcheinanderrufenden Stimmen der MacLaughlins hörte, entschied Marvin sich schnell für den Burgunder und gesellte sich wieder zu den Gästen. In der Küche stand Edna über dem Mais, der in einer großen Kasserolle wallte, und er wagte nicht, sie zu belehren, während sich Jonathan nah an sie herandrängte und ihr mit einer Dringlichkeit, als wäre sie der Fürbitte an höchster Stelle mächtig, von seinem Kummer erzählte.

Peter sagt, er ist Romeo und Julia mit Kimberly, rief er in der Not seines bedrohten Besitzanspruchs, aber ich möchte, daß Kimberly meine wahre Liebe ist, was kann man da tun?

Und was sagt Kimberly? fragte Edna vorsichtig.

Ich will, daß sie meine wahre Liebe ist, wiederholte Jonathan, den Tränen nah.

Phrasen aus Filmen und Schlagern, dachte Marvin, und mit soviel Verzweiflung angefüllt, so aussichtslos, daß es weh tat. Wenn er gesund wäre, wenn er nicht diese Behinderung hätte, dachte Marvin, könnte ich ihm beibringen, wie man um ein Mädchen wirbt, wie er Peter, dieses traurige Ungetüm, aus dem Feld schlagen könnte, wie er um sie kämpfen müßte, aber er ist so unerträglich unschuldig wie ein Kind, und wenn er neben ihr sitzt, weiß er nichts mit seiner Inbrunst anzufangen. Und Marvin schlich unbemerkt an ihnen vorbei ins

Wohnzimmer. Was hätte er sagen, wie seinen Sohn trösten können. Er erinnerte sich, wie leicht er ihn früher durch Stimmenimitieren zum Lachen hatte bringen können, wie sie zusammen irische Trinklieder gegrölt und gelacht, wie sie am Strand Muscheln und Seesterne gesucht hatten, die vielen Stunden und Erlebnisse, die eine Kindheit ausmachten, und jetzt gab es kein Gegengewicht mehr zu dem Unglück und der Unruhe des Erwachsenwerdens. Wenn ich ekelhaft bin, hatte Jonathan gesagt, dann ist das nicht, weil ich dich nicht mag, sondern weil ich auch so unglücklich bin. Ich auch. Und was konnte er jetzt tun, um seinen Sohn glücklich zu machen und zum Lachen zu bringen? Wie ein Verräter schlich er sich davon, und vielleicht hatte Carol recht, bei aller Liebe würde er ihn verlassen, wenn sein Glück und das Glück seines Sohnes sich nicht auf einen Nenner bringen ließen. Jonathan würde bis ans Ende ein Kind bleiben und seine Fürsorge fordern wie ein Kind, nie würden seine Eltern aus dieser Pflicht entlassen werden. Wenn er es in der ganzen Härte, die seine Bedürfnisse ihm diktierten, hätte sagen müssen, dann wollte er auch diese Erfahrung machen, um die das Schicksal ihn betrogen hatte, gesunde Kinder, die erwachsen wurden und ihn all die Freuden erleben ließen, auf die er bei Jonathan vergeblich hoffte.

Im Wohnzimmer saßen nun auch Teresa, Daniel, Adina und Julian und langten mit vorgebeugten Oberkörpern und ausgestreckten Armen nach den Hors d'œuvre. Es lag eine feindselige Spannung in der Luft, eine Atmosphäre, als hätte es eben einen heftigen Wortwechsel gegeben und jemand hätte die streitenden Parteien zum Schweigen gebracht und nun schwele der Konflikt in einer geladenen Stille weiter und niemand könne den anderen mehr in die Augen schauen, eine Atmosphäre, in der sich alle wünschten, weit weg und allein zu sein. In Carols Augen las er die Erbitterung darüber, daß sie den ganzen Tag in der Küche gestanden war, und nun machte man ihre Anstrengungen zunichte.

Er ist besessen davon, möglichst schnell möglichst viel Geld zu verdienen, sagte Teresa zornig, ungefähr so, als nähme er gerade die letzte Hürde, und was danach kommt, ist ihm egal, und diese Gier vernebelt ihm das Denken. Teresa sah aus, als seien sie mitten in diesem Streit aufgebrochen und hätten ihn auf der Fahrt und nun vor Publikum fortgesetzt und als hätte sie wegen dieser Auseinandersetzung, die sie ganz und gar gefangennahm, auch keine Zeit gehabt, sich herzurichten.

Es ist nicht Gier, warf Daniel ein, es ist die Angst davor, meine Familie nicht ernähren zu können und das Haus zu verlieren. Ich kämpfe, ich bemühe mich, ich arbeite gewissenhaft und ununterbrochen, um ein mageres Einkommen herauszuquetschen, und bin von Drohnen umgeben, die nie genug bekommen und sich dann beklagen, daß ich sie nicht auch noch mit meinen Späßen unterhalte wie ein Hofnarr.

Daniel hatte dieses leise, ein wenig schlaue und zugleich ein wenig irre Lächeln aufgesetzt, bei dem man nie genau wußte, ob er sich lustig machte oder es ernst meinte, ob er im nächsten Augenblick aufspringen und die anderen mit einem ganz und gar verrückten oder auch befreienden Vorschlag überrumpeln oder ob er unvermittelt in die düstere Stimmung verfallen würde, derer er sich mit Psychopharmaka zu erwehren suchte. Seit ihn ein Psychiater als manisch-depressiv diagnostiziert hatte, achtete Teresa wie eine Krankenschwester darauf, daß er seine Medikamente nahm. Aber die Zeiten, in denen ihn eine sanfte Woge der Euphorie hochhob und das Leben leicht und freundlich wurde und er Kräfte in sich fühlte, die ihn zu allem befähigten, was er sich vornahm, wollte er sich nicht durch Medikamente nehmen lassen. Dann gab es nichts Einfacheres, als ein großes Haus mit morschen Deckenbalken und verrottetem Fundament zu kaufen und in der Phantasie bereits das renovierte Miethaus vor sich zu sehen, zu dem er es in den nächsten Monaten umbauen würde, er mußte es nur erst einmal besitzen, der Rest, die Handwerker, das Material, die Ideen, die Finanzierung würden sich nach und nach ergeben. Er würde reich sein und seiner Familie alles bieten können, hatte er es nicht mit dem Haus in einer wohlhabenden Gegend von Marblehead bereits bewiesen? Und das war erst der Anfang.

Wie ein Marathonläufer kommt er mir vor, fuhr Teresa, an ihr Publikum gewandt, fort und redete über ihren Mann, als wäre er nicht anwesend, ein Marathonläufer, der nur die zurückgelegten Meilen zählt und das Ziel aus den Augen verloren hat. Manchmal habe ich das Gefühl, wir sind auch nur eine weitere Hürde in seinem Leben, die er überwinden muß. Diese permanente Ungeduld, dieses Weghören und Ausblenden, diese Verbohrtheit …

Weil mir alles zuviel wird, sagte Daniel, ich bin nicht verbohrt, höchstens verbittert. Auch Daniel hatte sich keine Mühe gemacht, sich umzuziehen.

Adina saß dafür um so adretter in einem roten Rollkragenpullover und engen Jeans, mit streng zurückgekämmtem schwarzem Haar, möglichst weit von ihren Eltern entfernt, am äußersten Rand ihres Stuhls, kerzengerade wie eine gespannte Stahlfeder. Eine große Kraft ging von ihr aus, der sie sich selber nicht bewußt war und die, vorerst noch in einem prekären Gleichgewicht, sowohl zu ihrem Wohl als auch zu ihrem Schaden ausschlagen konnte. Schon als Kind hatte man ihr vorausgesagt, daß sie einmal eine sehr schöne Frau sein würde, aber im Lauf des Erwachsenwerdens hatte sie etwas von der ausgeglichenen Ebenmäßigkeit eingebüßt, die ihre noch ungeformten Gesichtszüge versprochen hatten, und nun erschien sie bei näherem Hinsehen wie ein Bündel von Kontrasten, ein langer zarter Hals wuchs aus dem durchtrainierten Körper einer Athletin, ein spottlustiger beweglicher Mund stand zu ihrem nachdenklichen, ein wenig verträumten Blick im Widerspruch und dieser wiederum zu dem starken, eigenwilligen Kinn, das sich von Bessie über Lea durch die Frauengenerationen der Familie vererbt hatte. Am meisten erinnerte sie Marvin an ihre Großmutter Bertha, wenn sie sich über etwas zu amüsieren schien, dann glomm ein hintergründiger Funke in ihren schräggestellten, schwarzen Augen auf, dem Erbteil ihres Urgroßvaters Joseph, die Muskeln ihrer noch immer kindlichen Wangen strafften sich, und es schien, als lausche sie einem unhörbaren Dialog. In solchen Augenblicken wurde eine flüchtige Ahnung ihrer erotischen Ausstrahlung spürbar, dachte Marvin.

Das wäre ein eigenes Thema, Adinas helle Stimme fiel unerwartet in die Stille, die nach dem Wortwechsel entstanden war.

Was wäre ein eigenes Thema? fragte Marvin neugierig.

Der Zusammenhang zwischen Verbitterung und Verbohrtheit, sagte sie, und ihr ironischer Blick ging schnell von Teresa zu Daniel, als sei sie in Geheimnisse eingeweiht, von denen niemand etwas ahnen konnte.

Nun sahen alle Adina ratlos an, als habe sie etwas sehr Tiefgründiges gesagt, das es erst einmal ausführlich zu bedenken gelte, und Carol benützte die Pause, die entstand, um ihre Gäste aufzufordern, sich ins Speisezimmer zu bemühen. Marvin blickte schnell reihum in dem Versuch, den Verlauf der Fronten festzustellen. Er fing von Jeffrey ein gereiztes Lächeln auf und aus den wimpernlosen Augen seiner Frau einen kalten Blick, in Lesters Augen fand er dieselbe resignierte Trauer, mit der er sich im *Country Buffet* über die Rippchen hermachte, als sei sein größter Wunsch, sich danach auf dem Fußboden zusammenzurollen und zu sterben. Und Marvin konnte seine Lust an der grotesken Situation nicht zügeln und brach in lautes Gelächter aus, in das Adina und Carol aus sicherlich ganz anderen Gründen einfielen. Dachten sie auch, warum tun wir uns das an, die Vorbereitung, die lange Fahrt, den ganzen sinnlos vertanen Tag, um dann mit Leuten, die wir nicht ausstehen können, oder mit völlig Fremden einen auf eine ganz bestimmte Weise zubereiteten Truthahn zu essen, ob wir Geflügel mögen oder nicht, bloß weil auf dem ganzen Kontinent ein paar hundert Millionen Menschen sich in dieser Stunde ebenfalls an einen Tisch setzen, um Truthahn mit Sauce und Füllung, Süßkartoffeln und Mais zu essen und absurde Dialoge zu führen?

Aber kaum saßen sie an ihren selbstgewählten Plätzen, Edna wie immer am Kopf der Tafel, Carol an der Küchentür, neben ihr Jonathan, während Adina sich mit tänzerischen Schritten neben Edna gedrängt hatte und lächelte, als habe jemand ihr ein Geheimnis verraten, begann der Streit von neuem. Diesmal glaubte Marvin einen Nebenschauplatz auszumachen. Es ging wie meistens, wenn Jeffrey an einem Gespräch beteiligt war, darum, wie ein gutes, gottgefälliges Leben aussehen müsse, denn Jeffrey, der völlig humorlos war, richtete sein schwerfälliges Denken stets todernst auf den Kern der Sache und die ewigen Dinge. Wenn niemand mit Gewalt die Diskussion herumriß und sie auf ein leichteres Thema brachte, endeten solche Gespräche bei der Bibel, die Jeffrey in seiner nüchternen Direktheit wörtlich nahm wie ein Kochbuch. Er verlangte von Carol ein Blatt Papier und einen Bleistift, um die vierte Dimension anschaulich darzustellen, in der er Gott vermutete, das machte er ganz wissenschaftlich, denn er war Naturwissenschaftler und sah auch keinen Widerspruch zwischen Physik und Theologie.

Lester, flehte Marvin, du bist doch Philosoph! Aber Lester war zum Essen gekommen und nicht zum Denken, und er wehrte ab, hier ginge es um Theologie, das sei ohnehin nicht sein Fach. Marvin fing einen unendlich müden Blick von ihm auf, der bat, man möge ihn in Ruhe lassen, während Jeffrey weitere Überlegungen anstellte, was Gott von seinen Menschen erwartete. Jeffrey mochte offensichtlich Daniel nicht, obwohl er ihn noch keine volle Stunde kannte, denn das wenige, das er gehört und wahrgenommen hatte, nahm ihn gegen Daniel ein, ja Daniel war gewissermaßen sein Gegenteil, schlank und beweglich, beunruhigend mit seinem ironischen Lächeln und des mangelnden Ernstes verdächtig, nach den Worten seiner Frau zu schließen ein rabiater Kapitalist und kritikloser Konsument, ein Kind dieser Welt ohne jede spirituelle Ader. Und nun würde Jeffrey es für seine Pflicht halten, diesen oberflächlichen Menschen zu Gott zurückzuführen, falls ihn niemand daran hinderte, schließlich konnte er nicht wissen, daß noch vor zwei Jahren keiner so verzweifelt um sein Judentum gekämpft hatte wie Daniel.

Marvin fing einen beschwörenden Blick von Carol auf, ihr Augenspiel, der verärgerte schräge Seitenblick auf Edna, dann ein wütender Blick auf Jeffrey und ein angeekelter auf seine neue Frau, drückte ihre Erwartung aus, daß Edna wie üblich die Herrschaft über die Tischrunde übernehmen und Jeffrey zum Schweigen bringen solle. Außerdem war ihr Jeffreys Frau Pamela, die Marvin insgeheim den Boxer nannte, ohne ersichtlichen Grund zuwider. Aber Edna dachte nicht daran, das Gespräch an sich zu ziehen, sie unterhielt sich angeregt mit Adina, als säße sie mit ihr allein in einem Restaurant. Wie sollte der letzte Rest der Familie einen Zusammenhalt finden, wenn sogar Edna sich entzog?

Im Unterschied zum Pessach-Seder gab es beim Thanksgiving-Dinner keine Speiseordnung und kein festgesetztes Ritual, die Platten mit den Truthahnstücken, die Schüsseln mit der Truthahnfüllung und den Süßkartoffeln, die Schalen mit dem Preiselbeerkompott und der Krug mit dem Apfelwein gingen von Hand zu Hand und blieben dann in der Mitte stehen, es gab lange Pausen im Gespräch, die nur von der Nachfrage nach einer weiteren Portion, der Bitte, etwas weiterzureichen unterbrochen wurden. Ob Joseph und Bessie auch Thanksgiving gefeiert hatten, überlegte Marvin, aber er sprach die Frage nicht aus, sie wäre unpassend erschienen und nicht verstanden worden. Sogar von ihnen selber unbemerkt waren die früheren Einwohner von Dorchester in der amerikanischen Einheitskultur angekommen, und es war ihnen nicht mehr wie das erreichte Ziel, sondern als Selbstverständlichkeit erschienen. Carol, deren Familie schon von Anfang an dazugehört hatte und die sich nichts anderes vorstellen konnte und keinen Verlust betrauern mußte, hatte keinen Vorsprung mehr vor Joseph Leondouris Nachkommen. Es gab keine Geschichten, die das Festmahl begleiteten und unterbrachen, alle Geschichten, die man erzählen hätte können, waren entweder zu nah und zu persönlich oder zu lang vergangen und unbedeutend für das eigene Leben. Marvin gab schnell auf, dem Fest einen weltanschaulichen Aspekt abgewinnen zu wollen.

Während die Schüsseln reihum gingen und die Platten mit den Truthahnstücken gefährlich über dem Tisch schwankten, die Sauce überschwappte und Jonathan sich an ein mittelalterliches Bankett erinnert fühlte, das er auf einem seiner Videos gesehen hatte und das er jetzt Adina und Edna detailliert beschrieb, dozierte Pamela an Teresa gewandt eindringlich über Optimismus und die Kraft des Gebetes. Sie berichtete von allerlei Abenteuern auf Highways und Rastplätzen und wie sie sich über die verschiedensten Gefahren hinweggebetet hatte. Sie redete auf Teresa mit der freundlichen Unduldsamkeit einer Sektiererin ein, und ihre Stimme tönte tief und voll wie ein Nebelhorn.

Das Essen ist ausgezeichnet, rief Teresa mit falscher Begeisterung dazwischen und wurde von niemandem gehört.

Die beiden einzuladen war ein Fehler, dachte Marvin, wie konnte man nur diese Frau zum Schweigen bringen, und Lester einzuladen war auch ein Irrtum, wenn er bloß schweigend vor sich hin essen wollte, wäre er im *Country Buffet* besser aufgehoben. Und Edna schien vergessen zu haben, welche Rolle die Familientradition ihr zuwies. Gab es denn keine Geschichten mehr, mit denen sie die Aufmerksamkeit der ganzen Tischgesellschaft auf sich ziehen konnte? Wie sein Freund David war sie offenbar längst aus alten Bindungen und Verstrickungen herausgetreten, dachte Marvin, nur war sie nicht verbittert und voll Angst, sondern frei und gelassen und vielleicht sogar ein wenig erstaunt, wie wenig es gab, das dringend notwendig und unaufschiebbar war. Voll Neugier hatte sie sich jetzt den Jüngsten am Tisch zugewandt, obwohl diesen beiden ihre Weisheit am allerwenigsten nützte, sie waren die Zukunft, so wie Edna selber fast ganz Vergangenheit war, aber noch immer von ihrem unstillbaren Interesse am Leben erfüllt, das ihr etwas Jugendliches gab, und wenn sie sich Adinas Pläne anhörte, öffnete sich ihr ein schimmernder Ausblick in eine weite Ferne. Noch vor einigen Jahren hätte diese junge Frau für sie eine neue Lebensaufgabe sein können, wie in den sechziger Jahren ihr Enkel Joshua, bevor Estelle ihn nach Europa mitnahm und der Obhut seiner Großmutter entzog. Sie wäre gern mit Adina nach Kastilien gefahren, sagte Edna, nach Leondarion und nach Istanbul, und natürlich nach Koblenz, wo Joseph Leondouri seiner großen Liebe begegnet war, und während sie das sagte, empfand sie eine flüchtige Rebellion gegen die Auslöschung und das Ende, das immer noch zu früh kam. Sie hatte recht, dachte Marvin, während er sie beobachtete, warum sollte sie sich höflich in das Gespräch dieser verwirrten Opfer banaler

Lebenskrisen mischen, die weder vor noch zurück wußten. Lester schwieg in zunehmendem Trübsinn, und hätte ihn jetzt jemand nach seiner Meinung zu irgend etwas gefragt, hätte er, so wie er dreinsah, wohl gesagt, das Leben stinkt, und es kann nicht mehr schlimmer werden.

Daniel folgte Marvin in die Küche, sie nahmen die angebrochene Burgunderflasche mit. *Wohl mag es traurig sein, allein zu trinken,* zitierte Marvin aus John Synges Komödie *The Playboy of the Western World,* ein Stück, in dem er als Student gespielt und das er später mit seinen eigenen Studenten inszeniert hatte, *doch schlimmer ist es, sich mit den Narren dieser Welt gemein zu machen.*

Viel zu gut für das Nebelhorn, erklärte er und goß Daniels Glas voll.

Und für den Holzfäller, sagte Daniel lachend, die beiden können eine ganze Tischgesellschaft niederreden. Und jetzt, da er aus dem Kreis seiner vermeintlichen Verfolger ausgebrochen war, sah Daniel wieder wie Berthas schalkhafter, charmanter Junge aus.

Marvin fragte: Hast du Probleme mit Teresa?

Die üblichen, Daniel machte eine vage Handbewegung, die bedeuten konnte, es sei nicht von Bedeutung, oder es sei ohnehin alles zu spät oder auch, es sei nichts mehr zu retten, aber er sah dabei so amüsiert und zufrieden aus, daß Marvin nicht weiter nachfragte. Sie standen eine Weile an den Kühlschrank gelehnt und redeten über praktische Dinge, die Nachteile einer größeren Autoreparatur und die Vorteile, statt dessen ein gebrauchtes Auto zu kaufen. Daniel war stets über die günstigsten Gelegenheitskäufe informiert, er wäre ein guter Geschäftsmann geworden, dachte Marvin, wenn er nicht diesen Hang zum Risiko und diese wilde Phantasie hätte, alle wären wir bei irgend etwas wirklich herausragend, wenn wir nicht diesen oder jenen Defekt hätten.

Weißt du was, sagte er zu Daniel, wir Leondouris haben alle diese Affinität zum Künstlerischen, aber es ist eben nur ein Hang, zu viel für das Leben und zu wenig für die Kunst. *A touch of a poet*, sagte Daniel und lächelte ironisch. Schade. Beinahe hätte Marvin ihm mit einem anderen Zitat ein Rätsel aufgegeben, *ich muß mein Leben ändern*, aber dann verbiß er es sich, seine unausgegorenen Pläne zu offenbaren, weil er wußte, daß Daniel sie spätestens bei der Heimfahrt Teresa erzählen würde, und schon morgen würde Teresa Carol anrufen und dann Edna und wer ihr sonst noch in der näheren und weiteren Verwandtschaft einfiel.

Während Carol und Teresa als Nachtisch Kürbispastete und Eis servierten, herrschte ein angespanntes Schweigen, das nur von belanglosen Sätzen und höflichen Fragen und Antworten unterbrochen wurde, und bald nachdem die Kürbispasteten verzehrt waren, verabschiedeten sich die Johnsons, sie hätten eine lange Fahrt nach New Hampshire vor sich, und Lester schloß sich ihnen an. Carol begleitete sie mit schuldbewußter Herzlichkeit zur Tür und winkte ihnen erleichtert nach. Marvin kehrte mit Daniel an den Tisch zurück, und allmählich stellte sich wieder die familiäre Vertrautheit ein, wie sie an Ednas Festtagstafeln stets geherrscht hatte, wo die Gespräche wie von selber kamen. Marvin lehnte sich in seinem *Mission Chair* zurück, glücklich hier und an keinem anderen Ort zu sein. Hätte man ihn in diesem Augenblick vor die Wahl gestellt, zum letztenmal mit der Familie, so wie sie hier saß, zusammenzusein und danach alle seine Träume zu verwirklichen oder ein für allemal anzuerkennen, daß Carol und Jonathan und auch Daniel, Teresa, Edna und die Kinder die Erfüllung dessen waren, was er vom Leben erwarten konnte, hätte er sich für die Familie entschieden.

Der Wein war ausgezeichnet, sagte Carol und brach das Schweigen, das nach dem Abgang der Johnsons eingetreten war. Sie hob ihr Glas und lächelte Marvin versöhnlich zu, und er antwortete, ja, ein Chambolle-Musigny, Jahrgang '92.

Das war ein schöner Urlaub damals in Israel, sagte sie, und sie dachten an die Tage am Strand von Haifa und an die abendlichen Fahrten durch die Wüste, an die Freunde, die sie in ihrem Moschav im Jesreel-Tal besucht hatten, an das Foto der Jemenitin im Israel-Museum in Jerusalem, die eine so starke Ähnlichkeit mit Adina gehabt hatte, und wie sie zu viert mit Joshua in winzigen arabischen Kaffeehäusern in Jaffa gesessen und auf das reglose blaue Meer hinausgeblickt hatten und erstaunt gewesen waren, wie sehr sich das Mittelmeer vom Atlantik unterschied.

Edna hat heute einen Brief aus Israel bekommen, den sie noch nicht gelesen hat, sagte Marvin.

Wie hältst du diese Spannung aus? fragte Teresa.

Man muß sich Lichtblicke schaffen, sagte Edna, etwas worauf man sich freut. Und dann, Jonathan zugewandt: Wir müssen alle lernen, geduldig zu sein. Ich erinnere mich, als dein Vater klein war, wie ungeduldig er schon damals war, wenn er etwas wollte und nicht gleich bekam, und wenn er es hatte, war er immer enttäuscht.

Das hat sich bis heute kaum geändert, sagte Carol.

Man muß vorsichtig umgehen mit der Sehnsucht, sagte Edna, ihr in kleinen Dosen nachzugeben, ist heilsam wie Medizin, und in unvorsichtig dosierten Mengen wirkt sie wie ein starkes Gift.

Und was ist mit dem Recht auf Glück? fragte Marvin.

Das kommt darauf an, was Glück für dich bedeutet, antwortete Edna.

Die Erfüllung der Sehnsucht, rief Adina wie eine eifrige Schülerin dazwischen.

Was das ist, weiß man immer erst im nachhinein, sagte Edna. Am Abend bevor Morris starb, erzählte sie, hat er mich lange angesehen, aber er hat nichts gesagt, und ich wußte seinen Blick nicht zu deuten, ich wußte ja nicht, daß es unser letzter Abend war. Wenn jemand mich an diesem Abend gefragt hätte, was ich mir wünsche, hätte ich alles mögliche geantwortet, aber nicht das, was ich mir seither gewünscht habe, daß wir damals geredet hätten, anstatt zu schweigen. Ich habe ihm nie gesagt, daß ich ihn liebe, denn am Anfang habe ich ihn ja auch nicht geliebt, das hat einige Jahre gedauert, und vielleicht hat er sich damit abgefunden. Jetzt gäbe ich viel, dieses Versäumnis rückgängig zu machen. Es kommt immer darauf an, von welchem Ende man die Sehnsucht betrachtet, sagte sie und schaute in die schweigende Runde.

Dann redeten sie über Ednas Kinder, die alle, außer Jerome, nun in Israel waren, und über Adinas Pläne in ihrem letzten High School-Jahr. Um neun schaute Edna auf die Uhr und sagte, es sei Zeit, daß sie nach Hause fahre. Sie legte ihre Hand auf Carols Rechte und bedankte sich für die Einladung. Ich weiß, daß du immer denkst, ich mag dich nicht, sagte sie, aber wir sind uns näher, als du glaubst. Menschen, denen etwas zugestoßen ist, das ein bißchen über ihre Kraft ging, erkennen einander.

Auf der Fahrt nach Boston erzählte Marvin seiner Großtante von Tatjana und daß er sich nicht entscheiden könne und nicht wisse, wie er es anstellen solle, niemanden zu verletzen und trotzdem zu seinem Glück zu kommen. Wenn ich nicht fortgehe, sagte er, wie soll ich dann wissen, ob es das Leben, das ich mir ersehne, die zweite Chance, ob es das alles tatsächlich gibt.

Glaubst du, fragte Edna, daß von einem Leben fortzugehen unbedingt bedeutet, daß du in einem anderen ankommst? Vielleicht sitzt du dann am Ende zwischen allen Stühlen.

Ich fühle mich ja jetzt schon wie im Exil, sagte Marvin.

Exil, rief Edna, das ist Leondouri-Theater! Es gibt schrecklichere Dinge als deine Qualen, Grausamkeiten, die das Leben austeilt, die keinen Sinn ergeben und keine Spur Erlösung bringen, das solltest du doch wissen. Spiel deine Phantasien einmal bis zum Ende durch, statt wie eine behütete Jungfrau jedesmal bei der Hochzeit aufzuhören, wenn du träumst. Was wird aus Carol, was wird aus Jonathan? Vergiß nicht, das sind fast dreißig Jahre, die du auslöschen mußt, und nicht bloß einmal, in einem Anfall von Euphorie, sondern jeden Tag, jede Minute.

Er parkte vor ihrem Haus und ging mit ihr an einem jungen Portier, den er nicht kannte, vorbei zum Lift. Edna holte ihre Schlüssel aus der Handtasche. Du mußt nicht mit mir nach oben fahren, sagte sie, so gebrechlich bin ich noch nicht. Sie nahm sein Gesicht zwischen ihre Hände, und jetzt, wo sie einander so nah gegenüberstanden, merkte er, wie klein sie geworden war. Er beugte sich zu ihr hinunter, und sie küßte ihn auf die Wange. Du wirst es richtig machen, sagte sie zuversichtlich, Mimi hat euch gut erzogen, überleg einfach, was sie dir geraten hätte. Dann trat sie in den Lift, der sich lautlos vor ihr geöffnet hatte, und Marvin ging in die kalte Novembernacht hinaus.

Aber anstatt gleich heimzufahren, überquerte er die Straße und stand eine Weile mit aufgestützten Ellbogen an der Kaimauer, um wie immer in Zeiten, wenn er mit sich ins Reine kommen mußte, aufs Meer hinauszuschauen. Von den Grausamkeiten, die das Leben austeilt, hatte Edna geredet, so überwältigend sinnlos erschienen sie ihm, daß sie mit ihrer Sinnlosigkeit alles andere bis zum Überdruß ansteckten. Der Mond stand fast voll über dem Meer, Wolken zogen darüber hin, und eine helle Linie breitete sich quer zur Brandung von einem Ende der Bucht zum anderen, als wollte sie das Wasser in zwei Teile schneiden. Weitab am Horizont über Marblehead zog eine Sternschnuppe, oder vielleicht war es auch ein

Flugzeug oder ein Satellit, seine Bahn und fiel wie ein verlöschendes Streichholz ins schwarze Wasser. Er dachte, er hätte sich etwas wünschen sollen für den Fall, daß es eine Sternschnuppe gewesen sei, und wenn auch nur aus dem einen Grund, daß er sich später daran erinnern könnte, daß er hier am Abend des Thanksgiving-Tages alles, was sich bewahrheitete, mit seinem Wunsch vorweggenommen hatte. In den letzten Jahren, genaugenommen in den letzten neunzehn Jahren hatte er immer nur den einen Wunsch nach Jonathans völliger Genesung gehabt, und der war ihm jedesmal absurder vorgekommen, und dann hatte es eine Zeit gegeben, da hatte er sich gar nichts mehr gewünscht, er war nur dagestanden, an einem verlassenen Strand oder über die Mauer der Wellenbrecher gebeugt wie über den Betstuhl in der Synagoge, ohne Gedanken, ohne Erwartung an das Leben. Er hatte die Sterne beobachtet, wie sie kalt und einsam flimmerten, jeder für sich allein in der sich ausdehnenden Finsternis.

Weit draußen, dort wo die Schwärze des Wassers in die Dunkelheit der Nacht überging, leuchtete ein Lichtsee, als ginge ein totes Gestirn auf. Es war einsam am Strand zu dieser Stunde und an diesem Tag, und das Meer brüllte wie ein gefangenes Tier, und in seinem Toben und Rauschen tat sich ein tiefes Schweigen auf.

Er dachte an David, wie er gesagt hatte, es bliebe ihm nichts mehr zu sagen und niemand sei nah genug, um ihn zu rufen. Darauf wollte er nicht warten wie auf ein bereits gefälltes Urteil. *The pursuit of happiness*, dachte er, das Streben nach Glück war kein Recht, sondern eine undurchführbare Aufgabe.

Adina

Die Straßen lagen verlassen und wie leergefegt im Sonnenschein des kalten Dezembersonntags, als Daniel mit Teresa und Adina die leichte Steigung der Beacon Street hinauf nach Brookline Village fuhr. Auf dem Parkplatz von Stienetzkys Beerdigungsanstalt traf ein Auto nach dem anderen ein, und ein Angestellter mit der professionellen ernsten Miene des Leichenbestatters klebte rote Plaketten mit dem Aufdruck *Begräbnis* auf die Windschutzscheiben. Viele der Aussteigenden kannte Daniel nicht, was ihm sichtlich peinlich war: Es zeigte wieder einmal, wie er seiner Frau oft verbittert erklärte, daß er zwar Ednas Generation näher sein mochte als die anderen, weil Edna immerhin seine Tante war, aber daß er trotzdem nie zur Familie gehört hatte und nie dazugehören würde. Adina spürte die Unruhe ihres Vaters, sie sah sein Gesicht im Rückspiegel, wie es langsam einen hilflosen, nervösen Ausdruck annahm, weil er niemanden fragen konnte, wer diese Leute waren, die da so selbstbewußt aus ihren Autos stiegen, und weil er das Gefühl hatte, er müsse sie kennen, er habe ein Recht darauf, sie zu kennen – und daß er sie nicht kannte, war eines der vielen Zeichen der Zurücksetzung, die weit in seine Kindheit reichten, so weit, daß seine Tochter sich nicht vorstellen konnte, worin sie eigentlich bestanden. Deshalb wußte sie auch nicht, ob sie diese selbstbewußten Fremden in dunklen Wintermänteln, die Männer mit schwarzsamtenen Jarmulkes auf den Köpfen, grüßen, ihnen zunicken oder sie nicht beachten sollte, während die anderen sie mit argloser Selbstverständlichkeit ignorierten.

Mr. Stienetzky stand am Eingang der Halle, die aussah wie eine zu niedrig geratene, solide und weiß verputzte Synagoge. Er begrüßte die Trauergäste wie alte Kunden. Das tut er immer, sagte Daniel, wir sind alle Kunden, wir wissen bloß noch nicht wann, aber irgendwann werden wir alle bei Stienetzky angeliefert.

Teresa eilte frohgemut und angriffslustig auf den Eingang zu. Adina hätte sie am liebsten zurückgehalten, um sie daran zu hindern, all diese Fremden mit ihrer hellen, aufmunternden Stimme zu begrüßen und zu fragen, wie sie denn mit der Verstorbenen verwandt gewesen seien, wobei sie gleich die Gelegenheit nützte, sich vorzustellen: Hi, ich bin Daniels Frau, Sie wissen schon, Berthas Sohn, der Neffe von Edna. Adina hielt sich dicht bei ihrem Vater, und wer die beiden sah, konnte keinen Zweifel daran hegen, daß sie zur Familie gehörten und Nachkommen Joseph Leondouris waren, denn beide trugen seine levantinischen Gesichtszüge, als hätte die unergründliche Auslese der Vererbung die Spuren aller anderen Vorfahren ausgelöscht und nur das altmodisch anmutende, klare Oval der Wangen mit den hohen, ebenmäßigen Augenbrauen und der schmalen Nase bestehen lassen. Außer Mr. Stienetzky kam niemand auf sie zu, die Trauergäste standen im Halbrund der zugigen Vorhalle, holten sich Jarmulkes aus einer bereitstehenden Kiste, jeder, der neu hinzukam, steuerte sofort auf eine Gruppe ihm vertrauter Gestalten zu. Daniel schaute sich mit wachsender Unruhe nach bekannten Gesichtern um, erkannte plötzlich einen korpulenten, hoch gewachsenen Mann, der streng von seiner Höhe herabblickte, und eilte erleichtert zu ihm hin, schüttelte ihm etwas zu beflissen, ein wenig zu unterwürfig die Hand, als sei dieser um eine Generation ältere Mann sein Gönner, den er sich gewogen stimmen müßte. Aber der andere ließ ihn ohne ein Lächeln stehen und wandte sich anderen Trauergästen zu, und Daniel kehrte schnell wieder zu Frau und Tochter zurück und antwortete auf Teresas neugierige Frage, wen er begrüßt habe: Das war Irving, er hat sich nicht an mich erinnert.

Irving, flüsterte Teresa giftig, der uns nicht einmal zu seiner Hochzeit eingeladen hat, der sich von dir die Klimaanlage einbauen ließ und noch immer nicht dafür bezahlt hat, deshalb wollte er dich nicht erkennen.

Das ist lange her, sagte Daniel beschwichtigend, er ist trotzdem einer der wenigen in der Verwandtschaft, der den Kontakt zu mir aufrechterhalten hat.

Teresa schnaubte verächtlich durch die Nase und starrte die Hereinkommenden herausfordernd an. Adina kannte zwar niemanden von den Menschen, die in Gruppen zusammenstanden, aber sie fand die Vorstellung, mit ihnen allen durch Edna irgendwie verwandt oder zumindest verbunden zu sein, nicht verstörend wie ihre Eltern, sondern beinah beglückend wie Familienfeste in ihrer Kindheit. Schließlich erschienen Marvin, Carol und Jonathan, und Daniel entspannte sich, lächelte und sah gleich weniger verstört aus, wie Adina fand, und er winkte die drei herbei, die sich zu ihnen gesellten, erfreut darüber, daß nun auch sie eine Gruppe bildeten, die ein Recht auf ihren Platz in der Halle hatte, und bemüht, ihre Erleichterung zu zügeln und sich des traurigen Anlasses zu entsinnen. Auch Marvin und seine Familie gehörten ja nicht eigentlich zu dem inneren Kreis der Lewis' und Leondouris, die heute von überallher zwischen Kalifornien und Israel kommen würden. Michael erschien, eben vom Flughafen eingetroffen, und Marvin lief ihm entgegen, um ihn zu umarmen. Da kommt mein kleiner Bruder Michael, rief er und hatte Tränen in den Augen. Michael, der alt geworden war, weißhaarig und feingliedrig, fast wie eine liebenswürdige alte Dame in Männerkleidung, erzählte, daß er sich mit seinem Mietauto beim *Big Dig*, der ewigen Baustelle des Superhighway am

Ausgang Bostons, verfahren habe, und Daniel begann sich in der kumpelhaften Wärme der beiden Söhne seiner Cousine Mimi zu entspannen, ja richtiggehend wohl zu fühlen, so daß er endlich seinen ein wenig zu eng gewordenen Wintermantel aufknöpfte.

Hast du schon mit jemandem geredet? fragte Michael.

Marvin bemerkte, daß Ednas nächste Angehörige in einem anderen Raum versammelt waren, und eine Weile beratschlagten sie, wann sie ihr Beileid ausdrücken sollten, aber sie blieben stehen und kommentierten die neu Hinzukommenden. Das ist Irvings erste Frau, die ihn mit seinem besten Freund betrogen hat, sagte Marvin und deutete diskret auf eine distinguierte, etwas ledrige Mittsechzigerin.

In ihrer Jugend war sie einmal Miss Brookline, sagte Michael, sieht aber immer noch recht passabel aus.

Das muß Irvings Bruder Malcolm sein, sagte Marvin, als ein großer, beleibter, weißhaariger Mann Irving umarmte. Der ist aber alt geworden, ich habe ihn seit meiner Bar Mitzwah nicht mehr gesehen.

Adina spürte die neugierigen Blicke, die sie streiften, anerkennende Blicke, die wohl ihre Familienzugehörigkeit errieten, ihre Ähnlichkeit mit ihrer Großmutter, und sie fühlte sich bedeutend wie ein Filmstar, denn mit Bertha verglichen zu werden, war in dieser Familie ein großes Kompliment.

Marvin betrachtete die anderen Mitglieder seiner Gruppe: Daniel, von dem er wegen des Altersunterschiedes erwartet hatte, daß er ein Jüngling bliebe, der aber Berthas Sohn und über vierzig war, ein stattlicher Mann mit einem dunklen, verletzbar wirkenden Gesicht, das um die Kinnpartie schwer zu werden begann, während sich in Teresas Zügen die verzweifelte Entschlossenheit ausdrückte, die sie brauchte, um ihre Familie vor Daniels verrückten Einfällen und seinen düsteren Depressionen zu beschützen, Adina mit einer wilden Mähne schwarzen Haars, den asiatischen Augen und dem verwegenen Lächeln ihres Vaters. Und sein Bruder, dessen Erscheinen ihm Tränen der Sehnsucht und Freude in die Augen trieb, die letzte, die einzige Verbindung zu seinen Eltern und seiner Kindheit.

Du bist also wieder da, sagte Michael und lächelte fein und boshaft.

War er denn weg? fragte Teresa, was die beiden Brüder ignorierten, und auch Carol beantwortete ihren fragenden Blick nicht, sondern sah sie so abwesend an, als fände sie es schwierig, sich auf Naheliegendes zu konzentrieren. Adina spürte das bedrohliche Geheimnis, das plötzlich in der Luft lag, wie ein nervöses Vibrieren der Atmosphäre, das leise Grollen einer herannahenden Gefahr, die unvorhersehbar hereinbrechen konnte, um das Leben aller durcheinanderzuwirbeln, denen es nicht möglich war, sich in Sicherheit zu bringen. Sie hatte diese von unterdrückten Emotionen aufgeladene Spannung schon mehrmals zwischen ihren Eltern erlebt und jedesmal erleichtert aufgeatmet, wenn sie sich wieder löste, sie wußte von anderen Familien, daß, wenn sich diese Spannung zwischen zwei Menschen erst einmal entlud, alles zu Bruch gehen konnte, was ein glückliches Zusammenleben ausgemacht hatte. Sie warf einen prüfenden Blick auf Jonathan, der von all dem nichts mitbekam, und empfand das Bedürfnis, ihn vor seinen Eltern zu beschützen, die offenbar zu sehr mit sich selber beschäftigt waren, um an den Sohn zu denken.

In die entstandene Pause hinein meinte Marvin, man könne wohl nun in den Hauptraum treten, eine große Kapelle mit langen Reihen von Betstühlen und einem Podium, neben dem Ednas Sarg stand wie ein wertvolles Möbelstück, kein einfacher heller Fichtensarg, wie es üblich war, *denn Erde bist du und zu Erde kehrst du wieder*, sondern ein auf Hochglanz polierter Mahagonisarg, wie er wohl Ednas luxuriösen Geschmacks würdig war. Zu schade um in der Erde zu verrotten, sagte Marvin zu seinem Bruder, und Adina, die ihn hörte, flüsterte, vielleicht ist es das einzige Holz, das nicht verrottet. Eine Kerze brannte am Fußende des Sargs, und ein großer Strauß weißer Rosen lag auf dem Deckel.

Daniel ging voraus und steuerte die Seite an, die nicht für die Familie reserviert war, als müsse er der Zurückweisung, die er stets erwartete, zuvorkommen, die Drapkin-Brüder nahmen die Reihe hinter ihnen, und schon tippte jemand Adinas Vater auf die Schulter und fragte, ob er Berthas Sohn sei, und von der anderen Seite zupfte ein alter Mann ihn am Ärmel und erzählte ihm, er sei mit seiner Mutter eine Zeitlang ausgegangen, damals in den dreißiger Jahren, ob denn die junge Schöne seine Tochter sei, der Großmutter wie aus dem Gesicht geschnitten, und Teresa lächelte selbstgefällig, als sei das ihr Verdienst. Alle diese alten Leute, unter denen sie saßen, hatten Edna und Bertha gekannt, als sie junge Frauen waren, und die Erinnerung ergoß sich in einem freundlichen Stimmengewirr über ihre Nachkommen, denn auch an sie erinnerten die Alten sich, aber das können Sie nicht wissen, sagten sie nachsichtig, Sie waren ja noch ein Kind. Daniel wandte sich glücklich nach allen Seiten, er fühlte sich nun erkannt, geliebt, zugeordnet und angenommen, als wäre er ein kleiner Junge im Schoß der weitläufigen Verwandtschaft, die er nie gekannt hatte. Und seine Tochter mit dem Gesicht seiner Mutter war sein Alibi, lebendiges Zeichen einer Leistung, worin auch immer sie bestehen mochte, vielleicht nur darin, die Familie fortgepflanzt zu haben, einen gewissen Neigungswinkel der Augen zu den Jochbögen, die Wölbung des Haaransatzes über der olivenfarbenen Stirn weitergegeben zu haben, ganz zu schweigen von der Sturheit, der Vitalität und dem sprunghaften Temperament seiner Mutter.

Ednas drei Kinder und ihre Familien betraten den Andachtsraum durch einen Seiteneingang, einer hinter dem anderen, Jerome mit seiner orientalischen Frau und ihrer Tochter, Lea, abgemagert und dadurch verjüngt, Estelle, die eine etwa einjährige Enkelin wie eine Trophäe auf dem Arm trug, Joshua mit seiner schwangeren israelischen Frau und ein hünenhafter weißhaariger Unbekannter mit drei Jugendlichen, die seine Kinder sein mußten und über dessen Identität rund um Adina ein heftiges Gemurmel einsetzte. War er ein Enkel des Paten Paul? Konnte er der maßlos ehrgeizige Eddie sein, der am Strand von Revere mit Bertha geflirtet hatte? Ist das Eddie, flüsterte es von allen Seiten, woher kommt er, sind das seine Kinder? Oder ist er Pauls Enkel? Noch immer verursachte die Erwähnung Pauls bei den Nachkommen seiner Schwester eine prickelnde Erregung, als wohnten sie einem Ereignis bei, das den Horizont ihrer Welt um ein Geringes überstieg.

Eine junge Frau mit frisch geföneter blonder Kurzhaarfrisur trat ans Pult, und Adina dachte, sie sei die Zermonienmeisterin der Bestattungsanstalt, jung, gutaussehend, nicht im geringsten klerikal und von einer beruhigenden Kompetenz, bis sie Marvin hinter sich sagen hörte, er vermute, sie sei die Rabbinerin von Leas Chavurah. Sie trägt keinen Tallit, dachte Adina und freute sich über ihr Wissen, sah ihren Vater an, als müsse er ihre Gedanken lesen. Sie wußte, sie würde ihn glücklich machen, wenn sie sich stärker für alles Jüdische interessierte. Ihr habt weder Respekt noch Interesse für meine Religion, beklagte er sich manchmal, aber es fiel Adina schwer, in ihrem Vater jemanden zu sehen, der hier dazugehörte, es *waren* seine Leute, aber auch wieder nicht, jedenfalls nicht so selbstverständlich, wie Marvin hier unter seinen Leuten war. Selbst das Gebetbuch nahm Daniel falsch herum in die Hand, nur kurz, aber um einen Augenblick zu lang, und natürlich wußte sie, daß er nur vorgab, hebräisch zu lesen.

Später würde er sie fragen, ob sie verstanden habe, warum dieses oder jenes geschehen sei, das ihr jetzt nicht auffiel, weil sie nicht wußte, worauf sie achten sollte. Das mit dem Tallit und den Jarmulkes war ihr schon bekannt, aber was sie wußte, zählte nicht mehr. Nicht, daß er sie belehren wollte, irritierte sie, sondern sein verlegenes Gesicht dabei, als bitte er sie um einen Gefallen, auf den er eigentlich kein Recht habe, und die feierliche, belegte Stimme, wenn er sagte, Adina, nur eine Frage nebenbei, was ist dir aufgefallen, möchtest du etwas wissen, das ich dir erklären kann? Aber es war nicht nebenbei, es hatte ein unerträglich feierliches Gewicht, es war ihm wichtiger als ihre Noten in der Schule, und er erinnerte sie dabei irgendwie an den Priester in der Pfarre ihrer Großmutter Emily, wenn er Hostien an seine Gläubigen verteilte.

Es stimmte nicht, daß es sie nicht interessierte, was ihrem Vater ein Anliegen war, sie hatte sich ja stets bemüht, seine Aufmerksamkeit und Liebe zu gewinnen, und sie fürchtete seine düsteren, unberechenbaren Stimmungen, wenn er sie aus nichtigem Anlaß anschrie, sie solle ihn in Ruhe lassen, er habe den Kopf mit wichtigeren Dingen voll, wenn er ruhelos durchs Haus wanderte, unerreichbar, jähzornig und wie besessen. Auf seine Stimmungen war kein Verlaß, er konnte verständnisvoll und aufgekratzt sein, Geschenke mitbringen, heimkommen und rufen, wißt ihr was, es ist ein herrlicher Tag, fahren wir nach Maine, er hatte tolle Ideen und setzte sie immer sofort um, ihr Bruder Julian wünschte sich einen Hund, also fuhren sie gleich ins Tierasyl und holten einen großen weißen Pudel, da blieb keine Zeit zu überlegen, wer ihn füttern und wo er schlafen würde. Vater hatte eine Idee, und die wurde umgesetzt, weil ihn der innere Motor, der ihn antrieb, sonst nicht in Ruhe ließ. Auf diese Weise waren sie zu allem gekommen, was sie besaßen, alles wurde mit einem spontanen, euphorischen Anlauf begonnen, der Anbau einer zweiten Veranda und eines Spielzimmers für die Kinder, der Pudel, der große bordeauxrote Kombiwagen, mit dem er eines Tages angefahren kam, die vielen Spielsachen, die er im Lauf der Zeit für sie und Julian gekauft hatte, und wenn der Dämon, der ihn bedrängte, ihn verlassen hatte, war er der glücklichste, fröhlichste, liebenswerteste Vater, den Adina sich wünschen konnte. Jeder außer ihm konnte sehen, wie bedingungslos sie ihn verehrte, wie sie um ihn warb.

Aber wenn er nach dem Begräbnis auf der Heimfahrt fragen würde, übrigens Adina, was ist dir aufgefallen, und irgend etwas erwähnen würde, worauf sie nie gekommen wäre, und er diesen verbitterten Zug bekam, der seine Nase spitzer und seinen Mund schmäler machte, dann würde sie verärgert rufen, okey, okey, Dad, ich bin auch gar nicht so scharf darauf, es zu erfahren, und sie würde zu weinen anfangen, weil sie sich schämte, so entsetzlich schämte, daß sie wieder versagt, ihn wieder ein Stück zurückgestoßen hatte und ihm nicht sagen konnte, es einfach nicht herausbrachte, wie sehr sie ihn liebte.

Estelle war eine schwungvolle Fünfzigjährige, die aussah wie vierzig, mit einem unverwechselbaren Leondouri-Gesicht. Sie wird steinalt wie ihre Mutter, so wie sie aussieht, flüsterte Teresa, obwohl Estelle vom Tod ihrer Mutter am sichtbarsten mitgenommen war und deutliche Spuren einer durchweinten Nacht im Gesicht trug. Lea folgte ihrer jüngeren Schwester wie eine müde alte Frau, dabei hatte sie alles, was sie gebraucht hätte, um genauso anziehend zu sein, dichtes lockiges Haar, das ein weiches, regelmäßiges Gesicht rahmte, schmale schön geformte Lippen und dunkle Augen, die auch ohne Anlaß voll Mitgefühl auf ihre Umwelt blickten. Die beiden Frauen an Jeromes Seite, der sie mit seinem schwarzen Hut um zwei Kopfeslängen überragte, erschienen wie Schwestern, farblose und alterslose Frauen, die wußten, aus welcher privilegierten Schicht sie kamen, und die ihre Noblesse mit distinguierter Selbstverständlichkeit zur Schau trugen. Und allmählich, nachdem die Kinder Ednas sich in der ersten Reihe niedergelassen hatten und die Rabbinerin angefangen hatte, angenehm und freundlich über die Tote zu plaudern, legte sich Ruhe über die erregten Trauergäste, und ihre Blicke schweiften von den Angehörigen zum Sarg, und sie versuchten, jeder aus seiner Perspektive, zu begreifen, daß Edna tot war und daß ihr toter Körper in diesem Sarg lag, daß es keine Inszenierung war, um sie würdig zu feiern und wieder einmal ins Gedächtnis der Anwesenden zu rufen, daß ihr Leben endgültig zu Ende gegangen war. Sie würden nun alle an die Schnittpunkte denken, an denen sich ihr Leben mit dem Ednas verzahnt hatte, an die Augenblicke, die sie mit ihr geteilt hatten.

Adina dachte an den letzten Sommer, in dem Auntie Edna, wie sie die früher so fremde und in ihrer aristokratischen Haltung einschüchternde Verwandte nun nannte, eine Vertraute geworden war, die allmählich Teresas Platz einzunehmen begonnen hatte, den Platz, den Teresa nicht ausfüllen konnte, weil dieses in ihren Augen überdrehte, eigensinnige Kind mit seinen Träumen und Phantasien ihrem Wesen fremd war, weil sie einander bei aller Liebe nicht verstanden. In Ednas letztem Sommer hatte sie die junge Frau an sich gezogen, hatte ihr ein lebendiges Wissen davon vermittelt, daß die Welt größer war als der Kontinent, auf dem sie lebten, und daß auch auf der anderen Seite des Erdballs Geheimnisse und Abenteuer lagen, auf die sie nicht verzichten sollte, und wenn sie nun glaube, das Leben erstrecke sich endlos wie das Meer, auf das sie bei solchen Gesprächen meist hinausblickten, solle sie bedenken, daß es unerwartete Wendungen nehmen konnte, Veränderungen wie in Ednas Leben, die unabsehbar waren. Sie waren auf Ednas schmalem Balkon gesessen, auf dem man schwindelfrei sein mußte, und hatten viele Abende aufs Meer hinausgeschaut und Boston wie eine Fata Morgana im Dunst liegen sehen, wie weiße Marmorblöcke, das kerzengerade aufgerichtete Gerippe einer versteinerten Stadt, das von der Sonne ausgedörrt am Meer wartete, um in der Kühle des Abends und im Schutz der Dunkelheit hineinzuwaten.

Wie ein Netz ist so eine Familie, hatte Edna gesagt, zieht ein ganzes Jahrhundert an sich, verzweigt sich in alle möglichen Gegenden, hinterläßt überall ihre Gräber, zieht Furchen durch die Jahrhunderte, die Kontinente, die Meere, hat keinen Anfang und kein Ende, keine festen Grenzen, zieht andere hinein, die eigentlich nichts mit ihr zu tun haben, und macht sie zu Komplizen, zu Schicksalsgefährten, so wie deine Mutter.

In Ednas Familiengeschichten hatte Adina sich nicht bis in alle Einzelheiten vertiefen wollen, aber sie hatte ihr höflich zugehört, wenn das Gerede über Familie der alten Frau nun einmal wichtig war, ihr selber war die Familie gleichgültig, und eigentlich war ihr auch nicht immer klar, was Edna meinte.

Wenn du mich fragst, hatte Adina gesagt, habe ich nichts dagegen, wenn es mit der Familie zu Ende geht, kein Thanksgiving mehr, keine Weihnachten, kein Ostern, nur mehr einzelne, unabhängige Menschen, die für sich allein stehen können und nichts und niemandem verantwortlich sind.

Wenn Edna jedoch Geschichten aus ihrer persönlichen Vergangenheit erzählte, die sie am Sedertisch verschwieg, hörte Adina ihr begierig zu, sie wurden nachvollziehbare Gegenwart und gingen ihr nah wie ihr eigenes Leben. Vielleicht hätte Edna es bei einer Andeutung ihrer Behinderung belassen, wenn Adina nicht so alarmiert, so beunruhigt auf ihre zunehmende Schwierigkeit, nach einer längeren Fahrt aus dem Auto zu steigen, reagiert hätte, als habe sie vergessen, daß Edna nicht mehr die Gelenkigkeit einer jungen Frau besaß, und als erfülle diese unerwartete Gebrechlichkeit sie nun mit übermäßiger, hilfloser Sorge. Sie sollte sich nicht unnütz ängstigen, fand Edna, wenn das Mädchen sie an ihrem Leben Anteil nehmen ließ, hatte sie ein Recht darauf, auch ihr Geheimnis zu erfahren. Sie ahnte ja, daß ihre Behinderung in der Familie längst kein Geheimnis mehr war, daß Marvin und Carol und wohl auch Daniel davon wußten, und es störte sie nicht mehr. Nein, antwortete sie auf Adinas besorgten Blick, es ist kein Schwächeanfall, ich habe mir auch nicht weh getan, jedenfalls nicht in letzter Zeit, und später, als sie von ihrem Balkon aus in die diesige Ferne blickten, in der Himmel und Meer, beide gleich farblos, im schwülen Sommerdunst verschmolzen, erzählte Edna von ihrer Hochzeitsreise und dem Unfall und wie sie hatte lernen müssen, mit der Vorstellung einer lebenslänglichen Behinderung zu leben. Das meiste spielt sich immer im Kopf ab, sagte sie, mit der Prothese gehen zu lernen war bei weitem leichter, als damit leben zu lernen. An jenem Nachmittag erinnerte Edna sich, wie sie sich damals, nach dem Unfall, an bodenlange Röcke gewöhnen mußte, welche Überwindung sie jeder Schritt in einen Raum voller Menschen gekostet hatte und wie sie in solchen Augenblicken auf nichts als ihr Gebrechen geschrumpft war in ihrer Überzeugung, daß alle Blicke sich neugierig auf ihre Beine hefteten. Jede unbedeutende Enttäuschung, sagte sie, brachte damals das feine Gleichgewicht zwischen Selbstbehauptung und dem Gefühl einer grenzenlosen, endgültigen Niederlage zum Kippen.

Dann entblößte sie das Bein mit dem braunen Lederstiefel und den Riemchen über dem Knie und erklärte Adina nüchtern, wie der Beinstumpf fest in seinem Schaft steckte. Es war immer mein Geheimnis, sagte sie, außer Morris und meinen Kindern habe ich niemandem erklärt, warum ich hinke.

Nein, es hat nie wirklich unerträglich weh getan, antwortete sie auf Adinas besorgte Frage nach den Schmerzen der Operation. Nur in der letzten Zeit, gab sie zu, sind Gehen und Aufstehen beschwerlicher geworden. Das ist das einzige, was ich am Altwerden immer gefürchtet habe.

Nach diesem Gespräch fühlte Adina sich ihrer Großtante nahe, als wären sie Verbündete, und sie empfand ihr Eingeständnis von Schwäche so, als hätten sie einen heimlichen Pakt geschlossen.

Sie hatte noch eine sehr genaue Erinnerung daran, als sie das erste Mal an Ednas Sedertisch gesessen war, ein Teenager, der nur die bitteren Tiraden des Vaters in den Ohren hatte, wie sehr diese hochnäsige Familie ihn und ihre Großmutter ausgeschlossen und ihrer Armut wegen verachtet hatte. Wir sind also alle verwandt, hatte sie gedacht und sich die Leute rund um den Tisch angesehen und sich einen Kessel mit der Hühnersuppe vorgestellt, die soeben serviert wurde, mit den Mazzaknödeln, die sich schon ein wenig auflösten, und jeder am Tisch, stellte sie sich vor, war ein Schöpflöffel voll aus diesem Mazzabrei, unterschiedlich in der Zusammensetzung vielleicht, aber alle aus den gleichen Bestandteilen. Ihr war bei dem Gedanken übel geworden, so daß sie aufhören mußte zu essen. Aber kaum hatte sie den Löffel weggelegt, hatten alle wie auf Befehl in ihre Richtung gestarrt: Was ist, Adina, ist dir nicht gut, Adina, schmeckt es dir nicht, Adina?

Ich kann das nicht essen, hatte sie gesagt und war aufs Klo gegangen mit der Gewißheit, sie werde sich übergeben müssen, aber dann war sie nur über dem Waschbecken gestanden und hatte lange in den Spiegel geschaut, weil sie vor lauter Begeisterungsrufen über ihre Ähnlichkeit mit ihrer Großmutter auf einmal nicht mehr sicher war, ob es nicht eine andere war, deren Gesicht ihr entgegensah. Und sie dachte mit der Bestimmtheit, mit der man sein Leben in die Hand zu nehmen beschließt, es muß den Punkt geben, wo man selber wählt, wo man sagt: Das ist *mein* Anfang. Um diesen Anfang zu finden, hatte sie damals gedacht, müsse sie die Verwirrung der widerstreitenden Familienzugehörigkeiten hinter sich lassen.

Dieses trotzige Verlangen nach einem Bruch mit der Familie hatte Adina seit dem Nachmittag abgelegt, an dem Edna sich ihr als verwundbare, verletzte Frau offenbart hatte, und sie nahm es geduldig hin, wenn ihre Großtante von früher erzählte und manchmal aus ihrer Familienobsession einen regelrechten Kult machte, den sie Adina offenbar als Erbstück überlassen wollte, anstatt der vielen hübschen und wahrscheinlich unbezahlbaren Antiquitäten, die ihre Töchter erben würden. Nicht daß Edna geizig gewesen wäre, aber sie schenkte stets wie nebenbei, ohne große Geste und ohne Dankbarkeit zu erwarten, als fiele ihr gerade ein, daß sie noch eine Korallenkette hatte, die gut zu Adinas neuem Blazer passen würde, oder ein Seidentuch, irgendeinen Gegenstand, vor dem Adina verweilt, den sie in die Hand genommen hatte. Gefällt dir diese Teekanne? Hast du eine Verwendung für dieses Glas? Adina konnte nie abschätzen, ob es sich um wertvolle Stücke oder bloß um gefällige Kleinigkeiten handelte. Erst Teresa erkannte mit der erschrockenen Ehrfurcht derer, die sich ihr Leben lang mit Imitationen zufrieden geben müssen: Das ist echt, Adina, das ist Sterling Silber! Das ist alte belgische Spitzenstickerei! Am Ende ihres Lebens schenkte Edna alles, was ihren Sinn für Schönheit und Luxus befriedigt hatte, an die Menschen weiter, die sie besuchen kamen, jeder Gegenstand ein Vermächtnis, ein Talisman gegen das Vergessenwerden.

Adina freute sich jedesmal, wenn Edna anrief und vorschlug,

irgendwohin zu fahren. Wenn es dich nicht stört, mit einer verschrobenen Alten als Begleiterin aufzukreuzen, scherzte Edna.

Nein, überhaupt nicht, beeilte Adina sich, sie zu beschwichtigen, denn sie fand Edna ganz und gar nicht verschroben, nur mitunter ein wenig schräg, wenn sie in ihrer Schwerhörigkeit so laut redete, daß im *Mandarin Garden*, ihrem chinesischen Lieblingsrestaurant, in dem sie mindestens einmal in der Woche Peking-Ente aß, das Personal sich am Nebentisch versammelte und der Besitzer den anderen Gästen erklärte, die laute Dame sei eine Geschichtenerzählerin. Und sie war natürlich auch voll der guten Ratschläge, obwohl sie im Grund keine Ahnung hatte von Adinas Leben oder überhaupt von der Gegenwart, in der sie sich bewegte wie ein Dinosaurier in einem Erlebnispark. Sie lebte wie in einem historischen Film, der kein Ende nahm, und gleichzeitig lag eine mitreißende Jugendlichkeit in ihrer Neugier auf die Welt, in der Adina lebte.

Zu ihrer engsten Vertrauten wurde Edna erst im letzten Spätsommer, nachdem Adinas Freundin Doreen erschossen worden war, nicht nur, weil es nun niemanden mehr gab, dem Adina sich anvertrauen konnte, sondern auch weil Tragödien Ednas Element zu sein schienen. Sie hatte sich alles genau erzählen lassen, jedes Detail, das die Polizei als nebensächlich abgetan hatte, wie sie früher mit Doreen und den anderen in der Shopping Mall herumgestrichen war, was sie gekauft hatten, wie sie sich in den Toiletten mit dem eben durch den Kauf einer Bräunungscreme erworbenen Geschenktäschchen von Clarins geschminkt hatten, wie sie bei *Filene's* die ganze Frühjahrskollektion durchprobiert hatten, wie sie letzten Frühsommer in Marblehead an der Mole gesessen waren und sich im Kopf Filme zu den Vorbeigehenden ausgedacht hatten, wie sie Doreen, sonst niemandem, einzelne Übungen aus dem

Jazz-Tanzkurs vorgeführt hatte, denn Doreen war die einzige Schulfreundin, die als angehende Physiotherapeutin viel von Bewegungsabläufen verstand und ihr Ratschläge geben, Haltungsfehler korrigieren konnte. Sie hatte Edna berichtet, was Doreen bei ihrem Aushilfsjob im *Captain's Wharf* hatte mitgehen lassen, meist waren es Petit Fours, denn an die Schokolademousse-Schnitten war schwer heranzukommen, die sie dann auf dem alten Friedhof von Marblehead verspeist hatten, all diese Kleinigkeiten, die plötzlich wertvoll und bedeutsam waren, weil Doreen in einem Kühlschrank in der Leichenhalle lag.

In diesem Sommer und Herbst hatte sie Edna meist in ihrer Wohnung im zwölften Stock besucht, sie waren nirgends mehr hingefahren, nur in den *Mandarin Garden* hatte Edna sie noch jede Woche mitgenommen und zu Adinas zwanzigstem Geburtstag ins *Mediterraneo*, wo in kahlen, mit Terra Cotta verfliesten Räumen die Kellner überdimensionale Pfefferstreuer wie Weihrauchfässer über den Tellern schwenkten, worauf sie beide gleichzeitig zu lachen begonnen und einander gestanden hatten, wie sehr alles Theatralische sie amüsierte. Im Jahr davor, als Edna noch unternehmungslustig und weniger hinfällig gewesen war, kurz nach ihrer Übersiedlung in das Altersheim, hatte es Adina Spaß gemacht, die alte Dame mit den neunziger Jahren bekannt zu machen: Sie hatten die Rollen vertauscht, Adina übernahm die Führung, sie war erwachsen und im Besitz der Ortskenntnisse, und Edna staunte und lernte und stellte Fragen wie ein Kind. Sie waren in Daniels altem Chevy zur *Pheasant Mall* in New Hampshire gefahren, und Edna hatte nicht gezetert wie ihre Mutter, wenn Adina die Geschwindigkeitsbeschränkung ein wenig überschritten und die Kriecher überholt hatte, sie war ganz entspannt neben ihr gesessen und hatte erzählt, was da früher gewesen war, nämlich nichts oder zu Recht längst Verschwundenes. Sie waren nach Gloucester essen gefahren, nach Rockport, überallhin, wo Edna vor fast hundert Jahren schon einmal gewesen war, aber auch zu *Barnes & Noble*, um zu schmökern und Starbucks Kaffee zu trinken. Adina sah sich gern die Tanzjournale an, und wenn Edna dabei war, nahm sie ihr die Zeitschriften aus der Hand und ging damit zur Kasse, damit Adina sie zu Hause in Ruhe lesen konnte. Und immer wieder kaufte sie ihr Reiseführer und Bildbände von Griechenland, von Spanien, Italien, Israel, den Ländern, von denen sie so oft beim Seder erzählt hatte, sie schlug die Landkarten auf und wies auf Städte, die Joseph und später sie selber als junge Frau besucht hatten, Akko, Jerusalem, Rom, Neapel, und natürlich Koblenz. Das ist für die Zukunft, sagte sie beiläufig, du weißt ja, dort liegen unsere Wurzeln, irgendwann später, wenn ich nicht mehr bin, wirst du dorthin fahren, und dann wirst du dich daran erinnern, an die Reisen deines Urgroßvaters Joseph und an meine Geschichten, die dich manchmal gelangweilt haben. Und dann schaute sie die Großnichte über den Tisch liebevoll und ein wenig sehnsüchtig an, und wenn Adina fragend ihren Blick erwiderte, sagte sie, wie eine levantinische Prinzessin sitzt du da, wenn Bertha dich sehen könnte.

Was hast du bisher immer in deiner Freizeit gemacht, hatte Edna wissen wollen, und Adina hatte gesagt, ich zeig's dir, und war mit Edna zur *Liberty Tree Mall* in Salem gefahren, wo sie sich an Sonntagen mit ihren Freundinnen getroffen hatte, seit sie allein mit dem Bus fahren durfte.

Edna hatte es nicht glauben können: Da verbringst du deine Sonntage?

Jetzt nicht mehr, hatte Adina überlegen geantwortet, aber in der Mittelstufe der High School schon, und auch nicht jeden Sonntag, manchmal waren wir im Kino oder kegeln oder eislaufen.

Als sie noch in die Junior High in Marblehead gingen und enge Freundinnen waren, hingen sie meistens an frühen Sonntag-Nachmittagen in der Mall herum, bis ihnen etwas einfiel. Sie, Kate und Doreen waren der harte Kern der Schülerinnen gewesen, die an der zugigen Ecke zwischen *Filene's* und *Burger King* von Standbein zu Standbein wechselten und den Käufern zusahen, die mit leeren schlenkernden Armen und unternehmungslustigem Schritt durch die Schwingtüren, die sich nur beim Eintreten automatisch öffneten, hereinkamen und nach einigen Stunden mit großen Einkaufssäcken beladen hinausgingen, verdrossen und erschöpft, als hätten sie den ganzen Nachmittag schwer gearbeitet, und die Mädchen wetteiferten im Erraten, was in den Einkaufssäcken drin war, denn am Aufdruck konnten sie nur die Geschäfte ablesen, den Rest mußten sie aus der Erscheinung der Käufer schließen, und um zu einem halbwegs glaubhaften Ergebnis zu kommen, mußten sie alles in Betracht ziehen, die Art wie sie gingen und was sie anhatten, die Frisuren, das Alter, die kleinsten Hinweise mußten sie beachten, die Sportlichen in Jeans oder Shorts und T-Shirts würden vermutlich zu *Sears, Banana Republic* und in den *Body Shop* gehen, die Übergewichtigen in Sweatshirts und grauen Trainingsanzügen kauften die unsinnigsten Sachen, sie würden bei *CVS* Mars-Riegel oder Kit Kat kaufen, bei *Yankee Candle* unschlüssig herumstehen und an Duftkerzen riechen, oder sie würden endlos im *Food Court* herumhängen, wo auch Adina und ihre Freundinnen von den Gratishäppchen kosteten, mit denen jeder Verkaufsstand um Kunden warb, man konnte satt werden, ohne einen einzigen Cent auszugeben. So strolchten sie ganze Nachmittage in den überdachten Einkaufsstädten herum und fühlten sich überlegen, weil die Leute nicht merkten, daß sie beobachtet wurden, und nicht wußten, wieviel die Mädchen über sie bei diesen kurzen zufälligen Begegnungen in Erfahrung gebracht hatten. Sie wählten immer neue strategische Punkte, von denen aus sie möglichst viel überschauen konnten, das Geländer des *Food Court* über der Eingangshalle oder der Rolltreppe, und warteten, ohne genau zu wissen worauf, aber man konnte nie voraussagen, was sich an Unerwartetem ereignen würde. Einmal hatten sie gesehen, wie die Rolltreppe einer Frau ihren langen Jerseyrock auszog und in sich hineinfraß, bis die Frau nach hinten kippte, auf den spitzen Kanten der Eisentreppe aufschlug und schrie, aber die Rolltreppe ließ nicht los, es sah aus, als würde das rollende Monster mit seinen Zähnen nun auch die gesamte Frau in sich hineinfressen, und niemand kam ihr zu Hilfe, sie wurde schließlich zerschunden und halb nackt unten angespült. Adina hatte der Anblick an die Geschichte von Jonah und dem Wal erinnert, an die feinen, dichten Barten, die Jonah mitsamt seinem Schiff wie durch ein Sieb einschlürften.

Viele Stunden flanierten sie mit flinken Blicken durch die Einkaufsstraßen mit den einladend breiten Geschäftseingängen, durch die man ein und aus spazierte, ohne daß jemand eine Frage stellte, so wie ihre Mütter in ihrem Alter an der Newbury Street, damals die Straße der Galerien und der schrillsten Hippie-Cafés, vor Auslagen stehengeblieben, gekichert und rasche Blicke um sich geworfen hatten. Meist gingen Adina und ihre Freundinnen irgendwann ins *Radio Shack*, in *Science Fair* oder ins *HMV* und ließen sich von jungen Burschen anreden, an die sie sich vorher herangepirscht hatten, während sie großes Interesse an Hard Rock oder an einem DVD-Player, den sie sich ohnehin nicht hätten leisten können, heuchelten, und redeten eine Weile mit einem von ihnen, tauschten Telefonnummern, flirteten und winkten ihm dann unverbindlich zu, riefen *bis bald, see you*, und konnten sicher sein, ihn am nächsten Sonntag irgendwo in der Shopping Mall wieder aufkreuzen zu sehen, wie er nach einer von ihnen, welcher konnte man im voraus noch nicht sagen, Ausschau hielt. Die Erwählte würde sich mit ihm für später verabreden, für nächsten Samstag im Kino, zu einem Film, der gerade im *Hollywood* lief, einem kahlen Cineplex in einer aufgelassenen Strip Mall mit einem riesigen, leeren Parkplatz, wo man ungestört im Auto sitzen und sich küssen konnte, oder in der Disco einer Vorstadt, und sie würde ihn genau beobachten und sich alles, was passierte, haarklein merken müssen, denn die anderen würden sich nicht mit einem vagen Bericht über ihr Rendezvous zufriedengeben. Manchmal gingen sie noch irgendwann ins *Gap*, um sich eine Kleinigkeit zu kaufen, eine Strumpfhose, eine Geldbörse oder eine Haarspange, und wenn sie sich verrucht und erwachsen genug fühlten, befingerten sie in *Victoria's Secret* Wonder Bras, rote Spitzenunterwäsche und seidene Strumpfgürtel mit Strapsen. Und nachdem sie drei oder vier Stunden herumgestanden waren und gewartet, gekichert, geschaut und geredet hatten, gingen sie in die Dämmerung hinaus, die selbst der Ödnis des unüberschaubaren Parkplatzes mit ihrer untergehenden Sonne eine wehmütige Stimmung verlieh wie in einem traurigen Film. Autos, wohin sie blickten, Autos auf der ganzen Auffahrt zum Highway, die sich in einer großen Schleife zur Mall hinuntersenkte, und sie stiegen zu fünft oder sechst in den Zweitwagen ihrer Eltern und begannen zu streiten, wohin sie nun fahren sollten, damit der Sonntag endlich zu Ende ging.

Mit Edna hatte alles eine neue Note bekommen, denn sie besaß eine Neugier, die Adina bei ihren Eltern vermißte, eine Neugier für Triviales, Details aus ihrem Leben, das ihr wie Science-fiction vorkommen mußte, dachte Adina und fand Ednas Interesse um so erstaunlicher, geradezu rührend, wenn man bedachte, wie fern ihre eigene Jugend lag und wie anders sie gewesen sein mußte, ohne eigenes Auto, ohne Fernsehen, sogar ohne Radio, und dennoch teilte Edna die Sorgen ihrer

Großnichte um eine verschnittene Frisur oder eine schlechte Note, ihren Ärger über die bissige Bemerkung einer Mitschülerin, wie Teresa es niemals vermocht hätte, während insgeheim vielleicht nichts Geringeres als das Begreifen ihres bevorstehenden Todes sie beschäftigte.

In den letzten Monaten hatte Adina manchmal auf Ednas Wohnzimmersofa übernachtet, weil das Altersheim der Universität ein gutes Stück näher lag als Marblehead und sie dann später aufstehen konnte, wenn sie an einem Montagmorgen eine Unterrichtsstunde hatte. Sie sah den Lichtspalt unter Ednas Schlafzimmertür bis nach Mitternacht und dachte: Was sie da drin wohl macht, ob sie liest oder fernsieht oder nachdenkt, und wie fühlt sie sich in ihrem uralten Körper, der sich nur mehr schwerfällig und langsam bewegt, und ob sie sich fragt, wofür lese ich noch, wofür sehe ich fern, für wen, wenn doch in absehbarer Zeit alles, was sie in ihrem Kopf mit sich herumtrug, zusammen mit ihr tot sein würde. Der ganze Inhalt ihres Kopfes, dachte Adina, das war gigantisch, so viele Jahrzehnte, das Wissen in diesem Kopf wie Milliarden von Computerchips. Und nun war tatsächlich alles in sich zusammengefallen, und auch der Mahagonisarg konnte es nicht konservieren. Obwohl Adina oft, bedrückt von seiner Unausweichlichkeit, an Ednas Tod gedacht hatte, war er nun doch so unerwartet gekommen, und es erschien ihr wie ein Verstoß gegen Ednas Privatsphäre, die sie mit soviel Würde gehütet hatte, daß ihre Töchter jetzt alles, Bücher, Schallplatten, alles, womit sie sich bis zum Schluß beschäftigt hatte, herschenken, aufteilen, verschleudern würden, wie die gebrauchten Bücher mit den Eselsohren und den gebrochenen Rücken in den Kisten vor den Eingängen der Buchhandlungen, die man für einen Dollar oder weniger kaufen konnte und die auch einmal jemandem gehört hatten, der nächtelang darin gelesen hatte.

Sie sah Edna vor sich wie auf einem Video-Still. So konnte es ihr auch mit lebenden Menschen gehen: Einen Augenblick lang sahen sie ganz real aus und redeten oder taten irgend etwas Beliebiges, und plötzlich froren sie fest, erstarrten, wie wenn man bei einem Videofilm auf *Pause* drückte. Es war wie eine willkürlich herbeigeführte Sinnestäuschung, die einem das Leben erträglich machte. Wenn ihre Eltern stritten, wenn ihre Mutter sich über irgend etwas aufregte, plötzlich verwandelte sich die Szene in einen Film, und dann kapierte man erst, worum es eigentlich ging und daß es etwas ganz anderes war, als einem glauben gemacht wurde, denn mit dem abrupten Stillstand fiel auch der Ton aus, und die Worte und Gesten blieben halb ausgeführt in der Luft hängen und sagten etwas anderes, und das erstarrte Gesicht zeigte die verborgene Seite, so daß die Heuchelei und die Lüge sichtbar wurden. Und später wußte sie oft nicht mehr, ob sie die Szene im Kino gesehen hatte oder auf einem Foto oder ob sie selber mitten in dieser Szene gewesen war. So sah sie Edna jetzt wie jede Woche im *Mandarin Garden* sitzen, neben der Spiegelwand, in der man ihr Profil genau beobachten konnte, das im Unterschied zu ihrem Gesicht von vorn fast etwas Bäuerliches und Behäbiges hatte, wie sie mit ihren sorgfältig maniküren Händen die an ihren grünen Enden zu einem faserigen Besen geschnittenen Frühlingszwiebeln in die Hoshin-Sauce tunkte und die Crêpe damit bestrich, sie mit Entenstückchen und knuspriger Haut belegte, alles gekonnt zusammenrollte und zum Mund führte. Und in diesem Augenblick, in dem sie hineinbiß, ließ Adina das Bild anhalten und betrachtete es: Auntie Edna, den Kopf leicht geneigt, die Zähne in die Crêpe versenkt, den Blick vergnügt auf ihr Gegenüber gerichtet, ein für allemal verharrend, so, wie sie gelebt hatte, den Menschen und allen Genüssen zugewandt. War dieses Bild für Edna typisch? fragte sie sich gewissenhaft. Ja, Edna hat bis zum Schluß alles, was sie in Angriff nahm, mit großer Lust getan, dachte sie und mußte kichern.

Teresa grub ihren spitzen Ellbogen in ihre Rippen und zischte, sie solle sich benehmen.

Ihre Mutter war ein Problem, sie war unschlagbar in ihrer Tüchtigkeit und Vernunft und hatte immer recht, auch wenn es gar nicht darum ging, recht zu haben. Schwer vorstellbar, daß sie einmal jung gewesen war. Obwohl Adina vor einigen Wochen Zeugin eines Vorfalls geworden war, den niemand außer ihr bemerkt hatte. Und im Grund war auch gar nichts vorgefallen, nur hatte sie ihre Mutter plötzlich und zum ersten Mal als Frau wahrgenommen, die in Wirklichkeit erst vierzig war. Sie waren an einem Samstagmorgen mit George, dem kürzlich geschiedenen Freund ihres Vaters, im *Pancake House* frühstücken gewesen, und als sie das Restaurant verließen, das mit seinem tief heruntergezogenen roten Dach wie eine Hütte in der skandinavischen Tundra stand, nur war es eben nicht die Tundra, sondern ein großer leerer Parkplatz, und Teresa sich den lilafarbenen Schal wegen der eisigen Schneeluft um den Kopf schlang und das Ende über die Schulter warf, hatte Adina einen Blick zwischen ihrer Mutter und George aufgefangen, der ihr wie etwas Materielles erschien, wie ein Seil, das sich straff über den Parkplatz spannte und die beiden verband, fast so als würde der Stärkere von ihnen den anderen nun mitziehen, wo immer er hinging, ungeachtet dessen, was mit Daniel, Adina und Julian geschah. Eine Woge der Feindseligkeit schlug über Adina zusammen, und es war ihr wie ein neues Teilchen in einem Puzzle erschienen, das sie seit Monaten zusammenzusetzen versuchte und von dem sie nicht recht wußte, warum es sie beunruhigte.

Seither beobachtete sie ihre Mutter aufmerksam, wenn Teresa sich allein wähnte und sich im Badezimmerspiegel betrachtete und die Tür nur angelehnt war. Sie sah, wie Teresa ihrem Spiegelbild den Mund entgegenhob und ihn schürzte, als wolle sie den Spiegel küssen, so sanft wie Adina sie noch nie gesehen hatte, und sie fragte sich, was ihr bei ihrem Anblick alles durch den Kopf ging.

Es könnte sein, daß meine Eltern sich eines Tages scheiden lassen, hatte sie zu ihrer Freundin Kate gesagt, die mit ihrer geschiedenen Mutter allein lebte und nichts dabei fand und auch nicht fragte, warum Adina das glaube.

Wie Warnsignale auf einem Armaturenbrett blinkten im Familienalltag kaum merkliche Veränderungen auf: Ihr Vater sagte nicht mehr *Tessy* zu ihrer Mutter, sondern *Mutter* oder *Mom*, mit dieser eigenartig aggressiven Betonung, als zitiere er die Beleidigung eines Dritten, oder aber er sagte, *meine Liebe*, und in seiner Stimme schwang eine Spur Sarkasmus mit. Dann sah ihn Teresa kurz scharf und verwundert an. Sie nannte ihn nach wie vor *Danny*, aber sie behandelte ihn, als sei er eine hochexplosive Bombe, die jederzeit hochgehen konnte, und oft, wenn er etwas sagte, hielt sie mitten in dem, was sie gerade tat, etwa eine gehäufte Gabel zum Mund zu führen, inne und sah ihn an, als sei er ihr auf einmal ein Rätsel, als sei er ein Fremder an ihrem Tisch. Adina war auch aufgefallen, wie lieblos Teresa ihrem Vater in letzter Zeit das Essen hinstellte, sie ließ den Teller flach wie ein Frisbee über die Tischfläche gleiten, so daß er knapp vor ihm landete und an der Tischkante zum Stillstand kam, als habe Teresa an einsamen Vormittagen, wenn Daniel bei der Arbeit, Adina in der Schule und Julian im Kindergarten war, mit Plastiktellern geübt, wie man sie als Wurfgeschosse verwendete. Ihr Vater hielt den Teller gleichmütig vor sich an und kostete, aber oft schob er ihn nach wenigen Bissen wieder von sich. Teresa war keine gute Köchin.

Das kannst du zu Schuhsohlen verarbeiten, sagte er, für Winterstiefel, würde ich vorschlagen, das Fleisch ist sogar dick genug für Autoreifen, aber vielleicht doch zu wenig geschmeidig dafür. Was sind diese Schuhsohlen denn im Rohzustand überhaupt gewesen?

Adina mußte über die Witze ihres Vaters lachen, daß ihr die Tränen über die Wangen liefen, was Daniel zu immer neuen sarkastischen Bemerkungen anstachelte, und so verschworen sich Vater und Tochter gegen Teresa, die versuchte, sich die Kränkung nicht anmerken zu lassen, und in demselben scherzhaften Ton rief, ich lasse mich von euch scheiden, während Julian in seinem Kinderstuhl stand und auf die Teller hinunterhustete.

Seit Monaten fürchtete Adina, ohne einen greifbaren Grund dafür zu haben, daß ihr Vater eines Abends nicht mehr nach Hause kommen würde. Im Herbst war ihre Befürchtung Wirklichkeit geworden, und Marvin hatte täglich mit ihrer Mutter telefoniert, denn Marvin war der einzige in der Familie, mit dem Daniel Kontakt aufgenommen hatte und der wußte, wo er sich aufhielt.

Ich fürchte mich vor ihm, wenn er seine Medikamente nicht nimmt, hatte Teresa in den Telefonhörer gerufen, nur wenn er seine Medikamente nimmt, will ich ihn im Haus haben.

Aber Adina kannte ihre Stimme gut genug, um zu wissen, daß sie ihn lieber nicht im Haus hatte, auch wenn er seine Medikamente nahm. Eines Abends war Dad dann wieder da, und ihre Eltern schienen zufrieden und glücklich und miteinander versöhnt. Hätte jemand sie gefragt, bei wem sie bleiben wollte, falls ihre Eltern sich scheiden ließen, hätte Adina nicht gezögert, ihren Vater zu wählen, und seit Edna zu ihrer Vertrauten geworden war, hatte sie dafür einen weiteren Grund. Sie brachte ihrer Großmutter Emily wenig Sympathie entgegen, sie mochte weder den Geruch selten gewaschener und feucht aufgehängter Kleider, den sie verströmte, noch die dogmatische Selbstgewißheit, mit der sie bedächtig Weisheiten von sich gab, die jeder realen Grundlage und jeder Vernunft entbehrten. Sie habe den Verstand einer Ameise, sagte ihr Vater jedesmal, wenn er sie in ihrem Häuschen in Chelsea mit den abgeblätterten weißen Schindeln und der Madonna von Lourdes vor der Tür abgeliefert hatte. Dann ging ein Aufatmen durchs Haus, denn auch Teresa mochte ihre Mutter nicht, obwohl sie ihr jederzeit bereitwillig auf die Kinder aufgepaßt hatte, wenn sie und Daniel am Abend fortgehen wollten. Am meisten hatte Adina es gehaßt, wenn sie bei Grandma Emily übernachten mußte, in dem kleinen Zimmer über der Garage, mit all den Zierdeckchen und staubigen Kunststoffblumen, und nicht einmal ein kleiner Fernseher fand in dem Zimmer Platz, und nachts hatte ihre Großmutter kein Nachtlicht brennen lassen, und Adina hatte sich mit vorgestreckten Armen zum Bad tasten und fürchten müssen, gruselige Dinge mit ihren blinden Händen zu berühren. Adina haßte die spießige Schäbigkeit im Haus ihrer Großmutter, sie hatte etwas Altmodisches, als wäre Grandma Emily aus einer anderen, fremden Welt. Ganz anders war es bei Edna, dachte sie, die wie eine Dame in erlesenen Möbeln wohnte, immer elegant gekleidet, als sei sie bereit auszugehen. Edna ist ein Snob, meinte ihre Mutter Teresa hingegen, glaubst du, sie hätte ihre eigene Schwester und ihren Sohn vor die Tür gesetzt, wenn Bertha standesgemäß und nicht Sozialhilfeempfängerin gewesen wäre?

Teresa hatte nie hochfliegende Pläne für ihr eigenes Leben gehabt, aber was sie in Angriff nahm, darauf verwendete sie ihre ganze Energie. Ihre Eltern Emily und Bill waren Einwandererkinder aus Irland und Italien gewesen, und das erste, was sie nach ihrer Hochzeit erwarben, war das Häuschen in Chelsea, obwohl sie sich die Anzahlung zusammenborgen mußten. Aber wenn du ein Dach über dem Kopf hast, sagte ihr Vater, dann kann dir keiner mehr was anhaben. Teresas

Brüder gingen aufs College, aber Teresa hatte weder den Ehrgeiz noch den erforderlichen Notendurchschnitt, und Bildung war in ihrer Familie nicht das höchste Gut. Sie hatte verschiedene Jobs gehabt, bevor sie Daniel heiratete, in einer Bäckerei, als Kellnerin, bei *Bread and Circus*, immer in der Nahrungsmittelbranche, und zu zweit, mit Daniel, der einen College-Abschluß hatte und dessen Phantasie eine sprudelnde Quelle abenteuerlicher Ideen war, würden sie schon etwas erreichen, vor allem und zu allererst ein größeres Haus in einer besseren Gegend als das, in dem sie aufgewachsen war. Und deshalb kauften sie dieses große Eckgrundstück an einer Straßenkreuzung, das Daniel mit einem hohen Holzzaun umfriedete, sobald Teresa schwanger wurde, und in die unterste Astgabelung des alten, stämmigen Ahornbaumes setzte er ein solides Baumhaus für seine zukünftigen Kinder. Der Hauseingang lag an der ruhigen Nebenstraße, über der sich im Sommer eine Allee wie ein grüner Tunnel wölbte, und davor pflanzte Teresa eine gerade Reihe von Ziersträuchern, und weil Daniel alles ablehnte, was er ihren religiösen Kitsch nannte, stellte sie eine Gruppe grasender Plastik-Bambis auf den Vorderrasen. In jüngeren Jahren war sie oft vor ihrem eigenen Haus gestanden und hatte es betrachtet wie ein Wunder, dieses Schmuckkästchen, das ihr gehörte, klein, makellos weiß, mit Spitzenvorhängen im Panoramafenster und einem winzigen Vorbau, in dem man sich zwischen den Türen kaum umdrehen konnte. Nur kurz nach Weihnachten wurde diese Idylle von dem abgeräumten Christbaum gestört, der mit Lamettafäden in den noch frischen Ästen vor dem Haus lag, wie ein hinausgeworfener, betrunkener Gast, man spürte geradezu, wie ungeliebt diese buschige, vor wenigen Tagen mit soviel Sorgfalt aufgeputzte Tanne war, mit welcher Wut Daniel sie hinausgeschleudert und grimmig aus seinem Blickfeld verbannt hatte.

Dieser Tannenbaum war Ursache und Symbol ihrer endlosen Reibereien, denn beide hatten am Anfang ihrer Ehe stillschweigend vorausgesetzt, daß sie in dem Freiraum zwischen den Religionen und Zugehörigkeiten leben und gleichzeitig ihre Traditionen weiterpflegen konnten. Wenn einer von ihnen einen Streit darüber anfing, begann er mit dem Satz: Es wäre doch nicht zuviel verlangt ... Aber Teresa wollte auf ihre Feiertage nicht verzichten, was bliebe ihr denn dann noch übrig, um dem Leben Inhalt und Form zu geben, und Daniel merkte erst angesichts ihres Aufwands, wie wenig er selber dagegenhalten konnte. Wenn ihre Mutter sie mit den Sinnesfreuden ihres fröhlichen Katholizismus überwältigte, hatten die Kinder keine Wahl, obwohl Adina von beiden Seiten den unnachgiebigen Druck spürte, der sie von der jeweils anderen wegzuziehen suchte. Grandma Emily betrachtete sich dabei als Zünglein an der Waage mit ihrer Madonna auf dem Rasen, die jedem Wetter standhielt, mit dem Abendgebet, wenn sie die Kinder zu Bett brachte, *Jesus loves me, that I know, because the bible tells me so*, und den wundertätigen Medaillen, die sie Adina aufdrängte und die für das Kind von klein auf eine Quelle von Gewissenkonflikten war.

Hast du die wundertätige Medaille mit der heiligen Jungfrau noch? fragte sie jedesmal, wenn Adina auf Besuch kam.

Ja, ja, hab ich, beschwichtigte Adina die Großmutter.

Aber ich sehe sie nicht, warum trägst du sie denn nicht?

Weil sie nicht zu diesem T-Shirt paßt, verteidigte sich das Mädchen.

Aber wie soll sie dich dann beschützen, wenn du sie nicht trägst? In der Schublade kann sie keine Wunder wirken.

Adina schwieg und blickte zu Boden und wartete, daß die Großmutter ihre sprunghafte Aufmerksamkeit einem anderen Thema zuwandte. Um keinen Preis hätte Adina ihren Vater mit dieser Blechmedaille herausfordern wollen. Aber sie wollte auch das auffallende goldene *Chaj* nicht tragen, das Daniel ihr geschenkt hatte, und auch er sagte mit demselben Tadel und der Enttäuschung in der Stimme wie die Großmutter: Ich hab dir doch zum Geburtstag dieses schöne *Chaj* gekauft, hast du's denn verloren? Und Adina schwieg, weil sie ihren Vater nicht kränken wollte und nicht genau hätte erklären können, warum es ihr widerstrebte, mit einer falschen Deklaration um ihren Hals herumzulaufen. Ich will keine Erkennungsmarken tragen, hätte sie gesagt, wenn sie auf niemandes Gefühle hätte Rücksicht nehmen müssen. Sie wollte nur sie selber sein, und das war schwierig genug.

Ihr Klassenvorstand Mr. Schwartz, dem sie sich mit diesem Problem anvertraut hatte, als er sie nach den Festen fragte, die sie zu Hause feierten, hatte ihr vorgeschlagen, einmal an einem ökumenischen Seder teilzunehmen, den ein Freund von ihm in seinem Haus leitete. Es war das verrückteste Fest, das sie je erlebt hatte.

Ich habe geglaubt, ich sei bei irgendeiner Sekte, erzählte sie später ihrer Freundin Doreen, das Essen war grauenhaft, nach irgendwelchen makrobiotischen, vegetarischen Regeln zubereitet.

Die lange Tafel, an der zehn Jugendliche und drei Erwachsene Platz fanden, war mit viel Grün dekoriert, und von langer Lagerung und Hitze ermattetes, rohes Grünzeug lag in den Schüsseln, auch grüne Kartoffelpuffer, grün gefärbte Ostereier, denn wie der Gastgeber erklärte, sei Pessach ebenso wie Ostern ein Frühlingsfest, um die erwachende Natur zu feiern. Niemand wagte es, die anderen zu fragen, welcher Glaubensgruppe sie angehörten, deshalb beobachteten sie einander scharf, um aus den kleinsten Hinweisen Schlüsse ziehen zu können, ob sie Juden, Christen oder irgend etwas anderes waren. Adinas Tischnachbar war ein zarter blonder Junge mit einem fast mädchenhaft feinen Gesicht, Kinnbärtchen und langem Haar. Er sei in Jerusalem geboren, erzählte er Adina, und sehne sich nach dieser Stadt wie nach einer Geliebten, aber er bleibe in Amerika, aus Prinzip, weil er zu weit links stehe, um in der israelischen Armee zu dienen. Seine Begleiterin war ein griesgrämiges Mädchen, das auf alles, auch auf Adinas Versuch, sie in das Gespräch einzubeziehen, mit abweisender Irritation reagierte und sich sichtlich unwohl fühlte. Ihr gegenüber saßen drei Mädchen in tief ausgeschnittenen, fließenden Gewändern, mit seligem Lächeln und meist geschlossenen Augen, ihre Körpersprache drückte reine Hingabe aus, und ihre Brüste hoben und senkten sich rhythmisch in stillen Atemübungen. Auch der Mann, der den Seder leitete, ein College-Professor für vergleichende Religionswissenschaft, war nicht einzuordnen, denn das, wovon er sprach, war eine wabernde Mischung aus Buddhismus, jüdischer Mystik, Pantheismus und christlichen Anspielungen. Er trug eine bunte Kopfbedeckung mit kleinen indischen Spiegeln wie ein zum Tantrismus konvertierter Moslem, und Adina verstand wenig von dem, was er sagte, außer daß sie sich gemaßregelt fühlte, als er ihnen die Bedeutung der vier Kinder in der Pessach-Hagada erklärte, den Klugen, den Bösen, den Naiven und den, der nicht zu fragen versteht. Sie redeten lange über den bösen Sohn, der sich zu gut sei, um sich in eine Gemeinschaft zu integrieren, und Adina war überzeugt, sie spielten damit auf ihre Zurückhaltung und ihre Weigerung an, die sich wahrscheinlich in ihrem Gesicht spiegelte, sich irgendeine Überzeugung aufzwingen zu lassen, und während die anderen grammatikalisch falsche Sätze bildeten, die mit *wenn* begannen und mit *es wäre genug gewesen* aufhörten, fragte sie sich, mit welcher der drei verdorbenen Jungfrauen der Gastgeber ins Bett ging, denn woher, dachte sie, wußte die mit dem Engelshaar und dem Madonnengesicht denn sonst, ohne zu fragen, daß die Toilette sich im ersten Stock befand? Meist aber war es bei diesem Seder totenstill, man hörte die Mazza zwischen den Zähnen knirschen, man konnte beinahe das *OOOM* der Mantras in den Köpfen hören und ihnen bei den Atemübungen zusehen. Am Ende stimmte die mit dem Engelshaar *O Tannenbaum* an und schaute verlegen in die Runde, als sich niemand anschloß.

Hat's dir gefallen? fragte Adina beim Weggehen den Jungen aus Jerusalem.

Er sagte etwas, das sie nicht verstand, und lachte wie über einen gelungenen Witz, und als sie ihn verständnislos ansah, sagte er, ich dachte, du verstehst Hebräisch, *nächstes Jahr bei den Juden*, habe ich gesagt. Aber sie verstand noch immer nicht, was er meinte, und er ging grinsend und kopfschüttelnd davon. Ihr aber blieb der tröstliche Satz: Ich dachte, du verstehst Hebräisch. Dieser Satz war es wert, an dieser Multi-Kult-Veranstaltung teilgenommen zu haben.

Nun traten Ednas Kinder eines nach dem anderen hinter das schmale Pult der Rabbinerin, um Reden auf die Verstorbene zu halten, und Adina wunderte sich, wie gefaßt Jerome, der erste Redner, auftrat, mit wieviel Charme und Witz er von Edna erzählte, von der unbändigen Fülle leuchtenden, kastanienroten Haars seiner jungen Mutter und wie betrogen er sich als Fünfjähriger gefühlt habe, als sie es schneiden ließ. Sängerin habe sie werden wollen, aber dann habe sie seinen Vater geheiratet, und Morris habe sie sechzig Jahre lang auf Händen getragen. Die große Liebe sei es gewesen, er selber sei nur sieben Monate nach der Hochzeit seiner Eltern geboren worden, sagte Jerome verschmitzt, als sei seine verfrühte Geburt ein Beweis für die Leidenschaft seiner Eltern. War es verwunderlich, daß dem Ästheten Jerome die Erinnerungen an seine schöne, junge Mutter am stärksten im Gedächtnis haften geblieben waren? Er berichtete, wie sie ihn als Siebenjährigen bei der Hand genommen habe und mit ihm zum WBOS-Studio gegangen sei, um ihn berühmt zu machen. Seine Rede war so mitreißend, daß jemand zu klatschen anfing, als er zurücktrat, um seiner Schwester Lea Platz zu machen, und einige wandten tadelnd die Köpfe nach dem selbstvergessenen Claqueur.

Lea erwähnte Ednas Eleganz, ihre gepflegte Erscheinung, wie wichtig ihr ein tadelloses Äußeres gewesen sei. Noch während der Fahrt zum Arzt, einen Tag vor ihrem Tod, habe sie sich über den Zustand ihrer Fingernägel beklagt und sich vorgenommen, einen Termin für eine Maniküre zu vereinbaren, und dann lobte sie Ednas Kochkünste und daß sie während des Zweiten Weltkriegs Lazarettdienst versehen hatte.

Am Ende kam Estelle, die Jüngste, an das Rednerpult neben dem Sarg, eine Tragödin auf dem Höhepunkt ihrer schauspielerischen Leistung. Im rhetorischen Glanzstück ihres Trauermonologes erweckte sie Edna in der Vorstellung eines jeden Zuhörers zum Leben. Noch einmal stand sie überlebensgroß vor ihnen, geistesgegenwärtig, humorvoll, brillant mit ihrem mitreißenden Erzähltalent, eine vom Glück Verwöhnte, mit Schönheit, gesunden, klugen Kindern, Liebe und Reichtum Gesegnete, die diese Liebe, mit der das Leben sie beschenkt hatte, großzügig weitergegeben habe. Kein dunkler Schatten war auf dieses begnadete Leben gefallen, dachte Adina, wenn man ihren Kindern glaubte. Wie gelassen und selbstbewußt sie dort oben standen! Sie wußte, daß ihr Vater, dessen Wangenmuskeln sie spielen sah, dasselbe dachte. Wie sie in sich ruhten, daß sich bei denen, die nichts von den dunklen Zeiten in Ednas Leben wußten, Neid und Ärger über die Ungerechtigkeit des Schicksals regen mußten. Hatte sie sich jemals um ihren Lebensunterhalt sorgen müssen, hatte außer der

Krankheit, die sie schließlich das Leben kostete, von der hier jedoch nicht die Rede war, jemals irgend etwas ihr Glück getrübt? Eine gesegnete Familie, Leute, die achtlos ihre glücklosen Verwandten, Bertha, Mimi, Daniel und die Seinen übergingen, sie keines Blickes würdigten, früher nicht und heute genausowenig. Sie hatten es geschafft, sie waren die neuen Mandarine einer Zeit, in der keine Quoten sie behinderten und jeder aus eigener Kraft so weit kommen konnte, wie es sein Ehrgeiz und seine Begabung ihm erlaubten. Sie verschwendeten keinen Gedanken daran, ob sie das Glück, das sie aus ihrer Erhabenheit priesen, auch verdienten. Das oder Ähnliches dachte Daniel, während sein Blick geradeaus ins Leere ging und seine Wangenmuskeln zuckten. Schade, daß er so wenig über seine Tante wußte, dachte Adina, wie soll es ihm nun gelingen, um eine Unbekannte zu trauern? Seit Marvin ihn von Ednas Tod benachrichtigt hatte, war Daniel unleidlich und gereizt gewesen, hatte zuerst angekündigt, er werde überhaupt nicht zum Begräbnis gehen, und erst nachdem ihm Teresa Vorhaltungen gemacht und Marvin ihn daran erinnert hatte, wie oft sie Ednas Gäste gewesen seien, hatte er eingewilligt, aber nur zur Zeremonie bei Stienetzky, hatte er betont, auf keinen Fall will ich zum Friedhof fahren, und auf dieser Entscheidung beharrte er nun, es sei denn, die Drapkins konnten ihn umstimmen.

Marvin dagegen blickte mit dem Gefühl, Teil dieser Familie zu sein, gerührt um sich. Das ist das Ende einer Ära, flüsterte er seinem Bruder zu und meinte damit, daß nun das letzte von Baschas und Josephs Kindern zu Grabe getragen wurde, die letzte der ersten Generation aus der Verbindung dieser beiden Immigranten aus Osteuropa und dem Vorderen Orient, deren Hagiographin Edna so viele Jahrzehnte gewesen war. Er blickte um sich und sah überall auf den Bänken Nachkommen dieses Paares, auch wenn es nur zwei oder drei Bänke waren, und er war stolz darauf, die Züge der Vorfahren in diesen Gesichtern wiederzuerkennen, da und dort ein unverkennbares Leondouri-Gesicht. Ihre Charaktereigenschaften, ihre Begabungen würden weiterleben, selbst wenn die Erinnerung an Bascha und Joseph verblaßte, denn wer würde nach Ednas Tod noch von Joseph, dem Waisenkind und levantinischen Abenteurer erzählen wollen, wer nahm diese Geschichten denn noch ernst? Er drehte sich zu Adina um und sah sie gerührt an, als sei die junge Nichte seine personifizierte Hoffnung. Adina lächelte amüsiert zurück, es war ja bekannt, wie rührselig Marvin aus nichtigem Anlaß werden konnte und wie peinlich er seine Gefühle zur Schau stellte, wenn sie ihn überkamen, und sie verspürte eine nachsichtige Zuneigung zu diesem in seiner bemühten Unbeholfenheit liebenswerten Verwandten, der stets auch ein wenig melancholisch wirkte.

Ednas Kinder waren an ihre Plätze zurückgekehrt, und die Trauergäste wurden aufgefordert, sich zu erheben, während der Kantor das Trauergebet *El Male Rachamim* sang, *Gott voller Erbarmen, gewähre ihr die verdiente Ruhe*, lasen sie auf englisch, und Adina flüsterte, als müsse sie es sich für eine Prüfung einprägen: Edna ist tot. Doreen ist tot. Und jetzt ist Edna tot. Edna. Doreen. Tot. Tot. Nie. Niemals. Niemals wieder. Verschwunden. Aus. Zu Ende. Wie unfaßbar, wie schwer verständlich, diese Wörter, tot, zu Ende, nie wieder, taube Wörter vor einer leeren Wand, von der sie abprallten und aufhörten, mehr zu bedeuten als ihren bloßen Klang, eine sinnlose, dumpfe und hohle Ansammlung von Lauten. Zum erstenmal klaffte zwischen Wirklichkeit und Sprache ein unheilbarer Riß und ließ sie wie ein lernbehindertes Kind im Unbegreiflichen zurück. Wie Jonathan, dachte sie, der hinter ihr saß, so daß sie ihn nicht verstohlen betrachten konnte, ob er genauso wenig begriff, ob er sich genauso quälte wie sie, sein Leben und jetzt den Tod zu buchstabieren. Sie saßen in der Halle mit der hohen Kassettendecke aus dunklem Holz und dem kalten Neonlicht, und es kam Adina so vor, als wäre sie ganz allein mit dem Sarg, in dem ein Mensch lag, den sie gekannt hatte, den sie berührt und auf die Wangen geküßt hatte, sie las die Worte *bis zur Auferstehung am Ende der Tage* und war innen und außen gefühllos wie unter dem Einfluß eines Betäubungsmittels, wie unter Novocain auf dem Zahnarztstuhl, und nur das Unerledigte stand wie eine unlösbare Gleichung mit zu vielen Unbekannten vor ihrem tauben Verstand, daß sie Edna nie nach den jüdischen Ritualen gefragt hatte, die sie doch lernen wollte, schon allein um ihrem Vater Freude zu machen und auch, weil Edna, ohne sie zu belehren, ein Bedürfnis danach in ihr geweckt hatte. Offenbar reichte kein Leben aus, um alles zu erledigen, nicht einmal ein so langes wie das Ednas, denn auch sie hatte bis zum Schluß noch so viele Sehnsüchte gehabt, hatte Sätze mit *noch einmal* im Mund geführt, *im nächsten Sommer, nächstes Jahr, im nächsten Frühling, wenn ich ein wenig mehr bei Kräften bin.* Davon hatten ihre Kinder in ihren Lobreden kein Wort gesagt. Adina hatte gedacht, sie würde Edna irgendwann, wenn sie den Mut aufbrachte, nach dem Kerzenanzünden fragen, seit sie zugesehen hatte, wie Edna in der langen Sommerdämmerung eines Freitagabends zwei Kerzen auf der niedrigen Kommode ihres kleinen Wohnzimmers anzündete. Jetzt zeig ich dir, wie man das *Licht benscht*, hatte sie leichthin gesagt, so als stünden sie vor dem Spiegel und sie wollte ihr bloß zeigen, wie man zu ihrer Zeit eine Stola getragen oder Servietten gefaltet hatte. An der weißen Wand hinter der Kommode waren die Reflexe der über dem Meer stehenden Sonne ein blendender Fleck, über den Schlieren wie Fischschwärme zogen. Dann hob Edna die Hände vors Gesicht, sagte den Segensspruch und blieb eine Weile wie in Gedanken mit ihren Händen vor den geschlossenen Augen reglos stehen. Weißt du, sagte sie, was mich daran am meisten bewegt, ist der Gedanke, daß jetzt Tausende jüdischer Frauen das gleiche tun, und ich bin durch diese Handlung mit ihnen verbunden, mit meinen Töchtern und mit Frauen, an die ich mich längst nicht mehr erinnere oder die ich gar nicht kenne. Adina hatte gedacht, wenn sie öfter an einem Freitagabend käme, würde Edna sie vielleicht fragen, ob sie den Segensspruch und die ganze Zeremonie lernen wolle, aber sie war noch nicht bereit, von sich aus danach zu fragen, und so war für diese Lektion keine Zeit mehr geblieben.

Am Ende blieb soviel Unerledigtes, wurde so vieles aufgegeben und gehörte zu den ersten Dingen, die in Vergessenheit gerieten. Wenn sie an Doreen dachte, fielen ihr die Pläne ein, die sie zusammen gemacht hatten, und ihre Erwartungen an die unmittelbare Zukunft, daß Doreen von zu Hause hatte ausziehen wollen, sobald sie genug verdiente, und sie erinnerte sich an ihre vielen Gespräche im letzten Sommer, wie sie sich das Leben vorstellten. Doreen war immer auf der Suche nach irgend etwas gewesen. Das waren sie zwar alle, aber Doreen legte dabei eine Unruhe und Hektik an den Tag, als habe sie keine Zeit zu verlieren, obwohl sie selber nicht genau wußte, was sie suchte. Das gab ihr den Anschein einer begeisterungsfähigen, vielleicht ein wenig naiven jungen Frau, die immer darauf aus war, Neues zu erleben. Männer mochten das, sie schien vorurteilsfrei und für alles offen, so hell mit ihrem blondierten Haar und ihren strahlenden Augen, die bei allem zu fragen schienen, könnte es vielleicht das sein, was ich suche? Aber bei Doreen war es nur ein Schein, der trog, denn sie war im Grunde unsicher und voller Ängste, das Falsche zu suchen, das, was sie eigentlich nicht wollte und was sie daran hindern würde, das Richtige zu finden. Das verwirrte die Männer, mit denen sie ausging und die ihr näherkamen, dieser Widerspruch, daß sie so bereit schien und so große Angst hatte. Adina und Doreen hatten viel drüber gesprochen, mit wem es sich auszugehen lohnte, wann es ratsam war, sich zurückzuziehen, und mit welchen Männern man gefahrlos flirten konnte. Adina hatte zur Zeit keinen festen Freund, Doreen dagegen hatte im letzten Sommer in dem Therapiezentrum, in dem sie tagsüber arbeitete, einen Kollegen kennengelernt, mit dem sie öfter ausgegangen war, und die beiden Freundinnen hatten viele Stunden gemeinsam überlegt, wie Doreen das Dilemma zweier gleichzeitiger Beziehungen, die eine mit diesem neuen Mann und die andere mit ihrem langjährigen Freund Ken, lösen sollte. Offenbar hatte sie zum Zeitpunkt ihres Todes noch keine Lösung gefunden, denn Ken war während der Wochen nach dem Mord als trauernder Verlobter im Rampenlicht der Medien gestanden.

Nach der High School hatten sie sich eine Zeitlang aus den Augen verloren, Adina belegte Kurse an der University of Massachusetts und hoffte auf einen Studienplatz am Sarah Lawrence College, der Julliard School of Art, oder daß jemand sie durch Zufall entdeckte, und Doreen machte einen Lehrgang in Physiotherapie und suchte einen Arbeitsplatz, und während sie beide warteten, daß das richtige Leben anfing, verdienten sie sich mit Gelegenheitsjobs Geld für ihre Träume. Im letzten Sommer hatten sie sich wieder öfter gesehen, sie waren zusammen auf der Mole des kleinen Fischerhafens von Marblehead gesessen, Doreen hatte im *Captain's Wharf* in Salem einen Sommerjob mit guten Trinkgeldern gefunden.

Marblehead war im Sommer voller Touristen, die auf der Suche nach dem puritanischen Neuengland waren, den strengen Häusern im Kolonialstil mit dunklen Holzschindeln und rot lackierten Fensterrahmen und den winzigen Vorgärten unter den Schiebefenstern, in denen hinter lanzenförmigen weißen Holzlatten staubige Rosen welkten, bevor sie noch richtig aufblühen konnten. Vom Meer herauf zog immer ein frischer Luftzug, der im Herbst zu einem eisigen Wind wurde, und ganz unvermittelt öffneten sich die alten, winkligen Straßen zum Hafen und seinen vielen Landestegen und Anlegeplätzen in der Bucht, die gesprenkelt war von den Yachten, Motorbooten und Segelbooten, mit denen die Reichen Bostons vor der Küste kreuzten. Auf der anderen Seite der Bucht lag düster und voller kommerziellem Hexenspuk Salem, und abends fuhr Doreen mit dem Buick, den ihr Mörder längst im Visier hatte, hinüber. Aber untertags waren sie auf der Hafenmauer gesessen und hatten die Leute wie im Film an sich vorbeispazieren lassen – es war sogar spannender als im Film, weil man ihn sich jeden Tag von neuem ansehen konnte und er jeden Tag anders war. Allerdings waren die Menschen häßlicher als im Kino und hatten keine Ahnung, daß sie sich auf einer imaginären Leinwand befanden, das hatten sie und Doreen ungeheuer aufregend gefunden. Und wenn sie nicht zusammen Leute beobachten konnten, weil Doreen den Sommerjob in Salem hatte und sie selber drei Abende in der Woche im *Ocean View* kellnerte, erzählten sie einander in E-Mails, was sie gesehen hatten.

Eine dicke Frau in bunt bedruckten Shorts, berichtete Adina ihrer Freundin, *offenbar genießt sie ihr Fettsein, die Männer sind ihr egal. Und dann kommen zwei vorbei mit einem altmodischen Kinderwagen. Ich glaub's nicht. Sie streckt ihren großen Hintern hinaus wie eine Ente mit einer Schar Küken, und er, glatzköpfig und gebeugt, uralt, bestimmt schon fünfzig, schiebt den Kinderwagen. Wahrscheinlich hat er Enkelkinder in unserem Alter – abwegig!*

Abwegig und *sündhaft,* waren ihre Lieblingswörter in diesem Sommer, alles, was ihnen mißfiel, war *abwegig*, und was sie goutierten, war *sündhaft*, das Eis im *Café Vesuvius* war *sündhaft*, und auch die jungen Männer, die ihnen gefielen, wenn sie auf ihren imaginären Filmstreifen vorbeiflanierten, waren *sündhaft*, eben toll aussehend, hinreißend sexy.

Eine alte Frau im roten Bikini versucht Steinchen über die Wellen hüpfen zu lassen, schrieb Doreen, *ihr rechter Arm rotiert wie der Propeller eines Hubschraubers, gleich wird sie abheben. Ein einsamer Mann,* schrieb sie, *nicht mehr jung, vielleicht fünfunddreißig, gehemmt bei jedem Schritt, in komischen, viel zu weiten Shorts, eine Baseballkappe auf dem Kopf, die er verkehrt herum trägt, und eine Sonnenbrille mit Spiegelglas vor den Augen, das ihn wahrscheinlich unsichtbar machen soll. Ich sehe ihn fast jeden Tag, ich glaube, er kommt absichtlich hierher, es ist schon fast, als wären wir verabredet, als wisse er, daß er ein Hauptdarsteller in meinem Film ist.* Und natürlich berichteten sie einander Vermutungen und Anekdoten über Gäste in den Restaurants, in denen sie kellnerten. Im *Ocean View* saß eine alte Frau oft stundenlang an der Bar, und Adina spekulierte, ob sie obdachlos sei. *Heute hat sie wieder ausgesehen wie eine todkranke Frau,* notierte sie spät nachts nach ihrer Arbeit. Eine andere alleinstehende Frau, die sich als Rita vorgestellt hatte, *mit dem verschobenen Gebiß eines alten Pferdes,* wie Adina sie mit ihrem Sinn für Skurriles charakterisierte, war untröstlich über den Verlust ihrer Hauskatze und belohnte ihr Mitgefühl mit großzügigen Trinkgeldern. Seit Doreens Tod hatten die Arbeitsstunden im *Ocean View* für Adina nicht mehr den Reiz des Abenteuers, auf einmal gab es nichts Neues zu entdecken und nichts mehr zu beobachten, es war nur noch ein langweiliger Job.

Und die ganze Zeit war Doreen die Hauptdarstellerin in jemandes anderem Film gewesen, der längst schon, ohne daß sie es wahrgenommen hatte, im Entstehen gewesen und plötzlich, ohne Vorwarnung, als grausame Wirklichkeit in ihr Leben eingebrochen war.

Manchmal kam es ihnen so vor, als seien nicht nur alle, die ihnen vor ihre imaginäre Kamera liefen, sondern auch sie selber Schauspielerinnen in ihrem laufenden Film. Und wenn die Menschen, die nichts von ihnen ahnten, aus dem Bild hinausliefen, um zu ihrem unbedeutenden, von ihnen abgewandten Leben zurückzukehren, fühlten sie sich betrogen, als habe jemand die Scheinwerfer ausgeschaltet und die Kameraleute nach Hause geschickt.

Adina hatte seit Doreens Tod viel über die Freundin nachgedacht und war sich immer weniger sicher, ob sie sich richtig an sie erinnerte, auch wenn sie erst seit wenigen Monaten tot war. Sie schaute sich ihr Foto in den Jahrbüchern ihrer Klasse an der Hill School an, und sie verstand nicht, warum ausgerechnet Doreen hatte sterben müssen. Sie stand in der zweiten Reihe, ein Kopf mit schulterlangem Haar, und lächelte ins Leere, hübsch auf die gesunde, sorglose Art, wie sie gelernt hatten, sich der Welt zu zeigen, damit man sie für nett, unkompliziert und gewinnend hielt, ein Mädchen, mit dem jeder gut auskam und befreundet sein wollte. Adina und Doreen waren Freundinnen gewesen, weil sie in denselben Leistungsgruppen gesessen und beide gute Sportlerinnen gewesen waren und weil Doreen Adinas Nähe gesucht hatte. Und von einem Tag zum anderen, von einem Augenblick zum anderen war alles vorbei gewesen, als wäre sie aus Unachtsamkeit von einem Auto überfahren worden ... Nur daß es kein Zufall gewesen war. Doreen war schon seit zwei Jahren, ohne es zu wissen, als Zielscheibe ihres Mörders herumgelaufen, sie hatte ihn mehrmals am Tag, unzählige Male vor ihrem Tod gesehen. Aber warum Doreen, warum nicht Adina oder Kate oder sonst eine aus ihrer oder einer anderen Klasse? Bei Doreens Begräbnis waren alle ihre ehemaligen Mitschülerinnen dicht hinter den Angehörigen gestanden und hatten geweint, und Adina hatte unkontrollierbar am ganzen Körper gezittert, als müsse er auseinanderfallen. Es war Herbst, und auf dem Friedhof fiel die ganze Zeit der harte, kalte Regen knisternd auf das trockene Laub. Aber es war nicht Kälte, was sie schüttelte. Adina hatte das Zittern auch nicht abstellen können, als sie zu Hause war und heißen Tee trank. Es war eine schreckliche Angst, die ihren Körper erfaßt hatte und ihrem Bewußtsein nichts mitteilte, was sie hätte begreifen können.

Doreens Mörder war am selben Tag begraben worden, und vielleicht waren welche aus ihrer Klasse auch zu seinem Begräbnis gegangen, obwohl Adina sich nicht erinnerte, daß Sean enge Freunde gehabt hatte. Sie waren alle in dieselbe Klasse gegangen, Sean, Adina und Doreen, und niemand wäre auf die Idee gekommen, daß Sean so sehr in Doreen verliebt gewesen war. Es war schon vorgekommen, daß einer aus Eifersucht durchdrehte, wie vor einigen Jahren, als der Freund einer Cheerleader-Schönheit einen Rivalen in den Kopf schoß. Damals hatte das Opfer überlebt, konnte aber nicht mehr in die Schule zurückkommen, der Junge war, wie es hieß, für immer schwer behindert. Einmal, an einem Samstag, hatte Sean Doreen ins Kino eingeladen, aber er war ein nervender Langweiler und ein Pedant, sagte Doreen, und sie hatte danach nichts mehr mit ihm zu tun haben wollen. Er hatte sich jedoch nicht abschütteln lassen und Doreen sogar zur *Senior Prom*, zum Abschlußball, eingeladen.

Hör einmal gut zu, Sean, selbst wenn du der letzte Gorilla auf der Gorilla-Insel wärst, hatte Doreen angeblich in Anspielung auf einen stehenden Witz gesagt, über den sie immer wieder lachen konnten, selbst dann würde meine Wahl gewiß nicht auf dich fallen, ich würde mich lieber mit einer Liane aufhängen.

Doreen hatte es lachend im Umkleideraum erzählt, nach der Turnstunde, und niemand hatte es gemein gefunden. Daß Sean die umschwärmte Doreen zum Abschlußball einlud, erschien ihnen typisch für seine Unfähigkeit, die Situation und sich selber richtig einzuschätzen. Doreen konnte sich ihre Tanzpartner aussuchen, sie hätte jeden, der nicht schon in einer festen Beziehung war, haben können, sie war Cheerleader und hatte eine tolle Figur, und noch dazu hatte sie einen festen Freund, Ken Walsh, der zwei Jahre vor ihnen graduiert hatte und inzwischen an der Brown University, einer Ivy-League-Universität, studierte. Zum Abschlußball kam er nur wegen Doreen von Providence angereist. Sie waren alle fotografiert worden, allein und mit ihren Tanzpartnern. Da Adina und ihr Tanzpartner nach Doreen an die Reihe gekommen waren, hatte sie zugesehen, wie die beiden im Lichtkegel des Fotostudios standen, sie waren ein wirklich schönes Paar. Die Tausendwattlampen spiegelten sich in Kens Brille. Bevor der Fotograf sagen konnte, und nun lächeln Sie bitte, strahlte Doreen mit ihrem Mund voller weißer, gesunder Zähne, einen weißen Tüllschal um die nackten Schultern und die Orchideenblüte von Kens Ansteckbouquet am Handgelenk. Wie er hinter ihr stand, um einen Kopf größer und ein wenig geblendet vom Licht der Studiolampen, und sie leicht an den Hüften faßte, liebevoll und vorsichtig, hätte dies auch ihr Hochzeitsfoto sein können. Später hatten sie die Fotos von der *Senior Prom* untereinander getauscht, und wenn Adina es jetzt genau betrachtete, kam es ihr vor, als erkenne sie den Schatten des Dritten im Hintergrund, der inzwischen rachsüchtig über seinem Computer gesessen war oder in einem schalldichten Kellerraum der *rifle association* auf eine Pappfigur gezielt hatte, was natürlich eine Sinnestäuschung war, den Schatten warfen Doreen und Ken, deren Figuren auf dem glänzenden Hintergrund einer silbrigen Folie zu einer einzigen schwarz auftragenden Figur verschmolzen.

Warum hat sie nicht mit ihm ausgehen wollen? fragte die Psychologin von der Kriminalpolizei später.

Warum hätte sie ausgerechnet mit Sean zur *Senior Prom* gehen sollen, wenn ihn nicht einmal eines der Mädchen, die keinen festen Freund hatten, als Tanzpartner wollte? fragte

Adina zurück. Er war ein *nerd*, ein Nebbich, sagte Adina. Wie sollte sie es erklären, daß manche eben Verlierer waren. Er sah aus wie ein *Loser*, versuchte sie der Psychologin zu erklären. Ich weiß, es ist nicht fair, so über jemanden zu reden, aber Doreen war es ihm doch nicht schuldig, aus Mitleid mit ihm zur *Prom* zu gehen. Wir hatten uns schon so lange auf diese *Prom* gefreut! Doreen ist mitgekommen, als Mutter und ich den Stoff zu meinem Ballkleid kauften, und ich war dabei, als sie ihr Ballkleid anprobierte. Und die Frisuren, die wir uns in Friseurkatalogen ausgesucht haben! Schließlich hat sie sich die langen Haare zu großen Locken am Hinterkopf aufstecken lassen. Und die Satinschuhe, die Einladungen, die Aufregung! Sean konnte doch nicht im Ernst glauben, sie würde für ihn einen solchen Aufwand treiben.

Ob er ihnen manchmal aufgelauert habe, wollte die Frau wissen.

Adina fragte sich, warum die Erwachsenen immer Fernsehkrimis mit der Wirklichkeit verwechselten.

Wieso aufgelauert? erwiderte sie. Wo soll er uns aufgelauert haben?

Sie waren alle aus den Küstenstädten nördlich von Boston, aus Lynnfield, Swampscott, Marblehead, natürlich lief man sich auch nach der High School über den Weg. Wie hätten sie wissen sollen, ob er ihnen auflauerte, wenn sie ihn sahen? Sie hätten ihn ja nicht einmal bemerkt. Kannte sie denn das Gelände der Hill School nicht? Das niedrige, weitläufige Schulgebäude, das durch einen künstlichen See von der Hauptstraße und der Stadt abgetrennt war, eine Art abgeschirmter Campus, dahinter die Tennisplätze, das Fußballfeld, das Schwimmbad, und entlang des schmalen Pfades neben der Straße mit den hohen Schwellen, die jedes Auto nötigten, im Schrittempo zu fahren, standen dem See zugewandte Steinbänke zwischen Pappeln und Weiden. Auf diesen Bänken saßen die Mädchen im Sommer in den Pausen und fütterten die Enten. Wie allen Schulen haftete auch den Räumen der Hill School die rohe, provisorische Häßlichkeit eines Betoncontainerbaus an, mit den Oberlichten über den Türen der Klassenzimmer und Zwischenwänden, in die man mühelos Reißnägel drücken konnte. Da gab es keine dunklen Ecken und Schlupfwinkel, aus denen man jemandem auflauern konnte, es sei denn, man spähte durch die langen schmalen Fensterschlitze der Bibliothek, aber wer saß denn schon in der Bibliothek? Sonst gab es nur die Klassenzimmer und lange Flure mit Schließfächern für Baseball-Ausrüstungen und Turnschuhe.

Nach Doreens Tod war Adina zum erstenmal seit dem Abschluß der High School in die Schule gefahren und hatte Mr. Schwartz in seinem *home room*, dem Klassenzimmer, in dem er nun Klassenvorstand war, aufgesucht und von ihm wissen wollen, warum etwas so Furchtbares hatte geschehen können. Wer außer ihm sollte eine Erklärung haben, seit sie elf Jahre waren, kannte er sie, sie waren mit ihren Sorgen zu ihm gekommen, zu ihm und nicht zu ihren Eltern. Die Mädchen hatten ihn verehrt, obwohl er einen kahlen, runden Kopf hatte, leicht schwitzte und den Bauch über seinem Gürtel wie ein pralles Fäßchen trug. Ich verstehe es nicht, hatte er immer wieder gesagt, ich versteh es nicht. Und dann hatte er sie zum Auto hinausbegleitet, er hatte ihr mit Tränen in den Augen die Hand gedrückt und ihr nachgewinkt. Als er da auf der Straße stand, kahl und rund, und die Brille abnahm, um sich die Tränen aus den Augen zu wischen und sie kurzsichtig anblinzelte, war er nicht mehr der Klassenlehrer, der auf alles eine Antwort hatte und Entscheidungen traf, auf die man sich verlassen konnte, sondern ein trauriger, verstörter alter Mann, der keine Antwort mehr wußte.

An welches Bild würde sie denken, fragte die Kriminalpsychologin, wenn sie den Mörder mit einem Vergleich beschreiben müsse? Adina war ein Auto eingefallen, ein Auto mit angezogener Handbremse und eingelegtem Gang. Er hat so etwas an sich gehabt, sagte sie, so eine gehemmte Energie. Und er war ein Pedant, fügte sie hinzu, er konnte sich in ein Thema verbeißen und alle nerven, auch die Lehrer.

Ein Besessener? fragte die Psychologin.

Sean ein Besessener? Das Bild paßte nicht, jedenfalls nicht in Adinas Vorstellung von einem Besessenen. Sean war klein gewesen, mager, eine armselige Gestalt, besonders beim Sport, mit eingefallenem Brustkorb, dünnen Armen und einem langen schmalen Gesicht, darin ein auffallend großer Mund.

Aber nein, er hatte ganz gewiß nichts Dämonisches an sich, sagte Adina, das hätte ihn ja interessanter gemacht. Wenn er etwas Dämonisches gehabt hätte, wäre Doreen vielleicht sogar noch einmal mit ihm ausgegangen.

Aus der Zeitung erfuhr sie, daß es eine Homepage mit Doreens vollem Namen gegeben habe, und daß Sean auf dieser Homepage ihren Tod angekündigt und Todesarten für sie durchprobiert hatte, verfolgt von dem Gedanken, daß er sie nicht besitzen konnte, daß sie ihn nicht einmal beachtete, nicht einmal haßte, sondern ignorierte, weil er für sie einfach nicht in Frage kam, während ihr Bild als imaginäre Zielscheibe mit den Schußwaffen, die er hortete, eine untrennbare, heillose Symbiose einging. Aber am Anfang, als er seine Schüchternheit überwand und sie fragte, ob sie mit ihm ins Kino gehen wolle, mußte er Tage der beseligten Gewißheit erlebt haben. Sie hatten sich ein einziges Mal einen Matineefilm zusammen angesehen, davon hatte sie Adina erzählt – wie lächerlich unbeholfen er sich benommen habe und paradoxerweise zugleich autoritär. Er hatte ihr befohlen, den leeren Styroporbecher, aus dem sie Popcorn gegessen hatten, nicht einfach auf dem Sitz liegenzulassen, er hatte sie nicht gefragt, wo sie essen wolle, sondern sie einfach zu *Pizza Hut* in Lexington gefahren und zwei Pizzas mit Salami bestellt, wo sie doch keine Salami mochte. Aber er hatte sie den ganzen Nachmittag aus der Nähe betrachten können, ihre Haut, ihr Lächeln, wie auf dem Parkplatz die Sonne in ihr Haar fiel, wie sie sich bewegte, er hatte sich bestimmt vorgestellt, daß er sie küßte, vielleicht hatte er es in der Dunkelheit des Kinos sogar versucht. Und auch nachdem Doreen nicht mehr mit ihm hatte ausgehen wollen, muß es eine Zeit gegeben haben, in der er unglücklich in sie verliebt war und trotz ihres abweisenden Verhaltens noch ihre Nähe suchte, auf ihr Lächeln hoffte und daß sie ihn bemerkte, vielleicht ihn zufällig berührte, wenn sie mit ihren Tabletts nebeneinander in der Cafeteria standen. Zwei Jahre lang habe er an dem Plan für sein Vorhaben gefeilt, stand im *Phoenix*. Er hatte diesen Internet-Schrein für sie gebaut, und irgendwann muß er erkannt haben, wie absurd seine unerwiderte Sehnsucht war, wie sinnlos, sich in der Hoffnung auf einen Blick, ein Lächeln, ein freundliches Wort zu verzehren. Irgendwann mußte seine Erwartung in Haß umgeschlagen haben und in quälende Eifersucht, als sie begann, mit Ken Walsh zu gehen, wenn sie eine rote Rose in einem Styroporbecher vor sich auf dem Pult stehen hatte. Irgendwann muß seine Sehnsucht sich in Rachsucht verwandelt haben. Er sei depressiv gewesen, gab sein Klassenvorstand zu Protokoll, eine Zeitlang habe Mr. Schwartz sich Sorgen um ihn gemacht, weil er niedergeschlagen und geistesabwesend war, aber dann habe er sich wieder hochgerappelt, und auch seine Noten hätten sich gebessert. Vielleicht hatte er damals den Entschluß gefaßt, Doreen zu töten. *Ich habe ein solches Verlangen danach, sie umzubringen*, schrieb er in Doreens Homepage. *Wenn ich ein eigenes Leben hätte*, zitierte der *Phoenix* aus seinen Aufzeichnungen, *dann würde ich leichter über sie hinwegkommen. Ich liebe sie nicht mehr, ich wünschte, ich liebte sie noch, aber das ist vorbei.* Von da an zeichnete er akribisch jeden Gedankenschritt seines Mordplans in der Homepage auf. Zwei Jahre lang sei er an seinem Computer gesessen und habe ihr Leben recherchiert, er habe unglaublich viel über sie in Erfahrung gebracht, ihre Sozialversicherungsnummer, ihre Schulnoten, die Namen und Adressen ihrer Freunde und ihrer Arbeitgeber, ihre Interessen, das Restaurant, in dem sie kellnerte, wann sie nach Hause fuhr, ihren Tagesablauf, mit wem sie ausging. Zwei Jahre lang hatte er sich nur mit zwei Dingen beschäftigt, mit Doreen und mit Schußwaffen.

Daß er ein Waffennarr war, daß sein Vater eine Baretta und eine Smith&Wesson besaß, wußten seine Mitschüler natürlich, damit wollte er sich interessant machen. Sein Vater hätte alle James Bond Filme auf Video, prahlte er, deshalb hieße er Sean wie Sean Connery, und jeden Revolver in den Fernsehfilmen könne er nach Kaliber und Schuß-Munition identifizieren, damit hatte er in der Klasse angegeben, und manchmal hatte eines der Mädchen zur Jungenecke hinübergerufen: He, Sean, das interessiert uns einen Schmarrn.

Adina stellte sich ihn in dem Haus vor, an dem sie vor einigen Monaten vorbeigefahren war, ein weißes Einfamilienhaus in Lynnfield, mit einem etwas schiefen Schuppen daneben, davor ein ramponierter Lieferwagen mit offener Ladefläche, und oben im ersten Stock, vermutlich hinter einem der Fenster zur Straßenseite hin, mußte er vor seinem Computer gesessen sein, um seinen beiden Obsessionen nachzugehen, denn wenn er Doreen nicht haben konnte, wollte er nicht, daß sie frei herumlief. Die Jobs, die er nach der High School annahm, führten ihn in ihre Nähe, darauf achtete er, damit er sie beobachten konnte, er ließ sie nicht mehr aus den Augen, und gleichzeitig übte er sich darin, sich den Anschein zu geben, daß er sie nicht bemerkte. Er übte sich in der höchsten Kunst der Konzentration, das Mädchen, das sein ganzes

Denken und Tun besetzt hielt, im Auge zu behalten, ohne den Anschein zu erwecken, daß er sie wahrnahm. Er denke an Doreen jede Minute des Tages, schrieb er und zeichnete in seinen Tagebuchnotizen auf ihrer Homepage seine Träume über sie auf. Er träumte, daß sie schwanger war und er ihr ein Messer in den Bauch stieß, er träumte, daß er ihr die Kehle durchschnitt, ihr mit seinen bloßen Händen das Genick brach.

Während Adina und Doreen einander E-Mails schrieben und Adressen von allen möglichen Leuten im Internet suchten, gelegentlich zum Spaß auf Kontaktanzeigen antworteten, hätten sie eine Homepage unter Doreens vollem Namen finden können, in der dieser unermüdliche Detektiv alles zusammentrug, was er über sie in Erfahrung bringen konnte, bis es, gemessen an ihrem wenig aufregenden jungen Leben, zu einem beachtlichen Dossier angewachsen war. So brachte er sie doch noch in seinen Besitz, mit jeder Eintragung gehörte sie ihm ein wenig mehr, mit jedem Geheimnis, das er sich aneignete, war sie ihm ein wenig mehr ausgeliefert, und vor dem Bildschirm war er mächtig, er konnte sie mit einem Fingerdruck so oft löschen, wie er wollte. Vermutlich hatte er schon hundertmal alle Varianten mit der ihm eigenen Pedanterie durchgespielt, bis zu dem Abend, als Doreen von dem Therapiezentrum, wo sie eine Lehre machte, heimfuhr und er in seinem Lieferwagen an der Ampel dicht neben ihrem Auto hielt und ihren Namen rief, damit sie zu ihm hinüberschaute, bevor er abdrückte, elfmal aus nächster Nähe, und wie auf dem Schießstand traf er einmal oder zweimal mitten ins Herz. Dann schoß er sich selber in den Kopf, neben ihrem Auto auf der Kreuzung, während die Ampel auf Grün umsprang und hinter ihm die Autos zu hupen begannen. Seitdem hoffte Adina manchmal, sie sei in einem Alptraum und würde gleich aufwachen.

Doreens Eltern waren nach dem Begräbnis zum Haus von

Seans Eltern gefahren und hatten an der Tür geläutet, weil sie mit seinen Eltern reden wollten. Wozu, fragte Adina, wozu soll Reden jetzt noch gut sein, da beide tot sind? Aber nun begannen auf einmal alle zu reden, die Zeitungsleute und die Fernsehjournalisten, die Eltern und Nachbarn, ganz Lynnfield, wo Doreen gewohnt hatte, jeder glaubte, er müsse etwas zu der Geschichte sagen. Die Schüler und Lehrer der Hill School wurden befragt, einerlei ob sie Doreen gekannt hatten oder nicht, und alle begannen ihren Tod zu interpretieren, gaben ihre Meinung dazu ab, was er für *sie* bedeute und welche Lehren *sie* daraus zögen, als müsse ihr Tod unter allen Umständen einen Sinn ergeben und lehrreich sein. Adina hätte nichts dagegen gehabt, in der Zeitung zu stehen oder im Fernsehen vorzukommen, aber sie hatte sich fürs Fernsehen offenbar nicht geeignet.

Nein, hatte sie gesagt, verrückt war Sean auf keinen Fall.

Und was könne sie über Doreen sagen?

Nichts, hatte sie geantwortet. Sie war ganz normal.

Waren Sie mit ihr befreundet? hatte der Journalist gefragt, und sie hatte, bemüht, das Zittern in ihrer Stimme zu unterdrücken und souverän zu wirken, konzentriert in die Kamera gestarrt und gesagt: Ja, sie war meine beste Freundin.

Das war's. Danke, sagte der Journalist, und die Kamera schwenkte von ihr weg.

Sie war enttäuscht gewesen, daß der Beitrag mit ihr es nicht einmal ins Lokalprogramm geschafft hatte, während eine Lawine von Erklärungen und Kommentaren zu Doreens Tod niederging und sie begrub, so viele unerträgliche Phrasen und wichtigtuerisches Gerede. Die Reporter fragten die kleinen Mädchen der Junior High, ob sie sich fürchteten, und Seans Nachbarn, ob sie etwas von seiner diabolischen Veranlagung bemerkt hätten. Sogar Ken erklärte einem Zeitungsreporter, er habe eigentlich Arzt werden wollen, aber nun habe er vor,

Rechtsanwalt zu werden, oder vielleicht war es auch umgekehrt, aber weder als Arzt noch als Jurist würde er Doreen wieder lebendig machen. Adina hätte sich gewünscht, Doreen könnte diesen Schwachsinn hören, sie hätten sich totgelacht. Der *Boston Phoenix* forderte eine verschärfte Überwachung des Internets, und der *Boston Herald* überlegte, ob man für diesen Mord die Internet-Provider haftbar machen konnte. Doreens Eltern standen unter Schock und redeten vor aller Öffentlichkeit wirres Zeug, fragten warum, riefen, warum Doreen, als erwarteten sie im Ernst eine Antwort auf diese dumme Frage, die gewiß ihrem Schmerz entsprang. Sie regten sich über die Weigerung von Seans Mutter, sie ins Haus zu bitten und mit ihnen gemeinsam um ihre beiden Kinder zu trauern, mehr auf als über den Tod ihrer Tochter. Schließlich machte sich der Tatendrang von Doreens Mutter Luft, indem sie eine Selbsthilfegruppe gründete. Die öffentliche Aufregung hingegen hatte sich zum Zeitpunkt von Doreens Begräbnis bereits wieder gelegt, kein einziger Reporter zeigte sich an ihrem offenen Grab.

Als Adina zum Haus von Seans Mutter fuhr, erschien es ihr verlassen, und niemand öffnete ihr. Sie und Seans jüngere Schwester hatten keine Journalisten ins Haus gelassen und keine Fragen beantwortet. Nur Seans Vater, der schon lange nicht mehr bei ihnen lebte, hatte einem Reporter des *Boston Phoenix* anvertraut, er habe befürchtet, daß es so kommen würde, Sean habe schon immer seinen eigenen Kopf gehabt, und er hätte trotz guten Zuredens nicht aufgehört zu rauchen. Aber wie fühlte man sich als Schwester eines Mörders – das hätte Adina interessiert.

Nach Doreens Tod mied Adina den belebten Hafen von Marblehead, aber an sonnigen Nachmittagen suchte sie sich weiter im Süden einen ruhigen Platz an der felsigen Küste und schaute über das Wasser. Sie fühlte sich zum Sterben elend.

Sie wollte niemanden sehen und mit niemandem reden, denn für das, was passiert war, gab es keine Worte, nicht einmal Mr. Schwartz war etwas dazu eingefallen. Sie saß so still, daß sich neben ihr Eidechsen auf den Steinen sonnten und Möwen sie neugierig beäugten. Draußen auf dem Meer schaukelte eine einzelne, scheinbar unbemannte Yacht mit dem blauen Namenszug *Juanita*, aber wenn sie lang genug auf ihrem flachen Stein saß, kam zuerst ein Hund an Deck, dann ein Mann und später ein Mädchen, eine Meerjungfrau mit farblosem Haar, das ihr bis zur Taille reichte. Die Möwen waren überall. Sie tauchten nach Muscheln, flogen hoch in die Luft und ließen sie auf den Klippen zerschellen. Im Sturzflug stießen sie mit ihren langen Schnäbeln auf das bloßgelegte, zuckende Muschelfleisch. Aber diese Schalentiere würden am Ufer ohnehin nicht überleben. Wie der Mensch bestanden sie aus zuviel Schleim und Wasser. Vielleicht ist Gott eine Möwe, dachte Adina. Er öffnet seine Faust und zerschmettert uns, oder er überläßt es einem anderen. Und dann läßt er uns liegen und verrotten.

Den ganzen Tag hätte sie dort reglos sitzen, alle Gedanken aus ihrem Kopf verbannen und den Wellen zuhören mögen, dem Schlürfen und Saugen an den ausgehöhlten Felsen unter ihr und dem Grollen und Donnern der Brandung draußen auf dem Meer, als käme es aus riesigen Lautsprechern, die den Sound nach allen Richtungen verteilten, als tönte es aus der Unterwelt herauf und zugleich von oben herab. Sie fand es tröstlich, so unerreichbar in die Polyphonie des Ozeans eingehüllt zu sein. Das Meer war die einzige Natur, die ihr vertraut war. Am Meer konnte sie von Dingen träumen, die nicht wirklich waren oder in immer weitere Ferne rückten, wie etwa eine Karriere als Tänzerin, sie glaubte eigentlich nicht mehr daran, und manchmal fand sie sich mit dem Gedanken, daß Hoffnungen nur dazu da waren, um zerschlagen zu werden, mit zorniger Resignation ab. Als später das Bedürfnis kam, über Doreen zu reden, hörte Edna ihr zu. Sie hatte Adina nicht bedrängt, sie hatte ihr auch keine Erklärungen aufgenötigt und keine Interpretationen ihrer Gefühle abverlangt, es war tröstend, daß sie keine tiefen Gedanken und komplizierten Empfindungen haben mußte, um Doreens Tod zu begreifen.

Was solltest du daran begreifen müssen? fragte Edna gleichmütig. Der Tod ist keine Lektion.

An manchen Abenden saßen sie auf Ednas Balkon und schauten zu, wie es über dem Meer Nacht wurde. Dann fühlte Adina sich wie als Kind, wenn sie nicht zur Schule mußte, sondern zu Hause bleiben durfte und im Bett lag, weil sie von einer Grippe genas. Im Lauf des Nachmittags wanderte die Sonne über den Fußboden, glitt die Kommode hoch, und das Tageslicht ging langsam in Dämmerung und Dunkelheit über. Hier draußen am Meer war die Nacht nie schwarz wie in der Stadt. Das Meer bewahrte sich einen metallischen Schimmer, den die Sterne über seine glatte Oberfläche streuten, sobald die Sonne tief hinter den Horizont versunken war.

Nur wenn sie tanzte, fühlte sie sich in diesen Wochen nach Doreens Tod leicht, als stiege sie aus der Schwere, die sie zu Boden zog, empor. Sie fühlte sich nicht getröstet, sie vergaß. Sie tanzte zu Hause in ihrem Zimmer vor dem Spiegel mit geschlossenen Augen, und wenn sie die Augen öffnete, war sie auf eine andere Weise bei sich, als wenn sie bloß allein war und zufällig in den Spiegel blickte. Dann setzte die Schwerkraft aus, und es gelang ihr alles, was die Musik verlangte, schweben und niederrieseln, emporwirbeln und sich wie ein Derwisch drehen, bis ihr das Herz in den Ohren rauschte, sich verströmen und sich in den Sturm werfen wie die Möwen über dem Meer.

Aber dann kam immer der Augenblick, an dem sie an die Grenzen ihrer Kräfte stieß und innehalten mußte, warten, bis das Herz aufhörte zu rasen und sie wieder Luft bekam. Während sie auf dem Bett lag und ihr Körper sich beruhigte, überfielen sie Trauer und Verzweiflung von Neuem. Im Spätherbst war Edna für Gespräche, die sie belasten konnten, bereits zu krank, sie mußte immer wieder unerwartet ins Spital, und der Portier in der Eingangshalle trat Adina in den Weg und sagte, Mrs. Schatz sei zur Zeit nicht in ihrer Wohnung, ihre Verwandten wüßten wohl Näheres, als sei Adina keine Verwandte, aber woher sollte er wissen, wer sie war. Dann fuhr sie mit der Subway zum Beth Israel Hospital, kaufte unterwegs ein Geschenk, denn seit Edna ihr erzählt hatte, wie sie früher zum Schabbat immer etwas gekauft hatte, das ungewohnt oder neu für die Jahreszeit gewesen war, die ersten Erdbeeren im Frühling, einen Strauß Tulpen im März, den ersten Mais, den man an den Farmständen entlang der Landstraßen bekam, hatte Adina diese Gewohnheit übernommen.

Aber Edna lächelte nur noch schwach, bedankte sich und fragte: Möchtest du nicht von diesen Trauben kosten? Ich fürchte, ich werde sie nicht essen können. Eigentlich ist es schade, daß man jetzt jederzeit, auch im Winter, alles bekommt, worauf man sich früher lange freuen konnte, meinte sie.

Adina hatte darauf gewartet, ihrer Großtante zuzusehen, wie unbändig, in keinem Verhältnis zum Anlaß, sie über ein Geschenk entzückt sein konnte, aber nun lag sie in ihrem weißen Spitalsbett, selber trostbedürftig, und Adina sagte mit unbeholfener Munterkeit: Bald bist du wieder auf deinem Ausguck über Revere Beach, und wenn du mich brauchst, bleibe ich über Nacht.

Und am nächsten Tag gehen wir morgens ganz früh an den Strand, sagte Edna, und Adina sah, wie sehr das Reden sie anstrengte. Mein Vater hat immer gesagt, das Leben beginnt jeden Morgen von neuem, und nirgends wird einem das so klar wie bei einem Sonnenaufgang am Meer.

Sie wußten, daß sie einander aus Rücksicht und Liebe belogen, und ihre Ängste behielten sie für sich.

Ednas Kinder gingen langsam durch das Defilee und das Schweigen der Trauergäste zum Ausgang. Dann folgten die anderen, Bankreihe um Bankreihe. Alle atmeten auf, als sie ins Freie traten, in die Kälte eines Dezembertags, der sich langsam eintrübte. Daniel wollte nicht zum Friedhof mitfahren, er war in düsterer Stimmung und unglücklich. Diese Entfaltung pompöser Pracht, die privilegierten Cousinen und Cousins, die ihn auch beim Hinausgehen nicht beachtet hatten, bedrückten ihn. Er empfand nicht einmal mehr genug Zorn, um damit seinen Kampfgeist zu beleben.

Ich komme nicht mit, sagte er trotzig zu Marvin.

Das geht nicht, sagte Marvin, du gehörst zur Familie.

Ja? höhnte Daniel. Dann sag ihnen das. Sie lassen mich stehen, als gäbe es mich nicht.

Du weißt doch, wie deine Mutter Zeit ihres Lebens Morris und Edna verleumdet und beschimpft hat. Sei du wenigstens ein bißchen großzügiger, bat ihn Marvin.

Daniel ließ sich wie immer widerstrebend und widerwillig überreden.

In einer langen Prozession, mit eingeschaltetem Aufblendlicht fuhren sie die sanfte Steigung der Beacon Street aus Brookline hinaus, eskortiert von der *State Police* wie eine Schafherde von Schäferhunden, die mit ihren Sirenen jeden Eindringling ankläfften und ihn mit blinkenden Blaulichtsignalen verjagten.

Ein Staatsbegräbnis, sagte Daniel, wie damals bei Paul. Was mir von Pauls Begräbnis am besten in Erinnerung geblieben ist, erzählte er, ist das Rotlicht der Verkehrsampeln, an denen wir vorbeifuhren. Paul waren sie es schuldig. Es wäre interessant zu wissen, wer die Polizei diesmal bezahlt.

Auf der halbstündigen Fahrt die Route 93 nach Süden sperrten die Polizeiautos die Auffahrten. Sie fuhren ganz allein auf dem vierspurigen Highway, in einer langen Reihe, alle in gleichmäßigem Abstand. Es war wie ein Exodus aus der Stadt hinaus, aus Dorchester, aus Boston, aus Brookline, der letzte Exodus Edna Leondouris, obwohl sie natürlich wußten, daß sie zum Sharon Memorial Park, dem exklusivsten jüdischen Friedhof südlich von Boston fuhren, es war nur eine ungewohnte Route, als dürften sie bewohnte Siedlungen auch nicht von ferne sehen. Dann fuhren sie durch die kahlen Waldstücke des Blue Hill Reservats, an abgelegenen Häusern vorbei, und bogen in eine weite, leicht hügelige Parklandschaft ein, die einem ausgedehnten Golfplatz glich, keine Grabsteine, nur gepflegter, vom Frost versengter Rasen. Die Grabsteine waren fast unsichtbar in den Rasen eingelassen.

Sie parkten am Wegrand und standen in der eisigen Kälte unter den Bäumen. Gut, daß wir Julian bei Mutter gelassen haben, sagte Teresa und bibberte theatralisch.

Hier draußen hatten sich die Reste des ersten Schnees gehalten. Die kahlen Bäume breiteten ihre Zweige über den farblosen Himmel, auf dem sich Federwolken zu Schlieren und milchigen Gespinsten zusammenzogen. Man konnte fast meinen, eine frühe Dämmerung breche ein. Adina zog sich die Kapuze ihres Mantels ins Gesicht. Nach und nach stiegen frierende Menschen aus den letzten Autos und gingen zu dem provisorischen Baldachin aus wetterfestem grünen Tuch, der für die Trauergäste neben dem Grab aufgestellt worden war. Sie scharten sich zusammen wie eine Gruppe windgepeitschter Vögel, und alle hofften, daß die letzte Zeremonie schnell zu Ende ging.

Der Kantor verteilte die weißen Rosen vom Sarg an die

Familie und die nahestehenden Trauergäste, aber sie gingen aus, ehe Daniel und seine Familie an die Reihe kamen. Sie standen vor der in den Rasen eingelassenen Plakette des Familiengrabs. Neben den Geburts- und Sterbedaten von Morris Schatz hatte all die Jahre ein freier Platz auf Edna gewartet. In einem Jahr, bei der Grabsteinenthüllung, würde auch ihr Name in den weißen Marmor gemeißelt sein.

Wie haben sie es nur geschafft, die gefrorene Erde aufzugraben, flüsterte Teresa.

Niemand antwortete ihr.

Jerome trat vor und sagte Kaddisch, aber die Kälte dämpfte seine Stimme, sie klang, als käme sie aus großer Ferne wie ein Echo oder als löste sie sich in der kleinen weißen Atemwolke auf, die von seinem Mund aufstieg. Die Krähen in den hohen Bäumen am Rand des Parks übertönten ihn, es klang, als lärmten sie nicht bloß wie andere Vögel, sondern als führten sie einen höflichen Dialog, krächzten, schwiegen, fuhren aus einer anderen Richtung fort zu krächzen. Die Menschen standen in ihre Pelzmäntel gehüllt, starrten auf das ausgehobene Grab und warteten. Dann forderte der Kantor sie auf, das Kaddisch auf englisch zu sagen, *erhoben und geheiligt werde Sein großer Name in der Welt.* Langsam verschwand der schimmernde Sarg in der Gruft, zwischen dem sorgfältig aufgeschichteten Erdreich.

Jonathan stand schräg vor Adina und schaute angestrengt zu Boden, krampfhaft bemüht, Carols Ermahnung, nicht zu grinsen, gewissenhaft zu befolgen. Er setzte immer dieses leichte Grinsen auf, wenn ihm etwas peinlich war. Marvin stand in seinem grauen, an den Bündchen ein wenig zerschlissenen Anorak neben Daniel.

Kannst du dich erinnern? flüsterte er. Früher haben wir noch zu den Schaufeln gegriffen und unsere Toten selber eingegraben.

Daniel schwieg. Seine Mutter hatte darauf bestanden, verbrannt zu werden, um nicht in dieses Grab zu kommen. Die Vorstellung, daß ihre Knochen in der obszönen Intimität des Zerfalls sich ununterscheidbar mit denen von Morris vermischten, war ihr unerträglich gewesen. Sein ganzes Leben würde er an den zwei Eckpfeilern ihres Lebens, an ihrem Geburtstag und an ihrem Todestag, einen leisen Ruck verspüren, als ginge ein Zeiger über ein Hindernis hinweg, die Trauer um ihr Leben, dessen einziger Inhalt er gewesen war. Und trotz der Nähe zwischen ihnen, spürte er auch die Kluft, dieses Nicht-fassen-Können, wer sie gewesen war. Sie war für ihn ein unwiderrufliches Beispiel für die Verschwendung und die Ungerechtigkeit des Lebens, für seine ungemilderte Grausamkeit. Jedesmal, wenn er an sie dachte, hörte er den scharfen Knall, als das auflodernde Feuer ihren Sarg empfing. Wo war sie denn noch, außer in seinem Kopf?

Man bildete ein Spalier für die Familie, die Gruppe löste sich auf, und Ednas Sarg blieb in der Kälte zurück. Die meisten gingen schnell zu ihren Autos, nur Jerome, Estelle und Lea standen noch unschlüssig da und blickten zum Grab, als dachten sie, man könne ihre Mutter doch nicht so allein lassen in der Kälte und ohne sie heimfahren. Dann riß Lea sich aus ihren Gedanken, bückte sich nach einem farblosen, gefrorenen Grasbüschel und warf es hinter sich: *Sie werden aus der Stadt emporblühen gleich dem Gras des Feldes.*

Daniel und Teresa schüttelten Ednas Kindern die Hände, sagten die Formeln, die sie sich zurechtgelegt hatten, auch Adina ergriff Estelles kleine Hand in dem weichen Lederhandschuh, aber sie wußte nicht, was sie sagen sollte.

Wir sitzen bei Jerome Schiva, sagte Estelle, kommt ihr mit?

Adina wußte, was ihr Vater sagen würde, heute nicht, vielleicht im Lauf der Woche, wenn ihr zum Mincha-Gebet einen zehnten Mann für den Minjan braucht.

Bitte, flüsterte Adina, und stieß ihn mit dem Ellbogen an, bitte, jetzt gleich. Adina mochte Jerome, seine Katzen und am meisten sein Haus in Somerville.

Wir kommen nach, riefen Marvin und Michael, wir schauen noch am Grab unserer Eltern vorbei. Jonathan und Carol blieben im Auto, während die beiden Brüder in einem nicht weit entfernten Teil des Friedhofs nach dem Grabstein ihrer Eltern suchten.

Die Toten von Sharon Memorial Park lagen meist paarweise in dem weitläufigen Gelände unter dem gleichförmigen Rasen, man wußte nicht, ob man auf oder vor einem Grab stand, man wußte nur, daß die Plakette, deren eingemeißelte Daten ihr Leben einrahmten, zu ihren Häupten war. Mimis Söhne hielten einen Abstand, der ungefähr einer Sarglänge entsprach.

Jetzt erlauben sie uns nicht einmal mehr, einen Stein aufs Grab zu legen, sagte Marvin. Keine Grabsteine, keine Kieselsteine, kein ordentliches Begräbnis, nichts. Wie bei den Gojim.

Jedenfalls freue ich mich, daß du da bist, sagte Michael.

Wo sollte ich denn sonst sein, antwortete Marvin unwirsch.

Er wollte nicht darüber reden, daß er vor einem Jahr triumphierend große Veränderungen angekündigt hatte, und dann war nichts geschehen, außer daß danach zwischen ihm und Carol trotzdem nichts mehr wie früher gewesen war. Carol war aus dem gemeinsamen Schlafzimmer ausgezogen, und ihm blieb die Sehnsucht schlafloser Nächte. Und wenn er einschlief, träumte er von leeren Häusern mit vielen Zimmern, die er nicht kannte oder aus denen man ihn verjagte. Er hatte geglaubt, er müsse nur den Mut aufbringen, um dem Sog, der ihn wie eine magnetische Kraft aus seinem öd gewordenen

Leben hinauszog, eine glücksverheißende Richtung zu geben, und alles andere würde dann wie durch ein Wunder leicht und von selber folgen. Er hatte gefürchtet, er werde so lange mit dem Gedanken, ein neues Leben zu beginnen, spielen, bis es zu spät war, und dann würde er seine Feigheit als das größte Versäumnis seines Lebens bereuen. Wie man sich schließlich vom Nachdenken und Abwägen durch eine spontane Tat befreit, hatte er, angespornt durch die Ungeduld des nicht enden wollenden Winters, Tatjana das Geld für ein Ticket nach Moskau geschickt und selber am gleichen Tag einen Flug nach Rußland gebucht. Er hatte Angst und konnte sich die nächsten Schritte in ihren Einzelheiten nicht vorstellen, aber er wartete gläubig auf ein Wunder und auf die täglichen E-Mail-Botschaften. Sie kamen seit einiger Zeit nicht mehr täglich, sie wurden seltener, und wenn sie kamen, waren sie zerstreut, ihr Englisch wurde schlechter und war voller Fehler, oft nahezu unverständlich.

Er möge endlich das Geld schicken, schrieb sie.

Er habe Geld geschickt.

Es sei nicht angekommen.

Er schickte mehr.

Es sei angekommen, aber es sei nicht genug für ein Ticket nach Amerika.

Er rief sie an, um den Irrtum aufzuklären. Sie ließ ihm sagen, sie sei beschäftigt gewesen, nein, alles sei in bester Ordnung, natürlich liebe sie ihn und könne nicht erwarten, ihn zu sehen. Sie hatten ihren ersten Streit, als sie darauf bestand, ihn in Amerika zu besuchen. Er wollte nach Moskau.

Zu Hause ging er durch die Tage wie in Trance, und das Gespräch zwischen Carol und ihm verstummte vollends, ein lustloses, feindseliges Schweigen breitete sich aus, als sei ein jahrelanges, raffiniertes Gleichgewicht zwischen ihnen gekippt. Er hatte nicht die Kraft, auch nur den Schein eines Familienlebens zu wahren. Sie gingen einander aus dem Weg, und die Anspannung, mit der Carol ihn belauerte und auf etwas zu warten schien, wurde unerträglich. Er arbeitete lange in seinem Büro und kam spät nach Hause in der Hoffnung, Carol und Jonathan hätten bereits gegessen und wären zu Bett gegangen, aber sie hatten auf ihn gewartet, nur um dann beim gemeinsamen Abendessen zu schweigen. Es waren lange, qualvolle Mahlzeiten, manchmal erzählte er irgend etwas Triviales, ohne sie anzusehen, in hektischem Eifer, um über das Schweigen hinwegzureden und Carol daran zu hindern, Fragen zu stellen, während sie ihn stumm und mißtrauisch betrachtete. Danach schlief er in seinem Lehnstuhl im Wohnzimmer ein, erst gegen Morgen ging er zu Bett, denn sie stand meist früh auf und er wollte nicht, daß sie ihn schlafend vorfand. An einem Wochenende im April waren sie auf der Suche nach Antiquitäten für Carol, und um wieder einmal auswärts zu essen, nach Süden gefahren. Als sie durch Hingham kamen, hatte Carol plötzlich zu weinen begonnen. Ein Frühlingstag für Verliebte, dachte Marvin, der Himmel und das Meer so blau wie auf Postkarten, eine kühle Frische, die vom Wasser her kam und einen Schimmer wie ein Versprechen über alles legte, und es drängte ihn, von Tatjana zu reden, die weibliche Intuition Carols zu Rate zu ziehen, was er falsch gemacht habe, daß sie sich zurückzog, aber Carol heulte, und Jonathan saß verängstigt auf dem Rücksitz.

Während der Frühsommer dieses Jahres in einen trockenen, heißen Sommer übergegangen war, hatte er sich eingestehen müssen, daß es für seine Sehnsucht kein Gegenüber mehr gab. Er möge sie nicht mehr anrufen, schrieb sie ihm schließlich vor vier Monaten, es sei vorbei. Seine E-Mails kamen zurück, der *Mailer Demon* meldete eine falsche Verbindung. Er rief sie trotzdem an. Sie ließ ihm sagen, es sei zwecklos, in sie zu dringen, sie wolle nichts erklären. Dabei hatten sie schon darüber gesprochen, ob sie noch Kinder wollten und an welcher Universität sie Kurse für ihr amerikanisches Arztdiplom besuchen könne. Er war bewegt gewesen, als sie sagte, es mache ihr nichts aus, daß er einen behinderten Sohn habe. Es war ein unerwarteter Sturz in eine so tiefe Leere, daß er keinen Halt mehr fand und das Gefühl hatte, er höre nicht auf zu fallen, er sei mit schwindligem Kopf und verkrampftem Herzen noch immer auf dem Weg nach unten, und niemand war da, ihn aufzufangen. Diesen ganzen letzten Sommer, erzählte er seinem Bruder am Grab ihrer Eltern, sei er zu benommen gewesen, um die Reise allein anzutreten oder Carol und Jonathan einzuladen, er habe das Ticket verfallen lassen.

Und als er wieder zur Besinnung kam, wurde ihm klar, daß er auch Carol verloren hatte. Sie wisse nun, sagte sie, daß er sich seine Illusion vom Glück von ihr niemals nehmen lassen werde, seinen Traum von der großen Liebe und der vollkommenen Erfüllung. Und in diesem Traum gebe es für sie offenbar keinen Platz, habe es nie einen gegeben. In diesem Traum käme sie gar nicht vor.

Dein Traum vom Glück? fragte Michael belustigt, als zitiere er eine höchst zweifelhafte Quelle. Von der vollkommenen Erfüllung? Das klingt mir eher nach dem temporären Irresein von jemandem, der zu viele Schundromane gelesen hat. Ich habe zwar, im Unterschied zu dir, schon in der Schule Literatur verabscheut, aber von vollkommener Erfüllung ist da auch nirgends die Rede, wenn ich mich recht erinnere. Wie kommst du nur darauf? Glaubst du, unsere Eltern bekamen ihren Traum vom Glück erfüllt, Mimi hat sich Zeit ihres Lebens nach Bildung gesehnt, und Vater hätte sicher seinen vierzigsten Geburtstag gern gesund und mit einem richtigen Job gefeiert. Vielleicht solltest du jetzt nicht in erster Linie das Scheitern deines phantasierten Glücks betrauern, sondern das Scheitern deiner Ehe zu verhindern suchen.

Die einzige Verbindung zwischen uns ist nur noch Jonathan, sagte Marvin resigniert. Ich habe im Augenblick einfach keine Kraft, Carol zurückzugewinnen.

Er war mit ihr an Orte gefahren, an die sie glückliche Erinnerungen hatten, nach Cambridge in der Abenddämmerung und an einem stürmischen Herbsttag nach Nantasket Beach. Die Brandung schlug über die Mole und sprühte auf die Straße, es war grau und kalt, er holte eine Anthologie aus dem Kofferraum und las ihr *Dover Beach* von Matthew Arnold vor, das sie beide liebten und einander bei vielen Gelegenheiten rezitiert hatten, *das Meer ist reglos, die Flut steigt an, hell liegt der Mond über der Meeresenge, ... Liebste, laß uns wahrhaftig zueinander sein*, aber sie saß schweigend und abgewandt neben ihm und sagte schließlich scharf, er solle aufhören, sich selber leid zu tun und ihr die Erinnerungen zu zerstören. Dann nahm sie ihm das Buch aus der Hand und zitierte aus Tennysons *To Margret*, sie seien zwei Inseln, die das stürmische Meer auseinander getrieben habe. Er hatte sie in *Joseph's* Restaurant ausgeführt, wo sie mit seinen Eltern ihre Verlobung gefeiert hatten, sie saßen in der freundlich beschwingten Bistroatmosphäre, aßen Tornedo Rossini und schwiegen. Ein altes Paar verließ das Restaurant, er sah nur ihre Rücken, aber als sie beim Hinausgehen mit einer kleinen vertrauten, liebevollen Geste seine Hand nahm, wünschte er nichts sehnlicher, als daß er und Carol dieses einträchtige Vertrauen wiederherstellen könnten, das sie einmal besessen hatten, und er starrte auf seinen leeren Teller und wußte, selbst eine so einfache Geste ging über sein Vermögen. Aber das alles konnte er seinem Bruder, dem Spötter, nicht erzählen. Bei Michael lief alles auf die Frage hinaus, wie durch hartnäckiges Verhandeln ein Problem mit einem vernünftigen Gesprächspartner zu lösen sei.

Hast du schon einmal versucht, dich in Carol zu versetzen?

fragte ihn Michael. Eigentlich ist *sie* die tragische Figur in eurem Drama. Ich erinnere mich an Carol, als ihr geheiratet habt, wie lebhaft und liebenswert sie war, wie eifrig, für meinen Geschmack ein wenig zu eifrig, sie sich unserer Familie angepaßt und alles von unserer Mutter übernommen hat. Und sieh sie dir jetzt an! Ich habe sie vorhin beim Begräbnis beobachtet, wie die ununterbrochene Anstrengung, gefaßt zu sein und sich nichts anmerken zu lassen, ihr ins Gesicht geschrieben steht. Diese brennende, verzweifelte Frage in ihren Augen: Wieviel muß ich denn *noch* aushalten?

Ich liebe sie ja, sagte Marvin kleinlaut, aber eben anders, sie ist meine Familie, wie du und unsere Eltern. Erinnerst du dich, wie Mom immer, wenn wir ein Rendezvous hatten, zu uns sagte, amüsiert euch, denkt nicht an mich?

Erinnerst du dich noch an Dads Kommentar, wenn wir etwas besonders Blödes gesagt haben? fragte Michael.

Beide sagten sie gleichzeitig: Du Narr, du, und lachten.

Auch jetzt noch, seit dem Scheitern seines Ausbruchsversuchs, kam es manchmal vor, daß einer von ihnen, Marvin oder Carol, in einem Augenblick der Selbstvergessenheit auf einen Witz von früher anspielte und sie beide zaghaft lachten, manchmal saßen sie vor dem Fernseher nebeneinander auf dem Bett, in dem er nun allein schlief, und sie schob ihre kalten Füße unter seine Schenkel, dann lehnte er sich vorsichtig zu ihr hinüber, nahe genug, um ihre Wärme zu spüren, nicht nah genug, um sie in die Flucht zu schlagen. All diese vorsichtigen Annäherungen wurden stets von ihrem Mißtrauen in Schach gehalten. So wurde jeder Anflug eines zärtlichen Gefühls schnell widerrufen und wich im nächsten Augenblick einer Kälte, vor der Marvin sich erschrocken und verletzt zurückzog.

Ich wüßte nicht, wie ich sie erreichen könnte, auch wenn ich mich noch so sehr in sie hineinversetzte, sagte Marvin. Es ist eine unerträgliche Situation.

Ihr hattet doch früher auch von Zeit zu Zeit eure Seitensprünge, wandte sein Bruder ein. Ich erinnere mich an ihre Affäre mit Jerome.

Offenbar war das damals viel harmloser. Diesmal war es nicht bloß eine Versuchung, der einer von uns erlegen ist. Ich habe gehofft, ich könnte noch einmal von vorne anfangen, in allem, von Grund auf, ich habe die Last dieses Lebens einfach nicht mehr ertragen. Und glaub mir, Michael, diese Frau in Kasachstan *hatte* etwas Strahlendes, eine ganz besondere Art von Faszination.

Hast du das Carol auch erzählt? wollte Michael wissen.

Nein, sagte Marvin. Sie sagt, sie wisse nun, daß ich mich immer nach einem anderen Leben und einer anderen Frau sehnen werde, und sie schließt daraus, ich hätte sie auch früher nicht geliebt. Ich weiß ja selber nicht wirklich, was mit mir passiert ist, rief er. Es war eine große Passion, fügte er unsicher hinzu, mit einem verstohlenen Seitenblick auf seinen Bruder, dessen stets zum Sarkasmus bereiter nüchterner Pragmatismus ihn immer eingeschüchtert hatte.

Wird sie dich verlassen?

Nein, seufzte Marvin, sie wird bleiben und mir das Leben zur Hölle machen.

Laß Gras darüber wachsen, sagte Michael und klopfte mit dem Fuß auf den Rasen über dem Grab. Sie lachten. Am Ende läuft ohnehin alles auf dieselbe Lösung hinaus, ob man es sich vorher bequem macht oder nicht, sagte Michael.

Sie schwiegen eine Weile und blickten auf den Rasenfleck und die Plakette. Dann suchte Michael nach einem Kiesel.

Das erlauben sie nicht mehr, ich habe schon zweimal einen Beschwerdebrief von der Friedhofsverwaltung bekommen, sie räumen die Steine auch gleich weg.

Ob sie es erlauben oder nicht, ist mir egal, sagte Michael gleichmütig.

Unsere Eltern haben immer alles für uns getan, was in ihrer Kraft stand, sagte Marvin.

Ihr Leben hätten sie für uns gegeben, stimmte Michael zu.

Hast du sie seit ihrem Tod um etwas gebeten? fragte Marvin vorsichtig.

Michael lachte, ich korrespondiere nicht mit ihnen, sie haben mir leider keine Adresse dagelassen, dir vielleicht?

Tut etwas, sagte Marvin zur Plakette und dem Rasen unter seinen Füßen, hört ihr mich? Tut etwas.

Dann gingen sie schweigend zu ihren Autos zurück.

Jeromes Haus lag in einer stillen, engen Seitenstraße von Somerville hinter Alleebäumen, deren Wurzeln das Kopfsteinpflaster des Gehsteigs zu unregelmäßigen Buckeln anhoben. Es war das schönste Haus, das Adina sich vorstellen konnte, viktorianisch, mit einer breiten Holzveranda über die ganze Vorderfront und einem versenkten Wintergarten dort, wo andere Häuser ein Deck oder eine Veranda hatten. Besonders im Winter, wenn frischer Schnee gefallen war, konnte dieses Haus sie in eine andere Zeit versetzen, in der die weiten Flächen der Vorgärten ineinander übergingen und zu einer Art Dorfplatz wurden, eine friedliche Welt der Pferdeschlitten, ohne Autos und gepflasterte Straßen, von der sie in Louisa May Alcotts *Little Women* gelesen hatte. Von außen mochte Jeromes Haus ansehnlich sein, aber es unterschied sich kaum von den anderen Häusern in dieser Straße, und drinnen war es ein kleines Schloß. An jede Einzelheit hatte er gedacht, von den runden, gedrechselten Knäufen des matt glänzenden Holzgeländers bis zur Feuerstelle in der Empfangshalle mit ihren weißen Simsen, Leisten und Kapitellen, und oben an der Decke hing der Kristalluster von der Form eines umgedrehten Diadems von einer phantasievoll verzierten Stuckrosette wie die Blätter einer seltenen Blüte. Trotz der Verspieltheit in den Details strahlten die Räume Strenge aus, die Fenster fast raumhoch und von weißen Paneelen eingerahmt, daß man beinah erwartete, sie gäben den Blick auf etwas Erhabenes frei, auf eine unvorstellbar reiche Zukunft. Chinesisches Porzellan und Tuschzeichnungen gingen eine geschmackvolle Verbindung mit viktorianischen Möbeln und einem tischgroßen Tablett aus getriebenem Silber ein, alles war inszeniert, kein Möbelstück und kein Gegenstand stand zufällig herum, nichts, was jemand vergessen hätte, auf seinen Platz zurückzustellen, das Haus eines Ästheten, bis hin zu den luxuriösen Details der Badezimmer, schweren nachgedunkelten Spiegeln, Überwürfen aus den bestickten Borten alter indischer Saris.

Zwischen Jerome und der Tochter seines Cousins Daniel bestand eine Zuneigung von schillernder Zweideutigkeit, die das Mädchen beunruhigte und faszinierte. Sie spürte, daß ihre Schönheit ihn betörte, daß er nicht aufhören konnte, sie zu betrachten, und sich gleichzeitig zwang, sie nicht anzustarren, und in der Unbefangenheit, mit der sie sich begegneten und mit der sie ihn von klein auf gern geneckt hatte, lag eine knisternde Spannung. Gleichzeitig verband sie eine besondere Vertrautheit, eine Komplizenschaft. Jerome war für Adina immer schon wie ein Terrain gewesen, auf dem sie ihre Anziehungskraft übte, nicht ganz ohne Furcht, aber es war ein Balanceakt mit sicherem Netz. Gerade deshalb hatte sie ihn auch zu ihrem Vertrauten gemacht. Als unerfahrene Vierzehnjährige hatte sie ihn gefragt, was eine Verabredung mit einem dreißigjährigen Mann ins Museum bedeute, und Jerome hatte ihr geweissagt, daß er sie zu den Aktgemälden führen würde, was tatsächlich geschehen war.

Sie hatte ihn gleich angerufen, als sie am Abend nach Hause kam. Rate mal, Jerome, was er gemacht hat.

Er hat dich betatscht und versucht, dich zu küssen?
Hätte er das tun sollen? fragte sie besorgt.
Wenn er es nicht gemacht hat, ist er ein Gentleman, urteilte Jerome.

Aber das stimmte nicht, und Adina erfuhr die erste einer Reihe von Enttäuschungen. Es gab eine Regel, die alle Mädchen, so jung sie waren, kannten, ohne daß sie hätten sagen können, von wem sie stammte und wie es möglich war, daß sie die Gültigkeit eines Gesetzes hatte. Sie lautete, ein Mädchen, das sich früher als nach dem dritten Rendezvous ergab, kam in den Ruf, es sei leicht zu haben, doch nach der dritten Verabredung, wenn einer dreimal das Kino und das Essen bezahlt und sie nach Hause gebracht hatte, erwuchs ihm daraus das Recht auf eine klare Antwort. Adina fand mit sechzehn, daß es an der Zeit war, vor ihren Freundinnen mit einer eindeutigen Erfahrung anzugeben.

Sie kannte den Mann kaum, er hatte sie an einem warmen Märztag angesprochen, als sie am Rand des Boston Common auf einer Bank saß und wartete, daß es Zeit wurde, zu ihrem Jazz-Tanzkurs zu gehen. Sie kam gern ein wenig zeitig und saß in der Sonne am oberen Ende des Parks, schaute auf die Menschen hinunter, auf die langen hängenden Weidengerten in ihrem ersten hellen Gelb und auf die blauen Wolkenkratzer von Downtown Boston. Es war alles ein wenig unwirklich wie auf einem gemalten Bild, als sich dieser Mann neben sie setzte und zu reden anfing. Er trug saubere Freizeitkleidung, Jeans und ein Sweatshirt mit einem Calvin Klein-Logo, und außer seinem auffallend niedrigen Haaransatz und dem borstigen dunklen Haar, das keine Handbreit über den buschigen Augenbrauen zu wachsen begann und ihm etwas Finsteres verlieh, sah er ganz passabel aus. Vor allem war er groß und athletisch, und als sie sagte, daß sie zu einem Tanzkurs ginge, erzählte er, daß er Leistungssport betreibe, aber er blieb vage, als sie ihn nach der Sportart fragte. Als sie gehen wollte, fragte er, ob er sie wiedersehen könne, und im Lauf der nächsten Wochen waren sie einmal ins Kino und einmal essen gegangen. Bei ihrem zweiten Rendezvous waren sie in *Johnny D'Uptown*, einem Jazz-Club in Somerville, tanzen gewesen, und danach hatte er sie an der Straßenecke eine halbe Meile vor ihrem Haus geküßt.

An diesem Abend hatten sie *Thelma und Louise* gesehen, und ihm war der Film viel zu lang gewesen. Danach hatten sie in einem schlechten Restaurant in Chinatown gegessen, und als sie zu seinem Auto zurückgingen, hatte er sie gefragt, ob er sie bei sich zu Hause auf einen Kaffee einladen dürfe. Beim Essen hatte er sie mit Plänen, wie er schnell zu Geld kommen wollte, gelangweilt, er träumte davon, reich zu werden, indem er dem Trend jeweils einen Schritt voraus war und den Leuten teuer verkaufte, was er vorher billig erworben hatte. Was er denn verkaufen wolle, fragte sie ihn, und er sagte mit einer umfassenden Handbewegung, alles, was sich verkaufen läßt. Adina hörte nur mit halber Aufmerksamkeit zu, sie überlegte, wie sie sich am Ende des Abends entscheiden sollte.

Auch wenn sie die Einladung, mit ihm nach Hause zu gehen, angenommen hatte, ohne sich vor ihm zu fürchten, so machte das verwahrloste Zimmer, in das er sie führte, ihr doch bewußt, daß er ein Unbekannter war, dem sie nicht trauen konnte. Es war keine Wohnung, wie Adina sie kannte, mit richtigen Möbeln und mehreren Räumen, sondern eine spärlich möblierte Absteige im vierten Stock eines Backsteinhauses ohne Aufzug. Das Licht kam durch ein Fenster, das von einer Treppe diagonal gekreuzt wurde, und wer auf dem Dach war, konnte ins Zimmer sehen, in dem außer einem großen, ungemachten Bett, ein Spind, ein viereckiges Waschbecken, groß wie eine Wanne, und ein uralter Kühlschrank standen, eine Wanduhr war um acht Uhr stehengeblieben, und an der Wand hing ein alter, vollständig abgerissener Kalender mit dem Farbfoto eines Nationalparks. Sie konnte sich nicht vorstellen, daß hier jemand wohnte, vielleicht, dachte sie, hat er den Raum für die Nacht von jemandem geliehen oder gemietet. Als sie ihm nun am Fußende seines Bettes allein gegenüberstand, ging ihr durch den Kopf, daß sie von ihm nur wußte, daß er Frank hieß, fünfundzwanzig war, das College abgebrochen und einen strengen Vater hatte, dessentwegen er von zu Hause ausgezogen war. Er stellte seine Aktentasche neben das Bett und ging ins Bad, und Adina öffnete den Spind und sah zwei weiße Hemden und eine schwarze Hose mit Bügelfalte hängen, sonst nichts, keine Unterwäsche, keine Schuhe, kein Sakko, überhaupt nichts, das darauf hindeutete, daß dies sein Zuhause war. Als er zurückkam, war er nackt, groß, behaart, muskulös, und sie bekam Angst. Sie fühlte sich wie beim Schwimmen, wenn sie vom Ziel gleich weit entfernt war wie vom Rand des Beckens, von dem aus sie gestartet war, und sie entschied sich, es hinter sich zu bringen, aus Angst, er könnte wütend werden, wenn sie sich jetzt entschloß davonzulaufen, und sie bedrohen oder schlagen. Sie ließ ihre Entjungferung über sich ergehen, verkrampft, voll Angst, weil sie erwartete, daß es weh tun würde, und weil sie nicht wußte, wie sie dem Vorgang jetzt noch Einhalt gebieten solle. Danach war nichts. Keine Berührung, keine Nähe. Ich fahre dich dann gleich nach Hause, sagte er und schlief ein. Sie betrachtete seinen Rücken, im Schlaf gefiel er ihr besser, sie prägte sich den großen Leberfleck auf seinem Schulterblatt ein, aber sie berührte ihn nicht.

Sie zog sich an und legte sich auf ihrer Bettseite hart an den Rand, sie tat kein Auge zu und wagte nicht, ihn zu wecken. Die Gegend war ihr bekannt, sie war am Rand von Charlestown, dort wo die Gehsteige aufhörten und es für Fußgänger unter Autobahnauffahrten und Unterführungen keinen Platz mehr gab – hier ging Charlestown unvermittelt ins Hafenviertel über. Im Schatten der Auffahrt zur Route 93 hatte es in ihrer Kindheit eine italienische Pizzeria gegeben, in die nur die Hafenarbeiter des North End kamen. Teresa mochte die Pizzeria, weil sie sich hier an ihre Kindheit erinnert fühlte, hierher kamen nur Männer in Arbeitskleidung, die sich von Tisch zu Tisch unterhielten, Bier tranken, vielleicht eine Pizza aßen, bevor sie nach Hause gingen.

Als sich das erste Grau in die Finsternis mischte, stand Adina leise auf und lief die Treppe hinunter auf die Straße. Es war vier Uhr an einem bewölkten Frühsommermorgen. Am liebsten hätte sie sich auf das feuchte Straßenpflaster gelegt. Die Straßenlaternen gingen mit einem Schlag aus, und sie fragte sich, ob irgendwo jemand an einem großen Schalthebel saß, ein unsichtbarer Nachtwächter der Elektrizitätswerke, der gähnte, sich streckte und anschickte, nach Hause zu gehen. Es schien ihr, als habe Gott höchstpersönlich das Licht abgedreht, als Zeichen, daß er von der Welt genug hatte. An der South Station nahm sie ein Taxi und lag in ihrem Bett, als Teresa sie weckte.

Ihre Eltern hatten von diesem Teil ihres Lebens keine Ahnung, für sie war sie noch immer ihr kleines Mädchen, und ihre Freundinnen waren zwar begierig nach jedem Detail, wollten von jedem Kuß erzählt bekommen und genau wissen, wie lange er gedauert habe, aber sie besaßen genauso wenig Erfahrung wie sie und konnten keinen Rat erteilen. Alles, was ihnen einfiel, wenn einer sagte, mach's gut, bis später, und dann verschwand, war, einhellig im Chor zu rufen: Vergiß ihn! Von der ersten Nacht in einem fremden Bett hatte sie niemandem erzählt, sie fand, es gab nichts zu erzählen, und sie war erleichtert, daß es endlich geschehen war.

Was würdest du tun, wenn wir nicht verwandt wären? fragte sie Jerome.

Ich beantworte keine hypothetischen Fragen, antwortete er. Würdest du mir einen unanständigen Antrag machen? fragte sie.

Vielleicht, sagte er, ohne die Miene zu verziehen, und keiner wich dem Blick des anderen aus. Es war wie ein Kräftemessen, wer zuerst wegschauen würde. Aber manchmal verbot ihnen auch eine plötzliche unerklärliche Scheu, dem anderen in die Augen zu sehen, als könnte etwas Unberechenbares durch einen einzigen Blick entfesselt werden.

Lou und Adina beachteten einander kaum, aber es gab immer wieder Frauen, deren Stellung im Haushalt ihres Onkels sie nicht durchschaute, waren sie Verwandte, Bekannte, heimliche Geliebte, Gefährtinnen, in welcher Beziehung standen sie zu Jerome? Adina war eifersüchtig, als wären sie Rivalinnen. Da war Donna, knabenhaft schön, ungeschminkt, in schlichten Blusen und Röcken, aber das auffallendste an ihr war eine knappe, exakte Nacktheit, die ihre Kleider nicht verdeckten, sondern eher noch betonten. Und so wie diese Frauen in seinem Haus verkehrten, ohne daß Adina ihre Anwesenheit zu deuten wußte, war auch Adina oft eingeladen, wenn Jerome Gäste hatte, er schmückte sich mit ihr und stellte sie nicht vor, und seine Gäste betrachteten sie verstohlen, während sie herauszufinden suchten, wer sie war und wie sie zu ihm stand. Aber sie hatte bei ihm gelernt, was sie als Kind in ihrem Elternhaus nie hätte lernen können, jedenfalls nicht so früh, wie man verführte um der erotischen Spannung willen, wie man einen kühlen Kopf behielt und sich nicht überrumpeln ließ, weil man den nächsten Zug im Spiel der Verführung bereits kannte. Doch wenn sie sich verliebte, fühlte sie sich so hilflos wie ihre Freundinnen.

Im *Ocean View* in Gloucester hatte man sie angestellt, um dem Lokal ein exklusives, aristokratisches Flair zu geben. In helle fließende Gewänder gekleidet, mit breitem Satingürtel und offenem Haar, mußte sie mit dem großen, mit weißem Musselin ausgekleideten Brotkorb am Arm zwischen den Tischen umhergehen, Oliven in kleinen Schälchen auf die Tische stellen, Wasser nachschenken und achtgeben, daß nirgends das weiße Stangenbrot ausging. Nicht gehen, hatte der Manager gesagt, sondern schweben, du bist doch Tänzerin, du sollst dem Restaurant eine ganz spezielle Aura geben – dafür wurde sie bezahlt. In der Ecke des Speisesaals stand ein weißes Player-Piano auf einem Podium, seine weißen und schwarzen Tasten gingen, wie von unsichtbaren Geisterhänden bewegt, auf und ab, und aus seinem Innern tönte korrekt, ohne Unregelmäßigkeiten und ohne Ausdruck, Chopins Mephistowalzer oder Beethovens Appassionata. Der Manager hatte die Idee, Adina solle sich auf den Stuhl setzen, wenn es gerade keinen Bedarf nach Brot gab, und so tun, als spiele sie, aber das schlug sie aus. Es wäre ihr wie ein geschmackloser Betrug vorgekommen. Das *Ocean View* stand nahe an der Strandpromenade, in unmittelbarer Nachbarschaft zu jener Stelle, wo am Beginn des Jahrhunderts ein Eiscremepavillon gestanden war.

Ach so, hatte Adina unbeeindruckt gesagt, als Edna ihr das Foto des Pavillons aus ihrer Kindheit zeigte, denn man konnte darauf fast nichts erkennen: Die Umrisse dreier Kinder, einer Frau und eines Mannes in altmodischen Kleidern, die steif und förmlich vor einem runden luftigen Kiosk standen und aufmerksam, als warteten sie auf ein Schiff, an der Kamera vorbei in die Ferne blickten.

Das war im Jahr neunzehnhunderteinundzwanzig! Stell dir das einmal vor, sagte Edna.

Adina runzelte die Stirn und nickte höflich. Auf Ednas Fotos hatten die Menschen und Gebäude keinen Hintergrund, der schien erst im Lauf des Jahrhunderts dazugekommen zu sein. Das Restaurant, das sie dreimal in der Woche durch den

Kücheneingang betrat, der so nah am Wasser lag, daß immer Schmutz und Abfall gegen die Mauern schwappten, war ein weißes Holzhaus mit einem weiß getünchten Speisesaal, in dem an langen, schmalen Tischen steife Kirchenstühle standen, eine Anspielung auf ein europäisches Refektorium. Es hatte etwas Künstliches, das durch das Geklimper des Player-Pianos noch unterstrichen wurde. Wenn Adina zwischen den Tischen zur Theke zurückging, spürte sie die Blicke auf ihrem Körper, als griffen sie nach ihr. Immer wieder kamen einsame Männer, die baten, an einem Tisch sitzen zu dürfen, von dem aus sie den ganzen Speisesaal überblicken konnten, und die sie dann nicht einen Moment lang aus den Augen ließen. Sie ziehen Gäste an, sagte der Manager, und er betrachtete Adina neugierig, als sei etwas Besonderes an ihr. Wo konnte sie das gelernt haben, mit ihrer kindlichen Gestalt Männer dazu zu bringen, wiederzukommen, ein großzügiges Trinkgeld für sie zu hinterlassen und sich mit ein paar Worten, einem Lächeln zufriedenzugeben?

Doreens Tod hatte ihr die Unbefangenheit genommen, mißtrauisch schaute sie seither jeden an, der mit diesem zögernden, verschleierten Blick zu ihr aufsah, jeder konnte als Mörder in Frage kommen, überall konnte irregegangene Sehnsucht sich lautlos in Zerstörungswut verwandeln.

Sie lebt gefährlich, hatte Edna zu Marvin gesagt, nachdem sie Adina einmal während ihrer Dienstzeit besucht hatte. Es gefällt mir nicht, was sie tut, und ich weiß nicht, woher sie das hat.

Sie wird sich durchschlagen, beschwichtigte Marvin seine Großtante, denk an ihre Großmutter.

Ja? erwiderte Edna schärfer, als Marvin erwartet hatte, wie ihre Großmutter? Soll sie denn Berthas unglückliches Leben wiederholen? Gott behüte! Bertha hatte keine wirklich guten Freundinnen, auf die sie sich verlassen konnte, wie wir anderen, ihre Schönheit rief bei Frauen Neid und Gehässigkeit hervor. Und für die Männer war sie nichts sonst als eine schöne Frau.

Daniel hatte es nicht eilig, nach Somerville zu kommen, er nahm jeden Umweg, der ihm einfiel. Sie fuhren an dem Hochhaus, in dem Edna gewohnt hatte, vorbei. Es gab an diesem Küstenabschnitt nur mehr fünfzehnstöckige Wohnblöcke, die auf den muschelübersäten Strand mit schwarzem Tang und allerlei anderem angeschwemmten Abfall hinunterblickten, ein häßliches Stück Strand, dessen feiner Sand den Gehsteig bedeckte und auf die Fahrbahn geweht wurde, und jetzt, am späten Nachmittag, warf sogar der zu Haufen aufgetürmte Seetang lange Schatten. Fast eineinhalb Jahre war Adina hier, bei den Hochhäusern, aus Daniels altem Chevy, den er ihr mit achtzehn überlassen hatte, gestiegen und an dem schwarzen Portier vorbei zum Lift gegangen. Manchmal hatte sie auf Ednas Sofa geschlafen und sich in ihrem Badezimmer geduscht, nicht oft, aber die kleine Zweizimmerwohnung war doch zu etwas wie einem Zuhause geworden. In Zukunft war es unmöglich, dort hineinzugehen, der Portier würde sie nicht einlassen: Nein, Mrs. Schatz lebt nicht mehr hier. Sie würde dieses Gebäude nie wieder betreten und nie wieder vom zwölften Stock auf den Strand hinunterschauen. Sie vergrub ihr Gesicht im rauhen Stoff ihres Wintermantels. Die Gefühlstaubheit, die sie während der Begräbniszeremonien in eine unnatürliche Ruhe versetzt hatte, wich einem unvermittelt heftigen Schmerz. Das breite Portal mit dem Glasdach und die glatte nichtssagende Front des Sea View Towers, Ednas letztem Domizil, brachte ihr mit einem jähen Schock die Endgültigkeit der Wörter *tot* und *nie wieder* zum Bewußtsein. Erst jetzt begann sie zu weinen, als hätte sie eben erst von Ednas Tod erfahren.

Als sie in Jeromes Wohnzimmer traten, saßen Estelle und ihre Schwiegertochter bereits in Strümpfen auf niedrigen Schemeln und aßen hartgekochte Eier, wie es der Brauch des Schiva-Sitzens den nächsten Angehörigen vorschrieb. Nur im Kragen von Leas weicher Wollstoffjacke war der glatte Riß der *Krijah* zum Zeichen der Trauer zu sehen. Die Lamellenjalousien aus gebleichtem Leinen waren halb geschlossen, und die Stehlampen gaben dem Raum ein gedämpftes Licht, das von keinem Spiegel zurückgeworfen wurde, selbst der große Spiegel über dem Kamin war verhüllt. Carol war noch einmal nach Hause gefahren und brachte Latkes und Apfelmus, denn es war der vorletzte Tag der Chanukka-Woche, in der man Latkes und Krapfen aß, alle brachten sie etwas zu essen mit, wie es Brauch war, damit die Trauernden sich nicht um die Bewirtung der Gäste kümmern mußten, aber Jerome bestand darauf, alles als Hors d'œuvre auf dem großen Silbertablett anzuordnen.

Geht, wascht euch die Hände, sagte Jerome zu den Neuankömmlingen.

Ich bin nicht schmutzig, widersprach Teresa erstaunt.

Nach dem Friedhof muß man sich die Hände waschen, erklärte Daniel verärgert, das ist so, Teresa, mach jetzt kein Theater.

Als Adina aus dem Badezimmer, in dem der Spiegel nicht verhängt war, zurückkam, erzählte Lea gerade von Ednas letzten Lebenstagen, die sich von den vorhergehenden ihres Jahres im Altersheim am Meer nicht so sehr unterschieden hatten, daß sie ihren Tod erklärten. Niemand außer Lea hatte von ihrer Krebserkrankung erfahren. Sie habe sich vor zwei Jahren ein Melanom am Arm entfernen lassen, erzählte Lea, aber der Krebs hatte bereits begonnen, sich in ihrem Körper auszubreiten, und hatte ein Organ nach dem anderen angegriffen. Das Gehen sei ihr am Ende schwergefallen, der Beinstumpf habe sich entzündet und sei nicht mehr verheilt, aber sie habe darauf bestanden, täglich zu baden und die Tage angekleidet und zurechtgemacht in ihrer Wohnung zu verbringen, als empfinge sie Gäste.

Sie hat ja auch noch Gäste empfangen, sagte Adina, ich war während des ganzen Sommers oft bei ihr.

Hättest du denn gedacht, daß sie todkrank ist? fragte Lea, während sie, weit über eine Serviette vorgebeugt, Burekas verzehrte, denn auch sie saß auf einem niedrigen Lederhocker. Als sie im Spital war, sagte Lea, lag sie in ihrem weißen Bett wie eine kränkelnde, gut aufgelegte Dame, die einer Unpäßlichkeit wegen im Liegen Audienz erteilen muß.

Nie habe sie sich beklagt, darüber waren sich alle einig. Reden wir über etwas anderes, habe sie gesagt, wenn ihre Besucher sich nach ihrem Befinden erkundigen wollten, meine Krankheiten sind langweilig, erzählt mir von draußen. Und bis zum Schluß habe sie von früher erzählt, Geschenke aus ihrem Nachttisch hervorgeholt, Seidentücher, Hutnadeln, unauffälligen Modeschmuck, und über die Geschichte dieser Gegenstände geredet. Damit du dich an mich erinnerst, wenn du es ansiehst, habe sie zur Beschenkten gesagt, und alles sei ihr Anlaß für eine Anekdote gewesen. Die Erinnerung sei ein Versuch, Ordnung zu schaffen, habe sie oft betont, das werde im Alter besonders wichtig, wenn einem die Erinnerungen im Kopf durcheinanderwirbelten.

Hatte sie keine Angst vor dem Sterben? fragte Marvin, der neben Carol auf dem satinbezogenen Sofa saß. Die Spannungen zwischen den beiden, von denen inzwischen alle wußten, ließen sich nur daraus erahnen, daß sie ihre Sätze stets an andere richteten.

Nein, auch nicht vor ihrer Krankheit, sagte Lea. Aber sie

war ungeduldig mit ihren körperlichen Schwächen, und diese Ungeduld ließ sie an mir aus. Manchmal behandelte sie mich wie eine Zofe.

Lea hatte ihre Mutter, wie schon in ihrer Wohnung auf Beacon Hill, fast täglich besucht. Es habe immer mehr zu tun gegeben, berichtete sie, den Haushalt, den Edna, seit sie die Prothese kaum mehr ertragen konnte, nicht mehr allein bewältigte, die Wäsche, jemand mußte ihr im Bad helfen, aber alles, was man für sie tat, sagte Lea, zeigte ihr, daß sie hilflos zu werden begann, und das ertrug sie schlecht. Dazu die ständigen Schmerzen und das Wissen, daß sie in absehbarer Zeit sterben würde – das alles löste bei ihr eine Gereiztheit aus, wie einem Besuch gegenüber, dem man nicht gut die Tür weisen kann, mit dem man sich aber um Gottes willen nicht auch noch abgeben will. In welchem Ausmaß ich mich für sie aufgerieben habe, mit den Besuchen neben dem Beruf, den zwei Haushalten, und kaum noch einen Augenblick für mich selber – das hat sie nie wirklich ermessen können. Lea begann zu weinen. Und was mache ich jetzt? schluchzte sie. Jetzt, wo ich so viel Zeit habe?

Edna war zu Hause gestorben, allein, irgendwann zwischen Morgengrauen und Sonnenaufgang, in der Stunde, in der die Sonne das Meer berührte. Sie lag da und sah aus, sagte Lea, als hätte sie einen angenehmen Traum.

Wovor hatte sie denn dann Angst? fragte Joshua. Jeder Mensch fürchtet sich vor etwas. Er saß neben Daniel auf dem Sofa im rechten Winkel zu Carol und Marvin, weil nicht für alle Familienmitglieder die für das Schiva-Sitzen vorgeschriebenen Schemel vorhanden waren. Wer die beiden Männer, Ednas Enkel Joshua und ihren Neffen Daniel, nebeneinander sitzen sah, konnte eine gewisse Familienähnlichkeit zwischen ihnen erkennen, in der schmalen Gesichtsform, den nachdenklichen, leicht schräg gestellten Augen, dem runden Kinn, obwohl Estelles Sohn hellhäutiger war und ihre Haarfarbe hatte.

Am meisten fürchtete sie sich davor, vergessen zu werden, sagte Jerome. Je älter sie geworden ist, desto wichtiger war ihr das Überleben der Familie und ihr eigenes in unseren Erinnerungen, immer wieder hat sie uns danach abgefragt, ob wir uns auch alles merkten. Darin, so kommt es mir vor, äußerte sich ihre Angst vor dem Sterben.

Ich glaube, entgegnete Estelle, sie fürchtete sich am meisten davor, verlassen zu werden. Jedesmal, wenn wir wegfuhren, ging ihr das nahe, und daß ich mit Joshua nach Europa übersiedelte, als er vier Jahre alt war, hat sie mir nachgetragen. Sie empfand das so, als hätte ich ihn ihr weggenommen. Sie gab mir immer das Gefühl, ich hätte sie um etwas ärmer gemacht.

Estelle wußte, daß ihre Mutter sie von ihren Kindern am meisten geliebt hatte und deshalb stärker an ihr und ihrem einzigen Enkelkind gehangen hatte. Sie sah Edna am ähnlichsten mit ihren rotblonden Locken und den vor Unternehmungslust funkelnden Augen, sie sprang unentwegt auf, um nach ihrer Enkelin zu sehen, die in der Diele mit den Katzen spielte, oder um etwas aus der Küche zu holen, wo Lou sich von der Familie zurückgezogen hatte. Teresa war auf die Idee gekommen, Adina sollte Lou in der Küche helfen, die Speisen anzurichten, und sie dann zu servieren. Sie ist schließlich ein Profi, sagte sie lachend, was Adina ärgerte, die lieber bei den Gästen geblieben wäre. Mit erbarmungslos scharfem Blick beobachtete sie Jeromes Ehefrau, wie ihr Lächeln verschwand, wenn sie glaubte, niemand beobachte sie, als hätte sie es sich aus dem Gesicht gewischt, und wie sie immer wieder gierig an einem eingerissenen Nagelbett kaute. Adina sah ihr zu und reagierte nicht, wenn Lou etwas zu ihr sagte, sie starrte fasziniert auf ihren Mund, auf die feucht schimmernden Zähne, die eben an ihren Nägeln herumgeknabbert hatten, und dabei überkam sie eine Welle von Mitlcid, Niedergeschlagenheit und Ekel. Wie zwei Verbannte, dachte sie, warten wir hier in der Küche auf Erlösung.

Marvin war aufgefallen, daß Doras Söhne Irving und Malcolm gleich nach dem Begräbnis verschwunden waren. Was ist mit den beiden los? fragte er. Wollen sie nicht mit uns verwandt sein?

Vielleicht ist es besser, gar nicht verwandt zu sein, als nur bei Begräbnissen, sagte Daniel.

Lächerlich, erwiderte Marvin. Das wäre doch eine Gelegenheit für eine letzte Zusammenkunft in diesem Jahrhundert gewesen. Und er wiederholte den Satz, auf den er stolz war, mit Ednas Tod ginge eine Ära zu Ende.

Mimis Schwester Felicia und ihre Kinder sind nicht einmal zum Begräbnis gekommen, warf Carol ein. Man hatte Felicia schon seit Jahrzehnten nicht mehr gesehen. Als sie in den sechziger Jahren nach Kalifornien aufbrach, war es ein endgültiger Abschied, der niemandem galt und den niemand verschuldet hatte.

Felicia mag die Ostküste nicht, lachte Michael, da war ihr immer zuviel Kultur, sie fährt lieber nach Las Vegas – bei ihr ist das rezessive Mafia-Gen unserer Familie am Werk.

Eine Weile konzentrierte die Aufmerksamkeit sich auf Joshuas Frau Shoshana, ihre Herkunft aus einer jemenitischen Familie, ihren Beruf als Ärztin, ihre Schwangerschaft, auf Israel und die Araber, jeder hatte eine Frage, die ihr das Gefühl vermitteln sollte, willkommen und interessant zu sein.

Später, als die Teller abgeräumt waren, kam Jerome auf die Idee, alte Fotos in kleinen, chronologisch geordneten, ausfaltbaren Alben herbeizuholen: die jungen Leondouri-Mädchen, Bertha in exaltierten Posen, Paßfotos von Mimi, Bertha, Edna, ungeschminkt und ernst und gar nicht glamourös, Bertha und

Edna in Badeanzügen am Strand, lebenslustig, selbstsicher, herausfordernd und zugleich kokett auf Anstand bedacht. Ein Brustbild von Edna, auf dem sie nicht lächelte, sondern zornig, verletzt und herausfordernd direkt in die Kamera blickte. Ein altes Schwarzweißfoto, auf dem sie einen unbekannten jungen Mann mit einem geradezu ekstatischen Lächeln anhimmelte. Ein nicht gestelltes Foto des Hochzeitspaares Morris und Edna, auf dem er sie fragend ansah, während sie mit ihrem Schleier beschäftigt war, seine große breite Statur ließ sie zierlicher erscheinen, als sie war. Morris, lachend, umringt von Schafen, beim Handschlag mit einem Farmer. Ein Familienfoto in einem Fotostudio mit den beiden ältesten Kindern. Jerome als Dreijähriger auf dem Schoß seiner elegant gekleideten Mutter, deren hoch aufgetürmtes Haar vom Bildrand abgeschnitten wird, auch damals schon mit seinen mephistophelischen, nach oben geschwungenen Augenbrauen und den Grübchen in den Wangen, mit einem Ball, den er ratlos in seinen kleinen Händen hielt, Jerome im Matrosenanzug mit seiner kleinen, pummeligen Schwester, deren Blick er mit erhobenem Zeigefinger zum Ufer lenkte, Jerome in einem Schwanenboot und als Bar Mitzwah mit den zu langen Armen und Beinen eines Pubertierenden und einem Wust krauser Locken, der seine Kippa in einer prekären Balance über seinem Kopf schweben ließ. Jerome mehrmals als Bräutigam mit schönen Frauen verschiedener Herkunft, Jerome ein wenig verloren auf einer leeren Bühne. Auch von den anderen Kindern der zweiten Generation fand er einzelne Fotos, von Daniel als Baby im Arm seiner entzückten Mutter, Michael mit seinem ironischen Grinsen auf dem Fahrrad, Marvin in der schwarzen Robe des frisch Graduierten wie ein Zauberer, der sich anschickt, sein nächstes Kunststück vorzubereiten. Hochzeitsgesellschaften mit vielen verschwommenen Gesichtern, darunter ein junger dunkelhaariger, gutaussehender Mann, von dem niemand wußte, wer er war, Malcolm, Irving oder der Verlobte von irgendwem? Estelle meinte, es hätte einer ihrer eigenen zahlreichen Verehrer sein können, aber sie war nicht sicher, in ihrer Erinnerung verschwammen sie alle zu einem einzigen Gesicht.

Sie erzählte, wie sie kürzlich in einem Trödlerladen zwischen defekten Schaukelstühlen und leeren Bettgestellen einen Mann gesehen hatte, der ihr bekannt vorkam. Sie ging weiter und überlegte, woher sie den Mann kennen konnte, während sie ein Bücherregal suchte. Der beunruhigende Unbekannte war nicht allein, er war in Begleitung einer jungen Frau, und wenn man sie so betrachtete, wie sie in dem Labyrinth von Tischen, Kommoden, Vitrinen, Spiegeln und geschliffenen Gläsern herumgingen, mußte man zu dem Schluß kommen, sie seien frisch verheiratet und suchten ihren Hausrat zusammen.

Und plötzlich, erzählte sie, hörte ich seine Stimme: Schau, Liebling, ein Schaukelpferd für Dinah, hörte ich ihn sagen und blieb mit angehaltenem Atem und dem Rücken zu den beiden stehen, stand mit dem Gesicht zur Wand, vor einem Kupferstich der Townhall irgendeiner Kleinstadt in Neuengland, und wagte nicht mich umzudrehen. Ich hatte den Vater meines einzigen Sohnes wiedererkannt. Und als die beiden weitergingen, stürzte ich in den nächsten Raum und ließ, um Zeit zu gewinnen, den Besitzer ein Regal voller Bücher ausräumen. Dieses Regal wolle ich kaufen, sagte ich, und als es leer war, sah ich nicht, wie häßlich, wacklig und abgeschabt es war. Ich habe das häßlichste Möbelstück in meinem Haus nur gekauft, weil ich meinem ersten Mann wiederbegegnet bin.

Im Unterschied zu deiner Mutter ist dein Talent zur Amnesie erstaunlich, sagte Michael, ich dachte immer, du wärest zwanzig Jahre lang in regelmäßigem Kontakt mit ihm gewesen. Das heißt, du kannst ihn höchstens zehn, elf Jahre nicht gesehen haben.

Michael ist die perfekte Kombination unserer Eltern, dachte Marvin, er sieht aus wie unsere Mutter und hat den scharfen, realistischen Verstand unseres Vaters, der sich nicht vom Charme der Leondouris bezaubern läßt.

Jerome zog ein Farbfoto aus der Hülle und reichte es wortlos Carol und Marvin hinüber. Sind das wir? riefen beide gleichzeitig.

Jerome nickte: Weil gerade von zwanzig Jahren die Rede war.

Marvin mit Frau und Kind im Sommer auf einer Veranda, nur halb darauf eingestellt, fotografiert zu werden, Carol mit langem Haar, das ihr dicht über die Schultern fiel, und einem Lächeln, als teilte sie ein Geheimnis mit dem Fotografen, Jonathan auf dem Schoß, ein zweijähriges Kind mit großen, lebhaften Augen, die gespannt und ganz bei der Sache in die Kamera blickten, und neben ihnen, den Arm um sie gelegt, Marvin mit einem amüsierten, skeptischen Blick, mit dunklem Haar und breiten Koteletten, schlank und jung.

Das waren wir? rief Carol. So jung? Und über ihr Gesicht legte sich ein unglücklicher, gequälter Ausdruck, als würde sie gleich anfangen zu weinen.

Jerome nahm das Foto wieder an sich. Ich kann euch einen Abzug machen lassen, wenn ihr wollt.

Ja, sagte Carol, bitte, und Marvin schüttelte verneinend den Kopf.

Was nun? fragte Jerome. Ja oder nein?

Sie schwiegen beide, ohne einander anzusehen.

Wir sind beide vom Schicksal geschlagene Menschen, dachte Marvin, beide gierig nach einem Schimmer von Hoffnung oder gar Glück. Aber er hütete sich, in Gegenwart seines Bruders derart pathetische Reden zu führen. Carol saß neben ihm, so nahe und leicht zu berühren, und die Stimmung im Raum war familiär und herzlich. Was ist dein Problem, hörte er seinen Bruder sagen, warum nimmst du nicht ihre Hand oder legst einfach deine Hand auf ihre? Weil wir beide leiden und beide verletzt sind, erwiderte Marvin in Gedanken, und weil wir beide auf eine Versöhnung warten und uns zugleich davor fürchten. Aber nichts davon sprach er aus, und sein Bruder unterhielt sich unterdessen mit Jerome und hätte seine Gedanken ohnehin nicht erraten können.

Um vier Uhr hörten sie plötzlich Gepolter und Stimmen auf der Veranda, und vier Männer erschienen in ihren Wintermänteln, traten ein, ohne zu grüßen, weil man in einem Trauerhaus nicht grüßte und auch nicht als erster das Wort an die Trauernden richtete. Es waren Ednas Neffen Irving und Malcolm, die sich beim Begräbnis abseits gehalten hatten, Pauls Sohn Eddie, der geheimnisvolle Fremde, der in Stienetzkys Bestattungshalle unter den Trauergästen soviel Neugier hervorgerufen hatte, mit seinem Enkel Ruben, einem schüchternen Achtzehnjährigen, und ein Unbekannter, der sich im Gespräch mit Jerome als Mr. Greenstein vorstellte. Mein Vater war mit der Verstorbenen in erster Ehe verheiratet, soviel ich weiß, sagte er.

Wir dachten, ihr braucht zum Mincha-Beten vielleicht noch ein paar Männer, sagte Irving ein wenig unwirsch, ohne die verbindliche Freundlichkeit, die zum Umgangston gehörte, was niemanden befremdete, denn so war Irving immer schon gewesen, ungehobelt und kompromißlos, im Guten wie im Schlechten. Edna hatte behauptet, er sei so abweisend, weil er verletzbar und empfindlich sei, und die Gleichaltrigen fanden, daß er seit jeher rechthaberisch und arrogant gewesen sei. Irving pflegte seit Jahren keinen Kontakt zur Familie und erklärte jedem, der ihn danach fragte, er sei kein Jude, denn er hielte kein einziges Gebot ein und glaube nicht an Gott, er sei lediglich jüdischer Abstammung. Aber immer wenn es darauf ankam, eine Mitzwah, eine religiöse Pflicht, zu erfüllen, war er zur Stelle, denn das gehörte sich so, fand er, warum sollten die anderen unter seiner Einstellung leiden? Obwohl er heute noch nach New York fliegen müsse, sei er deshalb mit den paar Männern, die er nach dem Begräbnis noch dafür gewinnen konnte, gekommen, er dachte, Jerome würde hier in Somerville gewiß keine zehn Männer finden, um zum Mincha-Gebet Kaddisch zu sagen, wie es sich gehörte, und er winkte ungeduldig ab, als Marvin zu einer Rede über Irvings wahre Jiddischkeit ansetzte. Darüber redete man seiner Meinung nach nicht, weil man vor dem Ewigen an seinen Taten gemessen wurde, auch wenn er grundsätzlich seine Zweifel habe, ob es Ihn wirklich interessiere oder überhaupt gebe.

Jerome lud die vier Männer ein, sich erst einmal zu setzen, aber sie blieben stehen, sie könnten nicht lange verweilen, und es sei Zeit für das Mincha-Gebet. Sie beratschlagten, welche Wand nach Osten gerichtet war, und Marvin, Michael, Jonathan, Jerome und Joshua gingen ins Eßzimmer, um zu beten. Daniel erhob sich erst, als Jerome ihn dazu aufforderte, und es entging Adina nicht, wie unsicher, peinlich berührt und gleichzeitig stolz er war, als warte dort, im Eßzimmer, eine Auszeichnung auf ihn. *Yiskadal ve yiskadasch schme raba*, hörten die im Wohnzimmer schweigend um den Tisch sitzenden Frauen Jerome zum zweitenmal an diesem Tag rezitieren.

Plötzlich und ohne sichtbaren Anlaß erfaßte Adina ein Aufruhr, gemischt aus Tatendrang und Lebensfreude, den sie sich nicht erklären konnte nach den Monaten der Niedergeschlagenheit, der Trauer um Doreen, die oft unvermittelt in Verzweiflung und ziellose Wut umschlug. Woher kam diese unerwartete Heiterkeit, die in einem Haus der Trauer wohl fehl am Platz war. Wenn man alt genug ist, hatte Edna einmal gesagt, kommt einem alles wie ein Wunder vor, vor allem, daß man noch am Leben ist. Als wäre sie beim Schwimmen nach langer Zeit aus dem Wasser emporgetaucht und könne nun gar nicht genug davon bekommen, ihre Lungen mit Atemluft zu füllen, verstand sie mit dem Gefühl, ja mit dem ganzen Körper, was Edna mit dem Wunder, am Leben zu sein, gemeint hatte. Sie würde reisen, nahm sich Adina vor, sie würde die Pläne ausführen, die sie sich manchmal gemeinsam, ohne an ihre Verwirklichung zu glauben, auf Ednas Veranda hoch über dem Meer ausgemalt hatten: Leondarion mit seinen dunklen Berghängen und Zypressen, Stätten und Landschaften, so fremd, daß es Adina trotz der Bildbände, die Edna ihr geschenkt hatte, nicht gelang, sie sich vorzustellen, Orte, die sie verwandeln würden, die eine Leondouri aus ihr machen würden, eine levantinische Prinzessin, wie Edna sie liebevoll genannt hatte, die nicht den stumpfen Blick der Selbstgenügsamkeit auf die eintönige Weite des Atlantiks richtete, als wäre der Horizont eine Landesgrenze, hinter der nichts von Bedeutung liegen konnte, die eine weltoffene Frau aus ihr machen würden, wie Edna und Estelle, denen die Atlantikküste stets Ausgangspunkt gewesen war, ein Anfang mit unvorstellbaren Möglichkeiten.

Nach dem Gebet verabschiedeten sich die vier Minjan-Männer wieder, und die Zurückbleibenden warteten ungeduldig, bis sie ihre Autos vor dem Haus starteten, damit sie Tratsch und Vermutungen über sie austauschen konnten.

Nur Jonathan hielt das angespannte Schweigen nicht aus, und ehe noch die Haustür ins Schloß gefallen war, fragte er: Wer waren diese fremden Männer, mit denen wir gebetet haben?

Fremde, die zur Familie gehören, sagte sein Onkel Michael.

Ja, stimmte Marvin zu, Leute, mit denen wir einen Augenblick der Nähe erlebt haben, bevor sie so abrupt verschwinden, wie sie gekommen sind.

Du wirst sie wahrscheinlich nie wiedersehen, ergänzte Jerome.

Vielleicht beim nächsten Begräbnis, vermutete Carol.

Allmählich war es Abend geworden, zwischen den Lamellen der Jalousien spiegelten sich die Lampen in der Schwärze. Sie saßen auf den Stühlen aus dem Eßzimmer, auf Hockern, Schemeln und den beiden Sofas und redeten über Edna und die verflossenen hundert Jahre, die sie ihnen überliefert, die sie ihnen Seder für Seder nahegebracht hatte, seit sie Kinder waren. Keiner konnte mehr wie Edna erzählen, als lese er aus einem Buch vor, aber sie warfen einander Stichworte zu, Anspielungen, sie lachten, wagten auch, manche von Ednas Behauptungen zu bezweifeln, aber sie wiederholten sie, verglichen die voneinander leicht abweichenden Versionen und vergaßen, daß sie einander viele Jahre nicht gesehen hatten und wie wenig sie voneinander wußten.

Glossar

Afikoman (Nachtisch): Die Hälfte der mittleren Mazza bei der Sederfeier. Es ist Brauch, daß der Afikoman von den Kindern versteckt und vom Seder Gebenden durch ein Geschenk ausgelöst wird.

Bar Kochba: Eigentlich Schimon Bar Kosiba, Führer des zweiten großen Aufstandes der Juden Palästinas gegen die Römerherrschaft, 132-135 n.d.Z.

Bar Mitzwah: »Sohn des Gebotes«, Bezeichnung für einen Jungen bei Vollendung des dreizehnten Lebensjahres. Damit ist er volljährig und nimmt aktiv am religiösen Leben teil. Nach seinem dreizehnten Geburtstag wird er zur Tora-Vorlesung aufgerufen.

Bracha: Pl. Brachot. Segens- oder Dankformel in gottesdienstlichem oder privatem Gebrauch.

Brith Milah, umgangssprachlich **Briss**: Beschneidung des Knaben am achten Tag nach der Geburt.

Challah: Geflochtenes Schabbatbrot, über das am Beginn des Schabbatmahls eine Bracha gesagt wird.

Chaj: Leben. Die hebräischen Buchstaben werden häufig kunstgewerblich verwendet.

Chanukka: Einweihung. Achttägiges Fest meist im Dezember, das an den Makkabäeraufstand 165 v.d.Z. erinnert. Nach 1 Makk. 4.36-59 reinigte Judas Makkabäus den entheiligten Tempel und den entweihten Altar und brachte ein Brandopfer dar. Die Legende berichtet, daß ein kleiner Rest reinen Öls, das nur für einen Tag ausreiche, durch ein Wunder acht Tage lang brannte. Zur Erinnerung wird an der **Chanukkia**, einem achtarmigen Leuchter, jeden Tag ein Licht entzündet. Familienfest, bei dem in Öl gebackene Pfannkuchen (**Latkes**) gegessen werden.

Charosset: Süßspeise aus geriebenen Äpfeln, Rosinen, gehackten

Nüssen, Zimt und Wein, symbolisiert am Pessachfest den Mörtel, aus dem die Israeliten in der ägyptischen Knechtschaft Ziegel herstellen mußten.

Chavurah: Laien-Bewegung der jüngeren Generation der sechziger und siebziger Jahre, die Menschen ohne profunde religiöse Bildung stärker einbezog, um ihren Wissensstand zu verbessern, und Frauen mehr Handlungsspielraum in der Liturgie einräumte.

Cheder: Grundschule, in der Knaben Hebräisch- und Tora-Unterricht erteilt wird.

Chummasch: Die Fünf Bücher Moses, Pentateuch.

Chuppa: Baldachin, unter dem die Trauung stattfindet. Nach der Zeremonie zertritt der Bräutigam ein Glas zum Zeichen der Trauer um den zweiten Tempel.

Dajenu: Bestandteil der Pessach-Erzählung; es werden fünfzehn Wohltaten aufgezählt, die Gott dem jüdischen Volk bescherte, von denen jede einzelne schon genügt hätte, um Gott zu danken. »Dajenu« ist der von der Tischrunde wiederholte Refrain »es hätte genügt«.

Dibbuk, pl. Dibbukim: Böser Geist, der in einen Menschen fährt und ihn als Besessenen erscheinen läßt.

Ellis Island: Erste Station für europäische Einwanderer in die USA, die auf dem Seeweg in New York eintrafen.

En Sof: Das Unendliche, Begriff aus der Kabbala.

Erev Schabbat: Schabbateingang am Freitagabend.

Hadassa: Jüdische philanthropische Frauenorganisation (Women's Zionist Organisation of America), in Europa WIZO, 1912 von Henrietta Szold gegründet.

Hagada: Das Buch mit der Erzählung der Pessach-Ereignisse, meist bebildert, mit Abschnitten aus Mischna und Midrasch, Erzählungen, Legenden, Liedern und Segenssprüchen, sie liefert die Struktur des Sederabends. Nach Exodus 13,7f. ist das Familienoberhaupt zur Erzählung des Auszugs aus Ägypten verpflichtet.

Hawdala: Zeremonie, die am Ausgang des Schabbats zwischen Ruhe- und Werktag unterscheidet.

Jahrzeitkerze: Gedenklicht, wird jeweils zum Todestag eines nahen Angehörigen entzündet, muß vierundzwanzig Stunden brennen. Zur **Jahrzeit** wird **Kaddisch** gesagt.

Jarmulke oder **Kippa**: Kopfbedeckung, wird von Männern beim Studium der Tora, beim Gebet, in der Synagoge, bei Begräbnissen und von religiösen Juden überall getragen.

Jeschiwa:Talmud-Hochschule.

Jeschiwe Bocher: Jiddisch für Talmudschüler.

Jom Kippur: Versöhnungstag, höchster jüdischer Feiertag, an dem fünfundzwanzig Stunden lang gefastet wird.

Kaddisch: Trauergebet, wird bei verschiedenen Gelegenheiten gesagt, im Gottesdienst, zur Jahrzeit, von Trauernden elf Monate lang nach dem Todesfall, bei Bestattungen. Kann nur in Anwesenheit von zehn Männern **(Minjan)** gesagt werden.

Kiddusch: Segensspruch über einen Becher Wein, durch den der Schabbat und die Feste geheiligt werden.

Krijah: Kleiner Einriß am Kleidungsstück zum Zeichen der Trauer.

Labour Day: Erster Montag im September, Schulbeginn und Ende der Sommersaison, Feiertag in den USA.

Maror: Bitterkraut, wie z. B. Meerrettich, das an die bittere Knechtschaft Ägyptens erinnern soll, wird am Sederabend gegessen.

Mazza: Flaches, ungesäuertes Brot aus Wasser und Mehl. Auf dem Sedertisch müssen mindestens drei Mazzot (pl.) liegen, wird statt Brot während der acht Pessachtage gegessen.

Mikwe: Becken mit fließendem Wasser aus einer natürlichen Quelle zum Zweck der rituellen Reinigung.

Mincha: Das zweite der drei Gebete, die jeder Jude täglich verrichten muß. Es wird kurz vor Sonnenuntergang gebetet, um zum **Maariv** (Abendgebet) überleiten zu können.

Minjan: Mindestzahl von zehn Männern, die zum Ausheben der Tora und bestimmten Gebeten während des Gottesdiensts (u. a. Kaddisch) anwesend sein müssen.

Mitzrajim: Ägypten, Synonym für Knechtschaft und Unterdrückung.

Mitzwah: Religiöses Gebot.

Pessach: Sieben Tage währendes Fest zur Erinnerung an den Auszug aus Ägypten. Während des Pessach-Festes sollen sich keine gesäuerten Nahrungsmittel im Haus befinden. Deshalb wird am Abend davor alles Gesäuerte zusammengesucht und am Tag darauf verbrannt. Auch das Geschirr muß für Pessach ausgewechselt werden.

Purim: Freudenfest zur Erinnerung an die Rettung der persischen Juden vor der Verfolgung Hamans (Günstling des persischen Königs Xerxes) durch die Königin Esther. Es wird am 14./15. Adar (Februar, März) gefeiert. In der Synagoge wird die Megillat Ester (Esther-Rolle) vorgelesen. Es ist Brauch, sich zu verkleiden, Freunde und Arme zu beschenken, bestimmte Speisen (Hamantaschen) zu essen. Ein bei den Kindern besonders beliebtes Fest.

Rosch ha-Schanah: Neujahrsfest, am 1. und 2. Tischri (September, Oktober) gefeiert, Höhepunkt ist das Blasen des **Schofar** (Widderhorn), Beginn der zehn Bußtage.

Schabbat: Der siebte Tag der Woche, Ruhetag zur Erinnerung an das Ruhen Gottes nach der Erschaffung der Welt (Ex. 20,11). Der Schabbat beginnt am Freitagabend mit Sonnenuntergang und dem Anzünden der Kerzen durch die Hausfrau und wird mit dem Schabbatmahl fortgesetzt. Dazu gehören das Segnen der zwei Challot (siehe **Challah**), des Weines (siehe **Kiddusch**), und das Händewaschen nach dem Kiddusch. Am Samstagvormittag wird die Tora ausgehoben und der Wochenabschnitt gelesen, der Schabbat endet am Samstag nach Einbruch der Nacht mit der **Hawdala**-Zermonie.

Schachrit: Morgengebet.

Schiva: Siebentägige Trauerzeit, bei der die Trauernden zu Hause bleiben, auf niedrigen Schemeln sitzen und keine Arbeit verrichten. Es ist eine **Mitzwah,** Trauernde zu besuchen, zweimal täglich finden im Trauerhaus Gebete, die einen **Minjan** erfordern, statt.

Sch'ma Jisrael (Schma Yisroel): Beginn des Schriftverses »Höre Israel, der Herr, unser Gott, der Herr ist einig/einzig« (Dtn. 6,4). Hauptgebet der Juden.

Seder: Am Vorabend und ersten Abend des Pessachfestes wird das Seder-Mahl nach einer vorgeschriebenen Ordnung zelebriert, die in der **Hagada** festgelegt ist. Dazu gehören der **Sederteller**, auf dem sich verschiedene symbolische Speisen befinden, die an die Knechtschaft und den Auszug aus Ägypten erinnern, drei Mazzot (siehe **Mazza**), ein gekochtes Ei, ein gebratener Knochen (symbolisch für das Opferlamm), Salzwasser (symbolisch für die Tränen der Unterdrückung), **Maror** (Bitterkraut), **Charosset**, das an den Mörtel der Ziegel erinnert, Petersilie, die in Salzwasser getaucht wird, und vier Becher Wein, die im Lauf des Abends getrunken werden. Ein Becher Wein wird für den Propheten Elijahu stehengelassen, er weist auf die erhoffte Erlösung hin. Zum Seder gehört das Lesen der Hagada, die in allen Generationen die Erinnerung an den Auszug aus Ägypten wachhalten soll. Der jeweils Jüngste gibt durch die »vier Fragen« den Anstoß zur Erzählung der Errettung aus der Knechtschaft.

Sefer ha-Sohar: Bedeutendstes Werk der Kabbala.

Sephardim: Bezeichnet die Juden, die vor ihrer Vertreibung 1492 in Spanien bzw. Portugal lebten.

Siddur: Gebetbuch.

Tallit (Talles): Gebetsmantel, viereckiges Tuch aus Wolle, Baumwolle oder Seide, meist weiß mit blauen oder schwarzen Streifen, an dessen Ecken die Schaufäden angebracht sind. Der Tallit wird von Männern beim Beten getragen.

Thanksgiving: Feiertag in den USA, am letzten Donnerstag des November, zur Erinnerung an das erste Erntedankfest der Pilgerväter in der Neuen Welt.

WASP: Abk. white anglo-saxon protestant.

Anna Mitgutsch

Zwei Leben und ein Tag

Roman

352 Seiten, btb 73844

Die berührende Erzählung einer tragischen Liebesgeschichte

Nach einem Nomadenleben in Amerika, Südostasien und Osteuropa haben sie sich getrennt: Edith und Leonard, zwei Menschen, die nicht wieder zusammenfinden und nicht voneinander lassen können. Was sie verbindet, ist ihr Sohn Gabriel und die Frage, was diesem in seiner Kindheit zugestoßen ist und ihn zum Außenseiter gemacht hat. In langen Briefen an den Ex-Mann, die sie freilich nie abschicken wird, versucht sich Edith noch einmal über ihr Leben und ihr Schicksal Klarheit zu verschaffen und darüber, woran ihre Liebe zerbrach – und ihr Glück.

»Anna Mitgutsch schreibt eindringlich, in brillanter, kraftvoller Sprache, und sie überzeugt durch die Schönheit und Genauigkeit ihrer Schilderungen und den Tiefgang ihrer Figuren.«
Wiener Zeitung

»Suggestiv und subtil.«
Der Spiegel

btb